U0536436

《曲径通幽：宋诗名作欣赏》
撰稿人（姓氏笔划为序）

丁稚鸿　王　煜　李坤栋　李亮伟　李晓宇

张应中　陈　坦　易可情　罗　玲　周啸天

秦岭梅　殷志佳　郭扬波　黄志军　梅　红

舒三友　谢良坤　管遗瑞　滕伟明

曲径通幽
宋诗名作欣赏

周啸天 —— 主编

中国书籍出版社

图书在版编目（CIP）数据

曲径通幽：宋诗名作欣赏/周啸天主编．—北京：中国书籍出版社，2017.2
ISBN 978-7-5068-6082-6

Ⅰ．①曲… Ⅱ．①周… Ⅲ．①宋诗—诗歌欣赏 Ⅳ．①I207.22

中国版本图书馆 CIP 数据核字 (2017) 第 035610 号

曲径通幽：宋诗名作欣赏

周啸天　主编

图书策划	冯继红　崔付建
责任编辑	冯继红
责任印制	孙马飞　马　芝
出版发行	中国书籍出版社
地　　址	北京市丰台区三路居路 97 号（邮编：100073）
电　　话	（010）52257143（总编室）（010）52257140（发行部）
电子邮箱	eo@chinabp.com.cn
经　　销	全国新华书店
印　　刷	北京富达印务有限公司
开　　本	710 毫米 × 1000 毫米　1/16
字　　数	503 千字
印　　张	26.5
版　　次	2017 年 4 月第 1 版　2017 年 4 月第 1 次印刷
书　　号	ISBN 978-7-5068-6082-6
定　　价	78.00 元

版权所有　翻印必究

前　言

　　诗至宋而极其变。由于诗歌在唐代焕发出空前异彩，极盛难继，迫使宋代诗人穷则思变。这是诗歌内部的原因，当然还有外部的原因。宋代高度集权而国势不如汉唐，外侮频仍，未曾出现汉唐那样大一统的盛世，文学创作上便难以出现汉赋、唐诗所表现的恢宏的气象。宋代上层穷奢极侈，朝廷对北方实行以金帛换和平的妥协外交，对官吏实行高薪饷的笼络政策，农民负担太重，起义频仍。阶级矛盾、民族矛盾的尖锐，政治斗争的激烈，影响到诗文创作，是较强的政治色彩和爱国主义思潮。宋代科举考试策论，加之南宋理学在思想界据统治地位；活字印刷术的发明，典籍与著作容易流通，为文人饱学创造了条件，凡此，对宋人以学问为诗、以议论为诗等习气都有影响。

　　宋代诗人无意追攀盛唐，他们选定杜甫和中晚唐诗人的方向，取材广而命意新。钱钟书认为，宋诗对唐诗不是冒险开荒、发现新天地，而是把唐诗的道路加长、河流加深。宋诗在技巧上比唐诗精细，而且更有书卷气，或者说更有文化氛围。唐诗技巧已甚精美，举凡用事、对偶、句法、声韵，唐人妙处尚天人相半，在有意无意间，宋人则纯出于有意，欲以人巧夺天工。其风格和意境虽不寄生在杜甫、韩愈、白居易或贾岛、姚合等人的身上，总多多少少落在他们的势力圈里。（参《宋诗选注·序》）

　　宋诗与唐诗在风格上大较是：唐诗缘情，情辞俱美，丰腴温润；宋诗主意，深析透辟，瘦劲而枯淡。唐人重浑成完整的艺术感受，贵在蕴藉而空灵；宋人重精心刻画的技巧工夫，不免发露而费力。唐诗自在而宋诗典雅，唐诗圆熟而宋诗生涩，唐诗豪迈而宋诗深细。诗学家故有唐音、宋调之分。从文学继承的角度讲，所谓宋调，还是可以溯源到中晚唐直至杜诗。

　　宋初诗坛之风气变迁大体可分两期，前期学唐，后期渐变。宋初士大夫承晚唐五代之余，对通俗浅显的白居易闲适诗情有独钟，号称"白体"。唯王禹偁大力张扬杜甫、白居易的现实主义精神，自谓"本与乐天为后进，敢期子美是前身"，遂主盟一时。其诗质朴近于白描，古体多单行素笔，直抒胸臆。宋诗散文化、议论化的倾向，于王诗亦初见端倪。"唐末五代，流俗以诗自名者，大抵皆宗贾岛辈。"（蔡居厚《蔡宽夫诗话》）宋初一批山林诗人沿袭了这种风尚，好以自然意象入诗，在艺术上追求奇巧，务为推敲，唯搜眼前景，而构思深刻，代表诗人有魏野、林逋及所谓九僧。真宗朝台阁文人杨亿、刘筠、钱惟演等，专学晚唐李商隐及唐彦谦，其诗讲究典丽精工，开了以才学为诗的风气，十七家结集为《西昆酬唱集》，号"西昆体"。西昆体以华丽典雅的作风，取代了白体、晚唐体的冲淡瘦硬，一定程度上反映了宋初的升平气象。然摹仿痕迹和匠气太重，为人所讥。

仁宗朝的梅尧臣反对意义空洞、语言晦涩的西昆体，诗风平淡。其诗对人民疾苦体会很深，字句也较朴素，古诗得力于唐代韩愈、孟郊、卢仝等，律诗则受王、孟的影响。他主张"诗家虽率意而造语亦难。若意新语工，得前人所未道者，斯为善也。必能状难写之景如在目前，含不尽之意见于言后，斯为至矣。"（欧阳修《六一诗话》引）苏舜钦与梅尧臣齐名，称苏梅，风格以奔放豪健为主。欧阳修诗与梅尧臣齐名，称欧梅；然而他对语言的把握，对字句和音节的感悟，实在梅苏之上，风格也较为雄赡。

从神宗元丰到哲宗元祐十多年，是宋诗发展的鼎盛时期。陈衍曾把元祐上接开元、元和，称为"三元"，认为是中国诗史三个繁荣时期。此期出现的王安石、苏轼、黄庭坚，是诗坛的三大宗匠。苏轼天才和阅历都超越一代，在诗、文、词各方面都达到了时代的最高峰；王安石、黄庭坚诗歌成就都不如苏轼，但在宋代均可称为大家。王安石更多地表现出对唐音的继承发展，而黄庭坚则更多地表现对宋调的开拓新创。

王安石是宋代杰出政治家、改革家，在文艺观上是个鲜明的载道派，对杜推崇备至。前半生创作或反映现实弊端，或通过咏史发表政治见解，是"政治诗"，其诗结构精严，造句下字凝练，风格奇崛精美，也与杜诗有一定渊源关系。王安石又是一个禀赋很高的诗人，晚年脱离政界，隐居金陵（今南京），筑室于钟山（今紫金山）山腰，因自号"半山"，致力于绝句创作。因身世的浮沉、阅历的加深而艺术也转向收敛，其诗脱弃了切近的功利目的，却达到了精深华妙的境界，具有很高的审美价值。宋时已称之"半山绝句"与唐人抗衡。概括而言，其题材近王维而情调积极，内容近柳宗元而更加乐观，推敲似老杜而更饶风调，当时就有"荆公绝句妙天下"之誉。不过，安石作诗有时逞才，并开了"以才学为诗"的某些先例，如集句诗特别是集杜诗、药名诗，文字游戏而已。

元祐时代黄庭坚与苏轼齐名，称苏黄。尔后诗人叠起，均不出二家范围。而黄庭坚推尊杜诗，力求变异，诗的手法与风格，迥别唐人，最足以表现宋诗的特色，尽宋诗的变态，其后学之众，衍为江西诗派，于是中唐诗之另类，遂成为宋诗之主流。南渡诗人，多受沾溉，著名如陆游、杨万里、姜夔等，无不与之有渊源关系。刘克庄说："豫章稍后出，荟萃百家句律之长，究极历代体制之变，搜讨古书，穿穴异闻，作为古律，自成一家，虽只字半句不轻出，遂为本朝诗家之宗祖。"（《后村先生大全集·江西诗派小序》）

黄庭坚服膺杜甫之"语不惊人死不休"，及韩愈之"唯陈言之务去"，曾谓"自作语最难。老杜作诗，退之作文，无一字无来处，盖后人读书少，故谓韩、杜自作此语耳。古之能为文者，真能陶冶万物，虽取古人之陈言入于翰墨，如灵丹一粒，点铁成金也。"（《豫章黄先生文集·答洪驹父书》）这与杜甫所谓"读书破万卷，下笔如有神"有相通之处。黄庭坚以创作实践其主张，注意在笔法的转折变化、字法句法的精密、语言的生新上下功夫，并有意制造拗句、押险韵、作硬语，宁可失之生僻，亦不肯失之庸俗。元祐以后，政治倾轧愈演愈烈，黄庭坚的诗风便受到士人的欢迎，追随者众。南渡之初的吕本中作《江西诗社宗派图》，罗列黄庭坚、陈师道、陈与义等二十六人，于是有了"江西诗派"的说法。因为这批诗人以学杜相标榜，元代方回《瀛奎律髓》又为之加上杜甫为鼻祖，于是有了"一祖三宗"之说。名列江西派的作家，也不全是江西人，只不过他们都是黄庭坚的追随者，故以江西命名。

苏轼是宋代堪与屈、陶、李、杜方驾的作家。苏轼在文艺上有多方面成就臻于一流，有点像文艺复兴时代的巨人。其诗冠代，与黄庭坚并称苏黄，与陆游并称苏陆；其文冠代，与欧阳修并称欧苏；开创豪放词风，与辛弃疾并称苏辛；书法为宋四家之一，称苏黄米蔡；此外，他还是一个艺术理论家，对绘画十分在行。苏轼对文学创作的奥秘深有妙悟，主张甚高，强调以本质取胜，而从不把语言形式与思想内容割裂开来，说"辞至于达足矣，不可以有加矣"、"大略如行云流水，初无定质，但常行于所当行，常止于所不可不止，文理自然，姿态横生。"（《东坡全集·答谢民师书》）"吾文如万斛泉源，不择地而出。在平地滔滔汩汩，虽一日千里无难；及其与山石曲折，随物赋形而不可知也。所可知者，常行于所当行，常止于不可不止，如是而已矣。"（《东坡全集·文说》）虽是论文，亦适用于诗，对南宋严羽"妙悟说"和清代王士禛"神韵说"都有深刻的影响。

苏诗在取材广而命意新上，实超出一代。总体特色是气象宏阔，铺叙婉转，意境恣肆，笔力矫健，与其文有相通之处。散文化、议论化倾向，继韩愈有进一步发展，而近启黄庭坚。苏轼接受了杜甫、白居易的影响，重视诗歌的社会作用，如《荔枝叹》借唐戒宋，《陈季常所蓄朱陈村嫁娶图》反映民生疾苦，《吴中田妇叹》《山村五首》暴露官吏借新法之名行扰民之实等，政治视野相当开阔。苏轼足迹遍及全国各地，从峨眉到西湖，从河北到海南，他是一个亲和山水自然、极富生活情趣的人。其诗取径甚广，而多得山川之助。苏诗大都才思横溢，兴趣极佳。长篇自然奔放、挥洒自如，尤善博喻，具有一种淋漓酣畅之感；短诗则必有一二佳句。令人想见其写作时的得心应手、左右逢源，其古体有太白风而略趋凝练，近体诗大都圆美流动，晚年臻于炉火纯青。宋诗以文字为诗、以才学为诗、以议论为诗等特点，在苏诗都有充分的表现，只不像黄庭坚那样极端而已。

江西诗派原来主要是从形式上学杜的，而南渡之后，国难当头，宋代诗人遭遇到天崩地裂的大变动，这才对杜诗发生了一种心心相印的关系，所谓"踪迹大纲王粲传，情怀小样杜陵诗"（张端义《贵耳集》卷下），从而赋予了当时诗歌以沉重的生活内容与忧患意识。陈与义诗歌创作主要受黄庭坚、陈师道的影响。然而，由于他经历了南渡，遂较黄、陈于杜诗有深悟，从此在诗歌创作中抒发起国破家亡、天涯沦落之感。与陈与义同时，念念不忘国耻，在诗中进行历史反思的代表还有刘子翚。

南渡以后民族矛盾上升，和战之争成为当时政治斗争的主要内容。尽管主和势力高宗朝一直占据上风，但主战势力从未偃旗息鼓，爱国主义仍成为一种文艺思潮，其在诗歌创作中的杰出代表是陆游。陆游创作力十分旺盛，今存诗近万首。其作品不但数量多，而且题材广泛，内容丰富。平生诗风虽经藻绘、宏肆、平淡三变，但思想内容上始终贯穿着一条红线，那就是爱国主义精神。在艺术上，陆游是一位转益多师的诗人，其诗比较全面地反映了那个时代的社会面貌，又经常通过瑰奇的想象来表达对理想的热烈追求，是现实主义与浪漫主义的高度结合。陆游诗的风格主要表现为雄浑奔放、气象开阔，而不失晓畅平易、清新自然。其豪迈处似李白，沉郁处似杜甫，平易如白居易，瑰奇如岑参。陆游诗无体不备，而以七律一体成就最高，有人将杜甫、李商隐、陆游称为七律诗史上的三大里程碑。陆游的七古长于用短，富于文采而清新流畅，七绝佳作累累，与王安石、杨万里、范成大、姜夔同为宋代绝句大宗。陆游诗一扫江西诗派的某些积弊，为宋诗开了新的生面，对当时和后世诗人有很大的影响。宋末诗人如戴复古、刘克庄，清代的宋琬、查慎行、郑燮、赵翼等，都耽爱陆放翁诗，并在创作上深受其影响。

与陆游同时齐名，被列入"中兴四大诗人"的杨万里、范成大，是有独特贡献的诗人。在感怀时事，抒写爱国情怀这一点上，他们与陆游有共同之处。只不过篇什较少，没有陆游那样出色。然而他们在诗歌题材和创作手法的开拓上，却有不为陆游所掩的独到成就。杨万里是一位别开生面、独具一格的诗人，又是一位高产作家，"游居寝食，非诗无与"，所作极有特色，时人谓之"诚斋体"。他早年学诗,亦曾从江西派入门。后脱离江西派藩篱,转学唐人及王安石绝句,尽毁少作千余首,并自立门户。杨万里诗在取材上较前人有新的开拓,清人潘定桂一言以蔽之曰:"陶成瓦砾亦诗材"(《楚庭耆旧遗集》后集卷十九《读杨诚斋诗集九首》)。其主要兴趣在天然景物和日常生活方面,《荆溪集》自序云:"步后园,登古城,采撷杞菊,攀翻花竹,万象毕来,献余诗材"。其诗不以重大题材见长,内容俯拾即是,形式则用七绝,表现出作者所具的稀有天才和十足童心,他到处都有发现的喜悦,能为小到一片落叶、一只昆虫写一首诗。在人们熟视无睹的寻常景物和生活现象中,总能发现不平常的意思。在艺术上,杨万里创辟了一种新鲜泼辣的写法。语言上贴近口语,能做到口心相应,就像一个伶牙俐齿、风趣成性的人,想到就说,无难达之意,无不尽之情,其友张镃誉为"笔端有口古来稀"(《南湖集》卷二《诚斋以南海朝天两集诗见惠因书卷末》)。其次是种种不直致法子,横说竖说,正说反说,出人意表,入人意中,思路灵活,表达曲折,幽默诙谐,变化莫测。将七绝一体的表现力,尽量加以发掘。论者谓之"活法",所谓活法,也就是不法而法。综上所述,杨万里开创了一种"小品诗"体,即诚斋体,他是宋代最具独创性的诗人之一。范成大早期也受江西诗派影响,同时上继白居易等唐乐府诗人的现实主义精神。诗风平易浅显、清新妩媚。代表作是两大七绝组诗,一组是使金时所作的七十二首绝句;一组是淳熙十三年所写的六十首《四时田园杂兴》,这些诗把王孟式的田园风光描写和李绅、聂夷中式的悯农情感融为一体,把以前田园诗的两大系统结合起来,算得是中国古代田园诗的新的范本。

  南宋后期,宋金对峙已成定局,国人习于苟安。江西派的瘦硬诗风已不为时人所喜,于是出现了新的诗歌流派。南宋书商陈起,编辑姜夔等著名诗人之作,刊为《江湖集》《江湖前集》《江湖后集》《江湖续集》等,入选作家庞杂,然以生活在孝宗、光宗、宁宗、理宗四朝百年间诗人,尤以遭逢不偶、浪迹江湖的下层文士为主。这就是所谓江湖派诗人。姜夔学诗,亦先从江西派入,后来大悟学即病,强调自然高妙。诗以七绝擅场。多寄情于湖山胜景,抒写个人怀抱,视野虽窄,诗风清空,标格独高。故缪钺评道:"白石的诗,气格清奇,得力江西;意境隽淡,本于襟抱;韵致深美,发乎才情。"(《灵谿词说·论姜夔词》)江湖派诗人,声名较著者还有刘过、刘克庄、戴复古、叶绍翁等人,大多不满现实,以江湖相标榜,所作多古体和七绝,力求平直流畅,长于炼意,唯题材较窄,时入于小巧。

  与江湖派同时,尚有一个永嘉(今浙江温州)诗派,一共四位诗人:徐玑字灵渊、徐照字灵晖、翁卷字灵舒、赵师秀号灵秀,他们彼此赓歌相和,字号中都带有一个灵字，故合称永嘉四灵。南宋诗人多从江西派入门，而四灵公开打出对立的旗帜，反对江西诗派特重用典、生涩瘦硬的诗风，主张学习中晚唐，以贾岛、姚合为二妙，创作以五律为主，兼及绝句。自抒性灵，诗风野逸清瘦，生新可喜，对江西派或有纠偏补弊的作用，然取法乎中，格局不大，与江湖派同病。

宋末危急存亡之际，诗以抗元图存和亡国实录为主要内容，成为陆游等爱国诗人的有力回应。文天祥是宋末民族英雄。其诗歌创作以元军攻陷临安为界分前后两期，精华多在后期。有《指南录》《指南后录》。诗多记叙作者与部下为图存而作的艰苦卓绝的斗争，表现了崇高的爱国精神，其诗取法杜甫，而直书胸臆，沉痛深至，如《正气歌》等，影响之大，须用超审美的标准评价之。宋末爱国诗人除文天祥而外，还有谢枋得、汪元量等，汪元量随谢氏北行至大都，其间曾屡次探视在囚的文天祥，元兵南下后，诗风一变，"亡国之戚，去国之苦，艰关愁叹之状，备见于诗，……亦宋亡之诗史。"（李珏语）

要之，宋诗的总体成就虽不如唐诗，但它取材广而命意新，意新而语工，富于书卷气即文化的品味，所以开出新的生面。虽说唐中有宋，宋中有唐，然而考其大较，仍有互不相能处。所以宋诗的光彩不为唐诗所掩，自有其不可磨灭的贡献。本编共选宋诗人86家诗约330首，逐篇予以赏析，以飨读者。

古人云："诗无达诂。"但我并不反对追求达诂。不过，赏析的最高目标不是达诂，而是分享。分享什么呢？分享会心的乐趣。也就是陶渊明说的"奇文共欣赏，疑义相与析。"所谓"疑义"，不局限于训诂上的，还应包括意蕴上的。不但要探寻作者之本意，同时要允许"作者未必然，而读者何必不然"（谭献）的会心。赏析文字的笔调，应该是随笔式的、小品文式的笔调，不必面面俱到，不要逐字串讲，只须抓住作品艺术上的二、三要点，联系人生——创作感悟，深析透辟，讲出诗味。有话则长，无话则短，行文要有流畅感和可读性。作品中疑难词语以及事典，随文讲解，不另出注。为此，此次赏析，特别延请了一些学者兼诗人的朋友参与撰稿（作者姓名署在篇末），由于对创作甘苦有切身的体会，对作品的解读也就别有会心。在讲解古人名篇好处的同时，也有指瑕，所谓爱而知其丑，这对于学诗者，无疑是有好处的。

目次

柳枝词	郑文宝 / 001	江上渔者	范仲淹 / 024
禁林春直	李昉 / 002	书哀	梅尧臣 / 025
村行	王禹偁 / 003	戊子三月二十一日殇小女称称（选二）	
寒食	王禹偁 / 004		梅尧臣 / 026
龙凤茶	王禹偁 / 005	月下怀裴如晦宋中道	梅尧臣 / 027
畬田词并序（五首录三）	王禹偁 / 006	范饶州坐中客语食河豚鱼	梅尧臣 / 028
春居杂兴	王禹偁 / 009	颖公遗碧霄峰茗	梅尧臣 / 030
清明	王禹偁 / 009	鲁山山行	梅尧臣 / 031
对雪	王禹偁 / 010	梦后寄欧阳永叔	梅尧臣 / 032
感流亡	王禹偁 / 012	东溪	梅尧臣 / 033
题崇胜院河亭	魏野 / 014	和才叔岸旁古庙	梅尧臣 / 034
啄木	魏野 / 015	小村	梅尧臣 / 035
池上鹭分赋得明字	惠崇 / 016	览显忠上人诗	梅尧臣 / 036
山园小梅	林逋 / 017	寄题徐都官新居假山	梅尧臣 / 037
烹北苑茶有怀	林逋 / 018	田家	梅尧臣 / 039
对竹思鹤	钱惟演 / 019	陶者	梅尧臣 / 040
春日登楼怀归	寇准 / 020	落花二首（其一）	宋祁 / 041
呈寇公	蒨桃 / 022	九日置酒	宋祁 / 042
题西溪无相院	张先 / 023	春日西湖寄谢法曹歌	欧阳修 / 043

明妃曲和王介甫作	欧阳修 / 045	书湖阴先生壁	王安石 / 080
再和王介甫	欧阳修 / 046	悟真院	王安石 / 080
唐崇徽公主手痕	欧阳修 / 047	泊船瓜洲	王安石 / 081
礼部贡院阅进士试	欧阳修 / 049	夜　直	王安石 / 082
戏答元珍	欧阳修 / 050	题西太一宫壁二首	王安石 / 083
和梅公仪尝建茶	欧阳修 / 051	春　尽	郑　獬 / 084
画眉鸟	欧阳修 / 052	原　蝗	王　令 / 086
梦中作	欧阳修 / 052	暑旱苦热	王　令 / 088
中秋夜吴江亭上对月怀前宰张子野及		送　春	王　令 / 090
寄君谟蔡大	苏舜钦 / 054	甘露寺多景楼	曾　巩 / 091
无锡惠山寺	苏舜钦 / 056	寒食雨二首	苏　轼 / 092
初晴游沧浪亭	苏舜钦 / 057	游金山寺	苏　轼 / 095
淮中晚泊犊头	苏舜钦 / 057	雨中游天竺灵感观音院	苏　轼 / 096
苦雨初霁	李　觏 / 058	于潜僧绿筠轩	苏　轼 / 097
灵源洞	李　觏 / 059	大风留金山两日	苏　轼 / 098
读《长恨辞》	李　觏 / 060	百步洪	苏　轼 / 100
蚕　妇	张　俞 / 061	书王定国所藏《烟江叠嶂图》	
道中一绝	张公庠 / 063		苏　轼 / 102
和邵尧夫安乐窝中职事吟	司马光 / 064	李思训画长江绝岛图	苏　轼 / 105
客中初夏	司马光 / 065	石苍舒醉墨堂	苏　轼 / 106
插花吟	邵　雍 / 066	郭祥正家，醉画竹石壁上，郭作诗为谢，	
桃源行	王安石 / 067	且遗二古铜剑	苏　轼 / 107
明妃曲二首	王安石 / 069	辛丑十一月十九日既与子由别于郑州	
北客置酒	王安石 / 072	西门之外马上赋诗一首寄之	
示长安君	王安石 / 073		苏　轼 / 108
思王逢原（其二）	王安石 / 074	和子由渑池怀旧	苏　轼 / 109
寄阙下诸父兄兼示平甫兄弟		新城道中二首	苏　轼 / 110
	王安石 / 075	傅尧俞济源草堂	苏　轼 / 112
梅　花	王安石 / 077	与毛令方尉游西菩提寺二首	
北陂杏花	王安石 / 077		苏　轼 / 114
元　日	王安石 / 078	有美堂暴雨	苏　轼 / 116
北　山	王安石 / 079	六月二十日夜渡海	苏　轼 / 117

汲江煎茶	苏 轼 / 119	次韵文潜	黄庭坚 / 155
惠山谒钱道人烹小龙团登绝顶望太湖		送范德孺知庆州	黄庭坚 / 157
	苏 轼 / 120	王充道送水仙花	黄庭坚 / 159
红 梅	苏 轼 / 121	和答钱穆父咏猩猩毛笔	黄庭坚 / 160
饮湖上初晴后雨	苏 轼 / 123	清 明	黄庭坚 / 161
六月二十七日望湖楼醉书		郭明府作西斋于颖尾请予赋诗	
	苏 轼 / 124		黄庭坚 / 162
与莫同年雨中饮湖上	苏 轼 / 125	和答元明黔南赠别	黄庭坚 / 163
东 坡	苏 轼 / 126	次元明韵寄子由	黄庭坚 / 164
题西林壁	苏 轼 / 127	登快阁	黄庭坚 / 165
惠崇春江晓景	苏 轼 / 129	寄黄几复	黄庭坚 / 166
阳关曲·中秋月	苏 轼 / 130	戏呈孔毅父	黄庭坚 / 167
赠刘景文	苏 轼 / 131	新喻道中寄元明	黄庭坚 / 168
食荔枝	苏 轼 / 132	双井茶送子瞻	黄庭坚 / 169
谢人寄蒙顶新茶	文 同 / 134	读曹公传	黄庭坚 / 170
新晴山月	文 同 / 135	雨中登岳阳楼望君山	黄庭坚 / 171
寄宇文公南	文 同 / 136	病起荆江亭即事	黄庭坚 / 172
留别田昼	贺 铸 / 138	春 日	秦 观 / 173
临平道中	道 潜 / 140	留别江子之	晁冲之 / 175
口占绝句	道 潜 / 141	出 山	张 耒 / 176
打 麦	张舜民 / 142	二十三日即事	张 耒 / 178
讯 囚	唐 庚 / 144	发安化回望黄州山	张 耒 / 179
醉 眠	唐 庚 / 146	题 画	李 唐 / 180
春日郊外	唐 庚 / 147	示三子	陈师道 / 181
题竹石牧牛	黄庭坚 / 149	别三子	陈师道 / 182
子瞻诗句妙一世,乃云效庭坚体,盖退之戏效孟郊、樊宗师之比,以文滑稽耳。恐后生不解,故次韵道之。子瞻《送杨孟容》诗云:"我家峨眉阴,与子同一邦",即此韵。 黄庭坚 / 150		登快哉亭	陈师道 / 183
		九日寄秦觏	陈师道 / 184
		春怀示邻里	陈师道 / 186
		舟 中	陈师道 / 187
		九日无酒书呈漕使韩伯修大夫	
跋子瞻和陶诗	黄庭坚 / 152		陈师道 / 189
武昌松风阁	黄庭坚 / 153	答晁以道	陈师道 / 190

绝　句	陈师道 / 192	海　棠	刘子翚 / 229
夜泊宁陵	韩　驹 / 193	汴京纪事（二十首录三）	刘子翚 / 230
题李愬画像	惠　洪 / 194	池州翠微亭	岳　飞 / 233
兵乱后杂诗（录一）	吕本中 / 196	春日偶成	程　颢 / 234
春日即事	吕本中 / 197	示子遹	陆　游 / 235
柳州开元寺夏雨	吕本中 / 198	蟠龙瀑布	陆　游 / 236
上枢密韩公工部尚书胡公并序		醉　歌	陆　游 / 238
	李清照 / 199	关山月	陆　游 / 239
夏日绝句	李清照 / 201	黄金错刀行	陆　游 / 240
病　牛	李　纲 / 203	长歌行	陆　游 / 241
苏秀道中自七月二十五日夜大雨		五月十一日夜且半梦从大驾亲征	
三日秋苗以苏喜而有作	曾　几 / 204		陆　游 / 242
寓居吴兴	曾　几 / 206	渔　翁	陆　游 / 244
壬戌岁除作明朝六十岁矣		游山西村	陆　游 / 245
	曾　几 / 207	新夏感事	陆　游 / 246
发宜兴	曾　几 / 209	自咏示客	陆　游 / 248
三衢道中	曾　几 / 210	黄　州	陆　游 / 249
题访戴图	曾　几 / 211	夜泊水村	陆　游 / 250
小斋即事	刘一止 / 212	书　愤	陆　游 / 251
春　近	王　铚 / 213	临安春雨初霁	陆　游 / 252
送胡邦衡之新州贬所	王庭珪 / 214	到严十五晦朔郡酿不佳求於都下既	
清　昼	朱淑真 / 216	不时至欲借书读之而寓公多秘不肯	
题临安邸	林　升 / 217	出无以度日殊惘惘也	陆　游 / 253
谢主人	陈与义 / 218	山　园	陆　游 / 255
试院书怀	陈与义 / 220	书室明暖终日婆娑其间倦则扶杖	
登岳阳楼	陈与义 / 221	至小园戏作长句	陆　游 / 256
再登岳阳楼感赋	陈与义 / 222	六月二十四日夜分，梦范至能	
次韵乐文卿故园	陈与义 / 223	李知几以尤延之同集江亭，诸	
观　雨	陈与义 / 224	公请予赋诗记江湖之乐，诗成	
伤　春	陈与义 / 226	而觉忘数字而已	陆　游 / 258
春　寒	陈与义 / 227	闲居自述	陆　游 / 259
和张矩臣水墨梅	陈与义 / 228	睡起至园中	陆　游 / 260

| 阜卿先生为两浙转运司考试官，时秦丞相孙以右文殿修撰来就试，直欲首选。阜卿得予文卷擢置第一，秦氏大怒。予明年既显黜，先生亦几蹈危机。偶秦公薨，遂已。予晚岁料理故书，得先生手帖，追感平昔，作长句以识其事。不知衰涕之集也 | 陆　游 / 262 |

恩封渭南伯，唐诗人赵嘏为渭南尉，当时谓之赵渭南，后来将以予为陆渭南乎，戏作长句	陆　游 / 263
试　茶	陆　游 / 264
幽居初夏	陆　游 / 266
剑门道中遇微雨	陆　游 / 267
十一月四日风雨大作	陆　游 / 267
花时遍游诸家园	陆　游 / 268
沈园二首	陆　游 / 269
秋夜将晓出篱门迎凉有感	陆　游 / 271
小舟游近村舍舟步归	陆　游 / 272
示　儿	陆　游 / 272
后催租行	范成大 / 273
判命坡	范成大 / 275
州　桥	范成大 / 276
雪中闻墙外鬻鱼菜者求售之声甚苦有感	范成大 / 277
四时田园杂兴（录六）	范成大 / 278
卖痴呆词	范成大 / 282
送吴待制守襄阳	尤　袤 / 283
登岳阳楼	萧德藻 / 284
次韵傅惟肖	萧德藻 / 285
古梅二首	萧德藻 / 287
插秧歌	杨万里 / 289
檄风伯	杨万里 / 290

五月初二日苦热	杨万里 / 292
重九后二日同徐克章登万花川谷月下传觞	杨万里 / 293
池口移舟入江，再泊十里头潘家湾，阻风不至	杨万里 / 294
和李天麟	杨万里 / 296
池　亭	杨万里 / 297
题湘中馆	杨万里 / 299
和仲良春晚即事	杨万里 / 300
春晴怀故园海棠	杨万里 / 301
贺澹庵先生胡侍郎新居落成	杨万里 / 302
送周仲觉访来又别	杨万里 / 304
寒食雨作	杨万里 / 305
南溪早春	杨万里 / 307
五更过无锡县寄怀范参政尤侍郎	杨万里 / 308
进退格寄张功父姜尧章	杨万里 / 310
宿池州齐山寺即杜牧之九日登高处	杨万里 / 311
暮泊鼠山闻明朝有石塘之险	杨万里 / 313
过扬子江（录一）	杨万里 / 314
月季花	杨万里 / 316
晓出净慈寺送林子方	杨万里 / 317
小　池	杨万里 / 318
宿新市徐公店	杨万里 / 318
闲居初夏午睡起	杨万里 / 319
夏夜追凉	杨万里 / 320
桑茶坑道中	杨万里 / 321
过松源晨炊漆公店	杨万里 / 321
初入淮河	杨万里 / 322
鹅湖寺和陆子寿	朱　熹 / 323

观书有感二首	朱 熹 / 325	军中乐	刘克庄 / 368
春 日	朱 熹 / 327	夜过瑞香庵作	刘克庄 / 370
村 晚	雷 震 / 328	哭薛子舒二首	刘克庄 / 371
绝 句	志 南 / 329	北来人（录一）	刘克庄 / 374
送《朝天续集》归诚斋时在金陵	姜 夔 / 331	冶 城	刘克庄 / 375
		西 山	刘克庄 / 376
过垂虹	姜 夔 / 332	莺 梭	刘克庄 / 377
除夜自石湖归苕溪	姜 夔 / 333	京口江阁和友人韵	陈鉴之 / 378
寒 夜	杜 耒 / 334	苏堤清明即事	吴惟信 / 379
梦中亦役役	戴复古 / 335	黑马图	龚 开 / 380
大 热	戴复古 / 337	庆全庵桃花	谢枋得 / 381
频酌淮河水	戴复古 / 339	武夷山中	谢枋得 / 382
次韵谢敬之题南康县刘清老园	戴复古 / 340	花 影	谢枋得 / 383
		德祐二年岁旦（录一）	郑思肖 / 384
庚子荐饥（三首）	戴复古 / 341	送友人归	郑思肖 / 386
湖南见真师	戴复古 / 344	画 兰	郑思肖 / 387
袁州化成岩李卫公谪居之地	戴复古 / 345	田 家	华 岳 / 388
饮 中	戴复古 / 347	正气歌	文天祥 / 389
淮村兵后	戴复古 / 348	金陵驿	文天祥 / 392
雁荡宝冠寺	赵师秀 / 349	过零丁洋	文天祥 / 393
薛氏瓜庐	赵师秀 / 351	扬子江	文天祥 / 394
送翁卷入山	赵师秀 / 352	醉歌十首（其五）	汪元量 / 396
约 客	赵师秀 / 353	湖州歌（选二）	汪元量 / 397
题翁卷山居	徐 照 / 354	送琴师毛敏仲北行	汪元量 / 399
泊舟呈灵晖	徐 玑 / 356	山窗新糊有故朝封事稿阅之有感	
赠徐照	徐 玑 / 358		林景熙 / 400
乡村四月	翁 卷 / 359	感旧歌者	戴表元 / 402
登谢屐亭赠谢行之	叶绍翁 / 360	山亭避暑	真山民 / 403
游园不值	叶绍翁 / 363	雪梅二首	卢梅坡 / 404
迎 燕	葛天民 / 365	西台哭所思	谢 翱 / 406
喜雨呈吴按察（其二）	刘 过 / 366		

【郑文宝】（953—1013），字仲贤，宋汀洲宁化（今属福建）人。太平兴国八年（983）进士。初师事徐铉，仕南唐为校书郎。历官陕西转运使、兵部员外郎。有《江表志》《南唐近事》等。

柳枝词

郑文宝

亭亭画舸系春潭，直到行人酒半酣。
不管烟波与风雨，载将离恨过江南。

据胡仔《苕溪渔隐丛话·前集》记载，这首绝句本无题，书于客舍壁间，在郑文宝的诗集中也没有收录，是"好事者或填入乐府"后才得以流传的。《柳枝词》是旧乐府曲牌，并非原诗题。

开篇展现的是一幅明丽、静美的春潭画舸图。"亭亭"本有两种解释：一是同"婷婷"，形容人或者花木美好的样子；二是形容高高耸立。此当取第二种解释，描写画舸。在碧波荡漾的一池春水之上，停泊着一艘装饰华美的豪华客船，池水清且涟漪，柳岸春色撩人。此处景色之"美"与后面抒写的心境之"伤"暗中已成对照。"系春潭"，指画舸系于春潭之畔的柳树上。整首诗中，杨柳的形象唯见于此，而且是暗写。诗人并没有对杨柳进行直接描绘，略其形而取其意。古时风俗，折柳以赠别，写杨柳便往往事涉离恨。如"昔我往矣，杨柳依依。今我来思，雨雪霏霏。"（《诗经·小雅·采薇》）"长安陌上无穷树，只有垂杨绾离别。"（刘禹锡《柳枝词》）不胜枚举。同时，"春潭"的出现，让人自然而然地联想到李白的著名诗句："桃花潭水深千尺，不及汪伦送我情。"画舸、新柳、春潭都暗示即将出现的"伤别离"场面，皆为情绪与主题的铺垫。

"直到行人酒半酣"中"直到"又作"只向"或"只待"。这里指时间概念，画舸系春柳的静美画卷一直维持到分别之人饮酒半酣时候。前面是远景，如今"镜头"推近到画舸船舱之内的饯行宴会。酒至半酣，将醉未醉，似醒非醒，是饮酒之最佳境界。此刻，送客的和将行的，皆兴味盎然，谈笑自如，豪气冲天。分别的伤感被酒兴弄得麻木了。于是，画舸解系，行者去矣！一切皆发生得自然而然。本来，天下没有不散的宴席！

"不管烟波与风雨，载将离恨过江南。"末句情绪陡转，黯然神伤。诗人的身份显然是送行者，当他站在岸边眼见着画舸一点点消失在视野中的时候，春风拂来，醉意骤消，满腔幽怨和离恨油然而生。友人前程未卜，一路上该会遇上多少风雨、多少恶浪？然而，船儿无心，哪里懂得这些？它已经鼓起风帆，直济沧海，一往无前,将诗人对故友的思念牵挂,内心的难舍真情一并带走。其实,对"行人"安危的忧虑也是对前途命运的一种关切,可以解作语义双关。其中暗藏无奈与抑郁,情感起伏跌宕,含蓄婉转,读来真情洋溢,感人至深。

这首《柳枝词》意不在写杨柳而在于写离愁别绪。最妙的是:诗人把人物的内心情感加以物化,将自己对友人的牵挂、命运的担忧,一股脑儿都归罪于不解人意、不惧风雨的"画舸",让它满载离恨,伴随烟波,作别春水江南而远去。我们都知道:离愁别绪本无形,更非可触摸的物品,如何可以用船儿去载得?然而,郑文宝却以大胆的想象和非凡的艺术功力,第一次将人的情感"搬"到船上,让它具象化,像沉甸甸的东西压在人的心头,承载了几千年,触动了无数人的情怀。钱钟书《宋诗选注》对"载将离恨过江南"诗句对后世的深远影响有极详细和精彩的论述,列举甚众。最早识得"真金"且第一个模仿郑文宝的,应当是著名的苏轼:"无情汴水自东流,只载一船离恨向西州。"(《虞美人》)而后世传诵最多的当推李清照的《武陵春》:"只恐双溪舴艋舟,载不动许多愁。"再后来,王实甫干脆将之搬到了车上:"遍人间烦恼填胸臆,量这些大小车儿如何载得起?"(《西厢记》第四本第一折)然而,无论如何"第一个吃螃蟹的人"是郑文宝,后人无非是对郑诗的效仿或者是翻新,功劳甚大。(秦岭梅)

【李昉】(925—994),字明远,宋深州饶阳(今属河北)人,宋代著名学者。五代后汉乾佑年间(948)进士。官至右拾遗、集贤殿修撰。后周时任集贤殿直学士、翰林学士。宋初为中书舍人。宋太宗时任参知政事、平章事。雍熙元年(984年)加中书侍郎。主编有《太平御览》《太平广记》《文苑英华》等。

禁林春直

李 昉

疏帘摇曳日辉辉,直阁深严半掩扉。
一院有花春昼永,八方无事诏书稀。
树头百啭莺莺语,梁上新来燕燕飞。
岂合此身居此地?妨贤尸禄自知非。

该诗的大意是:疏帘在清风中轻轻摇晃,春日阳光灿烂温暖。禁苑楼阁寂静森严,阁门半开半掩。嗅着满院的花香,感到春日渐渐地长了,想到皇帝的文告很少下达,八方无事,天下太平安乐,真让人舒适惬意。树上的黄莺百啭千娇,梁上的燕子飞去飞来,一切都是那么悠闲自在,生气勃勃。难道我这样的人真的配居住在这宫苑吗？我自知尸位素餐，妨碍了有才能的人士。"禁林"同"禁苑"，指宫廷。"直"同"值"，值班。"尸禄"犹言尸位素餐，受禄而不尽职。《汉书·鲍宣传》："以苟容曲从为贤，以拱默尸禄为智"，颜师古注："尸，主也。不忧其职，但主食禄而已。"

该诗唱颂歌而不同流俗，所以深得好评。写禁苑中春色，直让人感到鸟语花香，暖意融融，渲染了一幅太平、和谐、安乐的图景。"八方无事诏书稀"，不言太平而太平之意从字里行间透出，不落俗套，不同凡响。元代的方回评说："李昉此诗，合是宋朝善言太平第一人，故不以入'朝省类'，而置之'升平'选中。"（《瀛奎律髓汇评》卷五）清代的纪昀说："三、四真太平宰相语，其气象广大，太和之意盎然，此故不在语言文字之间。"（《瀛奎律髓汇评》卷五）近代的陈衍也说："写出太平景象，而不落俗，惟元人王恽《玉堂即事》二绝句近之。首二句云：'阴阴槐幄幕间庭，静似蓝田县事厅。'然著迹矣。"（《宋诗精华录》卷一）歌功颂德的诗易流于空洞，说大话，缺少真情实感。汉大赋的铺张扬厉，内容空洞的"颂歌"的喊叫式抒情，都是失败的例子。李昉此诗平易亲切，含蓄有味，故好。

该诗的尾联也很有意思："岂合此身居此地？妨贤尸禄自知非。"故作谦虚之言吗？矫情吗？李昉在宋初曾长期为相，兢兢业业，立功立言均大有作为。在政治上，他深得宋太宗信任。当时面对宋辽20余年来兵连祸结，边境民不聊生的现实，他主张弥兵息民、宋辽修好，让百姓休养生息，宋太宗最终接受了他的建议。在举荐人才方面他也不遗余力。他曾参加编撰《旧五代史》，主编《太平御览》《太平广记》《文苑英华》，此三书与《册府元龟》合称为宋代四大类书，在保存古代文献方面颇有贡献。应该说李昉是那个时代文人的佼佼者，是难得的贤俊。《宋史·李昉传》称其"和厚多恕，不念旧恶，在位小心循谨，无赫赫称。"可见末句云云是真心的自谦，卑以自牧，不是矫情，是他和厚、小心谨慎性情的自然流露。这是值得后人学习的美德。（张应中）

【王禹偁】（954—1001），字元之，宋济州钜野（今属山东）人。世代务农。太平兴国八年（983）进士。历任右拾遗、翰林学士、知制诰。遇事敢言，屡以事贬官。真宗时，预修《太祖实录》，直书史事，为宰相不满，降知黄州。后迁蕲州，病卒。有《小畜集》。

村　行

王禹偁

马穿山径菊初黄，信马悠悠野兴长。
万壑有声含晚籁，数峰无语立斜阳。
棠梨叶落胭脂色，荞麦花开白雪香。
何事吟余忽惆怅？村桥原树似吾乡。

太宗淳化二年（911）王禹偁因论妖尼道安诬陷徐铉，获谴于朝廷，由开封贬到商州（陕西商县）为团练副使。在州写了不少写景抒情诗，有"平生诗句是山水，谪宦方知是胜游"之句。《村行》乃获贬的次年秋作于商州。

首联写马踏山径，道旁满是野菊花，人的兴致很高，所以信马随意而行。是信手拈来之句。次联为全篇之警策。"数峰无语"这个否定的命题，假设着一个肯定的命题，就是仿佛它能语、欲语似的，这样它才不是一句废话、而是一句耐人寻味的话。"含晚籁"与"立斜阳"，无不是写自然于我有深情，所谓"相看两不厌"也，这是野兴很浓的又一表现。中国诗的胜谛在赋外物以生命，使外物的精神与创作主体的精神息息相通。此即是。

三联拈出棠梨的红叶，荞麦的白花，秋色秋香，自然成对。末联写兴致勃勃之际，忽然袭来怅触。原来桥边一座山村，原上数株老树，十分眼熟，像煞故乡景物。这是一种真切的生活体验，在中晚唐诗中已有类语，如欧阳詹《蜀门与林蕴分路》："村步如延寿，川原似福平。无人相共识，独自故乡情。"此诗只于结尾处一点即收，亦无妨复。（周啸天）

寒 食

王禹偁

今年寒食在商山，山里风光亦可怜。
稚子就花拈蛱蝶，人家依树系秋千。
郊原晓绿初经雨，巷陌春阴乍禁烟。
副使官闲莫惆怅，酒钱犹有撰碑钱。

这是一首描写寒食春光以遣愁之作。王禹偁在仕途上本来想大有作为，作出一番事业的，淳化二年（991），王禹偁因论庐州妖尼道安诬徐铉事，抗疏获罪，被贬为商州团练副使。直而遭忌，忠而被贬，在商州，他忧愁失志，境况寂寞凄凉，常借观赏山水风物，饮酒读诗，或诗文创作聊以自遣，打发苦闷时光。他曾自言："平生诗句多山水，谪宦谁知是胜游"（《听泉》），"脱衣换得商山酒，笑把《离骚》独自倾"（《清明日独酌》）。这一首《寒食》也是在这种境况下写出的名篇。唐宋时期，寒食清明是游玩宴会的好日子，宋代思想家邵雍的《春游》诗第一句就说"人间佳节为寒食"（《伊川击壤集》卷二），王禹偁后来在江都（扬州）任上作《寒食》诗，也描绘了当地的热闹情景："寒食江都郡，青旗买楚醪。楼台藏绿柳，篱落露红桃。妓女穿轻屐，笙歌泛小舠。"北宋时的汴梁更是热闹非凡，张择端的大型人物画《清明上河图》描绘的正是北宋汴梁的这种盛况。首句"今年寒食在商山",暗示去年在汴梁,现在不在那儿了。时空转换,失落感油然而生。但第二句又一转,"山里风光亦可怜","可怜"即可爱的意思。中二联就写山里风光的可爱之处了:小孩在花丛中捕捉蝴蝶,有人在树间安置秋千,雨后清晨,原野一片新鲜碧绿,令人赏心悦目,小巷深处,春阴漠漠,没有烟火,寒食到了,人家开始禁烟了。——商山没有汴梁的热闹,但清景也别有风味。可以想象,诗人观赏春景,负手闲行,独自吟哦的潇洒。结句又作补充:虽然任副使闲职,俸禄微薄,日子清苦,所幸为别人撰写碑铭还换得一些稿费,买酒钱还是有的。因此也就不必惆怅了,诗人找到了足以安慰自己的理由。

从表面看,诗写寒食春光的可爱和自己心境的悠闲,但"副使官闲莫惆怅"一句大可值得玩味。"莫惆怅",意味着有惆怅,先是惆怅的。钱钟书注王禹偁《村行》一诗说:"按逻辑说来,'反'包含先有'正',否定命题总预先假设着肯定命题……诗人常常运用这个道理。"(《宋诗选注》)正因为诗人自我劝解"莫惆怅",说明他的惆怅之情原先存在。自说春光可爱,有酒可饮,都是冲着排遣惆怅心境而来的。紧随其后写的《清明日独酌》便直言"闲恨闲愁"了:"一郡官闲唯副使,一年冷节是清明。春来春去何时尽,闲恨闲愁触处生。漆燕黄鹂夸舌健,柳花榆荚斗身轻。脱衣换得商山酒,笑把《离骚》独自倾。"《离骚》是屈原被逐而写的忧愁愤懑之作,读《离骚》,也就是借他人酒杯浇自己胸中块垒。于是,透过"莫惆怅"一语,读者便读出了话外音,言外意,那种难以排遣的寂寞惆怅之情便弥漫在春光胜景之中,甚至笼罩全诗,具有四两拨千斤之作用。美景中有寂寞,惆怅中有安慰,诗思诗情便丰富起来,真是别有一般滋味在心头。诗家真是高明,诗语真是奇妙。(张应中)

龙凤茶

王禹偁

样标龙凤号题新,赐得还因作近臣。
烹处岂期商岭外,碾时空想建溪春。
香于九畹芳兰气,圆似三秋皓月轮。
爱惜不尝惟恐尽,除将供养白头亲。

王禹偁这首诗写的龙凤茶,是宋代建安(今福建建瓯)贡茶,为蒸青团茶,圆形,面上印着龙凤花纹,龙纹的称"龙团"、"团龙",凤纹的叫作"凤团"、"团凤"。后制的直径小的龙凤茶称"小龙团"、"小凤团"。宋徽宗《大观茶论》说:"本朝之兴,岁修建溪之贡，龙团凤饼，名冠天下。"龙凤茶入贡，朝廷也拿出一部分分赐臣僚，文人中以龙凤茶为题的酬唱诗作比较多。

但是这一首不是酬唱之作，是王禹偁被贬官到陕西商州作团练副使时写的。王禹偁直言敢谏得罪，贬谪商州。他在商州时期，思想是很苦闷的，大多时候是读书消遣，探访名胜，和文士诗酒流连，以排遣自己的愁绪和怅惘之情。有时也想到朝廷，这首诗就是他看到自己留存的龙凤茶而生发的感想。

王禹偁的诗歌风格和唐代的白居易有些近似，明白浅近，比较好理解。这首诗也写得比较通俗流畅。诗中写道，他的龙凤茶是过去在朝廷作近臣时得到的赐品，现在到商州来汲水烹煮，碾着茶叶时就想到"建溪春"（建溪春是茶名，指建安所产的上等茶叶，因建溪流贯其中，故称），它那像兰花一样的香味，像秋夜月轮一样的圆形，真是太美好了！正因为如此，很值得珍惜，生怕很快就尝完了，还是留着给白头年迈的父母亲喝吧！

看来，诗歌是在赞赏龙凤茶的美好的，诗歌也的确从它的香味和外形进行了赞美，写得很生动形象，但是，我们只要透过这层意思作深入的分析，就不难发现诗歌也隐含着诗人的牢骚。当初因为得到"龙凤茶"的赏赐，是因为"作近臣"，如今，自己却被贬到了荒远的商州来任毫无实际权力的团练副使，两相比较，不平之气见于言外。还有"空想"二字，也隐隐透露出诗人对朝廷的眷怀是毫无意义的。至于"九畹（一畹等于十二亩，一说三十亩。九是虚数，表示多的意思）香兰"，更是直接用了屈原《离骚》中"余既滋兰之九畹兮，又树蕙之百亩"的典故，表明自己是坚贞清白的。从这些地方，我们可以看出诗人的寄托，在赞美龙凤茶的同时也抒发了自己心中的愤懑，诗意更加深厚了。（管遗瑞）

畲田词并序（五首录三）

王禹偁

上洛郡南六百里，属邑有丰阳、上津，皆深山穷谷，不通辙迹。其民刀耕火种，大底先斫山田，虽悬崖绝岭，树木尽仆，俟其干且燥，乃行火焉。火尚炽，即以种播之，然后酿黍稷、烹鸡豚。先约曰某家某日有事于畲田，虽数十里如期而集，锄斧随焉。至则行酒啗炙，鼓噪而作，盖斸而掩其土也。斸毕则不复耘矣。援桴者，有勉励督课之语，若歌曲然。且其俗更互力田，人人自勉，仆爱其有义，作《畲田》词五首，以侑其气。亦欲采诗官闻之，传于执政者，苟择良二千石，暨贤百里，使化天下之民如斯民之义，庶乎污莱尽辟矣。其词则取乎俚，盖欲山民之易晓也。

其一

大家齐力斸屽颜，耳听田歌手莫闲。
各愿种成千百索，豆其禾穗满青山。

太宗淳化二年（991），作者获贬商州（今陕西商县）团练副使。团练副使是宋代常用安置贬谪官员的虚职。商州属邑有丰阳、上津，皆深山穷谷，不通辙迹。其民刀耕火种，广种薄收；其俗互助力田，人人自勉。王禹偁对此十分歆羡赞赏，遂效唐代刘白唱酬相与为《竹枝词》之遗意，为山民创作了《畲田词五首》，是劝耕的山歌，"其词则取乎俚，盖欲山民之易晓也。"应该说是很有意义的。

畲田，是一种以刀耕火种为主要特征的耕作方式，是古代畲族及其他南方少数民族常用的耕种方式。初春，山民上山砍树，等树木干燥之后放火烧成灰以作养田肥料，趁灰尚热时播种。在恶劣的环境中，山民开荒耕种，世世代代得以生存，这不能不说是个奇迹。

在这首诗中，作者写出了山地农民齐心协力，震天动地的劳作气势。首句写开荒，"斸屽颜"的"屽颜"，通巉岩，山很高峻的样子。次句写喊号子。在劳作期间，人们会喊一些自创的号子——有调无词，统称"畲田调"或"打锣鼓"。这些调子一方面以特有的节奏协调动作，另一方面营造愉悦轻松的氛围，鼓动积极性。

三句写山民的愿望。他们希望能开垦出最大面积的耕地，种植各种各样的农作物，以期当年得到好收成。"索"，丈量用的长绳，也是山中田地面积的测量单位。作者自注："山田不知畎亩，但以百尺绳量之，曰某家今年种得若干索。""索"字对于山民来说是个含义丰富，充满期待的字眼。能得多少"豆其禾穗"，不全在"索"的多少当中吗？"索"字入诗，正是《畲田词》的本色。

这首诗的口吻似拉拉队员在旁加油助阵。亲切生动，口语化，充满对劳动的赞美，对美好生活的向往。（舒三友）

其二

鼓声猎猎酒醺醺，斫上高山乱入云。
自种自收还自足，不知尧舜是吾君。

这首诗写山民畲田的自足和豪情。

"鼓声猎猎酒醺醺，斫上高山乱入云。"两句写山民的干劲。据《山阳县志》记载"至农忙之时，先期告众，鸣鼓敲锣，唱歌督工，名曰：打锣鼓"。首句就写山民畲田时擂鼓助阵的情态,"猎猎"本形风声,这里暗示鼓声借风传送。"酒醺醺"写山民酒足饭饱的情景。当地的风俗是,一家需要畲田,数十里内的山民会带着锄斧如期而至。主人将备酒肉招待。大家酒足饭饱后,在其乐融融的氛围里,才好轮圆胳膊卖力干活。当地高山深谷,"乱入云"写出了山峰嶙峋,突兀挺拔的地貌。此外,还给读者传达另一层意思,这里生存条件恶劣,山民们饮酒、歌唱、劳作中表现出的是一种乐观主义的精神。

"自种自收还自足,不知尧舜是吾君。"两句写山民的豪情。三句一连用了三个"自"字,包含几层意思:一层是自力更生,即"自种自收";另一层是自我满足,"自足",既是满足自我,也是知足常乐;还有一层是自由自在,这个意思直贯末句。末句意味更是深长,"不知尧舜是吾君",表面看这就是古老的《击壤歌》所抒发的那种无拘无束的欢乐——"日出而作,日入而息。凿井而饮,耕田而食。帝力于我何有哉!"其实也含蓄、巧妙地赞美了时代和君王。"尧舜"是贤君,不管你知道不知道;畲田看来是不交租的,所以不知道;全组诗表现出和平的气氛,是宋初天下安定局面的表现。

所以尽管诗中写"不知尧舜是吾君",就是皇帝看了,也是不会生气的。(舒三友)

其三

北山种了种南山,相助力耕岂有偏?
愿得人间皆似我,也应四海少荒田。

这首诗赞美互助合作,兼有劝耕之意。

"北山种了种南山,相助力耕岂有偏?"两句写山民劳作不已,及其互助合作精神。首句用"种"字做成句中顶真的形式,通过"北山"、"南山"的复叠,写出山民畲田的辛勤。一方面是有做不完的农活,一方面是有用不完的力气。次句写"相助力耕",因为是你帮我,我帮你,"岂有偏"是说没有任何的偏心,不是干私活就卖力,替别人干活就偷懒。反映出劳动人民朴素,诚信的品质。

"愿得人间皆似我,也应四海少荒田。"两句以山民的口吻写一种良好愿望。其实这两句主要是唱给执政者听的,希望能把"商州经验"向全国推广——原序说:"亦欲采诗官闻之,传于执政者,苟择良二千石暨贤百里,使化天下如斯民之义,庶乎污莱尽辟矣。"末句的"四海少荒田",也就是唐诗说的"四海无闲田",收成应该更好,人民的生活也应该更好。

总之,这组诗除重视农耕以外,还反映了劳动人民以劳动为生,以劳动为乐,以劳动为荣的淳朴的思想感情,并使用劳动人民的语言,在古诗中是难能可贵的。组诗思想内涵深刻。读起来生动有味。(舒三友)

春居杂兴

王禹偁

两株桃杏映篱斜，妆点商山副使家。
何事春风容不得，和莺吹折数枝花。

与前诗写作年代相同。商州地处偏僻，而团练副使在宋代是一个常被用来安置贬谪官员的闲职，诗人《清明日独酌》有道是"一郡官闲唯副使"，就和唐代州司马的职务差不多。

这首《春居杂兴》说，春来竹篱下的两株桃杏皆已发花，装点了我这个商州团练副使简陋的住宅；但这一天刮起大风把花枝折断，树上的黄莺也飞得无影无踪，好像故意要和我过不去似的。

责问春风，是极无理语，但颇有情致——活生生表现出诗人的气恼。然而诚如诗人的儿子所指出，这个构思与"恰似春风相欺得，夜来吹折数枝花"相近，落在杜甫掌心里。不料诗人听后很高兴，不但不放弃，还咏一诗道："本与乐天为后进，敢期子美是前身"，表明是暗合，而不是明抄，所以不心虚。

事实上，这句构思与杜甫虽同，措语却有别致。关键在"和莺"二字，为杜诗所无，也更见精彩——意思是春风把桃杏花枝吹折不说，还把枝上黄莺一齐吹走，岂不一倍可恼！表面上看，花枝可吹折，黄莺不能"吹折"，说"和莺吹折"似乎不通，正因为这样，一般人想不到、做不出。殊不知诗有别趣，非关理也，诗有别句，非同文也。这个诗句相对于文句，就是把两句紧缩为一句，一句为略语（"和莺"）、一句为全语（"吹折数枝花"），被省略语通过未省略语赖一"和"字，相互比勘，读者不难领会诗人用意。故"和莺吹折数枝花"是俊语、是韵语，反出于"夜来吹折数枝花"之上。

当然，这"和莺"二字，也不是无来历的。韦庄《樱桃树》诗云："记得初开雪满枝，和蜂和蝶带花移。如今花落游蜂去，空作主人惆怅诗。"应该说"和莺吹折数枝花"在构思上出韦诗，不过在造句上，创为紧缩语，就比韦诗精彩得多。所谓点铁成金，非此之谓欤？所谓"小结裹"上出新，非此之谓欤？（周啸天）

清 明

王禹偁

无花无酒过清明，兴味萧然似野僧。
昨日邻家乞新火，晓窗分与读书灯。

这首诗一作魏野诗。清明的节日含义相传源于春秋,据说晋文公为逼介子推出山,火烧介山,却发现介子推和他的老母亲抱着一棵烧焦的柳树已经死去。懊悔万分的晋文公在次年带着大臣们到介山祭奠,发现烧焦的柳树竟然复活了,于是晋文公为柳树赐名"清明柳",把这个日子定为"清明节"。同时,"清明"又是节气,谚云:"清明前后,种瓜点豆"、"清明谷雨紧相连,浸种春耕莫迟延",都是就节气而言。

"无花无酒过清明":随着历史的发展,清明节开始逐渐增加了馈宴、赏花、斗鸡、秋千、品茶等诸多娱乐活动,越过越热闹了,有诗为证:"东风时节近清明,车马争来满禁城"、"雨洗清明万象鲜,满城车马簇红筵"。而在这些娱乐活动中赏花、饮酒是重头戏,如白居易的"惜花邀客赏,劝酒促歌声。共醉移芳席,留欢闭暮城。"但诗中书生却既无花又无酒,冷清寂寞得有如野庙里的穷和尚。

从"昨日邻家乞新火"看,诗应写于清明次日。寒食节在清明节前一天,按照习俗,寒食节当天要禁火禁烟,只进冷食,次日再重新取火。诗人按故事过了寒食节,因而在寒食节次日需取新火,而向"邻家乞火"是在"昨日"——即清明早晨,所以"今日"应是清明次日。

全诗紧密围绕"清明"展开,生活气息较浓:别家过清明热热闹闹,如诗人却无花无酒,形似穷僧,勉强遵照习俗度过寒食节,次日屋内清冷如野庙,毫无过节气氛,于是书生倍感兴味索然,一大早就向邻家讨来新火,点亮油灯,苦读诗书。过节不遵习俗,原因多多:一则诗人家境清寒,没有余财也没有余神像别家一样过节;二则诗人是个勤学上进的好学生,大清早地就起床苦读。就此而言,这首诗也不失为一首很好的劝学诗。(秦岭梅)

对 雪

王禹偁

帝乡岁云暮,衡门昼长闭。五日免常参,三馆无公事。
读书夜卧迟,多成日高睡。睡起毛骨寒,窗牖琼花坠。
披衣出户看,飘飘满天地。岂敢患贫居,聊将贺丰岁。
月俸虽无余,晨炊且相继。薪刍未缺供,酒肴亦能备。
数杯奉亲老,一酌均兄弟。妻子不饥寒,相聚歌时瑞。
因思河朔民,输挽供边鄙。车重数十斛,路遥几百里。
羸蹄冻不行,死辙冰难曳。夜来何处宿,阒寂荒陂里。
又思边塞兵,荷戈御胡骑。城上卓旌旗,楼中望烽燧。
弓劲添力气,甲寒侵骨髓。今日何处行,牢落穷沙际。

自念亦何人，偷安得如是！深为苍生蠹，仍尸谏官位。
　　睿谟无一言，岂得为直士？褒贬无一词，岂得为良史？
　　不耕一亩田，不持一只矢。多惭富人术，且乏安边议。
　　空作对雪吟，勤勤谢知己。

　　诗题《对雪》，诗意不在咏雪，而在于抒感。诗约作于宋太宗端拱元年（988），作者在汴京（"帝乡"）供职，任"右拾遗直史馆"。那时候宋跟契丹（后称"辽"）正打仗，战争的负担和灾难全部转嫁到人民身上，作者对此颇有感慨，于是在雪天写下了这首诗。

　　诗分五段。第一段从篇首至"飘飘满天地"，从题面叙起，写岁暮深居值雪。这段文字很平，但有两方面的作用。一是突出天气的奇寒：为官的作者本人是深居简出（"衡门昼长闭"），朝廷免去五日一上朝的惯例（"五日免常参"），官署亦不办公（"三馆"指昭文、国史、集贤三馆），这些都间接表明岁暮天寒的影响。而大雪漫天飞扬则是直接写寒冷（"睡起毛骨寒，窗牖琼花坠"）。二是描述一己的闲逸。既无案牍劳形之苦，复多深夜读书之趣，因而往往睡到日上三竿才起来。一日睡起，忽觉寒气入骨，有玉屑一样的白花飞入窗内，于是"披衣出户看，飘飘满天地。"十个字对雪没有作细致的描绘，却全是一种潇洒愉悦的情味。这里写的是闲人眼中的雪，是"帝乡"京都的雪，倒使人联想到一首唐诗："飞雪带春风，徘徊乱绕空。君看似花处，偏在洛城中。"（刘方平《春雪》）天寒风雪，独宜于富贵之家呵。这里写天寒，写闲逸，无不是为后文写边地兵民劳役之苦作铺垫或伏笔。

　　第二段（从"岂敢患贫居"到"相聚歌时瑞"）承上段，写家人团聚，赏白雪而庆丰年。值得玩味的是从篇首"衡门"（横木为门，谓简陋的住宅）句到这一段，诗人一再称穷。"贫居"固然是穷，"月俸无余"、"数杯"、"一酌"亦无不意味着穷。其实这倒不是他真的要发什么官微不救贫一类的牢骚，而是别有用意。他虽说"穷"，却不愁薪米、能备酒肴，惠及父母兄弟妻子。在这大雪纷飞的岁暮，他们能共享天伦之乐，共贺"瑞雪丰年"。这里句句流露出一种"知足"之乐，言"贫"倒仿佛成了谦词。所以，诗人实际上是要告诉读者：贫亦有等，从而为后文写真正贫而且困的人们再作地步。晚唐罗隐诗云："尽道丰年瑞，丰年事若何？长安有贫者，为瑞不宜多。"（《雪》）从"相聚歌时瑞"的人们联想到长安贫者，替他们说了一点话。本篇写法大致相同，但想得更远，语意更切。

　　第三段即以"因思"（由此想到）二字领起，至"阒寂荒陂里"句，转而以想象之笔写黄河以北（"河朔"）人民服劳役的苦况。关于北宋时抽民丁运输军粮的情况，李复《兵馈行》写得最详细，可以参看："人负五斗兼蓑笠，米供两兵更自食；

高卑日概给二升，六斗才可供十日。……运粮恐惧乏军兴，再符差点催馈军。此户追索丁口绝，县官不敢言无人；尽将妇妻作男子，数少更及羸老身。"（《矞水集》卷十一）第四段则以"又思"二字领起，至"牢落穷沙际"句，进而写兵役的苦况。

这两段所写河朔兵民之苦，与一二段所写身在帝乡的"我"的处境，适成对照。一方是闲逸，而一方是不堪劳碌：服劳役者"车重数十斛，路遥几百里，羸蹄冻不行，死辙冰难曳……"，服兵役者"城上卓旌旗，楼中望烽燧，弓劲添气力，甲寒侵骨髓……。"一方无冻馁之苦，而一方有葬身沟壑沙场之忧：或夜宿"荒陂里"，或转辗于"穷沙际"。字里行间，表现出诗人对河朔军民之深厚同情，从而引出一种为官者的强烈责任感，和对自己无力解除民瘼的深切内疚。

从"自念亦何人"到篇终为第五段，作自责之词而寓讽喻之意。看来诗人内疚很深（原于其责任感），故出语沉痛。他觉得贪图一己的安逸是可耻的（"偷安"），感到自己身为"拾遗"而未能尽到谏官的责任，身"直史馆"而未能尽到史官的责任，不足为"直士"、不足为"良史"。"不耕一亩田"，又无"富人（民）术"，有愧于河朔之民；"不持一只矢"，又乏"安边议"，有负于边塞之兵；更对不住道义之交的热忱期望（"勤勤谢知己"乃倒装趁韵句法，意即谢知己之勤勤）。所以骂自己为蛀虫（"深为苍生蠹"）。而事实上，王禹偁本人为官"遇事敢言，喜臧否人物，以直躬行道为己任"，是不当任其咎的。他在此诗以及其他诗（如《感流亡》）中的自责之词，一方面表示他不愿尸位素餐的责任心，另一方面也是对那些无功食禄之辈的讽刺。

诗层次极清楚，主要运用了对比结构，但这不是两个极端的对比（如白居易《轻肥》），而是通过"良心发现"式的反省语气写出，对比虽不那么惊心动魄，却有一种恳挚感人的力量。全诗语意周详，多用排比句式（二、五两段尤多），乃至段落之间作排比（三、四段），却毫无拖沓之嫌。其所以"篇无空文"，实在于"语必尽规"。因此，此诗不仅在思想上继承杜甫、白居易系心民瘼的传统，在艺术风格上也深得白诗真传，以平易浅切见长。从诗歌语言的角度看，乃是以单行素笔直抒胸臆，初步表现了宋诗议论化、散文化的风格特征。（周啸天）

感流亡

王禹偁

谪居岁云暮，晨起厨无烟。赖有可爱日，悬在南荣边。
高舂已数丈，和暖如春天。门临商於路，有客憩檐前。
老翁与病妪，头鬓皆皤然。呱呱三儿泣，茕茕一夫鳏。
道粮无斗粟，路费无百钱。聚头未有食，颜色颇饥寒。

试问何许人？答云家长安。去年关辅旱，逐熟入穰川。
妇死埋异乡，客贫思故园。故园虽孔迩，秦岭隔蓝关。
山深号六里，路峻名七盘。襁负且乞丐，冻馁复险艰。
唯愁大雨雪，僵死山谷间。我闻斯人语，倚户独长叹。
尔为流亡客，我为冗散官。左宦无俸禄，奉亲乏甘鲜。
因思筮仕来，倏忽过十年。峨冠蠹黔首，旅进长素餐。
文翰皆徒尔，放逐固宜然。家贫与亲老，睹尔聊自宽。

这是一首一韵到底的长篇叙事诗，全诗可分为三个层次。从开始到"和暖如春天"为第一层，写诗人谪居的贫困和冬阳的温暖。从"门临商於路"到"僵死山谷间"为第二层，写流亡者的悲惨经历和凄苦现状。从"我闻斯人语"到结束为第三层，写诗人自己的窘况和感叹。由流亡者到自己，有主有次，两相比较，首尾照应，语言通俗易懂，结构完整紧凑。

与一般吟风弄月、模山范水的诗歌不同，这首诗反映流亡民众的凄苦生活，有很强的人民性，草根性。《宋史·太宗本纪二》云：淳化元年（990）八月，"京兆长安八县旱"，又云："是岁（淳化元），……寿安、长安、天兴等二十七县旱"。正是诗中"去年关辅旱"的情况。因为大旱导致饥荒，人民的流亡。诗中的"一夫"自述灾情：他们本是长安人，逃荒至庄稼丰熟的地方。在逃荒途中，妻子死了，埋在异乡。他上有老，下有小，两个头发斑白的老翁和生病的老妇，三个哭泣的小孩，其中一个还是婴儿，背在背上。他们缺粮少钱，流离失所。翻山越岭，更有可能遭遇大雨雪，那就极有可能冻死在山谷间。境况多么凄惨，情景多么难堪！不由人不为之怜悯、叹息。王禹偁出身下层社会，他关心民生疾苦，在朝廷当谏官，能直言时政之弊，"叱君之过"，建议君王对人民施以仁政。他多次贬为地方小吏，生活在底层，接近民众，甚至与他们同病相怜，他的诗歌创作一如白居易提倡的"非求宫律高，不务文字奇，惟歌生民病，愿得天子知"（《寄唐生》），继承了杜甫、白居易的人民性、现实性的传统，体现了他的人道主义情怀。这样的官才是爱民如子的官，才是人民的父母官。

诗中不但写了流亡者的悲惨遭遇，也写出了诗人自己的窘况，他把自己也融入作品之中，与流亡者同病相怜。诗人听了流亡者叙述后的反映是"倚户独长叹"，叹什么？叹流亡者，也叹自己，令人想起屈原的"长太息以掩涕兮，哀民生之多艰"的深长喟叹。王禹偁为人耿介，"遇事难缄默"（《谪居感事》）。淳化二年，王禹偁因严于执法触怒天子，被贬为商州（今陕西商州）团练副使。团练副使是地方小吏，地位低下，俸禄微薄。他初到商州，生活困顿："坏舍床铺月，寒窗砚结澌。

振书衫作拂,解带竹为桃"(《谪居感事》)。他不得不垦地,自己种菜以自给。即使这样,也难以养活妻室老小,有时还要以野菜充饥,如同这首诗中的"一夫"。真所谓"同是天涯沦落人,相逢何必曾相识"啊!《感流亡》由人及己,写到自己被贬谪居的窘况,又由己及人,想到一般官员对老百姓的损害:"峨冠蠹黔首,旅进长素餐",感叹自己的无能为力,这与唐代诗人韦应物"邑有流亡愧俸钱"(《寄李儋元锡》)的民本思想如出一辙。

该诗为记事名篇,伤民病痛,泄导人情,继承了杜甫、白居易一路新乐府的优良传统,具有较强的进步性和现实主义精神。在当时有新闻性,在后世又有一定的历史文献价值。(张应中)

【魏野】 字仲先,号草堂居士。本蜀地人,后迁居陕州(今河南陕县)。自筑草堂于陕州东郊,当时显宦名流如寇准等多与他交游。终生不仕,死后追赠著作郎。有《草堂集》。

题崇胜院河亭

魏 野

陕郡衙中寺,亭临翠霭闲。
数声离岸舻,几点别州山。
野客犹思住,江鸥亦忘还。
隔墙歌舞地,喧静不相关。

该诗写河亭观景,突出一"闲"字,景闲人亦闲,诗人独得闲中趣。

首联写河亭所在位置。亭在陕郡的衙中寺里,面临长河,因多树木,云雾也被染成翠绿色。视野开阔,风景清幽,用今天的话来说,是休闲的好去处。中间两联就"闲"字加以展开。颔联先写船离岸的声音,开船的橹声清脆响亮地传来,属于听觉。"数声离岸舻",《全宋诗》等皆为"舻",不合平仄,且语意不太确切,疑为"橹"字。接着写几点青山,淡淡的点缀在远方,属于视觉。"别"在此处为形容词,借其动词词性与"离"相对,为借对。颈联写人与鸥鸟乐此不疲。"野客"系诗人自指,面对这样清闲的好地方,诗人希望在这里住下来,江鸥也自在飞翔,忘了归宿了。古人写鸥,常隐喻自由隐逸之情,如"此心吾与白鸥盟"(黄庭坚《登快阁》)。尾联将河亭与"隔墙歌舞地"作对比,一幽静,一喧闹,两不相关。意思是说,诗人爱此地的幽静,不喜欢歌舞地的热闹喧嚣。闲静闲静,只有闲才能静,只有静中才得闲,万物静观皆自得,尾联的"静"是对"闲"的有力补充。

诗人为什么特别喜欢闲，喜欢静呢？我们别忘了，魏野是个终身不仕的隐逸诗人。他本来是西川（今属四川省）人，后来迁居陕州（今河南陕县），隐居山林，不求闻达。宋真宗西祀时曾遣使召之，他闭户逾墙而遁。其诗《书友人屋壁》也说："静想闲来者，还应我最偏。"魏野的诗效法贾岛、姚合，苦力求工。不过他的诗平朴闲远，无艰涩苦瘦之弊。如"采芝何处未归来，白云满地无人扫"（《寻隐者不遇》）及"妻喜栽花活，儿夸斗草赢"（《春日述怀》）。宋僧文莹《玉壶野史》说，魏野"诗固无飘逸俊迈之气，但平朴而常不事虚语"，评价颇为中肯。北宋初期诗坛，有白体、西昆体、晚唐体三派诗人，魏野与林逋、寇准等便是晚唐体诗人代表。古来诗人大抵爱清静，隐逸诗人尤甚。王维"晚年惟好静，万事不关心"（《酬张少府》），大约是看透了之后的超然吧。隐士不必做，但魏野的求闲求静的心态值得当代人借鉴学习，它可以平衡我们的功名利禄之心，冲动浮躁之气。可惜的是，在加速发展的现代化进程中，在通讯高度发达的当代，在无止境的开发甚至破坏环境的热潮中，在激烈的生存竞争、紧张的生活节奏里，人们很难闲下来，静下来，过放松舒缓的生活，就是隐居也找不到一处好地方了。（张应中）

啄 木

魏 野

爪利嘴还刚，残阳啄更忙。
千林蠹如尽，一腹馁何妨。
形小过槐木，声高近草堂。
岂能同燕雀，惟解占高粱。

啄木鸟出没于林深处，有"森林医生"的美称。这首诗字字句句都在写啄木鸟，字字句句都在赞美啄木鸟，且字字句句都有所寄托。这首咏物诗，既表达了诗人对啄木鸟的赞赏，也抒发了诗人的人生追求。

诗人写啄木鸟主要从两个方面着手：一是抓住啄木鸟的习性和外形，用白描手法勾勒啄木鸟的外在形态，让读者对啄木鸟有感性上的认识。啄木鸟体型小巧，却爪利、嘴刚，栖息于森林，穿行于槐树间，专门啄食害虫。二是意在刻画啄木鸟的与众不同之处，进而与燕雀相对照，表现啄木鸟的个性、精神和内在美。这就是人们常常称道的咏物贵在"写其神"。

啄木鸟是森林的卫士、害虫的天敌，它用利喙坚爪为树林清除虫害，保住森林的勃勃生机和片片葱绿。害虫一何多，啄木一何忙！日之夕矣，飞鸟投林，森林里的鸟儿们都相与呼唤，回巢息憩了，可啄木鸟却依然还在忙碌。这不经意的一笔，写出了啄木鸟的勤劳、辛苦，令人对之顿生敬意。啄木鸟干活如此卖力、做事如此投入，让诗人有些于心不忍。老鼠尽了，猫儿就会失业。这森林里的蠹虫倘是被彻底消灭干净，你啄木鸟岂不就要饿肚子了？不如悠着点儿！宋人称此句"有诗人规诫之风"。然而，啄木鸟的可贵之处正在于此！宁可自己腹中饥饿，也要将这林中害虫悉数除灭，信念坚定，志在不舍！啄木鸟响亮的回答，表现出啄木鸟不计得失、嫉恶如仇、无私无畏的高尚品格。

诗人以与啄木鸟为邻而感到欣喜，因为他不喜欢那些占据自家屋檐的燕雀，它们贪图安逸，岂能与啄木鸟相比？啄木鸟虽然身材纤弱，然而啼声高亢，是意志与力量、无私与奉献的化身，平庸的燕雀安知啄木鸟之远大理想呢？

啄木鸟非常见，咏啄木鸟的诗更少有。魏野之前，西晋左思之妹左芬有《啄木诗》，赞美啄木鸟："无干于人，唯志所欲。"旨在借啄木鸟表达对人生的感悟："性清者荣，性浊者辱。"与之相较，魏野此篇形神兼备，不只是空泛的议论，咏物、写意、抒怀，皆生动而传神，且笔触平实而圆熟，无苦瘦之弊，司马光、欧阳修等名家对此皆颇为称道。（秦岭梅）

【惠崇】（？—1017?），建阳（今属福建）人，一作淮南人，九僧之一。

池上鹭分赋得明字

惠　崇

雨绝方塘溢，迟徊不复惊。
曝翎沙日暖，引步岛风清。
照水千寻迥，栖烟一点明。
主人池上凤，见尔忆蓬瀛。

该诗咏白鹭。咏物诗以形神兼备且有寄托者为最佳。该诗俱得之。

首联写雨后方塘，白鹭悠闲从容，捕食鱼虾。白鹭喜在水中觅食，且雨后水溢，鱼虾活跃，正是捕食的好时机，多水的环境与吟咏对象相协调。中间两联具体写白鹭之形神。在暖意融融的沙滩上晾晒羽毛，在清风徐来水波不兴的岛上漫步，一副悠然自得的模样，或者因为有了白鹭，更增添了岛景的清幽。"照水千寻迥，栖烟一点明"一联尤为精彩。"迥"，远的意思。很远都能看得清白鹭的倒影，意谓水清鹭洁。栖息在烟云里,还能看见一点明亮,以衬托之笔突显对象,极为传神。与"万绿丛中一点红"同一笔法,但比后者超凡脱俗。至此,虽只三十个字,历历如画,差不多已将白鹭形神写尽。在难以为继的情况下,诗人展开想象,写池上的凤凰见到白鹭,不知不觉忆念起海上仙山了。尾联发挥诗想象的优长,已是画境所不能到,更进一步写出了白鹭之神。同时也是寄托。惠崇为宋初"九诗僧"之一,作为方外人士,不恋红尘,虽与达官贵人有交往,而胸中别有一世界,由白鹭可以想见诗人的高洁超逸情怀。总之,该诗咏白鹭能抓住特征,寥寥数笔,形神兼备,突出了白鹭的高洁品性,诗风清虚超逸,令人神远。

据《全宋诗》卷一二六载:文莹《湘山野录》:"寇莱公延诗僧惠崇于池亭,探阄分题,莱公得池上柳青字韵,崇得池上鹭明字韵。崇默绕池径,驰心杳冥以搜之。自午及晡,忽以二指点空微笑曰:'此篇功在明字,凡五押之俱不倒,今方得之。'公曰:'试请口举。'崇举诗云云。公笑曰:'吾之柳功在青字,已四押之,终未惬,不若且罢。'"的确如惠崇所言,诗中"明"字用得极精准到位,一字用得好,顿使全篇生色,何况其余各处写得也不赖呢!

前人写白鹭,有句云"跳波自相溅,白鹭惊复下"(王维),"漠漠水田飞白鹭"(王维),"一行白鹭上青天"(杜甫),"西塞山前白鹭飞"(张志和)等等,惠崇诗则整首咏白鹭,一如崔珏写鸳鸯、郑谷写鹧鸪、崔涂写孤雁,皆以咏禽鸟著名。(张应中)

【林逋】(967-1028),字君复,钱塘(今浙江杭州)人。早年放游江淮间,后归隐杭州西湖之孤山。终身不仕不娶,唯喜种梅养鹤,人称"梅妻鹤子"。卒谥和靖先生。其诗多写幽静的隐居生活,风格清隽淡远。有《林和靖先生诗集》。

山园小梅

林 逋

众芳摇落独暄妍,占尽风情向小园。
疏影横斜水清浅,暗香浮动月黄昏。
霜禽欲下先偷眼,粉蝶如知合断魂。
幸有微吟可相狎,不须檀板共金樽。

这是一首名气很大的咏梅诗。它的名气大,其实也就是因为颔联的两句:"疏影横斜水清浅,暗香浮动月黄昏。"妙于以"疏影"写梅枝——因为梅枝无叶,以"暗香"写梅花气息——因为香远益清。尤妙于将梅花与水中倒影,与月色相联系,意境朦胧。欧阳修说:"前世咏梅多矣,未有此句也。"陈与义说:"自读西湖处士诗,年年临水看幽姿"，王十朋更是说："暗香和月入佳句，压尽千古无诗才"，而姜白石自度咏梅词即以"暗香"、"疏影"为调名，对这两句都有广告的效果。然而，这两句却并非和靖先生自作语，而是化用自南唐江为残句："竹影横斜水清浅，桂香浮动月黄昏。"

细按原诗，分咏竹、桂，措语调声俱佳，只是改用于别的花树也得。林逋改"竹影"为"疏影"，"桂香"为"暗香"，虽不著一梅字，却已具梅花风神。梅有一个特点是瘦（清林佩环《赠外》："修到人间才子妇，不辞清瘦似梅花"），不比春花之有绿叶陪衬，而是横斜的枝头点缀着淡淡的幽花，故入水只是"疏影"；梅花香味不比春花之浓郁，只能风送时闻，"遥知不是雪，为有暗香来"（王安石）。而清澈的溪水、朦胧的月色，又是清幽的梅花的绝好陪衬。这两句本是天造地设的咏梅好句，一经林逋拈出，原句反而淘汰。

然而，此诗其它各句，与这两句不相匹配。读者都能感觉到这一点，但从来没有人说出。蜀中黄稚荃抨击甚力，不留情面。她说："首二句，如村学究语，稍知炼词炼意者所不屑道。"的确，以"占尽风情"四字形容凌寒独开的梅花，是怎样也说不过去的。又说："'霜禽欲下先偷眼，粉蝶如知合断魂'，又何其庸俗拙劣。'先偷眼'三字，非仅小家子气，亦乃盗窃本色。第七句'幸有微吟可相狎'，成何语言？咏梅用'相狎'二字，殆为古人咏梅所未有。宋广平以姑射神人……比梅之格，王元章以遁世高士，乾坤清气比梅之品。而林逋乃有此'偷眼'、'相狎'等句，何其荒谬也。李易安云：'世人咏梅诗，下笔便俗。'易安其见林逋诗耶？"（《岷峨诗稿》第二期）

黄文还穷追猛打，进一步说："林逋隐孤山，好以诗文与时人通声气，巧于盗名。东坡旷达，多可而少怪，尝语子由曰：'我见天下无一不是好人。'故守杭时，以诗张之，世竟以为高士。"又引《说郛》卷三载李畋文："林逋隐士，居处西湖。朝廷命守臣王济体访，逋闻之，投贽一启，其文皆俪偶声律之流。乃以文学保荐，诏下，赐帛而已。济曰：草泽之士，文须稽古，不友王侯。文学之士，则修词立诚，俟时致用。今林逋两失之。"快人快语，令人解颐。经她这么一说，"梅妻鹤子"四字亦矫情极矣。

然而这首诗的名气太大，无论它怎样的不完美，还是要继续流传的。（周啸天）

烹北苑茶有怀

林逋

石碾轻飞瑟瑟尘，乳香烹出建溪春。
人间绝品应难识，闲对茶经忆古人。

北苑茶是福建建安（今建瓯）凤凰山出产的名茶，因产地是北苑而得名。宋代北苑茶是向朝廷进贡的好茶，名重天下。这首小诗，在轻灵活泼的笔调中，寄寓着深长的诗思。

前两句是写碾茶时碧绿的茶末在随风轻飞，等到烹煮之后，茶汤里茶沫散发着清香，颜色就和建溪的春天一样，漫山遍野一片碧绿。"建溪春"本来是茶名，因出产于福建建溪而得名，但是这里是用来指"北苑茶"，意义双关了。这两句写出了北苑茶的极为优良的质地，是对它的高度赞美。后两句由此生发开来，感叹像北苑茶这样的人间极品，真正认识的人应该是不多的；翻开《茶经》看看，也只有像唐代"茶圣"陆羽那样的人，才能够真正认识啊！不禁对陆羽这位"古人"产生了非常敬佩的心情，追忆不尽，怀想联翩了！

我们联系到林逋的身世来看，他有很高的学识，但是却一生没有出仕，始终采取了对北宋朝廷不合作的政治态度，应该说他对当时的政治其中包括选用人才、整顿吏治等等方面，是有自己的看法的。他作为一个隐士，生活在社会的下层，能够接触到一些同样身处下层而又有真才实学的人士，看到他们怀才不遇的境况，心里也替他们抱着不平。这首诗，就是这种心情的表现。所以，这首诗的深层含义，是用"人间绝品"的"北苑茶"来比喻杰出的人才，而用"古人"（《茶经》作者陆羽）来比喻识拔人才的有识之士，感叹识拔人才之不易，也表露出对当时政治的不满。这首诗和韩愈在《杂说》中关于"世有伯乐，然后有千里马。千里马常有，而伯乐不常有"的感叹，正好先后辉映，具有异曲同工之妙。（管遗瑞）

【钱惟演】（962—1034），字希圣，钱塘（今浙江杭州）人。吴越王俶之子。归宋，累迁左神武将军。真宗咸平中召试学士院，直秘阁，预修《册府元龟》，擢知制诰。给事中。大中祥符八年（1015）为翰林学士。景祐元年卒，谥思，改谥文僖。有集已佚。

对竹思鹤

钱惟演

瘦玉萧萧伊水头，风宜清夜露宜秋。
更教仙鹤旁边立，尽是人间第一流。

该诗由联想生发、连缀成篇。朱立新认为此诗有两条联想的思路：由瘦竹摇曳之声想到清风，由清风想到秋露，由秋露想到饮露的仙鹤，此为接近联想。而瘦竹、清风、秋露、仙鹤在清幽高洁的神韵上是一致的，又为类似联想（见陶文鹏主编《宋诗精华》）。所说有理。竹为树中君子，鹤是禽中高士，皆第一流雅物，竹鹤相伴，双美并，相得益彰。苏轼题画诗《竹鹤》有云："此君何处不相宜，况有能言老令威"；乾隆皇帝为明代王绂、边景昭《竹鹤双清图》题诗有云："恰似绿筠将白鹤，会心常自结高邻"。在联想的作用下，钱惟演以水衬竹，并置于风清露白的秋夜，烘托出竹的萧萧之韵、瘦劲之骨，并配以想象中的白鹤，渲染出"人间第一流"的清幽高洁的境界，表达了诗人一种孤高不群、清雅脱俗的情趣。因此，近人陈衍《宋诗精华录》评此诗："有身份，是第一流人语。"

然而，赵昌平认为："这首《对竹思鹤》，表面看是浮云野鹤，清高脱俗，骨子里却是一种牢骚。这只'鹤'实在是忘不了玉墀丹陛的。'第一流'云云，实有所不称。"（见《宋诗鉴赏辞典》）这种议论是从钱惟演的为人出发，附加给该诗的。钱惟演（977—1034），字希圣，钱塘（今浙江杭州）人。吴越忠懿王钱俶之子，随父降宋，为右神武将军。因博学能文辞，编修《册府元龟》，历官知制诰、翰林学士、枢密副使、工部尚书等。为人好趋炎附势，多写歌功颂德的文章献于朝廷以邀恩宠，尤善以联姻手段巴结皇室，攫取权利，为时论所鄙薄。的确，拿此诗质诸钱氏为人之实际，不啻霄壤，类似元好问《论诗三十首》评潘岳所说的："心画心声总失真，文章宁复见为人"。但是，我们不要忘记，人是复杂的生命个体，一半是天使，一半是魔鬼，周作人也说："兽性与神性，合起来便只是人性。"（《人的文学》）具体到一个人身上，可能美善多一些，丑恶少一些，或者相反。一个趋炎附势之人，他的内心可能也羡慕洁身自好，一个汲汲于名利之徒，面对清高之士也可能感到汗颜。趋炎附势的钱惟演可能也可以向往"人间第一流"的高雅境界的，至少就诗论诗是如此。当然，研究文学作品，知人论世是必要的，也许我们了解了钱惟演，再读这首诗，会给我们更多的启示，那就是意外的收获了。（张应中）

【寇准】（961—1023），字平仲，宋华州下邽（今陕西渭南）人，太宗太平兴国五年（980）进士。知巴东县。真宗时，曾任同中书门下平章事。景德元年（1004），辽军侵宋，寇准力主真宗渡河亲征，起了稳定局势的作用。不久被排挤罢相。晚年再度被起用。封莱国公。谥号忠愍。

春日登楼怀归

寇　准

高楼聊引望，杳杳一川平。
野水无人渡，孤舟尽日横。
荒村生断霭，古寺语流莺。
旧业遥清渭，沉思忽自惊。

古人登高望远，常起去国怀乡之悲，羁旅行役之感，或生命时空的哲理之思。《春日登楼怀归》也不例外。作者寇准（961—1023），华州下邽（今陕西渭南）人，少年英迈，宋太宗太平兴国年间，年仅19岁的他赴汴梁会试，进士及第。授大理评事，知归州巴东、大名府成安县。在巴东任上，他作了多首怀乡诗，此其一。可能因为思乡心切而登楼望远，也可能因登楼望远而起怀归之意。在古代浩如烟海的登楼诗中，这首诗并不出色。也许因为他是北宋著名的政治家，又是宋初晚唐派代表诗人之一，而他的绝句的确很出色，于是对于这首诗的评论，尤其是对中二联的点评亦多。

关于"野水无人渡，孤舟尽日横"一联。有赞扬的，如宋僧文莹说："寇莱公诗若'野水无人渡，孤舟尽日横'之句，深入唐人风格。"（《湘山野录》）清代纪昀说："气体自高"，"三、四实本韦苏州'野渡无人舟自横'句，然不觉其衍。"（《瀛奎律髓汇评》）近代陈衍说："第二联用韦苏州语极自然。"（《宋诗精华录》）有持疵议的，如清代冯班云："颔联即'野渡无人舟自横'也，此只是偷句，乃韦左司句，不足奇，下联却好。"（《瀛奎律髓汇评》）清代永瑢等云："'野渡无人舟自横'本韦应物《西涧》绝句，准点窜一、二字，改为一联，殆类生吞活剥，尤不为工。准诗自佳，次二句实非佳处，未足据为定论也。"（《四库全书总目》）清代顾嗣立云："若寇莱公化韦苏州'野渡无人舟自横'句为'野水无人渡，孤舟尽日横'已属无味。"（《寒厅诗话》）客观地说，这一联化用韦应物诗句，不是原创，但还算自然，也无不可。

关于"野水无人渡，孤舟尽日横"兆相业之说。宋代蔡正孙说："《政要》云：公尝赋诗，有'野水无人渡，孤舟尽日横'之句，时人以此觇其相业。"（《诗林广记》后集）宋代葛立方说："寇忠愍少知巴东县，有'野水无人渡，孤舟尽日横'之句，固以公辅自期矣，奈何时未有知者。"（《韵语阳秋》）清代何文焕云："寇忠愍知巴东县，有'野水无人渡，孤舟尽日横。'乃袭'野渡无人舟自横'句。葛公谓其以公辅自期，强作解矣。"（《历代诗话考索》）日本的吉川幸次郎说："'野水'一联虽是名句，但充其量也只是个人的感怀而已。据僧文莹的笔记《湘山野录》（卷一），在这首诗出现的时候，就有人批评说过于悲哀，不合宰相的身份了。这种实际生活与诗中感情的矛盾，正表示着为赋新诗强说愁的旧来观念。"（《宋诗概说》）在这些说法中，以何文焕的说法为可取，"兆相业"之说属于穿凿附会。《湘山野录》中的"有人"和吉川幸次郎所说更是荒谬。寇准写此诗时大约在980年，而其首次为相则在1004年，"不合宰相的身份"无从说起。

关于"荒村生断霭，古寺语流莺"一联。评价都认为好。如上文所引冯班的话。又如元代方回说："'野水无人渡，孤舟尽日横'之联，说者以为兆相业，只看诗景自好。下二句尤流丽。"（《瀛奎律髓汇评》）此联有声有色，有气象，萧瑟中含有生气，的确比较好。（张应中）

【蒨桃】（960？—1022？），女，寇准妾，宋人，生平不详。

呈寇公

蒨 桃

一曲清歌一束绫，美人犹自意嫌轻。
不知织女萤窗下，几度抛梭织得成！

宋人宴席集会讲究排场盛大，官宦之家每逢宴集，必招歌姬前来，乐舞助兴，追求享乐。这种奢靡的生活风气盛行一时，仕宦之间亦借此互相攀比。

宋代笔记中记载，寇准家中陈设豪华、生活奢侈，常通宵达旦举行夜宴，并在宴会上以束绫赐赠歌姬，作为酬答。歌姬演唱一支歌曲，就可以得到一束绫，但歌姬对此等赏赐并不满意，认为赏赐轻微。作者为此写了两首《呈寇公》，这里选的是第一首。

开篇直入主题，介绍了宴集上寇公以束绫作赏酬答歌姬的事件：歌姬清歌一曲结束，寇公便在乐声中愉快地将一束类似缎子而较薄的丝织品赐赠予她。这种赏赐方式和赏赐物品在讲究排场、生活奢靡的宋朝，实在是一件再普通不过的事情，旁人看来无所谓大惊小怪。歌姬在接受赏赐之后，却不以为赏赐贵重，也许她并不会说出来，但一定是形之于色了，这就是所谓"意嫌轻"了。这一微妙的面部表情却被细心的侍妾蒨桃发现了。

歌姬自幼被送进教坊苦练琴棋书画，学成后落入风尘卖艺讨生活，贵人们的赏赐，就成为反映她们身价高低、艺技好坏的标尺。因此，她们非常在意自己的献艺所得，不只为钱财多寡，更为了攀比。然而在作者看来，这些美丽的绫罗绸缎，并不是易得之物——"不知织女萤窗下，几度抛梭织得成"——每一束、每一匹，都是辛勤的织绸女工日夜劳作的结晶啊！

第三、四句尤为出色。它们再现了一个情境：狭小潮湿的房间，寒窗之下，微弱如萤火的光线，织绸女工废寝忘食，踏机抛梭，脚不停手不住，筋力日渐枯竭，健康每况愈下；总共需要多少次来回的穿梭引线，才能织完这几束达官贵人们轻易就抛赏给美人的绫罗啊！言外之意是：如今，奢华阔绰的府内夜夜笙歌，赏者心悦兴起，受赏者却还那样不屑一顾，以为轻慢了她们的才情……若仅是不珍惜也就罢了，岂能恣意践踏他人的血汗之作？高高在上的显贵们，怎能体谅底层劳动者的辛勤，怎能爱惜得之不易的劳动成果？美人的一笑，在他掷出千金之前，就已经被他糜费财物的心理玷污了……

止奢节欲，不要随意挥霍，这样的主旨呼之欲出。作者只用了含蓄的语言，像一篇劝谏文，诗意幽曲而明朗。不需要直白的词句，对比色彩已然鲜明，指责之意已跃然纸上。（殷志佳）

【张先】（990—1078），字子野，宋乌程（今浙江湖州）人。天圣八年（1030）进士。历任宿州掾、吴江知县、嘉禾（今浙江嘉兴）判官。皇祐二年（1050）晏殊知永兴军（今陕西西安）辟为通判。后以屯田员外郎知渝州，又知虢州。以尝知安陆，故人称张安陆。治平元年（1064）以尚书都官郎中致仕，有《张子野词》。

题西溪无相院

张　先

积水涵虚上下清，几家门静岸痕平。
浮萍断处见山影，小艇归时闻草声。
入郭僧寻尘里去，过桥人似鉴中行。
已凭暂雨添秋色，莫放修芦碍月生。

此诗写江南水乡秋景极美。西溪，在今浙江湖州境内，流入太湖。此诗又名《湖州西溪》。诗的大意是：雨后天晴，溪水上涨，水光山色一片明净。溪水与岸平齐，堤岸上的几户人家门庭寂静。微风吹开浮萍，可见远山倒影。小舟归来时，隐约能听见船与水草的摩擦声。忽见寻路入城里去的僧人，从明净的地方走向烦器的世尘。过桥人像在明镜中行走一样。正是凭借这场短暂的雨水增添了西溪的几分秋色。不要让芦苇蓬勃生长，妨碍行人观赏水中明月的倒影啊。诗用白描的手法写景，如一幅水乡雨后秋色图。自南朝始，山水诗中不乏纯粹写景、"酷不入情"的佳作，此诗感情很淡，淡到难以察觉，但诗中描绘的山水风物恬淡优美，引人入胜，亦是好诗。

古人懂得与自然和谐相处，懂得鉴赏自然风物的好处，诗人生活在社会中，也生活在自然中，他们对赖以生存的自然观察细致，体会入微，因此描绘山水风物的诗也很多。在新文学在作品中，这样的描写比较少了，周作人的散文《乌篷船》则继承了古代文人的流风余韵，如："你坐在船上，应该是游山的态度，看看四周物色，随处可见的山，岸旁的乌桕，河边的红蓼和白苹，渔舍，各式各样的桥，困倦的时候睡在舱中拿出随笔来看，或者冲一碗清茶喝喝。偏门外的鉴湖一带，贺家池，壶觞左近，我都是喜欢的，或者往娄公埠骑驴去游兰亭（但我劝你还是步行，骑驴或者与你不很相宜），到得暮色苍然的时候进城上都挂着薜荔的东门来，倒是颇有趣味的事。倘若路上不平静，你往杭州去时可于下午开船，黄昏时候的景色正最好看，只可惜这一带地方的名字我都忘记了。夜间睡在舱中，听水声橹声，来往船只的招呼声，以及乡间的犬吠鸡鸣，也都很有意思。雇一只船到乡下去看庙戏，可以了解中国旧戏的真趣味，而且在船上行动自如，要看就看，要睡就睡，要喝酒就喝酒，我觉得也可以算是理想的行乐法。"这段关于江南水乡的描写颇似张先诗作的扩展，补充，神情姿态是一样的。（张应中）

【范仲淹】（989—1052），字希文，宋苏州吴县（今属江苏）人。真宗大中祥符八年（1015）进士。仁宗宝元三年（1040）任陕西经略安抚招讨副使，兼知延州。庆历三年（1043）任参知政事，推行新政。后夏竦等中伤，罢政，出任陕西四路宣抚使。卒谥文正。有《范文正公集》。

江上渔者

范仲淹

江上往来人，但爱鲈鱼美。
君看一叶舟，出没风波里。

这首诗看似简单，但一直存在多种理解。每一种解释都讲得通。原因在这首诗充满了空白点。这是因为这首诗充满了意义的空白点。诗的能指与所指之间的不确定造成了文本的空白点。读者可以在阅读中加入自己的理解，从而丰富了诗歌的内容。下面是这首诗现有的三种理解，还能不能创造出别的意义，有待于读者的努力。

字面意义很浅显。前两句按字面意义理解，是写来来往往很多人等候在江边上，为什么呢？只因为他们喜爱肉味鲜美的鲈鱼啊。后两句与前两句之间有一个空白意义点，即，有一个从味道鲜美的鲈鱼联想到怎样得到这美味的提问。然后引出在波涛中挣扎的一叶小舟。

此外，有人理解为对不公平现实的揭露。这种理解是将一二句与三四句比较起来阅读产生的结论。"往来人"与"一叶舟"相比，二者皆指人。前者是有钱人，是有产者，是贵人，或者是为这些人服务的；而后者是没钱人，是无产者，是穷人，二者的社会悬殊在对比中一目了然。前者只是守在江边，而后者要与惊涛骇浪作斗争。他们显然是得不到鲈鱼的。劳者不得食的社会现实得到了很好的揭露。

还有一种理解认为是为官者的独白。持这种理解的人认为江边往来的人，是指为官者。庄子早就有身在江湖之上，心在魏阙之下。范仲淹《岳阳楼记》中也有"处江湖之远则忧庙堂之高"。顺之而下,鲈鱼也有高官之位的象征意义了。人人都想要高官之位,这条路上充满艰险。江上那一叶小舟,就是辛辛苦苦的小吏们,与仕途上的惊涛骇浪作斗争。(殷志佳)

【梅尧臣】(1002—1060),字圣俞,宋宣州宣城(今属安徽)人。少时应进士不第。历任州县官属。皇祐初赐进士出身,授国子监直讲,官至尚书都官员外郎。曾预修《唐书》。有《宛陵先生文集》。

书 哀

梅尧臣

天既丧我妻,又复丧我子。两眼虽未枯,片心将欲死。
雨落入地中,珠沉入海底。赴海可见珠,掘地可见水。
唯人归泉下,万古知已矣!拊膺当问谁,憔悴鉴中鬼。

庆历四年(1044),梅尧臣自湖州入汴京,舟行途中,妻子谢氏不幸病故,给诗人精神上以沉重打击:"结发为夫妇,于今十七年。相看犹不足,何况是长捐!"(《悼亡三首》)祸不单行,舟次符离时,次子十十(乳名)也相继亡故。眼看贤妻爱子接连去世,诗人不胜悲痛。《书哀》就是在这种境况中写成的。

诗一开篇就直书这段个人哀史。前两句完全是直白式:"天既丧我妻,又复丧我子。"这里没有"彼苍者天,歼我良人"一样的激楚呼号,却有一种痛定思痛的木然的神情。人在深哀巨痛之中,往往百端交集,什么也说不出。"既丧……又复丧……",这种复叠递进的语式,传达的正是一种莫可名状的痛苦。诗人同一时期所作《悼子》诗云:"迩来朝哭妻,泪落襟袖湿;又复夜哭子,痛并肝肠入",正是"两眼虽未枯"的注脚。这里还使人想起杜甫《新安吏》"眼枯即见骨,天地终无情"的名句,而意味更深。《庄子》云:"哀莫大于心死",而诗人这时感到的正是"片心将欲死"。

说"将欲死",亦即心尚未死,可见诗人还迷惘着:难道既美且贤的妻、活蹦乱跳的儿就真的一去不返了?他不敢相信,可又不得不信。这里诗人用了两个连贯的比喻:"雨落入地中,珠沉入海底",雨落难收,珠沉难求,都是比喻人的一去不复返。仅这样写并不足奇,奇在后文推开一步,说"赴海可见珠,掘地可见水",又用物的可以失而复得,反衬人的不可复生。这一反复,就形象地说明自己的悲痛,自己的损失,是不可比拟的,无法弥补的。同时句子还隐含这样的意味,即自己多么希望人死后也能重逢啊!

然而,事实是不可能的,"他生未卜此生休"。故以下紧接说:"唯人归泉下,万古知已矣!"这并不全然是理智上的判断,其间含有情感上的疑惑,难道真是这样的吗?这是无人能够回答他的问题,"抚膺当问谁",诗人只好对镜自问了。"憔悴鉴中鬼"正是他在镜中看到的自己的影子,由于忧伤过度而形容枯槁,有类于"鬼",连他自己也认不出自己来了。最末两句传神地写出诗人神思恍惚,对镜发愣,而喁喁独语的情态。(周啸天)

戊子三月二十一日殇小女称称(选二)

梅尧臣

其一
生汝父母喜,死汝父母伤。
我行岂有亏,汝命何不长!
鸦雏春满窠,蜂子夏满房。
毒蛰与恶噪,所生遂飞扬。
理固不可诘,泣泪向苍苍!

其二
蓓蕾树上花,莹洁昔婴女。
春风不长久,吹落便归土。
娇爱命亦然,苍天不知苦。
慈母眼中血,未干同两乳。

戊子年(1048)三月二十一日这一天是诗人梅尧臣悲痛欲绝的日子,因为在这一天,他以白发人送黑发人——娇女称称。

按汉字的字义,未成年而死曰"殇"。这里所殇者是诗人的小女儿称称,时年不足半周岁。就在称称死的当天,诗人含悲写下了该组诗。原作共三首,这里只录了其中两首。

人生所悲者,莫过于白发送黑发,何况此时诗人已是四十七岁,对古人来说,已可算是迟暮,其内心之悲怆岂是语言可以形容。诗人不但形容出了,而且真切感人,让人不忍卒读。

第一首中,诗人因幼女之殇而自问:"我行岂有亏,汝命何不长!"继而又怪罪于雏鸦所发出的噪音与蜜蜂的毒刺让娇女飞走了:"毒蛰与恶噪,所生遂飞扬。"当这一切理由都被否定,那就只有质问上苍了:"理固不可诘,泣泪向苍苍!"苍天有可言乎？苍天无可言。直让诗人痛哭泣血，哭干泪眼。

第二首以蓓蕾喻幼女："春风不长久，吹落便归土。"称称之死正在春天，这是极佳的比喻。"娇爱命亦然"，娇爱，指称称。然，这样。其实从诗味的角度来看，不必点得如此直白。娇女的命运也就像这吹落的花蕾一样啊。

结尾两句触目惊心："慈母眼中血，未干同两乳。"古人只道乳臭未干，岂知乳汁未干而爱女已逝不更是慈母心中永远的痛？泪已哭干，继之以血，以血泪形容伤悲俯拾即是，不足为奇。但把血泪与乳汁并列，既扣住了诗题中的"殇"字，又突出了父母内心所受到的巨大打击，更显悲情十足。所以陈衍在《宋诗精华录》中评曰："末十字，苦情写得出。"两首诗中，这是最掬读者眼泪之处。

尧臣不幸，写悼亡诗这已不是头回。四年前（1044），原配谢氏三十六岁死于随诗人返汴京的船中。尧臣作《悼云三首》，其一云："结发为夫妇，于今十七年。相看犹不足，何况是长捐。我鬓已多白，此身宁久全！终当与同穴，未死泪涟涟。"不久，爱子十十又病故。双重打击之下，尧臣写了《书哀》："天既丧我妻，又复丧我子！两眼虽未枯，片心将欲死。"写出了心中之哀痛。陈衍在《宋诗精华录》中论曰："此首……最为沉痛。"但我倒觉得，从表现悲痛的淋漓程度而言，还是"慈母眼中血，未干同两乳"两句来得煽情些个。

走笔至此，听得外间新闻正在播报一个三岁男孩坠楼身亡，其母呼天抢地，闻者无不落泪。古今同悲，情何以堪！（陈坦）

月下怀裴如晦宋中道

梅尧臣

九陌无行人，寒月净如水。洗然天宇空，玉井东南起。
我马卧我庭，帖帖垂颈耳。霜花满黑鬣，安欲致千里。
我仆寝我厩，相背肖两已。夜深忽惊魇，呼若中流矢。
是时兴我怀，顾影行月底。唯影与月光，举止无猜毁。
吾交有裴宋，心意月影比，寻常同语默，肯问世俗子。

皇祐三年（1051），诗人在宣城服父丧期满，又到汴京，为生计奔波："近因丧已除，偶得存余生。强欲活妻子，勉焉事徂征。"（《依韵和达观禅师赠别》）年届半百的诗人，看来已倦于宦游。这种心情，就隐隐表现在这首月夜怀人之作中。

裴如晦（名煜）和宋中道皆为尧臣好友。同一时期有《贷米于如晦》之作，可知他们过从甚密，有通财之谊。诗人和裴、宋二位的知己之情是十分深厚的。

此诗前四句从月色写起。汉代长安城有八街九陌（见《三辅黄图》），这里借"九陌"指汴京街道。玉井，星座名。这时是夜深人静，月光如水，天宇澄澈，景象很美。对月怀人，诗人常事，此诗亦然。

但别致的是，诗人并不即写怀人，而写月下所见庭中马匹垂首帖耳之态与仆人酣睡之状。

马一般是站立着睡觉的。而"我马卧我庭，帖帖（熨贴貌）垂颈耳"，可见此马非羸即老。"霜花满黑鬣"，或许并不真是鬣毛花白，而只是月光反射所致的错觉。然而它容易使人联想到马的衰老。这马当年或许很神骏，但如今既成伏枥的老骥，即便有千里之志，又何以致之！睹物思己，能不怆然！

再看仆人，居然就在马厩中睡熟了。他们（应是两个人）"相背"而卧，酷似黻形花纹（据《古文尚书·益稷》伪《孔传》，这种花纹如两个"巳"字相背）。其中有人梦魇惊叫，好像中了冷箭。这里，诗人绝非随意描写，而是有感而发的。梦魇，心境不安定时容易产生。诗以仆人的困顿和马的羸老，间接反映出他们主人的形象，不用说，这位主人也是久经风霜的了。而从这里，就隐隐流露出诗人对仕宦的厌倦感。其笔法看来自然，却颇费安排。

以上可视为怀思情绪的酝酿。"寒月"、"霜花"，使环境更见清冷，诗人更感孤寂。于是兴起了怀人之想："是时兴我怀，顾影行月底。"以下反复就"月"、"影"生发，显然受到李白《月下独酌》一诗的影响。由于孤寂，诗人就把月和影拉来，凑成"三人"。"唯影与月光，举止无猜毁"，言外之意是，茫茫人海，无不尔猜我毁。从而又起怀念友人之情，觉得裴、宋二人与自己情投意合，简直可比月与影。"语默"出自《易经》"君子之道，或默或语。"诗人又想到，平素彼此语默相同，对俗子几乎是不屑一顾的。思念之情于是更切。所以陈衍评云："末由太白对月意，翻进两层。"（《宋诗精华录》）

初读此诗，像是仅就月下之景、事、情作平直铺叙。细味之，则见写月夜之景色，写仆马之情事，都是为写怀人而作的必要铺垫。这是很有特色的。末段点化唐人诗，善于出新。盖以月、影拟人，固为太白诗原有；然以友人比月、影，则全出尧臣新意。（周啸天）

范饶州坐中客语食河豚鱼

梅尧臣

春洲生荻芽，春岸飞杨花。河豚当是时，贵不数鱼虾。
其状已可怪，其毒亦莫加。忿腹若封豕，怒目犹吴蛙。

庖煎苟失所，入喉为镆铘。若此丧躯体，何须资齿牙？
持问南方人，党护复矜夸。皆言美无度，谁谓死如麻！
我语不能屈，自思空咄嗟。退之来潮阳，始惮飧笼蛇。
子厚居柳州，而甘食虾蟆。二物虽可憎，性命无舛差。
斯味曾不比，中藏祸无涯。甚美恶亦称，此言诚可嘉。

　　景祐五年（1038）梅尧臣将解知建德县（属浙江）任，范仲淹时知饶州（江西波阳），约他同游庐山。在仲淹席上，有人绘声绘色地讲起河豚这种美味，引起尧臣极大兴趣。他本是苦吟诗人，居然于樽俎之间，顷刻写成这首奇诗。

　　首回句赞河豚以起。"河豚常出于春暮，群游水上，食絮而肥，南人多与荻芽为羹，云最美。"（《六一诗话》）"春洲生荻芽，春岸飞杨花"，不仅善言暮春物候，而且暗示"正是河豚欲上时"。鱼虾虽美，四时毕具，而河豚上市有季节性，物以稀为贵，加之其味的确鲜美，所以一时使鱼虾为之杀价。"河豚当是时，贵不数鱼虾"二句，妙尽情理。此诗开篇极好，无怪欧阳修说："故知诗者谓止破题两句，已道尽河豚好处。"

　　以下八句忽作疑惧之词，为一转折。"其状已可怪，其毒亦莫加"二句先总括。以下再分说其"怪"与"毒"。河豚之腹较他鱼为大，有气囊，能吸气膨胀，目凸，靠近头顶，故形状古怪。诗人又加夸张，谓其"腹若封豕（大猪）"、"目犹吴蛙（大蛙）"，加之"忿"、"怒"的形容，河豚的面目可憎也就无以复加了。而更有可畏者，河豚的肝脏、生殖腺及血液含有毒素，假如处理不慎，食用后会很快中毒丧生。诗人用"入喉为镆铘（利剑）"作比譬，更为惊心动魄。要享用如此口味，竟得冒生命危险，是不值得的。"若此丧躯体，何须资齿牙"二句对河豚是力贬。

　　看来，怕死就尝不着河豚的美味，而尝过河豚美味的人，则大有不怕死者在。"持问南方人"四句表现了一种与上节完全对立的见解，又是一转折。河豚产于沿海，故南方的"美食家"嗜之如命。他们几乎是异口同声，津津乐道，说河豚美得不得了，全不管什么贪口者"死如麻"之类的警告。"美无度"（语出《诗经·魏风·汾沮洳》）的极言称美，"党护"（偏袒）的过激行为，写出了一种执着的感情态度。这自然是"我语不能屈（说服）"的了。非但如此，这还使"我"反省以"自思"。

　　从"我语不能屈"句至篇终均写"我"的反省。可分两层。诗人先征引古人改易食性的故事，二事皆据韩愈诗。韩愈谪潮州，有《初南食贻元十八协律》云："唯蛇旧所识，实惮口眼狞。开笼听其去，郁屈尚不平。"柳宗元谪柳州，韩愈有《答柳柳州食虾蟆》云："余初不下喉，近亦能稍稍，……而君复何为。甘食比豢豹。"诗人综此二事，谓可憎如"笼蛇"、"虾蟆"，亦能由"始惮"至于"甘食"，可见食河豚或亦未可厚非。然而又想到蛇与虾蟆为物虽形态丑恶，食之究于性命无危害，未若河豚之"中藏祸无涯"，可是联系上文，河豚味之"美无度"，似乎又是蛇与虾蟆所不可企及的。

"美无度"，又"祸无涯"，河豚真是一个将极美与极恶合二而一的奇特的统一体呢。于是诗人又想起《左传》的一个警句："甚美必有甚恶"。觉得以此来评价河豚，是再恰当不过的了。

古人说："不入虎穴，焉得虎子？"人类在制定食谱的问题上也是富于冒险精神的。综观全诗，尧臣对南方人"拼死食河豚"的精神，还是颇为嘉许的。但他没有这样说，而是设为论难，通过诗中"我"与南方人的诘辩，及"我"的妥协，隐隐地表达了这个意思。构思奇特，风格诡谲。诗中旁征博引，议论纵横捭阖，既以文为诗，又以学问为诗，但形象性与抒情性仍是很强的。至于其以丑为美，以文为诗，又大有得力于韩愈之处。（周啸天）

颖公遗碧霄峰茗

梅尧臣

到山春已晚，何更有新茶？
峰顶应多雨，天寒始发芽。
采时林狖静，蒸处石泉嘉。
持作衣囊秘，分来五柳家。

碧霄峰在浙江乐清县的雁荡山。进入雁荡山，从灵峰寺顺着鸣玉溪北行大约半公里，溪边有一峰，颜色苍碧，拔地而起，高入云霄，就是有名的碧霄峰。峰下有碧霄洞，据山志记载，洞内曾有碧霄庵，于清朝康熙八年（1669）改建为碧霄院。北宋诗人梅尧臣这首诗歌《颖公遗碧霄峰茗》，指的就是这里的茶叶。碧霄峰的山崖之间，自古就有僧人种植茶树，在唐代，雁荡山碧霄峰茶就被誉为浙东第一，现在产的雁荡山毛峰也是中国的名茶。这首诗是作者到山上时，受到颖公(名字不详，隐士) 馈赠碧霄峰名茶，而写下的一首赞美碧霄峰茶的诗歌。

诗歌的前四句采用自问自答的方法，描写自己在晚春时候得到新茶的惊喜。"到山春已晚，何更有新茶？"当他忽然面对颖公赠送的新茶时不禁一惊，心想眼下已经是暮春时节，茶叶已老，哪里来的这么好的新茶呢？再凝神一想，原来这里山高多雨，气温比山下要低，所以茶树发芽很迟啊！这一问一答，把碧霄峰茶的生长情况作了形象的介绍，突出了它的季节很晚的特点，也说明了它的珍贵。

接着,诗人描写采摘和制作茶叶的情况。那时,已经春意阑珊,树林里的"犹"(音又,猿猴类动物,尾巴较长而色黑。这里是以犹来泛指山中的野兽)已经非常安静了,人们可以放心仔细采摘;蒸制茶叶的时候,就用当地从山石中冒出来的泉水,水质很是美好。这样采制的茶叶,自然是很值得珍惜的了。最后写道:"持作衣囊秘,分来五柳家。"诗人说我要像把珍贵东西放在自己的衣服口袋里、密不示人那样,来好好保存这难得的碧霄峰茶叶,因为它是来自"五柳家"的珍贵礼物啊!这里用了晋代陶渊明写的《五柳先生传》的典故:"先生不知何许人也,亦不详其姓字。宅边有五柳树,因以为号焉。"这是陶渊明的自况,"五柳先生"即指像陶渊明这样的高雅的隐士。诗人这里是以颖公来比陶渊明,可见颖公也是一位有着高尚品德的隐者。

全诗写得质朴生动而又流畅自然,既描写了碧霄峰茶的珍贵,也表达了对颖公赠送碧霄峰茶的深深的谢意,情意非常真挚。(管遗瑞)

鲁山山行

梅尧臣

适与野情惬,千山高复低。
好峰随处改,幽径独行迷。
霜落熊升树,林空鹿饮溪。
人家在何许?云外一声鸡。

诗为仁宗康定元年(1040)作者知襄城县时过鲁山所作。鲁山一名露山,靠近襄城西南边境。

"适与野情惬,千山高复低",开篇总叙山行,意思是一路上入眼尽是高高低低的山峰,恰好满足我爱好天然风物的脾气。"好峰随处改,幽径独行迷"两句写沿途视觉印象和独行的感受,出句写出千山因移步换形而产生的奇妙视觉感受,对句写独行时遇小路无人问津的彷徨而又好玩的心情。

"霜落熊升树,林空鹿饮溪",两句写山行最愉快最难忘的,是看到不少野生动物的活动。"霜落"、"林空"为互文,正因为深秋木叶疏落,才容易看到熊上树和鹿饮溪。看到野生动物的活动,确实比只看到林树更加难能可贵,因而也更有兴致。

山路漫漫,边看边行,天色已晚,诗人自然关心到投宿的问题。然而"人家在何许"呢?——"云外一声鸡"。旧时人家皆养鸡犬,鸡鸣犬吠,都是报到人家远近的消息。这一声鸡带来的当然是欣喜,今夜宿有着落了。不过鸡声是从云外传来的，也就是杜牧《山行》所说的"白云生处有人家"，看来还得加紧赶路。这就惟妙惟肖地写出了山行况味——包括人的思想活动。

诗纯乎白描，没用一个典故，对仗自然工整。前六句的写景可以说是"状难写之景如在目前"，末二句的写心可以说是"含不尽之意见于言外"。就写野兴而言，此诗接近李白少作《访戴天山道士不遇》："犬吠水声中，桃花带露浓。树深时见鹿，溪午不闻钟。野竹分青霭，飞泉挂碧峰。无人知所去，愁倚两三松。"本篇结尾不啻青出于蓝矣。（周啸天）

梦后寄欧阳永叔

梅尧臣

不趁常参久，安眠向旧溪。
五更千里梦，残月一城鸡。
适往言犹在，浮生理可齐。
山王今已贵，肯听竹禽啼？

宋仁宗皇祐四年（1052）冬，梅尧臣丁母忧，从朝中太常博士任回到故乡宣城守丧。古制，父母去世，子女须守丧三年。这首诗是守丧的最后一年即至和二年（1055）写给在朝中为翰林学士兼史馆编修的好友欧阳修的，借梦叙述友情，亦借表达回朝相聚的愿望，十分含蓄有味。

首联言自己未得在朝廷参见皇上，已经很久了，这期间都在故乡安居。"常参"，指定期入朝参见。"安眠"，指安居，用"眠"字，凸显闲居生活，呼应题目"梦"。"旧溪"，指故乡，宣城有句溪，梅尧臣诗云："我家今不遥，正住句溪尾。"（《早发》）颔联描绘梦醒后的情景，说五更时分梦从"千里"而回，梦境远去，睁眼见到的是残月在天，耳畔报晓的鸡鸣声此起彼伏。诗中没有说梦的内容，但该诗是梦后寄给欧阳修的，且言"千里梦"，应是梦至京师，与欧阳修相聚的情形了；因首句言"不趁常参久"，抑或是梦见与欧阳修等僚友一起入朝参见呢。梦境本是迷离的，不必说出，对方也能领会，总是思念情深吧。"残月一城鸡"句最妙，以景寓情，形象突出，意境深远。正是欧阳修所赞的"涵演深远"（《梅圣俞墓志铭》）。闲居"安眠"之意、梦醒来的惆怅之情，隐然在焉；尤其是当时诗人"常参"的潜意识被引发，托兴写来，因为前代诗人笔下常写到的早朝，不乏眼前这种月沉、鸡鸣的情景，如：戴叔伦《春日早朝应制》"月沉宫漏静"、权德舆《奉和李相公早朝》"五更钟漏歇，千门扃钥开。紫宸残月下，黄道晓光来"；沈佺期《和崔正谏登秋日早朝》"鸡鸣朝谒满"、王维《春日直门下省早朝》"骑省直明光，鸡鸣谒建章"、岑参《奉和中书贾至舍人早朝大明宫》"鸡鸣紫陌曙光寒，莺啭皇州春色阑"、白居易《早朝》"鼓动出新昌，鸡鸣赴建章"等，何况梅尧臣自身曾"趁常参"，深有体会呢。"一城鸡"，不同于作者他诗所写的"云外一声鸡"（《鲁山山行》），亦有异于"云木葱茏处，鸡鸣古县城"（《送刘攽秘校赴婺源》），而更同于"礼成回近日，喜听早朝鸡"（《送李学士公达北使》）。"残月一城鸡"的这层深意，如果仅是梅尧臣自己一时偶然触感，倒也罢了，但写给身在朝廷的欧阳修，无疑是委婉含蓄地表达一种愿望了。颈联借题发挥，用梦境和梦后的虚与实阐说人生之理，表明自己可出可入的人生态度。尾联"言永叔已贵，无高眠之适矣"（方回《瀛奎律髓》）。山、王指山涛和王戎，是竹林七贤人物，二人后来出仕显贵。作者既以竹林友人作喻，便称闲居山野的自己为"竹禽"。竹禽指竹鸡，其性好啼，宣城多此鸟，梅尧臣屡咏之，如"相呼任竹鸡"、"穿林听竹鸡"等。"啼"乃谦称自己的本诗之言。然"啼"中有深意也。欧、梅挚友，自然心有灵犀。二人原本就政见、文学主张等相同，是互相理解的。梅尧臣守丧期满后回到京城，嘉祐元年（1056），欧阳修等举梅为国子监直讲，预修《唐书》；二年，欧知贡举，梅为参详官，均配合密切。（李亮伟）

东　溪

梅尧臣

行到东溪看水时，坐临孤屿发船迟。
野凫眠岸有闲意，老树著花无丑枝。
短短蒲茸齐似剪，平平沙石净于筛。
情虽不厌住不得，薄暮归来车马疲。

作于仁宗至和二年（1055），时作者丁母忧乡居宣城。东溪即宛溪，源出宣城东南峰山，至城东北与句溪合，此二溪即李白诗"两水夹明镜"之两水。诗为宛溪纪游之作。

"行到东溪看水时，坐临孤屿发船迟"，开篇写春游乘船，行到宛溪，坐临洲渚，看水散心。"发船迟"即是归来迟，可见水边风物之美，足以流连忘返。此联平淡叙来，聊复尔耳，与文句无异。

"野凫眠岸有闲意，老树著花无丑枝"，照亮全诗的是写洲渚景色的这两句。方回赞为"当世名句"，陈衍也说"的是名句"。本来"野凫眠岸"、"老树着花"是春来水乡野外常见的令人神怡的景物，只上句从"野凫眠岸"中体会出"有闲意"来，则是作者特定心境下的产物;下句亦然,不仅客观描写"老树春深更著花"的妙景,而且一反"老"、"丑"相连的常言,更出新意。好个"老树著花无丑枝",不但是写景,而且反映了一种不服老的风流名士的心态。欧阳修尝说梅尧臣"文词愈清新,心意难老大;有如妖娆女,老自有余态"(《水谷夜行》),则"老树著花无丑枝"也就是作者风流自赏、夫子自道。在给人以审美怡悦的同时,还能陶冶情操,岂非名言!

"短短蒲茸齐似剪,平平沙石净于筛",三联继续写岸景,"短短蒲茸"即初生的菖蒲,故整齐似修剪过一般;"平平沙石"即常经溪水冲涤的细石河沙,故洁净如筛洗过一般。白描、速写似的写景,状难写之景见于目前。

"情虽不厌住不得,薄暮归来车马疲",结尾承篇首"发船迟",言溪上风物虽使人流连忘返,但毕竟是晚归的时候了,回到城时换乘马车,与乘舟看水就是两回事了。"车马疲"三字,有对车马征逐的城中生活的厌倦感,这是因为刚刚从大自然中返回,两种生活的对比太强烈的缘故。(周啸天)

和才叔岸旁古庙

梅尧臣

树老垂缨乱,祠荒向水开。
偶人经雨踣,古屋为风摧。
野鸟栖尘坐,渔郎莫竹杯。
欲传山鬼曲,无奈楚辞哀。

尧臣的诗风,宋人及后人皆评为"古淡"。宋人龚啸在《宛陵先生集·附录》中说他:"存古淡之道,卓然于诸大家未起之先。"北宋诗文领袖欧阳修在《梅圣俞墓志铭》中更作盖棺之论:"其初喜为清丽,间肆平淡,久则涵演深远,间亦琢刻以出怪巧。"实在是极中肯的评价。《和才叔岸旁庙》一诗即是诗人"古淡"诗风的集中体现。

"树老垂缨乱,祠荒向水开。"垂缨是形容下垂的枝条。既垂还乱,足证树老;地僻临水,难怪祠荒。上句描写老庙的环境,烘托祠荒。下句紧扣题目,交代庙在岸旁这一特点。开笔即突出一个'荒'字。无怪乎诗题一作《和才叔岸旁古庙》。

"偶人经雨踣,古屋为风摧。"这是用了互文的手法:风雨摧毁了古庙,庙里的神像已经坍塌。偶人,即祠庙中的泥塑木雕类神像。踣,跌倒。显见这庙中已无香火。

也许诗人觉得破庙烂偶尚不足证明"祠荒",还要让鸟儿来做个证人:积满灰尘的神龛上,本该神佛庄严法相的地方,却是野鸟端坐其上。进一步写足荒凉之意。

香火已废,鲜有人迹。尧臣却偏偏要安排渔人来凑个热闹(也只能安排渔人,因为荒祠面水，交通不便），手持竹杯来这庙中祭奠。渔郎此来，从画面上看来是给这破庙增添了一丝生气，实际上更显出其荒。神像已颓，野鸟惊走，渔郎怕也是心中凄凄惶惶，难以久驻。又或者渔郎不是来求神拜佛的，而是因为时常路过，见庙中神像已久未享香火，故尔发了恻隐之心，来烧上三炷香，奠上一杯酒，算是安慰。

"欲传《山鬼》曲，无奈《楚辞》哀"，诗人之所以想到《山鬼》《楚辞》，完全是因为屈原作品中的悲凉之调让尧臣起了同感，联想而来。《山鬼》有云："杳冥冥兮羌昼晦，东风飘兮神灵雨"，与本诗意境何其相似乃尔。

缪钺先生曾这样指出宋诗的特点："宋诗则如曲涧寻幽，情境冷峭。"证以本诗，即如其论。尧臣这一首《和才叔岸边庙》就充分体现出了宋诗"冷峭"的风格特征。

前引欧阳修之论尧臣，在平淡中"间亦琢刻以出怪巧"，从这首诗而言，不去写香火鼎盛的古刹，而偏选择地远天荒的破庙，这就是一种怪巧的体现。入眼所见，无非老树、荒祠、坍墙、倒偶、野鸡一类意象，倒也真切地描绘出了破庙的一应特征，故陈衍在《宋诗精华录》中论曰："写破庙如画"。诚哉斯言！（陈坦）

小　村

梅尧臣

淮阔洲多忽有村，棘篱疏败漫为门。
寒鸡得食自呼伴，老叟无衣犹抱孙。
野艇鸟翘唯断缆，枯桑水啮只危根。
嗟哉生计一如此，谬入王民版籍论。

尧臣才学虽高，却科场失意。好不容易以荫入官，却又蹭蹬一生，最大只做到尚书都员外郎。一生贴近下层，因而有许多机会近距离观察劳苦大众，在感情上与平民百姓产生共鸣，于是写下了不少揭露时弊，同情民艰的诗作。《小村》是他此类诗作的代表。

宋仁宋庆历八年，淮河发生水灾，灾民生活悲苦万状，尧臣如实地用诗句记录下这一惨景，全诗近乎白描。

"淮阔洲多忽有村，棘篱疏败漫为门"，对灾后景象作全景式描写，写出了水灾给小村带来的萧索：河水泛滥，原先地势稍高处变成了沙洲，沙洲之上忽然见到了一个小村。家户人家用荆条编成的篱笆，如今破败得不成样子。漫，草草地。既然生存都成问题，门也就漫不经心了，有没有都差不多。

接下来两句从全景转向村中局部：寒鸡觅食，老叟抱孙。请注意句中一"寒"

一"无":时值深秋,地处水边,老人却还无衣御寒。诗人只是描述了眼中所见,但诗人悲悯之情却读之可感。村中所见,唯有老叟小孙,青壮年们哪里去了?诗人没说,但我们可以推知:外出讨生活去也。

再下来两句"野艇鸟翘唯断缆,枯桑水啮只危根。"为以上我们的推断提供了依据:一艘断缆的小船像死翘翘的小鸟搁浅于沙滩,干枯的桑树被水啃得只剩下了残根。生计既如此艰辛,不走何待?

前面六句中,尧臣以败篱、寒鸡、老叟、野艇、枯桑为意象,极力渲染出小村地荒人稀、破败苍凉的气氛。既是写实,也是为末二句蓄势。灾民生计已是如此不堪,官府未见赈灾之善,却仍将他们编入需纳租税的"版籍"之中,实在当得一个"谬"字。尧臣更用"嗟哉"二字表明了自己的态度。这是血泪的呐喊,这是哀怨的控诉,将尧臣作为一位现实主义诗人的责任感表露无遗。

资料显示,宋代以前,淮河流域田地肥沃,经济发达,民间有"走千走万,不如淮河两岸"之说。淮河水患主要存在于宋代以后,黄河于1194年夺淮入海,而后淮河经常泛滥成灾,水患频仍,那已是尧臣作此诗一百五十年之后了。也就是说,淮河两岸真正的惨状,尧臣尚未见到。饶是如此,眼前所见,已足以让诗人悚然而惊,情不自禁要为灾民鼓与呼了。

当然,尧臣若与诗圣"何时眼前突兀见此屋,吾庐独破受冻死亦足"的境界相较起来,力度还是有差距的。无怪乎陈衍评曰"末句婉而多风",这也是尧臣一贯的风格。(陈坦)

览显忠上人诗

梅尧臣

昔读远公传,颇闻高行僧。
庐山将欲雪,瀑布结成冰。
寻迹数百载,历危千万层。
师来笑贾岛,任教飞片落杯中。
晓来城郭遮无路,阮籍驱车莫叹穷。

《释氏要览·称谓》引古诗云:"内有德智,外有胜行,在人之上,名上人。"也就是德行高尚者称作上人。自南朝宋以后,多用作对和尚的尊称。这位显忠和尚与梅尧臣是诗友,且是后学,常向当时诗坛大家梅尧臣请教。梅尧臣另有《答显忠上人》谈到这种情形:"傥有好事者,扣门与留连。或有袖中诗,语熟气颇全。曾不类缁褐，始可令勉旃。京师百许寺，知几相差肩。"对显忠和尚的诗称赞有加，认为和尚中能达到这种程度的没几个。

显忠和尚是吴地人，后游于京师。梅尧臣《答楚僧智普始与吴僧显忠来过今见二人诗进於》中提到了这件事："我初见子时，子作楚人语。复与吴客来，音俱变齐鲁。"既是老相识，现又同在庐山，自然常相往还，显忠也时常向前辈请教。这首就是梅尧臣读显忠和尚诗后所作。

庐山是佛教名山，东晋时名僧慧远就住在庐山东林寺，三十年足不出户，成就一代高僧。"昔读远公传，颇闻高行僧。"表示出对高僧的景仰。以下四句写庐山天寒地冻之景以及诗人不畏风寒寻迹览胜的过程，有没有显忠陪同不得而知。

"师来笑贾岛"，显忠和尚一来就嘲笑那个唐代的贾岛。笑他什么呢？据说贾岛求官不成转身做了和尚，法名无本，后来又耐不得寂寞，始终心猿意马，终又还俗。作为和尚的显忠显然看不起那个佛门的叛逃者贾岛，笑他意志不坚定，一片凡心。

显忠笑得眉飞色舞，兴头处，片片飞雪落入杯中。看得出显忠是冒雪而来。前写"庐山将欲雪"，此写"飞片落杯中"，显见时间、场景已发生了转换，显忠之来是在晚间。

大雪纷纷扬扬地下，让诗人可以想见"晓来城郭遮无路"，明早醒来大雪封路的情景。"阮籍驱车莫叹穷"是诗人对显忠的叮嘱。要他路上小心，因已无路可行。阮籍在这里是代指显忠，《晋书·阮籍传》："时率意独驾，不由径路，车迹所穷，辄穷哭而返。"从上句显忠对贾岛的嘲笑可以看出这个和尚率真而为的性格，这点倒是与阮籍相似。此处用典贴切，恰如其人。穷，穷途，无路可走。

诗名《览显忠上人诗》，诗意却似乎无关显忠作品，而是着力描写两人的交往，表现显忠率真的个性。细细揣度，这是不是诗人对显忠诗作的含蓄点示？

此诗还有另一版本，据陈衍《宋诗精华录》，全诗只有八句。"师来笑贾岛"后，收以"只解咏嘉陵"，点明了显忠上人嘲笑贾岛的具体内容。贾岛贬官长江主簿时，有题咏嘉陵驿诗。诗已失传，不知其具体内容，但在唐代诗人薛能诗中留下了痕迹。"贾子命堪悲，唐人独解诗。左迁今已矣，清绝更无之。毕竟吾犹许，商量众莫疑。嘉陵四十字，一一是天资。"（薛能《嘉陵驿见贾岛旧题》）录此备查。（陈坦）

寄题徐都官新居假山

梅尧臣

太湖万穴古山骨，共结峰岚势不孤。
苔径三层平木末，河流一道接墙隅。

已知谷口多花药，只欠林间落狖鼯。
　　谁侍巾鞲此游乐，里中遗老肯相呼？

　　宋代江南园林艺术颇为发达，由于取材方便，苏州、湖州等地区，私家建造园林风气很盛。庆历三年（1043），梅尧臣在湖州任监税官，诗即作于此时。徐都官，未详，夏敬观谓"疑即建德徐元舆，集中屡见。"此诗不施藻绘，瘦劲挺拔，很能体现宋诗的艺术特色。

　　"太湖万穴古山骨，共结峰岚势不孤"，开篇具言徐都官新居假山取材之美，造型奇峭逼真。"太湖万穴古山骨"，指取太湖石为假山。太湖石多孔穴，是很理想的园林建筑材料。这里不径言石而言"古山骨"，本于韩愈《石鼎联句》诗首句"巧匠斫山骨"，使人感到假山不假，它原具有山之骨髓。叠石成山，故下句言"共结"。不言"峰峦"而言"峰岚"，盖"岚"为山中雾气，著此一字，不仅写出山形，而且绘出山神，颇有云气蓊郁之感。再加"势不孤"三字，更见峰峦重叠之妙。

　　"苔径三层平木末，河流一道接墙隅"，此二句承上，写假山与周围环境相得益彰。这里的"苔径三层"、"河流一道"，皆人工建造。假山有崎岖小路达于峰顶，高于园中之树（"平木末"），山路上满布苔藓，古趣盎然。山下河流一道，显然自墙外引入。于是，假山、真树、活水，彼此浑溶无间，大得自然意趣。

　　"已知谷口多花药"，暗用西汉隐士郑子真身居谷口而名动京师的典故。此句承前而来，下句却作一转折，说林间景物仍有不可及处，假山之上毕竟缺少野生动物——"只欠林间落狖鼯"（"狖"黑色长尾猿；"鼯"，飞鼠。）诗人著此一句，意若有憾焉，其实乃深喜之也。意思是说若有鼯出没其间，假山就更逼近自然了。从"只欠"二字可以体味。这样，在转折之中，又翻进一层。

　　至此，已道尽假山胜处，末二句理所当然地写到游园。但值得注意的是，诗人却撇开自己和朋友，著意提到"里中遗老"（遗老，指老者），颇耐寻味。看来徐都官新居假山既成，却未"对外开放"，连里中老者亦未能一饱眼福。诗人既以先游为快，也就想到这一层，才有此一问："谁侍巾鞲（代指都官）此游乐，里中遗老肯相呼？"这一联化用杜甫《客至》"肯与邻翁相对饮，隔篱呼取尽余杯"句意，而含意颇深，表面看，是说与人分享，其乐更甚；深一层的意思是，为官者当与民同乐。这与诗人好友欧阳修的《醉翁亭记》末尾一段的措意不谋而合。于是诗的境界得到提高。这种民胞物与的思想，就《田家》《陶者》《汝坟贫女》的作者而言，是一贯的。只是诗人不说"应"相呼而只问"肯"否，措语甚婉，乍读不易体察。

题咏之类,切题、体物都不难,有思想境界则不易,"应怜屐齿印苍苔,小扣柴扉久不开。"看来梅尧臣是不赞成这种态度的。(周啸天)

田 家

梅尧臣

南山尝种豆,碎荚落风雨。
空收一束萁,无物充煎釜。

梅尧臣生于宛陵(今安徽省宣城市)乡下,身世贫寒,好学上进却应试不第,与中国古代大多数文人一样少壮时期经历坎坷。然而,也正因为如此,早年一直为生存而颠沛流离的梅尧臣才有机会接触社会底层,了解民生疾苦,写出了许多以农家生活为题材的现实主义诗歌。在他的诗作中与"田家"有关的名篇不少,如:《经田家》《田家语》《田家四时》等,这首《田家》用笔精练却意蕴深婉,具有相当的艺术性和思想性。

钱钟书以为全诗"借用两个古人的名句:汉代杨恽《报孙会宗书》的'田彼南山,芜秽不治;种一顷豆,落而为萁!'和三国时曹植《七步诗》的'萁向釜下燃,豆在釜中泣;本是同根生,相煎何太急!'"(《宋诗选注》)首句显然是杨恽诗意的翻新,写农家耕耘之艰辛。一年辛苦劳作,眼见着快要收成了,岂料一场风雨却将绿油油的豆荚吹打得四处零落,"眼见稀饭化成了水"。诗意与杨恽基本相同,最后都是"空收一束萁",抱回家当柴禾。只是造成如此悲惨结局的原因不同,梅尧臣归结为天灾——风雨相侵,而杨恽则归结为人祸"芜秽不治"。两相比较——"杨恽是讽刺朝廷混乱"(钱钟书《宋诗选注》),而梅尧臣则显客气、委婉得多,主要表达对田家的同情。

末句是借用曹植古诗掌故,直抒情感。用钱先生的话说就是:"农民虽然还有豆萁可燃,却没有豆子可煮,锅里空空的,连'煮豆燃萁'都不可能了。"何等无奈!何等酸楚!曹植诗是讽喻统治阶级内部为了政治利益以至于六亲不认、骨肉相残,是揭露和抨击人性扭曲与人心险恶的。而梅尧臣却以此来表现百姓生活的困顿和要求的卑微。他们年复一年地辛勤劳作,所为只不过就是能够填饱肚子,维持生存。如果一个人活着的目的就仅只是为了活着,那么,这样的人生还有多少意义呢?田家之难,人生之苦莫过于此了!

欧阳修说:梅尧臣诗"其初喜为清丽,闲肆平淡"(《梅圣俞墓志铭》),这首《田家》正是这种风格的体现。此篇化用古诗而不着痕迹,引用掌故而毫不艰涩,讽喻时事而自由冷峻,显示出他一贯的艺术主张和追求。同时,诗中暗藏"美刺",同情百姓苦难,作为封建时代的一介书生,显露出难能可贵的民本思想和为民请命的责任感,值得称道!(秦岭梅)

陶 者

梅尧臣

陶尽门前土,屋上无片瓦。
十指不沾泥,鳞鳞居大厦。

此诗讽刺剥削制度下不劳而获、劳而不获的极不合理的现象。"陶者"就是砖瓦匠、泥瓦匠,这首诗是代鸣不平的。

"陶尽门前土,屋上无片瓦。"两句写劳而不获的现象。这种题材,在历代民歌中并不少见。早于此诗的,如汉代刘安《淮南子·说林训》有"屠者藿羹,车者步行,陶人用缺盆,匠人处狭庐——为者不得用,用者不肯为"的谣谚。晚于此诗的,如明清时有"泥瓦匠,住草房;纺织娘,没衣裳;卖盐的,喝淡汤;种田的,吃米糠……"的歌谣。"陶尽"二句所咏,与"陶人用缺盆"、"泥瓦匠,住草房"之所慨叹的并无二致。一个做砖瓦匠的人,却没有住过瓦房,这种事儿既是咄咄怪事,又那么司空见惯,岂不是存在即荒谬么?《红楼梦》第七十七回王夫人所谓"卖油的娘子水梳头",也是这个意思。

"十指不沾泥,鳞鳞居大厦。"两句写不劳而获的现象。与上述民歌只写一端的做法不同,这首诗说罢劳而不获,便说不劳而获。对比鲜明,发人深省。"十指不沾泥"之所指,非指一切不沾泥的人,而特指所谓"劳心者",孟子的名言是:"劳心者治人,劳力者治于人。治于人者食(饲)人,治人者食(饲)于人。天下之通义也。"这首诗的可贵,在于质疑这种理论的正义性和公平性,并不认为那么天经地义。"十指不沾泥",在语言上很生动、很形象、很民间。"鳞鳞"以状瓦房屋顶的鳞次栉比,与上文"无片瓦"形成巨大反差;"大厦"与上文的"屋"形成巨大的反差。

常言道,记者是社会的良知,在没有记者的时代,诗人就充当了记者的角色,充当了社会的良知。这首诗可与同时代张俞《蚕妇》("昨日入城市")参读。二诗手法相近,不过张诗以第一人称叙事,控诉的意味较明。这首诗叙事角度比较含蓄,控诉的力度却并不亚于张诗。(周啸天)

【宋祁】（998—1062），字子京，宋雍丘（今河南杞）人。天圣初（1023）与兄宋庠同举进士，累迁同知礼仪院、尚书工部员外郎，知制诰。又改龙图学士、史馆修撰。修《新唐书》，拜翰林学士承旨。卒谥景文。有《宋景文公集》。

落花二首（其一）

宋 祁

坠素翻红各自伤，青楼烟雨忍相忘？
将飞更作回风舞，已落犹成半面妆。
沧海客归珠迸泪，章台人去骨遗香。
可能无意传双蝶？尽付芳心与蜜房。

宋祁的《落花》诗有两首，这是其中之一，也是各选本常选的一首，因其为咏物诗中精品故也。

传说宋祁在中科举前，曾与其兄宋庠一起游学安州，正遇上知州夏竦举办诗会，以"落花"为题，宋祁就写了包括这首诗在内的二首。夏竦认为此诗能咏物寄意，必成大器。宋祁也因此而一炮打响，走红文坛，三年后果与其兄同举进士，留下一段文坛佳话。

咏物诗贵在抓住所咏之物与所寄之意间的联系，处处扣住此物而又时时不忘彼意，言在此而意在彼，却又自然天成，不落刻意之痕。用这样的标准来衡量：此诗以落花来寄寓自己高洁的情操，却又无一语点破，只以形象来达情，自然当得精品。

人们写花，往往愿意写初开时的娇羞，盛开时的明艳，宋祁自己也曾留下"红杏枝头春意闹"（《玉楼春》）的佳句。夏竦偏以"落花"为题，显见得是存了考较之心，有暗器在焉。作者稍不留神，从惜花伤春上去立意，便再难翻出前人旧窠，无非应景之作而已。宋祁所贵者，是挖掘出了落花的精神。

"坠素"、"翻红"是以借代手法写落花，"各自伤"化无情之花为有情之人，赋予落花以人性。"将飞"、"已落"更描绘出了花落的全过程。"犹成半面妆"突出了落花的多情，虽已落地仍不失佳人美容，像梁元帝徐妃一样，总以美丽的半面示人。读来不仅使我们感受到了落花之多情，更强烈地体味到了诗人借落花而传达出的那份执著的精神。

颈联"沧海客归珠迸泪，章台人去骨遗香。"借归来游子见落花而伤心，将诗人惜花之情再作渲染。但诗人描写的重点不在惜花，而在表现花骨遗香的坚贞不渝。

结尾二句，诗人对落花给予了极高的赞颂：虽然昔日曾蜂萦蝶绕，而今凋萎，却无怨无悔。因为它的花粉已由蜜蜂酿成了蜂蜜，泽及人间。套用今天的话来说就是：生命已去，精神不朽。这难道不是对生命的最高礼赞吗？

宋祁咏落花，重在刻画出落花"虽九死其未悔"的执著，用来表达自己的人生追求，惜而不伤，叹而不悯，感情沉郁，确实达到了陈延焯在《白雨斋词语》中称许的"必若隐若现，欲露不露，反复缠绵，终不许一语道破"的境界，让读者从再三玩味中去意会，而作者却不作一语言传。实在是咏物诗的高手。

清代大思想家龚自珍在《己亥杂诗》中用"落红不是无情物，化作春泥更护花"来表达自己辞官归乡却眷眷朝廷的深情，被后人再三称道，频频引用，若将此二句与"可能无意传双蝶，尽付芳心与蜜房"两相比较，即可知龚诗是由此化出。（陈坦）

九日置酒

宋　祁

秋晚佳晨重物华，高台复帐驻鸣笳。
邀欢任落风前帽，促饮争吹酒上花。
溪态澄明初毕雨，日痕清淡不成霞。
白头太守真愚甚，满插茱萸望辟邪。

九日，这里是指阴历九月九日的重阳节。作者宋祁是北宋初期著名的文人，他和他的哥哥宋庠同时考中进士，时号"二宋"，名满天下。他曾任龙图阁学士、史馆修撰，和欧阳修一起撰写《新唐书》。又曾任工部尚书，因为写了《玉楼春》词，词中有"红杏枝头春意闹"一句，"闹"字用得特别精警，人又称他为"红杏枝头春意闹"尚书。总之他是北宋初期的一位难得的文人雅士。他好像特别重视重阳节，不仅写了这一首重阳诗，还写过《九日食糕》："飙馆（清凉的亭馆）轻霜拂曙袍，糗餈（音秋次，糕饼）花饮斗分曹。刘郎不敢题糕字，虚负诗中一世豪。"这首诗写的是重阳节吃糕的事。据《东京梦华录》卷八记载，那时重阳节前一二日，各以粉面蒸糕，上面插以彩色小旗，亲友互相馈送，这也是当时的一种风俗。

但是重阳节更重要的风俗还是佩戴茱萸（茱萸是一种植物，有浓烈的香味），登高望远，欣赏菊花，大家一起饮酒。饮酒是这一天的中心活动，所以这首诗的题目明确标出《九日置酒》，和《九日食糕》是同一意思。

第一联是交代饮酒的节候和地点。那已是晚秋时节，秋高气爽，他和大家来到高台上的双重帷帐里，乐队奏起呜呜的胡笳来。这一联有烘托气氛的作用。接下来第二联顺承而下，就写饮酒。前一句用了晋朝孟嘉跟随桓温在重九日登上龙山，风吹帽落而不觉的故事，是说无拘无束地饮酒而尽情地欢乐。后一句是具体写饮菊花酒的情形，酒中有菊花浮动，所以要吹着饮，大约和四川人喝盖碗茶差不多。这一联形象地描写了"邀欢"、"促饮"的人物动作，很传神。第三联宕开一笔，来写望远的情形。秋雨刚过，溪水共长天一碧，落霞与秋阳同淡，一切都是这么的清爽，让人赏心悦目。最后一联写到自己（即"白头太守"），自己已经是白发苍苍的老人了，还满头插着茱萸花，希望辟去邪恶之气，这种举动该是多么愚蠢，多么可笑的。这是一种自我调侃，最后一联使得全诗有了更加轻松活泼的气氛，把重阳佳节的活动写得很欢快。陈衍在《宋诗精华录》中评道："九日登高，不作感慨语，似只有此诗。"在古往今来众多的重九诗作中，这是一篇有自己特色的作品。

宋祁的诗歌虽然是西昆体的余脉，但是他和西昆体又有着明显的区别，比较晓畅而又有一定的社会意义。这原因，是因为他也学习杜诗的缘故。他在《新唐书·杜甫传》中，给予了杜甫以很高的评价，对后代影响很大。据《竹坡诗话》卷二记载，他还手抄过杜甫诗歌一卷，下了不少的学习功夫，并且还拟作过杜甫风格的多首诗歌，沉郁苍劲，他是北宋初期首开学习杜诗风气的重要人物之一。他的这首《九日置酒》，用典贴切，对仗工稳，气象也比较阔大，可以看出杜诗对他的影响。（管遗瑞）

【欧阳修】（1007—1072），字永叔，号醉翁，晚号六一居士，宋吉水（今属江西）人。"唐宋八大家"之一。天圣八年(1030)进士。曾任枢密副使、参知政事。因议新法与王安石不合，退居颍州。谥文忠。曾与宋祁合修《新唐书》，并独撰《新五代史》。有《欧阳文忠公集》《六一词》等。

春日西湖寄谢法曹歌

欧阳修

西湖春色归，春水绿于染。
群芳烂不收，东风落如糁。
参军春思乱如云，白发题诗愁送春。
遥知湖上一樽酒，能忆天涯万里人。
万里春思尚有情，忽逢春至客心惊。
雪消门外千山绿，花发江边二月晴。
少年把酒逢春色，今日逢春头已白。
异乡物态与人殊，惟有东风旧相识。

仁宗景祐三年（1036）五月，欧阳修被贬为夷陵县令。第二年春天，他的朋友谢伯初（时任许州法曹参军，故称谢法曹）寄诗安慰他，这一首是他的答诗。诗中西湖不是指杭州西湖，而是谢法曹任职所在地许州同名的西湖。诗中对湖中春色的描写完全是诗人的想象之词。

首句"西湖春色归"表明时令已是暮春，接下来用"烂不收"、"落如糁"进一步具体描摹暮春景象。"烂不收"指落花纷纷，无可挽留。"落如糁"用饭粒来形容东风中飘飘洒洒的花絮。糁，饭粒。这四句叙写西湖暮春之景，平白如话。尤其是用饭粒来喻花絮，奇特而又贴切，直令人喷饭。

"参军思春乱如云，白发题诗愁送春"二句是针对谢法曹诗中内容的答句。欧阳修《六一诗话》云："余谪夷陵时，景山方为许州法曹，以长韵见寄，颇多佳句。有云：'长官衫色红波绿，学士文华蜀锦张。'余答云：'参军春思乱如云，白发题诗愁送春。'盖景山诗有'多情未老已白发，野思到春如乱云'之句，故余以此戏之也。"

"遥知湖上一樽酒，能忆天涯万里人。"这天涯万里人即诗人自称，想象着好友携酒泛舟湖上，万里相思，寄诗安慰自己，让诗人感念不已。想象之景与眼前之景交织在一起，又各具特色，很好地衬托出诗人的复杂心情。

春色里友人的温情，不由得让诗人回忆起了初春到来时自己的惊喜之情。"万里春思尚有情，忽逢春至客心惊。"既是"忽逢"，自然会让独在异乡为异客的诗人"心惊"。只是这惊不是惊慌，而是惊喜。

惊喜什么？"雪消门外千山绿，花发江边二月晴。"冬去春来，草长花开。这两句在写法上有两个特点：一是运用意象的对比——白雪、绿草、红日、艳花，色彩鲜明，写出了春天的温暖明丽。其二是句式奇特，本应该是"门外雪消千山绿、江边花发二月晴。"诗人置状语于句中，把本属于同一场景中的景物分隔为前后两个部分，从而营造出时序流动之感。

"少年把酒逢春色，今日逢春头已白"抒发了诗人对岁月流逝，青春不在的感慨。其实诗人当年也不过三十有一，白发云云应是夸张之辞。"异乡物态与人殊，惟有东风旧相识。"贬居山城，物非人亦非，只有东风是旧识。道出了诗人的孤寂之感。

在这首诗中，诗人心情略显落寞，而在欧阳修同一时期写给另一朋友的答诗中，则表现出寂寞愁闷里不失希望的主题："曾是洛阳花下客，野芳虽晚不须嗟。"（《戏答元珍》）应该说，这两种情绪的交织才是作为诗人与政治家的欧阳修的真实心境。

作为北宋初期诗文革新运动的倡导者，他的诗一扫当时诗坛浮艳之风，讲求清新自然。该诗即非常明确地体现了诗人的这一风格要求，兼以流动回荡的古体，自然真挚的感情，平白婉转的语言，读来令人耳目一新。（陈坦）

明妃曲和王介甫作

欧阳修

> 胡人以鞍马为家，射猎为俗。
> 泉甘草美无常处，鸟惊兽骇争驰逐。
> 谁将汉女嫁胡儿，风沙无情貌如玉。
> 身行不遇中国人，马上自作思归曲。
> 推手为琵却手琶，胡人共听亦咨嗟。
> 玉颜流落死天涯，琵琶却传来汉家。
> 汉宫争按新声谱，遗恨已深声更苦。
> 纤纤女手生洞房，学得琵琶不下堂。
> 不识黄云出塞路，岂知此声能断肠！

嘉祐四年（1059）王安石（字介甫）作《明妃曲》二首，议论新颖警辟，一时和者甚众。梅尧臣、司马光、刘敞皆有和诗。欧阳修也参与其中，作和诗两首（即此篇及《再和王介甫》）。欧阳修平生对这两首诗颇为得意，宋人叶梦得《石林诗话》中记载了这样一个故事：欧阳修有一次喝高了，对儿子自夸说《明妃曲》后篇，太白不能为，唯杜子美能之。至于前篇，则子美亦不能为，唯我能之也。"这里说的前篇，即指此诗。

开头四句以散文笔法描写胡人的游牧生活特点，暗示昭君所要去的就是这样一个与汉地迥异的蛮荒之地。其实胡汉之别非在民族而在习俗、文化。此诗先声夺人，用昭君将要生活的环境为昭君流落之苦渲染出似乎连空气中也弥漫着的悲凉气氛。

"谁将汉女嫁胡儿？"问得清醒，显见得一般人是不肯的。因为"风沙无情貌如玉"。以汉女如玉之容颜，冒无情之风沙，是谁如此忍心？答案是隐含的：汉室。可见汉室比风沙更无情。在这里，诗人将矛头含蓄的指向了这出悲剧的制造者。

唐人以"西出阳关无故人"作为"劝君更尽一杯酒"的理由。比较之下，昭君流落之苦更甚，不但无故人，简直连国人都不曾遇见一个——"身行不遇中国人，马上自作思归曲。"满腔幽怨无处诉说，只好倾泻于自作的思归曲中。这一意象与王安石原作是相和的。有趣的是，原作与和诗均以侧面描写来表现曲子的感染力：王安石说"汉宫侍女暗垂泪，沙上行人却回首。"欧阳修道："胡人共听亦咨嗟"。连胡人都为昭君的悲伤之曲唏嘘不已，不料此曲传入汉地后，却并没有引来汉宫中娘家人的悲悯与同情，反而被当作"新声谱"争相演奏。昭君的苦楚成就了汉宫的时尚，这该是何等的凄凉啊！这下我们恍然大悟：原来写胡人的咨嗟是为了反衬汉宫的无情。

结尾二句，诗人笔锋急转，直指汉室的统治者们："不识黄云出塞路，岂知此声能断肠。"对于不曾到过塞外的统治者们来说，又怎知塞北之苦呢？

与王安石原作一样，欧阳修此首虽着眼于借汉言宋，议论国事，入笔却只谈琵琶新声，以形象见长，是典型的以小见大的手法。两人之作的不同之处在于：王安石《明妃曲》重在称颂昭君的忠君爱国，不忘旧主，以批判当时投靠辽、夏者，相对含蓄。欧阳修则较为直接地揭露与谴责了居安忘危，不事振作的北宋君臣，因为北宋积贫积弱，辽、夏交相侵略，但朝廷文恬武嬉，毫无作为，诗人对此感慨不已。

该诗前部分以前四句描述胡风异俗，五六句写昭君流落之苦，七至十句侧面渲染昭君悲声。以下四句状写昭君悲声翻作汉宫时尚，最后四句讽刺议论，直指君王。人是由汉入胡，曲则由胡传汉，以胡人咨嗟衬汉宫无情。立意深刻却叙述从容，一波三折而言语平易，形成了浓烈的艺术魅力。又兼以句式的散文化，即在整句中夹杂散句，整散结合，富于变化流动之美。无怪欧阳公得有如此豪迈之语：唯我能之也。故事真假不论，以诗言之，该得这般自信！（陈坦）

再和王介甫

欧阳修

汉宫有佳人，天子初未识，一朝随汉使，远嫁单于国。
绝色天下无，一失难再得，虽能杀画工，于事竟何益？
耳目所及尚如此，万里安能制夷狄！
汉计诚已拙，女色难自夸。
明妃去时泪，洒向枝上花。
狂风日暮起，飘泊落谁家。
红颜胜人多薄命，莫怨春风当自嗟。

在《红楼梦》第六十四回"幽淑女悲题五美吟浪荡子情遗九龙佩"中，有这样一段：

宝钗亦说道："做诗不论何题，只要善翻古人之意。若要随人脚踪走去，纵使字句精工，已落第二义，究竟算不得好诗。即如前人所咏昭君之诗甚多，有悲挽昭君的，有怨恨毛延寿的，又有讥汉帝不能使画工图貌贤臣而画美人的，纷纷不一。后来王荆公复有'意态由来画不成，当时枉杀毛延寿'；永叔有'耳目所见尚如此，万里安能制夷狄'。二诗俱能各出己见,不与人同。"永叔即欧阳修,"耳目所及尚如此,万里安能制夷狄!"就是《再和王介甫》这首诗中最警策的句子。

这首和《明妃曲和王介甫作》都是欧阳修和王安石《明妃曲》之作。从诗意的吻合程度看,此诗应是针对《明妃曲》的第一首而和的。因为《明妃曲》(其一)有云:"低徊顾影无颜色,尚得君王不自持。"本诗中应道:"绝色天下无,一失难再得","汉计诚已拙,女色难自夸。"王说:"意态由来画不成,当时枉杀毛延寿。"欧云:"虽能杀画工,于事竟何益?"

诗句从汉元帝惊艳于昭君美色而怒杀画工毛延寿起笔,认为画工之死于事无补,引出"耳目所及尚如此,万里安能制夷狄"两句警策之语:眼前的佳人尚且不能明辨,对万里之外的夷狄之地又能有何良计呢?讥刺汉元帝的昏庸无能。欧阳修以诗的语言表述了自己对历史的深刻洞见,这其实正是咏史诗最要紧的关键之处。无观点,何以咏史?所以宋人称许这两句"切中膏肓",实在是中肯之语。

汉代"和亲"之策实在是不得已而为之,是在国力难以企及情况下的一种妥协。按今天的观点来看,不失为明智之举。但欧阳修不管这些,因为他的目标指向不在汉而在宋。北宋用"岁币"的方式向辽、夏换取和平,与汉代"和亲"之用何其相似乃尔。何况"和亲"只是一人哀,"岁币"却是千家哭。且长此以往,则国库空虚,民生凋敝,会动摇国之根本,如此的和平实在太过脆弱。"汉计诚已拙",说的正是北宋的现实,是对宋策计拙的批判,是全诗主旨所在。

但欧阳修毕竟是北宋的臣子,面对如此相似的历史场景,借古讽今,知道如此观点的现实意义,恐亦不愿太过指斥,失了"温柔敦厚"之诗教本意。所以主旨一经点出,便即转回昭君身上,希望昭君自嗟薄命,不要怨恨君王,不要得出"汉恩自浅胡自深"(王安石《明妃曲》中句)的结论来。

欧阳修这两首和诗,前一首以形象见长,这一首却以议论为眼,杂以叙事,抒情,自然流畅。(陈坦)

唐崇微公主手痕

欧阳修

故乡飞鸟尚啁啾,何况悲笳出塞愁。
青冢埋魂知不返,翠崖遗迹为谁留。
玉颜自古为身累,肉食何人与国谋。
行路至今空叹息,岩花野草自春秋。

在人们印象中，似乎只有昭君才有"和亲"之行，其实不然。昭君之前，昭君之后，和亲者众矣。在中国封建社会的长时期里，当中央政府对边塞少数民族或战而不下，或战后拉拢，往往采取怀柔政策，"和亲"即其中常用的一种手段。平心而论，政治联姻非但中国有，欧洲、阿拉伯也有。历朝帝王的后宫中，少数民族贵族女子恐也不在少数，却从未见得有谁愤愤不平，唧唧歪歪，偏偏汉家朝廷就干不得？

细究起来，恐怕主要还是封建士大夫们"天朝上国"的正统观念所致，觉得那是汉家的耻辱，送来可以，送去不行！我没有查考过，不知对文成公主嫁给松赞干布有没有发杂音的？文成公主难道就不是和亲吗？或许是因为唐太宗时国力强盛，太宗又是有名的英主，咏史者找不到攻击点或曰与本朝的契合点吧！

本诗的主人公崇徽公主是唐代宗手下大臣仆固怀恩女，以公主名义嫁给回鹘可汗，执行对回鹘的和亲使命。传说崇徽公主途经山西灵台时，以手掌托石壁，遂留下手痕。

此诗起句就再现了当年崇徽公主远嫁回鹘时的凄凉场景：故乡的鸟儿啁啾鸣叫，胡笳悲切，豆蔻年华的少女就要离别父母，远嫁他乡。何况还是万里之遥的塞外少数民族之地。表现出诗人对她的深切同情。

昭君之墓名曰"青冢"，这里代指唐崇徽公主之墓，都是和亲者，身份倒也相合。"青冢埋魂知不返，翠崖遗迹为谁留？"不但尸埋异邦，连魂魄似也无所依傍，飘荡于翠崖遗迹间。孤魂野鬼的形象引得人们忍不住要掬一把同情之泪。但诗人并不就此止步，他要启发人们对这一悲剧产生的原因进行政治上的思考：玉颜何辜，遭此厄运？把批判的锋芒指向了在其位不谋其政的统治者："肉食何人与国谋"。《曹刿论战》借曹刿之口给统治者下了"肉食者鄙，未能远谋"的断语，欧阳修更一竿子扫尽：一个都没有！

"自古"与"何人"相对，点出了古今不断上演的一幕：本该为国谋的统治者们蝇营狗苟，从不为国家的长治久安而筹划，却只把美丽无辜的女子作为苟且偷安的牺牲品，让她们负起维护国家和平的责任。"玉颜"反为"身累"，"肉食"不与"国谋"，诗人运用这两组意象的矛盾反差发出尖锐犀利的诘问，发人深省。此联以议论入诗，议论深切痛快，对仗工稳整齐。难怪朱熹称赞说："以诗言之，第一等诗；以议论言之，第一等议论也。"更妙的是这两句议论直如异峰突起，平地一声春雷，收到了振聋发聩的效果，激起人们对不能远谋的统治者的愤慨。

愤慨之后，诗人继之以无可奈何的叹息："行路至今空叹息，岩花野草自春秋。"欧阳修对北宋统治者忍辱求和感到愤慨却又无力改变，只留得一声长叹。

诗中，作者的感情由怜惜——愤慨——无奈，不断变化，波澜起伏，时间上则古今跌宕跳跃，大开大合，韵味深致。（陈坦）

礼部贡院阅进士试

欧阳修

紫案焚香暖吹轻,广庭清晓席群英。
无哗战士衔枚勇,下笔春蚕食叶声。
乡里献贤先德行,朝廷列爵待公卿。
自惭衰病心神耗,赖有群公识鉴精。

开科取士,在封建时代是国之大典,被看作是千秋大业,关乎文运、国运。上至王公,下至庶民,莫不注目。孟郊中了进士,就要"春风得意马蹄疾,一日看遍长安花。"那要做了主考官,该得如何?

仁宗天圣八年(1030),欧阳修以礼部试第一名,殿试第十四名被取为进士。二十七年后,嘉祐二年(1057),已是翰林学士的欧阳修被宋仁宗任命为知贡举,即主考官,主持礼部贡院的进士考试。这一年参考人数是六千五百人。

风光固然风光,日子却也难耐。按制度:考官受诏后径赴贡院,与外界隔绝,直至考完后方得出来,共锁院五十天。漫漫长夜,不得归家,不得饮酒,不得闲逛,那干什么呢?好在考官们都是文人,那就读书做诗吧。何况还有个大大有名的诗人梅尧臣也被欧阳修抽调了来,想必就是来陪他做诗的吧。

但这一首诗却并非诗人酬唱,而是庙堂之作,端足了主考官的架子。起句即气象庄严:"紫案焚香暖吹轻,广庭清晓席群英。"唐宋时,于礼部贡院试进士日,都要设香案于阶前,考官与考生对拜,然后考试开始。诺大的考棚内群才济济,未来的国家栋梁隐约其间。作为主考,欧阳公真有些陶醉了。

考场如战场,自古亦然。欧阳修当时就是如此感觉。"无哗战士衔枚勇,下笔春蚕食叶声。"这是写考试时的光景。旧时科举考试称为文战,无哗战士即指考生。考生们个个默不出声,只顾奋笔疾书。用声如春蚕食叶的比喻,突出考棚之安静。这番情景,相信凡我国人莫不历历眼前,哪一个不是这样拼过来的,只是受的折磨程度有异罢了。虽然西方有哲人说:"考试即使对充分准备的人也是可畏的,因为最不堪的蠢汉问起问题来,使最智慧之士也会难以招架。"但考官们却没有考生的这种忐忑,而是充满着为国抡才的自豪和面对青年才俊的欣悦。"衔枚勇",有的选本作"衔枚战",不好,一来与"战士"犯重,二来也没有表现出考生们斗志昂扬的精神状态,何如一"勇"?

举子们都是各省的精英,"乡里献贤先德行",表示对考生们德才兼备的信赖。"朝廷列爵待公卿",各位日后都是公卿之才,朝廷当列爵以待。这是考官对考生的勉励之语。既是官话,也发自欧公肺腑。因为诗人一生奖掖后学,留下了"老夫当避路,放他出一头地"的佳话。

慰勉过考生,主考官该对手下执行同一光荣任务的考官们说几句了。"自惭衰病心神耗",这是欧阳修谦虚的话,时年不过五十二岁,是以自谦来表示对诸位同考官的信任。"赖有群公识鉴精",拜托大家精审细察,选拔出显有真才实学的人才来,共同完成朝廷的重任。

前四句写考试场景,后四句分别对考生、考官提出希望,四平八稳,面面俱到,不愧主考气度。

这里还有一段后话,据《苏轼传》(《宋史》列传第九十七):嘉祐二年,(苏轼)试礼部。方时文磔裂诡异之弊胜,主司欧阳修思有以救之,得轼《刑赏忠厚论》,惊喜,欲擢冠多士,犹疑其客曾巩所为,但置第二;复以《春秋》对义居第一,殿试中乙科。后以书见修,修语梅圣俞曰:"吾当避此人出一头地。"闻者始哗不厌,久乃信服。(陈坦)

戏答元珍

欧阳修

春风疑不到天涯,二月山城未见花。
残雪压枝犹有橘,冻雷惊笋欲抽芽。
夜闻归雁生乡思,病入新年感物华。
曾是洛阳花下客,野芳虽晚不须嗟。

仁宗景祐三年(1036)作者因好友范仲淹落职,被贬峡州夷陵(湖北宜昌)县令。次年,峡州判官丁宝臣(字元珍)有《花时久雨》一诗相赠,作者便写了这首"戏答"。

"春风疑不到天涯,二月山城未见花。"当年峡州春寒,花事推迟。春风不到天涯云云,流露了被贬后的抑郁心情。欧阳修对这两句沾沾自喜,说"若无上句,则下句何堪?既见下句,则上句颇工。"(《笔说》)其实此诗首尾,特别是开头这两句,完全落在初唐张敬宗《边词》彀中:"五原春色旧来迟,二月垂杨未挂丝。即今河畔冰开日,正是长安花落时。"且比原句好不到哪里去。

"残雪压枝犹有橘,冻雷惊笋欲抽芽",这两句写景颇有新意,抓住了峡州是橘乡、又是竹乡的特点。上句说"残雪压枝犹有橘",是惊奇的口吻,也是奇妙的景色，试想雪白与金黄同时点缀在枝头，该是何等的醒目！这还是实景，而下句"冻雷惊笋欲抽芽"则纯出经验与想象，可以说是一种期待，是对生命力的歌咏。从来惊蛰只令人想到动物，写出"惊笋"，就有新意。一个"欲"字，赋予了竹笋以知觉，和对严寒终将过去的信心。

"夜闻归雁生乡思，病入新年感物华"，这两句融合了好些古诗的诗意，如谢灵运《登池上楼》"徇禄反穷海，卧疴对空林……池塘生春草，园柳变鸣禽"，赵嘏《寒塘》有"乡心正无限，一雁度南楼"，刘长卿《新年作》有"乡心新岁切，天畔独潸然。老至居人下，春归在客先"，杜审言《和晋陵陆丞早春游望》有"独有宦游人，偏惊物候新"，这些诗句在此都对作者发生了潜在的影响。难得他作成对仗，自然工整，可圈可点。

"曾是洛阳花下客，野芳虽晚不须嗟"，最后推开一层自慰，自言曾为洛官留守推官，而洛阳花园天下第一、牡丹天下第一，如此说来也是"曾经沧海"的人了，别说是此处"野芳虽晚"，就是无花，又有什么可以遗憾的呢？这是强颜一笑，所谓"戏答"的意味就见于此。（周啸天）

和梅公仪尝建茶

欧阳修

溪山击鼓助雷惊，逗晓灵芽发翠茎。
摘处两旗香可爱，贡来双凤品尤精。
寒侵病骨惟思睡，花落春愁未解酲。
喜共紫瓯吟且酌，羡君潇洒有馀清。

我国古代采茶，还有一定的仪式，很是热闹。这也是茶文化的一个组成部分。诗题中"梅公仪"，是指梅挚，字公仪，新繁（今成都市新都区）人，进士及第后为苏州通判，累官至谏议大夫，知河中府卒。他和欧阳修有很好的交情。"建茶"，是指福建建瓯的名茶，当时以之进贡朝廷。梅挚品尝过建茶以后，写了一首诗谈自己对建茶的感受，然后把自己的诗给欧阳修看，欧阳修就写了这首和诗。

诗歌一开始就写了建茶采摘的古老风俗："溪山击鼓助雷惊，逗晓灵芽发翠茎。"那时采茶前，要在山间聚众击鼓，鼓声在建溪周围的山间震天价响，有如雷鸣，意在帮助春雷惊醒、催促翠绿的茶树枝条发出嫩芽，好让人们来采摘。宋赵汝砺《北苑别录》载："采茶之法，须是侵晨，不可见日……故每日常以五鼓挝鼓，集群夫于凤凰山。"人们就是在这样的热闹气氛中采摘刚刚展开的两片嫩叶（即"两旗")的茶芽,制成印有双凤图案的贡茶,送来朝廷的,这是茶中最好的精品了。这四句写采摘情景,写得很是形象生动,我们今天读来,也好像身临其境一样。

第五、六两句一转,写自己的情况。当时诗人正在病中,一天到晚总是昏昏欲睡,看着花开花落,就像酒醉不醒一样,心情的落寞和无聊可以想见了。所以最后两句就对梅挚说:"喜共紫瓯吟且酌,羡君潇洒有馀清。"看了您的诗,我真高兴您能够端着黑釉茶盏,一边品茶一边吟诗;羡慕您喝了建茶而齿颊留香,过着这样潇洒的生活啊!诗句之中表现出诗人对建茶的赞美和渴望,也表现了对朋友能够得到这种好茶而欣喜的情怀,虽然诗中是淡淡说来,却是情真意挚,很能感人。(管遗瑞)

画眉鸟
欧阳修

百啭千声随意移,山花红紫树高低。
始知锁向金笼听,不及林间自在啼。

这是一首传诵很广的小诗,说的是画眉鸟啼声悦耳,所以常被人笼养;然而听了在树林枝头跳来跳去的画眉鸟的婉转歌声,才知道笼中画眉鸟的啼叫有多么不自在。言下之意,推鸟及人(如名缰利锁的束缚),也是一个道理。比如李白、杜甫,在供奉朝廷时,诗思便锐减,一旦脱离朝廷,出口便是杰作。

全诗以意为主,写景也服从说理的需要。"百啭千声随意移",写出画眉鸟声音在空间上的移动变化,"山花红紫树高低"写山花烂漫、万紫千红的情景,也很有画意,充分表现了自由穿梭于林间的画眉鸟的喜悦。"始知锁向金笼听,不及林间自在啼"纯发议论,"自在"即自由,是这首诗的关键词。笼养的鸟,徒供悦人耳目,虽然不缺食物饮水,但它付出的代价是自由的被剥夺。诗人借题发挥,旨在强调个性自由的可贵。

这种诗在唐人很少见,纯属宋调。大概因为诗中道理、语言都很浅显,所以许多著名的宋诗选不收,但一般读者、特别是类似生活体验的读者是很喜欢的。(周啸天)

梦中作
欧阳修

夜凉吹笛千山月,路暗迷人百种花。
棋罢不知人换世,酒阑无奈客思家。

从诗题上看这首绝句当成于诗人梦境之中。这是艺术创作中所谓"灵感"现象之一种,并不罕见,可以信然。故陈衍评曰:"此诗当真是梦中作,如有神助。"(《宋诗精华录》)

这首诗的创作时间约在皇祐元年,即公元1049年前后,时诗人已年愈不惑。早在1030年,年仅23岁的欧阳修即进士及第,入钱惟演幕府,本想在政治上有所作为,岂料因支持范仲淹政治改革而被归入"朋党",屡受牵连,1036年贬夷陵县令。从此,欧阳修随着改革派的沉浮而几起几落,直到1054年才得到朝廷的重用,为翰林学士。1045年至1049年间,欧阳修屡迁滁州、扬州、颖州等地任知州,政治上并不得意。这首《梦中作》显然是借"梦语"委婉地表达当时复杂的内心情怀、政治意愿,以及人生慨叹。

既写梦境,同时诗作又成于梦中,自然是惝恍迷离、亦真亦幻的。可以不讲求场景的真实,也不在乎内在逻辑的合理性。忽天忽地,忽古忽今,皆无不可,这与诗人内心情感的迷惘与失落是相一致的。

一、二句先写梦中景。先是秋色——夜凉吹笛千山月。清冷的秋夜,皓月当空,一抹清辉洒向大地笼罩千山万水。然而,不知何处传来一阵悠扬、凄凉的笛声,随着流泻的月光吹向遥远的夜空。开篇意境清丽、高远,却又凄迷而惆怅,格调高而情绪低,颇有心比天高却又命运多舛的落寞与悲凉。接下来突写春光。看似突兀,却与"梦"相契合,梦中思绪本就是变幻而跳跃的,恰才置身于秋夜,转眼又徜徉于春色中,做梦本该如此。"暗"字交代了梦中场景的时间应该也在夜晚,同时也恰到好处地表现出梦境的特点——恍恍惚惚,迷迷糊糊,看不真切,像行走在云雾中,脚下无根,飘忽不定。然而,四周百花争艳的绚烂景象和醉人心魄的各种奇异花香却让诗人流连而沉迷,如入仙境。一个"迷"字,既写出诗人对春花的着迷,也刻画出诗人为梦中景色所迷醉而不知何往,甚至不知自己身在何处,同时也为后面场景的转换形成自然而巧妙的过渡。

三、四句写梦中事,先是下棋,然后是饮酒。对弈的场所当是在仙界,而酒席是不是安在瑶池仙境,是不是饮的琼浆玉液,诗人则并未予以详细交代,只"酒阑"二字一笔带过,任由读者去驰骋想像,自由发挥。"棋罢不知人换世"引用王质遇仙的神话传说,掌故见于梁代任昉的《述异记》,晋时樵夫王质进山采樵,"见二童子对弈。童子与质一物如枣核,食之不饥。"等一盘棋局终了,童子指着王质的斧柄说:"汝柯(斧柄)烂矣。"等王质回到故里,已经是百年以后,早已改换人世。欧阳修引用这个典故的用意,一是表明自己对隐逸生活的向往,希望求得精神上的解脱,超然物外。弦外之音则是表达对当时政治晦暗、世道险恶,以及怀才不遇的不满和怨闷。"酒阑",意为酒罢席散。"阑"本意为"将尽"。棋罢、酒阑,两者传达的都是曲终人散,好景不再的低落情绪,但暗中也表达了诗人内心的希冀,希望天地巨变,出现命运与前途的转机。然而,一切并不如愿,所以结句诗人将自己的归宿归及于自己的故土,不如归去!可壮志未酬,终是无颜见江东父老,只得继续作客他乡,一任坎坷沉浮。

全诗仅四句,各自独立,分别描绘了秋夜、春宵、棋罢、酒阑四个不同时空的场景和意境,好比四幅单轴画——秋夜图、春宵图、对弈图、宴饮图,类似于电影里的蒙太奇手法。所不同的是电影蒙太奇是将不同时空毫不相干的几个镜头剪辑在一起来讲述故事、交代情节,而欧阳修诗作中四个独立场景的巧妙转换则是借梦境来表达恍惚迷离、苦闷徬徨的复杂情愫和人生体验。同时,梦境与现实暗中相比照,一虚一实,亦梦亦幻,写得唱叹起伏,荡气回肠。(秦岭梅)

【苏舜钦】(1008—1049),字子美,宋绵州盐泉(四川绵阳)人,迁居开封。少以父荫补官。景祐元年(1034)进士。曾任大理评事,范仲淹荐为集贤校理、监进奏院。被劾除名,寓居苏州沧浪亭。后复为湖州长史。有《苏学士文集》。

中秋夜吴江亭上对月怀前宰张子野及寄君谟蔡大

苏舜钦

独坐对月心悠悠,故人不见使我愁。
古今共传惜今昔,况在松江亭上头。
可怜节物会人意,十日阴雨此夜收。
不惟人间惜此月,天亦有意于中秋。
长空无瑕露表里,拂拂渐上寒光流。
江平万顷正碧色,上下清澈双璧浮。
自视直欲见筋脉,无所逃遁鱼龙忧。
不疑身世在地上,只恐槎去触斗牛。
景清境胜反不足,叹息此际无交游。
心魂冷烈晓不寐,勉为笔此传中州。

苏舜钦是北宋中期的著名诗人,他也是北宋首开学习杜诗风气的重要人物之一,对促进宋诗的发展有着深远影响。他在庆历元年(1041)秋天因事前往越州(今浙江绍兴),路过吴江时在如归亭上小住,正好碰上中秋佳节,写下了这首脍炙人口的诗歌。诗题上的张先,字子野,也是北宋的著名诗词作家,人称"张三影"(因有"无数杨花过无影"、"隔墙送过秋千影"、"云破月来花弄影"的佳句而得名)。"君谟蔡大",就是蔡襄,君谟是字,在家里兄弟中排行老大,故称蔡大,这是唐宋人的习惯称呼。蔡襄又是著名书法家,宋代的苏黄米蔡四大家,蔡就是指他。他们和苏舜钦都是很好的朋友。

据宋人龚明之的《中吴纪闻》卷三记载:"张子野宰吴江(吴江知县),因如归旧亭撤而新之。蔡君谟题壁间云:'苏州吴江之滨有亭曰如归者,隳坏不可居,康定元年(1040)冬十月,知县事秘书丞张先治而大之,以称其名之谓。既成,记工作之始以示于后。'"据此,则如归亭是一个在旧有基础上新建的亭子,诗人来到这里的时候,新建还不到一年。在这个月明如昼的中秋佳节,他在这座焕然一新、宽敞舒适的亭子里看见壁间的题字,睹物思人,不仅特别怀念起和这亭子有关的两位老朋友了。此时,张先已经改为在嘉禾任判官,而蔡襄则在汴京供职,大家天各一方。

全诗二十句,可以分为三段。第一段是开头四句,点出时间、地点和怀念故人的主题,起得干净利索,而又一往情深。中间十二句是第二段,也是本诗的重点所在,分三个层次来描写今夕的中秋明月。"可怜节物会人意"四句是第一层,写中秋之前的十天还是秋雨绵绵,言外之意是没有想到中秋有月,然而今夜却意外地云收雨散,老天爷格外凑趣,一轮皎洁的明月悬挂中天,怎不叫人意外兴奋!这是为后面描写明月作了深情的铺垫。"长空无瑕露表里"四句是第二层,采取实写的办法,来描写月色的明亮。长空万里无云,月光如水,江中风平浪静,碧波万顷,圆月照在水中,就像两个圆圆的璧玉一样,一上一下,交相辉映,这是多么美好的景致!"自视直欲见筋脉"四句是第三层,进一步描写月色的皎洁,说在月光映照之下简直可以看清自己身上的筋络和血管了,接着就发挥想象,想到处在水中的鱼龙水族怕也无所逃遁其形了吧!月光之特别明亮可以想见。此时,诗人感觉仿佛已经不在人间,而是飘飘仙举,到了虚空中的斗、牛二星那里去了!这里是用了晋张华《博物志》中的神话故事:传说银河与海相通,有住在海边的人年年八月可以看见有木筏(即槎)从水上来去,于是就带了粮食登上木筏而去,后来到天上见到了牛郎织女。这是一个非常美丽的神话传说,至此诗人把对明月的描写推向了高潮,给人以十分生动具体而又极为美好的印象。最后四句是第三段,又从明月想到了故人。陈衍评论说:"望月怀人语,数见不鲜矣,此作颇能避熟就生。写月光彻骨,种种异乎寻常,如自责得陇望蜀,尤其透过一层处。"(《宋诗精华录》)这里说的"自责得陇望蜀",是指的"景清境胜反不足,叹息此际无交游"两句,过渡得非常巧妙而又自然。最后说通夜不寐地赏月怀人,写诗遥寄友人,全诗就此作了精彩的结束,结构也首尾完具,浑然天成,成为中秋诗歌中的不可多得之作。(管遗瑞)

无锡惠山寺

苏舜钦

寺古名传唐相诗,三伏奔进予何之。
云山相照翠会合,殿阁对走凉参差。
清泉绝无一尘染,长松自是拔俗姿。
两边羌胡日斗格,释子宴坐殊不止。

苏舜钦因为支持范仲淹的改革,又以言论得罪权贵,被反对改革的保守派借机诬陷,受到革职除名的处分,被迫退居苏州,筑沧浪亭闲居,流连湖山,过着简朴的生活。此诗即其闲居期间游无锡惠山寺所作。

惠山寺是无锡十大古刹之首,始建于南北朝。唐大中、咸通年间重建后始称"惠山寺",唐代诗人多有题咏。本诗首句"寺古名传唐相诗"即指此,言其历史悠久也。唐人许浑有句"排空殿塔侍岩峦,松韵经声月里寒"(《怀惠山寺》)。一个"寒"字也是苏舜钦在三伏天气来到禅院所深刻感受到的,不然也就不必"三伏奔进予何之"了。舒服啊!虽异代而同感。

中间两联极力描写惠山寺环境的清幽:云山映衬,殿阁参差,流泉清清,长松翠翠,真个是清凉福地。有唐诗为证:"两眼流泉清户牖,九龙飞雨洒阑干"(唐许浑《怀惠山寺》),"泉声到池尽,山色上楼多。小洞穿斜竹,重阶夹细莎。"(唐张祜《题惠山寺普利院》)。这几句写得意境开阔,如欧阳修所论:"笔力豪隽"。

值得一提的是,"清泉绝无一尘染,长松自是拔俗姿"二句被今人赋予了哲理意味,被多处公权机关用作反腐倡廉宣传语,这是诗人打死也没有料到的吧。是啊,如清泉一尘不染,似青松超凡脱俗,不正是人们所期盼的官员们的光辉形象么?应该说,当年诗人就是纯粹的描画景物,没有今人所悟到的这一层含义在内。

但苏舜钦毕竟是一位忧国忧民的诗人,自幼"慷慨有大志",对政治对国事有着一份近乎痴恋的热情(这在宋代文人中是很普遍的)。有着范仲淹所谓"居庙堂之高则忧其民,处江湖之远则忧其君"的情怀,人在江湖,魂系庙堂,即使湖山之作也难以放下时刻萦怀的国政。

此诗最后两句:"两边羌胡日斗格,释子宴坐殊不止"足堪玩味。字上面看:此处"两边羌胡"似指佛堂两侧列坐的泥塑神像;"斗格"即格斗,搏斗之意;"释子"即僧徒,释迦弟子;"宴坐",安坐,静坐。和尚们安坐佛堂,打坐诵经,对周遭张牙舞爪面容狰狞的塑像浑然不觉,视若无睹。这是写僧众们潜心佛事,修为精湛。

或者,苏舜钦是想表达对朝廷改革派与保守派争斗激烈,而皇上无意平息的无奈?又或者,当时西北的少数民族(故用羌胡代指)侵扰日甚,朝廷苟且偷安,不作禁绝之布置,苏舜钦以此表示含蓄的郁闷?

此诗最可称道处是在诗歌语言方面的创新。诗人久居苏州,有意学习杜甫七律的吴体,即仿效吴中民歌用方言俚语入诗。由于方言发音差异,在平仄上就成了拗体,杜甫之后,用者寥寥。但苏舜钦入乡随俗,用得恰到好处,《后村诗话前集》卷二评论说他:"及蟠屈为吴体,则极平夷妥帖。"(陈坦)

初晴游沧浪亭
苏舜钦

夜雨连明春水生,娇云浓暖弄微晴。
帘虚日薄花竹静,时有乳鸠相对鸣。

此诗写于庆历六年(1046)春,诗人因参与新政受人构陷,革职为民,退居苏州,造了亭园,以《孺子歌》之"沧浪"二字为名,寄寓作者洁身自好的志向。沧浪亭虽小,却是苏州建筑最早的园林。

诗写园林雨后初晴的景色。下了一夜春雨,雨停而池水上涨,园林生色不少。虽然天已放晴,气温有所回升,但天空还飘着白云,——"微晴"二字辨味很细。三句"帘虚日薄"承上句之"微晴","花竹静"启下句之"鸠鸣",是重要的转关。末句写树上鸟窠中时有乳鸠对鸣,既衬托出园林的宁静,又为园林增添了生趣。"乳鸠"是幼鸟,雌鸟呢?雨后想必觅食去了,或者此刻正在喂饲幼鸟也未可知。

诗中表现了作者离开官场的纷争倾轧之后,沉浸在大自然的和平与宁静中的乐趣。

淮中晚泊犊头
苏舜钦

春阴垂野草青青,时有幽花一树明。
晚泊孤舟古祠下,满川风雨看潮生。

此诗未系年,有人根据它收入集中的位置考定,苏舜钦于庆历三年(1043)下半年旅居山阳(江苏淮安),次年为范仲淹所荐,春间自山阳入汴京任职,诗当作于旅次。

这首诗是宋诗之近唐音者。刘克庄谓"极似韦苏州",诗中写春阴天气、孤舟晚泊、水边野草幽花及春潮带雨的情景,似曾相识于《滁州西涧》,但对看毕竟不同。

一是画境较为开阔。这里写的是川不是涧。写天气是"春阴垂野","垂野"二字见于杜甫"星垂平野阔",著意在那个"阔"字,有点"天似穹庐,笼盖四野"的味道。

二是妙用色彩对比。这里天是灰蒙蒙的,地是青青的,色彩暗淡,"时有幽花一树"则是在暗淡的画面中点上些明快的颜色,使人眼睛为之一亮。它不破坏整个画面暗的效果,却显示出"春阴"的特点。"时有"二字颇妙,见得是行船所见。以画喻诗,就好像是在慢慢展开一个长卷。

三是寄意不同。"春潮带雨晚来急,野渡无人舟自横"描写的是任凭雨急潮急、孤舟悠闲自得的意态,乍看"晚泊孤舟古祠下,满川风雨看潮生"也有相同的意趣,细味又有"无人"、"有人"的不同。

按当时范仲淹任参知政事,推行庆历新政,朝廷中展开激烈党争,作者在入京途中已听到对新法的种种非议,虽然这时候他还是个旁观者,但联系后来行事,应该说也已经有搏击风雨的思想准备。所以,就诗论诗,末句从审美观照的角度写出,令人神往。就寄托而言,则别有意味了——"幽花一树"、"晚泊孤舟"和"垂春阴野"、"满川风雨"形成强烈对比,隐隐表现出一种不为环境所动的精神力量。这"境界"有些像柳宗元的《江雪》和山水游记。(周啸天)

【李觏】(1009—1059),字泰伯,宋南城县高阜镇(今属资溪)人。四十三岁时由范仲淹等人推荐入朝为太学助教,后升为直讲。有《潜书》《广潜书》等。

苦雨初霁

李　觏

积阴为患恐沉绵,革去方惊造化权。
天放旧光还日月,地将浓秀与山川。
泥途渐少车声活,林薄初乾果味全。
寄语残云好知足,莫依河汉更油然。

苦雨者,连绵阴雨也。范仲淹《岳阳楼记》:"若夫淫雨霏霏,连月不开。"描写的就是这苦雨的情形。雨后初晴,无疑是令人欢欣鼓舞的事情。这首诗抓住了人们此时细微的心理,更以用字出奇,刻意创新,读来颇具宋诗古硬清瘦之美。

阴雨绵绵,人们最担心的莫过于久下不住,难以摆脱。"恐沉绵",扣住了题目中的"苦"字。这是从人们的心理来写。但写"恐"不是目的，写"惊"才是目的，写"恐"是为写"惊"蓄势。惊什么？惊自然之伟力。谁惊？当然是久盼的人们。

梅雨既去，天地一新。更新的是作者的表达方式：不说日月重光，而说还旧光于日月；不说山川增秀，而说给浓秀予山川。作者用拟人手法写活了天地万物，赋自然以生气。这是从大的方面来写，接下来诗人将目光投向具体的雨后大地，将诗句转向细致入微的刻画："泥途渐少车声活，林薄初干果味全。"这刻画靠的是诗人敏锐的观察和独特的感受。"车声"写听觉，"果味"写味觉，加之上联写日月山川的视觉，全方位多角度描摹出了初霁的境界，传递出人们愉悦的心情。

从写景而言，诗到此已无再写的余地。但李觏不愧是李觏，最后一联从人们的担心和期待上来落笔，出之以对残云的奇语：该知足了，莫仗着银河的水势，翻云覆雨，由着性子干。语重心长，如对顽童，一副谆谆劝导状。其个是峰回路转，翻出了新意。

这首诗从主题看来，无非应时。但写作上有两个特点：其一在创意，整首诗从"恐"到"惊"，再到"寄语"，人们心理的变化曲折有致，深得抑扬顿挫之妙。其二在炼字上很下了番功夫。沈德潜《说诗晬语》论曰："古人不废炼字法，然以意胜而不以字胜，故能平字见奇，常字见险，陈字见新，朴字见色。"本诗中第三联所用一"活"一"全"，就是平字见奇。"活"字形象地表现出了车声从拖泥带水的嘶哑向欢畅活泼的圆转的过渡，"全"字则以虚写实，表现出了果味的醇香。但李觏用字还有另外一个特点，即新异奇特。他有《论文》一诗道出了他的文学主张："今人往往号能文，意熟辞新未足云。若见江鱼须痛哭，腹中曾有屈原坟。"反对因袭前人，卖弄学问。本诗的立意已见其新异，炼字上则以"革"字彰其奇特。不言雨停，而言"革去"，形象地写出了瞬间云开雾散，天朗风清的变化之速，叫人不得不油然而惊。"用字标新立异"，古人早有定评。（陈坦）

灵源洞

李　觏

才出尘来尚未知，渐攀藤竹渐临危。
伏流似是龙藏处，古树应无春到时。
谁把石崖齐划削，直教云气当帘帷。
良工画得犹宜秘，莫与凡夫肉眼窥。

福州涌泉寺山门东侧，两峰之间裂出一条深涧，宽约三米，深三丈有余，似石洞，故名"灵源洞"，有梁朝名人郭璞手书。

傍崖而下，但见怪石林立，古木参天，环境清幽，让诗人生出出尘之感。攀藤竹而上，渐登渐高。危者，高也。诗的开头两句即写出了诗人手脚并用，探幽寻胜的情状。

"伏流似是龙藏处，古树应无春到时。"状写洞底清泉深深似有龙藏，古木森森幽如无春，这是写洞中环境。与其同时代的诗人蔡襄曾有诗形容说："灵泉注石窦，清吹出篁竹"。（《游鼓山灵源洞》），可知诗人所写全是实景。

洞在两峰之间，山势险峻，峭壁如削，真如鬼斧神工，所以诗人有此一问："谁把石崖齐划削"？除了大自然的伟力，谁能有如此的能量来削山劈石？诗人之问乃无疑之问，为的是引向鬼斧神工，引向同样神秘的"云气"。洞前云遮雾绕，有如帘幕，让人不禁想象洞中是否是仙人所居。比较起来，前引蔡襄诗中写同样景致的两句："飞毫划峭壁，势力勿惊触"就少了这样神秘的想象，而失了些诗意。

结尾二句承接上句的神秘，故作密语："良工画得犹宜秘，莫与凡夫肉眼窥"。如此清幽之地，神仙居处，千万不要让凡夫俗子蜂拥而来，扰了仙人的清修。

灵源洞两侧，现存摩崖石刻二百多段，其中宋刻就有近百段，名人中包括蔡襄、施元长、朱熹、李钢等。看来确是一处游览胜地，但诗人希望的"莫与凡夫肉眼窥"却是办不到了。幸耶？非耶？（陈坦）

读《长恨辞》

李　觏

蜀道如天夜雨淫，乱铃声里倍沾襟。
当时更有军中死，自是君王不动心。

《长恨辞》即唐代白居易所作传世名篇《长恨歌》，以雍容华贵式的古典和超越现实的浪漫，展示了历史上著名的李杨生死恋。公元 755 年，安史之乱爆发，次年叛军攻陷潼关，唐玄宗仓皇出逃，行至马嵬驿（今陕西兴平县西），禁军哗变，杀死误国奸贼、杨贵妃之兄杨国忠，又迫使玄宗缢杀杨贵妃，然后才护驾逃奔四川。这段史实在《长恨歌》中被白居易用唯美的笔法加之空灵的想象描绘出来，曲调悠扬。

李觏的《读〈长恨辞〉》原为二首，像一篇读书札记或心得体会，乃是阅读《长恨歌》之后抒发的感慨文段。历来对《长恨歌》主题的解读千人不一，对诗中所咏爱情或褒或贬，李觏却能在千万种声音中翻出一点新意，这也正是他的过人之处吧。这里所录是第二首。

此诗则仅仅选取了一个情景来抒发感慨，即第一首诗中跳过的那段凄苦心境。"蜀道之难，难于上青天"，诗人化用李白的诗句极言入蜀大路艰险，为下文蓄势；

军队本就艰难行进,更何况是在久雨不停风不住的夜晚,正思念杨贵妃的玄宗听到雨声与铃声相应和,"郎当"之声让他倍感凄楚和痛苦,在难以遏止的巨大悲伤中,他创作了《雨霖铃》曲,聊以慰藉凄惶孤苦的心灵。而在那逃亡之际,不知有多少为抵抗叛军流血牺牲的将士,君王却未动丝毫怜惜之心,更别说哀痛之情了。

这后两句同开头两句形成鲜明的对比:唐玄宗对杨妃的死是痛苦不已,涕泪"倍沾襟",而对为抵御叛军浴血奋战丧身沙场的万千将士却毫不"动心"。同样是死,君王表现出来的却是两种截然不同的情感,或许杨妃尚可瞑目,但万千将士却彻骨寒心。唐玄宗难道还是"圣明天子"么?只不过是一个"不爱江山爱美人"的庸君而已。

诗的后半段是全诗的重心所在,并没有流入"红颜祸水"的俗论,而是将贵妃与士卒并提,将"生命"作为标的,将二者的生命等量齐观,生命没有贵贱之分,都应该得到同等的重视。此种立意,不仅从旧题材中翻出了新意,且成功运用对比手法,将诗中所表达的指斥和批判精神强烈地表达出来。李觏作为一个哲学家兼诗人,对苍生的悲悯,对统治者的苛责,发人深省。(殷志佳)

【张俞】字少愚,宋益州郫(今四川郫县)人,祖籍河东(今山西)。屡举不第,仁宗朝上书朝廷论边防事,因人推荐,经试录用为秘书省校书郎,让职于父,隐居家乡。

蚕 妇

张 俞

昨日入城市,归来泪满巾。
遍身罗绮者,不是养蚕人。

张俞是著名的蜀中隐士,生卒年不详,只知道大致与欧阳修、苏洵等人同时代。他曾经将自己秘书省校书郎的官职让给父亲而自隐于家,后文彦博为其筑室于青城山白云溪,故号"白云先生"。从表面上看,张俞对仕途政治似乎并不关心,然而这首《蚕妇》却是他的传世之作,在整个宋诗中也是不可多得的政治讽喻诗,这与他山中隐士的身份实在不太相符。因为,隐士大多是不管红尘闲事,不食人间烟火的,而张俞却具有如此敏锐的洞察力,对社会弊病的认识如此深刻和清醒,的确让人感到意外。

人们常将张俞的这首《蚕妇》与晚唐诗人杜荀鹤的同题诗《蚕妇》:"粉色全无饥色加,岂知人世有荣华。年年道我蚕辛苦,底事浑身着苎麻!"并称"姊妹篇"。两首诗都写蚕妇,即养蚕的农家妇女,都是借养蚕缫丝却终不得温饱、生活艰辛这一社会现实，表达对世道不平的强烈抗议。然而，两首诗的表现手法和切入点却不一样。杜诗从蚕妇的容颜写起，而张俞则从蚕妇赶集讲起。"城市"，城里的集市。张俞从一个普通蚕妇进城赶集的故事讲起，然后娓娓道来。

第二句写蚕妇一回来就潸然泪下，泪湿面巾。对于昨日蚕妇进城的原因和目的诗人没有交代，因为与诗歌表达的主旨和思想没有太大关系。不过，可以尽情想象：一个普通的农家女人，平常辛勤劳作，起早贪黑，偶得空闲，与人结伴进城，哪怕就是为了去贩卖缫丝，也应当是件快乐、舒心的事情。而且，还在城里住了一宿，说明居家偏远，进一趟城不容易，一日不能往返；二者，也许蚕妇是想和同伴一起借此机会好好在城里游玩一番，看看稀奇，找找乐子。可是事与愿违，不仅寻不来开心，竟惹了一肚子的委屈和伤感。原因是什么？何至于伤心至此？如此写法，一是顿起波澜，情感跌宕；二是制造悬念，让人巴望着想把故事听下去。而且有情节、有场景、有人物、有情感、有时空转换，真实而生动，如身临其境。

末句承前交代蚕妇"泪满巾"的原因，同样描写场景。有旁人或家人问蚕妇："何以伤心？"答曰："遍身罗绮者，不是养蚕人。"高度概括了蚕妇"昨日"在城里的见闻和由此得出的思想觉悟，言语间充满愤怒和不平。圣人说过："不患寡而患不均，不患贫而患不安。"（孔子《论语·季氏》）蚕妇在入城之前，对"寡"——物质生活缺吃少穿，以及"贫"——经济水平捉襟见肘，早已习以为常，表现麻木，甘于忍耐。然而，到城里一看才知道别人也是人，过的却是一个天上一个地下的日子。思想上觉醒了，开始仇恨不均，为自己的贫困感到不平。其实蚕妇亲眼目睹的骄奢淫逸的城市生活应当还有很多，然而最能引起她内心共鸣，让她感到心灵震撼的情景自然是与她的生活密切相关的细节：穿着她辛勤劳作而生产出来的丝绸的人都是城市贵族，而不是像她那样的养蚕人。因而悲从中来，怒从心起！

如果从市场经济和社会发展的角度来品读这首《蚕妇》，也许会感觉张俞的思想有些偏狭，似有"仇富"之嫌。因为，社会分工不同，也没有绝对的公平，丝绸厂的工人不可能天天穿绸缎，演电影的也许压根儿就不看故事片，从事航天事业的科学家不可能自己家里也拥有一艘宇宙飞船……，单是见到不养蚕的人穿着罗绮就两眼喷火，似乎太过敏感。然而，解读艺术作品我们要将之放在当时的历史时期、价值体系和思想观念的大背景下来加以体味和分析，不可苛责。作为封建时代一介书生的张俞自然是不懂得社会经济学原理的，他能站在普通劳苦大众的立场上为他们大声疾呼、奔走呼号，抨击社会不公、关注民生疾苦，是难能可贵的。其实，时至今日也没有实现共同富裕、消除贫困的理想，这种不公平的社会现象在封建时代就更是普遍存在，因而在许多古代诗人的笔下都有所体现。如：孟郊的《织妇词》、郑谷的《偶书》、梅尧臣的《陶者》，以及杜荀鹤的《蚕妇》等，表达的是同样的民本思想和人文情怀。然而，张俞的《蚕妇》则最受后人青睐和称道，其原因主要在于：张俞用讲故事的方式、第一人称的手法塑造了一个鲜活的蚕妇形象，且真实而巧妙地将自己的思想隐藏于艺术形象中。而且，有悬念、有起伏，情景生动、情节曲折，用笔老道、精练、通俗，且运用了"煽情"技巧，用蚕妇的眼泪和语言来打动人，撩拨人的心弦，具有极高的艺术感染力，思想也愈见犀利和深刻。（秦岭梅）

【张公庠】字元善，宋皇祐元年（1049）进士。有《宫词》等。

道中一绝

张公庠

一年春事已成空，拥鼻微吟半醉中。
夹路桃花新雨过，马蹄无处避残红。

宋人赵令畤的《侯鲭录》收录了张公庠这首脍炙人口的绝句，且载曰："公庠少能詩"。其他史料记载不多。

整体上看，这是一首伤春之作，但却写得明丽清新、跌宕婉转，哀而不伤。开篇落笔处直抒胸臆："一年春事已成空"，直笔点题。"春事"指春天里的一切物事自然、美景风光。一个"已"字表明春色逝去、春光不再，当是晚春时节。接下来，慨叹"春事成空"的抒情主人公出现了——"拥鼻微吟半醉中"，这是一个处于"心醉神迷"境界的诗人形象。他正皱着鼻子品尝春花的芬芳，轻声吟唱。诗人为何而半醉？是因为花香？因为春色？还是因为酒意未消？拟或是兼而有之？诗人没有明言，任人想象。"半醉"与"沉醉不知归路"（李清照《如梦令》）是有区别的，诗人处于半醉状态，半是清醒半是糊涂，所以还能上马挥鞭，乘兴而归。

末句"夹路桃花新雨过，马蹄无处避残红。"备受后人的喜爱和称赞。桃花是春花中最艳丽的，沿道路两边盛开，可以想见该是如何鲜妍美丽、绚烂夺目！然而，已是晚春时节，本已零落衰败，恰逢一场春雨，花叶飘零，落红遍地，使人不禁联想到杜牧诗句："蔫红半落平池晚，曲渚飘成锦一张。"（《春晚题韦家亭子》）的意境。自是色彩斑斓，却惹人神伤！不过，诗人并没有因此而驻足哀叹，像大观园里的黛玉那样痛哭一场，再建一座花冢，而是信马由缰，踏着残红，悠然走过。

整首诗写"春事成空"，惜春、恨春、伤春，却并没有对春残时节的自然景物进行任何精细的描摹和展现，而是选取了两个重要的人物和意象来加以渲染、映衬。一个是伤春之人，另一个是雨后残红。一场新雨，显然让春色更残，落红更哀，而恰在此时，半醉半醒的诗人骑着马儿从暮春中走过……。特别是收笔处："马蹄无处避残红"，既写出落红无数的眼前场景，同时也描摹出诗人内心复杂的情感，总归于淡定与超脱。既然花落春去是自然规律，不可逆转；落花无情，残红遍地无处可避，那么，何妨坦然走过，正视现实、顺乎自然！仔细体味，颇得理趣。（秦岭梅）

【司马光】（1019—1086），字君实，宋陕州夏县（今属山西）涑水乡人，世称涑水先生。宝元初进士。仁宗末任天章阁待制兼侍讲、知谏院。英宗时进龙图阁直学士。神宗即位，擢翰林学士，忤王安石，出知永兴军，旋判西京御史台。哲宗即位拜尚书左仆射兼门下侍郎，主持朝政，废除新法。有《资治通鉴》《司马文正公文集》。

和邵尧夫安乐窝中职事吟

司马光

灵台无事日休休，安乐由来不外求。
细雨寒风宜独坐，暖天佳景即间游。
松篁亦足开青眼，桃李何妨插白头。
我以著书为职业，为君偷暇上高楼。

人们对司马光的印象，一是作为守旧派的代表反对王安石变法，二是他的煌煌巨著《资治通鉴》，却没能想到他亦能诗。虽然司马光曾自谦："光素无文，于诗尤拙"（《答齐州司法张秘校正彦书》），但其集中留存下来的仍有一千一百多首。本诗是其中较能体现其质朴诗风的一首。

司马光反对变法失败，在政治上受到打击，于是退居西京洛阳，一呆就是十四年，仅担任了一些闲散职位。邵尧夫是司马光闲居西京洛阳期间志同道合的朋友，哲学上、政治思想上都有共同语言，常在一起唱和。邵尧夫将其洛阳的住处取名"安乐窝"，自号"安乐先生"，表现出自己安贫乐道的性格特点。这首和诗即体现了司马光对自己好友在思想上的认同。

该诗首联从"安乐"说起，概括了好友的哲学思想：乐天知命，顺理无为，心中无事就是最大的安乐，安乐就是无思无为，无须外求。

既然无思无为，那干些什么呢？"细雨寒风宜独坐，暖天佳景即间游。"天气不好就在家独坐修身养性，春暖花开再出去游山玩水，这是多么惬意的生活啊！据《宋史·邵雍传》："兴至辄哦诗自咏，春秋时出游城中，风雨常不出，出则乘一小车，一人挽之，惟意所适。"司马光这两句诗形象地刻画出了好友的生活习性。看来邵尧夫在安乐窝中主要的职事就是这件了——游乐。

除了喜好游乐，邵尧夫的性格怎样？"松篁亦足开青眼，桃李何妨插白头。"青松翠竹也足可观赏，桃花李花也不妨插上白头。表现出了安乐窝主人自得其乐，乐观向上的性格。

司马光退居洛阳后，集中精力编撰《资治通鉴》，在其《闲居》一诗中曾抱怨说："我已幽慵僮便懒，雨来春草一番多。"因其专心著书，无心料理家政，仆人趁机偷懒以致院中春草茂盛。但这连自身家务都无心过问的人，却"为君偷暇上高楼"。上高楼干什么？望那坐着小车出游的好友归来否。足见二人之深情厚谊。司马光另有《崇德久待不至》咏的是同样一事："林间高阁望已久，花外小车终不来。"可为注脚。

一个以天下为己任的政治家，却口口声声"我以著书为职业"，听来怎么都有一股失意的惆怅夹杂其中。

司马光为人方正古板，写诗也不尚浮华，以质朴见长，但他并非拙于言辞，而是性格使然。你看这首诗，对邵尧夫哲学思想、兴趣爱好、性格特点都作了精当概括，还表达了自己对他的深厚友情。短短八句包罗了如此之多内容，不事华藻，却又能寓情于辞，言尽其意，可见前人说他"语无虚设"确是的评。（陈坦）

客中初夏
司马光

四月清和雨乍晴，南山当户转分明。
更无柳絮因风起，惟有葵花向日倾。

这是一首借景抒情的咏怀之作，寓意深婉，自然浑成，饶有情味。

首句交代时令，四月乃初夏，因而天气清明、气候和暖。雨过初晴，空气清新，视野通透，令人神清气爽。诗人推门而出，见刚才还隐藏在雾霭和雨幕中朦胧可辨的南山，被新雨冲刷后已由模糊不清变得清晰可见，历历在目。"南山当户"中"当户"是介绍诗人住宅的位置——正对南山。"转"字写出了景物的变化，由模糊而转分明，也写出了天色的变化，由晦暗到晴明，空灵澄澈。

"更无柳絮因风起"化用东晋女诗人谢道韫诗句，典出自刘义庆《世说新语·言语》：一日天寒下雪，太傅（谢安）召集子侄辈讲论文义，"俄而雪骤，谢公欣然曰：'白雪纷纷何所似？'兄子胡儿曰：'撒盐空中差可拟。'兄女曰：'未若柳絮因风起。'公大笑乐。"兄女即谢安兄谢奕的女儿谢道韫。柳絮，又称柳棉，乃柳树的果实，上面长有细细的绒毛，因而常被人误以为是柳花。"更无"二字点明此时诗人意不在写柳絮，然而读者的眼见却呈现出春日里柳絮随风而起、漫天飞舞的情景，故为"虚景"。此笔既为"虚"，自然是为后面的"实景"作铺垫的——"唯有葵花向日倾"才是诗人所要描写的"主角"。此句虚实相衬、明暗相对，使初夏的景色变得更加鲜明、真切。葵花，即向日葵，又称转日莲、朝阳花。向日葵从发芽到花盘盛开之前，日出时一直向着太阳，其叶子和花盘随太阳由东向西转动，太阳下山后，向日葵的花盘慢慢往回摆。向日葵这一特有的属性，使诗人颇为感叹，且寄予深意，这与当时诗人的政治境遇有关。

熙宁三年（1070），王安石变法全面推行，如火如荼。司马光因反对变法与王安石政见不和，坚辞枢密副使之职，自请离京，次年退居西京洛阳，任留守御史台，在洛阳客居达十五年。在此期间，司马光潜心编撰《资治通鉴》，闲时寄情山水，此篇当为居洛之作，宋·蔡正孙《诗林广记》题为《居洛初夏作》。"柳絮"的出现显然是有寓意的，诗人虽身居江湖之远，身世飘零，政治失意，然而却绝不做随风飘散，轻薄无根性的柳絮，犹自心存魏阙，矢志不渝，像葵花一样心向太阳，对大宋皇帝忠心耿耿。故《东皋杂记》评曰："其爱君忠义之志，概见于此。"可见，此篇绝非纯粹的写景之作，而是别有深意，且形象鲜明、情感含蓄、笔触委婉，让极重的政治色彩淡化或隐藏于鲜活的诗歌形象和艺术手法之中，颇见功力。（秦岭梅）

【邵雍】（1011—1077），字尧夫，谥康节，先为范阳人，后随父迁共城（今河南辉）。隐居苏门山百源之上，后人称他为百源先生。皇佑元年（1049）定居洛阳，以教授生徒为生。西京留守王拱辰于洛阳为置新居，因自号安乐先生。有《伊川击壤集》。

插花吟
邵 雍

头上花枝照酒卮，酒卮中有好花枝。
身经两世太平日，眼见四朝全盛时。
况复筋骸粗康健，那堪时节正芳菲。
酒涵花影红光溜，争忍花前不醉归。

邵雍一生潜心学问，是北宋著名的理学家，其诗作多描述自己乐天知命，优游闲适的生活。这一首《插花吟》就充分展现了诗人晚年自得其乐的生活场景。

起首两句："头上花枝照酒卮，酒卮中有好花枝"，写老人的醉态：头上花，杯中影，两相映衬，其乐融融。诗句一开篇就渲染出一派喜乐的气氛。

老人有理由高兴:"身经两世太平日,眼见四朝全盛时。"一世是三十年,两世则六十年。生逢太平盛世,历经四朝的高龄老人(时年六十多岁,对古人而言已算高龄。)怎能不欣之喜之,舞之蹈之?

高兴的理由还不仅仅是盛世且兼高龄,更重要的是身体健康——"筋骸粗康健"。如果身体不爽,则盛世于我何加焉?高龄亦复虚名耳。只有身体康健,才能有心情去体验盛世的升平,享受高龄的自得。君不闻有电视广告曰:身体健康,吃饭倍(儿)香?古今同理矣。

四季之中,春天是最令人期待的。因为百花盛开,满园飘香。"芳菲"者,正其时也。

盛世、高寿、体健、佳时,四件好事偏偏都让诗人赶上了,怎能不让他击壤而歌,尽兴而饮,想不醉也难啊!"酒涵花影红光溜",花影人面尽在杯中,醺醺然,飘飘然,醉态可掬。理由却很充分:"怎忍花前不醉归?"直让人没有拒绝的由头。"苍颜白发,颓然乎其间者,太守醉也。"太守是因山水而醉,邵雍却是为盛世人康带来的心满意足而醉。

邵雍之诗,平淡朴实,艺术上重自然流露。你看这首:感情上是世俗化的,语言上是口语化的。社会安定,生活小康,年高体健是诗人情感的源头,而这些不正是普通老百姓所期盼的吗?诗人既不悲天悯人,也不心忧庙堂,而是完完全全以平民百姓的心怀去享受生活的和乐。

该诗读来颇有打油之感,不是像白居易那样以文人而故作通俗之语,似乎本来就是民间之作,有民歌俚曲之风。典雅当然与它无缘,却更显出了生活的真实。

邵雍在哲学上是主张乐天知命,顺理无为的。他把自己的洛阳居处名为"安乐窝",即取"乐道安闲"之意。明乎此,即可知该诗情感的世俗化与语言的口语化均是其哲学思想的体现。(陈坦)

【王安石】(1021—1086),字介甫,晚号半山,宋抚州临川(今江西抚州)人。庆历二年(1042)进士。嘉祐三年(1058)上万言书,提出变法主张。神宗熙宁二年(1069)任参知政事,行新法。次年拜同中书门下平章事。七年罢相,次年再相;九年再罢相,退居江宁(江苏南京)半山。封舒国公,旋改封荆,世称荆公。卒谥文。有《王临川集》等。

桃源行
王安石

望夷宫中鹿为马,秦人半死长城下。
避时不独商山翁,亦有桃源种桃者。

此来种桃经几春，采花食实枝为薪。
儿孙生长与世隔，虽有父子无君臣。
渔郎漾舟迷远近，花间相见惊相问。
世上那知古有秦，山中岂料今为晋。
闻道长安吹战尘，春风回首一沾巾。
重华一去宁复得，天下纷纷几经秦。

陶渊明《桃花源诗并记》创造了一个超越现实、富于魅力的乌托邦，唐宋诗人往往通过再创作，对桃源世界的性质、意义予以文化的阐释，其中较有名的是王维《桃源行》、韩愈《桃源图》和王安石的这篇《桃源行》。王安石诗晚出，然极富新意，体现出宋诗的特色。

前四句全翻陶诗开篇的"秦氏乱天纪，贤者避其世。黄绮之商山，伊人亦云逝"，但用了两个形象的事例来概括秦纪之乱，指鹿为马、是朝纲乱矣；大筑长城、是民心失矣。可谓扼要，还不是新意。此节新意在把桃源人称为"种桃者"——陶渊明从来没有这样说过，也没有暗示过。王安石把创造和平世界的桃源人称为"种桃者"与陶渊明诗所谓"相肆命农耕"、"菽稷随时艺"虽不尽吻合，却很有诗意。

紧接四句写桃源与世隔绝，没有剥削压迫的社会生活。最令人耳目一新的是"虽有父子无君臣"句，虽然是基于陶诗"秋熟靡王税"的话，但单刀直入，提法更加明快，指出桃源世界并不否定血缘关系，它的本质在于没有封建等级制度。

以下四句概括《桃花源记》故事主要内容，写武陵人与桃源人交换信息，各有一番感叹。记中只说桃源人"不知有汉，无论魏晋"，此诗则补足武陵人感慨——"世上那知古有秦"，是说世人不入桃源、故难确切知道秦时的具体情况。

末四句借桃源人之口对因天下无道、不断进行改朝换代的战争表示感慨。"长安战尘"指西汉末年的天下大乱、及其后的战乱频仍，经过秦末大乱的桃源人听得如梦如痴，赔了不少眼泪，"天下纷纷几经秦"亦是发前人所未发的妙语，盖一经秦已不堪其苦，况"几经秦"耶！"纷纷"形容亦佳。

本篇故事新咏，非为作诗而作诗。"重华一去宁复得"云云，反映出作者对圣君治世的向往，间接表现出杜诗所谓"致君尧舜上，再使风俗淳"的高远理想。此诗与晋唐人诗格调不同，一是重整体把握而不作具体描绘，所谓大处落笔；二是叙述往往以议论出之，并靠议论警拔、语意出新取胜。诗中"虽有父子无君臣"、"天下纷纷几经秦"等语，皆前所未道而精刻过人。（周啸天）

明妃曲二首

王安石

其一

明妃初出汉宫时，泪湿春风鬓脚垂。
低回顾影无颜色，尚得君王不自持。
归来却怪丹青手，入眼平生几曾有？
意态由来画不成，当时枉杀毛延寿。
一去心知更不归，可怜着尽汉宫衣。
寄声欲问塞南事，只有年年鸿雁飞。
家人万里传消息，好在毡城莫相忆。
君不见咫尺长门闭阿娇，人生失意无南北！

北宋时辽夏交侵，岁币百万，诗人反思历史，昭君出塞成为热门的诗歌题材。此诗作于嘉祐四年（1059），一时梅尧臣、欧阳修、司马光、刘敞皆有唱和之作。诗人多借汉言宋，如梅欧直斥汉计之拙便是。王安石此诗却极意刻画王昭君爱国思乡的纯洁深厚感情，和她不幸而生彼时的哀怨，是独具卓见之作。

王昭君的悲剧本从入汉宫伊始，诗从"出汉宫"写起，突出了昭君和番的主题。四句极力渲染她的美丽和悲痛，句中"春风"即"春风面"（出自杜甫《咏怀古迹》）的省语。这里过人之处，是将昭君的美放到"低回顾影无颜色"——即悲痛的、最不足以显示其美丽的时刻来写。以一"尚"字转折，说就是在这当儿，她的美丽还能使君王动心如此，那么平时也就可想而知了。这是此诗的一处妙笔。

以下四句写汉元帝迁怒于画工。"杀画师"一事出自《西京杂记》，杂记将昭君出塞悲剧归罪于画师，历来很多文人都为画师辨冤。如清刘献廷诗云："汉主曾闻杀画师，画师何足定妍媸？宫中多少如花女，不嫁单于君不知。"王安石的翻案更早也更有意思，"意态由来画不成"是出人意表之句，因为人们通常认为画图是能达到形神兼备的境界，即意态也是可以画成的，说意态画不成，也就强调了昭君之美的非同一般。更是暗示调查研究中掌握第一手材料的重要。所以高步瀛称其"托意甚高，非徒以翻案为能"。

以下有一跳跃，概写出塞后数十年事。四句极写昭君眷念故国之思，却通过着衣不改汉服的细节来表现，是又一妙笔。如陈寅恪说，我国古代所言胡汉之分，重文化甚于重血统。而在历史上尤其是文学上，用为文化标志的常常是所谓"衣冠文物"，如《左传》上讲南冠,《论语》中讲左衽，后来均用为典故。"可怜著尽汉宫衣"的细节表现出昭君爱乡爱国的真挚深厚的民族感情。

诗末四句用家人万里传语相慰，极写昭君之怨。奇怪的是，家人怎么倒劝她"好在毡城莫相忆"，还拿陈皇后作反例，说"人生失意无南北"，这不等于说不得意于汉、就可以当汉奸么？——王安石思想是不是出了点问题？王安石的许多政敌正是这样攻击他的。弄得一个保护他的注家蔡上翔千方百计为他辩诬，还说不清楚。其实那只是一句很无可奈何、很怨艾的话，有点像《离骚》中女须劝屈原的话，说是强为宽解也得。正因是强解，其效果是愈解愈悲——将昭君爱国而不为国爱的怨苦，抒写得入木三分。全诗段段皆有出人意表的妙笔，在同一题材的作品中当然出类拔萃了。（周啸天）

其二

明妃初嫁与胡儿，毡车百辆皆胡姬。
含情欲语独无处，传与琵琶心自知。
黄金杆拨春风手，弹看飞鸿劝胡酒。
汉宫侍女暗垂泪，沙上行人却回首。
汉恩自浅胡恩深，人生乐在相知心。
可怜青冢已芜没，尚有哀弦留至今。

一出昭君出塞的故事，搅得古今无数文人纷纷上阵，吟咏再三。据说以此为题材的诗歌至今尚存七百多首。也难怪，昭君故事的时尚元素太多了：红颜薄命，怀才不遇，民族大义……无论在哪一个时代，大约都能找到与之相对应的主题：或哀其不幸；或鸣其不平，或怒君王之无能……

咏史诗者，重在咏而不重在史，史只是诗人引出议论的由头，它表现的是诗人对历史的重新理解与评判。用清人方冬树的话来说："此等题各人有寄托，借题立论而已。"这其中，诗人所身处的时代环境就深刻地影响着诗人对历史的认识。

宋代是中国历史上积弱难振的一个王朝。南宋自不待言，即便北宋，面对强敌，也是能和则和，过得一天是一天。可惜辽、夏不是匈奴，否则派几个昭君去岂不省事？但宋代诗人有着一个共同的特点，便是其强烈的政治社会意识、对人生的深刻思索和对国计民生的强烈关注。因此，诗歌对于宋人来说，已不再是穷愁中的一种抚慰，畅达时的一种点缀，而是与他们浓烈的政治社会意识紧密交融在一起。

王安石在《酬永叔见寄》诗中自道："他日若能窥孟子，终身安敢望韩公。"王安石的愿望不是做个文学家，而是做个出色的政治家，希望追循孟子，以仁义之道匡时济世。因此，王安石在诗中虽然也有怀才不遇的哀怨，但主题却不是指责朝廷，而是赞叹昭君虽怀才不遇却仍缱绻汉室的一片深情，是一曲爱国主义的颂歌。

王安石这一首明妃曲与一般咏史诗不同之处，在于通篇以小说笔法来细致刻画人物形象。有情节，有心理，有渲染，有烘托，辅以末四句的议论，使一位深明大义，心怀故国的昭君跃然纸上。读者眼前活脱脱浮现出一位呼吸可闻，音容毕现的活美人。

明妃初嫁匈奴，胡人以毡车百辆相迎，可见礼节之隆重，恩义之深厚。照理说，昭君该为之感动，为之涕下。诗中却道"含情欲语独无处"，语言不通。只好"传与琵琶心自知"，用音乐来传达心声。

心声是什么？王安石没有说，却用了一个动作来传情：看飞鸿。昭君抱着琵琶殷勤劝酒（进入角色），忙中还不忘偷望几眼南飞的大雁。那大雁飞向的地方不正是昭君的故国吗？诗人抓住这一动作形象地表现出了昭君对故国的不舍与依恋，身在胡地，心向汉室。这是一处细节描写。

"汉室侍女暗垂泪，沙上行人却回首。"写听者的反应，用的是侧面烘托。表现的不是弹奏技艺的高超，而是昭君内心的痛苦。能让侍女垂泪，行人回首，仿佛琵琶声中流淌出的不再是音乐，而是昭君蓄满而溢的泪珠。

以上八句细笔描绘明妃入胡后的生活与心情，突出她对故国的眷恋。末四句在前面形象描写的基础上进一步议论，但跳跃极大，须得细细体味。"汉恩自浅胡恩深"，陈述事实：在汉，昭君是幽闭深宫，无缘君恩；在胡，胡儿以毡车百辆，待作王妃。对比之下，深浅自判。"人生乐在相知心"，古人云：乐莫乐兮心相知。胡儿如此厚待，按一般常情，昭君自应投桃报李，此地乐，不思蜀。但昭君竟然不乐反哀。诗中认为昭君的一腔幽怨不因青冢芜没而消散，"哀弦留至今"，正照应了前八句所细细刻画的昭君形象。"哀"是全诗之眼。

这就奇了怪了，别人对她好，她还不乐意，哀什么呢？此处诗人故意制造矛盾，为的是突出昭君的深明大义，不因汉室恩浅而怨恨，不因胡人厚待而倾心。

王安石用细腻的描写，曲屈回环，为的就是要表达这样一层意思。这是有现实意义的：因为当时有施宜生、张元等人因不见用于宋而投靠辽、夏，成为朝廷的边防大患。诗人颂扬昭君不忘汉恩正是为了借汉言宋，批判此辈为一己私利而忘民族大义，当然这是隐含的意思，诗中并无一语涉及。也许正因为此，后人议论汹汹，大抵在"汉恩自浅胡恩深"一句上纠结不已，认为是"坏人心术，无父无君"，差点要骂王安石"汉奸"了。岂知王安石此举正是为了"正人心，厚风俗"，教育大家一定要向昭君同志学习，不可忘了民族大义。这句话放到今天，也是百分百的主旋律。所以前人认为王安石的《明妃曲》（二首）是咏昭君最好的诗。（陈坦）

北客置酒

王安石

紫衣操鼎置客前,巾鞲稻饭随粱饘。
引刀取肉割啖客,银盘擘臑槁与鲜。
殷勤劝侑邀一饱,卷牲归馆餼更传。
山蔬野果杂饴蜜,獾脯豕腊如炰煎。
酒酣众史稍欲起,小胡捽耳争留连。
为胡止饮且少安,一杯相属非偶然。

  这首诗中说的"北客",是指当时北方辽国的客人。嘉祐五年(1060)春天,王安石曾经作为北宋的官员奉命送辽国的使臣归国,到过白沟这个地方,受到辽国人员的盛情款待。这首诗大约就作于这个时候。

  这首诗歌描写的宴饮情况,与当时主要地域是在南方的北宋相比,具有很浓郁的异国情调,在宴饮诗中别有一种风味。诗歌主要是从三个方面来描写这种特异情调的:首先是待客的人员,这些穿着大红大紫的衣服的辽国主人们,亲自把装满佳肴的鼎摆到客人面前,又端上稻米饭和稠米粥,还亲自动手割肉给客人吃,吃饱了还不算,又把那些准备多余的肉包好,要客人带到居住的馆里去下酒。在南方,主人待客很少有这样一切亲自动手的,可见这些北客真是非常殷勤,把宋朝的官员真正当作了贵宾。其次是食物的不同,前面已经提到的割肉,是蒸煮或烧烤的全猪、全羊之类的北方少数民族特有的待客食物,这在生长南方的王安石看来,就已经很新鲜的了,接下来还有"山蔬野果杂饴蜜"(饴蜜是酿成糖浆的蜂蜜),还有烧烤的獾脯,还有煎炸的野猪腊肉,等等,一一都是北方的土产,是南方很难遇见的,这些食物鲜明地体现出异国情调,让人开阔了眼界。再次就是待客的方式了,南方待客,特别是在外交场合,总是小心谨慎而又温文尔雅,而这些北客却全然不顾这些礼节,他们从一出现在宴会上,就处处表现出一种不拘细节、热情豪爽的性格来。不仅如此,连北客的小孩子们也极其热情豪爽,就在王安石他们吃饱喝足了准备起身告辞的时候,小孩居然揪住客人的耳朵不放,这真是惊人之举,恐怕客人们也始料不及而现出窘态来的吧!这种类乎粗豪的举动,自然会给宴会平添许多热闹的气氛,也体现出辽国人员与宋朝使者之间的亲密关系。

  从以上这些方面,作者作了比较细致的描写,生动形象地表现出了这次外交宴会的特有风采。宴会上的一切都显得这么融洽和谐,大家的心情自然也就轻松愉快了。由于主人们的殷勤待客,深深地感动了宋朝的使者,所以诗歌最后说:"为胡止饮且少安,一杯相属非偶然。"既然辽国主人这样热情,那我们就既来之则安之,多坐一会陪陪他们吧,能有今天这样一次聚会也真是很不容易啊!言下之意,是深深地为两国之间的和睦相处而欣慰。这不仅体现出王安石思想的睿智,很能善解人意,而且,也表现了一个大国使者的宽广胸怀和庸容大度的气派,至今读来也仍然使人感动。(管遗瑞)

示长安君

王安石

少年离别意非轻,老去相逢亦怆情。
草草杯盘供笑语,昏昏灯火话平生。
自怜湖海三年隔,又作尘沙万里行。
欲问后期何日是,寄书应见雁南征。

长安君是指王安石的大妹王文淑,工部侍郎张奎之妻,封长安县君。因为是兄长写给妹子,故用"示"字。

仁宗嘉祐五年(1060)春,王安石奉命护送辽国使臣返辽,临行前写了这首诗给大妹王文淑,我们实在可以把它当作一封家书看。

"少年离别意非轻",年少时兄妹离别(一入仕,一出嫁),心情当然不会轻松,这是人之常情,王安石一笔点出。接句"老去相逢亦怆情"就有些出乎意料了:老来相逢自当喜极而泣,何故"怆情"?真如异峰突起,引人不免想探个究竟:是因兄妹均已"老去",岁月蹉跎,容颜依稀?是因"相见时难别亦难",短暂的相逢过后又将是长久的分离?是因诗人虽立志改革但还大志未伸(王安石变法是九年后的事)?其实三者皆有。手足情深的长安君自可领会得,何须细细辨分。这两句道出了一位以天下为己任的政治家理想未达而岁月催人时内心的复杂情感。

当时王安石兄妹二人同在京城,这从以下的两句对家庭生活场景的描述中可以看出:"草草杯盘供笑语,昏昏灯火话平生。"长安君用亲人间虽简朴却更显真情的方式为兄长饯别(这也是长安君一贯的俭朴作风,王安石在后来为她写的《墓表》中说她:"衣不求华,食不厌疏"可知。)"杯盘"虽然"草草"却可以"供笑语",可见家宴气氛的融洽。"灯火"难免"昏昏"但不妨"话平生",足证兄妹间的推心置腹。或许,也只有在了解自己的长安君面前,诗人才可以这样一吐为快,无所顾忌。这是亲情的真实流露。此时之欢乐，更突显别时之"怆情"，以实证虚，以乐衬哀，更兼字字有珠玑，成为千古名句也就是自然而然的了。吴可《藏海诗话》云："七言律一篇中必有剩语，一句中必有剩字，如：'草草杯盘供笑语，昏昏灯火话平生'，如此句无剩字。"

在漫长的离别之后好不容易盼到如此短暂的一聚，诗人却又要奉命出使，作"尘沙万里行"了。"三年"极言时间之长，"万里"尽道距离之远。"湖海"阻隔，相见不易；"尘沙"满天，远行艰辛。但王安石不仅是一位情深深意切切的诗人，更是一位有远大抱负的政治家，所以尽管"自怜"，却还是决然起行。

尾联"欲问后期何日是，寄书应见燕南征"：到秋天大雁南飞的时节，我们自会带信给你，定下我们兄妹再见的日子。再见的日子当然也就是王安石顺利完成使命，返回京城的日子。所以这两句诗不但表达了对妹妹的安慰，也含蓄流露出出使必胜的自信。

这首诗所写无非日常家庭生活，但因语言的剪裁，诗风反显朴质自然，成为王安石七律诗中的佳品。（陈坦）

思王逢原（其二）

王安石

蓬蒿今日想纷披，冢上秋风又一吹。
妙质不为平世得，微言惟有故人知。
庐山南堕当书案，湓水东来入酒卮。
陈迹可怜随手尽，欲欢无复似当时。

也许正应了那句老话：自古才高多命短。王安石的朋友，诗人王逢原（即王令）仅仅二十八岁就死了（比李贺还小一岁）。王安石对朋友的英年早逝悲伤不已，在诗人死后的第二天秋天，一口气写下三首悼念故友的诗，其中最令人称道的便是这一首。

"蓬蒿"泛指野草，亡友墓上之草。"纷披"，杂乱而散落状。《礼记·檀弓》上说："朋友之墓，有宿草而不哭焉。"意指一年以后对已逝的朋友就不必再哀伤哭泣了。但王安石显然未能忘情，想象着亡友墓前荒草被"秋天又一吹"的情景，描画出悲伤凄凉的画面，寄托着自己的哀思。

"妙质不为平世得，微言惟有故人知。"抒写诗人对知己难逢的怅恨：逢原的清高孤傲不为世人理解，只有我才是亡友唯一的知音。"妙质"、"微言"均为用典，娴熟不着痕迹。后来宋人陈师道怀黄庭坚句："妙质不为平世用，高怀犹有故人知。"基本抄袭此联,足证此联运用之妙。

对王逢原而言,王安石是知音;那对王安石来说,王逢原是不是知音呢?揣度诗意,应是互为知音。五年之前王逢原的才华得到王安石的赏识,不但将妻妹嫁给他,更与之结成莫逆之交,而今知音远去,天人相隔,能不令人唏嘘?

王逢原死的头一年(1058),王安石在庐山与王逢原一起读书饮酒,那时的两人豪情万丈,意兴湍飞:庐山南倾,正对着我们的书案,溢水东来,似流入手中的酒杯。不料想,仅仅一年,故人离我而去,从此生死两茫茫,不思量,自难忘。"庐山南堕为书案,溢水东来入酒卮。"融自然景观与往事回忆为一体,用昂扬宏阔的回忆与前文凄婉悲凉的现实形成强烈的对照,更突出今日之悲。

尾联以沉痛的慨叹作为结语:"陈迹可怜随手尽,欲欢无复似当时。"往日的快乐因你的离去而烟消云散,无复当年。今昔沧桑,到此戛然而止。

短短八句诗中,写景、论人、忆昔、叹今,炼作一炉;想象、对比、用典、使事信手拈来。更兼通篇以第二人称叙说,好似坐在墓前与墓中人娓娓对谈,恨天不怜才,悲知音难遇。情真意切,出乎肺腑。读来回肠荡气,顿挫沉郁,表现了王安石高超的律诗技艺。(陈坦)

寄阙下诸父兄兼示平甫兄弟

王安石

父兄为学众人知,小弟文章亦自奇。
家势到今宜有后,世才如此岂无时!
久闻阳羡溪山好,颇与渊明性分宜。
但愿一门皆贵仕,时将车马过茅茨。

王安石晚年退居江宁(今南京),但临川王氏宗族的叔伯前辈和各位长兄,还有他的弟弟王安国(字平甫),都还留在京城汴梁(即开封),心中不免有所牵挂。这首诗,就是写来寄给他们的,读来好像是一封家书,表达了他对亲族的深深的思念和殷切的期盼,如道家常,显得很是亲切。

诗歌一开始就称道了"父兄"的学问和"小弟"的文章,有如当面亲切晤谈。王安石的家世,从叔祖王贯之于宋真宗咸平三年(1000)考中进士做官以后,一直是簪缨传世,一方面以儒术相尚,钻研学问,同时也热衷出仕,怀有兼济天下的雄心大志。他这里开门见山就直接地加以强调,也表现出了他对家族中这种传统的重视。这里,他还特别提到了他的"小弟"王安国(1028—1074),赞扬他的文章很有奇气,不同一般。其实王安国是反对新法的,和哥哥政见不合,后来由新党的吕惠卿借他事夺官。不过,王安国在文章上确是一把好手,曾巩评论说"其文闳富典重,其诗博而深"(《王平甫文集叙》)。他读书很多,学问渊博,诗歌工于用典,精于对偶,和王安石的风格很是接近,以致外人往往把他们的作品相混淆。对于这样一位弟弟,王安石的心情应该是怎样的呢?显然是有些矛盾:从政治上说,他反对变法,自然使王安石感到头疼;然而他的文章诗歌却又和王安石很相似,这又使王安石感到他可爱可亲。所以这里就避开政见不谈,只称赞"文章",这自然不是假话,而是真情,然而作者在握管下笔时费了怎样的一番苦心,我们也就可以揣知了。

王安石既然以他的家世为荣,那么归根到底,也就是希望这样的家世继续延续下去,所以他接着说:"家势到今宜有后,世才如此岂无时!""宜有"、"岂无",顿挫有致,说得理直气壮,非常自信,和他刚毅的性格完全一样,口吻毕肖。顺着这个思路,最后作者就明明白白地将自己的意思和盘托出:"但愿一门皆贵仕,时将车马过茅茨。"也就是说,但愿亲族个个都当上高官显宦,我虽然从朝中退隐了,但隐居的茅屋前还不时会有你们的高车驷马来到,这是对我心灵怎样的慰藉,又是一种多么崇高的荣耀呢!——作者始终以临川王氏宗族而自豪,这种心理贯穿了全诗,希望大家不要以自己的退隐为意,而要不断努力,为家门增光添彩!只是中间插说了自己的一点想法:目前自己居住在江宁,但是阳羡(今江苏宜兴)那边,南临太湖,风景更加优美,我是很想搬到那里去住,过着陶渊明那样的悠然自得的隐士生活,这才是我的本性啊!李壁在《王荆文公诗笺法》中说:"观此,公岂有卜居阳羡之意乎?"这是揣测的说法,因为作者终究没有去,后来他把江宁郊外的房子捐为佛寺,搬到城里的秦淮河边住了,这里只是说说而已,表明自己的心愿,也是叙谈家事的口吻,显得更为亲切。

曾经翻译过《天演论》的严复很喜欢王安石的诗,有过不少和作,但对于这首诗却颇有微词。他在《侯官严氏评点王荆公诗》中批评《丁年》一首道:"荆公视富贵甚重,如此首结语与'但愿一门皆贵仕'等语,殊令人意恶。"(按《丁年》也是一首七律,结语是"早晚青云须自致,立谈平取彻封侯")意思是说王安石在诗里念念不忘家世富贵,显得俗气,读来叫人心里不舒服。严复的同乡、比他小三岁的诗评家陈衍却说:"虽非由衷之言,而说来故自动听。"(《宋诗精华录》卷二)他的意思是王安石也并不是要看重个人的荣华富贵,他一生锐意进取,重在事业,罢相退隐实出无奈,这些表面的富贵语,并不是由衷之言。不过,他在王安石的另一组诗《题西太一宫壁二首》的评语中又说:"荆公功名士,胸中未能免俗。"他把王安石看作"功名士",也就是追求功名的人,这种俗气也不能免。其实,在中国古代,读书做官都和功名富贵有关,只是程度不同罢了,我们也不必苛求荆公的。(管遗瑞)

梅 花
王安石

墙角数枝梅，凌寒独自开。
遥知不是雪，为有暗香来。

李璧举古乐府"庭前一树梅，寒多未觉开。只言花似雪，不悟有香来"，谓"荆公略转换，或偶同也"。不管偶同也好，转换也好，王安石这首咏梅是后出转精的。

梅不同于百花，不仅不畏严寒，而且越寒冷越开得繁盛。踏雪寻梅，是一种极富情趣的境界。古乐府一起言寒天见白梅，初未觉花开，是从人的角度写出。而王诗特标"凌寒独自开"，则是从梅的角度写出。这就造成一种境界，一种象征，赋予梅花一种品格。

梅花与雪花，二物同中有异。《千家诗》载宋人卢梅坡诗云："梅须逊雪三分白，雪却输梅一段香"，为宋调佳句。两诗主角皆是梅，强调在"雪却输梅一段香"。不过古乐府是顺叙中作转折，精彩在末句；王诗是因果倒装，两句精彩，"遥知"云云，令人神往。

这首诗大约是王安石退居钟山后所作，罢相之后，当然不像往日那样轰轰烈烈，而有点像墙角之梅，不免冷清；但他仍然坚持个人操守，恬然自安，这又像梅花孤芳自赏，芳香不浓，然自有一种淡淡的幽香。深有寄托，所以就不照搬古乐府。（周啸天）

北陂杏花
王安石

一陂春水绕花身，花影妖娆各占春。
纵被春风吹作雪，绝胜南陌碾成尘。

除梅花外，王安石也喜欢杏花——此花色彩素淡，与梅花有相同风致。此诗亦退居金陵所作。

北陂杏花是池边的花，其特点是临池照水，大有自我欣赏的意味。前二句就紧紧抓住这个特点来写：一池春水绕着杏花，岸上有杏花，水中也有杏花，花身与花影,各饶姿态。可以想象,如果风吹花落,就会出现空中花与水中花会合于水面的奇观。前两句是就花咏花。

后二句借落花自抒胸臆。这里不免有惜花之意,关键是诗人透过一层,以"纵使"二字宕开一笔,即"退一步说"——北陂的杏花地处僻静,落也是落在水上,落得个"质本洁来还洁去",所以远比开在南面通衢大道边任人观赏,亦任车马踏成尘土要强。

这里"北陂"似暗指隐居之所,"南陌"似暗指官场,言下隐隐流露出宁可坚持清操、忍受寂寞,也不愿随俗俯仰、和光同尘,亦即"宁为玉碎,不为瓦全"的意思。诗句以"纵"与"绝胜"相勾勒,在自然转折中显示出一种力度,与其所表现坚持操守的执拗精神高度契合。(周啸天)

元 日

王安石

爆竹声中一岁除,春风送暖入屠苏。
千门万户曈曈日,总把新桃换旧符。

元日即大年初一,是中国最重要的传统节日之一。本诗用质朴的语言描写了人们辞旧迎新,欢度佳节的景象,宛如一幅生动的民俗画卷。其间隐喻了诗人革故鼎新的政治理想。

"爆竹声中一岁除"。"爆竹声"是新年里极易唤起读者温馨回忆的听觉元素。"爆竹声中",著一"中"字,就不单指鞭炮鸣响,而是指一个弥漫着爆竹声的场面,还应夹杂人们尤其是孩童的欢声笑语。众多声响此起彼伏,汇集成送别岁末的交响曲,喜悦气氛瞬间升腾。首句为全诗奠定了轻快、明朗的基调。

"春风送暖入屠苏"。喝屠苏酒是中国古时的年俗之一。除夕人们用屠苏草泡酒,元日取来饮,以此恭贺新春。这一天,煦煦微风捎来了早春的气息,丝丝暖意随着新酿的屠苏酒沁人心脾。"送暖"二字值得玩味,春风可以暖人,屠苏酒也可以暖人。这里不但有肤觉感受,还夹杂着味觉感受,耐人寻味。

"千门万户曈曈日"。"千门万户"一词,唐人多用于宫廷(语出《汉书·郊祀志》"建章宫千门万户")。但用来指千家万户,也是可以的。"曈曈",指日出时光亮闪烁的感觉。元日天气晴好,旭日东升,霞光普照,是一个吉祥的预兆。这里主要诉诸视觉,夹杂肤觉。还有一种预感,用流行歌曲的话来说,便是:"今天是个好日子,心想的事儿准能成。"

"总把新桃换旧符"。这句诗写元日的除旧布新,可以是宫廷,也可以是民间,人们忙碌着把褪色、磨损的旧桃符换掉,挂上色彩鲜艳的新桃符。相传东海度朔山的大桃树下有神荼、郁垒二位神仙,能食鬼驱魔。《荆楚岁时记》:"正月一日,帖画鸡户上,悬苇索于其上,插桃符其旁,百鬼畏之。"因此,每逢过年人们都会用桃木板分别写上"神荼"、"郁垒"的名字,或者用纸画上二神的图像,置于大门上意在祈福消灾,谓之"桃符"。诗中将"桃符"一词扯作两半,"新桃"、"旧符",形成互文,意味格外深长。

清人注《千家诗》认为这首诗是王安石的自况,末句隐喻作者得君行政,除旧章而行新令。具体而言,诗中以"春风送暖"暗示新法的推行,以"曈曈日"暗示惠及千门万户的光明前景,以"爆竹"、"桃符"、"屠苏"这些驱魔辟邪之物,暗示诗人对弊政的厌恶和对清明政治的期待。

总之,作者以独特的眼光抓取了元日里富有表现力的细节,不但给读者生动可感的审美体验,同时具有很深的政治寓托。此外,诗中记录的北宋民俗,有珍贵的史料价值。(舒三友)

北 山

王安石

北山输绿涨横陂,直堑回塘滟滟时。
细数落花因坐久,缓寻芳草得归迟。

北山即钟山,诗亦退居金陵之作。前二句写北山春色,着意写春水——水是山的眼波,没水的山就少了灵性,故写水即写山。"输绿"即送绿,"横陂"指池塘的坡岸,"直堑回塘"犹言直沟曲塘。两句说北山坡上草儿绿油油的,笔直的沟堑和池塘的曲岸边春水清盈盈的。这样的景色叫人看了不用说心情有多舒畅了。

后二记游,表现的是诗人闲适悠游近乎贪玩的心情。贪玩到看见落花一片片到地,居然一二三四计起数来,看它到底能落多少,——不觉消磨了许多时间;一路上觉得草地爱人,走走停停,又消磨了许多时间。这一天玩得真是有点莫名其妙,但又觉自有妙处,难与君说。就造句而言,每句中自为因果("因"是因而、"得"是所以)。用"细数落花"来摹写"坐久",以"缓寻芳草"来解释"归迟",不仅形象很美、构思精细,而且写尽闲适之情。

后两句各自都能从唐诗中找到措语类似的诗句,如王维的"兴阑啼鸟换,坐久落花多"、刘长卿"芳草独寻人去后,寒林空见日斜时"、杜甫"见轻吹柳毵,随意数花须。细草偏称坐,芳醑懒再沽",仔细对读,又不完全一样。本来一个人的读书受用,有时就在无意的浸淫中,即使是即景即兴写个人生活经验,也可能在潜意识中受到古人启发。关键是这两句措语之工稳,意境之精妙都超过了前人,自有独到之处。(周啸天)

书湖阴先生壁
王安石

茅檐长扫静无苔,花木成畦手自栽。
一水护田将绿绕,两山排闼送青来。

这首诗也是作者退居金陵时作,是题在友人杨德逢(别号湖阴先生)壁上的一首诗。

前二赞美杨家庭院的清幽,值得注意的是"长扫"、"自栽"等字,暗示出主人亲近劳动、洁身自好、与自甘淡泊的生活情趣。为下二句赞美湖阴的环境预设地步。

后二句是王安石诗中名句。这里写景首先运用了拟人描写的手法,"一水护田"而"两山送青","护"、"送"二字之妙,在于写出大自然对于田园情有独钟!"绿"、"青"两个颜色字用如名词亦妙,"绿"、竟可以带其绕行,"青"、竟然可以送其入户,颇具形象效果和艺术魅力。其次在造语上,"护田"、"排闼"(破门而入)这两个词儿俱出自《汉书》,前者出自《西域传》、后者出自《樊哙传》,都很生动很有新意。后世诗家多赏其以"汉人语"对"汉人语"、不夹异代语,尚属细枝末节。

诗由户内写到户外,由近及远——三句绕向户外田园,四句则揽入更远处的青山,却说两山送青、破门而入,备极回环往复之妙。(周啸天)

悟真院
王安石

野水纵横漱屋除,午窗残梦鸟相呼。
春风日日吹香草,山北山南路欲无。

悟真院又名悟真庵,在钟山之东,八功德(以有清冷香甘等八性得名)水之南,环境清幽,是王安石退休后常去的地方。曾有诗云:"暗香一阵连风起,知有蔷薇涧底花",生动刻画了这一带的自然风光,可与参看。

乍看此诗四句皆景，前二写水写鸟，后二写风写草，然而其中亦融入情事，耐人含咏。悟真院附近除了八功德水外，还有许多纵横交错的溪涧，形成水系，乃此地独特的风光。"野水"点明水系的天然性，特饶自然之趣。"屋除"指禅院的台阶，纵有溪间缭绕，若非打水冲洗，事实上不能潄洗屋除。"潄屋除"云云，状出悟真院一尘不染、清洁明净的环境。

次句是纪事，"午窗残梦"之不可少，在于它暗示出当日游倦有小憩之事，而小憩醒来，环境又给人以清新的感觉，这个感觉是通过"鸟相呼"表现出来的。若无"鸟相呼"，则"午窗残梦"未美；若无"午窗残梦"，则"鸟相呼"不新。亦见造句老到。

然而诗的精彩还在三四句，写景突破悟真院，而及于山北山南，满山春草，眼界顿宽。风吹草动，由风见草。春风日日吹，逼出香草日日长，写出春草生长的迅猛势头，一派生机，蓬蓬勃勃，不可遏止。读至"山北山南路欲无"，直令人神情一爽，草之长势全从一个"欲"字形出。同时，这句还表明悟真院是一清净之地，如果游众太多，哪怕本是草地，也会踩出一条路来的。（周啸天）

泊船瓜洲

王安石

京口瓜洲一水间，钟山只隔数重山。
春风又绿江南岸，明月何时照我还？

诗作于熙宁八年（1075）二月，当时王安石第二次拜相，奉诏入京。前此王安石深感推行新法之不易，从熙宁五年起曾多次要求解除相务，宋神宗一再挽留，直到熙宁七年才允许他辞职离京，知江宁府，时年五十四岁。但由于在朝执政的变法派分为若干小集团，相互攻讦，没有一个服众的领袖，于是神宗不得不再度起复王安石，尽管他两次上书推辞，均未获准，只好勉强上任。此诗是舟次京口（镇江）对岸的瓜洲时写的。诗中表现了作者为衔君命、再度入相时的复杂心情。

前二句写舟次瓜洲登陆远眺，对岸是京口，经过一日行程，此去钟山还不算很远——然已隔数重山矣。说"只隔数重山"是自我安慰，不胜留恋之意见于言外。次句中两用"山"字，寓取风调，唐李商隐诗最习见（如"杜牧司勋字牧之，清秋一首杜秋诗"），非病复也。

此诗最为传诵的是三四句，特别是第三句。清袁枚说"作诗容易改诗难，一诗千改始心安。"王安石就最善改诗，他曾为谢贞改"风定花犹舞"为"风定花犹落"，其语顿工。此诗则是他修改己作使之完美的著名诗例。《容斋随笔》卷八云："吴中士人家藏其草。初云'又到江南岸'。圈去'到'字，注曰'不好'，改为'过'。复圈而改为'入'。旋改为'满'。凡如是十许字，始定为'绿'。"绿"字之所以为优，是因为其他字都是就风写风，比较抽象；只有"绿"字透过一层，从春风的效果作想，所以别具手眼。同时，"又"字也下得好，不仅表现了时光流逝及由此引发的感慨，而且可以令人联想到"前度刘郎今又来"的"又"字。可以说是"欣慨交心"，全诗表情的复杂微妙也正在这一点上。

末句"明月"是眼前所见，表明夜色降临，作者对钟山的依恋弥深。所以他相信投老山林，终将有日——只是不知道将是功成身退呢，还是失意归来。所以"明月何时照我还"这句的意味仍是很微妙很复杂的。（周啸天）

夜　直

王安石

金炉香烬漏声残，剪剪轻风阵阵寒。
春色恼人眠不得，月移花影上栏干。

"夜直"即值夜班。按宋制翰林学士每夜轮流一人在学士院里值班住宿。王安石于治平四年（1067）九月为翰林学士，未即赴。熙宁元年（1068）四月奉诏越次入对，始至京师。本诗写春夜值班，时间当在二年——其时宋神宗已决定采纳他的意见，推行新法。

前二写深夜对时间与环境的感受。"金炉香烬"所见也，"漏声残"所闻也，都表现出长夜时光的流逝。言下有杜甫"明朝有封事，数问夜如何"（《春宿左省》）之意。次句从韩冬郎《夜深》"恻恻轻寒剪剪风"点化而来，原诗有感伤情调，此纯写从室内踱到室外时感受到的凉意和清新。

三句"春色恼人"是个关键词，意为春色撩人，从罗隐《春日叶秀才曲江》"春色恼人遮不得"化出。原句"遮不得"是说遮不得寒士窘态。此外"眠不得"则因君臣际遇、即将一展宏图，心情兴奋所至。

末句写景妙句，"月移花影"就表时间推移而言，与首句"香烬漏残"呼应，然而更带有一种东风相借、时来运转的愉悦感。——诗中"春色"一词与《元日》诗题一样，包含政治意义。盖作者久蓄改革之志，曾向仁宗皇帝上万言书倡言改革，未被采纳，神宗即位，这才有"时来天地皆同力"的愉悦感。

诗中把政治上的际遇与自然界的春色融为一体，表现不露一点半点痕迹。要不是《夜直》这个题目略点本事，简直可以乱真唐人宫词，非"知人论事"不得其措意。

难怪宋代周紫芝等粗心读者把它当作一首艳诗,并怀疑是否王安石之作,殊不知是自己未能读懂之过。(周啸天)

题西太一宫壁二首
王安石

其一

柳叶鸣蜩绿暗,荷花落日红酣。
三十六陂春水,白头想见江南。

其二

三十年前此地,父兄持我东西。
今日重来白首,欲寻旧迹都迷。

西太一宫,故址在今河南省开封市西八角镇。宋神宗熙宁元年(1068),47岁的王安石入京为翰林学士,在执政变法之前游览了这里,写下了这两首诗。据《西清诗话》载:"元祐间,东坡奉祠西太一宫,见公旧题两绝,注目久之曰:'此老野狐精也。'遂和两绝。"按,"野狐精"指虽非正宗(苏轼与王安石政见不合),但又十分精灵的人。后来陈衍编《宋诗精华录》,评论道:"绝代销魂。荆公诗当以此二首压卷。"给予了极高的评价。

那么这两首诗究竟好在哪里呢?

首先是,它生动形象地描画出了西太一宫的美好景致。不过,他又不是一般性地泛泛描写,而是选择了宫里具有代表性的几种景物,让它们错综交织地组成一幅天然美景,叫人叹赏不止。你看,满园柳叶一片浓绿,荷花在夕阳映照中显得格外红艳,还有池沼中荡漾着的春水涟漪——这一切,从视觉上着笔,美轮美奂的景色真叫人目不暇接,仿佛把读者也带进了宫里,赏心悦目。一个"暗"字,活画出了浓浓的柳荫;一个"酣"字,更传达出了荷花盛开时的勃勃生机和诱人的风采,笔墨极为经济而又传神。还有,那暗绿丛中是蝉子们的天下,它们正引吭高歌,让人从听觉上感到了宫里环境给人的愉悦和宁静,这正是西太一宫的特色。这里,我们不要忘记了,还有一位白头的人呢,他正在宫里游览观赏,与绿色的柳树、红色的荷花和清澈的春水,互相映衬,在宁静中显出了动态,使满园顿添生机。——这是多么美好的景致!

其次是,作者从"三十六陂"的春水,生发出了不胜今昔的联想,大大扩充了诗歌内涵的包容量。三十六陂，是这里的池塘，然而江南扬州附近也有叫三十六陂的池塘，作者早年刚考中进士就曾经赴扬州任过"签书淮南节度判官厅公事"（简称"签判"），工作了四年时间。另外，早在青少年时代，他就随同父亲王益和兄长王安仁一起转宦四方，景祐三年（1036）来过汴京。"持我东西"，也就是领着我四处游历。如今，面对这景色依然的三十六陂，人事已然全非，父亲早就逝世，自己也宦游各地，历尽坎坷，要来寻找往日的旧迹，感到一片迷惘。这里，既有对往昔的追怀，对父兄的忆念，对江南家乡的思念，也有对难以捉摸的未来的淡淡的忧思。作者此时来到京城任翰林学士，得到了神宗皇帝的赏识，君臣经常一起探讨治国的方针大略，他也急切希望实现自己"欲与稷契遐相希"的宏大抱负。然而，前景究竟如何，也难以预料，他此时的心情也相当复杂。整首诗意蕴深广，言有尽而意无穷，写得情景交融，浑然天成，让人在美景的领略中，又引起深沉的思考。

当苏轼见到这两首诗的时候，王安石已经去世，他不禁感慨系之，作了《西太一见王荆公旧诗偶次其韵二首》："秋早川原净丽，雨馀风日晴酣。从此归耕剑外，何人送我池南？但有樽中若下，何须墓上征西？闻道乌衣巷口，而今烟草萋迷。"后来，苏轼的门人黄庭坚也写了《次韵王荆公题西太一宫壁二首》，诗曰："风急啼乌未了，雨来战蚁方酣。真是真非安在？人间北看成南。晚风池莲香度，晓日宫槐影西。白下长干梦到，青门紫曲尘迷。"苏轼和黄庭坚的这些和作，一方面写出了王安石人亡势去、门庭冷落的境况，同时也有人事无常之叹和是非难辨之悲，可以说是情辞诚挚深婉，应该都是佳作。（管遗瑞）

【郑獬】（1022—1072），字毅夫，一作义夫，号云谷。宋安州安陆人（今湖北安陆）皇祐五年（1053）状元。神宗时拜为翰林学士，以反对新法贬，熙宁五年（1072）病逝于安州。有《郧溪集》。

春 尽

郑 獬

春尽行人未到家，春风应怪在天涯。
夜来过岭忽闻雨，今日满溪俱是花。
前树未回疑路断，后山才转便云遮。
野间绝少尘埃汙，唯有清泉漾白沙。

这首诗的主题是惜春，由惜春而伤春，进而引起思家。这在中国古代的诗词内容中，原本是很平常的，因为这方面的作品真可谓汗牛充栋，所以要写好这一类作品是很难的。我们看看这首诗,作者却能因难见巧,别出机杼,用自己的匠心写出了一首让我们回味不尽,很耐咀嚼的佳作。

开始两句直接点题,道出了"春尽"。春尽就是暮春三月的末尾,接着而来的将是炎炎夏日,这就很容易勾起人们对姹紫嫣红的美好春天的回忆,不禁生出好景不常、流光易逝的感叹。而这时,作者竟还远在异乡,浪迹天涯,思家之念又不禁萦绕于心。我们可以想见,此时的作者真是一腔复杂的心绪盘纡郁结,难以为怀。然而,一个"春尽",就高度概括了这一切,让人味而得之,收到了言有尽而意无穷之效。不仅如此,作者还采用拟人化的修辞格,把"春风"人格化,让它来责怪作者看看春尽了,为什么还远在天涯,迟迟勾留异乡?他不说自己思家,而从侧面下笔,说春风责怪自己,使诗思从天外飞来,这就婉曲多致,把复杂的心绪表现得更加曲折,让人叹赏不已。这就像高明的歌星,刚唱完第一个乐句,就博得了满堂喝彩,可见作者高妙的手法。

接下来,作者就从容地慢慢道来,把一路所见展示给读者,把春尽时惜春伤春的情怀具体化。先写花:花在哪里?在满溪的流水中,那已经凋零的红红白白的花瓣,正在随着汩汩流淌的溪水匆匆而去。"满"字、"俱"字,都在状落花之多,很形象生动。这就使我们想起唐代诗人孟浩然那首著名的《春晓》诗:"春眠不觉晓,处处闻啼鸟。夜来风雨声,花落知多少。"孟浩然只是在揣测花落的多少,就已经暗含伤惜之意,而现在作者面对那落红狼藉的溪流,其伤惜之情又将如何呢?这里没有明说,但更加伤惜之情可想而知了。为了写落花,作者还用雨声作衬垫,点明是前夜,这也就正好是今天所见满溪落红的原因:雨打春归,花落水流。这就像辛弃疾在《摸鱼儿》一词开头写的:"更能消几番风雨,匆匆春又归去。"其伤惜之意,表现得很深沉。但这首诗的作者却没有明言,只是通过昨夜的雨声、今日溪流中的落花,把伤惜之意表现得很委婉,让人自己去体会,非常曲折。接着写树:春尽之时,百花凋零,而树木葱茏,一片浓荫,这正是夏日的明显标志。他在山行之时看见的是满眼绿树,重重叠叠,无边无际,以致在崎岖的小径上峰回路转,几乎迷了路径;而好不容易转过山来,又见来时的绿树丛中升起袅袅的白云,遮住了山峰。这里,白云绿树已经融为一体,整个大地已经不再是繁花似锦的春日光景,而是满眼新绿的初夏景象了。——的的确确,春天已经到了尽头,很快归去了。

诗歌到此似乎已经把意思说完,但是作者最后还补写了一笔,写了"野间"风景:这里绝少尘埃的污染,天清气朗,只见清澈的山泉在荡漾,水底的白沙清晰可见,景色是这般可人。这,绝不是多余的蛇足,而是对前面所写暮春景色的补充,在笔墨的变化中组成了一幅完整的山水画长卷,让读者领略不尽。此外,乍一看来,作者似乎是在赞叹这里的美景,其实我们只要细心体会,就不难发现,这里的

"野间"是和开头的"家"相照应的,在看似美好的风景中,作者一方面感叹春天的逝去,同时也在暗示现在还在异乡奔波,就像王粲在《登楼赋》中说的:"虽信美而非吾土兮,曾何足以少留?"念念不忘的,还是要急于回归故乡,以息思家之念。诗歌表达的意思,从开始一路婉曲写来,竟是这般深曲有致,让人含咀不尽。缪钺先生在《论宋诗》一文中说:宋诗的特点是"精能""深折透辟""回味隽永"(《诗词散论》)。我们看郑獬这首《春尽》,不正好体现了这些特点吗?(管遗瑞)

【王令】(1032—1059),字逢原,宋广陵(今江苏扬州)人。以教书为生,为王安石所推重。有《广陵先生文集》等。

原 蝗

王 令

蝗生于野谁所为?秋一母死遗百儿。埋藏地下不腐朽,疑有鬼党相收持。
寒禽冬饥啄地食,拾掇谷种无馀遗。吻虽掠卵不加破,意似留与人为饥。
去年冬温腊雪少,土脉不冻无冰澌。春气蒸炊出地面,戢戢密若在釜糜。
老农顽愚不识事,小不扑灭大莫追。遂令相聚成气势,来若大水无垠涯。
蓬蒿满眼幸无用,尔纵嚼尽谁尔讥。而何存留不咀嚼,反向禾黍加伤夷。
鸱鸦啄衔各取饱,充实肠腹如撑支。儿童跳跃仰面笑,却爱其密嫌疏稀。
吾思万物造作始,一一尽可天理推。四其行蹄翼不假,上既载角齿乃亏。
夫何此独出群类,既使跃跳仍令飞。麒麟千载或一见,仁足不忍踏草萎。
凤凰偶出即为瑞,亦曰竹食梧桐栖。彼何甚少此何众,况又口腹害不訾。
遂令思虑不可及,万目仰面号天私。天公被诬莫自辨,惨惨白日阴无辉。
而余昏狂不自度,欲尽物理穷毫丝。要祛众惑运独见,中夜力为穷所思。
始知在人不在天,譬之蚕虱生裳衣。扪搜拨捉要归尽,是岂人者尚好之。
然而身常不绝种,岂此垢旧招致斯。鱼枯生虫肉腐蠹,理有常尔夫何疑。
谁为忧国太息者,应喜我有原蝗诗。

现在见过蝗灾的人恐怕已经不多了。蝗虫是一种直翅目昆虫,喜欢群居生活,经常大量聚集,集体迁飞,咬食农作物的叶茎,形成令人生畏的蝗灾。在中国古代,蝗灾和旱灾、水灾是三大灾害,对农业生产造成极大危害。蝗虫一来,密密麻麻,遮天蔽日,一落到地里,顷刻之间把庄稼吃个精光,颗粒无收。那时各地经常发生这样的灾害。地方官员把蝗灾情况奏将上去,皇帝当然是没有法子的,或者是下一道"罪己诏",说是天意;或者是带领朝廷官员到郊外祭祀,祈求上天保佑。但是这一点作用也不起,蝗灾照样到处发生,一路吃将过去,直吃得赤地千里,老百姓饿殍遍野。王令生活在社会的最底层,亲眼见过蝗灾的惨重危害,他又很关心民间疾苦,于是就苦苦思索这蝗灾发生的原因,力图找出一种解决的办法,于是他把自己思索的结果,写成了这首《原蝗》诗,表达了他的一片苦心。诗歌中心意思是要说,蝗灾的形成,是"在人不在天",解决的办法就是"扑灭"。这在当时,已经是很进步的观点了。

他是怎样思索的呢?

他首先根据自己的观察,说明蝗灾的产生是蝗虫自己大量繁殖的结果。所以他一开始就提出:"蝗生于野谁所为?秋一母死遗百儿。"秋天蝗虫大量产下虫卵,埋藏地下,没有遭到破坏,到了"冬温腊雪少"的干旱时候,"春气蒸炊出地面,戢戢密若在釜糜"(春气蒸腾幼蝗钻出地面,密密麻麻就像锅中的米粒)。现代科学研究也证明,蝗虫是一种喜欢温暖干燥的昆虫,干旱的环境对它们的繁殖、生长发育和存活非常有利,因此蝗灾也往往发生在旱灾之时,真所谓祸不单行。但是幼蝗初生的时候大家没有引起警觉,及时加以扑灭,于是"遂令相聚成气势,来若大水无垠涯",酿成了严重的蝗灾。他还具体描述了蝗虫铺天盖地飞来的情景,以及专门啃食禾黍,危害农作物的特性,把蝗灾写得很生动形象,它的危害之烈真是让人触目惊心。这里,已经包含了蝗灾不是天意,而是人事的道理。

接着,作者进一步提出,世间的万事万物"一一尽可天理推",意思是说每一物种都可以推究它的道理,都可以认识它。这里他用传说中的仁兽麒麟、祥瑞之鸟凤凰,来作反衬,见出蝗虫是一种危害很烈的害虫。然而这种害虫,以及由这种害虫酿成的巨大灾害,有人竟然把它归之于天,于是使得"天公被诬莫自辨,惨惨白日阴无辉",天公是被冤枉了,成为了最高统治者推卸责任的替罪羊,而现实中的蝗灾却仍然年复一年地延续下去,不断地危害人民。于是,他要不揣冒昧,仔细思考,运用自己的"独见",祛除众惑,来寻求解决的办法。他思索的结果是"始知在人不在天",这句话是一个非常重要的观点:要祛除任何灾害,都需要依靠人事的努力,而不是把希望寄托在虚无缥缈的上天。这就和当时主流社会的愚昧认识针锋相对,甚至直指最高统治者,而显现出它的大胆的深刻的进步性了。他还举出例子来具体加以说明:一个例子是跳蚤和虱子,是伤害人身的,人们总是要把它们搜尽捉绝;而一时没有除尽,不就是因为衣服很脏很旧所招来的吗?再一个例子是,鱼腐烂后要生虫,肉臭后会生蛆,这是自然的现象。这些例子蕴含的意思,就是说蝗灾也是世间形成的,不是上天所为,这就和诗歌一开始根据观察所得的结论完全一致,进一步增强了说服力。最后明白点题——"谁为忧国太息者,应喜我有原蝗诗。"说明作者写作本诗的意义，就是要忧国忧民，希望认识蝗灾的真正起源，从而找出解决的办法，救民于水火。这体现了作者以天下苍生为怀的崇高思想，具有很强的人民性。

整首诗歌在写法上，夹叙夹议，顿挫起伏，而又一韵到底，有如江河奔流，浑灏流转，读来颇有气势而又十分流畅。很多句子是散文的写法，可以见出他所受韩愈、卢仝等人的影响，这也是宋诗的一个普遍的特点。至于作者所要寻求的解决蝗灾的有效办法，由于时代的局限，他自然是难以找到的。而作者做梦也没有想到的是，由于科学逐步的发达，可以变害为利，让害虫为人们服务。明代李时珍在《本草纲目》中就记载，蝗虫单用或配伍使用能治疗多种疾病，如破伤风、小儿惊风、发热、平喘等等，对气管炎和防止心脑血管疾病等，也有作用。据报道，随着社会的发展和生活质量的不断提高，人类餐桌上也已经出现了蝗虫，因为蝗虫营养丰富，肉质鲜嫩，味美如虾，在香港等地蝗虫就有"飞虾"的美称，是人们喜食的佳品；在美国，还举行"昆虫宴"招待贵宾，其中就有蝗虫。另据报道，有些肥胖和高血压、心脑血管疾病的患者目前多趋于食用昆虫，据说可以达到减肥祛病的目的。随之而来的有些国家和地区都相应的兴起昆虫食品，用昆虫做菜，或制成罐头、饼干、雪糕等食品，十分畅销。自然，蝗虫有了新的用途，也就有了人工的养殖，发展为一种专业，这当然不会形成蝗灾，而是有利于人类了。我们今天来读这首《原蝗》诗，在体会作者忧国忧民的情怀之外，自然就应该有更新的认识了。（管遗瑞）

暑旱苦热

王　令

清风无力屠得热，落日着翅飞上山。
人固已惧江海竭，天岂不惜河汉干。
昆仑之高有积雪，蓬莱之远常遗寒。
不能手提天下往，何忍身去游其间！

王令是北宋一位很奇特的诗人，和唐代李贺颇为相似，他的诗歌大多才思横溢，奇诡豪放，这首七言古诗《暑旱苦热》就是很具代表性的一首，是历来传诵的名作。钱仲联先生说："这首诗描写炎暑酷热干旱的情景，想象奇特，气势雄放。后四句写自己的感受，表达了愿与天下人同患难的思想，与韩琦《苦热》有异曲同工之妙。"（浙江古籍出版社《宋诗三百首》）

这首诗在艺术手法上，真可说是奇谲变化，非同寻常。前四句的重点是要表现盛夏干旱带来的酷热，人们对酷热难以忍受的情景，但他却不直接写炎热中的人们，而是从"清风"、"落日"着笔，透过一层写去。就是透过一层写，也还是一波三折：在酷热难耐中，有清风暂至，岂不很好？如陶渊明所说："五六月中，北窗下卧，遇凉风暂至，自谓是羲皇上人。"（《与子俨等疏》）但是这里的"清风"却没有凉意，因为它"无力屠得热"，"清风"反而被炎热所吞噬，可见现在的暑热是何等厉害。而此时，本该下山的"落日"，却偏偏不仅不下山，反而长上翅膀飞到山头，继续放射出它的炽热的光芒，炫耀它的炎威，人们在酷热中简直就是涸辙之鱼了。这里，作者在用字上非常大胆而考究："清风无力屠得热"，屠是宰杀的意思，他把热比作有生命的事物，下一"屠"字，不仅很有新意，也传神地写出了人们对酷热的憎恨。而且，"屠得热"三个字连用，读起来沉重有力，从声情上传达出了人们对消除酷热的深切期盼。"落日着翅飞上山"的"着"字，也和上句的"屠"字一样，下得很重，他不说"长"、不说"生"，为的就是避熟就生、避轻就重，用以表现酷热难当的情景，真是一字移易不得。

不仅如此，他还进一步发挥想象：在如此酷热大旱面前，人们固然已经害怕江海的水流断绝，就是天上的波光闪闪、浩淼无际的银河，上天岂不也要可惜它的干涸了吗？——这断绝和干涸，带来的不仅是酷热，还有庄稼的歉收和人民的饥饿。这两句，不仅补足了前两句的意思，深入一层，而且表现出作者关心人民疾苦的思想，使诗意更加深厚，也顺利地为过渡到后半部分，预作了巧妙的铺垫。至于从眼前的酷热，想到江海的枯竭，银河的干涸，以及暗含其中的人民的苦难，那真是激情澎湃，想落天外了。从这些地方，表现出了作者艺术上的特异的个性，使诗歌放射出了异样的光彩。

前面钱仲联先生提到的北宋杰出的政治家韩琦的《苦热》诗，其中这样写道："尝闻昆阆（按：昆仑山上的阆苑，神仙所居之地）间，别有神仙宇。……吾欲飞而往，于义不独处。安得世上人，同日生毛羽。"这是秉承孔子儒家"仁者爱人"的思想，要努力实现"推己及人"、"兼济天下"的怀抱。古往今来，凡仁人志士，莫不有这样的胸襟。王令也不例外。所以他在这首诗的后半部分就表明，虽然在这样难以忍受的酷热之外，有着昆仑山的终年积雪的清凉和蓬莱岛的寒意，可以去避暑，但是当广大人民不能去的情况下，我也不忍心单独去那里享受清凉。"手提"二字，用得举重若轻，充分表现了要以天下苍生为怀的博大胸怀和"先天下之忧而忧，后天下之乐而乐"的崇高思想，让人肃然起敬。这正是这首诗歌的真正价值之所在。（管遗瑞）

送 春

王 令

三月残花落更开，小檐日日燕飞来。
子规夜半犹啼血，不信东风唤不回！

王令是宋代很有特色的诗人，他和唐代的李贺很有些相似之处：李贺活了27岁，王令也只活了28岁；他们两人，都是一生没有做过官；李贺的诗风奇诡，王令的诗风也想象奇崛，在宋代别树一帜。此外，王令还具有改革政治的理想，有远大的抱负。这首《送春》（也有题作《晚春》的），就很能代表他性格和诗风的一斑。

这首诗的主题是写惜春的，本来很平常，但是它的表现手法却与众不同。开始说"三月残花"，是一片凋残的暮春景象，透露出一种伤春的情绪，然而紧接着却说"落更开"，那些残了的花固已残去，但还有开着的花正在盛开呢，在伤春中又有些欣慰的情绪。加上"小檐日日燕飞来"，就像初春的景象一样，燕子们参差其羽，呢喃唧啾，在小檐上高高兴兴地飞去飞来，美丽的春天景色似乎依然和以往一样，没有丝毫的衰减。这里，乍一看来，表现的是自然界生生不息，美景常在的意思，但是骨子里却深藏着对已经逝去的大好春光的深情眷恋，暗含着一种不胜留恋的惋惜之情。

到后两句，诗人把前面隐藏的意思一下子凸现出来，表现了强烈的惜春的情怀。他先用了一个典故：传说古代蜀王杜宇死后化为杜鹃鸟（即子规），它因为思念故土，日夜不停地啼叫，直到嘴里流出了鲜血。暮春时节，山里不管白天黑夜到处响着杜鹃的啼鸣，啼声似说"不如归去"，希望即将逝去的美好春天不要就此而去，尽快归来。这里，杜鹃和诗人已经合二为一，诗人就像啼血的杜鹃，无限深情地期望春天留步，不要走远，赶快归来。那急切的期待之情，在最后一句突然迸发了："不信东风（按东风代指春天）唤不回！"表达了诗人坚定的信念和乐观的精神，相信春天在啼血般的精诚所至的感召下，一定会永驻人间，让人间永远像春天般的美好。这里，是送春，还是唤春、挽春呢？显然不是前者，而是后者了。诗歌从开始的春残下笔，在短短的四句中，千回百折，最终表达了坚定的信念和美好的愿望，读来令人精神振奋。

经过这样的曲折安排，诗人把"送春"的意思和惜春的情怀表达得这样委婉多致,他不是用哀怨和低沉的情绪来无可奈何地送别春天,而是透过一层,以高昂的情调和坚定的信念相信春天的回归,表达了对春天的深情依恋,情意非常深挚,采用了和别的诗人迥然而异的手法,极具个性。特别是最后一句"不信东风唤不回",使我们联想到夸父逐日的勇敢,联想到精卫填海的执著,更使我们联想到秋瑾女士"拼将十万头颅血,须将乾坤力挽回"(见《秋瑾集·黄海舟中日人索句并见日俄战争地图》)的著名诗句,那种万死不辞、甘愿牺牲一切的赤忱的报国精神,多么让人感动。这首小诗,写的虽是平平常常的事情,但是它给人的启发却是多方面的,的确是不可多得的佳作。(管遗瑞)

【曾巩】(1019—1083),字子固,宋南丰(今属江西)人。嘉祐进士。官至中书舍人。为"唐宋八大家"之一。有《元丰类稿》。

甘露寺多景楼

曾 巩

欲收佳景此楼中,徙倚阑干四望通。
云乱水光浮紫翠,天舍山气入青红。
一川钟呗淮南月,万里帆樯海外风。
老去衣襟尘土在,只将心目羡冥鸿。

镇江北固山自古以来就是登高望远的佳处。甘露寺就在北固山的后峰上,相传始建于三国时候吴国的甘露年间,后来唐朝的宰相李德裕、宋朝的郡守陈天麟等人曾经扩建,多景楼就在甘露寺内,它与岳阳楼、黄鹤楼在古代并称万里长江三大名楼,在这里面对长江,金、焦在望,江山秀色尽收眼底。现在的多景楼为两层建筑,回廊四通,面面皆景。登上高楼,推窗凭栏,极目远眺,山光水色,奇景多姿,让人有凌空飞翔之感。这首诗写当时登高望远的情景,一是表现美景的众多,二是形容景象的壮阔,读来让人胸襟开阔,神气爽然。

本诗开宗明义就说自己是来此楼眺望美景的,所以在楼中盘桓流连,徙倚四望,要饱览楼中风光。这就交代了登览的目的,把题目挑明,给读者以阅读的期待。那么,作者究竟看见了一些什么佳景呢?接下来就一一描写了四幅风景,给读者以美不胜收的感觉。第一幅是长江云水图:放眼望去,天上的云彩和浩淼无际的江中的粼粼波光上下辉映,水上浮动着紫翠的烟霭,无边无际。第二幅是青红山色图:穹窿似的天宇,笼盖着江边层层叠叠的青山,山上花团锦簇,青红掩映,绚烂多彩。第三幅是夜月钟呗图：夜晚，寺庙里做起夜课，僧人的诵经声和着悠扬的钟声在月下的江上回荡，静穆而又悠远，一直传送到淮南寂静的夜空。第四幅是万里风帆图：江流浩荡，舟船竞渡，江上的桅帆被海风吹起，轻快地在水中翱翔，航行万里。这四幅图，有近景，有远景，有白天的景象，有夜晚的风光；有作者眼中所见，也有耳中所闻。这一切，又都以登楼所见的长江为焦点，把这些景象错综交织在一起，组成了非常宏大的画面，浩浩荡荡，横无际涯，令人心胸开阔，意气飞扬。宋朝画家郭熙在《林泉高致·山水训》中说："江山，大物也。人之看者，须远而观，方见得一障山川之形势气象。"作者登高眺望，正是"远而观之"，在移步换形的眺览中，把长江的壮观景色表现得淋漓尽致。

作者在描写了在镇江多景楼头骋目远望的景象，显得意境旷远，然而在结尾的时候，又把心目转向高骞远翔的飞鸿，流露了诗人自叹老去，希图避世隐居的超旷胸襟，这就把个人当下的感情和眼前的景象紧密地结合在一起，做到了情景交融，景中有情，耐人品味，显得余意无尽。作为写景诗，"状难写之景如在目前"已属不易，透过一层，通过对眼前景物的描写，来表现自己的感慨，使得诗歌具有了"含不尽之意见于言外"的更高境界，这就更加难能了。方回说："子固诗一扫昆体，所谓铔钉刻画咸无之，平实清健，自为一家。"（《瀛奎律髓》卷十六）从这首诗中，我们也可以看出作者诗歌风格之一斑。（管遗瑞）

【苏轼】（1037—1101），字子瞻，一字和仲，号东坡居士，宋眉州眉山（今属四川）人。苏洵子。嘉祐进士。曾上书力言王安石新法之弊，因作诗刺新法下御史狱，贬黄州。哲宗时任翰林学士，曾出知杭州、颍州，官至礼部尚书。后又贬谪惠州、儋州。历州郡多惠政。卒谥文忠。有《东坡七集》《东坡易传》《东坡书传》《东坡乐府》等。

寒食雨二首

苏 轼

其一

自我来黄州，已过三寒食。
年年欲惜春，春去不容惜。
今年又苦雨，两月秋萧瑟。
卧闻海棠花，泥污胭脂雪。
暗中偷负去，夜半真有力。
何殊病少年，病起头已白。

其二

春江欲入户，雨势来不已。
小屋如渔舟，濛濛水云里。
空庖煮寒菜，破灶烧湿苇。
那知是寒食，但见乌衔纸。
君门深九重，坟墓在万里。
也拟哭途穷，死灰吹不起。

《寒食雨二首》作于宋元丰五年（1082）寒食节。寒食节在农历清明节前一日或二日。南朝梁宗懔《荆楚岁时记》："去冬节一百五日，即有疾风甚雨，谓之寒食，禁火三日。"这两首诗，表现苏轼在寒食节风雨中自己惜春的情怀和艰难的处境。

第一首表现惜春。他一开始就说："自我来黄州，已过三寒食。年年欲惜春，春去不容惜。"寒食节一到，就表明季节已经是暮春，本来应该是美好的春天眼看就要匆匆过去，要"惜"也来不及，暗含着对美好事物的深情眷恋。其实诗句的意思还远不止此，是在慨叹自己从元丰三年（1080）二月因"乌台诗案"被贬谪到黄州以来，已经过去了三个年头。在这三年中自己是被管制和监视的身份，政治上备受歧视，而在生活上则需要自己垦荒，亲自在田间劳作，来勉强维持温饱，过得相当艰窘。如今这第三个春天也快要过去了，回首往事，真是时序惊心。这开头四句，包含着作者复杂的心思和感情，需要我们去细心体会。然后写到今年春天的特殊情况，就是苦于多雨，两个月来就像萧瑟的秋天一样，可见时光的难挨和度日如年的艰难。这里自然也不光是在写自然界的风雨，而是暗示了政治风雨，萧瑟的不仅是天气，也是自己的心境。

在写了自己惜春情怀之后，作者进一步把即将逝去的春天落实到海棠花上，作了具体的描写。他卧病在家，听说那红中透白的海棠花已经纷纷飘落，和地上的泥污混合在一起了。"泥汙胭脂雪"一句是从杜甫《曲江对雨》诗"林花著雨胭脂湿"中化用而来。他不仅感叹道："暗中偷负去，夜半真有力。"这是用了《庄子·大宗师》中的典故："藏舟于壑，藏山于泽，谓之固矣。然夜半有力者负之而走，昧者不知也。"这里用来比喻海棠花谢，像是有力者夜半暗中负去。最后又用了一个比喻，说这海棠花无异于得病的少年，被淫雨所摧残，病好了却也变成了白发老人。这里连用了几个比喻，把对海棠花的凋谢和春天的匆匆逝去表现得鲜明而又具体，作者深深的感叹含蕴其中，包含着丰富而深厚的内容。全诗显得诗味清腴，写苦雨萧瑟，海棠花凋残，写自己卧病不起，既是惜花，也是自怜。作者在他的诗词中多次以海棠拟人，都各有其妙，而这首诗结尾以病少年比拟匆匆谢去的海棠，又显得格外新颖奇特。

第二首表现自己的艰难处境。一开始就直接切题写雨，寒食节的雨越下越大，一江春水涨得满满荡荡，好像要涌进自己的家门。首二句是倒装，因为"雨势来不已"，才有"春江欲入户"，但把春江之水放在前头，就突出了江水之大，为下文作了有力的衬垫。接下来就写自家的情景，先写屋子：在浩浩荡荡的春江边上，自己的屋子就像一叶在风雨中飘摇的渔船，在濛濛水云里飘荡，不知什么时候沉没。再写厨房：空空如也的灶房里煮的只有寒菜（原特指冬季之菜，这里是泛指蔬菜），而烧的是被雨水淋湿的江边的芦苇。这几句，荒村的萧索荒凉，自己生活的艰难，都写得非常具体而生动，作者感慨的深沉，我们从言外可以得到充分的领略。

接着，作者笔锋一掉，直接写寒食。"那知是寒食，但见乌衔纸。"作者是卧病在家，所以不知道现在是寒食，只是因为看见了乌鸦嘴里叼着没有烧尽的纸钱，才猛然省悟了今天就是寒食节。而寒食节，人们照例是要到祖先的坟墓前去烧化纸钱的，但是"君门深九重，坟墓在万里。""君门"是指朝廷，宋玉《九辩》："岂不郁陶而思君兮，君之门以九重。""九重"，极言其深而不可至。自己祖先的坟墓，又在万里之外，怎么去得了？此时作者是以戴罪之身被编管在黄州，没有行动的自由。这两句，《苏轼诗集》引宋人赵次公的注说："此二句言：欲归朝廷耶？则君门有九重之深；欲返故乡耶？则坟墓有万里之遥。皆以谪居而势不可也。"作者的伤感是可以想见的了。所以他最后以"也拟哭途穷，死灰吹不起"作结。前句是用晋朝的阮籍"车迹所穷，辄恸哭而返"，借以发泄心中抑郁的典故；后句则是用了《史记·韩长孺》的典故："安国坐法抵罪，蒙狱吏田甲辱安国。安国曰：'死灰独不复燃乎？'田甲曰：'燃即溺之。'"这句上承"乌衔纸"，切合寒食节情况。作者沉痛地说，我打算仿效阮籍的穷途之哭，但已然安于谪居生活，好比死灰，再也吹不起了。作者的怅惘和悲伤，真是已经痛入骨髓，其悲哀之情，千载而下的读者，也不能不为之感动。

清代学者汪师韩在《苏诗选评笺释》中说："二诗后作尤精绝。结四句固是长歌之悲，起四句乃先极荒凉之境，移村落小景以作官舍，情况大可想矣。"另一位清代学者贺裳在《载酒园诗话》中也评论道："黄州诗尤多不羁，'小屋如渔舟，濛濛水云里'一篇，最为沉痛。"这些评论都很中肯，可供我们参考。还值得一提的是，这两首诗有苏轼自书的手迹传世，在继王羲之《兰亭集序》、颜真卿《祭侄文稿》之后，被称为"天下第三行书"，对后世的书法影响很大。（管遗瑞）

游金山寺

苏　轼

我家江水初发源，宦游直送江入海。
闻道潮头一丈高，天寒尚有沙痕在。
中泠南畔石盘陀，古来出没随涛波。
试登绝顶望乡国，江南江北青山多。
羁愁畏晚寻归楫，山僧苦留看落日。
微风万顷靴文细，断霞半空鱼尾赤。
是时江月初生魄，二更月落天深黑。
江心似有炬火明，飞焰照山栖鸟惊。
怅然归卧心莫识，非鬼非人竟何物？
江山如此不归山，江神见怪警我顽。
我谢江神岂得已，有田不归如江水。

这首《游金山寺》是苏轼在熙宁四年（1071）十一月初三日赴杭州通判任途中，在镇江游金山寺访宝觉、圆通二位僧人，当晚在金山寺住宿时所作。这次苏轼离开汴京到地方任职，心情并不轻松，虽然杭州有美丽的山水，可以供人游览，但是因为他和在朝当政者政见不合，于是力求外补，才出任杭州通判的。在这首诗中，处处流露了他希望回归故里的思想，就是因为在政治上很不得志，胸中充满了牢骚和抑郁。所以陈衍在《宋诗精华录》中说："一起高屋建瓴，为蜀人独足夸口处。通篇遂全就望乡归山落想，可作《庄子·秋水篇》读。"

这也正是这首诗的特别处。按说游览金山寺，应该从金山寺写起，但是诗人却神游万里，从他的家乡长江发源处破空起笔，说是因为宦游的原因才随着滔滔江水来到这里，这就从一开始就突出了对家乡的思念，也为全诗奠定了基调。在"闻到"四句顺势写了金山寺的潮头、沙痕以及中泠泉（俗称天下第一泉）、江上的波涛之后，又把笔锋转到全诗的主调上："试登绝顶望乡国，江南江北青山多。"仿佛作者的思乡之念已经不可遏止，急不可耐地登上了金山寺的绝顶眺望乡关，然而乡关何处，杳不可见，只见得江南江北一片青山，归路茫茫。下面就正面点出了自己的羁旅之愁，由于愁心挥之不去，作者就想早点回到镇江歇息，然而由于僧人的苦留，才不得不停下来看落日。落日的景色是很美的，"微风万顷靴文细，断霞半空鱼尾赤",他用靴纹来比喻风平浪静、微动涟漪的江水,令人好像有身临其境之感;又用鱼尾的红色来比喻西方的晚霞,仿佛这绚烂的晚霞就在我们眼前。从这些地方,可以看出作者平时观察生活是多么细致,而用在这里又恰到好处,他的惊人的想象力和娴熟的技巧,不能不使人叹服。接下来,江月初生,二更天黑,开始写夜中所见,一直到末尾,诗歌的重点是在写作者看见的江心的"炬火",而这奇怪的"炬火"居然能够"飞焰照山栖鸟惊",在深黑的暗夜中显得分外明亮,以至于栖居的山鸟也被惊吓得躁动起来了。这究竟是什么火呢?显然作者也惊疑不定,他在这几句下面作了小注:"是夜所见如此。"可见江心真有这样的"炬火"。据后来人们的研究,江中本来有能够发光的鱼类,也有能发光的浮游生物,它们成群地聚集到了一起,在暗夜中就能发出亮光。不管究竟怎样,作者是的的确确看见了"炬火",不过他不知道这是什么,以为是"江神"之类的鬼物,而且这鬼物还是特意为他而显现的,是在"警我顽"——对我的顽固恋俗,不能及早回归家乡的谴戒。诗歌在几经曲折之后,一笔兜了回来,和开篇遥遥相应,回归到了主调。而诗歌的结尾处,也就在主调上着力,水到渠成地写道:"我谢江神岂得已,有田不归如江水。"——我是不得已才没有回归故乡啊,今后家乡有了田产我就一定回去,请以这江水为证!回乡的意志表示得坚定不移,作者的一腔羁旅愁思,对家乡的深情眷怀,到此表现得淋漓尽致,深挚动人。

吴鹭山、夏承焘等在《苏轼诗选注》中说:"东坡中年诗最有章法,于豪放中不失规矩。这首诗见江水而引起乡国之思,开首两句,便觉感叹无穷。末二句遥遥相应,有如常山之蛇,救首救尾。中间忽然插炬火一段,似实而虚,更如画龙点睛,神情飞动。这是东坡才力所致,他人不易学到。"这些精要的评论,是深中肯綮的,可供我们参考。(管遗瑞)

雨中游天竺灵感观音院

苏 轼

蚕欲老,麦半黄,前山后山雨浪浪。
农夫辍耒女废筐,白衣仙人在高堂。

这首诗,苏轼作于熙宁五年(1071)四月,在杭州通判任上。天竺灵感观音院,在杭州城西二十里,晋代所建,五代时吴越王钱俶梦见白衣人求治其居,就在这个地方创佛庐,起名天竺看经院。到咸平初,郡守张去华因为天旱,而迎大士至梵天寺致祷,当天就下了雨,从此以后不管水灾旱灾都要去拜谒。到嘉祐末,沈文通又请于朝廷,赐名"灵感观音院"。

　　苏轼这次出游,正值雨天。时当初夏,蚕子快要老了,需要不停地喂以桑叶,促其吐丝作茧;麦子已经半黄,急需太阳照射,才能获得丰收。然而此时的天气怎样呢?正好相反,山前山后都是一片大雨(浪浪是象声词,形容雨声之响,雨下之大),以至于农夫停下锄土的农具不能下地,妇女也不能带上筐子出去采桑。而养蚕业是当时农民经济收入的基本来源,小春的麦收更是关乎着农民基本生存的命根子,偏偏天公不作美,与农家作对,大家焦急的心情真是"农夫心内如汤煮"了。当此之际,据说一向很有灵感的观音菩萨——即"白衣仙人"在做什么呢?她没有叫雨水停住,而是端居高拱,稳坐堂上,视而不见,漠不关心,简直是毫无心肝了!

　　这首诗只是客观地写出了作者在雨中游览天竺灵感观音院的所见情形,不动声色,不赞一词,然而其中包含的寓意却是十分深刻的,一切都让读者从潜台词中味而得之。他这里写的"白衣仙人"绝不是单指泥塑木雕的观音菩萨,而是借题发挥,对那些有权有势但却毫无作为,对民瘼熟视无睹的官僚,作了深刻而辛辣的讽刺,可见作者不同一般的艺术手法。清代汪师韩在《苏诗选评笺释》中评论道:"如古谣谚,精悍遒古,刺当时不恤民也。"此诗短小活泼,确有古谣谚之风,选择这种形式来陈述民情,也是很得体的。(管遗瑞)

于潜僧绿筠轩

苏　轼

可使食无肉,不可居无竹。
无肉令人瘦,无竹令人俗。
人瘦尚可肥,士俗不可医。
旁人笑此言,似高还似痴。
若对此君仍大嚼,世间那有扬州鹤!

　　于潜是县名,为杭州的属县。于潜僧指和尚惠觉,他本名孜。绿筠轩,据《咸淳临安志》:"寂照寺,在于潜县南二里丰国乡,寺旧有绿筠轩,后徙县斋。"筠,读如云,是对竹子的美称。写这首诗的时候,苏轼在杭州通判任上。陈衍评这首诗说:"此诗从《史记·滑稽传》化出。"意思是这首诗是游戏之作。

　　这首诗其实是明白如话的,简直就很像一篇短小的散文。清代赵翼在《瓯北诗话》中说:"以文为诗,自昌黎始;至东坡亦大放厥词,别开生面,成一代之大观。"这首诗,就是苏诗以文为诗的典型例子之一。从句子看,大体整齐,但参差错落，不强求一律。通篇都是单行的散句，谈不上对仗，也不避重字，就像散文一样信笔直写。这样，倒反而有一种自然天成的意趣，读来轻松活泼，颇具新鲜感。

但是，在明白如话的诗句中，作者却很巧妙地运用了一些典故，委婉曲折，增加了诗歌的包容量。比如开始两句"可使食无肉，不可居无竹"，就是从《晋书·王徽之传》中化用出来的：王徽之"尝寄居空宅中，便令种竹。或问其故。徽之但啸咏，指竹曰：'何可一日无此君！'"又如"若对此君仍大嚼"，指对竹而又有肉饱餐，也是从曹植的《与吴质书》中来的："过屠门而大嚼，虽不得肉，贵且快意。"再如"世间那有扬州鹤"，更是从《殷芸小说》中借用来的故事："有客相从，各言所志，或愿为扬州刺史，或愿财，或愿骑鹤上升，其一人曰：'腰缠十万贯，骑鹤上扬州。'"这些典故的运用，使人们明白了风流名士如王徽之之所以爱竹子，是因为竹子是高雅的象征，不可一日或无。而俗士，则是指的只知道"过屠门而大嚼"的庸俗之人。两相对比，作者的褒贬之意就豁然明朗了，他是赞成高雅之士，而厌弃庸俗之人的。最后两句确是借用小说故事，开了一点玩笑，但在诙谐之中，人们自然也就得到深刻的启示：庸俗与高雅不能混为一谈，更不能并存不悖，要想满足一切欲望是不可能的。这里，我们反过来从"无竹令人俗"，"士俗不可医"等句子中，就可以加深作者鄙夷庸俗的高洁情怀，难怪作者一向爱竹，不但咏竹，还要经常画竹，把竹子拟为高雅君子了。最后两句戏谑语，虽有些游戏的成分，但寓意却是庄重正大的，作者以机智之语出之，就比平实呆板地直说，不知要高明许多倍，显得意蕴无穷，十分深厚了。（管遗瑞）

大风留金山两日

苏　轼

塔上一铃独自语：明日颠风当断渡。
朝来白浪打苍崖，倒射轩窗作飞雨。
龙骧万斛不敢过，渔艇一叶从掀舞。
细思城市有底忙，却笑蛟龙为谁怒？
无事久留童仆怪，此风聊得妻孥许。
潜山道人独何事，半夜不眠听粥鼓？

元丰二年（1079），苏轼由徐州移知湖州，路过高邮时与他的朋友诗僧道潜（即参寥子）会合，一起同行。途经镇江金山时，为大风所阻，停留了两天。这首诗就是写在金山停留情况的。

　　诗歌的前六句写在金山停留的原因，是因为狂风骤起，巨浪滔天，无法启行。陈衍在《宋诗精华录》中说："一起突兀，似有佛图澄在坐。"这突兀而起的开始两句是用了晋代高僧佛图澄的典故，据载，后赵石勒死的那年，天静无风，而塔上一铃独鸣，佛图澄说："铃音云：国有大丧，不出今年矣。"这里是借用这个故事，说听见塔上的铃声响动起来，就好像佛图澄在预言：明天有狂风巨浪，断然不能渡江。这既是写实，写长江风起水涌，但同时又表现得颇具虚幻色彩，虚虚实实，让人引起丰富的联想，诗意盎然。不仅如此，"颠"、"当"、"断"、"渡"这几个字的读音，用来象声"铃语"，也很是生动，在突兀中，又显得声情并茂。这是头天的事。到第二天，果然一早就白浪扑打苍崖，倒射在窗子上的江水就像铺天盖地的大雨，四下里飞溅。这时，就是有装载万斛的"龙骧"大船也不敢过，更不要说渔艇，就像一片小小的树叶，被狂风巨浪任意抛掷掀舞了。这里，具体描写了"白浪"、"飞雨"的夺人气势，还用"龙骧万斛"与"渔艇一叶"的强烈对比，来突出风狂浪大。《冷斋夜话》卷四说："对句法，诗人穷尽其变，不过以事、以意、以出处具备谓之妙"，"不若东坡微意奇特，如曰：'见说骑鲸游汗漫，亦曾扪虱话辛酸'；又曰：'龙骧万斛不敢过，渔艇一叶从掀舞'。以鲸为虱对，以龙骧为渔舟对，大小气焰之不等，其意若玩世，谓之秀杰之气终不可没者，此类是也。"这是指出了以大小的悬殊为对，在强烈的夸张对比中，突出了惊天骇地的狂风巨浪，给人以特别雄奇的印象，显示了苏轼诗歌的雄伟豪迈的气势。

　　面对这突如其来的变化，在狂风巨浪面前，作者却没有惊慌失措，而是以镇定的精神和淡定的情怀来坦然对待之。"细思城市有底忙，却笑蛟龙为谁怒？"既然风浪很大，走不了就不走了，回到城里又有什么事情好忙呢？可笑的是江中的蛟龙，你兴风作浪，为谁在发怒呢？这两句轻轻的反问，活脱脱地表现了苏轼处变不惊，傲视一切艰难险阻，感受到他那豪爽超旷、幽默风趣的性格，这正是苏轼之为苏轼的根本原因。接下来，是本诗的结尾，以童仆的"怪"和妻孥的"许"相映成趣，还顺便拿道潜诗僧开了一个玩笑：只不知参寥法师为了什么，半夜不睡，还在听金山寺的和尚敲打木鱼呢！"粥鼓"，又叫粥鱼、木鱼，和尚诵经时敲打的法器。这似乎在说，参寥禅师无意理会风浪的掀打，却专意倾听金山寺的木鱼声，刻画出了一个禅师不为外物所动的超人的定力。道潜没有睡着，其实作者也没有睡着，他在想什么呢？是在像道潜一样听木鱼呢，还是在静静地欣赏那江中的涛声，享受那接天狂涛带来的雄壮的声威呢？这里，作者没有交代，就戛然而止了，留下了无尽的余味，让读者自去领会。真是"余音袅袅，不绝如缕"。（管遗瑞）

百步洪

苏　轼

长洪斗落生跳波，轻舟南下如投梭。水师绝叫凫雁起，乱石一线争磋磨。
有如兔走鹰隼落，骏马下注千丈坡。断弦离柱箭脱手，飞电过隙珠翻荷。
四山眩转风掠耳，但见流沫生千涡。险中得乐虽一快，何异水伯夸秋河。
我生乘化日夜逝，坐觉一念逾新罗。纷纷争夺醉梦里，岂信荆棘埋铜驼。
觉来俯仰失千劫，回视此水殊委蛇。君看岸边苍石上，古来篙眼如蜂窠。
但应此心无所住，造物虽驶如吾何。回船上马各归去，多言哓哓师所诃。

这首诗作于元丰元年（1078），时苏轼任徐州知州。诗前有一个自序："王定国访余于彭城。一日，棹小舟与颜长道携盼、英、卿三子游泗水，北上圣女山，南下百步洪，吹笛饮酒，乘月而归。余时以事不往，夜着羽衣，伫立于黄楼上，相视而笑，以为李太白死，世间无此乐三百余年矣。定国既去逾月，余复与参寥师放舟洪下，追怀曩游，已为陈迹，喟然而叹！故作二诗，一以遗参寥，一以寄定国，且示颜长道、舒尧文，邀同赋云。"此序交代了写作的缘由，是追忆与参寥一起放舟百步洪的所见所感。这里选的是第一首，也就是赠给参寥的那一首。百步洪，在徐州东南，又叫徐州洪，为泗水的一段激流，洪有乱石峭立，水流湍急，颇为壮观。今已不存。

这首诗是苏轼的名作，由舟行洪流中的迅疾惊险而生发感慨，转到纵谈人生哲理上，寓意深刻。清代纪昀评点《苏文忠公诗集》卷十七说："语皆奇逸，亦有滩起涡旋之势。"汪师韩在《苏诗选评笺释》卷二中也说："此篇摹写急浪轻舟，奇势迭出，笔力破余地，亦真是险中得乐也。后幅养其气以安舒，犹时见警策，收煞得住。"方东树在《昭昧詹言》卷十二中更有具体的评论："惜抱先生（姚鼐）曰：'此诗之妙，诗人无及之者也，惟有《庄子》耳。'余谓此全从《华严》来。……余喜说理，谈至道，然必此等闲题出之，乃见入妙。若正题实说，乃为学究伧气俗子也。"

根据前人这些精要的提示，我们对此诗可以分作两个部分来理解。第一部分，从开篇"长洪斗落生跳波"到"但见流沫生千涡"，写百步洪本身的奇险和行舟的惊险。不过，作者并没有胶着在对实景的如实描摹上，而是透过实际，深入一层用比喻来描写，从现实境界中创造出了一个全新的富于诗意的美境。诗篇一开始，作者就先用长洪斗落、跳波飞溅、舟如投梭、水师绝叫、凫雁惊起这些飞动的意象，把洪水汹涌奔腾的动态渲染得夺人心魄。这还不够，"诗人感到意犹未足。于是，他紧紧抓住一个'急'字,化实为虚,以联想和想象铸造出新的意象,一口气连用'有如兔走鹰隼落,骏马下注千丈坡。断弦离柱箭脱手,飞电过隙珠翻荷'七个比喻,淋漓酣畅地渲染出百步洪激浪滚滚、一泻千里的势态。"(陶文鹏《苏轼诗词艺术论》)这样连贯错落地比喻洪水的迅疾,真是想象飞动,笔力奔放,称得起"自成创格","古所未有"(《瓯北诗话》卷五)。苏轼是惯于在诗歌(特别是歌行体古诗)中融入排比等散文句式的,由于他掌握得恰到好处,不仅没有破坏诗歌的节奏感和韵律美,相反还有助于形成它的豪纵、灵动、奇警的气韵,给人以耳目一新的感觉。这一部分,开端十句就用散文惯用的排比句法,铺陈一系列的比喻,形成博喻的手法,来极度夸张洪水的奔泻湍急,不仅形象鲜明生动,在句式的音调上,诵读起来也能给人以一泻而下之感,这种排比句式的成功的运用,不仅没有损害诗歌的音韵节奏,反而获得了声情配合的良好的效果。清代赵翼就评道:"六七层譬喻一气喷出,而不觉其拉杂,岂非奇作!"(《宋金三家诗选》)从这些地方,我们可以看出苏轼多么娴熟的技巧,以及他的大胆创造而带来的艺术上的精深造诣。

从"险中得乐虽一快,何异水伯夸秋河"这两句的轻轻一带,承上启下,很自然地转到了第二部分。这里值得注意的是,他把险中得乐比喻为河伯夸说秋水。这是用了《庄子·秋水》中的典故:"秋水时至,百川灌河,泾流之大,两涘渚崖之间,不辨牛马。于是焉河伯欣然而喜,以天下之美为尽在己。"河伯是河水之神,他后来见了北海之大,才知道自己原来很渺小。苏轼也认为,自己险中得乐,与河伯的沾沾自喜、眼光狭小又有什么区别呢?这就自然引起了他作深入的思考,而引出一大篇议论来。我们知道,苏轼惯于在诗歌中驰骋议论,倾泻胸臆,谈笑风生,这也是以文为诗的一种表现。张戒在《岁寒堂诗话》中说:"子瞻以议论作诗,鲁直又专以补缀奇字,学者未得其所长,而先得其所短,诗人之意扫地矣。"这是指出了它的流弊。但是,苏轼的议论首先是从具体的事物中引申出来的,有根有据,不是大而无当的空泛之论;而且,他多是借助形象化的文学语言,又灌注着浓郁的感情,体现出情与理的有机的统一,这就避免了枯燥和空洞,读来自能感人。

他这一篇议论说的是什么呢?他是接着河伯秋水之叹,转而谈人生、社会问题,进行佛理禅观的思辨:"我生乘化日夜逝,坐觉一念逾新罗。纷纷争夺醉梦里,岂信荆棘埋铜驼。"意思是说,人生在世,生命随着自然的运转很快消逝,而意念则不受时空限制,一转念之间即可到达万里之外(新罗古国在朝鲜),言外之意则是说生命只能听任自然支配,意志则可以由自己掌握。何况,世事翻覆,象征权利富贵的铜驼很快就被埋在荆棘丛中,人们又在醉梦中争名夺利干什么呢?接下来,"觉来俯仰失千劫,回视此水殊委蛇。君看岸边苍石上,古来篙眼如蜂窠",谈论了佛老的时空观,谈论险恶的百步洪其实不过是波浪从容的一段溪流,只要一篙点到石上,那就能超越时空的限制,化险恶为平静。但是,这还不够,还要进一步达到"无",达到"也无风雨也无晴"、"一蓑烟雨任平生"的境界:"但应此心无所住,造物虽驶如吾何。"这就是本诗的落脚点和思想归宿。"无所住",佛家语,谓迁流不歇,无所拘执。《金刚经》:"应无所住而生其心。"《坛经》说,禅宗法门,"无住为本","于一切上,念念不住,即无缚也。"作者的意思是说,人应当不拘执于外物,解脱世俗事务的束缚,求得精神的自主和自由,那么自然的运行再快,也不能把我怎么样,这是强调了主观能动作用的重要性,强调了自我。结尾两句,"回船上马各归去,多言哓哓师所诃。"表面是说我在参寥面前如果说得多了,无异班门弄斧,招来斥责,不如就此作罢,各自上船骑马归去吧!其实是说忘掉一切,包括刚才在百步洪的险中得乐。从诗歌的做法来说,是照应开头,篇法显得严谨;从哲理方面来说,此诗前半部分描写百步洪之险,后半部分即从此生发,谈论如何对待人生与社会的险恶,从而使百步洪的奇险具有了人生、社会险恶的象征性,这就使得诗意既具有了禅味,又显得意义深厚,耐人寻味,表现了作者超旷的人生态度和深邃的诗思。赵翼说:"起处雄猛,结处欲与相称,必至板笨矣。诗以一笔扫之,戛然而止,省多少笔墨!"(《宋金三家诗选》)真是见道之言。(管遗瑞)

书王定国所藏《烟江叠嶂图》

苏　轼

江上愁心千叠山,浮空积翠如云烟。
山耶云耶远莫知,烟空云散山依然。
但见两崖苍苍暗绝谷,中有百道飞来泉。
萦林络石隐复见,下赴谷口为奔川。
川平山开林麓断,小桥野店依山前。
行人稍度乔木外,渔舟一叶江吞天。
使君何从得此本?点缀毫末分清妍。
不知人间何处有此境?径欲往买二顷田。
君不见武昌樊口幽绝处,东坡先生留五年。
春风摇江天漠漠,暮云卷雨山娟娟。
丹枫翻鸦伴水宿,长松落雪惊昼眠。
桃花流水在人世,武陵岂必皆神仙!
江山清空我尘土,虽有去路寻无缘。
还君此画三叹息,山中故人应有招我归来篇。

这首诗作于宋哲宗元祐三年（1088），当时苏轼在汴京朝廷任知制诰。题下曾有自注："王晋卿画。"王晋卿名诜（音申），太原人，为宋英宗的女婿，蜀国公主的驸马。他是宋代著名的画家，工金碧山水，亦善淡墨平远山水，师法唐代李成，苏轼曾称他"得破墨三昧"。他和苏轼的交谊很深，"乌台诗案"发生时，他曾从汴京派快马往湖州向苏轼通风报信，比朝廷派去捉拿苏轼的人马早到半天，使苏轼能够有所准备，从容就路。因此他也受到牵连，被贬谪均州，后来还朝。苏轼此诗，他有和作，中有"几年漂泊汉江上"之句，所画为汉江景色，均州即临近汉江。本画的收藏者王定国，名巩，善诗，是苏轼的好友。

　　这是一首题画诗。宋人许凯《彦周诗话》说："画山水诗，少陵数首，后无人可继者，荆公《观燕公山水》诗前六句差近之，东坡《烟江叠嶂图》差近之。"说他这首诗接近唐代大诗人杜甫，给予了很高的评价。我们试来看看到底怎样？——这首诗"江上"以下十二句为第一段，写画中景色。这十二句根据画中的内容，由远而近，很有层次感，生动形象地展示了画中的美景。前四句着眼于高处远处，写烟江叠嶂的总貌，千峰重叠、浮空集翠以及烟云缭绕、云山掩映，虚虚实实，用笔非常灵活，仿佛是海上仙山，山在虚无缥缈间。"但见"四句，由高而低，重点在写飞泉，这飞泉从绝谷中飞流而下，在丛林乱石间若隐若现，蜿蜒曲折，直到奔泻于谷口的平川。"川平"四句，作者把视线从百泉的合流出谷，引向近景，描写了川平山开、小桥野店，与远景的重重叠叠形成对照，山势一变而为开朗，野店人家，以及在高大的树下缓步而走的行人，组成了一片雍容平和的山村景象，让人向往。再往下，就是一叶渔舟荡漾在开阔浩远的江水中了，水天一色，与山色相映，把整个画幅表现得更加空灵多姿，让人如置身其中。以诗写画，把画境转化为诗境，并不是一件容易的事情。然而苏轼却能够突破绘画艺术自身的局限性，发挥诗歌便于驰骋想象的特长，用来表达丰富多样的感觉印象，描状各种复杂微妙的情调氛围，使诗中有画，画中有诗，诗情画意，跃然纸上。这就比散文的画记，富有韵味得多了，真有一唱三叹之致。所以清人汪师韩在《苏诗选评笺释》中说："然摹写之神妙，恐作记反不能如韵语曲尽而有情。"这个评论是很中肯的。

　　第二段是"使君"以下十句，写观画人即作者的情况和感慨。"使君何处得此本"，在第一段对画面进行了详细描绘之后，这里轻轻一问，诗意也就自然一转，举重若轻，开出了新的境界。"点缀毫末分清妍"，意谓在最细微的地方，这幅画都点染、分布得如此清晰美好，这是接上句说观看的真画。而下两句就变为真境了："不知人间何处有此境，径欲往买二顷田。""二顷田"是用了《史记·苏秦列传》的典故："苏秦曰：'使我有洛阳负郭田二顷，吾岂能佩六国相印乎？'"这里是借用，说自己真想到这样的真境中去买得二顷良田，也就终老其身了。画境、真境,不断转换,然而又融而为一,诗意浑然一体。纪昀评论说:"节奏之妙,纯乎化境。"至此,由真境很自然地联想起了作者在黄州所过的五年贬谪生活,诗歌写出了黄州的美丽山水,与《烟江叠嶂图》的画境两相辉映。因为"乌台诗案",苏轼被诬告写诗文诽谤皇帝和朝廷,于元丰三年二月被贬谪到黄州作团练副使,本州安置,也就是在黄州被管制和监视,到元丰七年四月改迁汝州,共四年零两个月,"五年"是举整数而言。这五年,他以罪人的身份戴罪黄州,政治上遭受歧视,生活上备极艰窘,度日如年地过着非常艰苦的日子。但是,苏轼纵然身处困境,前途难测,他还是以开阔的襟怀,面对现实,究心于学问文章,放情于山水之间,来抚平自己心灵的创伤。因此,他对黄州的山山水水,莫不具有深厚的感情,而铭记在心:"春风摇江天漠漠,暮云卷雨山娟娟。丹枫翻鸦伴水宿,长松落雪惊昼眠。"这里一句一个季节,春夏秋冬,高度概括而又十分准确地把黄州的山水特色描画了出来,表现出自己对美好山水的深情眷怀。由此诗人发出感慨,陶渊明《桃花源记》所写的美好境界——世外桃源,不一定就在世外,那里面所住的也未必就是神仙,言外之意是说桃花源就在世间,就在黄州,生活在世间的人们也就是神仙。这进一步表现出了作者任运随缘、无所不适的旷达心胸,在经历了丰富的人生际遇之后,催发了深湛的人生感悟。

最后四句是第三段,写意欲归隐的情怀。"江山清空我尘土,虽有去路寻无缘。"这两句看似把以上的诗意一笔扫空,但却是另有深意。诗人说无论是《烟江叠嶂图》中的美景,还是桃花源中的仙境,都是在一片清空之中,难以寻觅。而我自己,就如尘土一般,是尘俗中人,所以还是早日买田归隐为好,着重在于自己的归隐了。此时苏轼已经五十三岁,身体渐衰,而朝廷党争激烈,处境艰难,归隐也是他的真实思想,这正是真情的流露。所以最后两句就说:"还君此画三叹息,山中故人应有招我归来篇。"意思还是落脚到自己的归隐上。但是在写法上,却是非常高明,一方面照应了题目和诗中提到的藏画人王定国,把诗意回缩到《烟江叠嶂图》;另一方面,又进一步申说了自己归隐的愿望,仿佛那山中真有写《归去来辞》的故人在招他归田呢!上句结图中之景,下句结观图之人,真是找截干净,滴水不漏。从这些地方,我们可以看出,苏轼诗歌既豪迈奔放,但同时于豪放中又不乏精密细致之处,这两者的结合,才形成了他的特殊的艺术风格,两者是缺一不可的。

应该顺便一提的是,王诜的这幅长卷水墨画《烟江叠嶂图》以及苏轼、王诜的唱和诗题跋手迹,宋代、明代均有著录,清初高氏用整座庄园换得此画,以后三百余年无消息。1957年,著名书画鉴定家谢稚柳看到这件作品,认定是真迹,于是卖掉了自己收藏的一些明清字画,将此件买下。其后书画鉴定专家钟银兰经过数年研究辨析，以无可辩驳的证据断定此卷书画确是真迹。1979年，谢稚柳及其夫人陈佩秋将书画捐献给上海博物馆。此画被评为一级品，成为上海博物馆的镇馆之宝。现在已经影印出版，可供书画爱好者收藏鉴赏。（管遗瑞）

李思训画长江绝岛图

苏 轼

山苍苍，水茫茫，大孤小孤江中央。
崖崩路绝猿鸟去，惟有乔木参天长。
客舟何处来，棹歌中流声抑扬。
沙平风软望不到，孤山久与船低昂。
峨峨两烟鬟，晓镜开新妆。
舟中贾客莫漫狂，小姑前年嫁彭郎！

题画诗极难写，太粘不行，太浮也不行。题画诗写出来，应该知道他是在说这张画，但又必须超出这张画。超出来的东西，还必须有兴味，这就难上加难了。苏东坡这首题画诗，两者都做到了，而且做得特别好，所以成为题画诗的楷模。

"山苍苍，水茫茫，大孤小孤江中央。"这是读画，先写对整幅画的印象，美！

"崖崩路绝猿鸟去，惟有乔木参天长。"画中，在岛上只有乔木，却凭空想象出原来是有猿鸟的，可是现在都迁走了。这是合理补充。

"客舟何处来，棹歌中流声抑扬。"这是看细部。画中有客船，这是视觉，是画。但"棹歌中流声抑扬"就诉诸听觉了。这是通感，是奇特的想象。

"沙平风软望不到，孤山久与船低昂。"读画读到入神，景物好像活了，大孤山、小孤山似乎在随波摇荡。这是把乘船经验植入对画的理解。堪称神来之笔！

"峨峨两烟鬟，晓镜开新妆。"这两句很巧妙，说大孤小孤像美人的云鬟，这很容易被读者接受，殊不知这是一个巧妙的过渡，其实已把它们偷换成大姑小姑了。

"舟中贾客莫漫狂，小姑前年嫁彭郎！"你看，这就是偷换后的新境界！既然大孤小孤成了大姑小姑，那么，澎浪矶也就成了彭郎了，而且，小姑前年就嫁给彭郎了，你们还打什么主意！把民间传说顺手拈来，竟组成这样美妙的戏剧场面，真是匪夷所思！

突发奇想是诗的灵魂。苏东坡这一连串美妙的想象，证明了他的确是一个天才诗人。（滕伟明）

石苍舒醉墨堂

苏 轼

人生识字忧患始，姓名粗记可以休。何用草书夸神速，开卷惝恍令人愁。
我尝好之每自笑，君有此病何能瘳。自言其中有至乐，适意不异逍遥游。
近者作堂名醉墨，如饮美酒销百忧。乃知柳子语不妄，病嗜土炭如珍羞。
君于此艺亦云至，堆墙败笔如山丘。兴来一挥百纸尽，骏马倏忽踏九州。
我书意造本无法，点画信手烦推求。胡为议论独见假，只字片纸皆藏收。
不减钟张君自足，下方赵罗我亦优。不须临池更苦学，完取绢素充衾裯。

　　古风到了苏东坡手中，成了无事不可入的利器。他的描摹穷形尽相，他的议论谈笑风生。他那亦庄亦谐的语言，弄得你神魂颠倒，真是一大享受。但此老读书太多，儒释道无所不通，写起诗来，往往信手征引，要完全看懂也非易事。这首诗即能代表这种风格。

　　石苍舒是个书法家，新辟醉墨堂，请苏轼题诗。这本是件雅事，苏轼却大事调侃，随意挥洒，弄得你无法不笑。他先说认字是件傻事，写草书更傻，我们一定都有病，偏偏爱上书法了。这是正话反说，充满幽默。中间是恭维石苍舒的书法，却说你厉害你厉害，废笔都堆积如山了，这是朋友间的玩笑。最后是自谦，说我的书法不行啦，都是胡乱写的，你就别老提我了（"见假"，被借用，意即"老是引用我的话"）。你已是钟繇、张芝了，我充其量算是罗叔景、赵元嗣。算了算了，我们还是不写了吧，不如把写字的绢素拿来做被褥。真是叫人忍俊不禁。

　　但要细细品味个中妙趣，你又必须仔细弄清坡公信手拈来的词语。"粗记姓名"是从《项羽本纪》中来的，"至乐""逍遥游"是庄子的篇名，东坡先生认为你已经读过了。说起怪病，他就随便拉来了柳宗元致崔黯书中的话，说人得了怪病就喜欢吃泥巴吃木炭，谁能说出什么道理来。这个引证也把读者估计过高了吧，他才不管呢。其实苏东坡不是有意掉书袋，他是想说什么就说什么，他以为你是他同班同学呢。所以，苏诗全注直到前几年才弄出来。这是坡公万万没有料到的。

　　才情横溢，汪洋恣肆，妙趣横生，这就是东坡古风的特点。一个大作家还有个好处就是创造成语，这是对民族语言的巨大贡献。本诗又得一个："人生识字忧患始"。苏东坡是随便说的，后人却不断引用，因为它充满哲理。这也是坡公没有想到的。（滕伟明）

郭祥正家，醉画竹石壁上，郭作诗为谢，且遗二古铜剑

苏 轼

空肠得酒芒角出，肝肺槎牙生竹石。
森然欲作不可回，吐向君家雪色壁。
平生好诗仍好画，书墙涴壁长遭骂。
不瞋不骂喜有馀，世间谁复如君者。
一双铜剑秋水光，两首新诗争剑铓。
剑在床头诗在手，不知谁作蛟龙吼？

这是一篇妙不可言的古风，熟读它，你就懂得该怎样作文。

郭祥正是苏东坡的朋友，他请苏东坡在墙壁上画了一幅竹石图，便回赠了两首诗，两把古铜剑。这是士大夫之间很普通的事，要把这个题目写精彩谈何容易，但东坡却是写得出奇的精彩。现在看东坡是怎样写的。

"空肠得酒芒角出"，劈头盖脑一句，又是写生活常识，谁都认为这是真写饿肚子饮酒后的感觉，肠子受不了啦，好像有芒刺在肚啦。其实你已经中计了，这是逆起。

"肝肺槎牙生竹石"，继续写肚子，不得了啦，芒刺变成竹石啦，把腹腔占满啦。你肯定还是认为这是饿肚子饮酒遭的罪。殊不知这是继续逆起。

"森然欲作不可回"，受不了啦，肚子里的东西从喉咙里冒出来了，忍不住啦。"森然"，茂盛的样子。"作"立起，这里作向上冒讲。读者可被东坡先生骗苦了，你可能已经为他担心了吧？且慢，这仍是逆起！

"吐向君家雪色壁"，这才亮出谜底：骗你们的！我前三句都是在写构思，一直到成竹在胸了，我才一挥而就，在墙上画好竹石图。"吐"，表现创作的痛快。

逆起很难，弄一句已不容易了，苏东坡却一连来了三句。这三句又勾连起来，形成更大的悬念，最后啪嗒一声掉下来，自然出奇的响亮。

写文章也是一样。平淡的事要想出奇，必须造势。譬如说，一条小沟，你要水流得快，最好筑一道堰，等水蓄满了，再破堰放水，水就会倾泻而出，很有气势。"文似看山不喜平"，就是这个道理。这与写诗是相通的。

下面不重要了，还是交代一下。"平生"四句写郭祥正是个怪人，我的字画这样臭，你还笑嘻嘻的。这是故意调侃，要知道当时苏东坡的片纸都是能换羊肉的。最后四句写友情，你送我的诗好剑也好，我是爱不释手啦。（滕伟明）

辛丑十一月十九日既与子由别于郑州西门之外马上赋诗一首寄之

苏 轼

不饮胡为醉兀兀，此心已逐归鞍发。归人犹自念庭闱，今我何以慰寂寞。
登高回首坡垅隔，但见乌帽出复没。苦寒念尔衣裘薄，独骑瘦马踏残月。
路人行歌居人乐，童仆怪我苦凄恻。亦知人生要有别，但恐岁月去飘忽。
寒灯相对记畴昔，夜雨何时听萧瑟。君知此意不可忘，慎勿苦爱高官职。

苏轼、苏辙一生手足情深，离别抒情之作不少。这首诗所作时间，标题已经点明，辛丑是嘉祐六年（1061）。苏轼从京城赴大理寺评事签书凤翔府节度判官厅公事任，父亲苏洵受命在京修礼书，苏辙从京师送兄至一百四十里外的郑州，二人在郑州西门告别后，苏辙回京侍奉父亲，苏轼上马一边前行，一边在马背上写了这首诗，寄给弟弟。

不难想象，兄弟二人从京师至郑州，已经说了无数的知心话；适才分手，苏轼又立即以诗寄言，可知在为兄者心中，实有放心不下者。首先是"登高回首坡垅隔，但见乌帽出复没。苦寒念尔衣裘薄，独骑瘦马踏残月"，原先的被送者苏轼，此刻反而目送弟弟先去。为了看见远去的弟弟，苏轼登上高处，弟弟的身影越来越远，在起伏不平的坡陇间，只见到他的乌帽时出时没。于是无限怅惘、爱怜之情，油然而生。弟弟衣服单薄，会否受凉？独骑瘦马，必定孤独凄苦；想必弟弟会连夜行踏残月而归，他念父心急啊（"归人犹自念庭闱"）。此苏轼挂念离别日之事。其次是"寒灯相对记畴昔，夜雨何时听萧瑟。君知此意不可忘，慎勿苦爱高官职"，此苏轼挂念弟弟仕途失利事，为之释怀。原来，本年苏辙在御试制科策中，直言朝政得失，被人指为不恭，差点被除名，后得四等及第，授商州军事推官。辙不赴，自请留京侍父。大概郑州之别时，苏轼仍觉得弟弟为制策试之事郁闷。苏轼这四句诗大意是说，何时相聚，实现我们曾经许下的心愿呢——今年秋天，我们在怀远驿的一个风雨交加之夜，读韦应物诗，感于以后兄弟可能因游宦而离别，于是相约了早退，一起享受闲居之乐。你当还记得吧，所以就不要在乎官职的事情了。轼自注云："尝有夜雨对床之言，故云尔。"苏辙后来的《逍遥堂会宿二首并引》也说到："辙幼从子瞻读书，未尝一日相舍。既壮，将游宦四方，读韦苏州诗至'安知风雨夜，复此对床眠'，恻然感之，乃相约早退，为闲居之乐。故子瞻始为凤翔幕府，留诗为别曰：'夜雨何时听萧瑟。'"

其他诗句，主要写己身之苦，与上述体贴、宽慰弟弟的诗句错综交织。言己而语语凄恻，慰弟则转为旷达，感人至深。（李亮伟）

和子由渑池怀旧

苏　轼

人生到处知何似？应似飞鸿踏雪泥。
泥上偶然留指爪，鸿飞那复计东西。
老僧已死成新塔，坏壁无由见旧题。
往日崎岖还记否？路长人困蹇驴嘶。

嘉祐元年（1056），苏轼二十一岁、苏辙十八岁，兄弟俩由四十七岁的父亲苏洵带领，第一次由陆路出蜀，由阆中出褒斜、过长安、经渑池，曾在渑池寺庙中住宿，赴汴京应试，第二年春天苏氏兄弟双双及第，考中进士。嘉祐五年（1060），朝廷曾授苏轼河南福昌县主簿，因父病未赴。六年（1061）冬，苏轼被授以大理评事签书凤翔府节度判官厅公事（就是凤翔府判官），在赴任时，苏辙从汴京送苏轼到郑州，然后返回汴京照顾病重的苏洵。在郑州分别后，苏辙想到苏轼这次赴凤翔又要经过渑池，就写了一首七律寄赠给苏轼："相携话别郑原上，共道长途怕雪泥。归骑还寻大梁陌，行人已度古崤西。曾为县吏民知否？旧宿僧房壁共题。遥想独游佳味少，无言骓马但鸣嘶。"题目是《怀渑池寄子瞻兄》。苏轼在凤翔接到苏辙的寄诗后，用苏辙的原韵，和了这首诗。和诗又叫次韵、步韵，始于唐朝的元稹、白居易，到宋朝已成风气，苏轼集中的和诗很多，据金朝的王若虚统计，有全部诗歌的大约三分之一。

和原韵又有两种情况：一种是依据韵部中的字，只要不出韵即可，用字可以不拘；另一种是严格依照原诗韵脚的原字，这就很严格了，苏轼的这首就是很严格的和韵诗。这种和韵诗，很受束缚，如果掌握得不好，就会写得相当蹩脚。但在苏轼笔下，却是因难见巧，挥洒自如，写出了一首传诵千古的好诗。前人已经有了很多精辟的评说，霍松林先生评得更加具体："前四句一气贯串，自由舒卷，超逸绝伦。次联两句以'泥'、'鸿'领起，用'顶真格'就'飞鸿踏雪泥'发挥。他用巧妙的比喻，把人生看作漫长的征途，所到之处，诸如曾在渑池住宿、题壁之类，就像万里飞鸿偶然在雪泥上留下爪痕，接着就又飞走了；前程远大，这里并非终点。这几句诗，由于用生动的比喻阐发了人生哲理，因而万口传诵，还被浓缩为'雪泥鸿爪'，至今仍被广泛运用。纪昀评此诗：'前四句单行入律，唐人旧格；而意境恣逸，则东坡本色。'（《纪评苏诗》卷三）'意境恣逸'，是就其比喻的确切、超妙说的。'单行入律'，则就次联两句词语对偶而意义连贯而言。唐人每用此法，如白居易'野火烧不尽，春风吹又生'之类。简单地说，就是流水对。"（《历代好诗诠评》）

　　但是对于后四句，却有不同的看法，如《苏轼诗选注》就说："后四句却嫌草率。"其实，在前四句高屋建瓴的议论、挥洒之后，后四句就不能一味再作发挥，而应该扣紧原诗说得具体一些，着重应和。苏轼正是这样写的。"老僧已死成新塔，坏壁无由见旧题。"是对苏辙诗中"旧宿僧房壁共题"的应答。苏辙原注说："昔与子瞻应举，过宿县中寺舍，题其老僧奉闲之壁。"这里说奉闲老僧已死，筑了埋葬骨灰的新塔，壁坏也见不到旧时的题诗了，言下不胜惋惜。尾联两句，苏轼原注说："往岁，马死于二陵，骑驴至渑池。""往岁"，指的就是嘉祐元年应举路宿渑池寺庙的时间。"二陵"指的是渑池西面的东崤和西崤两山，是陕西、河南的交通要道。"蹇（音简）驴"，指跛脚驴、疲驴。这最后两句则是在深情的回忆中，进一步唤起苏辙对当年一同应举时的情景的追怀，对苏辙原诗的应和简直就是桴鼓相应，丝丝入扣了。不仅如此，后四句也具体说明，人生在世，行踪难定，不仅老僧和题壁已经不在，当年骑过的马和驴子，也早已渺无踪迹——无非都是"飞鸿踏雪泥"，"偶然留指爪"而已。这就使前后映照，浑然一体，意味更加深长了。在这方面，作者显然是作过周密细致的考虑，才慎重下笔，并非草率，而是很谨严的。（管遗瑞）

新城道中二首

苏　轼

其一

东风知我欲山行，吹断檐间积雨声。
岭上晴云披絮帽，树头初日挂铜钲。
野桃含笑竹篱短，溪柳自摇沙水清。
西崦人家应最乐，煮葵烧笋饷春耕。

其二

身世悠悠我此行，溪边委辔听溪声。
散材畏见搜林斧，疲马思闻卷斾钲。
细雨足时茶户喜，乱山深处长官清。
人间歧路知多少，试向桑田问耦耕。

这两首诗，是苏轼在杭州通判任上，于宋神宗熙宁六年（1073）二月视察杭州属县，自富阳经过新城县（今富阳新登镇）时所作。前一首表现了作者对新城美丽山水和人民的热爱，充满喜悦的情绪。后一首是对前一首的自和，思想感情要复杂得多。

在第一首中，为了表现自己的喜悦之情，作者频繁运用修辞格，以加强诗歌的表现力。首先是用了拟人格，赋予"东风"（即春风）以人的灵性和情感，这东风仿佛知道作者要去新城巡视，特意吹停了多日的淫雨，使天气放晴。这样写，就使"东风"着上了人的感情色彩，也即所谓以"我"观物，"物皆著我之色彩"，新颖别致，饶有诗意。中间四句，又用了比喻的修辞格：用"絮帽"比岭上晴云，用"铜钲"（古代一种乐器，形状像铜盘）比初升的太阳，形象活脱鲜明，宛然在目；又以美女含笑来比喻竹篱旁边正在盛开的桃花，用美女腰肢的摇摆来比喻清溪上娴娜多姿的柳丝，这种比喻中又包含着拟人，把自然风光的美和人的灵气结合在一起，格外生动感人。最后是画龙点睛，写西山人家"煮葵烧笋"以饱春耕之乐，在相对静止的自然景物中增加了人物的动态，写出了江南农村的特色。在诗人的笔下，这里的山山水水、一草一木都这样地富于感情，这里的人民也这样亲切可爱，诗歌充满了勃勃生机和轻快活泼的情趣。

第二首是对第一首原韵、原字的唱和，虽然是原韵、原字，但诗歌的情感却大大不同了，由轻快变得沉郁。开始就用了"身世悠悠"这样的字面，暗示着自己经历过漫长而忧患的人生道路。苏轼是宋神宗熙宁四年（1071）从京城汴梁到杭州任通判的。之所以来杭州，是因为他上书神宗论朝政得失，得罪了宰相（同中书门下平章事）王安石，才力求外调。所以他来杭州本来就没有什么好心绪。接下来，在缓辔徐行中，他反用了《庄子·山木》中的典故，说尽管自己是无用之材，但也怕斧子的砍伐，可见当时官场的险恶；自己就像一匹疲惫的战马，想早点听到鸣金收兵，意即退职归隐。第三联他笔锋一转，本来是写看见茶农因春雨充足而面带笑容的情形，但接着紧跟了一句"乱山深处长官清"，赞美新城县令晁端友（字君成，其子晁补之，后来是"苏门四学士"之一的著名诗人）为政清廉。陈衍在《宋诗精华录》中评论道："第六句有微词。"意思是这句不光是在赞美晁端友，还有讽刺官场的寄托，言外之意是说富州大县往往吏治繁苛，清简之政远不如新城这样的偏远小县，这表明了苏轼对当时吏治的不满，和对人民的同情。最妙的是最后一联，语意双关：表面是说在问前往新城的道路，向桑田间并力而耕的农人打听，这是用了孔子《论语·微子》中的典故："长沮、桀溺耦而耕。孔子过之，使子路问津焉。"但是，他又暗用了《晋书·阮籍传》中的故事，阮籍对当时政治不满，常常驾车独自出行，遇见歧路就恸哭而返。这里的"人间歧路知多少"一句，意思更加沉痛，暗示了现在的政治现实远比阮籍那个时代更加让人不满，作者心情的抑郁和愤懑就可想而知了。不过,苏轼毕竟不是阮籍,他不需要恸哭而返,而是认真地打听道路,找到走出歧路的方向,态度是积极进取的。通过这首诗,我们可以充分感受到苏轼此时在政治上的苦闷,这种苦闷含蕴盘纡在字句之间,打动人心;但是更加可贵的是在苦闷面前,苏轼还是要求积极有所作为,不断在探索自己的人生道路,这就更加难能可贵了。

到此,我们可以对这两首诗作一个粗略的比较。前者思想比较单纯,基本上不用典故,全诗仿佛冲口而出,文不加点,风格显得清新爽快。正如清代赵翼所说:"妙处在乎心地空明,自然流出,一似全不著力,而自然沁人心脾,此其独绝也。"(《瓯北诗话》卷五)这正是苏诗的主要特色。后者思想感情复杂,调子比较沉郁,故而用典比较多,诗意也吞吐含蓄。但是,"胸中亦超然自得,不改其度","英特之气不受折困"(《宋诗话辑佚》卷上),给人以奋发向上的精神力量。这在苏轼后期的诗歌中比较多见。苏轼是一个成就很大的诗人,他的风格不仅在各个时期有所变化,就是在同一时期写的同样的诗歌,也有着明显的区别,这是需要我们细心体会的。(管遗瑞)

傅尧俞济源草堂

苏 轼

微官共有田园兴,老罢方寻隐退庐。
栽种成阴十年事,仓皇求买万金无。
先生卜筑临清济,乔木如今似画图。
邻里亦知偏爱竹,春来相与护龙雏。

这首诗作于熙宁四年(1071),苏轼在由汴京赴陈州途中路过傅尧俞在河南济源的草堂,写了这首诗,寄给正在许州(今河南许昌)作知州的傅尧俞。傅尧俞(1024—1091),字钦之,郓州须城人,后来徙居孟州济源(今属河南)。未冠时即举第,先作过知县,后到朝廷任监察御史等职,熙宁年间因反对新法忤王安石,被外调至许州、河阳、徐州任知州,到元祐年间又回朝为御史中丞,迁吏部尚书、中书侍郎。此人《宋史》本传说他"厚重言寡,遇人不设城府,人自不忍欺。"成语"胸无城府"即出于此。

苏轼此诗是写傅尧俞的济源草堂,但是他没有直接从草堂落笔,而是先从当时普通官员营建退隐居处的一般情况说起,先来一通议论。这就像他的许多散文那样,劈空先振振有词地讲一番道理,然后才逐渐说到具体事情上去。可以说,苏轼这类仿照散文写法的诗歌，也是他"以文为诗"在结构上的一个重要特点。他这里先说，身为小官的人都有爱好田园的兴趣，但是一般都要到老了退休才去寻找归隐的地方和房屋。这是为什么呢？他没有说。接着引用了"十年树木"的成语，来说明到老了才营造退隐之庐的不易，因为树子长得慢；如果仓促间要买"榆柳荫后檐，桃李罗堂前"那样的居处，又实在是囊中乏资。这是为什么呢？也没有说。但是把这几句联系起来一想，我们就会恍然大悟：因为小官难以升迁，都被排挤到偏远地方去了，只好寄情于那里的山水田园，发遣自己的雅兴；而且小官人微言轻，无法以权聚敛资财；还要经常受到打击，到处调动，不能安心营建归庐。这其实是大大发了一通牢骚，表示了对当时政治的不满，在看似普通的议论中，蕴含着深刻的意义。

在发完牢骚之后，才落笔到傅尧俞的草堂上。先是写草堂的风景之美：你营造的这座草堂，就座落在清清的济水之畔，围绕草堂的高大的乔木，也已经长成了一片浓荫，真是一幅天生的画图——这是怎样美好的一片庄园！这其实是写了傅尧俞很有远见，在还没有到年老退休的时候，就已经早早作了打算，营就了归庐。言语之间，表现了作者艳羡之意，自己的归庐还一点没有着落呢！最后是赞扬了傅尧俞的高雅的情趣，这赞扬也是委婉曲折的，用竹子来象征表现。苏轼一向爱竹，把竹子看作高雅的象征。他在后来写的《于潜僧绿筠轩》诗中说得更加明确："可使食无肉，不可使居无竹。无肉令人瘦，无竹令人俗。人瘦尚可肥，士俗不可医。"这里也是以傅尧俞的爱竹，来称许他的品格的高雅。但这里面也有一层曲折，作者并没有直接说傅怎样爱竹，而是以邻居知道他的爱竹，大家也来帮忙培土，保护春天新生的鞭笋（即诗中的"龙雏"。赞宁《笋谱》："俗间谓笋为龙孙。"）的行动，来衬托傅的爱竹，其爱竹之深，就更深入一层了，诗意也显得更加深厚，耐人寻味。

过人草堂而写诗相寄，这在那个时代是很平常的事情。但就在这个平常的题材中，作者却能够深思发掘，写出了这么厚重的诗意，其原因，除了和政治联系，使日常生活上升到政治层面而外，还有审美意识的深化，审美能力的提高，也就是故意曲折其笔，力避平铺衍展，在变化中表现出深刻的诗思。这是宋诗的特色，在苏轼的一些诗歌中也表现得相当突出，成为引起人们欣赏的一个亮点。不过，这位傅尧俞，到了元祐元年（1086）司马光当政全盘否定新法的时候，他任御史中丞，对批评司马光的苏轼，却与王岩叟等人一起连年上疏弹劾，致使苏轼不能在朝，于元祐四年（1089）出知杭州。傅尧俞成为苏轼的政敌，这是苏轼事先不能料到的。但从这首诗看来，"胸无城府"的倒应该是苏轼吧。（管遗瑞）

与毛令方尉游西菩提寺二首

苏 轼

其一

推挤不去已三年，鱼鸟依然笑我顽。
人未放归江北路，天教看尽浙西山。
尚书清节衣冠后，处士风流水石间。
一笑相逢那易得，数诗狂语不须删。

其二

路转山腰足未移，水清石瘦便能奇。
白云自占东西岭，明月谁分上下池。
黑黍黄粱初熟后，朱柑绿橘半甜时。
人生此乐须天赋，莫遣儿曹取次知。

这两首七律作于熙宁七年（1074）八月，与于潜县县令毛宝（字国华）、县尉方武同游西菩提山明智院（即西菩提寺）之时。诗歌表现了苏轼面对政治失意，在逆境中放情山水、怡然自乐的旷达胸怀。

第一首是以"顽"字立意，表明自己虽遭排挤而不改初衷的决心。苏轼是熙宁四年（1071）十一月从汴京到杭州做通判的，原因是反对新法受排挤，到杭州以后又一直遭遇政治上的歧视，已经三年。然而他没有离开杭州，就连鱼鸟也笑他"愚顽"。这是什么原因呢？第二联就做了回答，是因为这里的山水太美了——别人不让我回归北方的京城，倒好像是上苍有意安排我在这里尽情赏遍浙西（泛指钱塘江西北部）的山水呢！所以，他决心"不去"，三年来仿佛鱼鸟也和他有了感情，能够理解他的心思，互相嬉笑为乐了。第三联转到陪他一起游览西菩提寺的主人毛令和方尉身上。不过他没有直说，而是用了两个典故，以古人相比。"尚书"指三国时代的毛玠，曾官尚书仆射，他身居显位却常布衣蔬食，故曰"清节"。"处士"，是指唐代诗人方干，方干是桐庐人，应试未第，隐居会稽鉴湖之滨，以渔钓为乐。前句言"衣冠后"，即士大夫的后代，因为与毛玠同姓，是指毛宝。后句也因同姓（而且同里）之故，是指方武。两个典故都很贴切，而且"衣冠后"和"处士风流"也都有赞美之意，用于主人，很为得体。看来他们这次游览相处很好，一路欢笑，还写了诗歌互相唱和,真是其乐融融了。读罢全诗,我们才明白,鱼鸟所笑的"愚顽",不是愚蠢和顽固,而是作者不以官场的挤压为意,毫不懊丧和颓放,经常和自己志趣相投的朋友倾心交往,笑傲于山水之间。这,是不是多少显得有些顽皮,有些放浪呢?当然不是,这正是他傲视磨难,淡漠得失,胸怀坦荡旷达,性格天真烂漫的表露,这也正是苏轼被人喜爱的重要原因。

第二首,重点在一个"乐"字上做文章。如果说"顽"是侧重指作者的性格,那么"乐"则是指由于善于享受大自然的赐予,而带来的内心的欢喜和欣悦。人们常说欣赏美景是"移步换形",这也就已经美不胜收了,但是作者在这首诗歌一开头就说刚转过山腰,连脚都没有移一下,就看到了"水清石瘦"的奇异的美景了,这里的美景之多,也就不言而喻了。中间四句,就分别描写了这里的美景和特产:寺前东西二山的岭上,白云霭霭;寺中的清凉池和明月池,在月光映照下难分彼此;黑色的黍粒和黄色的小米煮熟以后,味道喷香;红色的芦柑和绿色的橘子还没有成熟,就已经有了甜味。这就分别从视觉和味觉上着笔,把景致和特产写得很是诱人,令人不觉心驰神往。诗歌最后点明,这些"乐",是上天亦即大自然的殷勤赐予,只有我们这样的具有高情雅致的人才能够享受,不要让那些少不更事的新贵们轻易知道哟!言外之意是,这些"乐",只有我们才能领受,别人整天忙着争名于朝、争利于市,哪里能够懂得呢!诗人之乐,表现出豁达开朗、泰然自处、无往不乐的旷放心胸,显示出这位名家英才文化性格的熠熠光彩。

从这两首诗中,我们看到了苏轼一颗赤诚坦率的心,一片明净如水的情怀,还有他那面对困境、超然物外、坚持耿直旷放的风姿,读来让人感动。从诗歌技巧方面说,这两首都是七言律诗,诗中每一联在起承转合上都很分明,起得自然,承得紧密,转得恰好,合得圆紧,与他写的那些天马行空的歌行体诗相比,真是应规中矩了,显得严谨。但是,在严谨中又有变化,比如第一首的第三联是工对,出句、对句铢两悉称,但在第二联就使用了流水对,这样一变化,就避免了呆滞板重。在第二首的第三联,还运用了句中自对:"黑黍黄粱初熟后,朱柑绿橘半甜时。"上下联对得很工整,上联中"黑黍"与"黄粱"又形成对偶,下联中"朱柑"与"绿橘"也形成对偶,这就是句中自对。当时叫"当句对",宋人洪迈在《容斋随笔》卷三"诗文当句对"条说:"唐人诗文,或于一句中自成对偶,谓之当句对。"他这里只说到唐人,其实宋人苏轼的诗中也有,只是他没有看到。这样写,既有上下联对仗,也有句中对仗,就把律诗的对偶丰富化了,显得意象繁密,诗句工致,耐人欣赏,读起来也音韵铿锵,更富于音乐感。在这些方面,可以见出苏轼作诗的精深的技巧。

(管遗瑞)

有美堂暴雨

苏 轼

游人脚底一声雷,满座顽云拨不开。
天外黑风吹海立,浙东飞雨过江来。
十分潋滟金樽凸,千杖敲铿羯鼓催。
唤起谪仙泉洒面,倒倾鲛室泻琼瑰。

写暴雨的诗作,古人作品中不多。苏轼这首诗写于熙宁六年(1073),在杭州通判任上,是很有名的作品。"有美堂",在杭州吴山最高处。据《庚溪诗话》:"钱塘吴山有美堂,乃仁宗朝梅挚公仪出守杭,上赐之诗,有曰:'地有吴山美,东南第一州。'梅以上诗语名堂,士大夫留题甚众。"欧阳修还专门写了《有美堂记》,以记其修建始末。

这首诗描写暴雨,极富气魄。前四句是采用了"赋"的手法,即敷陈其事而直言之,从正面落笔,极描摹之能事。"第一句写雷。作者与友人正漫步吴山,完全没有料到,雷自'脚底'发出,大地震颤,而且是'一声',雷之迅速,雷之威力,强烈显现出来。第二句写云。雷起云随,作者进入有美堂,浓厚云层纷纷涌来,困住了座客,用手拨时,就是'拨不开',云层就是那么'顽',不听使唤。大雨即至,读者感同身受。第三句写风。'风'何以'黑'?风裹挟着黑云。'海'何以'立'?风力猛烈。雨未至,声势已至。第四句写雨。雨乃'飞''过''来',自远而近,越过钱塘江,迅速奔来。大自然壮美奇观,令人目眩。自雷起、云起、风起至雨降动态过程的描绘,淋漓酣畅。"(孔凡礼、刘尚荣《苏轼诗词选》)

后四句作者又变换手法,用"比"来写,连用几个比喻来形容这场暴雨。"十分潋滟金樽凸",是用金樽里的酒满得快要溢出了杯面,来比喻钱塘江水在暴雨威猛的倾泻下,顷刻间就涨得满了起来,好像要泛滥开去。"千杖敲铿羯鼓催",是用千枝鼓杖同时击打"羯鼓"(古代羯族的一种打击乐器,状如漆桶),发出像啄木鸟那样连续不断的响声("敲铿"指啄木鸟用嘴啄击树木的声音),来比喻雨声之急促、之密集。不仅如此,作者还继续驰骋想象,用李白的故事来比喻雨洒座客的情景——"唤起谪仙泉洒面,倒倾鲛室泻琼瑰"。"谪仙",指李白。唐代著名诗人贺知章一见李白,就非常赏识,呼他为天上谪仙人。据《旧唐书·李白传》:"玄宗度曲,欲造乐府新词,亟召白,白已醉于酒肆矣。召入,以水洒面,即令秉笔,顷之成十馀章，帝颇嘉之。"又"鲛室"，《述异记》说南海之中有鲛人室，鲛人是传说中的人鱼，眼泪流出来就立即变为珍珠。"琼瑰"是美玉。这里的珍珠和美玉，是比喻精美的诗文。两句的意思是，这一场暴雨也许是老天爷为了使酒醉的李白快点醒过来，好写出许多气势如翻江倒海的诗篇，所以特地把雨洒在他的脸上吧！这真是想落天外，非常奇特了，但还有一层比喻：这李白是指谁呢？自然是指今天参加集会的在座各位文士，当然也包括作者自己，言外之意是催促大家赶快拿起笔来，像李白那样写出描写今天这场暴雨的美好诗文来吧！作者的想象可谓曲之又曲，奇之又奇，酝酿成了浓浓的诗意。

  这首诗写突如其来的疾风骤雨的奇景，如层峰起伏，波翻浪涌，真是气势飞腾，笔力千钧。但是，在苏轼的笔下，却又显得举重若轻，吐属随意，豪放飘逸。清人赵翼在"天外黑风吹海立，浙东飞雨过江来"这一联上批道："奇警爽特，七律中不可多得之境。"（《宋金三家诗选》）陈衍在《宋诗精华录》中对这两句也评道："三句尚是杜陵语，四句的是自家语。"杜甫《朝献太清宫赋》："九天之云下垂，四海之水皆立。"《西清诗话》以为苏轼"天外黑风吹海立"句是从杜甫的赋文中变化而来，这是对的。"浙东飞雨过江来"，陈衍以为是苏轼自己的话，这就不对了，其实也是用了唐代诗人殷尧藩的诗歌《喜雨》中的句子："山上乱云随手变，浙东飞雨过江来。"这一借用，带来了意境上的改变，和上一句搭配，天造地设，成了苏轼诗歌中清雄风格的代表作。宋代诗人较之唐代诗人读书更多，苏轼在宋人中又是大学者，读书更多，博闻强记，因此他每每以学问为诗。这样，他左右逢源，驱遣自如，层出不穷，就能开辟出新的意境。这既是宋诗也是苏轼诗歌的一个特色。

（管遗瑞）

六月二十日夜渡海

苏　轼

参横斗转欲三更，苦雨终风也解晴。
云散月明谁点缀，天容海色本澄清。
空余鲁叟乘桴意，粗识轩辕奏乐声。
九死南荒吾不恨，兹游奇绝冠平生。

  绍圣元年（1094）苏轼在朝任礼部尚书，由于党争激烈，政敌们弹劾他讥讪朝政，被贬到广东惠州，四年（1097）再被贬到海南岛儋州安置不得签书公事，他于这年六月度过琼州海峡，次月到达贬所，在当时荒凉的岛子上度过了四年"食无肉、病无药、居无室、出无友、冬无炭、夏无寒泉"的极度艰苦的岁月，到元符三年（1100）由于政局的变化，才被允许返回大陆，安置在广西的廉州。这首诗，就是他从海南岛渡海回往廉州的时候所作，时间在这年的六月二十日之夜。

苏轼到达儋州的时候，就已经抱定了必死的决心，现在想不到六十五岁了，还能够活着回去，心情自然是很高兴的。这首诗的前四句，都是写景，就是表现这种心情。"参横斗转欲三更"，先点明渡海的时间。参、斗都是天上星宿名，它们此时位置的移动，表明已经进入夜深时分。看见晴朗夜空中的星斗，他不禁庆幸久下的淫雨和终日吹个不停的风（"终风"，用《诗经·邶风·终风》语）终于停止，现在天气放晴了，正是渡海的好时候。诗人在茫茫无际的大海中放眼望去，天上的云已经散去，月亮也出来了，海面风平浪静，上下澄清，真是"素月分辉，明河共影，表里俱澄澈"（张孝祥《念奴娇·过洞庭》）。这两句诗是用了《世说新语·言语》中的典故：晋会稽王司马道子与客夜坐，"于时天月明净，都无纤翳"，道子叹以为佳。座中谢重却说："意谓乃不如微云点缀。"道子因戏谢重说："卿居心不净，乃复强欲滓秽太清邪！"前面这四句，既是写景，但在写景之外，又别有暗寓和寄托。"参横斗转"，比喻时局的转变。"苦雨终风"，比喻险恶的政治风雨。"云散月明"，比喻情况的好转。"谁点缀"，是指章惇、蔡京等小人掌权，排挤正直之士，"滓秽太清"，扰乱朝政。"本澄清"的"天色海容"，则是暗喻自己居心清净，心地光明无瑕，过去强加于自己的污蔑不实之词得到改正，恢复了"澄清"的本来面目。由于诗中用典贴切，亦彼亦此，大大丰富了内涵，使得诗意更加深厚。此外，这四句诗的写法，在七律中很少见。一是连用四句排比写景，二是每句前四字都用两两对偶的形式。这两点，都很容易造成诗句的呆滞板重，缺少灵动感，但是，由于苏轼本人的内在气质特点，亦即浑然厚重的笔力，还有充沛如泉涌的激情，克服了形式上的弱点，避免了呆笨的毛病，这是很多人做不到的。这正如清代查慎行所说："前半四句，俱用四字作叠而不觉其板滞，由于气充力厚，足以陶铸熔冶故也。"这是很精到的评论。

诗歌表现了作者回归的喜悦，但是他毕竟一生艰难坎坷，尤其在海南岛"九死一生"，留下了巨大而又永远的伤痛，是无法消除的。这在他的表现喜悦的诗歌中，也混合着无尽的悲愤与苍凉。后面四句，就是这种感情的交织。五六句用了两个典故。"鲁叟"，犹言鲁国的老头儿，指孔子。"桴"，这里是指木筏子。孔子曾说："道不行，乘桴浮于海。"意思是说，孔子在内地行道不成，想到海外去，但没有去成；我去了，但一个罪人，又怎么能行道呢？只不过被折磨几年罢了。而"乘桴"一词，又准确地表现了正在"渡海"的情景，一语双关。又，"轩辕"，指黄帝。《庄子·天运》："北门成问于黄帝曰：'帝张（演奏）咸池之乐于洞庭之野，吾始闻之惧，复闻之息,卒闻之而惑,荡荡默默,乃不自得。"这是用黄帝奏咸池之乐形容大海波涛之声,与"乘桴"渡海的情景相合拍。他这里不说"如听轩辕奏乐声",而说"粗识轩辕奏乐声",就使人联想起他的种种遭遇和由此引起的复杂心理活动,对于那"始闻之惧,复闻之怠,卒闻之而惑"的"奏乐声",他是亲身经历过了,而且是领会得非常深刻的,但这里只说"粗识",不过是避重就轻的诙谐的说法而已。最后两句是宕开一笔,结束全诗。"兹游"是照应题目,指"六月二十日夜渡海",但是从"九死南荒"来看,又不仅指到海南岛的那四年,还包含着从京城贬惠州,又从惠州贬儋州的整个过程。这个艰难的过程,饱含着他的人生血泪,不知有多少愁恨。但是,他偏偏不说愁、不说恨,而说"九死南荒吾不恨,兹游奇绝冠平生"。不仅不恨,还把贬谪南荒说成是游历,而游历的奇情美景又是一生中最难得的,这样豪迈的情绪,对政敌的调侃与蔑视,简直达到了极点。元人方回在《瀛奎律髓》卷四十三中说:"当此老境,无怨无怒,以为兹游奇绝,真了生死、轻得丧,天人也。"是的,这样的天人,面对常人难以忍受的艰难困苦,却能够坦然以对,泰然而处,这正是苏轼高尚磊落人格的最形象而又真实的写照。(管遗瑞)

汲江煎茶

苏 轼

活水还须活火烹,自临钓石汲深清。
大瓢贮月归春瓮,小杓分江入夜瓶。
雪乳已翻煎处脚,松风忽作泻时声。
枯肠未易禁三碗,坐听荒城长短更。

这首诗是苏轼在宋哲宗元符三年(1100)在海南岛的儋州写的。此时他已经六十五岁,被贬谪到荒远的海南岛已经三年。他的生活过得很苦闷,经常以读书、写诗、饮酒、喝茶来打发时光,排遣心中的抑郁。这首诗歌,就是在这种情况下写作的。

这首诗主要是写茶叶的烹煮方法。第一句是关键,"活水还须活火烹",这是苏轼烹茶的经验总结,也贯穿了全篇。"活水"是指流动的水,"活火"是指有炭焰的猛火,他的经验是烹茶要用活水加猛火来煮,烹出来的茶汤才特别鲜美。所以,他就在月明之夜亲自到临江钓鱼的大石上汲取江心的活水,然后把水取回来用猛火煎煮。果然,猛火一煮,锅里的白色蒸汽就袅袅升起,等到沸腾的时候锅里茶汤脚也随之翻滚浮动,那声音真像是松风呼啸,非常动听。他连续喝了三碗还觉得余兴未尽,坐着一边喝茶一边听这荒城打更报时的声音:这声音在荒城的静夜里单调而沉闷地响着,一声声敲击在诗人的心上,觉得这荒城的暗夜是那样的旷远无际,个人的境遇也更加孤独而凄凉!"枯肠未易禁三碗",是用了唐代卢仝的诗歌《走笔谢孟谏议大夫寄新茶》中"三碗搜枯肠"的句意,但是苏轼这里是反用其意,说喝了三碗还不够,言下之意是自己用"活水还须活火烹"的办法煎煮的茶,真是美不可言,喝个不够的。这就和篇首的意思紧密呼应,章法上显得结构非常完美。

这里特别值得称道的是第二联,"大瓢贮月归春瓮,小杓分江入夜瓶。"这本来是很简单的事情,无非是说用大瓢把活水舀到瓮里,拿回家又用小杓从瓮里把水舀到煎茶的锅里,如此而已。如果我们这样平板写来,那就毫无诗意可言了。但是苏轼在这里作了高度的艺术处理,他把江水、明月和舀水动作紧密地联系在一起,不仅写出了月夜江边的自然景色,还写出了诗人特别的感觉:明月映在江里,用瓢舀水,仿佛舀起了月亮;回家用小勺把水舀到煎茶的锅里,又好像在为江水分流,把月亮也分到了锅里。这样,茶叶和江水、和明月一起煮来,那味道自然就格外不同,分外香美了。这样写来,运用丰富的艺术联想,就把简单的舀水,写得情趣盎然,具有丰富的诗意了。我们今天读来,也油然生起对诗人高超的艺术才能的敬佩。(管遗瑞)

惠山谒钱道人烹小龙团登绝顶望太湖

苏 轼

踏遍江南南岸山,逢山未免更留连。
独携天上小团月,来试人间第二泉。
石路萦回九龙脊,水光翻动五湖天。
孙登无语空归去,半岭松声万壑传。

茶,不光具有提神醒脑和驱除疾病的功效,文人雅士临水登山也少不了它来助兴。苏轼在这方面很讲究,登临之际大多要喝茶,他这方面的作品也比较多。

这是苏轼晚年从海南贬所回到常州以后的作品。诗题中的惠山,就是无锡的惠山。钱道人,是作者的朋友钱安道的弟弟,为惠山寺的长老。小龙团,是宋代建安的贡茶,小片而印有龙纹的团茶。太湖,在江苏省南部,在江浙两省之间,是我国的第三大淡水湖,风景优美。

苏轼自从因为变法问题得罪司马光以后,一直处在党争的漩涡之中,在垂暮之年被政敌一贬再贬,先是被贬到广东惠州安置,不得签书公事,接着又被贬到更加荒远的琼州昌化军(在海南岛)安置,不得签书公事。他先寄居在儋州的官屋,朝廷知道了，遣使逐出，他只好筑室在儋州城南的桄榔林下，命名桄榔庵。大约在三年以后，朝廷政局有了转机，他才被内调到常州，寓居在孙氏馆。这时，他的心情稍稍安定，但是由于政治斗争的险恶，他仍然有着对前途生死未卜的忧虑。这首诗，就是在这样的情况下写出来的。

第一联是平平叙起，虽有流连山水的兴致，但是，"踏遍江南南岸山"，也包含着在贬谪中转徙穷荒的人世沧桑之感，心情仍然是沉重的。第二联是一个"流水对"，如今带着皇上赐给的像圆月一样的小龙团茶叶，来到"天下第二泉"的惠山泉品尝泉水和茶叶，诗句轻松流畅，可见诗人欣喜的心情。第三联是登高望远的情景：他登上石路曲折的"九龙脊"（九龙山又名冠龙山，据陆羽《惠山寺记》："山有九龙，若龙之偃卧然。"），放眼望去，但见万顷太湖（也叫五湖，）水光翻动，烟波浩渺，一望无际。这一联对得非常工整，而境界也很阔大，表现出苏轼宽阔的胸襟和浩然正气。

最后一联："孙登无语空归去，半岭松声万壑传。"是抒写这次登临的感慨。孙登是三国时魏国人，隐居在汲郡山中，好读《周易》。他有一次和嵇康交游，对嵇康说："子才多识寡，难免乎于今之世。"以后嵇康终于被司马昭等人诬陷杀害，临死前作了一首《幽愤》诗道："昔惭柳下，今愧孙登。"这里，诗人是以嵇康自比，说明自己多年来遭受政敌的诬陷迫害，以至于居无定所，流落蛮荒，命悬一线。自己今后的情况怎样呢？连孙登这样的人也不好预测，只好无语而去了。言外之意是诗人充满了对于未来前途的担心，内心深处是难以排遣的惶恐和不安。这时候，他听见宏大的松涛声响起来，在山谷间回荡，这松涛的鸣响似乎更加助长了他的忧愤的情怀。这是以景作结，诗人的心情就溶化在这万壑松声之中，让读者自去领会，留下了深厚而悠长的诗意。

苏轼的诗歌题材广阔，风格清新豪健，语言畅达。他也很喜欢喝茶，经常和僧人、文士品茗，表现出他作为文人的闲情逸致，也表现出佛、老思想对他的深刻影响。他对吴道子的绘画有这样的评说："出新意于法度之中，寄妙理于豪放之外。"用这两句话来评论苏轼的诗歌，也是很恰当的。（管遗瑞）

红　梅

苏　轼

怕愁贪睡独开迟，自恐冰容不入时。
故作小红桃杏色，尚余孤瘦雪霜姿。
寒心未肯随春态，酒晕无端上玉肌。
诗老不知梅格在，更看绿叶与青枝。

这首《红梅》诗创作于元丰五年，苏轼贬黄州（今湖北省黄冈）团练副使期间。

苏轼爱梅，除这首《红梅》外，仅在黄州就写下了《六年正月二十日，复出东门，仍用前韵》（"长与东风约今日，暗香先返玉梅魂。"）、《和秦太虚梅花》（"江头千树春欲闇，竹外一枝斜更好。"）等咏梅名篇。此外，苏轼一生咏梅甚多，且佳句叠出，如："一夜东风破石裂，半随飞雪渡关山。""何人把酒慰深幽，开自无聊落更愁。""岂惟幽光留夜色，只恐冷艳排冬温""纷纷初疑月桂树，耿耿独与参横昏""去年今日关山路，细雨梅花正断魂。"写出了梅花的风姿、孤高，备受后人称道。

诗人谪居黄州时，刚刚经历了元丰二年（1079）"乌台诗案"的洗礼，对官场险恶、政治黑暗有了深切体会。生死一劫后，苏轼心境大变，心灰意冷之余日趋恬澹。因生活困顿，常带领家人开垦荒地，躬耕以求自足。取别号"东坡居士"便在此时。这首《红梅》诗之妙处便在于，诗人不仅写出了红梅的神态、颜色，而且展示了红梅的内在品格、性情，其实也正是当时苏轼心境的折射。

红梅盛开时节当在冬末，甚至在初春，群芳寂寞，红梅一枝怒放，所以诗人说"独开迟"。然而，迟开的原因何在呢？是由于"贪睡"，贪睡的原因又在于"怕愁"，而发"愁"的根源便是因为"自恐冰容不入时"。"不入时"，亦即"不合时宜"，这亦是苏轼的典型人格。东坡暮年，其小妾朝云指着苏大学士的肚子说："学士一肚皮不入时宜。"被苏轼引以为知己。说红梅不入时，其实是叹诗人不合时宜。拟人化的表现手法，写出了诗人性情之孤傲、正直，以及洁身自好、不与世沉浮的高贵品格，但也流露出内心世界的孤寂，不为世人理解的痛苦。

"寒心未肯随春态，酒晕无端上玉肌。"诗人进一步借红梅的一点"脂粉色"，抒发内心的委屈、无奈和苦闷。越是想把自己打扮得如桃杏一般，结果发现，埋在骨子里的孤瘦和冰雪之质竟愈加难以掩饰。红梅的那一抹淡红，只不过是酒醉后"无端"漾起的红晕而已。"高情已逐晓云空，不与梨花同梦。"（苏轼《西江月》）玉洁冰清才是红梅的真性情和真品格。

至此，诗人突然回想起石曼卿的《红梅》诗："认桃无绿叶，辨杏有青枝。"石曼卿将红梅与桃李作比看，认为红梅与桃李的区别只在于青枝绿叶的有无，这种肤浅的写法受到了苏轼的批评——"诗老不知梅格在"。苏轼《评诗人写物》云：元丰三年，苏轼闲暇时教小儿子苏过写诗，曾以石曼卿此《红梅》诗句为例展开评述，认为曼卿写物专求其形而舍其神，"此至陋语，盖村学中体与。"苏轼的《红梅》诗，虽然也写形貌——冰容、玉肌、雪霜姿，但他更抓住了"梅格"——"孤瘦"、"寒心"，刻画出了红梅的内在神韵和气质，因而对"诗老"石曼卿的批评也是极为中肯的。（秦岭梅）

饮湖上初晴后雨

苏 轼

水光潋滟晴方好,山色空濛雨亦奇。
欲把西湖比西子,淡妆浓抹总相宜。

苏轼于神宗熙宁四年至七年(1071－1074)任杭州通判。杭州府衙建于凤凰山麓,靠近西湖。《饮湖上初晴后雨》记述了诗人与朋友游湖遇到的天气变化及由此引发的审美体验。原诗共二首,这是第二首。

"水光潋滟晴方好,山色空濛雨亦奇。"前二句以洗练的语句道出西湖变幻之美。首先诗人抓住西湖在晴空下、细雨中的典型细节,描写西湖之景。"潋滟"指的是水波相连,荡漾之貌。晴日里湖中泛舟,湖波映射着周围的风物和斑驳的日影,波纹的摆动既有线条感又富有韵律,应和了赏景人休闲放松的心情。晴天的西湖动感、喧闹,整体色调生动明丽。"方"暗含诗人对景致的品评,这样的景致与这样的情景,一切刚刚合适,逗起接下来的景色变化。忽而天空转阴,飘起蒙蒙细雨,赏景气氛也随之聚变,这在常人看来必是扫兴的吧。但作者却认为"雨亦奇"。雨中西湖之奇在于"山色空濛"。"空濛"是细雨朦胧的样子。透过雨雾,远处之山若隐若现,似有还无,近处山峦被渲染得更加苍翠,雨中西湖的羞怯幽淡与晴天的明艳动人形成鲜明对比。虽然只是写景,却有意无意地体现了诗人宠辱不惊,随缘自适,顺其自然的人生观。

"欲把西湖比西子,淡抹浓妆总相宜。"后二句运用比喻,表现西湖的神韵。西施与西湖同属越地,同有一个"西"字。西子是世间最美的女子,无论是清水出芙蓉的淡妆还是涂脂抹粉的浓妆,总能让人心旷神怡;西湖是人间最美的景色,无论水光潋滟的晴景,还是山色空濛的雨景,总能让人心旷神怡。这个比喻之妙,在于本体与喻体间差异太大,湖与人本来很难扯到一起,共同特征越不明显,比喻的创造性越大,效果就越好。还有一个"欲"字,说出了诗人想急切把这个比喻说出来的兴奋之情。诗人过去一定时时留恋于西湖景色,做诗数首而没找到合适的比喻。这一次在晴雨交加的刺激下,猛然想到以西子喻西湖的妙喻,于是很兴奋,一定要急切地表达出来。这一妙手偶得成就了书写西湖风光的千年佳句。西子湖从此成为西湖的别名。

西湖边上有一家茶楼,上题一联:"欲把西湖比西子,从来佳茗似佳人",显然

是从此诗后二句的妙喻得到启发，同时又对这一妙喻作了进一步的发挥，所以同样耐人寻味。（舒三友）

六月二十七日望湖楼醉书

苏　轼

黑云翻墨未遮山，白雨跳珠乱入船。
卷地风来忽吹散，望湖楼下水如天。

这首诗的诗题下一共有五首七绝，这里选的是第一首。此诗作于北宋神宗赵顼熙宁五年（1072），此时苏轼三十七岁，在杭州通判任上。诗题中的望湖楼，为五代时吴越王钱氏所建，又名看经楼、先德楼，在西湖边上。

关于这首诗，张鸣有很好的解释："此诗写夏雨骤来骤停的动态过程，一句一个场面。第一句写乌云翻卷还未遮住山头，第二句急雨就已经下来了；第三句突然一阵风来，于是云散雨停，第四句又回归风平浪静、晴天与水光一色的境界。四句诗以急骤的节奏转换，描摹急速变化的一个场景，恍惚变幻，灵动有趣，确乎是醉中的神来之笔。"（《宋诗选》）

这种快节奏的变换，使人应接不暇，写出了非常真实的现场情景，让人感受到了夏日气象的瞬息万变，令人惊心动魄，而又心旷神怡。还应该补充的是，这首诗的比喻也用得很好。把黑云比作打翻的墨水，那云的浓，携带的雨之大，也就不言自明，这就把盛夏骤起的乌云写得非常形象，很有气势。还把突然降临的"白雨"，比作一颗颗珠子，其雨点之大、之急，也非常生动，还和"黑云"形成了强烈的对比，黑的更黑，白的更加晶莹透亮，景象更加鲜明。苏轼本人对这个比喻也很欣赏，多年以后再到杭州任太守时，还写了《与莫同年雨中饮湖上》一诗，后两句说："还来一醉西湖雨，不见跳珠十五年。"表现出了深深的眷怀和忆念。此外在用字上，也很精准，"翻墨"的"翻"，"跳珠乱入船"的"跳"和"乱"，还有"卷地"的"卷"，这些字都很生动、准确，而且有力，很好地配合了快节奏的变化。还有，在结构上，前两句是对起，如双峰对峙，劈面而立，何等雄奇；而后两句则改为散结，风吹云散，雨过天晴，湖面波平如镜，景象开阔而又悠远，余韵不尽。这些方面，看似毫不费力，一切都是那样轻松自然，然而这里面不知包含着作者多少精心安排的艺术匠心。

不仅如此，我们联系作者的思想和他的政治处境来看，这首诗又不仅仅是在描写自然风景。他在二十五岁很年轻的时候就写过著名的散文《留侯论》，里面说道：

"夫持法太急者,其锋不可犯,而其势未可乘。"在写这首诗的前一年,王安石为同中书门下平章事(即宰相),全力推行新法,苏轼在汴京任开封府推官,眼见新法在急于推行过程中给基层和老百姓带来的诸多不便,上书神宗论新法得失,忤王安石,遂力求外补,得到允准,于这年11月到达杭州任通判。写这组诗的时候,到杭州只有半年多时间。而且,离开京城,到了较远的地方工作,他更加看清了"持法太急"给下层人民生活带来的弊端,不断地写作诗文反映这方面的情况,一方面抒发自己的愤懑,同时也希望朝廷能够妥善行事。从这首诗里,我们也可以透过表面现象,看到他对现实政治的态度:一切过急的措施,总是不能持久的,因为凡是酝酿不足、骤然而起的事物,缺乏坚实的根基,难免很快消亡。从这首小诗里,我们也可以看到苏轼的深刻的思想。(管遗瑞)

与莫同年雨中饮湖上

苏 轼

到处相逢是偶然,梦中相对各华颠。
还来一醉西湖雨,不见跳珠十五年。

苏轼一生曾经两次在杭州任职,这首诗是第二次亦即宋哲宗元祐四年(1089)以龙图阁学士身份离开京城汴梁(今开封),出任杭州太守以后写的,这时作者已经五十四岁了。这次,他是和他的"同年"也就是同榜进士莫君陈一起游览西湖并一起喝酒的。莫君陈字和中,吴兴人,这时任两浙提刑。这首诗的前两句就是慨叹他们二人的这次相逢,很是偶然,有如梦中一样,看看对方的头发都已经花白了,不禁相对嘘唏,感叹时光的易逝!

后面两句,写这次游湖也正值下雨之时,不觉想起了十五年前雨中游览西湖的往事。那是宋神宗熙宁五年(1072),苏轼才三十七岁,他正在杭州通判的任上,六月二十七日他在西湖昭庆寺前的望湖楼上喝酒,忽然下起大雨来,不觉诗兴勃发,写下了著名的《望湖楼醉书五绝》,其中第一首就是:"黑云翻墨未遮山,白雨跳珠乱入船。卷地风来忽吹散,望湖楼下水如天。"想不到十五年(实际应该是十七年,恐系苏轼误记)以后,又来西湖雨中饮酒,欣赏那"白雨跳珠乱入船"的景象了。诗句中透露出惊喜的心情,隐含着对往昔的追怀和忆念之意。不过,这追忆的"跳珠",这风雨,可不是自然景象,而是惊心动魄的政治风雨。此时他一定会想到,他当年是因为不赞成王安石变法中的某些过于激进的做法,才不得不从朝中来到杭州做通判的,以后,他又从杭州到山东密州、江苏徐州、浙江湖州任太守。就在湖州任上，元丰二年（1079）七月，御史台以苏轼诗文中的有关词句，构陷他讪谤朝廷，八月被押赴御史台狱，酿成了历史上著名的"乌台诗案"，差一点丢了脑袋。后经多人共同营救，才于这年底贬谪湖北黄州充团练副使，本州安置，不得签书公事，实际就是被管制，度过了五年多的贬谪生活。以后，由于政治形势的变化，他又被启用为山东登州太守，不久回朝任中书舍人、翰林学士知制诰。此时，司马光执政尽废新法，苏轼又为新法中某些可行的措施而辩护，得罪司马光，屡遭群小的攻击，于是他又出为杭州太守。这十五年时间，真是风云变幻，个人经受了不知多少磨难，如今，没有想到还能有机会和莫同年一起，在雨中的西湖对饮，来回忆当初的情景，也真有些"相对如梦寐"的感觉了，自然也有庆幸的意思。

全诗从前两句看来，颇有些世事无常、人生若梦的消极情绪。但是转到后两句，从雨中醉酒、喜看跳珠的心情中，又从消极中振拔出来，表现出了对现实人生的肯定、赞赏的态度，所以整首诗读起来仍然给人以积极向上的精神，使人感奋。这也是苏轼诗文的一个特点。（管遗瑞）

东　坡

苏　轼

雨洗东坡月色新，市人行尽野人行。
莫嫌荦确坡头路，自爱铿然曳杖声。

这首诗是苏轼在元丰六年（1083）作的，已经到湖北黄州三年多了。

在此之前四年，即宋神宗元丰二年（1079）四月，苏轼到湖州任太守。七月，以在朝的何政臣、舒亶、李定等交章弹劾他所作的诗文语涉讪谤新政和朝廷，被逮捕到京城汴梁，于八月下御史台（又称"乌台"，因那里林木森森，有许多乌鸦栖息于此，故名），备经昼夜拷打审问，几乎置之死地。到这年的十二月底才侥幸出狱，被责授黄州团练副使本州安置不得签书公事，实际上就是被遣送到黄州实行管制。这就是历史上著名的文字狱"乌台诗案"，也是苏轼一生中一个重要的转折点。他到黄州以后，居住在黄州东门外一个叫东坡的地方，在黄冈山下。他曾经在诗歌《东坡八首》的小序中说过："余至黄州二年，日以困匮。故人马正卿哀余乏食，为于郡中请故营地数十亩，使得躬耕其中。地既久荒，为茨棘瓦砾之场，而岁又大旱，垦辟之劳，精力殆尽。"可见他在那里生活的艰难困苦。东坡这个地名，是仿照白居易当年在忠州东坡而起的，还筑了居室，起名"东坡雪堂"，同时自号为"东坡居士"，苏轼也因此叫苏东坡，这个名字远比他的本名更加为人熟知。

诗句中的"野人"，是指村野之人，这是诗人的自称，有自嘲的意思。"荦（音落）确"，即石头很多之意。通过这首小诗，我们可以进一步了解苏轼当时的生活状况和内心情态。这里路上石头很多，又高低崎岖不平，是一个冷僻荒凉的地方，要是别人住在这里，就该心生嫌弃而内心悲伤了，何况他还受过那样大的政治打击，目前又是"管制分子"身份呢！但是，苏轼毕竟是苏轼，他一方面能够面对现实，努力改变目前的恶劣处境，比如开垦荒地、营造"雪堂"等等；另一方面，他能够从现实处境中超拔出来，尽管艰难万分，他也努力从这个荒僻的地方发现它的美好之处，从而始终保持向上的精神力量，激励自己生活的信心，而不至于颓堕，这是何等难能可贵的品格！您看，雨过天晴，月色清明，人迹罕至，东坡的夜晚有多么清静；还有那拄杖的声音，碰着石头铿然而响，也是这般好听。这不正是我这个"野人"应该徘徊流连的地方吗？此时，我们可以想见诗人宁静的情绪和恬淡的心境。近代诗评家陈衍评论道："东坡兴趣佳，不论何题，必有一二佳句，此类是也。"（《宋诗精华录》卷二）这里指的是后两句，的确，它从人生的哲理上，给了我们以很好的启示。（管遗瑞）

题西林壁

苏 轼

横看成岭侧成峰，远近高低各不同。
不识庐山真面目，只缘身在此山中。

这是苏轼的名作，也是中国诗歌中流传最广的诗之一，"庐山真面"后来成为人们日常中广泛运用的熟语。它作于元丰七年（1084），苏轼由黄州改迁汝州（今河南临汝）团练副使，四月间离开黄州前往汝州报到，途经庐山时作了这首诗。据他所作的《东坡志林》卷一《记游庐山》说："仆初入庐山，山谷奇秀，平生所未见，殆应接不暇。……最后与总老（按即东林寺和尚常总）同游西林，又作一绝（按即本首，略）。"西林是寺名，又名乾明寺，在庐山之麓。

《题西林壁》，就是把这首诗写在西林寺的墙壁上。把作好的诗文写到墙壁上，这是唐宋时期文人普遍的习惯，也是当时诗文发表、传播的一种方式，以便交流和供人观赏。一些公共场合，比如驿站旅舍、楼台亭阁、僧寺道观、名胜景点，还专门糊了墙壁，供文人题写。唐代极盛，几乎到了无人不题、无处不题的状况。到了宋代，题壁也是诗人喜爱的一种形式，大小诗人都题，苏轼、陆游这些大诗人，又是书法家，题得更多。苏轼一生写了无数的留题诗，他在《答陈师仲主簿书》中自称："山水穷绝处，往往有轼题字。"(《苏轼文集》卷四十九)陆游更说："酒楼僧壁留诗遍，八十年来自在身。"(《初归杂咏》，见《剑南诗稿》卷五十三)后人编写的《诗话总龟》前后集，都设了"留题门"，把留题作为诗歌创作的一大门类，可见当时题壁诗之类的留题诗之多、之广，成为一种时尚和风气。

这首七绝文字通俗易懂，明白如话，但是有的字也往往易于为人忽略。比如，"横看成岭"的"岭"字，它的准确意思是顶上有路可通行的山，往往是绵延连亘的。而"峰"字，则是指山的突出的尖顶，锋利突兀，它和"岭"字的具体区别就在这里，所以诗的第一句说"横看成岭侧成峰"，是从横和侧的不同方向来看庐山的山岭和峰峦，感觉迥然不一样。而"远近高低"，则是就看山的立足点而言，因立足点不同而带来观察的殊异。后两句，就更加明白了，说不知道庐山真面目的人，就是因为他自己身在庐山之中了。

然而，就是这样一首看似很明白的小诗，其实蕴涵着很深刻的认识论和方法论的哲理。陈衍在《宋诗精华录》中评到："此诗有新思想，似未经人道过。"它到底是什么样的思想呢？至少主要有两点：第一，观察事物，因为着眼点、立足点不一样，所带来的观察结果也就不一样，这就带来了认识的差异，所以我们要多方面地观察分析，然后综合比较，才能得出对于事物的全面的认识。第二，要真正做到客观地观察事物，就要具有超越性和超脱性。陶文鹏对此有比较深入的分析，他说：苏轼是很注意观察事物的方法的，苏轼说，"'观物之极而游于物之表'(《书黄道辅品茶要录后》)。他在著名的山水哲理诗《题庐山西林寺壁》(按即《题西林壁》)中说：(即此诗，略)这首诗形象地表述了这一观察事物的方法。他还在《超然台记》一文中作了理论阐发：

彼游于物之内，而不游于物之外。物非有大小也，自其内而观之，未有不高且大者也。彼挟其高大以临我，则我常眩乱反复，如隙中之观斗，又焉知胜负之所在？

"苏轼以身入庐山却不知庐山真面目的生动事例说明：要认识自然景物乃至世间万事万物，固然要'游于物之内'，深入体察，才能洞悉幽微。但如果只顾深入其内，如同隙中观斗，视野狭小，或囿于利害得失的考虑，往往只能看到事物的局部，陷于主观性和片面性。因此，要把'观物之极'同'游于物之表'二者结合起来：既入乎其内，又出乎其外；既深入体验，又高瞻远瞩。这样才能深刻、辩证、全面地认识事物。"(《苏轼诗词艺术论·论苏轼的自然诗观》)从这首小诗中，我们也可以看出苏轼具有认识事物的正确方法，以及深刻的洞察能力，这是难能可贵的。(管遗瑞)

惠崇春江晓景

苏 轼

竹外桃花三两枝，春江水暖鸭先知。
蒌蒿满地芦芽短，正是河豚欲上时。

这是一首题画诗，就是根据绘画的内容，写诗题写在画面的适当位置上。这首诗就是题写在惠崇画的《春江晓景图》上的。惠崇，是宋初著名的诗僧，也善画。《图画见闻志》说他"工画鹅雁鹭鸶……，善为寒汀远渚，潇洒虚旷之象，人所难到。"其画人称"惠崇小景"，声誉很高，后来王安石、苏轼、黄庭坚等人都称赞过他的绘画。这首诗的诗题也有写作《惠崇春江晚景》的，根据诗歌的内容来看，以作"晓景"为是。原作是两首，这里选了其中一首。

题画诗，如果胶着于画面的内容，只是画面的简单复述，那就很难达到一定的高度，没有什么意义了。关键在于作者能够根据画面内容展开想象，或表现深邃的思想，或创造出比画面更高更美的意境，给画作锦上添花，这才是好的题画诗。我们来看看东坡是怎样处理的。

他根据画面上已经有的竹子、桃花、江水、鸭子、蒌蒿、芦芽这些具体的景物、植物和动物，联系交织起来，充分驰骋想象，把他们打成一片，创造出"春江水暖鸭先知"、"正是河豚欲上时"的佳句，使原来的画面顿时活泼起来，显得更加生机勃勃，而又春意盎然。霍松林说：

"春江水暖"，来自"桃花"盛开的联想；"鸭先知"，则出于想象。"春江水暖鸭先知"的超妙之处，在于激发读者的想象，想见鸭群在春江中浮游嬉戏的欢快情景。它们好像在说："水暖了，冬天终于过去了！""河豚欲上"，来自蒌蒿、芦芽的联想。河豚食蒌蒿、芦芽；江淮一带人烹河豚，又用蒌蒿、芦芽作配料。由"蒌蒿满地芦芽短"联想到"正是河豚欲上时"，不仅补写景物、点明时令，还令人想起河豚的美味，心往神驰，注目春江，企盼它沿江而"上"。四句诗，生动地再现了画面上的视觉形象；又借助触觉、知觉、味觉，以虚写实，扩展、深化了视觉形象。情景交融，韵味无穷。（《历代好诗诠评》）

这是何等高妙的手法！这首诗和惠崇的绘画，真是珠联璧合，相得益彰。

不过，也有来抬杠的。清人毛奇龄就说："水中之物，皆知冷暖，必先及鸭，妄矣！"（《西河诗话》卷五）还说："鹅也先知，怎只说鸭？"（王士祯《渔洋诗话》

卷中）陈衍批评毛说："毛西河（按即毛奇龄）并此亦要批驳，岂真伧父至是哉？想亦口强耳。"（《宋诗精华录》卷二）当然，这种批驳中也含有为毛开脱的意思，说他只是"口强"，也就是我们今天说的"嘴硬"，好抬杠，并不真是没有见识的缘故。袁枚在《随园诗话》卷三中亦批评毛奇龄，说："此言则太鹘突（按即糊涂）矣。""若持此论，则三百篇句句不是。在河之洲者，斑鸠、尸鸠皆可在也，何必雎鸠耶？"这就批评得不错，说法也很机智有趣。其实，这是因为画面中有鸭，由鸭而引起的联想而已。（管遗瑞）

阳关曲·中秋月

苏　轼

暮云收尽溢清寒，银汉无声转玉盘。
此生此夜不长好，明月明年何处看。

　　就在产生那首卓绝千古的中秋兼怀胞弟的词章（《水调歌头》）之后不久，苏轼兄弟便得到了团聚的机会。熙宁九年（1076）冬苏轼得到移知河中府的命令，离密州南下。次年春，苏辙自京师往迎，兄弟同赴京师。抵陈桥驿，苏轼奉命改知徐州。四月，苏辙又随兄来徐州任所，住到中秋以后方离去。七年来，兄弟第一次同赏月华，而不再是"千里共婵娟"。苏辙有《水调歌头》（徐州中秋）记其事，苏轼则写下这首小词，题为"中秋月"，自然也写"人月圆"的喜悦；调寄《阳关曲》，则又涉及别情。

　　月到中秋分外明，是"中秋月"的特点。首句便及此意。但并不直接从月光下笔，而从"暮云"说起，用笔富于波折。盖明月先被云遮，一旦"暮云收尽"，转觉清光更多。句中并无"月光"、"如水"等字面，而"溢"字，"清寒"二字，都深得月光如水的神趣，全是积水空明的感觉。月明星稀，银河也显得非常淡远。"银汉无声"并不只是简单的写实，它似乎说银河本来应该有声（李贺就有"银浦流云学水声"的诗句）的，但由于遥远，也就"无声"了，天宇空阔的感觉便由此传出。江天一色，月轮显得格外圆，恰如一面"玉盘"似的。李白《古朗月行》："小时不识月，呼作白玉盘。"这比喻写出月儿冰清玉洁的美感，而"转"字不但赋予它神奇的动感，而且暗示它的圆。两句并没有写赏月的人，但有赏心悦目之意，而人自在其中。没有游赏情事的具体描写，词境转觉清新空灵。

　　明月团圞，诚然可爱，更值兄弟团聚，共度良宵，这不能不令词人赞叹"此生此夜"之"好"了。从这层意思说，"此生此夜不长好"大有佳会难得，当尽情游乐，不负今宵之意。不过，恰如明月是暂满还亏一样，人生也是会难别易的。兄弟分离在即，又不能不令词人慨叹"此生此夜"之短。从这层意思说，"此生此夜不长好"又直接引出末句的别情。但这里并未像"今夜清尊对客，明夜孤帆水驿，依旧照离忧"（苏辙《水调歌头》）那样挑明此意，结果其意味反而更加深远。说"明月明年何处看"，当然含有"未必明年此会同"的意思，即有"离忧"在焉。同时，"何处看"不仅就对方发问，也是对自己发问。作者长期外放，屡经迁徙。"明年何处"，实寓行踪萍寄之感。这比子由词的涵义也更多一重。末二句意思衔接，对仗天成。"此生此夜"与"明月明年"作对，字面工整，假借巧妙。"明月"之"明"与"明年"之"明"义异而字同，借来与二"此"字对仗，实是妙手偶得。叠字唱答，再加上"不长好"、"何处看"一否定一疑问作唱答，便产生出悠悠不尽的情韵。

词避开情事的实写，只在"中秋月"上着笔。从月色的美好写到"人月圆"的愉快，又从今年此夜推想明年中秋，归结到别情。语言清丽，意味深长。除文辞外，作者在声律上也有特色。作者后来有《书彭城观月诗》一文，引录原诗后说："余十八年前中秋夜与子由观月彭城作此诗，以《阳关》歌之。"《阳关曲》原以王维《送元二使安西》诗为歌词，苏轼此词与王维诗平仄四声，大体相合，等于词家之依谱填词，故此词也反映了苏轼"通词乐，知音律"的一面。（周啸天）

赠刘景文

苏 轼

荷尽已无擎雨盖，菊残犹有傲霜枝。
一年好景君须记，正是橙黄橘绿时。

这首题为"赠刘景文"的诗，赠给另一个人也是可以的。因为它实在是一首写景诗，也可以题为"初冬"。作者只是自道所得，与赠给谁没有关系。诗中关键词是"一年好景"。如果搞一个问卷调查："你认为'一年好景'何在？a. 春, b. 夏, c. 秋, d. 冬"，统计结果不会出人意外：春季得票第一，秋季第二——"春秋多佳日"这个命题，自陶渊明以来，在世间已成定论。苏东坡这首诗却说一年好景正在初冬，令人耳目一新。

"荷尽已无擎雨盖，菊残犹有傲霜枝。"这两句用对仗的方式，写物候的变迁——荷、菊这两种在夏秋间最美的景物，入冬早已过气，而呈现出一派残败衰飒的景象，不免有煞风景。不过，诗人从中却领略到一种特殊的美感——通过"已无——犹有"的勾勒暗示出来。不仅"菊残"一句如此，就连"荷尽"一句，也能使人联想到李商隐的"留得枯荷听雨声"，而别饶意味。"傲霜枝"对"擎雨盖"，不但形象生动，对仗工稳，而且包含着对人格（坚韧独立）的标榜。对于"一年好景",这是必不可少的铺垫和陪衬,能引起读者对下文的期待。好比打排球的一传。

"一年好景君须记,正是橙黄橘绿时。"这两句用唱答的方式,写初冬之好景。"一年"句是提唱,作用在于引起注意,用祈使的语气("君须记"),表明作者将自道所得,读者须洗耳恭听。好比打排球的二传,将球高高托起(钟振之喻)。"正是"句是结穴,好比叩球得分,是曲径通到的幽处,是渐入之后的佳境——初冬有一段气温回升的小阳春天气,"橙黄橘绿",正在其时。"青黄杂糅,文章烂兮"(屈原《橘颂》)是其色彩美,硕果累累是其形容美(让人感到收获的喜悦),饱经风霜性格成熟是其内在美(人格美的象征),秀色可餐是其通感美(通感于味觉),可谓美不胜收。于是,你不得不佩服诗人对"一年美景"的这个发明,不得不承认这个案翻得有理。

这首诗在写作上是受到一首唐诗影响的,这首唐诗就是韩愈的《早春寄张水部》:"天街小雨润如酥,草色遥看近却无。最是一年春好处,绝胜烟柳满皇都。"诗中说一春好景乃在早春,同样是自道所得,同样是美的发明。"寄张水部"还是寄李水部,同样无关紧要。而"最是一年春好处",与"一年好景君须记",连口吻都是一致的。

不过,苏诗之美又并不为韩诗所掩。"橙黄橘绿"所含的秀色可餐之意,就为韩诗所无,而这一点恰恰是苏诗写景的特色——"长江绕郭知鱼美,好竹连山觉笋香"(《初到黄州》)、"日啖荔枝三百颗,不辞长作岭南人"(《食荔枝》)、"蒌蒿满地芦芽短,正是河豚欲上时"(《惠崇春江晓景》)等,和"橙黄橘绿"的写景一样津津有味,句句不离美食家本色,饶有生活情趣。

这首诗后来入《千家诗》,影响长远。举今人绝句为例,"果州气馥水都香,橙橘漫山绿间黄。记得千家诗一首,一年好景在吾乡。"(杨析综《南充农家》)便是一个人看到家乡果园景色,记起儿时读过的这首诗,而兴不可遏的写照。足见一首好诗对读者在精神上可以有多么长远的影响。(周啸天)

食荔枝

苏　轼

惠州太守东堂,祠故相陈文惠公。堂下有公手植荔枝一株,郡人谓之将军树。今岁大熟,赏啖之馀,下逮吏卒。其高不可致者,纵猿取之。

罗浮山下四时春,卢桔杨梅次第新。
日啖荔枝三百颗,不辞长作岭南人。

这首诗题原作《食荔枝二首并引》,共有两首诗,第一首是五言律诗,第二首是七绝，这里选的是第二首，也写作《惠州一绝》。诗题下小序中讲到的陈惠文公，指宋仁宗朝的参知政事（副宰相）陈尧佐，卒谥文惠。据有的书籍记载他曾经权知惠州（按州治在今广东惠阳县），州人为了纪念他，给他修了祠堂，还很好地保护了他亲手种植的一棵荔枝树，苏轼吃的就是这棵大树结的荔枝。

苏轼缘何又到了广东的惠州呢？"乌台诗案"之后，由于政局的好转，苏轼一度回朝做官，但由于朝廷内部党争激烈，不久又离开汴京到杭州、颖州、扬州任太守，接着又回朝任兵部尚书、礼部尚书，受到重用。绍圣元年（1094）章惇为相，复行免役保甲法，又有人交章弹劾苏轼以前曾经讪谤新法和朝政，被贬为宁远军节度副使惠州安置不得签书公事，于是他又来到当时还是非常荒凉的广东惠州，再一次过起了"管制分子"的生活。不过，苏轼还是那样，以旷达的襟怀来对待之。这首诗，是到惠州的第三年即绍圣三年（1096）作的，他已经61岁了。

罗浮山在广东省东江北岸，增城、博罗、河源等县之间，绵亘百余公里，风景秀丽，为粤中名山。相传罗山之西有浮山，为蓬莱之一阜，浮海而至，与罗山并体，故称罗浮。惠州即在罗浮山下，这里地处南方，气候温暖，所以诗歌一开头就说，"罗浮山下四时春"，气候很是宜人。不仅气候好，物产也很丰富，卢桔成熟了，跟着杨梅也上市了，一年四季都有很富于地方特色的好水果，大饱口福，可见诗人觉得这个地方似乎还是不坏。在前两句的铺垫下，后两句专说东堂下那棵陈惠文公种植的荔枝，由于今年大熟，荔枝丰收，官员们享用之余，一般的吏卒和自己这个接受"安置"的人员也可以分到一些，尝尝鲜，倒还是很不错的哩！所以，他发出感慨："日啖（音旦，吃）荔枝三百颗，不辞长作岭南人。"这里的"三百颗"不是实数，只是言其多。《集注分类东坡先生诗》引赵次公，谓：王子敬帖有"黄柑三百颗"之语，而韦苏州云"书后欲题三百颗，洞庭须待满林霜"，今借用耳。诗人想，要是每天都能吃到这么多、这么好的荔枝，那我就决不会不愿作"岭南人"了。两广在"五岭"以南，故称岭南。看来，诗人倒是愿意在这里终老其身的了。

但是，只要我们细加品味，就不难发现诗中传达出的这种情绪，是很复杂的。一方面，诗人尽量从这荒远之地发现它的好处，来安慰和宽慰自己，使自己不至过分感伤自己的处境。另一方面，曾经身居高位的诗人，现在毕竟已经是61岁的老人了，竟然弄到和吏卒一样的地位，内心的酸楚也是可以想见的。"不辞长作岭南人"的"不辞"，大可玩味，并不是心甘情愿地来作"岭南人"，而是由于政治迫害的缘故，迫不得已来到了这个地方。由于年龄的原因，苏轼在这次贬谪岭南以后，已经和先前有些不同，他内心的悲愤和伤感，已经逐渐在增多，诗歌表面写得轻松旷达，而内在的伤感表现得非常深沉，是需要我们去细心体会的。（管遗瑞）

【文同】（1018—1079），字与可，梓州永泰（即今四川盐亭东）人。进士及第后，任过邛州、洋州知州，后改任湖州知州，未到任而病逝，世称"文湖州"。

谢人寄蒙顶新茶

文 同

蜀土茶称盛，蒙山味独珍。灵根托高顶，胜地发先春。
几树惊初暖，群篮竞摘新。苍条寻暗粒，紫萼落轻鳞。
的砾香琼碎，蓬松绿趸匀。漫烘防炽炭，重碾敌轻尘。
惠锡泉来蜀，乾崤盏自秦。十分调雪粉，一啜咽云津。
沃睡迷无鬼，清吟健有神。冰霜疑入骨，羽翼要腾身。
落落真贤宰，堂堂作主人。玉川喉吻涩，莫厌寄来频！

蒙顶茶，产于地处四川省名山、雅安两县的蒙山之顶，故名。蒙顶茶是中国十大名茶之一。它历史悠久，从西汉时起，当地人就开始在蒙山种植茶树。陆羽在《茶经》中品评天下名茶道："蒙顶第一，顾渚第二。"唐诗人白居易也有咏蒙顶茶的诗句说："扬子江中水，蒙山顶上茶。"由是更加知名。可见，蒙顶茶是中国最古老的名茶品种之一，因此人们称它为"茶中故旧，名茶先驱"，是很恰当的。作者生活的时代，虽然全国各地已经有了更多的名茶产地，但是蒙顶茶还是以它得天独厚的自然条件和非常悠久的制作历史葆有它的青春和活力，继续享誉海内外。所以文同得到别人赠送给他的蒙顶茶后，仍然非常高兴，专门写了诗歌来表示谢意。

他是怎样表示谢意的呢？首先，他还是先赞美一通蒙顶茶的好处。"蜀土茶称盛，蒙山味独珍。"这是总起，从它的盛誉和独特的茶味，来赞美它的天下无双。从"灵根托高顶"到"紫萼落轻鳞"，是说茶树的生长和茶叶的采摘：蒙山茶树生在高高的山顶，沾春很早，因而发芽也早、采摘也早，人们在茶树的枝条上寻找极细小的茶芽（即"暗粒"），剥落下承托嫩芽的鳞状薄片（"紫萼落轻鳞"），可见它的鲜嫩和珍贵。从"的砾香琼碎"到"重碾敌轻尘"，是说茶叶的制作：那些鲜亮（即"的砾"）的茶叶（以"香琼"代指），显得蓬松、嫩绿，个个完整（即"趸"，音顿，完整之意）而又均匀，然后对它们进行烘烤，要慢慢烘干而不能使用猛烈的炭火，这样碾制出来的茶的粉末，就和轻尘没有区别了。这是从制作的精心方面看，工艺特别考究，这样制作的茶，当然就有很好的质量了。

其次，是从自己喝了以后的感觉方面来说。从"惠锡泉来蜀"到"堂堂作主人"

这一大段，诗人说他用无锡惠山泉来烹煮，用秦地（"乾"是指乾县，"崤"是指崤山，都在今陕西，旧为秦国之地）出产的茶盏来盛茶汤，来调制像雪粉一样的茶末，一口就喝下了茶汤。这时，奇迹出现了：睡魔一下子被驱赶得无影无踪（"沃"，荡涤），于是朗声吟诵诗歌，觉得精神倍增；好像冰霜进入骨髓一样，浑身感到特别清爽，仿佛要长出翅膀来，腾空飞去一样了！这个时候，诗人觉得自己真是一个落落大方的、堂堂正正的地方长官了，能够作主来处理一切政务。言下之意是说，喝了蒙顶茶，身轻体健，精力无穷，做起地方官来，也潇洒轻松多了！这是用非常夸张的笔法，来突出蒙顶茶的特殊效果，对于送茶人的谢意也就自然包含其中了。

最后，他不客气地说："玉川喉吻涩，莫厌寄来频！"——我就像唐代的玉川子卢仝（卢仝特别喜欢喝茶，写了《走笔谢孟谏议大夫寄新茶》的诗歌，称自己喝了茶"两腋习习清风生"）那样，正在喉干唇燥的时候，您就不要嫌麻烦，今后经常多多地寄来吧！——读到这里，我们不禁为之一笑，诗人真是一个很通脱豪爽、不讲客气的人！这正是诗人的真性情的袒露，也是文同式表示谢意的特殊方法！（管遗瑞）

新晴山月

文 同

高松漏疏月，落影如画地。
徘徊爱其下，及久不能寐。
怯风池荷卷，病雨山果坠。
谁伴余苦吟？满林啼络纬。

这是一首五言古诗。我们理解这首诗，首先要明确题目。"新晴"，是指久雨之后，天色放晴，空气经过雨水的洗刷格外清新，地点又是在山上，环境清幽，这月色该是怎样的清澈和明亮。诗中所写，就是在明月的映照之下，诗人的所见所感，整个诗歌都沉浸在新晴山月的清辉中。

我们知道，文同是北宋一位著名的画家，他的表弟苏轼的画也是由他指点而逐步成名的。作为一个画家，他总是用绘画的眼光来观察事物，诗歌中自然流露出了绘画的成分。所谓"诗是无形画，画是有形诗"（宋张舜民《跋百之诗画》），在他的笔下，诗画是融为一体的，交互作用，相得益彰，显现出了独具一格的风采。例如他的《咏鹭》："避雨竹间点点，迎风柳下翩翩。静依寒蓼如画，独立晴沙可怜。"《娱书堂诗话》评论道："清拔可喜。"这个"可喜"，也就是以形象的笔墨，写出了鹭鸶"如画"的景象，让人领略到了赏心悦目的诗情画意。这首《新晴山月》，也是如此。诗人非常喜爱这新晴之后的皎洁的山月，他在如水的月色之下徘徊，细细地观察月光带来的诗情画意。他首先看到的，是从高大的松树上漏下来的稀疏的月光，那松树的枝干被月色映照到地上，仿佛是画出来的一幅画，斑驳陆离，枝柯交错，意趣天成，真是奇妙非常。这里，"漏"这个动词，用得很巧。唐代诗人常建有"松际露微月"之句，意境有些相近，而"露"远不如"漏"来得空灵洒脱。同样，"画"字，更是妙不可言，他不仅把月亮拟人化了，似乎月亮也会作画，和自己成为同调，显得特别亲切；而且直接点出了地上的"画"，让人产生意外的惊喜，不禁要和诗人一起来仔细品味和欣赏了。正因为有如此皎洁美好的月色，有这样奇妙的"画"，所以诗人要久久地在这里徘徊流连，爱而不忍离去，连睡觉也忘记了。

就在诗人细心审视月色松树构成的图画之后，漫步之中，他看见了池塘中卷着叶子的荷叶，又听见山果坠落的声音。"怯风池荷卷"，是从视觉方面说，把眼前所见的事物形象地写出来，构成画面；但说池荷怕风，也有诗人的想象，意思更加深厚。"病雨山果坠"，是从王维的《秋夜独坐》中"雨中山果落，灯下草虫鸣"化用过来的。有人评论王维的这两句诗说："由极静的环境中写出极细微的声音，动中见静，体物入妙；且寓意于景，语近情长。"（王达津《王维孟浩然选集》）文同的这句诗，也有同样的效果，他是从听觉着笔，来写自己的所感：山果之所以坠落，是因为雨水太多的缘故。而且"病雨"，说明雨已经下得很久，这和题目也紧紧扣合，暗中照应了题目。临末，诗人说："谁伴余苦吟？满林啼络纬。"在这样的月色下，诗人既有欣赏月光和图画的喜悦，但是更多的还是从心底里油然升起的一片凄清的情怀，所以他要发出谁来陪伴我的凄苦的吟唱的反问。然而在洒满银辉的松林中，万籁俱寂，没有回答，只有纺织娘的自吟自唱，这就进一步衬托出了作者的孤寂。诗歌从欣赏月色松树图的喜悦开始，几经变化，到最后以清幽凄苦的夜景结束，写出了自己的苦吟心境，画意诗情结合，收到了声情并茂的效果。（管遗瑞）

寄宇文公南

文　同

彭泽长谣便归去，君辞曲水亦其徒。
一官何藉五斗米，二子况皆千里驹。
懒对俗人常答飒，厌闻时事但卢胡。
从来绵竹多贤者，唯是扬雄失壮夫。

题下原注："自文州曲水令弃官"。

宇文公南（约1029—1083），名之邵，汉州绵竹（今四川绵竹）人。其生活的时代，正是北宋社会矛盾日趋激化的时期，"三冗三费"的弊政加剧着财政的负担，空虚的财政又导致朝廷拼命的搜刮，而繁重的徭役伴随的是接连不断的骚乱和起义。面对即将失控的局面和入不敷出的窘境，宋朝的最高统治者痛下决心，准备变法。这时，宇文公南正在文州曲水（今甘肃文县）当一名小小的县令。他向下诏求言的神宗皇帝提出亲贤远佞、净化风俗、养成廉耻等主张，指出郡县"有利未必兴，有害未必除者"，皆是中央权力过于集力所致，宜将权力下放到郡县，"上泽下流"，减轻民众负担。这些建议递交上去，却没有得到神宗皇帝的批复，宇文公南感叹说："吾不可仕矣。"于是弃官回家。

由于宇文公南和晋代的陶渊明有类似的经历，都是在县令任上辞官回家，又都追求清高、不贪慕名利，所以这首七律起首就引陶渊明的典故，指出"曲水令"效仿的是当年的"彭泽令"解绶去职，赋《归去来》回家的事迹，在操守和品行上，陶渊明就是宇文公南的榜样。

颔联"一官何藉五斗米，二子况皆千里驹"，乍眼一看，平淡无奇。"五斗米"典出《宋书·陶潜传》、"千里驹"典出《汉书·楚元王传》，都是妇孺皆知、老生常谈的故事。但是，如果将其与苏轼《借韵贺子由生第四孙斗老》中的名句"无官一身轻，有子万事足"对读，则格调超凡、意味深长。文同与苏轼是挚友，二人意气相投，对于生活理想的界定也非常一致，尽管这种界定充满了对现实生活的调侃和无奈。当然，文同的才气明显不及苏轼，"无官一身轻，有子万事足"十个字，言简意赅，警策切理，表现出诗人精湛的炼句功夫。

其实，全诗最精彩、最值得玩味之处是颈联两句，它抓住宇文公南辞官归田后，与家乡百姓聚居时的日常生活场景：或酒肆中，或茶坊内，一位本该大有作为的士人精英，现在却混迹于小贩俗客间，一个"懒"字、一个"厌"字，充满着对世俗生活的消极否定和深深的鄙夷，却又无可奈何，于是，只好报之以"答飒"、"卢胡"。"答飒"就是精神不振的样子，"卢胡"则是喉咙间发出的笑声。此时的宇文公南已不再是当年那位守正不阿、直言极谏的县令，他累了，是心累，面对弊政丛生、积重难返的局势，正所谓："滔滔者天下皆是也，而谁以易之？"（《论语·微子》）自古宝剑藏匣、珠玉蒙尘，都有一股令人难以消解的怨懑，但是，当心底长长的叹息，化成喉间一声轻轻的冷笑，这究竟是一种怎样的悲哀和沉痛？

尾联最末一句，典出扬雄《法言·吾子篇》："或问：'吾子少而好赋？'曰：'然。童子雕虫篆刻。'俄而曰：'壮夫不为也。'"雕虫小技，壮夫不为，是英雄豪杰们的口头禅，例如，项羽曰："剑，一人敌，不足学，学万人敌。"（《史记·项羽本纪》）又如，陈蕃"有室荒芜不扫除，曰：'大丈夫当为国家扫天下'。"（《汝南先贤传》）在当时人眼中，宇文公南不仅是位贤者，更是一个豪气干云的壮夫。壮夫者，大丈夫也。孟子曰："富贵不能淫，贫贱不能移，威武不能屈，此之谓大丈夫。"司马光称赞宇文公南："吾闻志不行，顾禄位如锱铢；道不同，视富贵如土芥。今于之邵见之矣。"要理解结尾为什么用扬雄的这则典故，当与司马光的这句评语对读。（李晓宇）

【贺铸】（1052—1125），字方回，祖籍山阴（今浙江绍兴），生长于卫州（治今河南卫辉市）。宋太祖贺皇后五代族孙，妻为宗室赵克彰女。贺铸早年任武职，后转文官，曾任泗州、太平州等地通判。晚年退居苏州，自号庆湖遗老。工诗词，著有《庆湖遗老诗集》、《东山词》。

留别田昼

贺 铸

君家陋巷一尺泥，吾车有轮马有蹄。
犯寒踏雨重相过，明日扁舟吾遂西。
回首邯郸迹如扫，离索十年成潦倒。
兔葵燕麦春自妍，蝉腹龟肠气方饱。
云迷窅窅谢攀跻，长铗与人还故栖。
异时结驷来南亩，耕者老夫锄者妻。

题下原注："田字承君，始名至明，字君义，元丰初，滏阳同官也。辛未二月，邂逅于高邮，因赋此以赠别。"

元祐六年（1091）二月的一天，贺铸趋车拜访十年前在滏阳（今河北邯郸）一起做官的田昼。田昼住在高邮（今江苏高邮）一条简陋的巷子中，巷子里的淤泥堆积有一尺厚，马车从上面辗过，留下深深的印痕。这个场景十分类似先秦时代一个著名的典故："原宪不厌糟糠，匿于穷巷。""子贡相卫，而结驷连骑，排藜藿入穷阎，过谢原宪。宪摄敝衣冠见子贡。"（《史记·仲尼弟子列传》）同是孔子弟子，原宪贫寒，子贡富贵，但是，孔子曰："君子谋道不谋食，忧道不忧贫。"贫富的巨大反差不是判定二人优劣的标准，人生的意义和价值另有衡量的尺度。西行前的贺铸不惜冒着严寒和风雨，再次拜访田昼，就像子贡去见原宪一样，虽然时隔一千五百年，但历史总是在反复重演。老友重逢，回想邯郸共事时的情景，十年的时光如闪电划过一般迅速消逝，没想到如今田昼的处境却是如此潦倒。

"兔葵燕麦"、"蝉腹龟肠"是两个成语，前者形容景象荒凉，后者比喻处境穷困，对仗极其工稳。葵、麦、蝉、龟这些意象高度浓缩了田昼穷困潦倒的生活。尽管处在荒凉的地方，兔葵、燕麦这样的野草依旧生意盎然；尽管物质极度匮乏，蝉能饮露止渴，龟能吸气疗饥。我们很难分清楚这些比喻究竟是在赞扬田昼的安贫乐道，还是在安慰他的颓唐失意。但是，有一点可以肯定：贫困的物质生活，可以检验一个人的精神境界。孔子曰："君子固穷，小人穷斯滥矣。"在山穷水尽之际，正是君子和小人的分水岭，有道德的君子仍然可以坚持操守，但无良的小人则原形毕露，恣意妄为而无所节制。田昼的"自妍"、"方饱"所体现的正是君子的坚持与节制。孔子曰："邦无道，富且贵焉，耻也。"（《论语·泰伯》）孔子认为：假如在荒唐无道的乱世，一个人既富且贵是非常可耻的事情。因此，田昼的贫穷，和原宪是一样的，这不是懒惰造成的，而是一种严肃的道德选择。在金钱和良心之间，在温饱和尊严之间，总有人选择舍生取义、以身殉道。孔子曰："饭疏食，饮水，曲肱而枕之，乐亦在其中矣。不义而富且贵，于我如浮云。"（《论语·述而》）田昼的生活，正是孔子这句话的真实写照：吃着粗饭、喝着凉水，过着艰苦的生活，但也乐在其中。靠不正当、不道德的手段得来的富贵，如浮云一样虚幻不实、飘忽不定。有的人虽然潦倒，但活得踏实，有的人春风得意，到头却是黄粱一梦。

最后四句究竟是贺铸自述归隐之志，还是劝慰田昼归隐，意指不太明确。一般认为是贺铸自述归隐之志。据《宋史·贺铸传》："元祐中，（贺铸）以尚气使酒，不得美官，悒悒不得志，食宫祠禄，退居吴下。"诗中"云逵"指仕宦之途。贺铸觉悟到：青云之路太虚幻渺茫，古往今来无数人为求功名，忍辱负重，机关算尽，最后真正能攀上富贵的又有几人？况且高处不胜寒，能全身而退的就更少了。这样功名利禄，求来又有什么意义呢？倒不如"长铗与人"，知难而退。"长铗与人"，指不再寄人篱下，典出《战国策·齐策》：冯谖贫乏不能自存，寄食孟尝君门下，不满于左右亏待他，便弹剑唱道："长铗归来乎，食无鱼！""长铗归来乎，出无车！""长铗归来乎，无以为家！"因此，结尾两句的意思应该是：想像他年贺铸自己归隐乡间，田昼则已经仕途通达，驾着四马并辔的车来田野中拜访他，那时贺铸与老妻正在田间耕田、锄草。相对于寓居陋巷、寄人篱下的日子，这样或许更好一些。

全诗通过与田昼重逢的所见所感，真实反映了北宋中后期下层官吏穷困潦倒的生活，以及他们在富贵与操守、出仕与退隐之间的不同选择。据《宋史·田昼传》，十多年后，田昼主动请求出任淮阳军的长官，适逢大疫，他每天带领着医生给病者治疗，结果不幸感染疫疾而卒。他死后，淮阳人供奉他为"土神"。而退隐后的贺铸，则写出了"一川烟草，满城风絮，梅子黄时雨"的佳句。假如真有一天，"土神"与"贺梅子"再次重逢，论及当年的进退得失，又该作何感想呢？（李晓宇）

【道潜】（1043—1102），字参寥，俗姓何，本名昙潜，赐号妙总大师，宋杭州于潜（今浙江临安）人。自幼出家。与苏轼、秦观友善。有《参寥子诗集》。

临平道中

道 潜

风蒲猎猎弄轻柔，欲立蜻蜓不自由。
五月临平山下路，藕花无数满汀洲。

这是一首写景诗。作者道潜是北宋的著名和尚，字参寥，又叫参寥子。他本名昙寥，苏轼为他另外起名道潜。俗姓何，杭州于潜县（今浙江临安）人，自幼出家，能文工诗。他和苏轼关系密切，随着苏轼的宦海浮沉，他也历尽坎坷。陈师道说他是"释门之表，士林之秀，而诗苑之英也。"（《送参寥序》）在宋代众多诗僧中，他的确是很有代表性的。

写景诗的基本要求，也是最难做到的，就是要用笔灵活，景象鲜明，造成一种生动形象的意境，让人有如临其境之感。这首诗在这方面堪称楷范。第一、二句写"风蒲"和"蜻蜓"。蒲即蒲苇，长在水边。"猎猎"是风吹蒲苇的声音。风吹蒲苇，柔叶不停地摆动，显得非常轻柔。这里用"弄"字一点，似乎是风和蒲苇在互相惹弄和嬉戏，立即生动起来，如同"云破月来花弄影"（宋人张先词句）的"弄"字一样，起到了传神的动的效果。再看"蜻蜓"，因为风吹柔叶，它想站而又站立不住，不停地站而又飞、飞而又站，景象多么生动，就好像在读者眼前晃动一样。"不自由"，此指站立不稳，也是从柳宗元诗句"春风无限潇湘意，欲采蘋花不自由"（《酬曹侍御过象县见寄》）中化出的，但又有了新的意思，化用得非常轻灵自然。这两句，真是把风蒲和蜻蜓的动态写活了，组成了一幅很有代表性的图画。

第三、四句，又转换镜头，瞄准了另一幅美景。这里的"临平"，即临平山，在浙江余杭境内，其地除临平山外没有高山峻岭，四周平旷，有平原风味。这一句既点明了时令，补充了前两句中写景的地点，也为下一句描写预作了过渡。接下来就是最后一句"藕花无数满汀洲"了：只见那水中的小洲（即"汀洲"）上长满了无数的荷花（即"藕花"），我们可以想见，那"无穷碧"的"接天莲叶"在汀洲上铺展开来，一望无际，而碧绿的无尽的荷叶上面又点缀着数不清的红红白白的荷花，望不到尽头。这是多么开阔的画面，多么美丽的景色，身处其中，真是要陶醉了。读者读到这里，也不禁要为这临平道中的景色而陶醉。如果说，前面两句主要是写动态的话，那么后两句则主要是写静态了,动静结合,诗具画景,画见诗情,这首诗把诗画两种艺术都结合在一起了,正如苏轼在《书摩诘蓝田烟雨图》中说的:"味摩诘之诗,诗中有画;观摩诘之画,画中有诗。"这首诗和王维的诗有相同之处。

这首写景诗,就是由这两幅画面组成的,它的生动传神的描写,不能不叫人叹服,好像我们也来到了临平道中,沿路亲自观赏了这美丽的景色。不仅如此,在结构上,其中第三句起了很好的转折作用。元人杨载在《诗法家数》中说:"绝句之法,要婉曲回环,删芜就简,句绝而意不绝,多以第三句为主,而第四句发之。"又说:"大抵起承二句固难,然不过平直叙起为佳,从容承之为是。至如婉转变化功夫全在第三句,若于此转变得好,则第四句如顺流之舟矣。"这些话,用来评论这首诗,是再恰当不过了。如果把第三句的意思放在第一句中去说,整首诗平铺直叙,那就缺乏了起伏跌宕的的诗意了。可见它在结构的匠心上,也给我们做出了很好的示范,给人以启发。

这首诗,因为诗情画意都很浓,所以苏轼特别称道。据《宋诗纪事》卷九十一载:"参寥子曾在临平道中赋诗云云,东坡一见而刻诸石。"把它书写下来,刻在石头上。道潜本人又有《观宗室曹夫人画》诗,自注中说,曹夫人曾经表示要据此诗"作《临平藕花图》"。《宋诗纪事》同卷亦记载:"宗妇曹夫人善丹青,作《临平藕花图》,人争影写。"可惜这幅画没有流传下来,不过我们读了这首风神秀逸,画意盎然的诗,也可以想见其大概了。(管遗瑞)

口占绝句

道　潜

多谢尊前窈窕娘,好将幽梦恼襄王。
禅心已作沾泥絮,不逐春风上下狂。

《红楼梦》九十一回黛玉和宝玉谈禅,黛玉说:"水止珠沉,奈何?"意思说我要是死了,你宝玉怎么办?宝玉就说:"禅心已作沾泥絮,莫向春风舞鹧鸪。"来表明对黛玉的之死靡它的决心。这前一句就是引用道潜和尚(即参寥子)这首诗的第三句(后一句是引用唐人郑谷诗《席上赠歌者》中的一句)。从这里,我们可以看见这首诗在历代传诵的情况。

这首诗有一个故事。据《宋诗纪事》卷九十一记载:"东坡(按即苏轼)在徐州,参寥自钱塘访之。坡席上令一妓戏求诗,口占云云,一座大惊,自是名闻海内。"苏轼原来只是想让妓女和他开开玩笑的,不料经道潜随口一吟(即口占),竟成了传诵古今的一首名作。

和尚是不能亲近女色的，所以道潜这首诗的前两句就一下子把妓女撇开，让她不要和自己交往，还是去找"襄王"吧。第一句很客气，开口就"多谢"，还把这位妓女叫做"窈窕娘"，即文静美丽漂亮的女子，在客客气气中保持着距离。第二句是用了宋玉《高唐赋》中的故事："昔者先王尝游高唐（按高唐即高阳，楚人在云梦泽中建筑的祭祀先祖高阳的高台），怠而昼寝，梦见一妇人曰：'妾巫山之女也，为高唐之客。闻君游高唐，愿荐枕席。'王（按即楚襄王）因幸之。"这里用了这个典故，把妓女比作巫山神女，让她去"恼"襄王。这里的"恼"字，不是气恼的"恼"，是撩拨、逗引的意思。意思是说你不要来和我开玩笑了，还是到楚襄王那里去和他厮混吧。这一句是他反过来和妓女开了一个玩笑，引用的典故和妓女的身份非常贴切，话也说得很含蓄得体，表现出了道潜过人的机智，诗歌也因此显得生动活泼，趣味横生。

后两句，道潜就正面表明自己出家人的态度。不过他也没有直说，而是用柳絮来作比喻。"禅心"就是入禅之心，指心注一境不为外物所动的境界。他说自己的心就像沾粘在泥上的柳絮一样，已经万念俱寂，自己决不会再像没有沾泥之前的柳絮那样，随风飞扬，在春风中狂舞了。这个比喻也很生动形象，说明了作者的安心之固和禅心之坚的至高佛性。因为这句"禅心已作沾泥絮"，形象生动，意思深刻，就常常被引用来表达内心志向的坚定和不可动摇，也成为后世谈禅者很喜欢的话头，所以宝玉在谈禅中就随口引用了，也非常贴切。（管遗瑞）

【张舜民】字芸叟，生卒年不详，宋邠州（今陕西彬县）人。陈师道之姊夫。英宗治平二年（1065）进士，为襄乐令。元丰中，环庆帅高遵裕辟掌机密文字。元祐初做过监察御史。徽宗时升任右谏议大夫，不久以龙图阁待制知定州。改知同州。曾因元祐党争事，牵连治罪，被贬为楚州团练副使，商州安置。又出任过集贤殿修撰。

打　麦

张舜民

打麦打麦，彭彭魄魄，声在山南应山北。四月太阳出东北，才离海峤麦尚青，转到天心麦已熟。鹎旦催人夜不眠，竹鸡叫雨云如墨。大妇腰镰出，小妇具筐逐。上垅先捋青，下垅已成束。田家以苦为乐，敢惮头枯面焦黑。贵人荐庙已尝新，酒醴雍容会所亲；曲终厌饫劳童仆，岂信田家未入唇。尽将精好输公赋，次把升斗求市人。麦秋正急又秧禾，丰岁自少凶岁多，田家辛苦可奈何！将此打麦词，兼作插禾歌。

张舜民是陈师道的姊夫，苏轼的好友。他的诗文集名《画墁集》。"画墁"典出《孟子·滕文公下》，乃涂污墙壁之意，这是作者的自谦之辞，意谓自己的诗文鄙俗，贴在墙上，只会玷污墙壁。《瀛奎律髓》称他"诗学白乐天"，主要是指张舜民的诗歌风格模仿白居易，都是走现实主义的路线，多为感叹时世、反映民间疾苦的内容。

张舜民的《打麦》在立意、取材、语言、手法等方面明显模仿白居易的《观刈麦》，它们都通过收麦时农村辛勤忙碌的劳动场面，揭露了当时繁重的赋税制度，对劳动人民的苦难生活寄以了深切的同情。在诗歌形式上，《观刈麦》是五古，而《打麦》是一首七古杂言诗。《打麦》以"彭彭魄魄"的打麦声开篇，展现出一派热火朝天的劳动景象。由于麦熟很快，急需收割，农人内心异常焦急。诗人记录了半天之内，麦子由青转黄的过程。麦收季节，就在四月（一作"五月"）前后几天，但时间无法准确掌握。早晨，太阳刚从海上升起时，麦子还是青油油的，到中午就已经成熟了。鹖旦，是一种夜鸣求旦的鸟。竹鸡，是一种喜居竹林的鸟，古人认为它的啼声是下雨的征兆。鹖旦、竹鸡的鸣叫声衬托出农时的紧迫。一方面，麦子随时可能成熟，要时刻准备收割，所以心情异常紧张；另一方面，担心下雨给收割带来不便，想要抢在下雨之前打完麦子，继续插秧耕种，使得本来就很紧张的心情又增添了一层焦虑。

麦子终于熟了，焦急的期待变就了紧张的忙碌。年长的妇人腰间系着镰刀出门，年轻的妇人拿着笭筐紧紧跟随。她们一前一后来到田亩上，上垅地里的麦子才开始捋青（把未成熟的青麦粒从麦穗上捋取下来。），转瞬之间，下垅地里的麦子已被她们成束地捆扎在一起。这是用夸张的手法，表现了这两位农家妇女动作熟练和工作忙碌。所以，后面两句总结说：农家以苦为乐，在辛勤的劳动中体会丰收的喜悦，哪怕被烈日晒得一头憔悴、面目焦黑，也在所不顾。这两句与白居易《观刈麦》中"足蒸暑土气，背灼炎天光，力尽不知热，但惜夏日长"四句意思是一样的。

接下来，诗人将视角一转，从忙碌的抢收现场转到达官显贵的宗庙，那里正在举行以新熟五谷献祭的"荐新"仪式，祭祀完成后，贵人又拿出新酿的甜酒大宴亲朋。"酒醴雍容会所亲"中的"雍容"是画龙点睛之笔，既表现了贵族之家的高贵威仪，又含有从容不迫之义，与农人在田间的劳碌形成鲜明对比。"曲终厌饫劳童仆，岂信田家未入唇"，意思是宴会结束，宾客已酒足饭饱，剩下的美酒佳肴全部赏赐给家童和仆人享用，此时此刻，岂知真正为粮食而辛苦劳作的农家还未品尝过一口呢。这种阶级制度下强烈的贫富反差，经常见诸唐宋诗篇，例如，"朱门酒肉臭，路有冻死骨"（杜甫《自京赴奉先县咏怀五百字》），"四海无闲田，农夫犹饿死"（李绅《古风》），"十指不沾泥，鳞鳞居大厦"（梅尧臣《陶者》），"遍身罗绮者，不是养蚕人"（张俞《蚕妇》）都是反映残酷的剥削制度造成的巨大不平等，倾注着对穷苦大众的无限同情。白居易《观刈麦》更是反躬自省："今我何功德，曾不事农桑。吏禄三百石，岁晏有余粮。念此私自愧，尽日不能忘。"这样的觉悟，无论在古代，还是在现代，都是难能可贵的。

最后，诗人试图从繁重的赋税制度中寻找造成农民悲惨命运的根源。一方面，农人将最精好的新麦尽数交给官府，另一方面，自己的口粮则要一升一斗地求购于别人。辛勤耕作的劳动成果，劳动者最后不但不能享用，反而还要自己掏钱去购买口粮，才能养活自己，这是多么荒唐的剥削制度啊！《观刈麦》中也有"家田输税尽，拾此充饥肠"之句，揭示了苛捐杂税给农民造成的沉重负担，是农民苦难生活的根本原因。农民们一年到头忙碌着，抢收完麦子，又赶紧插秧栽水稻，没有时间休息。丰收的年份尚且如此辛劳，如果遇上灾荒的年份，生活就更苦了，而且丰收的时候毕竟是少数，更多的时候是荒年。农民不断地辛勤劳苦，却永无出头之日，只能徒唤奈何。刚刚收获完，又要开始重新耕种，悲惨的生活循环往复，所以全诗以"将此打麦词，兼作插禾歌"结束，表现出对农民的遭遇既同情又无奈的复杂感情。（李晓宇）

【唐庚】（1070—1120），字子西，人称鲁国先生。宋眉州丹棱（今属四川）人。哲宗绍圣（1094）进士，徽宗大观中为宗子博士。提举京畿常平。谪居惠州，后遇赦北归，复官承议郎，提举上清太平宫。于返蜀道中病逝。

讯 囚
唐 庚

参军坐厅事，据案嚼齿牙。引囚到庭下，囚口争喧哗。
参军气益振，声厉语更切："自古官中财，一一民膏血。
为吏掌管钥，反窃以自私；人不汝谁何，如摘颔下髭。
事老恶自张，证佐日月明。推穷见毛脉，那可口舌争？
有囚奋然出，请与参军辨："参军心如眼，有睫不自见。
参军在场屋，薄薄有声称。只今作参军，几时得骞腾？
无功食国禄，去窃能几何？上官乃容隐，曾不加谴诃。
囚今信有罪，参军宜揣分；等是为贫计，何苦独相困！
参军嗫无语，反顾吏卒羞；包裹琴与书，明日吾归休。

唐庚与苏轼是同乡，又都贬到过惠州，所以有"小东坡"之称。
钱钟书认为《讯囚》所叙述的是一出戏剧，而非审讯的实录，他说："'参军'

在这里指排场十足的官员,并不一定说知府的属官。唐宋戏剧里有个角色叫'参军',就是扮演官员的;唐庚写的情景正是洪迈《容斋随笔》卷十四所说:'优伶之为参军,方其据几正坐,噫呜诃箠,群优拱而听命。'"(《宋诗选注》)这一观点虽然十分新颖独到,但也不一定完全正确。查龚延明《宋代官制词典》,有"司理参军事"和"录事参军事"二职:"司理参军事"掌讼狱勘鞫公事,主持司理院;"录事参军事",为州郡属官,掌州院、军院(州、军监狱)众务,并有纠察诸曹官之职。这极有可能就是诗中所说的"参军"。无论是虚构的戏剧,还是直书的史实,并不重要,重要的是《讯囚》一诗以讽刺的笔调,淋漓尽致地揭露了当时官吏的贪腐和官场的弊政,是宋代叙事诗的一篇佳作。

  《讯囚》开篇四句仅二十字,以"参军、众囚","厅上、庭下","嚼齿牙、争喧哗"三组对比,简练清楚地交代了人物、地点和冲突的故事情节,一边是参军坐在厅上咬牙切齿,一边是众囚在庭下高声喧哗。但是,居高临下、威风八面为何咬牙切齿?收押在牢的众囚又为何高声喧哗?诗人先设下悬念,渐渐引人入胜。全诗的主体部分由两段对话组成,第一段对话,诗人借参军义正辞严的一段训话交代了事情的原委,以及众囚所犯的罪行。原来这群囚犯是掌管仓库出纳的曹官或更下级的执事小吏,他们利用掌管仓库钥匙的职务之便,盗窃公家财物。由于是监守自盗,一时很难发现,所以无论是地方长官还是老百姓,对他们的行为都无可奈何。而看守者自己做贼,也一点都不费事。"如摘颔下髭"的比喻十分精彩,意谓监守自盗,如拔自己下巴上的胡须一样,既容易得手,又不易被识破,必须要等到天长日久、积少成多之后,方有可能东窗事发。所以,后面有"事老恶自张,证佐日月明"两句,说明这群贪官污吏已经恶贯满盈、众目昭彰,绝非初犯。钱钟书对"推穷见毛脉,那可口舌争"二句的白话翻译为:"犯了罪久而久之终会破案的,证据已经明明白白;把你的隐情细节都查出来了,还想狡辩么?"(《宋诗选注》)我们认为,"推穷见毛脉"与"如摘颔下髭"是两个前后照应的比喻,"毛脉"指须发之下的毛细血管,这里借指隐蔽细微之处。以拔胡须过多,露出皮肤下面的血管为譬,喻贪污的罪行日积月累,终于暴露。

  但是,出人意料的是参军的一番训斥,非但没有使众囚服气,相反,居然还有囚犯公然站出来与参军面对面地争辩,开口就是一个巧妙的比喻:"参军的内心像眼睛一样,能洞察外界的细微,而睫毛长在眼前,自己却看不见。"这个形象的比喻出自《韩非子·喻老》:"臣患智之如目也,能见百步之外,而不能自见其睫。"指缺乏自知之明。为什么说参军缺乏自知之明呢?据《宋史》卷一百七十《职官十》,"司理参军"和"录事参军"二职是"文武官父任承直郎以下赠官",也就是说讯囚的这位参军极有可能是因为父辈的功勋而荫补得官的。所以,囚犯后面紧接着说参军在科举考试中没有什么名声，本无资格做官，而今当了参军，是什么时候升官的？"无功食国禄"一句，最能证明这位参军是凭上代功勋而获得的官职，是个荫官。关于宋代荫补耗费无数钱财，竭民力以养冗官，参阅《廿二史劄记》卷二十五"宋恩荫之滥"条。由于恩荫的制度产生大量冗官，他们无功受禄，本质上与盗窃国库的钱财没有两样。加上恩荫制度使高官的子孙们受益，所以上层官僚都容忍和包庇这一不合理的现象，没人出来进行谴责。

囚犯的一席话，揭示了这起监守自盗的案件背后深层次的矛盾根源。整个案件的因果链是：恩荫制度产生大量冗官，冗官的俸禄耗费大量国库经费，造成下层官吏俸禄减少，不得不串通起来盗窃仓库的财物，以缓解经济压力。诗人通过这件小小的盗窃案折射出北宋王朝后期深刻的制度危机。

故事的结尾，参军幡然悔悟，羞愧难当，决定罢官而去。参军的行为当然不能从根本上解决恩荫制度的危机，因为制度的问题不能依赖个人的觉悟化解，而要靠一套良性的、合理的机制来纠正。但是，参军最后选择罢官，不愿与恶性循环的制度同流合污，表现出他个人正直的禀性。（李晓宇）

醉　眠

唐　庚

山静似太古，日长如小年。
余花犹可醉，好鸟不妨眠。
世味门常掩，时光簟已便。
梦中频得句，拈笔又忘筌。

政和元年（1111），举荐唐庚为提举京畿常平（管理常平仓，调节米价的官员）的宰相张商英罢相，受此事牵连，唐庚被贬至广东惠州。这首五律是唐庚谪居惠州时所作。

首联对仗工稳，分别从空间、时间两方面进行铺垫，描写山居生活的平淡闲适。"太古"指远古，"小年"指将近一年。山中寂静如远古时代，白天绵长如度过一年，但似乎有一种难以排遣的情绪正在酝酿之中。南宋罗大经《鹤林玉露》丙编卷四"山静日长"条，曾谈到对这两句诗的亲身体会："唐子西诗云：'山静似太古，日长如小年。'余家深山之中，每春夏之交，苍藓盈阶，落花满径，门无剥啄，松影参差，禽声上下。午睡初足，旋汲山泉，拾松枝，煮苦茗啜之。随意读《周易》《国风》《左氏传》《离骚》《太史公书》及陶杜诗、韩苏文数篇。从容步山径，抚松竹，与麛犊共偃息于长林丰草间。坐弄流泉，漱齿濯足。既归竹窗下，则山妻稚子，作笋蕨，供麦饭，欣然一饱。弄笔窗间，随大小作数十字，展所藏法帖、墨迹、画卷纵观之。兴到则吟小诗，或草《玉露》一两段，再烹苦茗一杯，出步溪边，邂逅园翁溪友，问桑麻，说粳稻，量晴校雨，探节数时，相与剧谈一饷。归而倚杖柴门之下，则夕阳在山，紫绿万状，变幻顷刻，恍可入目。牛背笛声，两两来归，而月印前溪矣。味子西此句，可谓妙绝。然此句妙矣，识其妙者盖少。彼牵黄臂苍，驰猎于声利之场者，但见衮衮马头尘，匆匆驹隙影耳，乌知此句之妙哉！"

颔联从宏大的时空叙事转向微观的景物描写：尽管春意阑珊，却仍有残花可供把盏一醉；尽管鸟声嘈杂，但并不妨碍酒后的酣眠。"醉"、"眠"二字正好扣题。这两句写山间景致，融情于景，丝毫不露痕迹。在远离尘嚣的山中，一切仿佛皆已凝固，没有名利的诱惑，没有人事的烦恼，诗人再次将视角从空旷的山林转向更微观的房舍。"世味门常掩"，指世俗的人情冷暖已经看够了，所以经常闭门谢客。钱钟书指出："那时候唐庚得罪贬斥在广东，怕惹出是非，跟人很少往来，所以有'世味'这一句。"（《宋诗选注》）"时光簟已便"，指自己最适合在竹席上打发时光。因为当时已是春夏之交，又地处广东，所以提到竹席，是写实之笔。从深层的意思讲，前一句表示看惯了世态炎凉，后一句表示自己心平气和。

诗题《醉眠》，故前面提到"簟"，尾联又提到"梦"，都与题目呼应。"忘筌"，典出《庄子·外物》："筌者所以在鱼，得鱼而忘筌；蹄者所以在兔，得兔而忘蹄；言者所以在意，得意而忘言。"意谓筌是用来捕鱼的工具，但捕到鱼就忘记了筌；蹄是用来捕兔的，捕到兔就忘记了蹄；语言是用来表达意义的，掌握了意义就忘了语言。钱钟书认为"筌"借作"诠"，"忘筌"即"忘诠"，"忘诠"即"忘言"。诗人梦中时时得到佳句，醒来提笔却又忘掉该怎么说了。梦中得句，是似得实失；提笔忘筌，是似忘而实得。所失者，是梦中之诗句；所得者，是人生之真谛。故失不必悲，得不必喜，宠辱不惊、得失泰然才是人生的最高境界。

全诗在思想情趣上，流露出一种平淡旷达、悠然自得的态度，写作风格上，追求字句精密细致，反复推敲锤炼，近乎苦吟，是唐庚后期诗歌的代表作之一。（李晓宇）

春日郊外

唐 庚

城中未省有春光，城外榆槐已半黄。
山好更宜余积雪，水生看欲倒垂杨。
莺边日暖如人语，草际风来作药香。
疑此江头有佳句，为君寻取却茫茫。

关于"踏春"、"寻春"题材，唐宋诗歌中屡见不鲜，例如，白居易《大林寺桃花》："人间四月芳菲尽，山寺桃花始盛开。长恨春归无觅处，不知转入此中来。"朱熹《春日》："胜日寻芳泗水滨，无边光景一时新。等闲识得春风面，万紫千红总是春。"都是脍炙人口的名篇。尽管唐庚的这首七律《春日郊外》不及上述诗作名气大，却受到诗评家的一致好评，如，方回曰："此诗句句工致。"纪昀曰："工而不俗。"(《瀛奎律髓汇评》) 所谓"工致"，就是工巧精致之意，主要体现在这篇诗作对字句的锤炼上。

起首第一句"城中未省有春光"，疑袭用苏辙《送陈安期都官出城马上》第一句"城中二月不知春"，这种写法好似《红楼梦》第五十回，王熙凤《芦雪庵争联即景诗》的起句"一夜北风紧"，好就好在"这句虽粗，不见底下的，这正是会作诗的起法"。前人咏春，必提桃红、柳绿等语，此诗不落俗套之处在于第二句以"榆槐半黄"看春色，诗人从城外叶子发黄的榆树、槐树中获得了美感，真是别具一格。

颔联两句，被方回评为"绝奇"，意思其实很简单，就是大地回春，山顶却还留着未化的积雪；春水渐渐上涨，映出杨柳的倒影，好像树倒栽着一样。这两句之所以被称为"绝奇"，在于诗人观察山水的独特审美视角。山山水水，究竟以何为美？古往今来，不知有多少观点，如何能面面俱到。故《文心雕龙·物色》曰："四序纷回，而入兴贵闲；物色虽繁，而析辞尚简。"诗人的独特之处就在于他意趣和见识，他以山顶的积雪为美，以水中垂杨的倒影为美，完全颠覆了以往关于山水的审美视角。诗人目之所及，正是其心之所想，看到山顶的积雪，才能领悟山势的高峻；看到垂杨的倒影，才能领悟春水的生机。试问：如果没有积雪和垂杨的衬托，山水又如何能独自成其为山水呢？

"莺边日暖如人语"是倒装句，还原为正常语序应为"日边莺暖语如人"，体现了诗人炼句的精湛工夫。"暮春三月，江南草长，杂花生树，群莺乱飞。"(丘迟《与陈伯之书》) 草长、莺飞是咏春题材中常见的意象。如何别出心裁，将常见的意象推陈出新，诗人为此花了不少心思。首先，莺啼如人语，本无多少新意，但为了追求诗句的生新，特意将句法倒装。其次，"草际风来作药香"，诗人以独到的感受，不写草色，却写草的香味，春风袭来，草丛中传来一阵阵药香。诗人从味觉这个独特的角度，感受到春天的气息。

《庄子》曰："天地有大美而不言。"陶渊明的诗："此中有真意，欲辨已忘言。"尾联二句即从此思想中幻化而来。江边美景充满诗意，诗人却无法用语言表达出来，这正是古人所谓"书不尽言，言不尽意"(《周易·系辞上》) 的困境，当所有的锤炼推敲都不起作用时，真正的诗的意境才开始呈现。

吴师道曰："世人称宋诗人句律流丽，必曰陈简斋 (陈与义)；对偶工切，必曰陆放翁。今子西 (唐庚) 所作，流布自然，用故事古语，融化深稳，前乎二公，已有若人矣。《春日郊外》诗：'水生看欲倒垂杨。'绝句：'疑此江头有佳句，为君寻取却茫茫。'简斋有'水光忽倒树'及'忽有好诗生眼底，安排句法已难寻'之句，非袭用其语，则亦暗合者欤？"（《吴礼部诗话》）这段评语概括了唐庚诗歌的特点及其对后世的影响，有助于我们理解《春日郊外》一诗的意义。（李晓宇）

【黄庭坚】（1045—1105），字鲁直，自号山谷道人，晚号涪翁，宋洪州分宁（江西修水）人。"苏门四学士"之一。治平进士。哲宗时以校书郎为《神宗实录》检讨官，迁著作佐郎，以修史"多诬"遭贬。有《山谷集》《山谷琴趣外篇》。

题竹石牧牛

黄庭坚

野次小峥嵘，幽篁相倚绿。
阿童三尺箠，御此老觳觫。
石吾甚爱之，勿遣牛砺角。
牛砺角尚可，牛斗残我竹。

苏东坡善画怪石、丛竹，李公麟善画动物、人物，黄庭坚所题这幅《竹石牧牛图》乃苏李合作，苏画李补，甚有意态，加上黄庭坚作诗题字，可谓四美。

"野次小峥嵘"二句咏苏画竹石，野外有块小小怪石，石边有一丛翠竹。"峥嵘"是山石嶙峋的样子，借代怪石。次二句咏李补人牛，牧童手持三尺鞭，骑着头老牛。"觳觫"是牛恐惧貌，语出《孟子·梁惠王》，借代老牛。"老觳觫"与"小峥嵘"在字面上遥相映带而成趣，带有浓郁的书卷气，而语气亲切有味。

"阿童三尺箠"六句是观画有感，因为竹石野趣可爱，而人牛生动逼真，所以诗人不禁对画中牧童打起招呼来——这石头我太喜欢了，别让牛角摩擦损伤；更不能让牛打架，践踏了丛竹——这丛竹我也一样喜欢，语用韩愈诗"牧童敲火牛砺角"（《石鼓文》）、李涉诗"无奈牧童何，黄牛吃我竹"（《山中五无奈何诗》）。句调则仿李白《独漉篇》："独漉水中泥，水浊不见月。不见月尚可，水深行人没。"厚竹薄石，以石坚于竹故云耳。

诗于题外寓取风趣，是否还有别的寄意？论者认为，山谷出于拳拳公心，婉言奉告当政者不要搞宗派斗争，把好端端的局面弄糟。这样说，诗人就是从画而联想到真人真牛，再用喻当时执政的人，而托于"戏咏"了。这也是中国传统的比兴办法，这样写就可做到"言之者无罪，闻之者足戒"。就诗而言，也更加曲折有味。（周啸天）

> 子瞻诗句妙一世,乃云效庭坚体,盖退之戏效孟郊、樊宗师之比,以文滑稽耳。恐后生不解,故次韵道之。子瞻《送杨孟容》诗云:"我家峨眉阴,与子同一邦",即此韵。

黄庭坚

我诗如曹郐,浅陋不成邦。公如大国楚,吞五湖三江。
赤壁风月笛,玉堂云雾窗。句法提一律,坚城受我降。
枯松倒涧壑,波涛所舂撞。万牛挽不前,公乃独力扛。
诸人方嗤点,渠非晁张双。袒怀相识察,床下拜老庞。
小儿未可知,客或许敦庬。诚堪婿阿巽,买红缠酒缸。

此诗作于元祐二年(1087)。胡仔曰:"元祐文章,世称苏(轼)、黄(庭坚)。然二公当时争名,互相讥诮,东坡尝云:'黄鲁直诗文,如蝤蛑、江珧柱,格韵高绝,盘飧尽废,然不可多食,多食则发风动气。'山谷亦云:'盖有文章妙一世,而诗句不逮古人者。'此指东坡而言也。"(《苕溪渔隐丛话(前集)》卷四十九)正所谓"文人相轻,自古而然",虽苏、黄这样的大家也在所难免。但大师相轻,不像匹夫争道、泼妇骂街,而如《诗经·淇奥》所言:"善戏谑兮,不为虐兮。"

起初,苏轼写了一首《送杨孟容》:"我家峨眉阴,与子同一邦。相望六十里,共饮玻璃江。江山不违人,遍满千家窗。但苦窗中人,寸心不自降。子归治小国,洪钟噎微撞。我留侍玉坐,弱步欹丰扛。后生多高才,名与黄童双。不肯入州府,故人余老庞。殷勤与问讯,爱惜霜眉厖。何以待我归,寒醅发春缸。"自称是"效庭坚体"。黄庭坚认为这是苏轼的戏谑之语,如韩愈在《答孟郊》《酬樊宗师》中模仿孟、樊二人的写作风格一样。这就好比喜剧,优秀的模仿劣质的,聪明的模仿幼稚的,只会引起人们对丑的、差的予以嘲笑,对美的、好的予以肯定,所以黄庭坚说这是"以文滑稽耳"。

文人相轻,谦虚都胜,"谦受益,满遭损","一谦而四益"。黄庭坚的这首和诗用的就是"谦"字诀。起首四句,先极尽谦虚之能事,自比为春秋时的小国曹、郐,古人云:"自《郐》以下无讥焉"(《左传·襄公二十九年》),因为它们太微不足道了。而把苏轼比为泱泱大国楚国,表面上是赞东坡气象宏大,自己只能高山仰止,实则暗含讥讽,陈衍已指出前四句中颇有"微词"(《宋诗精华录》),曹、郐虽小,尚有四篇诗入《诗经·国风》;楚国虽大,《诗经》三百篇却没收其一首。可见黄庭坚皮里阳秋,对苏轼是明褒暗贬。

接下来四句从两个方面赞扬苏轼的人格和才华。赤壁矶下清风明月听吹笛,翰林院中云蒸雾绕坐霞窗,这是赞扬苏轼胸襟开阔、处世达观。"赤壁"句,典出《赤壁赋》:"客有吹洞箫者,倚歌而和之。"又见《与范子丰书》:"李委秀才来相别,因以小舟载酒饮赤壁下。李善吹笛,酒酣作数弄。"黄州赤壁,是东坡贬谪之地,东坡能在此吟风弄月,表示在江湖和庙堂之间进退自如。诗歌作法严谨,就像率领着一支纪律严明的军队;格律无懈可击,就像坚城一样固若金汤,自己只能甘拜下风,这是赞扬苏轼诗法精严、句律整齐。

接着四句再次将自己与东坡对比。黄庭坚将自己比作一棵枯松,栽倒在溪涧山谷中,被汹涌的波涛冲刷着,意谓自己才能平庸,老死沟壑,无人问津。而苏轼像一根栋梁之材,独立支撑着大厦,即使一万头牛都拉不动,意谓苏轼是安邦济世的大才。"万牛"二句,典出杜甫《古柏行》:"大厦如倾要梁栋,万牛回首邱山重。"如果要深究上述四句的意思,可能也是含有"微词"的。所谓"涧壑枯松",实为黄庭坚自比隐士高人,不与凡夫俗子计较名气高低。而"万牛不挽"之材,实讥苏轼材大难用。参阅苏轼《秋思寄子由(此诗为黄庭坚作)》"老松阅世卧云壑,挽著苍江无万牛"二句。

"诸人方嗤点,渠非晁张双",谓虽有人对东坡讥笑指责、嘲笑挑剔,但这些人连东坡门下的晁补之、张耒都无法企及。"袒怀相识察"是感激东坡对自己无私的奖掖和提携。"床下拜老庞",典出《襄阳记》:"诸葛孔明为'卧龙',庞士元为'凤雏',司马德操为'水镜',皆庞德公语也。德公,襄阳人。孔明每至其家,独拜床下。"这个典故以庞德公和孔明为喻,表达了苏轼与黄庭坚的相知之意。最后四句黄庭坚提出两家联姻,请求让儿子黄相娶东坡的孙女阿巽为妻。阿巽是东坡长子苏迈的女儿。这样苏、黄二人的关系又能更亲近一步,由良师益友变为儿女亲家。但令人遗憾的是,这桩婚事后来并没有成,据《山谷内集诗注》:"山谷虽有此言,其后契阔,竟不成婚嫁。""敦庞"是敦厚老实之意。"买红缠酒缸"指以红绸带缠在酒缸上,是一种订婚的风俗。

前人论诗,有"苏不如黄"的说法,例如,陈长方《步里客谈》曰:"子瞻文章去黄甚远,黄之律诗,苏亦不逮。"钱文子《山谷外集诗注序》曰:"山谷之诗,与苏同律,而语尤雅健,所援引者乃多于苏。"尽管也有不以此为然者,如宋王十朋、明李东阳等。我们认为,如果仅以苏轼《送杨孟容》与黄庭坚的这首和诗来比较,的确黄诗要略胜一筹。也许正如钱钟书所言:"'读书多'的人或者看得他(黄庭坚)句句都是把'古人陈言'点铁成金,明白他讲些什么;'读书少'的人只觉得碰头绊脚无非古典成语,仿佛眼睛里搁了金沙铁屑,张都张不开,别想看东西了。"(《宋诗选注》)(李晓宇)

跋子瞻和陶诗

黄庭坚

子瞻谪岭南，时宰欲杀之。
饱吃惠州饭，细和渊明诗。
彭泽千载人，东坡百世士。
出处虽不同，风味乃相似。

作于崇宁元年（1102）八月，苏轼于年七月病逝常州。东坡是陶渊明的崇拜者，诗品人品颇得力于陶，晚年知扬州时，曾和陶《饮酒诗》二十首，南迁之后又和《归园田居》八十九首。

东坡贬岭南乃在绍圣元年（1094）新党当政时，初被安置惠州。"时宰"指章惇欲借忧伤抑郁及水土不服置之死地，哪知东坡胸次甚广，在惠州《纵笔》诗云："白须萧散满霜风，小阁藤床寄病容。为报先生春睡美，道人轻打五更钟。"章见之遂再贬儋耳（海南儋县）。故前二句说"时宰欲杀之"是有根据的。当然这也使人联想起杜甫怀李白的名句"世人皆欲杀。吾意独怜才"来。

"饱吃惠州饭，细和渊明诗。"三四落到和陶诗上来。忧能伤人，使人不思茶饭，而东坡能"饱食惠州饭"，说明他是怎样不以迁谪为意。陶诗以静穆为主，能"细和渊明诗"，又可见他的心境是怎样平和了。虽然只点到即收，然已意足。能吃能睡的人，用"时宰"的办法是杀不成了。

后四借陶之人品赞美东坡，认为他们不但都是以道德文章名垂不朽之人，而且彼此风味相似。"彭泽千载人，东坡百世士。"五六在称呼上略作变化（子瞻——东坡，渊明——彭泽），自然映带（先称字，后称号）。"千载"、"百世"互文，而"人"（处士身份）、"士"（士大夫身份）辨味极细。

"出处虽不同，风味乃相似。"七八说两人出处不同，是因为陶渊明只作了一百多天彭泽令就去官归隐，而苏东坡却终生宦海沉浮，从形迹上看，截然不同。然而这两个人都不以贫富得失为怀，任真率性而行，而且诗入哲域，则又是相同的。"虽"、"乃"二字呼应转折，"风味"措语妙——人乎？诗乎？让读者自行体味。

诗作题跋，不主情景，纯乎写意。本来跋诗，却一味说人，说人即是说诗，这是其潇洒脱俗之处。本是古风，中幅自然成对（饱吃——细和，惠州饭——渊明诗，彭泽——东坡，千载人——百世士），质朴而有文采。全诗风格与所咏之人极为契合，是为妙品。

武昌松风阁

黄庭坚

依山筑阁见平川，夜阑箕斗插屋椽，我来名之意适然。
老松魁梧数百年，斧斤所赦今参天，
风鸣娲皇五十弦，洗耳不须菩萨泉。
嘉二三子甚好贤，力贫买酒醉此筵。
夜雨鸣廊到晓悬，相看不归卧僧毡。
泉枯石燥复潺湲，山川光辉为我妍。
野僧早饥不能饘，晓见寒溪有炊烟。
东坡道人已沉泉，张侯何时到眼前？
钓台惊涛可昼眠，怡亭看篆蛟龙缠。
安得此身脱拘挛，舟载诸友长周旋。

宋徽宗崇宁元年（1102）九月，刚刚结束流放生活的黄庭坚，来到武昌（今湖北鄂州），与朋友游城西樊山，在松林间一座亭阁中过夜。因见松木参天，风鸣如琴，遂以"松风"名此阁，赋诗以纪。这首诗以句句押韵的"柏梁体"写成，与杜甫的《饮中八仙歌》堪称唐宋人仿汉魏"柏梁体"的代表。

从写景抒情的表达顺序上，全诗可分为三段：前七句描写松风阁的景色。先写松风阁依山而建，地势高峻。白天站在阁上能望见一马平川，深夜箕宿四星和北斗七星穿过屋椽，对登临者造成巨大的视觉冲击力，诗人观此美景，欣然为阁起名。命名之义来自当下的景致联想到的两个著名典故。幸免于木匠之手的参天大树，出自《庄子·逍遥游》："吾有大树……立之涂，匠者不顾。""不夭斤斧，物无害者，无所可用，安所困苦哉！"风声的天籁像女娲鼓瑟，典出《史记·封禅书》："太帝使素女鼓五十弦瑟，悲，帝禁不止，故破其瑟为二十五弦。"此处未提及女娲，可能是诗人记忆有误，也可能是故意移花接木。"老松"、"风鸣"点出了"松风阁"命名之由来，从眼前的实景，联想到寓言、神话中的典故，更将个人身世和遭遇暗含其中。"斧斤所赦"指诗人遭贬流放，经历了生活的种种挫折和磨难，劫后余生。"五十弦"有"锦瑟无端五十弦，一弦一柱思华年"之意，尽管当时作者已57岁，介于五十和六十之间。后一句"洗耳"，典出《说苑·尊贤》："昔者尧让许由以天下，洗耳而不受。""菩萨泉"在武昌西山寺内。全句的意思是闻风声有如天籁，精神已得到彻底洗涤，内心清净无尘，无须再用菩萨泉之水来清洗宦海沉浮所沾染的污垢。这四句将实景、典故、个人遭际融为一体，奇思妙想，堪称绝妙好词，同时也表明诗人晚年的艺术造诣已达到炉火纯青的境界。

中间八句写当晚在松风阁过夜的情形，时间顺序是由夜到晓，空间顺序是从近到远。先写与同游诸君在阁上醉酒欢宴。"二三子"、"好贤"、"力贫买酒"可以推测同行的这几个人都是仰慕黄庭坚的人。由于夜晚下起了大雨，雨声响彻走廊，担心会一直下到早晨。大家相互对看，估计回不去了，就睡在僧人的毛毯上过夜。尽管过途为大雨所阻，但这是一场及时的好雨。一大早起来，由于长久的干旱而枯竭的山泉又开始流淌，山光水色一洗尘埃，连诗人也感觉焕然一新。然后话锋一转，描绘山上僧人由于久旱，没有水煮粥，现在终于可以汲水做早饭了，于是溪畔渐渐升起炊烟。这段叙事、写景曲折回环、意境深远。其中有夜雨鸣廊的空灵，有泉水潺湲的清幽，洗尽尘世的喧嚣，诗人徜徉其间，以亭阁为舍，与野僧为邻，卧听松风，纵情山水，呈现给读者一幅林泉高致、清新脱俗的画面。

当山林的生机在一场好雨中复苏，就像诗人在长期的流放中幸存一样，尽管仍然前途未卜，但总算逃过一劫。诗人此时想到过去交往深厚的两位故人：苏轼被贬黄州时，曾到武昌游览题诗，如今却已亡殁。张耒因悼念苏轼被告发，贬作房州别驾，黄州安置，此时犹未到武昌。但据后人考证，张耒《黄州安置谢表》称："臣已于九月初三日到黄州。"而黄庭坚抵达武昌是在十二日，疑黄庭坚此时尚不知张耒行踪。最后四句是诗人的畅想：武昌城中有众多名胜，大江中的钓台惊涛拍岸，白天可以去卧听涛声。江心小岛上的怡亭，有唐裴虬撰文、李阳冰篆书的《怡亭铭》，可以去欣赏那上面蛟腾龙缠的篆字。我如何才能摆脱束缚，不受世俗和官场的羁绊，经常与朋友一起乘扁舟往来邀游？

《武昌松风阁》以诗人游览的所见、所闻、所感为出发点，触景生情，引发对朋友的怀念，最后抒发了自己希望观览名胜、寄情山水，从宦海沉浮中解脱出来的理想。全诗起承转合，意境完整。黄宝华认为："此诗与韩愈《山石》、苏轼《游金山寺》同一机杼，均由写山水泉石归为向往江湖，在写景中用铺叙之法，由景物转换展示时间推移。"（《黄庭坚选集》）

最后，值得一提的是，黄庭坚是宋代书法"苏、黄、米、蔡"四大家之一，他一生创作了数以千计的书法精品，其中最负盛名的当推其晚年创作的行书《松风阁诗帖》。《松风阁诗帖》以《武昌松风阁》为内容，笔势雄浑劲峭，风神洒荡，提顿起伏，一波三折，与王羲之《兰亭序》、颜真卿《祭侄季明文稿》不相上下，是我国书法艺术的瑰宝，真迹现藏台北故宫博物院。（李晓宇）

次韵文潜

黄庭坚

武昌赤壁吊周郎,寒溪西山寻漫浪。
忽闻天上故人来,呼船凌江不待饷。
我瞻高明少吐气,君亦欢喜失微恙。
年来鬼祟覆三豪,词林根柢颇摇荡。
天生大材竟何用,只与千古拜图像。
张侯文章殊不病,历险心胆元自壮。
汀洲鸿雁未安集,风雪牖户当塞向。
有人出手办兹事,政可隐几穷诸妄。
经行东坡眠食地,拂拭宝墨生楚怆。
水清石见君所知,此是吾家秘密藏。

宋徽宗崇宁元年(1102),黄庭坚在太平州(今安徽当涂)作了九天知州,便被罢免,流寓武昌(今湖北鄂州),此时距黄庭坚去世还有三年。在武昌期间,他一边纵情山水,游览名胜,一边等待好友张耒的到来。当时,张耒因私自悼念苏轼被告发,贬作房州别驾,黄州安置。崇宁元年冬,黄庭坚从武昌过江,与张耒相见,并与张耒诗酒唱和。这首《次韵文潜》即作于此时。文潜,是张耒的字。

《次韵文潜》接《武昌松风阁》而作,起首两句回顾诗人到武昌后游览名胜、寄情山水的情况:在武昌赤壁吊念了周瑜,又到寒溪西山寻访"漫叟、浪士"元结的遗踪。众所周知,武昌赤壁并非三国时期火烧赤壁的遗址,但苏轼曾至此,有《赤壁赋》《念奴娇》等名篇传世,其中有"此非孟德之困于周郎者乎"、"人道是、三国周郎赤壁"等语,所以黄庭坚也效仿苏轼,在武昌赤壁吊周瑜。"漫浪"指唐代诗人元结。唐肃宗宝应元年(762)元结隐居武昌,自号"漫叟"、自称"浪士",其《自释》云:"荒浪其情性,诞漫其所为,使人知无所存有,无所将待。"诗人开篇举出周瑜、元结二人,都是在历史上成就过一番功业的名人,诗人前去探寻他们的遗踪,实际上有"身在江湖,心存魏阙"之意。从《武昌松风阁》的结尾,我们也能看出,诗人并非一个只图自己获得解脱的"自了汉",他在忘情山水之际,还有一丝留恋搁置不下,"安得此身脱拘挛,舟载诸友长周旋",即是说明不仅自己要摆脱束缚,同时还希望好友们也能从困厄中解脱出来,大家一起逍遥遨游。因此,当诗人忽听说老友张耒从天而降，游山玩水时的从容淡定顿时化为迫不及待的心情，他匆忙叫来渡船过江，连片刻都不愿等待。

诗人与张耒见面的寒暄从平常中透出感动，从关切中透出酸楚。诗人见到张耒后才稍稍松了口气，可见前面几天的悠游并非真忘情，只是排遣胸中等待的焦虑。张耒与诗人相见也精神焕发，连日奔波所染的小病全好了。但是，短暂的欢喜之后是无尽的叹息，一年多来世事的沧桑变换令人心悸：由于鬼魅作祟（指新党小人的迫害），苏轼、范淳夫、秦少游三位豪俊均已亡殁，损失之大以至文坛的根基动摇、元气大伤。"天生大材竟何用"是诗人所发的感慨兼议论，可与李白"天生我材必有用"（《将进酒》），杜甫"古来材大难为用"（《古柏行》）鼎足而三，表现了诗人对人才命运的深刻反思，堪称佳句。"只与千古拜图像"意思是难道只留给后世千载拜画像。这句诗在嘲讽中带着辛酸与无奈，旷世之才在生前不受人们重视，甚至受尽折磨，死后却得到万世的推崇和景仰。在人才评价和待遇问题上，世俗社会的前后不一显得无比荒诞，让诗人深切体会到世态炎凉、人情冷暖，同时也令读者感到唏嘘不已。这一段的最后两句"张侯文章殊不病，历险心胆元自壮"是赞扬和鼓励张耒的话，意谓张耒虽然有微疾缠身，但文章依然矫健，丝毫没有衰颓之气，作为元祐党人而屡受新党打击，一再被贬谪，历尽艰难困苦，胆量依旧豪壮。

紧接着，诗人从感慨个人的际遇转向国计民生的现实关怀。"汀洲鸿雁未安集"典出《诗·小雅·鸿雁》的《毛诗序》："万民离散，不安其居。""风雪蔽户当塞向"典出《诗·豳风·七月》："塞向墐户。"意谓堵塞向北的窗户，用泥涂抹门缝，以御寒过冬。这两个典故指北宋末年，内忧外患、社会动荡，是诗人未雨绸缪之言，不一定当时局势已混乱到哀鸿遍野、万民离散的地步。诗人在表达完对现实的忧虑以后，说了两句牢骚话：国家大事自有当政者出面办理，我辈正可靠着桌子，根绝妄想。这两句话其实是在发泄对朝廷的不满。

诗的最后四句睹物思人、触景生情，展露了诗人清白做人、问心无愧的内心世界。由于元丰三年（1080），苏轼曾被贬到黄州，十八年后诗人经过此处，一路寻访东坡故居，拂拭他留下的宝贵墨迹，心中油然升起凄楚悲怆之情。诗人所楚怆的是众人在党争中的沉浮和所经历的患难，这些不白之冤何时才能平反昭雪？诗人以"水清石现"为喻，表示是非自有公论，相信终会有真相大白、水落石出的一天，无需以口舌争。《山谷内集诗注》任渊注结尾二句曰："诗意谓贤愚邪正，久而自明，自古皆然，非世俗所知也。"是为诗人一生处世之真谛。"水清石见"典出古乐府《艳歌行》："水清石自见。""秘密藏"是佛教用语，意谓奥秘而不可思议的境界。

此诗既述师友之情，又系托家国之忧，一气呵成、荡气回肠。尽管有些诗句立足现实,发泄牢骚,艺术境界有所亏缺,但情真意切,动人心魄,仍不失为一篇佳作。所以,陈衍评此诗曰:"沉痛语一二敌人千百。"(《宋诗精华录》)(李晓宇)

送范德孺知庆州
黄庭坚

乃翁知国如知兵,塞垣草木识威名。
敌人开户玩处女,掩耳不及惊雷霆。
平生端有活国计,百不一试薶九京。
阿兄两持庆州节,十年骐骥地上行。
潭潭大度如卧虎,边头耕桑长儿女。
折冲千里虽有余,论道经邦政要渠。
妙年出补父兄处,公自才力应时须。
春风旆旗拥万夫,幕下诸将思草枯。
智名勇功不入眼,可用折箠笞羌胡。

中国的书法艺术中有"帖学"和"碑学"两种大的流派,二者在书法形式上形成强烈的对比,前者追求优美典雅,而后者则追求生硬古拙。这一组矛盾着的美,在古代诗歌中仍然是存在的。宋代的江西派诗人就自觉地追求后一种美,试图通过瘦硬雄健的风格,出新出奇的语言来抗礼唐诗,黄庭坚便是江西派实际上的开山祖师,他的诗也是此种瘦硬新奇风格的代表。这首诗风格雄健奔放、一气呵成,语言脱口而出、生奇稚拙,典故虽多,但浑如白话。可谓诗歌中的"碑学"。

范德孺(名纯粹,字得孺)是范仲淹的第四子,元丰八年(1085)被任命为知庆州事。庆州在今甘肃庆阳一带,为当时的边防重镇,是北宋与西夏对峙的前哨。范德孺的父亲范仲淹及二哥范纯仁都曾主持过庆州的军政大事。此次范德孺知庆州,黄庭坚以此诗赠别,夸耀其父兄的威名来赞扬、勉励范氏。

这首诗虽然看起来随意挥洒,但章法谨严,全诗十八句明显地分为三个部分,每部分六句,第一部分夸耀"乃翁"(即范仲淹),第二部分赞颂"阿兄"(即范纯仁),第三部分赞扬及寄语范德孺,井然有序。

前两个部分分写范德孺父亲和哥哥的威名和才能,仔细一读就会发现,这两部分的结构又是完全相同的。六句之中都是前两句总括性地夸耀他们的威名。范仲淹是"塞垣草木识威名",连边塞的草木都知道他的大名;范纯仁是"十年骐骥地上行",像千里马在地上奔走一样意气风发、出类拔萃。前者是夸张,后者是比喻,都是总括性的赞美。两句中其实都使用了典故，不过毫不影响诗句的理解，这里就不再多解释了。两个部分的中间两句都是称赞二人的军事才能。《孙子兵法》中说："始如处女，敌人开户，后如脱兔，敌不及拒。"用兵之妙贵在出其不意地迅速制敌，一开始像幽静的女子，敌人觉得没有威胁，于是大开门户，后来如同逃脱猎捕的兔子一样，迅速歼敌制胜。"敌人开户玩处女，掩耳不及惊雷霆"两句中化用典故，将脱兔换作惊雷，更加突出了速度之快，突出了范仲淹的军事才能。对于范纯仁的军事才能黄庭坚没有作直接的歌颂，而是说他雄浑的风度像一只卧虎一样，守卫在边陲，使得当地的老百姓能安居乐业、发展生产、生育儿女。实际上间接地称颂了他的军事才能，如同虎踞，使外敌不敢入侵，维护了边疆的安全。都是称颂，一个是直接的痛快淋漓的表现，一个是间接的衬托，避免让人感觉重复累赘。两个部分中的最后两句是对二人政治才能的赞扬。范仲淹曾主持过著名的"庆历新政"，旨在革除朝政的积弊，增加财政收入，富国强兵，但未及一年就被中止，所以黄庭坚说他"平生端有活国计，百不一试薶九京"（"薶"，即"埋"）。而范纯仁呢，领兵打仗（折冲千里）虽然是绰绰有余，但治国安邦更需要他（"政"当为"正"，"渠"即"他"）。从这也可以看出，黄庭坚认为治国安邦比领兵打仗更重要，这也为后面他对范德孺的勉励和寄语埋下了伏笔。

最后一部分是对范德孺的赞美和鼓励。开头两句还是总括性的称颂，所谓"公自才力应时须"。接下来两句也述及军事，说范德孺麾下雄兵万千，战将勇猛。"思草枯"即表现其战将的勇猛，想塞上的野草枯萎后，好驰骋疆场。我们知道塞上的草是很长的，所谓"风吹草低见牛羊"，草长之时不便作战。最后两句说这些智勇功名都不重要，只需折个荆条鞭打一下外敌即可。联系前两个部分，显然黄庭坚认为治国安邦才是最重要的，战争只需教训一下外敌，抵御入侵，国家的安定和百姓的安居乐业才是真正的功业。当然最后一句中也婉转地表达了对范德孺军事才能的称颂，称颂他抵御外敌只需像抽根荆条鞭打一下一样轻松。

我们看到这首诗虽然表面上慷慨激昂，随意挥洒，但章法井然，结构严密，这是应该注意的。作诗之人往往一挥洒起来便忘乎所以，以致词句铺张、结构混乱、唾沫横飞，既失去了美感，又偏离了主题。没有组织的部队便是乌合之众、是废物，没有组织的语言也是乌合之众、是废话，激昂中也不能失去了组织。还有一点值得注意，魏晋以来的古典诗歌写讽刺、忧怨很是擅长，但写歌颂却总写不好，那么多应制应酬之诗能广为流传的微乎其微。这首诗也主要为称颂之辞，而且其中的称颂直接而夸张，却为何能为审美所接受？如果我们将其最后颇为含蓄的一句去掉，换为与前面一致的溢美之词，后果又会是怎样呢？（王煜）

王充道送水仙花

黄庭坚

凌波仙子生尘袜，水上轻盈步微月。
是谁招此断肠魂？种作寒花寄愁绝。
含香体素欲倾城，山矾是弟梅是兄。
坐对真成被花恼，出门一笑大江横。

这首古体的咏花诗，原题较长作"王充道送水仙花五十枝，欣然会心，为之作咏"，作于前诗同时。时乞知太平州（安徽当涂），在荆州（江陵）沙市侯命。

水仙之为花，是放在盆中与水石同供，冬日开花，白花黄心，有金盏银台之称，为花中清品。"凌波仙子生尘袜，水上轻盈步微月"，此诗一起即以洛神比花，盖洛神正是一水仙也，据《洛神赋》形容是"凌波微步，罗袜生尘"，诗将水仙人格化，且置于水上月下。谓其步态"轻盈"，形象极为可人。

"是谁招此断肠魂？种作寒花寄愁绝。"这两句中的"断肠魂"指洛神，洛神是位失恋女神，故云。论者或认为是说诗人自己，大误。招芳魂而种作寒花，花亦带愁绝之态，是山谷妙想，也说明水仙花形态是楚楚可怜，容易引人感伤的，这就为下文"独坐真成被花恼"伏笔。

"含香体素欲倾城，山矾是弟梅是兄"，上句形容水仙姿态绰约美好，下句则凿空乱道，和梅花、郑花（山谷改题花名为山矾）大攀其兄弟关系，不免感觉有点滑稽。然而有意无意将别的名花派为男性，意言唯独水仙才配为女性。这使人想到贾宝玉那句傻得可爱的名言"女儿家都是清水骨肉"——水仙就正是清水骨肉！正是好一个林妹妹！

本来"人世难逢开口笑"，而与姿态愁绝、小性儿的"林妹妹"坐对，就是贾宝玉也不免有恼的时候，何况是黄庭坚这个老头！难怪他要暂时回避一下，——"出门一笑大江横"。人窝在家里不开怀的时候，最好的办法是离家出走，面对广阔天地如大江、如草原、如大山，保你能开颜一笑的。

诗的最后一句出其不意，简直与咏花不沾边。宋陈长方《步里客谈》说杜诗《缚鸡行》（此诗直开宋调）末尾从"鸡虫得失无了时"，突然断句旁入——"注目寒江倚山阁"，即不了了之，最为警策，为山谷所本。此说对认识黄诗的渊源关系和表现特色是有帮助的。

最后需要说明的是，这个结尾并不是否定水仙花，相反，诗人对朋友送来五十枝水仙是欣然受之，不过写诗要借题发挥一下罢了。换言之，尽管水仙之花品不类作者之人品，但作者对水仙的欣赏怜爱之意是洋溢于笔墨之间的。（周啸天）

和答钱穆父咏猩猩毛笔

黄庭坚

爱酒醉魂在，能言机事疏。
平生几两屐，身后五车书。
物色看王会，勋劳在石渠。
拔毛能济世，端为谢杨朱。

此诗作于元祐元年（1086）黄庭坚任秘书省校书郎之时。钱勰，字穆父，元丰七年（1084）出使高丽，归拜中书舍人，元祐初年为开封知府。关于猩猩毛笔这件事情的原委，据黄庭坚《戏咏猩猩毛笔二首跋》："钱穆父奉使高丽，得猩猩毛笔，甚珍之，惠予，要作诗。"猩猩毛笔是以猩猩毛制成的毛笔。

这首诗是黄庭坚的诗作名篇，同时也是宋代咏物诗的代表之一。起首两句先交代猩猩被人擒获的原因。据说，猩猩爱喝酒，又爱穿木制的鞋（屐），于是山里的人就用酒和屐诱捕它们。这个典故出自唐代裴炎《猩猩铭序》："猩猩在山谷行，常有数百为群。里人以酒并糟，设于路侧；又爱著屐，里人织草为屐，更相连结。……逮乎醉，因取屐而著之，乃为人之所擒。""爱酒醉魂在"意谓猩猩以爱酒而丧生，身死而醉魂犹在，浸透于毛笔中，增添了书法的韵味。"能言机事疏"的"能言"，典出《礼记·曲礼》曰："猩猩能言，不离禽兽。"意谓尽管猩猩会说话，却不能保守机密，此处暗指人们言多必失。也有研究者认为这两句合在一起，寓含着"酒后失言"的意思。（《黄庭坚选集》）

颔联"平生几两屐，身后五车书"是广受称颂的名句。要理解这两句诗，就要了解"平生几两屐"、"身后"、"五车书"这三个典故。《世说新语·雅量》："阮遥集好屐……或有诣阮，见自吹火蜡屐，因叹曰：'未知一生当着几量屐！'神色闲畅。"东晋名士阮孚（字遥集）爱好木屐，有人去拜访他，看见他正在吹火给木屐打蜡，阮孚感叹着说："不知一辈子能穿几双木屐？"神色闲适舒畅，超脱旷达。这里诗人将猩猩爱穿木屐与"未知一生当着几量屐"这句富含哲理的名言勾连起来，透射出一个智者对人生短暂的深刻思考，用典别开生面，妙趣横生。另外，宋人陈郁指出用"人生"对"身后"更合适，但"猩猩不可言人，故改之耳"（《藏一话腴》）。

由此可见诗人写作时思维之缜密程度。"身后"典出《世说新语·任诞》张翰之言："使我有身后名，不如即时一杯酒！""五车书"典出《庄子·天下》："惠施多方，其书五车。""身后五车书"意谓猩猩虽死，但用它的毛做成的笔却写出大量著作。清王士禛评颔联这两句曰："超脱而精切，一字不可移易。"(《分甘馀话》)方回评曰："此诗所以妙者，平生、身后、几两屐、五车书，自是四个出处，于猩猩毛笔何干涉？乃能融化斡排至此。"(《瀛奎律髓》)

颈联叙述猩猩毛笔的来历和用途。据《逸周书·王会》记载，周公营建洛邑完工后，举行朝会，诸侯及四夷献上贡品。因为猩猩毛笔得自高丽，所以诗人说，猩猩毛笔就在众多的贡品之中。"物色"兼有形状、形貌和寻找、挑选之意。"石渠"是汉代宫廷藏书之所。因为著书需要用笔，所以说猩猩毛笔的功劳在石渠阁的典籍之中。最后，诗人将猩猩和杨朱做对比。杨朱是战国魏人，诸子百家中杨朱学派的创始人，他主张爱己、贵生、为我，因提出"拔一毛以利天下，不为也"而被视为自私自利的典型。结尾两句意谓猩猩拔毛制成毛笔，就能有利于天下，这件事真应该告诉一毛不拔的杨朱。实际上是讽喻世人不应该只顾私利，还要兼济天下。

全诗句句用典精切，有"点铁成金"之妙，全篇看似咏毛笔，却又似乎在咏猩猩，更似乎在咏人。奇思妙想，令人拍案叫绝。对于此诗，历来评价甚高，宋人王立之将其与韩愈的《毛颖传》并列为用毛笔拟人、讽喻的名篇。(《王直方诗话》)，《负暄野录》称当时"名士无不讽咏"。(李晓宇)

清　明

黄庭坚

佳节清明桃李笑，野田荒垄只生愁。
雷惊天地龙蛇蛰，雨足郊原草木柔。
人乞祭余骄妾妇，士甘焚死不公侯。
贤愚千载知谁是，满眼蓬蒿共一丘。

这是黄庭坚早期的代表作之一。作于熙宁元年（1068）三月，他此时已中进士被授叶县尉，但是还没有赴任，在家中闲居，在清明节之际，对人生作了深入的思考。

诗歌前四句先写清明节的风物、景致。"桃李笑"的"笑"字很生动传神，写出了春天的明媚和美好。但是接着就有了"愁"，这是看见了荒垄（坟墓）的缘故。也就是王梵志诗说的："城外土馒头，馅草在城里。一人吃一个，莫嫌莫滋味。"一笑一愁，开篇即起伏跌宕，引人入胜。第二联接写春雷乍起，万物复苏，草木正在欣欣向荣地生长，一派大好风光。

值得注意的是第三联，用了两个典故。前一个是出自《孟子·离娄》篇，说齐国有一个人从东郭的墓地向祭奠者乞讨了祭余的酒肉，自己吃得饱饱的，然后回家向他的一妻、一妾谎称和富人结交，夸耀自己有本事，不以为耻，反以为荣。后一个是古代的传说，晋国的介子推跟着晋国公子重耳流亡国外，后来重耳回晋国即位，是为晋文公，大封功臣，介子推就悄悄地逃走到山上去了，晋文公派人搜山找他，找他的人找不到，后来干脆放火烧山，介子推甘愿烧死也不下山。以后的寒食节（即清明前一天）禁火，就是为了纪念宁死不贪利禄的介子推。诗人在这里是借用两个和清明节有关的典故，来表现自己的节操。最后一联很值得玩味，"贤愚千载知谁是，满眼蓬蒿共一丘"，表面看是庄子那种齐物论、泯是非的观念，也就是不管贤者也好，愚者也好，一切扫空。其实，只要我们和第三联联系起来看，深入一层理解，就不难发现，诗人的意思是说，世人不辨贤愚，昏昏然地看待一切，而自己心中却是泾渭分明、是非判然的，暗示出自己甘愿作介子推那样逃名之士，决不作乞食骄人的人，表现了诗人高尚其志、廉洁其行的决心。后来，他赴任为官，历尽坎坷，始终耿介不阿、清正廉洁，就是对这种决心的最好诠释。（管遗瑞）

郭明府作西斋于颍尾请予赋诗

黄庭坚

食贫自以官为业，闻说西斋意凛然。
万卷藏书宜子弟，十年种木长风烟。
未尝终日不思颍，想见先生多好贤。
安得雍容一尊酒，女郎台下水如天。

熙宁四年（1071）作者初为官任叶县（属河南）尉时，因颍口（属安徽颍上县）友人书斋落成求诗而作诗二首，此其一。诗人未到西斋，故全从想象著笔，这从"闻说"、"想见"、"安得"可以会意。

"食贫自以官为业，闻说西斋意凛然"，开篇以自己为官，说起对郭建西斋隐居读书的敬意。食贫而以官为业的话头，使人联想到陶渊明所谓"生生所资，未见其术，亲多劝余为长吏，脱然有怀"、"尝从人事，皆口腹自役"，包含有许多无奈和自非的意思。

"万卷藏书宜子弟，十年种木长风烟"，这两句赞美西斋落成，包含作者的理想和祝愿，是全诗警策。巴金曾对"家"和"长宜子弟"的祖训非常反感，说"财富并不长宜子弟,如果不给他以生活的本领",而"藏书宜子弟"却没有什么不对,可以说正是强调给子弟以生活本领。对句写"种木长风烟",指绿化居室环境。两句又暗用《管子·权修》"十年之计,莫如树木;终身之计,莫如树人",寓议论于描写之中,只因增了"长风烟"三字,就多了环保的意思。

"未尝终日不思颍,想见先生多好贤",这两句写对郭的倾慕之情。"未尝不思颍"中垫"终日"二字,表现朝思暮想,更见殷切之意。"先生好贤"中加一"多",更强调对方乐善之意。

"安得雍容一尊酒,女郎台下水如天",结尾因郭求诗而生相聚之想,即老杜"何日一樽酒,重与细论文"意。女郎台故址在今安徽省阜阳县,相传古时有胡女嫁给鲁哀侯做夫人,哀侯为她筑了这座台。"女郎台下水如天"想得身临其境,逸兴遄飞。诗有名言,且以"闻说"、"想见"、"安得"等字勾勒,诗意连贯而下,如行云流水,舒卷自如,可谓老成。(周啸天)

和答元明黔南赠别

黄庭坚

万里相看忘逆旅,三声清泪落离觞。
朝云往日攀天梦,夜雨何时对榻凉。
急雪脊令相并影,惊风鸿雁不成行。
归舟天际常回首,从此频书慰断肠。

黄庭坚于绍圣二年(1095)因"修史失实"之罪被贬为涪州别驾、黔州安置,实际上又是受到北宋晚期党争的牵连。黔州当今重庆彭水、黔江一带,处于大山之中,位置偏僻,为少数民族群居之地,在当时是十分艰苦落后的地区。令人感动的是黄庭坚的长兄即诗题中的元明(名大临,字元明)从河南陈留出发,下汉水、逆长江、穿三峡,跋山涉水,一路陪同黄庭坚到达贬所,并淹留数月,不肯离去,在众人的相劝下才依依不舍地离开。如此手足情深,怎不使人感动,所以黄庭坚作此诗赠别兄长。

作为江西诗派最为重要的代表人物,黄庭坚的诗以瘦硬雄健、新奇挺拔为特点,这首诗第一句便陡然而起,奠定了全诗奇险的风格。这一句语言虽然瘦硬,情感却颇为温馨。兄弟二人在万里之外的险山恶水中相对而视居然忘记了这时是旅居异乡。确实如此,哪里有家人,哪里便是家,手足情谊是此时饱受政治打击的黄庭坚的最大慰藉。但紧接着的第二句立即将这种仅存的温馨打破,手足情深可以令人忘记客旅的酸辛,但眼下兄弟二人就要分别了。这样一对照,前一句的温馨反而加重了此时分离的伤感。古乐府中有歌曰："巴东三峡巫峡长，猿鸣三声泪沾裳。"这句话化用到此诗中却也十分贴切，黔州地近巫峡，险恶荒僻，猿之哀鸣本已能令羁旅者落泪，更何况此时兄弟即将天各一方，闻之更加伤怀。江西诗派讲究化用陈语典故，但要用得新奇，用黄庭坚自己的话来说，便是"夺胎换骨"、"点铁成金"，这一化用确有令人似曾相识却又耳目一新的感觉，更重要的是加重了诗中的情感。

接下来的两句也是一扬一抑，对照鲜明。前一句扬起往日的梦想，"攀天梦"即是进身朝廷欲有所作为的抱负，"朝云"二字色彩鲜艳，显得比较明快。而后一句则又抑下去，眼下的现实却是壮志难酬，被贬至这样的险山恶水之处，而且马上要与亲人分别，何时兄弟二人才能对榻而眠，促膝长谈呢？"夜雨"二字阴暗冷落，与"朝云"不正好相衬么？一起一落之间，又将感情加重了。

《诗经》中说："脊令在原，兄弟急难。""脊令"即"鹡鸰"，是一种鸟，古人以其二鸟相随比喻手足情深。"急雪"二字较为生奇，却很传神，不能替代，也表现出黄庭坚造语之功力。鹡鸰鸟在急雪中身影相并，恰似眼下的黄氏兄弟，在政治打击下如此手足情深，给人慰藉。但下一句立即又抑下去，惊风中鸿雁被吹散，喻指兄弟即将天各一方。又是一扬一抑，如此三反三复，将兄弟分别之伤感推到了高潮。

诗中的情感到了高潮必然要赶快收住，将话语转开，这样才能让高潮的情感永远停留在那里，打动每一个经过那里的读者。诗的最后回到现实场景之中，兄弟已经分别，兄长的归舟驶向天际，诗人想象着兄长在归舟中频频回首眺望自己的情景，并寄语要多通书信慰藉我这个断肠之人。

这首诗风格上瘦硬挺拔，语言新奇，化用典故十分巧妙，袭用陈语却能转出新境。例如巫峡的那两句歌本是人们耳熟能详的名句，本身已经创造了难以超越的诗境，诗人却能把它化用到眼下的场景，十分自然而贴切，不愧为江西诗派的代表。而且诗中的感情跌宕起伏、抑扬顿挫，饱满而生动。（王煜）

次元明韵寄子由

黄庭坚

半世交亲随逝水，几人图画入凌烟？
春风春雨花经眼，江北江南水拍天。
欲解铜章行问道，定知石友许忘年。
脊令各有思归恨，日月相催雪满颠。

元丰四年（1081）知太和县（属江西）时所作，时年三十七。时苏辙（子由）

贬官筠州（江西高安），作者胞兄黄大临（字元明）有诗寄苏，因而和之。

"半世交亲随逝水，几人图画入凌烟"，开篇说彼此交亲虽有半世之久，时光流逝，但有几人建立了功业呢？"逝水"出自《论语》，"凌烟阁"是唐太宗为功臣画像的地方。首句起得平常，而次句说功名蹭蹬则出乎人意，丰富了已经流逝的那半世的内涵，文字自然成对，笔势兀傲宏放。

"春风春雨花经眼，江北江南水拍天"，这两句以健笔概写江南春景（"花经眼"语出杜诗，"水拍天"语出苏诗），而怀远之情见于言外，与上联似衔接非衔接。黄诗笔虽健，但时入生涩瘦硬，而此联兴象华妙，有唐人"水深林茂"气象（刘熙载语），颇觉难能可贵。

"欲解铜章行问道，定知石友许忘年"，这两句正写相思相赠之情，本拟辞官学道，想必苏辙定能赞许。铜章墨绶指县令印信，出自《汉官仪》；"问道"字面出自《庄子》而指进学之道；"石友"即金石之交，出潘岳《金谷诗》；"忘年交好"出自《梁书·何逊传》，以苏辙大黄六七岁故云。

"脊令各有思归恨，日月相催雪满颠"，最后抒慨与首联回应，谓你我各有兄弟之思，欲归而不得，只好听任时光流转，催生白发而已。《小雅·常棣》"脊令在原，兄弟急难"，故后多以"脊令"代指兄弟。全诗层层转换，无一平笔，颇具顿挫之妙。（周啸天）

登快阁

黄庭坚

痴儿了却公家事，快阁东西倚晚晴。
落木千山天远大，澄江一道月分明。
朱弦已为佳人绝，青眼聊因美酒横。
万里归船弄长笛，此心吾与白鸥盟。

作于元丰五年（1082），快阁在太和县治东澄江边，以江山广远，景物清华得名。阁名快阁，诗亦快诗。

"痴儿了却公家事，快阁东西倚晚晴。"一起即叙公余登阁之事及当时的愉快心情。作者因阁名而联想到晋夏侯济的话"生子痴，了官事、官事正未易了也。了事正作痴，复为快耳。"大意是官事不易办完，办完正说明太痴，但也快乐。这使人联想到金圣叹批"拷红"所说的："作县官每日打退堂鼓时，不亦快哉！"叙事之中就融入了抒情。次句的"倚"字是倚阁而赏的意思，比径用"赏"字要耐读。

出于杜诗"注目寒江倚山阁"(《缚鸡行》)。

"落木千山天远大,澄江一道月分明。"次联写景——时逢深秋,千山落叶,天空为之远大;入夜后素月分辉,静影沉璧,江景一何光明!两句上四下三,各含两个具有因果关系的片语。境界开阔略近杜诗"无边落木萧萧下,不尽长江滚滚来",但峡景动荡,野景宁静,又有不同。

"朱弦已为佳人绝,青眼聊因美酒横。"三联抒感。用钟子期死,俞伯牙终身不复鼓琴之典,言世无知己,只好用美酒遣怀。"青眼"用阮籍故事,"横"字下得很绝。两句"朱弦"、"青眼"、"佳人"、"美酒"对仗极为工稳。

"万里归船弄长笛,此心吾与白鸥盟。"末联言欲弃官归隐,"白鸥盟"典出《列子·黄帝篇》,言人无机心,始可盟鸥。归船、长笛、白鸥等形象的运用,造成一种很美的意境。全诗且叙事、且写景、且抒情,一气盘旋而下,前人谓"寓单行之气于排律之中",如太白歌行写法,很能道出这首七律的特点。作者腹笥甚广,虽语有来历,但左右逢源,俯拾即是,多少自在!(周啸天)

寄黄几复

黄庭坚

我居北海君南海,寄雁传书谢不能。
桃李春风一杯酒,江湖夜雨十年灯。
持家但有四立壁,治病不蕲三折肱。
想得读书头已白,隔溪猿哭瘴溪藤。

作于元丰八年(1085),其时诗人监德州(属山东)德平镇。黄几复乃作者同乡兼同科密友,时知四会县(属广东)。两人当时天南地北,各近海滨。

诗一起就说这层意思。"我居北海君南海,寄雁传书谢不能。"语采《左传·僖公四年》楚成王谓齐桓公:"君处北海,寡人处南海,惟是风马牛不相及也",但意思却变成友人间的相思。"寄雁传书"本古人陈言,但加"谢不能"(语出《汉书·项籍传》东阳少年杀县令而请立陈婴,"婴谢不能")就有新意。因为相传大雁同飞至衡阳而止,故其地有回雁峰。又何能托其寄书南海耶?

"桃李春风一杯酒,江湖夜雨十年灯。"次联抚今追昔,忆彼此交情,可圈可点。"桃李"、"春风"、"一杯酒"(出老杜怀李白诗)、"江湖"、"夜雨"(出玉溪夜雨寄北诗)皆常词,惟"十年灯"为自作语,然而合为两句,则意境清新。出句见朋友昔年相聚之乐,对句表别后十年离索之苦,读之隽永有深味。陈衍谓为"此老最合时宜语"，也就是说两句主情景，都是名词句，较类唐人胜语。

"持家但有四立壁，治病不蕲三折肱。"这两句立意措辞皆露"狂奴故态"，与上两句形成反差。两句各有一转折，"持家——但有四立壁"，家徒四壁（语出《史记·司马相如传》）说明不善理家，而作为一县之长，不理家正是廉洁奉公的表现；"治病——不蕲（求）三折肱"，语出《左传·定公十三年》"三折肱，知为良医"，即今人所谓"久病出良医"，此以医喻政，谓黄几复无需三折肱即有政绩，放在岭南实在屈才。

"想得读书头已白，隔溪猿哭瘴溪藤。"结尾是惦念之辞，想象黄几复因好学不倦头发已白（语借老杜怀李白之"匡山读书处，白头好归来"），而其所居则是瘴气弥漫的猿啼之区（柳宗元有《入黄溪闻猿》）。全诗内蕴丰富，善用典实，以故为新；运古于律，音律拗峭。"桃李春风一杯酒"、"持家但有四立壁"第六字不律。特别是后一句，以三仄调——其实是五仄结，更属古风的调声；然而波澜老成，很能代表黄诗的特色。（周啸天）

戏呈孔毅父

黄庭坚

管城子无食肉相，孔方兄有绝交书。
文章功用不经世，何异丝窠缀露珠？
校书著作频诏除，犹能上车问何如。
忽忆僧床同野饭，梦随秋雁到东湖。

诗人一生在政治上不得志，故有弃官归隐念头，此为赠友人孔平仲（字毅父）作，主要抒写对现实的不满和牢骚。

"管城子无食肉相，孔方兄有绝交书。"首联对仗，起得很别致，唐诗中断无此种对句。"管城子"是笔（语出韩愈《毛颖传》谓毛颖所受封号），"孔方兄"是钱（语出鲁褒《钱神论》），同时与对方的姓字相映带，涉笔成趣。两句谓笔无封侯之相（"食肉相"语出《后汉书·班超传》相者谓超"燕颔虎颈，飞而食肉——此万里侯相也"），钱又和我绝了交（"绝交书"出于嵇康）。本来是四个无关的典故，拉杂使用，以自我调侃的口吻发牢骚便有新意。一读即知是学者之诗，不读书人哪得如此书卷气来。

"文章功用不经世，何异丝窠缀露珠。"这两句，用作者自己的话说，就是"自作语"，谓我的文章既然没有经邦济世的功用，那跟蜘蛛网上缀着的露珠又有什么两样呢？丝窠缀露，看上去闪闪发光像是缀满珠玑，但一钱不值，可见像喻之妙。

"校书著作频诏除，犹能上车问何如。"这两句再用典故大发牢骚。北齐颜之推《颜氏家训》谓梁朝全盛时，贵家子弟大多没有真才实学，却担任了秘书郎、著作郎一类官职。故当时谣谚讽刺道："上车不落、为著作，体中何如、即秘书"，意即只要能登上车向人请安者即可充职。黄庭坚于元丰八年（1085）应召还京，受任秘书省校书郎，元祐二年（1087）改官著作郎，而这两个职务在宋亦是闲散官职，人微言轻，诗云"校书著作频诏除（授职）"指此，所以他自嘲"犹能上车问何如"。

"忽忆僧床同野饭，梦随秋雁到东湖。"最后暗示欲弃官归隐之意。说忽然回忆起当年与你在僧床便饭的情景，我的梦魂便随秋雁飞回老家的东湖（在今南昌市郊，距修水不远）。全诗善用典故，拉杂使事，嬉笑怒骂，皆成文章，与发牢骚的内容十分默契。诗采用书、珠等韵脚，是很窄的韵脚，作者却写得很洒脱，很有思致。没有深厚的学问功底都是难以做到的。宋诗的"以文字为诗"，正要从此等诗予以体会。（周啸天）

新喻道中寄元明

黄庭坚

中年畏病不举酒，孤负东来数百觞。
唤客煎茶山店远，看人获稻午风凉。
但知家里俱无恙，不用书来细作行。
一百八盘携手上，至今犹梦绕羊肠。

作于崇宁元年（1102）省家后，赴任所途次新喻（江西新余）道中所作。作者昔日遭贬，胞兄大临（字元明）曾亲送至黔州贬所，此次复职东归始得叙手足之情，别后复寄此诗，如话家常。

"中年畏病不举酒，孤负东来数百觞"，开篇从酒说起，谓多年因病戒酒（据山谷在戎州填词有序云"老夫止酒，十五年矣"、"遇宴集，独醒其旁"），这次东归相聚，也未能开怀痛饮。首句"中年畏病不举酒"第六字当平作仄，且连用五仄声（与"持家但有四立壁"同），在七律中为拗折之句。

"唤客煎茶山店远，看人获稻午风凉"，接下来说到茶。这是新喻道中情况——偏远的山店招呼客官喝茶——唐宋人饮茶不像今人之用沸水沏，是用水"煎茶"，于是趁机歇脚乘凉，看山农收割稻谷。

"但知家里俱无恙，不用书来细作行"，这两句是叮咛家人语。说这次回家，但知家中无恙——据说恙是一种毒虫,古人草居露宿,相慰问时必问"无恙";所以暂时不用详细写信来。按,杜诗有"来书细作行"之句,见于《别常征君》诗。

"一百八盘携手上,至今犹梦绕羊肠",最后回忆当初被贬之往事。"一百八盘"是道途所经险境,作者《书萍乡县厅壁》说"初,元明自陈留出尉氏、许昌,渡汉沔,略江陵,上夔峡,过一百八盘,涉四十八渡,送余安置于摩围山之下。"是何等笃爱之手足情也。

黄庭坚屡次称赞陶诗、杜诗是"不烦绳削而自合"。本篇皆眼前景,口头语,自然旋折,朴质流畅,毫无作意,就是"不烦绳削而自合",是黄庭坚的别调。后来曾几等就每每学黄诗的这一体。(周啸天)

双井茶送子瞻

黄庭坚

人间风日不到处,天上玉堂森宝书。
想见东坡旧居士,挥毫百斛泻明珠。
我家江南摘云腴,落硙霏霏雪不如。
为君唤起黄州梦,独载扁舟向五湖。

茶叶,也是馈赠佳品,朋友相送,也是表示友谊的一种方式。这首诗就是黄庭坚送茶给苏轼(苏轼字子瞻,号东坡)而写的。这是宋哲宗元祐二年(1087)的事,苏轼在东京汴梁(今开封)任翰林学士知制诰,黄庭坚亦在朝廷任著作佐郎。

黄庭坚比苏轼小十岁,是北宋著名的诗人,他和秦观、张耒、晁补之都是苏轼的学生,号称"苏门四学士"。他的诗歌和苏轼齐名,并称"苏黄",是北宋诗坛的双子星,而且是"江西诗派"之祖,从他那个时候开始一直影响到清近代,非常久远。他的书法,和苏轼、米芾、蔡襄并称"宋四家"。总之,他和苏轼一样,是一个多才多艺的艺术天才。他一生和苏轼保持着友好而亲密的关系,在文学艺术上互相推重;特别在政治上,苏轼得罪贬官总是牵连到他,多次被贬谪到荒远地方接受管制,而黄庭坚无怨无悔,和苏轼的感情更加亲近。所以,这一次送茶给苏轼,绝不是两个普通人之间的一般馈赠,而是北宋文坛两个文艺巨人亲密交往的一段佳话。

黄庭坚这次送给苏轼的是他家乡的"双井茶"。黄庭坚的家乡在江西分宁,双井是分宁的一个产茶的地名。欧阳修在《归田录》中说:"草茶以双井为第一。"可见双井茶是很有名的好茶。而以家乡的茶叶相赠,其中已经包含了一种亲密的友情。

诗歌的第一联是写苏轼在翰林院所处的环境:不受风吹日晒,清静幽深,宝书如林，就好像神仙居住的天堂一样。第二联是想象苏轼写文章的情景。苏轼在元丰二年（1079）因为"乌台诗案"被贬官到湖北黄州，在东坡筑室，自号东坡居士。这时苏轼已经重新回到朝廷任职，所以说是"旧居士"。黄庭坚很钦佩苏轼的文才，想象他正在挥笔写文章，文词就像千斗明珠那样倾泻而下，极言其文思之敏捷，文才之富赡。第三联就向苏轼夸赞自己家乡的茶了："云腴"是指茶树在山腰的云雾间生长得特别茂盛，此处是代指茶；这种很好的茶叶用小石磨研磨出来，就是雪花也比不上它的洁白。唐宋人饮茶，大多是先把茶叶磨碎，然后烹煮，和今天用开水泡散茶不一样。相信苏轼看见了黄庭坚送的这么好的茶，一定是很高兴的。

  诗歌的最后一联，意义就很深刻了。当时，苏轼虽然被朝廷重新启用，但是由于他反对司马光"尽废新法"的政治举措而受到攻击，一些宵小之徒也趁机弹劾苏轼，苏轼曾经四次上书请求外任，未获批准，处境非常艰难。有鉴于此，黄庭坚给苏轼出主意，希望他吸取黄州被贬的教训，作退一步想，就像春秋时候越王勾践的谋臣范蠡那样，趁早脱离政治斗争的漩涡，"乘轻舟以浮于五湖"（即太湖）。这是在风云变幻的官场中，黄庭坚对自己的老师的忠告，也是对苏轼的爱护和体贴，表现了他对苏轼非常敬重而又非常关切的心情。

  诗歌由送茶而落脚到政治规劝，一路顺势写来，流利畅达而又情意深厚，表现了黄庭坚诗歌风格的又一个侧面。（管遗瑞）

读曹公传

黄庭坚

南征北战报功频，刘氏亲为魏国宾。
毕竟以丕成霸业，岂能于汉作纯臣。
两都秋色皆乔木，二祖恩波在细民。
驾驭英雄虽有术，力扶宗社可无人！

  曹公传，即《三国志·魏书·武帝纪》，也即曹操传记。本诗是黄庭坚读史，揭露曹操奸诈为臣，终致其子曹丕篡汉的历史事实。

  首四句，写曹操之奸诈。据裴注《三国志》，曹操从小就奸诈，在讨董卓、镇压黄巾军起义中壮大实力，剪灭诸侯，统一北方，封丞相，挟天子以令诸侯，在东汉末年成了实际上的掌权者。首二句即讲曹操的上述事实。"刘氏亲"，刘氏的亲人，此指汉皇帝刘家的皇孙汉献帝刘协。按传统观念，刘协是皇帝，曹操是臣子，但实际上刘家的正宗皇帝成了魏氏国家的陪衬，这即曹操"挟天子以令诸侯"，揭露曹操把皇帝玩弄于股掌之中。"毕竟",必定,最终。"丕"指曹丕,曹操次子,即后来代汉的魏文帝。由于曹操操纵了东汉末年的朝廷,奠定了曹氏霸业。曹丕即父位,逼汉献帝让位。曹丕篡汉后,尊封曹操为魏武帝。表面上看是曹丕篡汉,实际上是曹操一手造成的定势。因此无论是生前还是死后,曹操对汉朝来说都谈不上是"纯臣"。

那么,造成汉政权的丧失,原因何在呢?追溯汉之先朝开国之君,无论西汉东汉,不论是汉高祖刘邦,还是汉世祖光武帝刘秀,均一代英主,驾驭有术。遗憾的是其后代子孙都能力差劲,无力扶助宗社,造成政权丧失。"两都秋色皆乔木"二句写实。"两都"即西都长安与东都洛阳,分别是西汉京都与东汉京都,都曾经辉煌一时,但汉末遭董卓之乱后,两都几乎成为废墟,如今在秋色里能见的就是高大的乔木象征的一片荒凉衰败之景而已。"二祖(汉高祖刘邦与汉世祖刘秀,均为开国皇帝)"皇恩的流波,对中国历史来说,无非是建立了大一统的中国,使社会得到安定,老百姓脱离战争苦海,能过上几天安稳的日子而已。"细民",平民,小民百姓。言外之意是,他们(刘邦、刘秀)始终能力有限,不可能让子孙后代都像他们那样英武,确保宗庙社稷长治久安。

诗中评价历史人物,实事求是,公允恰当。同时在字里行间,也抒发了作者对世事无常、人类对古今多变的历史无法驾驭的悲叹。全诗有史有论,断语深刻,感情沉郁,对仗(后三联皆对仗)精工,的确为咏史佳作。(李坤栋)

雨中登岳阳楼望君山

黄庭坚

投荒万死鬓毛斑,生入瞿塘滟滪关。
未到江南先一笑,岳阳楼上对君山。

《山谷(黄庭坚号)题跋》记载:"崇宁之元正月二十三夜发荆州,二十六日至巴陵(按即岳阳),数日阴雨,不可出。二月朔旦,独上岳阳楼。"据此,这首诗作于宋徽宗崇宁元年(1102)二月,作者从荆州回故乡江西,途中顺道登岳阳楼。岳阳楼在今湖南岳阳城西门,面临洞庭湖,是著名的江南三大名楼之一(另两座楼是武汉的黄鹤楼和南昌的滕王阁)。君山,又叫洞庭山,是洞庭湖中的一个岛屿,由七十二个山峰组成,上面的古迹很多。他登上岳阳楼,在春雨潇潇中面对壮阔的湖景和烟雨朦胧中美丽的君山,想到自己的身世,不禁悲喜交加,感慨万千,写下了传颂千古的名作。诗题下原有两首七绝,这里选的是第一首。

这首绝句的前两句说明自己登岳阳楼的由来。"投荒万死",即被流放到极远的边地,经过九死一生,侥幸活了下来。这里是指黄庭坚于绍圣二年(1095)因朝廷党争受牵连被贬黔州(今重庆彭水),元符元年(1098)再徙戎州(今四川宜宾),接连在荒远的渝、川、黔边境谪居六年,受尽了折磨。到元符三年五月,才被放回。他从宜宾顺长江东下,进入奉节的瞿塘峡,然后到了荆州和岳阳。瞿塘峡是长江三峡之首,水流湍急,峡口又有滟滪堆,是横亘在江中的一座大礁石,船只很容易触礁沉没,历来被视为行舟险地(1958年整治长江航道时已被炸掉)。这里的"滟滪堆"是一语双关,它既是自然界的险关,也是人生艰难险阻的象征。但是,黄庭坚终于安然地闯过来了,活着到了现在的岳阳楼上,而且还乡在即。"生入"两个字,其中包含着作者多少的欢欣和庆幸;但是这背后,又隐藏着多少的凄凉和悲愤:两种情绪都交织在一起了,混合成复杂的感情,涌动在诗人的心中。

  后两句,就进一步表现快到家乡的欣喜之情。黄庭坚的老家在江西修水,离湖南较近,这里的"江南"就是代指家乡。程千帆和沈祖棻说:"不到江南,已先一笑,若到江南,当更如何?但这情绪既欣然,又凄然。"(《古诗今选》)是的,这两句极写放逐归来难以自抑之喜,作者在谪居中无时无刻不在思念自己魂牵梦萦的家乡,还没有到就禁不住先笑了,到了以后更加欢喜若狂的情形,我们就可以想见了。和上面两句一样,在这背后,也深深地衬托着作者多年来谪居生活的悲苦不幸,所以说这"一笑"是"既欣然"而又"凄然"的,整首诗都是这样混合着复杂的情怀,让人读来也感到"悲欣交集"。

  黄庭坚向来是主张作诗要"无一字无来处"的,也就是说要善于熔铸古人诗句,来增加自己诗歌的内涵,给人以品味不尽的意味。这首诗也是这样。第一句用了柳宗元《别舍弟宗一》中的句子:"一身去国六千里,万死投荒十二年。"还用了杜甫《涪江泛舟送韦班归京》:"天涯故人少,更益鬓毛斑。"如果把这些诗和作者的这首诗结合在一起来读,就更能领会这首诗歌感情的深厚了。此外,这首诗的另外一首姊妹篇是这样的:"满川风雨独凭栏,绾结湘娥十二鬟。可惜不当湖水面,银山堆里看青山。"两首诗并读,既可以更多了解诗人登上岳阳楼眺览湖面的景象,也和前面那种快要回家了的欣喜之情相映照,增加了浓郁的诗情画意,引起我们的无尽回味。(管遗瑞)

病起荆江亭即事

黄庭坚

翰墨场中老伏波,菩提坊里病维摩。
近人积水无鸥鹭,时有归牛浮鼻过。

宋徽宗即位后，想要调停"元祐"（旧派）与"绍圣"（新派）两派矛盾，起用了一批"元祐党人"。黄庭坚因得于元符三年（1100）十一月离开戎州（宜宾）贬所，次年即建中靖国元年到峡州（宜昌），在那里待命，诗即作于其时。此其一。

在题目中，作者特别说明这首诗是"病起""即事"之作。病后尚觉无力，然而心情已经好多了，这种感觉与他久贬遇赦的心情是完全一致的。读这首诗，要体会诗中无聊中有愉悦的况味。

首句"翰墨场中老伏波"是说自己不"伏"老。用了一个典故——"伏波"即伏波将军，指后汉马援。马援六十二岁时尚自请出征（《后汉书·马援传》），是不伏老的典型。诗人用以自譬，但他不是武人，所以加"翰墨场"（文场）以示区别。

次句"菩提坊里病维摩"是说刚刚生过病。又用了一个典故——"维摩"即维摩诘，本是佛经中一个有学问、有文才的人物。唐代《维摩诘经变》（变文）有"文殊问病"的故事，作者虽然久居贬所，却意外得到朝廷的征召，所以用了这个问病的故事暗示这一层意思。

三四句"近人积水无鸥鹭，时有归牛浮鼻过"，写病起后，急于走出户外，在荆江亭看到了这样一幅天然画图。虽然荆江亭上没有看到鸥鹭之类的水鸟，却看到一二水牛浮上水中，翘着鼻孔（被牧童牵着、呓着），缓缓地向村庄那边游去。这幅宁静、悠闲、和谐、生机盎然的图景（使人联想起李可染画的水牛图），与作者呆惯的官场，应该形成一种对照，在作者的心中，也许会唤起一些感动，一些向往。

唐代陈咏即有"隔岸水牛浮鼻过，傍溪沙鸟点头行"（见《北梦琐言》）的诗句，任渊说："此本陋句"（《黄山谷诗注》），也许有些过火。从描摹上看，这两句还是入画的。不过黄庭坚点化前一句，没有停留在画意上，通过"时有"的勾勒，写出了久处官场中人，从病后偶然看到的景色中获得的启示，却又写得那样不动声色，所以"神采顿异"（任渊）。即此，也可以略约体会到作者所主张的"点石成金"之妙。（周啸天）

【秦观】（1049—1100），字少游，又字太虚，号淮海居士，宋高邮（今属江苏）人。"苏门四学士"之一。元丰八年（1085）进士。曾任秘书省正字，兼国史院编修官等职。坐元祐党籍，累遭贬谪。有《淮海集》。

春　日
秦　观

一夕轻雷落万丝，霁光浮瓦碧参差。
有情芍药含春泪，无力蔷薇卧晓枝。

根据秦观与参寥唱和的诗作《辇下春情》的内容，可以知道这首诗是诗人在元丰五年（1082）春天在汴京应举时所作，那时他才33岁。他以旖旎多情之笔，描写了京城一个庭院夜雨初晴的景色，成为他诗歌的代表作。

整首诗的情调是清新妩丽，婉媚动人。作者的观察非常细腻，用笔非常轻灵，一切景物都含着作者的情思：夜里的雷是那样轻，在隐隐约约中若有若无，决不像陈与义《雨晴》中写的"墙头语鹊衣犹湿，楼外残雷气未平"的雷；那雨也是那样的细，是一丝丝的小雨，就像杜甫在《春夜喜雨》中描写的"随风潜入夜，润物细无声"那样。这样，到了早上雨过天晴，春光明媚，那绿色的琉璃瓦上浮动着新晴的阳光，景色又是这样清丽，让人感到特别的心神愉悦。

在写出整个夜雨新晴的庭院氛围之后，作者又以特别含情的笔触，细致地描写这里最具有春天特色的植物——芍药和蔷薇。"由芍药上的水珠而联想到'春泪'，由春泪而联想'有情'，再以'有情'形容芍药，真可以说是绘出了雨后芍药之神韵。由蔷薇依枝而联想到'卧'，由'卧'而联想到'无力'，再以'无力'形容蔷薇，又着实突出了蔷薇经雨之后的姿态。我们知道，芍药、蔷薇，都是既娇且弱的春花，明艳的色彩本足动人，风雨僝僽后的娇姿更惹人怜爱。'有情'、'无力'前后相对，再以'含春泪'、'卧晓枝'摹之，形成一种特有的艺术张力，使人由春花摧折联想到美人迟暮，内心油然产生怜香惜玉之感，诗人特别的关爱之情尽出。"（徐培均、罗立刚《秦观诗词文选评》）诗人赋情于物，使用了拟人的修辞格，让芍药和蔷薇具有了美人一样的无限春思，显得格外多情，无比动人。这里，也是暗示出了庭院主人的身份，她也像芍药和蔷薇一样，是那样的明艳婉媚，那样的娇慵多情。整个诗歌情思隽永，引人遐思。

这首诗是婉约风格的代表作。金代元好问在《论诗三十首》之二十四中说："有情芍药含春泪，无力蔷薇卧晓枝。拈出退之（按退之是韩愈字）《山石》句，始知渠是女郎诗。"他把风格豪放的韩愈《山石》诗中的"芭蕉叶大栀子肥"拿来和秦观的这两句诗对比，讥评秦观的诗是女孩子做的诗，太小巧纤弱。近人陈衍在《宋诗精华录》卷二中批评元好问说："遗山（遗山是元好问的字）讥'有情'二语为女郎诗。诗者，劳人思妇公共之言，岂能有《雅》《颂》而无《国风》，绝不许女郎作诗耶？"这评论是公允的。元好问的诗风近杜甫，主张"碧海掣鲸"式的雄放风格，所以他不喜欢秦观婉约的"女郎诗"。其实，不管是"山石诗"也好，"女郎诗"也好，只要能够抒写真实动人的感情，"状难写之景如在目前，含不尽之意见于言外"（梅尧臣语），就是好诗了，各种不同风格的诗歌本不应该轩轾，倒是各擅其妙、异彩纷呈的好。（管遗瑞）

【晁冲之】字叔用,早年字用道,生卒年不详,宋巨野(今属山东)人,江西诗派诗人。

留别江子之

晁冲之

尽室飘零去上都,试于溱洧卜幽居。
不从刺史求彭泽,敢向君王乞镜湖?
平日甚豪今潦倒,少年最乐晚崎岖。
故人鼎贵甘相绝,别后君须寄一书。

赠别是古典诗歌中最为常见的题材之一,有许多脍炙人口的佳作。这首诗能在赠别佳作中占有一席之地在于其品性高尚、感情真挚、语言雄奇,丝毫没有一般赠别诗中的哀婉感伤。刘克庄称赞晁冲之"意度容阔,气力宽余,一洗诗人穷饿酸辛之态",此言得之。

诗的开头两句表述了诗人的遭遇和近况,全家漂泊在外,离开京都(汴梁),卜居于溱水洧水之间。溱水源出于河南密县东北,向东南流与洧水汇合。绍圣初(1094－1097),党争剧烈,晁家兄弟多人遭到谪贬放逐,诗人便在阳翟(今河南禹县)具茨山隐居,自号具茨。这两句诗或许就指的这一事件。

上面两句是客观的事件,接下来两句表达诗人主观的志愿。"不从刺史求彭泽",晋代陶渊明曾为彭泽令,因不愿为五斗米折腰,后来辞官归隐。这句话的含义也就是不愿向权贵折腰,不愿出仕。"敢向君王乞镜湖",唐代贺知章曾辞官还乡去做道士,并将自己的房宅改为道观,又上书请求皇帝把镜湖数顷赐给他作为放生池。这句话说,怎敢像贺知章一样向君王乞求镜湖,意思就是甘于幽居于溱洧之间。这两句诗中典故用得十分灵活贴切,借用典故将自己不为五斗米折腰,一心归隐的清高含蓄而有力地表达出来。虽用典故,而字面上的对仗也很工整,给人以美感。从晁冲之的生平来看,他一生不恋功名,后来回到汴京,当权者欲加任用,他拒不接受。看来这里表达出来的清高是他的真性情,而不是惺惺作态。归隐之念在古典诗歌中可以说俯拾皆是,但有多少是诗人的真性情,恐怕大多是附庸风雅而已。我们从各种选本可以看到,那些惺惺作态的诗作终究会被抛弃,只有表达真性情的作品能真正动人心脾,从而被人们传诵。

接下来两句诗人对比今昔,感慨自己目前的境遇,虽有今不如昔的感慨,但诗中丝毫没有伤感的情调。这两句写得瘦硬奇崛，造语生奇，颇合江西诗派诗风。江西诗派是我国文学史上第一个有正式名称的诗文派别，形成于北宋后期，以黄庭坚为中心，影响十分深远。该诗派语言上求新求奇，风格瘦硬，晁冲之作为其代表诗人之一，从他的这两句诗可以见到江西诗派所追求风格。

作为一首赠别诗，这首诗到最后部分才点出主题，表达对朋友的深情厚谊。前一句说朋友中现在正当显贵的，甘愿与他们断绝关系，后一句说此一别后你一定要给我来信，两句一对照，巧妙地表达了对与江子之这份友谊的重视，说明了二人情谊之真挚。前一句中也再次强调了诗人的不恋功名、不为五斗米折腰的清高，再加上后一句，也表达出诗人与江子之二人的同气相投。其他的朋友诗人甘愿与他们断绝关系，而江子之则要加强联系，朋友的亲密无间和志同道合顿时跃然纸上。诗人另有一首《寄江子之》诗曰："平生江季子，疏懒近忘吾。不啻三年别，如何一字无。"可见，诗人对江子之的感情是真挚而深厚的，赠别时并不是一时敷衍，说出这么两句，说的是真情实感。这再一次让我们看到，好诗都得表达真性情。

这首诗语言瘦硬生奇、用典贴切、感情真挚、感而不伤，真可谓"一洗诗人穷饿酸辛之态"。（王煜）

【张耒】（1054—1114），祖籍亳州谯县（今安徽亳州）后迁居楚州（今江苏淮安）。熙宁间进士，历任临淮主簿、著作郎、史馆检讨。哲宗绍圣初，以直龙阁知润州。宋徽宗初，召为太常少卿。苏门四学士之一。有《柯山集》等。

出 山
张 耒

青山如君子，悦我非姿媚。相逢一开颜，便有论交意。
今晨决然去，惨若执我袂。谓山无见留，此事宁久置。
道边青发翁，下有白玉髓。斲之龙蛇窟，自足饱吾世。
平生耽幽独，乃若安朝市。一官等尘垢，安得败成计？
草堂醉老子，虎溪大开士。寄语二主人，为留三亩地。

张耒的诗风在北宋晚期时别具一格的，因为此时江西诗派风行，诗风大多瘦硬奇崛，而张耒的诗却平易舒坦、不尚雕琢，好似烈日鸣蝉中的一丝清风、一缕溪声，给人以清新舒适之感。读了黄庭坚的一卷诗，忽来读这一首诗，定会有这样的感觉。

这首诗题名为"出山"，此处的山为庐山，实指为游览庐山归来时所作，虚指或为出仕之意。虽是出仕却一句没写诗人的抱负，而全诗在表达诗人的清高和归隐的志向。张耒在苏轼门人中算是仕途较为顺利的一个，虽然也受到过党争的牵连，但最后历官至直龙图阁、知润州，比同为苏门学士中的黄庭坚、秦观等都要幸运得多。也许正是这样他便可以较为轻松随意地表达清高的志向，而此种题材对于黄、秦二人恐怕就较为沉重了。

　　诗作一开头便娓娓道来，让人感觉平坦舒适，将青山比喻成君子，能使诗人高兴并不是因为妩媚的姿态，而是如君子般的高尚风姿。诗人与青山惺惺相惜，一见面便想成为朋友。表面上赞扬青山，实际上是在表达自己的清高，能与高尚的青山相亲和。而青山本无生命，它的高尚何来？当然来自于诗人高尚的心境和眼睛，说去说来还是诗人的清高。我个人的感觉这几句虽然语言上十分清淡平易，但这种清高的表达实际上是张扬的，而张扬的清高是真的清高么？所以我读这几句诗感觉同李白的"相看两不厌，唯有敬亭山"一句的意思差不多，但境界却显得低了一大截，这种话李白的两句就传神了，说多了反而做作。

　　下面四句更加做作，说诗人要离开了，青山还拉着诗人的袖子不放，诗人告诉青山不需挽留，我很快就会回来的。有人赏析这几句，说它将青山拟人化，把山写活了，写得很传神。我却不以为然。诗人应该欣赏自然、感受自然，与自然相融，相融之后才能化我为自然，化自然为我，创造出一种诗境。而不是生搬硬套地把自己的意图塞给自然，然后把它当木偶一样地摆弄，还要借以衬托自己的清高，感觉还是做作了。其实诗中点化、活化事物当然是很好的，但是还是要注意一个度。敏感巧妙而情感饱满地一点化，我中有物，物中有我，生动传神。做得过度了，情感空洞地摆弄自然就会令人生厌。

　　后面的部分全是表达自己想要归隐庐山的愿望。"青发翁"指青松，"白玉髓"指茯苓一类的药物，这些比喻倒给人清新平易的感觉。诗人想要在山中开窟而居，这一世也就满足了，而不愿意身列朝市。做官就等于堕入尘埃啊，我怎么会改变我想要隐居的计划呢？在庐山筑草堂而居的白居易，归隐于庐山的高僧慧远（慧远有送人不过虎溪的故事），你们二位要给我留三亩地啊，我将来就要来归隐。诗的开始就借用青山来表达诗人意欲归隐的清高，结尾更拉上古人，一首一尾、一物一人，平易的语句中其实是有精心的安排的，将诗人的归隐之心表达得既含蓄委婉又淋漓尽致，不可不谓诗人手法的高明。

　　但诗人最终是没有归隐的，并没有回到他的"三亩地"来，而是平步青云。人生有许多无奈，随着境遇的改变，人的心境也会发生许多变化，我们当然不能就以此妄加议论，但诗人是否真的曾把这"三亩地"放在了他的心中呢？（王煜）

二十三日即事

张　耒

已逢妩媚散花峡，不怕艰危道士矶。
啼鸟似逢人劝酒，好山如为我开眉。
风标公子鹭得意，跋扈将军风敛威。
到舍将何作归遗，江山收得一囊诗。

这是一首写景诗，状景抒情是中国古典诗歌中最为常见的题材之一，佳作也是连篇累牍、不胜枚举。所以要写得让人记得住是非常不容易的，必须得写出自己的特色，有吸引读者并使之流连忘返、久久回味的句子。这首诗便是既有特色，又有妙句，故而能为人长久地传诵。

前两句写行路的经过，选取散花峡、道士矶这样的地名嵌入诗中表述行程已相当巧妙，再以"妩媚"、"艰危"形容之，颇觉生动，景物如在眼前。这两句诗不仅表述了行程，也将诗人此时游山玩水的兴致痛快地表达了出来，奠定了全诗的感情基调。这首诗中接下来的几句都是感情充沛、兴致勃勃。

在如此高昂的兴致和充沛的诗情中，诗人和自然界开始了互动和互化，诗人已经完全融入到自然界中去了，而当他的融到哪里，他的感情到达哪里，哪里就一时鲜活起来，充满了生命和情感。啼鸟在殷殷劝酒，青山展露笑容，白鹭得意洋洋，清风随和舒畅。前两句是人和物的互动，后两句则已分不清何者为人、何者为物。白鹭的得意难道不是诗人的得意？清风的舒畅难道不是诗人的舒畅？人与物此时完全融合在诗情画意之中了。

三、四两句将景物拟人化，写得十分生动传神，这种作法在张耒的诗中是比较常见的。拟人是要将景物真正写活，而不是穿几根线子来做木偶。要写活就必须要与景物相融合，给景物注入感情，让它自自然然地活起来，而不是生搬硬套地动起来就行。这两句诗确实写得自然而巧妙，自然就在于是顺着前两句高昂的情致下来，没有故作姿态，巧妙就在于它符合景物的特征，轻轻一点化，随即活起来，没有去生吞活剥。自然、巧妙、生动、贴切是点化景物的关键，诗人把握得是很好的。

五、六两句写得很有特色，其中也用了典故。杜牧《晚晴赋》云："白鹭潜来兮，邀风标之公子。"传说隋炀帝登舟遇风，感叹道："此风可谓跋扈将军。"可见，"风标公子"就喻指白鹭，"跋扈将军"就喻指风，一般来讲，诗歌追求含蓄简约，不会将同一个意思的词语堆砌到一起。这里虽然将它们连用在一起，但毫不让人觉得是重复繁缛，反而增加了一番味道。在这里"风标公子"和"跋扈将军"既喻指鹭和风，又生动传神地表现鹭和风的情态，情感饱满而充满活力。诗中写景并不是简单的绘画，也不是画出风姿、画出感情就足够了的。诗并不把全部的画面提供给读者，它只提供基本的色调、视角，再露出一山一石来引领读者的想象，引领读者去完成这幅画面。所以好诗的写景须点到为止，到此已足，过犹不及。

于是最后两句从写景中转了出来，以虚写结尾。这样美好的景色怎样带回去呢？把它收入诗囊，满载而归吧。诗囊实际上也用了一个典故，据说唐代诗人李贺出游时身上便背着一个古破锦囊，当灵感到来，得到一二妙句，即写下来投入诗囊中。但这里的典故使用让人浑然不觉，十分的平易自然。张耒之诗以其平易在一片跋扈将军的北宋晚期的诗坛中确如一位风标公子。

发安化回望黄州山

张　耒

流落江湖四见春，天恩复与两朱轮。
几年鱼鸟真相得，从此江山是故人。
碧落已瞻新日月，故园好在旧交亲。
此生免可嘲伧父，莫避北风京洛尘。

在中国的古典诗歌中，厌离官场、归隐山水，或是遭贬遇诟、落魄江湖，或是身没蓬蒿、怀才不遇的佳作是层出不穷的，但以出仕或升迁为题材的好作品却是不多见的。或许是因为此种题材写起来往往自鸣得意，不太符合魏晋以来中国诗歌的审美传统。"昔日龌龊不足夸，今朝放荡思无涯。春风得意马蹄急，一日看尽长安花"，描写的是科举中榜后得意、狂喜的心情。之所以能流传，一是因为后二句确实写得酣畅淋漓，更重要的恐怕是能引起学子们热切的期望与士大夫们美好的回忆，即使其前两句有些粗陋，大家也不太计较了。相比之下，这首写升迁的诗却显得十分平和自然，充满悠游之气，不过诗人内心的喜悦和得意其实也溢于言表。喜悦是平淡地表达出来的，使人感觉亲和而舒畅。

诗的前两句中第一句写四年来被贬官外放的遭遇，用"流落"二字，看来其中的滋味还是一言难尽的。汉景帝时令将二千石以上（相当于州郡长官以上）官吏的车轮漆成红色，以示尊贵，"天恩复与两朱轮"便是述升迁之事。虽然前一句写贬谪，后一句写升迁，本来这样一对比能起到强调的作用。但这首诗却是写得十分的平淡，让人感觉不出诗人的情感在这两句间有所起伏。或许北宋晚期此起彼伏的党争,师友们的起起落落(张耒与黄庭坚、秦观、晁补之同为苏轼门人,称为"苏门四学士"。苏轼及其门人都在党争中受到贬谪,张耒在苏轼门人中是去世最晚的,晚景也较他人好得多),已经让诗人对宦海沉浮处之泰然了。

但诗人的心中并不是古井无波,升迁北返到底是一件令人喜悦的事情,由于诗人此时的得意和喜悦,即将结束的这几年的"流落"生涯倒也充满了趣味。这几年可以有闲暇游山玩水,与鱼鸟相亲相近,与山水成了老朋友,现在要离开这些老朋友了,倒还有些舍不得呢。这两句于平淡之中写得意味悠长,感情饱满而不露痕迹。你看,若不是得意,焉能对不幸的遭遇有如此生趣盎然的感受?而即将离开如此亲切之地,焉能没有一丝留恋和不舍?而怀着留恋不舍的心情又焉能如此的兴致勃勃。这一切都藏在平淡之中,平淡表面上看似无情,实际上是不露声色,平淡才能把多种感情酝酿在一处,最是深厚悠长,醉人心脾。

喜悦的还不仅仅是诗人自己的升迁,朝廷上已经出现了新的气象(此指徽宗登基),而故乡的亲友也都很亲和。最后再把笔墨落到升迁上来,看来这才是此时诗人最喜悦的事情呢。情感到了最后,诗人也按捺不住了,平淡不下来了,但又不能直接说我很得意、很喜悦吧?于是诗人用了一个很巧妙的手法,用自我解嘲的方法把这种得意和喜悦转移了。力量收不住了,打一个太极,把力量转化。笑声憋不住了,说个俏皮话,把笑声变成诙谐。诗人这样说:我终于可以摆脱这个地方的人笑话我是北方佬了("伧父"是南北朝时南朝人对北方人的蔑称,如同说"北方佬",而北朝人称南朝人为"岛夷",如同说"南蛮子"),能摆脱他们的嘲笑,我宁愿不回避北方的风尘。很明显这是一句巧妙的俏皮话,其实充满了对升迁北返的得意和喜悦。

这首诗表面上语言平易,不加雕琢,平淡之中却潜藏着丰富而饱满的感情,淡定、自然而巧妙、诙谐地透露出得意、喜悦之情。这样的得意才能被人舒适地接受。(王煜)

【李唐】(1049?—1130),字晞古,宋河阳三城(河南孟县)人。徽宗时入画院。北宋灭亡,流落临安(浙江杭州)。后入画院为待诏。与刘松年、马远、夏圭并称为"南宋四大画家"。

题 画

李 唐

云里烟村雨里滩,看之容易作之难。
早知不入时人眼,多买胭脂画牡丹。

据说画家李唐初到杭州,无人赏识,便写了这首诗,意在讥讽当时社会上崇尚艳丽花鸟画的庸俗风气。这是一首很典型的宋诗。

首先应指出，它是一首画家自题其画的绝句，和唐诗人咏画诗性质略有不同，是与书画融为一体的诗歌，这种风气是宋代出现的。诗中真正咏画的只有第一句"云里烟村雨里滩"，这是一幅山水画，画中是细雨蒙蒙、满纸云烟的景象。

以下三句纯属议论，分两层。次句自道作画甘苦为一层——"看之容易作之难"。画家要有两种功夫，一是眼中功夫即善于观察生活，要想得到；一是手上功夫即要有精湛技法，要画得出。所以是"看者容易做者难"，但另一方面，则是"难者不会，会者不难"，或者"成如容易却艰辛"。此句明白如话而饱含生活哲理，有如俗谚。

作画难，而知音更难。后二写高雅艺术与流行趣味的矛盾为一层，这是诗的主意所在。诗中写时人冷淡山水，而看好"牡丹"，这实际上是写两种审美趣味的冲突，使人联想到周敦颐《爱莲说》后段所说："予谓菊，花之隐逸者也；莲，花之君子者也；牡丹，花之富贵者也。菊之爱，陶后鲜有闻；莲之爱，同予者何人？牡丹之爱，亦乎众矣。"要用高雅艺术改变流行趣味较难，要放弃高雅艺术迎合流行趣味为易。诗云既然时人不能欣赏山水云烟，只喜爱大红大紫的牡丹，那还不好说，就多买些胭脂来画吧。既然人们不欣赏美声唱法，那大家都改成流行唱法吧。这话其实是反语、是嘲讽，绝非由衷之言。事实上，要追求高雅艺术，就要耐得住寂寞。"胭脂"是国画颜料，也是女人的化妆品，用来表达"媚俗"之意，味道尤足。（周啸天）

【陈师道】（1053—1102），字履常，一字无己，号后山居士，宋彭城（江苏徐州）人。少贫，学文于曾巩，绝意仕进。元祐初，苏轼等荐为徐州教授。后任太学博士、秘书省正字等职。有《后山先生集》《后山谈丛》。

示三子

陈师道

去远即相忘，归近不可忍。
儿女已在眼，眉目略不省。
喜极不得语，泪尽方一哂。
了知不是梦，忽忽心未稳。

作于元祐二年（1087），其题前情事：作者家贫，元丰七年（1084）岳父提点成都府路刑狱，陈妻并三子一女寄食岳家，作者本人因母老不得随行。本年因苏轼、孙觉等人荐举，始充任徐州州学教授，才将妻儿接回徐州，遂有此作。

"去远即相忘，归近不可忍"，开篇抚今追昔，上句说远别后因归期无日也就不去想它，是相对于后来而言，其实哪有个不惦记的；下句说当归期将近时，反而变得难以忍耐。曲尽人情。"儿女已在眼，眉目略不省"，三四叙重见儿女的情况，因别时儿女尚小（作者送别诗有"何者最可怜，儿生未知父"），正是非常时期，一别四年，又无照片寄来，原来一岁的现在五岁，原来四岁的现在八岁，模样儿当然与记忆对不上号。抓这个细节，生动表现出见到三子时，欢喜与感慨交织的微妙感受。

"喜极不得语，泪尽方一哂"，五六写当时自己的表情，高兴得不知说什么好，眼泪直流，而后破涕为笑。这表情下面的心情是复杂和激动的。"了知不是梦，忽忽心未稳"，七八更深一层作结，说虽然明明知道不是做梦，但心里还是很不踏实，不相信眼前的团聚确是真的。诗末二句翻用老杜《羌村》"夜阑更秉烛，相对如梦寐"而富有新意，与晏几道《鹧鸪天》"今宵剩把银釭照，犹恐相逢是梦中"意境略同。全诗朴质以生活内容取胜，妙在一个真字。（周啸天）

别三子

陈师道

夫妇死同穴，父子贫贱离。天下宁有此，昔闻今见之。
母前三子后，熟视不得追。嗟乎胡不仁，使我至于斯。
有女初束发，已知生离悲。枕我不肯起，畏我从此辞。
大儿学语言，拜揖未胜衣。唤爷我欲去，此语那可思。
小儿襁褓间，抱负有母慈。汝哭犹在耳，我怀人得知？

此诗主要写诗人与三个孩子的离别，它的首句，还涉及到别妻，只因同时另有《别内》诗，故专题"别三子"。离别之作的感人，在于情深。结合这首诗背景来看，有着母子、夫妻、父子等情感的交织，则诗人背负的痛苦，巨大而深沉。又离别家人之作，通常是男子出门别家，这首诗却是写妻、子别家，自己向他们道别，作为"大丈夫"的诗人，最是愧疚。家的"贫贱"是离别的根源。陈师道自幼家贫，仕进亦不如意，自己多在外奔走，妻、子寄食于丈人家。好在"善于择婿"（宋王明清《挥麈后录》卷七）的丈人郭概，不以贫穷嫌弃，所以"嫁女不离家"（陈师道《送外舅郭大夫概西川提刑》）。直到元祐二年（1087）陈师道34岁时，才因苏轼等荐，起为徐州教授，然后接来妻子，才全家团聚。师道曾有言："我贫无一锥，所向皆四壁。"（《答张文潜》）说的是实情。

作《别三子》诗，时在元丰七年（1084），陈师道31岁。丈人郭概赴成都任西川提刑，师道的妻、子也随之前往。师道因"母老妹已笄"（《送内》），以孝为先，须留下来奉母，可是又必然与妻、子离别。首句言"夫妇死同穴"，意谓"夫妇生常别离，至死方获同穴，此所以可悲也"（任渊《后山诗注》）。师道《送内》亦云："与子为夫妇，五年三别离……关河万里道，子去何当归。三岁不可道，白首以为期……吞声不敢尽，欲怨当归谁。"

"父子贫贱离"，直切本题。"天下"二句，言作为丈夫、父亲不能赡养妻、子而致使离别，从前都只是听闻有这样的事情，而不肯信，今日却出现在自己身上。为此呼号悲怆之声，有大不堪忍之痛啊。"母前"四句，总写伤别场面。"胡不仁"是怨语，下句道"夫何使我至于此极也"之意。后面十二句，是全诗重点，每四句一层，分别写女儿、大儿、小儿情态。三个细节场景，极其逼真传神，省事与未省事者，无不令人爱怜，作者悲恸不能自禁，读者亦然。

此诗直朴无华，而真挚感人，逼近蔡琰《悲愤诗》之别子场面和杜甫的亲情诗，且化用了杜甫的"娇儿不离膝，畏我却复去"、"骥子好男儿，前年学语时……世乱怜渠小，家贫仰母慈"等，摹写简洁，语短意长，耐人回味。（李亮伟）

登快哉亭

陈师道

城与清江曲，泉流乱石间。
夕阳初隐地，暮霭已依山。
度鸟欲何向，奔云亦自闲。
登临兴不尽，稚子故须还。

这是一首写景的诗作，短短四十字把景物描写得气韵生动，将情感熔铸于景物之中，浑然一体。真不知何者为我，何者为物，足见诗人功力之深厚。

前两句描绘登楼所见较为具体的景物，也点出所在地点。城墙本是直的，怎言"城与清江曲"呢？其实是清江一曲环抱城墙，笔直的城墙延伸在弯曲的清江中，曲与直相得益彰。这是诗人登楼所见的一个方向的景致。另一个方向则是"泉流乱石间"，清澈的山泉从乱石当中淙淙流出。石之生成本是自然存在，何言"乱"字？因为山石之杂乱，山泉在其中自然行踪不定、左突右闯、时藏时现，泉的流动状态便跃然纸上了。山石虽乱，总是静态，以静显动，动静相生，看似天然，其实匠心独运。中国画中的泉流总是藏头露尾、时隐时现，藏处用山石云雾等遮挡，与此句有异曲同工之妙。因为将泉流的全程一下展现在画面上，即使再使它蜿蜒曲折，看上去也如同死蛇一样，没有生气，没有活力。无论诗还是画，我们无法将活动的泉流生生搬入其中,所以不管如何刻画,总是一条死蛇。试想,如果我们将死蛇摆到大路上,任你如何摆放,恐怕也吓不到人。如果我们将之摆放在乱石杂草之中,欲露还藏,效果就大不相同了。这个比方其实很不贴切,诗是要优美动人,怎能去比那腌臜玩样儿。但却是一个道理。

接下来的两句从内容上说有些相近,读起来略嫌重复,一写夕阳隐地,一写暮霭依山,都描写黄昏时的环境。诗人也注意到这个问题,所以两句中分别用"初"、"已"二字,表明两句时间上的延续,但这样仍然无法掩饰语义重复的瑕疵。诗是高度浓缩的语言,一般情况下不能有重复,尤其是律诗的两个对偶句,上下句间特别忌讳重复。那么,为何诗人不作改动呢?我个人的感觉是,由于这两句中另有精妙之处,诗人也许舍不得改吧。这两句的精妙之处就在一个"隐"一个"依"上,运用这两个主动性的词语,将夕阳和暮霭写出活力,写出感情。渐渐昏暗的黄昏景致似乎也有了感情,含情脉脉、依依不舍。这种情感虽然诗人主观上赋予的,但却也与黄昏的景致十分融洽,浑然一体。

接下来的两句笔力雄健、气韵生动,令人耳目一新、为之一振。其中字句的锤炼很值得称道。用"度鸟"而不用"飞鸟","度"有飞度长空之意,比单纯的"飞"字更显得有气势。而长逝长空的飞鸟意欲何往呢?下一句作答,却另写一景,看似答非所问,实际上意思是一贯的。"奔云亦自闲",一个"奔云",令人耳目一新。长空中云气奔涌,这种景象我们今天的人是见过的,现代的摄影摄像技术可以表现这样的景象,我每次见到都觉得气韵生动、气势逼人。我很怀疑古人是否能仅凭肉眼感受到这样的景致。显然,在这里诗人是通过想象、夸张来做到的,竟然与我们今天摄像技术所表现的如此切合。所以,诗中的想象、夸张并不是漫无边际,更不是胡思乱想,而是对事物创造性的把握和表现,有时比感觉更能发现事物的真实和美妙。

这样的景致、这样的情致如何能尽?"登临兴不尽"一语,前可以转接上面两句的气势气韵,后可以生发出悠长的感叹来结束全篇,使言有尽而意无穷。可惜,恕我直言,最后一句"稚子故须还",因为家中的幼子,所以必须回去了,虽然结得巧妙,也含蓄地道出了不能尽兴的遗憾,但实在无法承接上面的气势,压轴全诗。我个人读起来觉得白璧微瑕,有些遗憾。世上哪有完美之物,诗中若有一二妙句令人拍案叫绝,足矣!(王煜)

九日寄秦觏

陈师道

疾风回雨水明霞,沙步丛祠欲暮鸦。
九日清樽欺白发,十年为客负黄花。

登高怀远心如在，向老逢辰意有加。
淮海少年天下士，可能无地落乌纱？

  重阳（九月九日）是传统文化中一个极具韵味的节日。深秋风物原本萧瑟，红叶黄花却分外鲜明。人们结伴登高，骋目怀远，醇厚的思念，美好的祝福，氤氲着浓郁的文化气氛。此时，诗人们如何不饮酒吟诗，释放他们善感的情怀。这首诗便是重阳节怀念朋友的一篇佳作。
  这首诗本是抒情寄语，从写景开始，也是作诗之常法。作诗不是作报告，写景不是客观描绘事物，也不仅仅在于交代地点、时节和环境。更重要的是铺垫感情，发动人的感官，情由感而动，便可自然而然地抒发自己的感情和引起别人的同情了。我们常用"感动"一词，情感只能被感动，而不能被灌输，不能把情感硬梆梆的塞到诗里去，那样的诗读起来味同嚼蜡！
  诗的开头两句不仅是写景，其实铺垫了整首诗的感情基础。一阵疾风将雨吹散，晚霞映照在水面，水岸上、江边野祠中渐渐暮鸦来集。水中的晚霞尚且明亮，岸上的黄昏已经降临。一个"明"，一个"暮"，二字正好相对，这也是诗人心情的写照。元佑二年（1087），诗人由苏轼等推荐，被任命为徐州教授，这首诗就是在赴任途中所作。人逢喜事，时值佳节，心情自然明亮，但回忆此前的落魄生涯，叹息自己的年华已逝，怀念朋友的尚不得志，自然又有些昏暗。可见，这些景语，实际上都是情语。诗歌中的景色，是诗人情感的催发剂，亦或本身就是诗人情感的物化，我看很难说清楚，其实两者往往是互动的，催发和物化是同一个过程吧。
  景色一"明"一"暮"，由"明"而"暮"，接下来情感便脱口而出：九日清樽欺白发，十年为客负黄花！当此喜事、佳节双临之时，能不尽情痛饮？然而年华易逝，容颜已老，白发之人已经不胜酒力了。诗人此时只有三十五岁，但青春的流逝，长期的羁旅让他满怀美人迟暮之感。回想起十年来的失意、蹉跎、漂泊，那时哪有心情饮酒赏花啊。诗是艺术的语言，在诗中酒和花一时活了起来，它们本来是被诗人感受的客体，在这里却充满了感情和主动。酒是主动的，它主动地来欺负诗人的年老；花是充满感情的，长期以来它的感情被诗人一再辜负。它们的情感从何而来？当然来自诗人。看来，诗中哪有闲事物，不过都是诗人情感的载体。情感不可见，有了载体便显现出来，载体本来是死物，注入情感便活起来，活的事物又能与诗人发生关系。你看，它们能欺负诗人，还能含情脉脉地期待诗人去欣赏，又触发了诗人的情感。噫，到底是情生于物，还是物生于情？我看是剪不断、理还乱。一花一世界，一首诗就是一个层层不尽、圆融无碍的华严世界了。
  这首诗的感情基调确实是一明一暗，随着诗人的一声叹息，心情又明亮起来。

佳节之时，登高怀远，想念好友，心意相投，感情真挚。秦觏为扬州高邮人，乃秦观（少游）之弟，诗人认为他才华出众，所以称之为"淮海少年天下士"。最后用"九日脱帽"的典故作结，将对秦觏的赞赏、宽慰、勉励之情熔铸其中，巧妙而深厚。《晋书·孟嘉传》记载，孟嘉为征西将军桓温的参军，文采出众，深得桓温器重。在一次重阳节宴会上，孟嘉的帽子被风吹落却没有觉察到。桓温令孙盛作文嘲笑他，孟嘉即席作文答之，文章写得十分优美，成为一段文苑佳话。用孟嘉的典故正合重阳节的时令。"可能无地落乌纱？"或许包含了两层意思：一则于此佳节之时，才华横溢的秦觏怎能不写出优美的诗文？二则秦觏怎能没有展示自己才华的地方？多少深意，一语而足，这便是善用典故的好处。

这首抒情寄语的诗中，抒情善借诸景物，寄语善摄于典故。因景触发之情自然能触动人心，托事表达之语尤其能催发感慨。含蓄感人，意味深长，今之读诗、作诗之人得无思乎？（王煜）

春怀示邻里

陈师道

断墙著雨蜗成字，老屋无僧燕作家。
剩欲出门追笑语，却嫌归鬓逐尘沙。
风翻蛛网开三面，雷动蜂窠趁两衙。
屡失南邻春事约，只今容有未开花。

陈师道的一生，仕途上是很不得志的，生活清贫。绍圣元年（1094），诗人被指为苏轼余党，罢职归家，更加贫困，唯以诗文为事业。黄庭坚有诗云："闭门觅句陈无己，对客挥毫秦少游。正字不知温饱未？西风吹泪古藤州。"其中"陈无己"、"正字"皆指陈师道（陈字履常，一字无己，终官为秘书省正字），黄询问其是否温饱，可见陈的贫困。

这首诗一开始便将诗人凄凉、清贫的生活场景展示出来：残破的土墙被雨水浸湿，蜗牛在上面爬行，留下歪歪斜斜的痕迹；阴暗的老屋无人居住，任由燕子在上面搭槽做窝。这样的画面是凄凉的，但并不阴冷，因为诗人饱含深情的笔触使得凄凉中平添了几分生动。蜗牛在写字，燕子在作家，诗人虽然饱经风霜、历受困窘，但并没有磨灭鲜活的生命力，在这细微之处，细腻地流露出来。

这样的景致催发出诗人自嘲式的感叹。这样说是依据诗歌文本提供的逻辑，实际上是这样的景致催发出这样的心情，还是如此的心情映射成如此的景致，恐怕很难说得清楚。实际上诗歌中景语皆情语,也实在没有必要把二者分得太清楚。这两句中显然有所寄托。表面上说,想要出门去追寻乐趣,却害怕回来后,鬓角上会染上沙尘。暗含着诗人不与世俗同流合污、洁身自好的意思。陈师道这个人非常正直,正直得甚至有些固执。早年为布衣之时,被当时的执政大臣章惇看中,章托秦观示意陈师道,让陈去拜谒,陈拒绝道:"士不传贽为臣,则不见于王公",意思就是不愿意走后门。后来苏轼有意收其为弟子,陈又拒绝道:"向来一瓣香,敬为曾南丰",意思是他心中只有曾巩一个师父。不过苏轼并不生气,依然指导和帮助他,可见大人必有大量啊。从诗人的生平和此时的处境看,这两句并非一般的自命清高之言,而是诗人的真志向、真性情,真实故能感人。

一声感叹,诗人的心情动荡起来,诗中的景物也风翻雷动起来。这一联写得极为生动传神,尤其是第二句,雷声震动蜂巢,蜂儿受惊而出,列在蜂巢两翼,好像在衙门两侧排列站队一样。嗡嗡的叫声不正似衙门中衙役的呵堂声么?这个比拟初读使人惊异,再读令人拍案,不得不佩服诗人那大胆的想象和精到的笔法。陈师道为江西派代表诗人,江西派的一大特色就是用语生硬,出奇制胜。诗中若是一味运用那些耳熟能详的词语和比拟,如用"杨柳"述离别,用"芳草"代王孙,用"明月"寄相思,读起来确也朗朗上口,但这样的好诗恐怕在唐代就做完了。江西派诗人寻求突破,力求生僻瘦硬,出新出奇,这是其能抗礼唐诗的一大特色。但过分追求生奇,未免显得生涩怪癖,丧失了诗的优美和韵味。而他的这一联确实是奇得精、奇得妙,奇出了韵味的。

咏物之后,又是一声感叹,感叹之中,又是有所寄托。屡屡失去邻居几次游春的邀请,到现在恐怕花已开尽,不复再有欣赏春光的机会了。诗人是不是对没有把握住人生中的几次机遇而有所遗憾?甚至是不是对我们上面提到过的那些机会的失去有所后悔?这是不是与诗人在第二联中表达的清高志向有所矛盾?这些都是诗人留给读者自由思考的。人的情感本来就是复杂的、多元的,甚至往往是矛盾的,真情实感才能动人肺腑。不论诗人寄托者何,总之时光不再、年华已逝,留给诗人的机会已经不多了,元符三年(1100)诗人出任秘书省正字,次年去世。

这首诗一咏一叹,反复咏叹。咏物中熔铸情感,生动传神,感叹中寄托情感,真实动人。沉郁隽永,出奇制胜,不愧为江西诗派之代表。(王煜)

舟 中

陈师道

恶风横江江卷浪,黄流湍猛风用壮。
疾如万骑千里来,气压三江五湖上。

　　　　　　　　岸上空荒火夜明，舟中坐起待残更。
　　　　　　　　少年行路今头白，不尽还家去国情。

　　这是一首七言古体诗，虽然也写成八句，但要与近体诗的七言律诗区别开来。这不仅是格律的不同，诗体不同，诗的结构、语言、风格都会有差异。尤其是近体诗成熟以后，诗人们往往自觉地表现近体与古体的区别。这首诗在结构上就不能按律诗那样划为四联，而明显可以划分为前后两个部分。前一部分写诗人在舟中所见的江上风高浪急的景象，后一部分主要是诗人在舟中抒发的情感，一为激烈，一为哀婉，对照鲜明。

　　理解这首诗，需要大致地了解诗人当时所处的情景。北宋中期以来，政治上党争激烈，一方势败，牵连甚广。绍圣元年（1094）苏轼被贬惠州，苏门之黄庭坚、晁补之、张耒等人皆遭贬黜，陈师道也受牵连，被罢去颍州州学教授的职务，回到徐州家中。这首诗便作于回家途中。

　　诗的一开始便劈头盖脸地描绘江上风浪的凶猛。"恶风横江江卷浪"一句，场面宏大，气势陡然而起，然后浓墨重彩地继续泼洒，"黄流湍猛风用壮"，十四个字中不惜用两个"风"，两个"江"，两次写浪（黄流湍猛也是写浪），气势叠加，使人惊心动魄。接下来两句继续造势，运用一个比拟，一个夸张，将恶风猛浪的气势表现得淋漓尽致。而且连用三个去声字（浪、壮、上）作为韵脚，使诗句读起来铿锵有力，对偶的句式有利于铺排气势，很好地配合了诗中营造的震撼效果。可以想象，在这样的风浪中的小舟，完全没有挣扎的力量，只有任他浪打风吹。这正是诗人此时处境的写照。突如其来的党祸，如恶风一样席卷政坛，掀起滔天骇浪，气压三江五湖，几人能置身事外，更何况诗人这样一叶扁舟，如何能躲避得开？

　　诗的后半部分由江上的风浪转换到岸上的荒野、舟中的愁思，风格也由激烈转为平静，从平静而生哀愁。江岸上荒野空寂，阴暗的夜色中野火明亮，明亮的野火更映衬出荒野夜色的阴暗凄凉。无眠的诗人坐在颠簸不定的小舟中等待天明，回忆起自己少年离家，长期羁旅，壮志难酬，然而时光荏苒、青春不在，英雄失意之情，美人迟暮之感涌上心头。此时所有的哀愁如何表达，只得叹息"不尽还家去国情。范仲淹《岳阳楼记》中云："去国还家，忧谗畏讥，满目萧然，感极而悲者矣。"道出了被贬谪之人的悲伤。"国"本指都城，陈师道虽未在都城任职，但"去国还家"已是熟语，用于诗人此时被贬归家的情形还是十分贴切的。诗到这里戛然而止，情犹未尽，也实在说不尽了。

　　我们注意到，当诗歌前后部分风格转换之时，韵脚也做了相应的转换，由掷地有声的去声韵转换为平和清新的平声韵（明、更、情），也很好地配合了诗作由激烈向平静、哀愁的转变。而且不再用铺排的对偶句，而是娓娓道来，这些形式也是为内容服务的。黄庭坚说："闭门觅句陈无己，对客挥毫秦少游。"陈无己即陈师道（陈子履常，一字无己）。而且据说陈师道作诗时要将自己完全蒙在被子里，将小孩打发出去，集中精神，受不得一点干扰。陈是苦吟诗人的代表，作诗不是天纵英才式的即兴发挥，而是句斟字酌的反复推敲。所以，这些韵脚、句法与诗句风格的同步变化应该不是自然偶合，而是匠心独运。

这首诗的前半部分气势磅礴，动人心魄，后半部分一转为平静哀婉，语尽情未尽，使人叹息。状景抒情中世道之难、遭遇之感、失落之悲、迟暮之叹融汇其中。善于运用适当的韵脚、句法配合造势抒情，形式与内容的统一，使诗歌更加生动，更富于感染力。（王煜）

九日无酒书呈漕使韩伯修大夫

陈师道

老大悲伤节物催，酒肠枯涸壮心灰。
惭无白水真人分，难置青州从事来。
倦笔懒从都市出，醉眸刚为軿车回。
黄花也似相欺得，坐对空樽不肯开。

前面已经选录有陈师道关于的重阳节的一首诗，如果说前一首诗感伤之中尚透露出几分得意，这首诗则纯然感伤。诗题为"九日无酒"，重阳节饮酒赋诗本是文人雅士分内之事，当此佳节之际，空对时节物候，却无杯酒遣怀，全诗的感情基调已经显露无遗了。

与前一首重阳诗的融情于景不同，这首诗一开始便发出一声无奈的感叹：老大悲伤节物催，酒肠枯涸壮心灰。时光流逝，年华易老，一年的光阴已逝去大半，进入萧索的深秋，而人生也渐入晚境，英雄垂老、美人迟暮，怎不令人感叹。深秋的景物一方面催发着诗人悲秋伤逝的感伤，一方面也催人老去。想要借酒浇愁，却没有酒，酒肠枯涸，少年壮志早已心灰意冷了。陈师道的一生颇不得志，受到党祸牵连，家境贫困，仕途艰难。就在潦倒蹉跎之中，诗人已经被无情的岁月所抛弃，满腹的忧郁，待酒慰藉。所以他急切地呼唤着酒，却是酒肠枯涸，读之令人叹息。

为何诗人"无酒"而"酒肠枯涸"呢？诗人答道："惭无白水真人分，难置青州从事来。"这其中运用了两个典故。"白水真人"即指钱。据说西汉末年，王莽篡了汉家天下。当时通行的钱币为五铢钱，钱文为"五铢"二字，而汉代皇帝姓刘

（劉），"劉"、"銖"二字中皆有"金"字。当时政治上流行谶纬思想，好用一些莫名其妙的联系来预言和影射政治，王莽忌讳钱文中有与刘氏的联系，所以改"五铢"为"货泉"。然而，中兴汉室，建立东汉的刘秀生于南阳白水乡，谶语称其为"白水真人"，"货泉"的"泉"字恰好是"白"、"水"二字，谶纬家便说钱文改为"货泉"正好预示了刘秀将中兴汉室。当然这些说法并不可靠，但后人却借用"白水真人"来指代钱币了。"青州从事"即指好酒。《世说新语·术解》中说："桓公有主簿善别酒，有酒辄令先尝，好者谓'青州从事'，恶者谓'平原督邮'。"所以，这两句的意思就是说诗人没有钱，买不来好酒，只得任由"酒肠枯涸"了。这两句或许有些调侃和自嘲，不过陈师道确实是十分清贫。黄庭坚曾有诗云"正字不知温饱未"，陈师道终官为秘书省正字，就是询问陈是否"温饱"，可见陈的贫困。

你看，这两句对仗工整，意思连贯无损，而两个典故也对得十分的工稳，可见作者诗律的严谨和技巧的纯熟。不过我个人觉得这两句技巧虽高而境界不高。因为诗中运用典故不是为了表现学问和技巧，而是为了使诗句更加饱满深刻、含蓄隽永。因为诗的字数有限，容量不大，使用典故可以增加内容和意义的层次，字面是一层，典故中又有一层，借典故发挥的又是一层，诗的含量就大大增加了，层次丰富、意义深刻，令人回味无穷。因此，用典之妙，在于古典与今事的契合，今事又能借助古典而更增一番领悟，达到妙合。这首诗中所用的这两个典故，虽然增加了一些调侃的味道，但尚停留在表面，更多是一种文字游戏吧。

接下来的两句仍然着眼于酒，以上写无酒及无酒之因，这里更加表达诗人对酒的渴望。诗人厌倦于尘世，却对麴车（载酒的车）垂涎三尺，实际上以对酒的渴望来反衬无酒的感慨。最后两句写连菊花也欺负诗人家贫无酒，不肯对着空空的酒杯开放，将无酒之叹写得深沉而生动，令人苦笑。

这首诗诗题点出"无酒"，而下面的四联都紧紧扣住"无酒"来发挥，或直接感叹，或借典故调侃，或用对酒的渴望来衬托，或化物为己用，反复咏叹，情感深沉。主体虽单一，而诗句变化有致，感伤之中还融入一丝苦涩的幽默，生动感人。（王煜）

答晁以道

陈师道

转走东南复帝城，故人相见眼偏明。
十年作吏仍糊口，两地为邻阙寄声。
冷眼尚堪看细字，白头宁复要时名？
孰知范叔寒如此，未觉严公有故情。

这首诗是对朋友的酬唱答谢，当然也包含了自身的境遇之叹，抒情显得较为直接，一气呵成，最后又以典故收结，增加了诗的含蓄韵味，可谓收放自如。

前两句写宦游的漂泊和故友的重逢，故友因辗转的宦游而分离，又在漂泊中如浮萍相遇。此时应该有多少感慨、多少言语，如何来表达呢？诗人的一句"故人相见眼偏明"，一下胜过千言万语，感觉十分真实贴切。实际上，"眼偏明"一语是十分模糊的，也十分空虚，但正因为这种模糊和空虚，能将真实的情感和读者的感受包容进去。每个人都会有"故人相见"的经验，但由于每个人的性格、境遇的不同，他们的情感经验是不同的。这种模糊和空虚可以引起不同情感经验的共鸣，使不同的读者都能得到真实贴切的感受。袁枚论诗时说"钟不空则哑矣，耳不空则聋矣"，这便是"空"的好处。

接下来进一步抒发宦游之愁苦和故友之分离。陈师道的仕途颇不顺利，辗转起伏，也只是担任过一些卑小的职位，而且一生清贫，黄庭坚在一首诗中询问他"温饱未"，温饱都成问题，或许有些夸张。用陈自己的话来说应该是"仍糊口"，也就是勉强达到温饱水平吧。前一句感叹自己的辗转清贫，后一句感叹与故友的离别和遗憾。两地为邻却没有互通音信，这也给读者留下了一些空间。为何没有通信呢？是因为"转走东南复帝京"的漂泊、"十年作吏仍糊口"的艰辛么？

以上两句是对过去的感叹，接下来两句感叹当下。时光流逝，美人迟暮，青年时的热情和期望已渐渐冷却，观人观世已是一副旁观者的"冷眼"。诗人说他虽上了些年纪但还能看很小的文字，其实是说自己还不废诗书。白头之人如此勤奋诗书难道还想要成名于当世吗？这实际上是诗人的表白，表白其以诗书为事业，不贪图名利的清高。其中也颇有些自嘲的味道，自嘲其无名于当世，自嘲诗书事业的没有前途。这里面的情感是比较复杂的，需要读者细细把味。人的真实情感本来就是微妙的，如果写得太清楚，反而不真实。

前面六句一路写下来，都是比较直接地抒情感叹，古典诗歌美在含蓄深致，如果还是用如此直白地抒情收结全诗，这首诗整体上就显得太白太露，读完了不容易引起读者的回味。所以诗人选择用两个典故来作为诗的结尾，使上面一气呵成的情感抒发到这里一下收敛起来，欲露还藏，使诗歌显得含蓄生动、余音绕梁。用战国时期的须贾、范叔和唐代的严武、杜甫的典故来喻指自身的贫寒和朋友的厚爱。《史记·范雎蔡泽列传》中载："（须贾）曰：'范叔一寒如此哉！'乃取一绨袍赐之。"诗人以范叔自喻贫寒，或许也兼有朋友厚爱帮助自己的意思。而唐代杜甫入川时，曾投依剑南节度使严武，严武因为与杜家有世交，给杜甫很多帮助。诗人最后一句以严武喻晁以道，说没有觉得晁以道与自己有什么世交，换句话说就是晁虽然与诗人没有世交，却像严武待杜甫一样对待诗人。诗人活用这则典故婉转曲折地表达感激朋友对自己的厚爱之情。

这首诗风格上瘦硬沉郁,深得杜诗精髓,所以陈衍先生点评到:"此学杜有得之作"。(王煜)

绝 句

陈师道

书当快意读易过,客有可人期不来。
世事相违每如此,好怀百岁几时开?

作于元符二年(1099)困居徐州时,尽管不堪其贫,作者却不以为意,依然左右图书,欲以文学名后世。其时黄庭坚被斥逐戎州,苏轼被贬海外,张耒任职宣州,皆无因相见。时有《寄黄充》诗也说:"俗子推不去,可人费招呼;世事每如此,我生亦何娱!"可参读。

全诗发抒生活苦闷,纯以意为。前二句各说一事,上句说心爱的书可惜容易读竟——要是总有"且待下回分解"敢情好,只是想得美!谁叫你一读起来连饭也不想吃,非一口气读竟不行。所以从古以来乐读的人对心爱的书,就存在想读完又怕读完、一种自相矛盾的心态,如嵇康"每读二陆之文,(就)未尝不废书而叹,恐其卷之竟也。"

下句说性情投合的人,天天盼他来,老是盼不来——盼谁谁就来敢情好,还是想得美!没有预约,可人怎么会来?可人非神,何从知道你盼他来?即使知道你盼他来,但可能因为不得已的原因,未必来得了。此一命题的逆命题,即"俗子推不去",也成立,但无重复必要。首句换言读书,各为一意,了不相干而又未尝无干,顿觉精警无比。

谁没读过好书,谁没有期待过可人?这两句所写,都是常人共有的生活感受,而又发常人所未发,所以叫人过目不忘,觉得作者简直是在为我写心。末二句由以上个别事例推及一般,说人生事与愿违的情况之多,往往如此,结论是难怪人生的苦恼总是多于快乐。诗的结论代表了一种认识误区。作者不明白什么是"完——美",若要好,须是了也("一定要有完全的休止,才纺织成完美的音乐")。凡事都要进得去、出得来呀。作者只知道读书投入的乐趣,然而好书读竟也是一种满足呀。作者又未免太自我中心,可人不来,你为何不去呢?何必自找烦恼呢?此东坡所以为东坡,而后山所以为后山。

这首诗毕竟道出了很有意思的生活体验,固无妨其为佳作。(周啸天)

【韩驹】（？—1135），字子苍，宋蜀仙井监（今四川仁寿）人。政和间赐进士出身，除秘书省正字。宣和中迁中书舍人。有《陵阳集》。

夜泊宁陵
韩　驹

汴水日驰三百里，扁舟东下更开帆。
旦辞杞国风微北，夜泊宁陵月正南。
老树夹霜鸣窣窣，寒花垂露落毶毶。
茫然不悟身何处，水色天光共蔚蓝。

　　韩驹是北宋末诗人，早年学苏轼，苏辙称为似储光羲，他因此得名。后来认识了黄庭坚，又受黄庭坚影响，被列入江西诗派。韩驹十分注重使事用典，并讲究"字字有来历"，不过比较自然贴切，无堆砌之感。本诗是其名作，《宋诗选注》中只收录了这一首作品。

　　宁陵县是黄河故道和废黄河流经的地方，而在宋朝，这条废黄河还是一条水上交通要道。本诗便写诗人顺的汴水而下，经过杞国（今杞县），夜泊宁陵的情景。

　　首联起势强劲，连用三个"驰"、"下"、"开"三个动词来写诗人顺汴水而下的情景："驰"字状水流之大、船行之快，"下"和"开"写风帆劲鼓，船逐波前行。"三百里"带有夸张的色彩，更增添了一泻千里的雄壮气势，颔联紧扣上联，交代行程，对仗工整。整个前四句和李白的《早发白帝城》："朝辞白帝彩云间，千里江陵一日还"比较相似，都是写乘船的行进途中所感，都是早上出发，以空间距离之远与行进时间之短的对比，来衬托行驶速度之快，都有流利、雄壮、境界开阔的特点。不过，《早发白帝城》李白是遇赦返回时所做，表达的是遇赦后愉快的心情和江山的壮丽多姿、顺水行舟的流畅愉快，显得飘逸、轻快；而本诗作者以受知于苏辙享誉诗坛，并赐进士出身，终坐苏氏之党而遭贬谪，此诗似是其被贬出都时所作，因此，本诗呈现出的是一种苍凉、萧瑟的意境，这从"风微北"和"月正南"这样的景物描写中可以看出。到了后四句，感觉则更幽微、情绪也更为伤怀了。

　　颈联着意刻画秋天的苍然肃穆。萧萧秋风吹打着秋霜冻结的树叶，发出窣窣之声；菊花萎谢在枝头，垂落下来，秋风过后零落遍地。寒花，意为寒冷时节开放的花，一般指菊花；垂露是书法术语，指书写直划时收笔处如下垂露珠，垂而不落；毶毶是状毛发、枝条等细长之貌，唐皮日休即有"毶毶绿发垂轻露"的句子（见《庭中初植松桂,鲁望偶题,奉和次韵》)。此联"老""夹""窣窣""毸毸"等字词的精心选用,充分体现了其诗琢磨精巧的特点,不过读起来还不失流畅。

最后一联是全诗感情的归宿,也是境界最高妙的地方。一片无边无际、深邃的蓝色涂抹在水天之间,使水光天色浑然一体。身处这广阔天地之间,作者不禁有茫然自失之感。大自然的永恒与无垠和自身生命的短暂与渺小,在大自然壮美的景象中,诗人产生了宏大的宇宙意识,再与个体渺小的悲凉结合在一起,便有了一种巨大的情感张力,境界高远。(郭杨波)

【惠洪】(1071-1128),俗姓彭(一作喻)一名德洪,字觉范,宋宜丰县人,诗僧。

题李愬画像

惠 洪

淮阴北面师广武,其气岂止吞项羽?
君得李祐不敢诛,便知元济在掌股。
羊公德化行悍夫,卧鼓不战良骄吴。
公方沈鸷诸将底,又笑元济无头颅。
雪中行师等儿戏,夜取蔡州藏袖里。
远人信宿犹未知,大类西平击朱泚。
锦袍玉带仍父风,拄颐长剑大梁公。
君看櫜鞬见丞相,此意与天相始终。

唐宋两代诗歌创作蔚然成风,出了不少颇有成就的诗僧,其中一位就是惠洪。惠洪生性刚强、率直、豪爽,文如其人,与其他诗僧普遍的清净、淡然的风格不同,其诗有雄健俊伟之风。本诗则更是谈古论今、纵横洒脱、豪放飞动,受到后人的高度评价。近代诗人陈衍就曾赞其包括本诗在内的三首五七言古诗:"何止为宋僧之冠,直宋人所稀有也。"

画中的主人公是唐代著名的将领李愬(773－821),唐宪宗元和十一年(816)任唐、随、邓州节度使,与叛将吴元济(时任申、光、蔡三州节度使)相邻。他表面松弛军备,以麻痹叛敌,暗中整顿军伍,善待降人。次年冬,乘雪夜突袭蔡州,生擒吴元济,他亦因此进授山南东道节度使,封凉国公,时人为立祠塑像、题诗绘图。

《孙子兵法·九地篇》讲到："投之亡地然后存，陷之死地然后生。"西汉的开国功臣韩信就是根据这个战术理论"背水一战"，取得了"汉赵之战"这一以弱胜强的精彩战役的胜利。李愬善于观察形势，选择战机，并具有"悬军奇袭，置于死地而后生"的谋略与勇气，所以才有雪夜袭蔡州，擒获吴元济之役的胜利，这亦是军事史上一次成功的奇袭战的典型战例。因此本诗以开头就直接以韩信起笔，大赞其功绩，实际是将韩信与李愬等同，高度评价了李愬的历史地位。

接着，作者以史为诗，在客观历史的基础上，以诗人富于情感的笔触生动勾勒了李愬雪夜袭蔡，生擒吴元济之役的前后经过，塑造了一位足智多谋、英勇过人，而又忠君爱国的将领形象。西晋著名的军事家、政治家羊祜曾为荆州十年，荆州乃晋与吴的边境重镇，羊祜惠士民，行仁政，重信守义，感化了东吴大将来降，以图最佳时节攻灭东吴。李佑是叛首吴元济的勇将，李愬设计擒之，厚待之，李佑遂感恩献计，助李愬破蔡州。此处亦是以羊祜再喻李愬，赞其善于攻心用人，并麻痹吴元济的戒心，为最后的胜利打下了坚实的基础。

从"公方"到"大类"诸句，作者以豪迈洒脱的语言描述了雪夜奇袭的胜利。经过前期酝酿，李愬精心策划的这次秘密行动拉开了帷幕。为了严守机密，李朔没有告诉军队行军的目的地，只是下令向东行进，急行军六十里，攻占蔡州附近的张柴村后才宣布此行目的是蔡州。在雪中行军两日两夜后，在对方毫无知觉的情况下，李愬率军攻破了蔡州，叛将吴元济被生擒押解回长安处死。这一经典战役完全可以和李愬之父李晟当年击破叛将朱泚一役媲美。李晟是唐德宗时期的大将，卢龙节度使朱泚率兵叛唐，占据长安并建元称帝，唐德宗逃奔，李晟坚守并选择有利时机出袭，歼灭叛军，收复了长安。"沈鸷"赞其冷静深沉，"笑""儿戏"、"藏袖里"则是着力表现举重若轻的大将风范，也表达了作者对其卓越军事才华的称颂之情。

李晟进驻泾州时，每当吐蕃使者来到，李晟必安排就坐，为使其有向唐之心，特意穿着锦袍，佩有金带，以示尊崇，使吐蕃人感到艳羡。李晟、李愬父子二人俱为唐朝名将，并都为国家立下了汗马功劳。锦袍玉带、拄颐长剑是说李愬有其父尊贵威严的大将风度，在破蔡后，按兵等待宰相裴度，裴度到后，又戎装礼谒，不失礼节，忠义两全。

作为一首题画诗，诗人并没有止于就画论画，而是宕开笔墨，在历史的长河中驰骋漫游，撷取了几个精彩人物以比画中主人公。上下千年开合自如，典故历史犹然在目。虽历史人物和事件众多，却叙述得简洁有力、张弛有度。也可想见，身处频受外族侵略的宋朝，作者对李愬这样的英雄人物的景仰与向往之情是多么强烈。

（郭杨波）

【吕本中】（1084—1145），字居仁，号紫薇，为南宋初道学家，世称东莱先生，寿州（今安徽寿县）人。绍兴六年（1136）赐进士出身。历官中书舍人、权直学士元，以忤秦桧罢职，晚年深居讲学。有《江西诗社宗派图》《东莱集》。

兵乱后杂诗（录一）

吕本中

晚逢戎马际，处处聚兵时。
后死翻为累，偷生未有期。
积忧全少睡，经劫抱长饥。
欲逐范仔辈，同盟起义师。

  吕本中是北宋末到南宋初的一位重要诗人，其诗受黄庭坚、陈师道的影响很大，其诗风、理论，又基本上体现着诗歌由北宋转向南宋的一个转变过程。靖康元年（1125），金兵打破北宋都城汴梁时，次年4月掳走徽钦二帝。这就是历史上著名的"靖康之耻"。吕本中目睹了金兵围攻并攻陷汴京的过程，及宋朝军民在汴京保卫战中的表现。在金兵退出汴京以后，诗人以兵乱后为主题作了一组诗，写了自己的所见所闻所感，从不同角度展示了在敌人铁蹄践踏之后人民的生活和个人心情，深刻而沉痛。

  战争是一种特殊的状态，经历过一场战争之后，一个人的很多观念，包括人生观、价值观、生死观都会发生改变。这一年，诗人44岁，按照古代的标准，这已经是晚年。晚年应该是想能过上安定随意的生活，没想到却遭遇如此重大的变故。从社会角度看，都城被洗劫，君王被掳走，国家灭亡；从个人角度而言，家园难存，亲人流离飘零，生活难以维持。经历了这番沧桑与磨难之后，幸存下来的诗人发出了这样令常人难以理解的感叹：活着成为沉重的负担，遥无尽头，死，反而是早日的解脱。

  "积忧全少睡，经劫抱长饥"两句精练地写出了战乱后的生活究竟是如何痛苦：饱尝国恨家愁之后，忧愤成疾，夙夜难寐，辗转兵荒马乱之中，粮食匮乏，饥肠辘辘。身为朝廷命官的诗人尚且如此，那广大百姓的生活就可想而知了。据宋代学者徐梦莘所著《三朝北盟会编》记载，靖康之变后，汴京城被破，因缺乏粮食，不少百姓饿死，金兵北去后，二麦成熟，却无人收割。可以想象出原本繁荣富庶的汴京在遭此浩劫后的惨状。

  但诗人想要表达的是否就是沉重的叹息和无奈的哀怨呢？是否就这样苟且偷生地活着呢？答案是否定的。诗的前六句，无处不笼罩沉痛阴霾之气，读之心颤，但尾联却笔锋陡转,发出了振聋发聩的抗金高呼。此诗本有"今闻河北布衣范仔起义师"的自注,不难推测出,范仔可能是于民间发动并组织人民起来抗击金兵的爱国志士。诗人虽是一介书生,且已年迈,但有生之年仍愿意追随这样自发的抗金组织,并与各地义军结为同盟,兴师讨贼。表现出了诗人在国家危急、民族有难之时渴望驱除侵略者,恢复山河的报国之心,这番爱国热情着实令人感动。(郭杨波)

春日即事
吕本中

病起多情白日迟,强来庭下探花期。
雪消池馆初春后,人倚阑干欲暮时。
乱蝶狂蜂俱有意,兔葵燕麦自无知。
池边垂柳腰支活,折尽长条为寄谁。

  吕本中是南北宋之交的著名诗人,其在文学史上的重要贡献之一是作《江西宗派图》,首用宗派观念论诗人群体,由是文坛上有了"江西诗派"这个名称,这一文学流派对宋代诗坛产生了深远影响。虽然吕本中是江西诗社的始作俑者,自己也被归入江西诗派,但却是其中"最为流动而不滞者"(方回《瀛奎律髓》卷十七)。吕本中的诗歌创作追求"流转圆美"的艺术效果,以摆脱江西诗派生硬枯涩的弊病。

  同时,吕本中不仅是诗人,还是位词家,词的整体风格是以明丽自然见长。其诗作有时会把词的特色引入其中。"诗之境阔,词之言长",相对于诗,词的表达更婉转细致,可引起人丰富的想象,意味悠长。本诗就是一个典型例子,具有词人之诗的特点。

  这是一首春怨诗,诗人因病迟起,天色已晚,诗人不忍辜负大好春色,乃强支病体下到庭院之中看看是否花期已过。"多情"一语,钱钟书《宋诗选注》中认为:"'多情'指'白日',意思是或'春日迟迟',留恋不忍西落",可谓妙解。"下"字用得很有深意:病体起床已是不易,外出庭中更是不易,尚需下得阶梯则更为不易,可见其对于花期之关心。这番惜春之情与李清照的《如梦令》极为相似:在"浓睡不消残酒"的情形下,醒来最关心的是园中的海棠花是否依旧。

  "雪消"两句用简洁清新的笔墨勾勒出一幅生动传神的图画:欲坠的夕阳斜挂在天边,雪刚刚消融,园子虽尚清冷,亦有初春气息,病体未愈的诗人倚着栏杆寻觅着春的气息。此二句纯用白描手法,语出天然,暮色之中的初春美景与探寻春天的病弱之人相互映衬,栩栩如生,历来备受称道。

  颈联描写春日景物,虽是平常所遇普通物事,却因造语活泼新奇,将蝴蝶黄蜂飞舞于兔葵燕麦之中的春景,想象成"多情却被无情恼"的结局,富有情趣。"乱"、"狂"二字用得大胆而新奇。此联是从李商隐《二月二日》中"花须柳眼各无赖,紫蝶黄蜂俱有情"化用而来,贺铸《渔家傲》亦有"兔葵燕麦春风里"句。不过,李商隐此联诗乃是借春光来反衬自身的苦闷,贺词则是叹世事之变迁。而本诗却是表达未愈之人对生气盎然的勃勃春色的喜爱之情。虽化用前人成句,却无生硬之痕,自然熨帖,开创了另外一番境界。最后是以柳枝表达是伤春怀人之情。以"折尽"暗言思念之深切,"为寄谁"为结语,委婉缠绵,余味不尽,更显其"词之言长"之特色。

本诗属于作者早期作品,虽有惜春之意,而无伤春之悲,虽有念远之思,却无怀人之痛,用词明快凝炼,精于刻画,传达出较为丰富的意蕴。师承前人之辞,而能做到"以故为新",不板滞不僵硬,亦是作者提出的重"活法"的诗歌创作主张的实践体现。(郭杨波)

柳州开元寺夏雨

吕本中

风雨潇潇似晚秋,鸦归门掩伴僧幽。
云深不见千岩秀,水涨初闻万壑流。
钟唤梦回空怅望,人传书至竟沈浮。
面如田字非吾相,莫羡班超封列侯。

北宋灭亡后,吕本中历经万千艰辛,长途跋涉,从北方流亡到广西柳州避乱。这首诗是诗人在柳州时所写,延续了他前期诗风的自然流畅。不过,家国之悲,身世之痛为之增加几分悲慨苍凉之气,风格趋向深沉悲凉。

若不看标题,首联读毕,读者或会认为这是写秋雨中的佛寺,有感于秋雨潇潇和寺院幽静之余,不禁又疑惑于为何要用"似"字。其实,这正是诗人不落俗套之处。别人笔下的夏雨,或是雷雨大作、雨横风狂,或是痛快淋漓、一扫暑热,以突出其"夏"的特征。诗人却别是一番心肠,在夏日风雨中体会了到萧索的秋意,这既映衬了寺院的清寂,更是自己飘零异乡的心境写照。风雨暮色之中,乌鸦已经归巢,院门也关了,寺内只有坐科诵经的僧人相伴,一片清幽冷落。

诗人极目远眺,重重山峦掩藏在高远迷蒙的云气之中,隐隐约约之中看不清其秀美的面貌,但是因下雨而致山流水涨,远远即可听到万壑淙鸣的声响。"云深"句是从视觉描静态,"水涨"句是由听觉写动态,山水映衬,静中显动,使人如临其境,如闻其声,真称得上是"深刻精微的感受"和"完美适当的叙写"。这两句虽是化用东晋顾恺之"千岩竞秀，万壑争流"之意，但写得自然流转，意境优美，成为写柳州的名句。

诗的前半段写景，后半段转入抒情。寺院悠远、沉静的钟声敲响，将诗人从睡梦中惊醒。为什么会空感怅惘？应该是诗人正在梦中享受与家人重聚的幸福，却被钟声拉回现实。而现实是怎样的呢？时时刻刻渴盼能有家乡的一点音信，听说家人托人给自己带来了书信，苦苦期盼后，没有料到传书的人竟会把书信遗失。据《世说新语》记载，晋殷洪乔为豫章太守，临赴任，京都人都托他代书信百多封，他悉投于江，并祝曰："沉者自沉，浮者自浮，殷洪乔不能作致书邮。""竟浮沉"便出自于这个典故，在此除了表达书信不幸遗失外，亦有世事浮沉难料，自己无法主宰的沧桑之感。

尾联用了两个典故抒发自己无志于富贵的激愤、忧伤之情。据《南齐书》载，南唐名将李安民"面如田字，封侯状也"，《后汉书》记载，汉名将班超乃"燕颔虎颈"，"此万里侯相也"。此用两个典故是说自己完全没有富贵的面相，也不羡慕封侯加爵的显贵。在此，作者流露出复杂深沉的情思：国家罹难，自己漂泊异乡，困顿之中，无法施展自己的抱负，于国事无补，于自己也是失意无奈；亦有在此国家危难动荡之际，飞黄腾达之人，这是自己所不齿的，故为激愤之语。虽连用两个典故，却无半点凝重板滞感，反将诗人的家国之悲表达得深沉感人。

柳州开元寺始建于唐代，其遗址埋藏千年之后，在 2008 年重见天日，是著名人文景观原柳侯祠建筑群的重要组成部分之一。当年被贬柳州的柳宗元曾有《酬娄秀才寓居开元寺早秋月夜病中见寄》一诗，只可隐约感受到一点开元寺的影子，本诗为这座千年古刹增添了优雅而美丽的历史风韵。（郭杨波）

【李清照】（1084—1151？），自号易安居士，宋齐州章丘（今属山东）人。李格非女，赵明诚妻。金兵入据中原，流寓南方，明诚病卒，境遇坎坷。有后人辑本《漱玉词》，今人辑本《李清照集校注》。

上枢密韩公工部尚书胡公并序

李清照

绍兴癸丑五月，枢密韩公、工部尚书胡公使虏，通两宫也。有易安室者，父祖皆出韩公门下，今家世沦替，子姓寒微，不敢望公之车尘。又贫病，但神明未衰落。见此大号令，不能忘言，作古、律诗各一章，以寄区区之意，以待采诗者云。

三年复六月，天子视朝久。凝旒望南云，垂衣思北狩。

> 如闻帝若曰，岳牧与群后。贤宁无半千，运已遇阳九。
> 勿勒燕然铭，勿种金城柳。岂无纯孝臣，识此霜露悲。
> 何必羹舍肉，便可车载脂。土地非所惜，玉帛如尘泥。
> 谁当可将命，币厚辞益卑。四岳佥曰俞，臣下帝所知。
> 中朝第一人，春官有昌黎。身为百夫特，行足万人师。
> 嘉祐与建中，为政有皋夔。匈奴畏王商，吐蕃尊子仪。
> 夷狄已破胆，将命公所宜。公拜手稽首，受命白玉墀。
> 曰臣敢辞难，此亦何等时。家人安足谋，妻子不必辞。
> 愿奉天地灵，愿奉宗庙威。径持紫泥诏，直入黄龙城。
> 单于定稽颡，侍子当来迎。仁君方恃信，狂生休请缨。
> 或取犬马血，与结天日盟。

宋高宗绍兴三年（1133），枢密院事韩肖胄和工部尚书胡松年奉命使金，前去探视被囚禁于北方的徽、钦二帝。李清照为此赋了三首诗上韩、胡二人，表达自己的心情与愿望。此是其中一首。根据序言，李清照的祖父和父亲，曾受到韩肖胄之曾祖韩琦的引荐，今得知出使之事，心潮难平，一番心情一吐乃快。当时的李清照已是一年过半百的寡妇，自身贫病交加，却念念不忘国事的高尚品格。

这首五言长诗从功能上看是一首交际诗，诗人既赞美了出使者的品节才华，又鲜明地表达了自己的政治看法，在整饬的结构中梳理自己激越的情绪，全篇洋溢着浩然正气和爱国热情。

诗的首六句，交代了出使的缘起，写宋高宗临朝远思，顾念被掳去金国的徽、钦二帝以及沦陷地区的牧民和被金国掳走的皇后嫔妃。

接下来诗人便对国家所处的危难形势做了一针见血的分析：朝廷的贤良人士已经不多了，国运已如秋季般衰颓。"燕然铭"是指东汉窦宪破北匈奴、登燕然山刻石记功时，班固所撰的《封燕然山铭》，后亦泛指歌颂边功的文字；"金城柳"语出《晋书》：桓温在北伐时路过金城（今兰州），见到自己早年任琅琊内史栽种的柳树已经有十围那么粗壮，不由得感慨："木犹如此，人何以堪！"攀枝折柳，泫然泪流。此两句的意思是国家危难之际，不要再追求表面文章，不要做无谓的感慨，而是要采取切切实实的措施。并非没有志虑忠纯的臣子，而是他们没有深刻意识到国家处于存亡之秋。

然后，诗人大胆表达了自己对朝廷苟安政策的抨击，铿锵犀利，掷地有声，表现出诗人清醒的政治头脑。从宋钦宗到宋高宗，为求苟安，先后将无数黄金、白银、布帛和中原大片土地送给金人。然而敌人贪得无厌，我们若一味退让，其必会更加变本加厉。李清照是在此表明了自己对的观点：不能苟且偷生，不能任人宰割，否则，敌人会更加嚣张。

从"四岳佥曰俞"到"妻子不必辞"，是对韩侂胄的赞美。一是赞美他杰出的才能，是堪当出使大任的不二人选。诗人用前朝韩昌黎媲美韩侂胄，又说在宋仁宗嘉佑年间和宋徽宗建中年间，这近四十六的时间里，朝中出现了不少辅政良才。皋夔是皋陶和夔的并称。传说皋陶是虞舜时刑官，夔是虞舜时乐官，后常借指贤臣。接着又通过西汉将军王恢和大商人聂壹设计在马邑（今山西北部）诱伏匈奴和唐将郭子仪平叛安史之乱的历史典故，以鼓舞韩侂胄定能不辱使命，也表达了诗人对战胜敌人，恢复国土的信心。二是赞美他抛妻别子，受命于危难之际。"公拜"一下六句，是诗人想象韩侂胄在宫廷之上，面对皇帝叩首拜谢，临危受命时言之铮铮的情景。

最后十句表现了李清照对此次出使金国的深切寄望。两个"愿"字可见诗人期望之厚：愿出使之人能在天地英灵的庇佑下，在国家的支持下，手持诏书，直奔黄龙府。单于定会以礼相待，令他的部下来迎接。最后两句强调，如果双方要签订盟约，一定要建立在忠诚守信的基础上。

作为一首时事政治长诗，本诗结构严谨，用典妥帖，爱国的激情与理性的分析交相融合，颇有慷慨之风，无半点脂粉气，为读者展现了另外一番面目的李清照。作为一个杰出的女作家，李清照千百年来受人敬仰，不仅仅是因其优美动人的词句。她关心国事和时政的社会责任感，慷慨激昂的爱国热情以及敢于直陈己见的过人勇气，这正是当代中国知识分子最该传承和发扬的精神。（郭杨波）

夏日绝句

李清照

生当作人杰，死亦为鬼雄。
至今思项羽，不肯过江东。

靖康元年（1126）"宋主上降表，礼成，请退兵，愿献世藏珍异，一应女乐。"（《靖康稗史》）。之后，金兵南下，宋兵闻风溃逃。宋高宗赵构更是不思抵抗，仓皇南逃，在向金帝所进《誓表》中卑躬屈膝言道："世世子孙，谨守臣节。"他纳贡称臣，委弃民族尊严、国家利益，不顾生灵涂炭，苟且偏安于杭州，守着半壁江山，却仍旧纸醉金迷、荒淫浪荡。

值此南渡纷乱之际，目睹了上层统治集团仓皇南遁，女诗人悲愤地写下《夏日绝句》这一流传千古的诗篇。

这首诗起调高亢，突兀有力——"生当作人杰，死亦为鬼雄"，是精髓的凝练、气魄的承载，也是一种所向无惧的人生姿态。面对国破家亡的现实，作者在悲愤中呐喊，鲜明地提出了人生的价值取向：活着要做人中豪杰，为国家建功立业；即便是死，也要为国捐躯，成为鬼中英雄。爱国激情，振聋发聩。前二句巧妙化用两个典故——"人杰"出自《史记·高祖本纪》，指辅佐汉高祖刘邦统一天下的贤臣亮弼张良、萧何、韩信；"鬼雄"意承屈原《九歌·国殇》，原指为国捐躯的楚国将士。人生大要，无非生死，开篇即从这两个极点切入，气魄宏大，容量亦大。手起笔落处，端正凝重。

在诗人看来，生死两端截然不同，然而爱国之志终似心中明月，一生绝不可变，也不能变。宁可无愧而死，不肯惭愧而生，造就出宁为玉碎、不为瓦全的慷慨气节和悲壮正气。

"至今思项羽，不肯过江东。"《史记·项羽本纪》记：项羽垓下兵败后，逃至乌江畔，乌江亭长欲助项羽渡江，项羽笑曰："天之亡我，我何渡为？且籍与江东子弟渡江而西，今无一人还，纵江东父老怜而王我，我何面目见之？纵彼不言，籍独不愧于心乎！"言罢，拔剑自刎。

女词人追思那个相距千年的楚霸枭雄项羽，追慕项羽的精神和气节，痛恨南宋当权者苟且偷安。项羽，为了无愧名节和江东父老所托，竟以死相报。"不肯"！一个"不肯"笔来神韵，强过鬼斧神工，一种"可杀不可辱"、"死不惧而辱不受"的英雄豪气，漫染纸面，力透纸背。

"至今"二字之妙，不惟干净利落，转得很自然，还沟通了历史与现实，赋予诗句丰富的潜台词和批判的锋芒——宁可无愧而死、不肯惭愧而生，慷慨赴死、从容舍身，这是项羽用生命换来的抉择大义，畅述着一种忠贞：忠贞于英雄之名，忠贞于大丈夫之气。他活着，叱咤风云，轰轰烈烈，是人中豪杰；他死去，美人挥泪，良驹徘徊，为鬼中枭雄。项羽失去了江山，但没有失去尊严；项羽舍弃了生命，但没有舍弃豪气。尽管孤独悲壮，却始终是一位顶天立地的男儿，有着血性的真诚和不畏强敌的高风亮节。面对严峻时局，女诗人慨叹如今再无项羽那样的血性英雄，救百姓于水火，拯国家于危亡。通过对一位失败了的英雄的钦慕和推崇，表达了诗人呼唤英雄、崇尚气节的理想，同时无情鞭挞和讽刺了赵构之流的"懦夫"们，对南宋统治者为了苟且偷生导致中原沦陷表达出强烈愤懑。

李清照本女儿身。一个柔弱纤细的女子，身世坎坷，飘零憔悴。笔下人杰之"杰"、鬼雄之"雄"，实乃正气浩然处。一个"思"字，标示她的志向所指，何等的无畏生死之气。在她以"婉约派之宗"而著称文坛的光环映彻下，《夏日绝句》一篇笔端劲力突起，笔锋刚劲显现。这份刚韧和气魄，敢问世间须眉几人可敌？这是她生命里别样的气质光彩，是亡国之悲愤、爱国之强烈、命运之不屈的铮铮风骨和铿锵见证；其浩然正气、傲然风骨，总会使人在捧卷时肃然起敬。（殷志佳）

【李纲】（1083—1140），字伯纪，宋邵武（今属福建）人。政和二年（1112）进士，宣和七年（1125）为太常少卿。靖康元年（1126）抗金有功。高宗即位拜尚书右仆射兼中书侍郎，后被排斥，历任湖广宣抚使等职，卒谥忠定。有《梁溪集》等。

病　牛

李　纲

耕犁千亩实千箱，力尽筋疲谁复伤？
但得众生皆得饱，不辞羸病卧残阳。

李纲乃南宋名相及抗金民族英雄，此诗题为《病牛》，实为诗人自喻，借物咏怀，表达内心的苦闷、无奈与辛酸，深得后人称道。李纲甚至因此而获得了"病牛李纲"的称谓。

"耕犁千亩实千箱，力尽筋疲谁复伤"，先写病牛当年风采——耕耘千亩，辛勤劳作换来稻麦满仓。连续两个"千"字，皆非实指，而是极言牛耕犁甚苦，数量巨大，收获甚丰。同时，也暗中再现了主人公"牛"由少壮至老迈，身强力壮及体弱多病的苦难历程。紧接着，便是一声长叹：尽管牛为世人耗尽力气、身心疲惫，却又有谁来怜惜筋疲力尽、劳苦功高的病牛呢？反诘语气的运用，昔日苦劳与当前处境的对照，一开始就为读者塑造了一个饱尝人间坎坷，备受世人冷落的老牛、病牛形象。诗人满怀幽愤，告诉读者：这是一个不公平的世道！冷漠无情的世道！刻薄寡恩的世道！

末句笔锋陡转，由诗人哀叹转为病牛自述。李纲将病牛人格化，让病牛自己作答："但得众生皆得饱，不辞羸病卧残阳。"病牛虽然受到了极不公正的对待，却没有怨天尤人，更未消极沉沦，而是心向残阳，甘愿为众生温饱死而后已。钱钟书将此篇与同时代诗人孔平仲的《禾熟》中描写的老牛（"老牛粗了耕耘债，啮草坡头卧夕阳。"）进行对比，认为"貌同心异"。显然李纲《病牛》已经将牛的精神进行了提炼与升华，不只满足于了却耕耘债后啮草坡头，苟且自慰，而是进一步表达病牛情愿牺牲自我，不辞羸病，造福众生的崇高品格。其实，病牛正是李纲自身精神境界与高尚人格的化身。

诗题为"病牛"，全诗无一处有"病"字却又处处写"病"，颇得"离形得似"（司空图《诗品·形容》》之妙。李纲一生秉性刚直、智勇过人，然而却屡遭排挤和迫害，沉浮不定，岂止三起三落？靖康元年（1126），金兵大举南下，京都汴梁被困，徽钦二帝和满朝文武大臣惊慌失措。李纲挺身而出，力主抗金，皇帝总算采纳了李纲的建议。李纲以尚书右丞带领将士浴血鏖战，击退金兵。不久即被蔡懋代之，引起著名的"太学风潮"。北宋灭亡后，高宗即位，拜尚书右仆射兼中书侍郎，李纲依旧主张收复失地，再度被排斥，在位仅七十七天即被罢相，贬鄂州，时为公元1128年，此篇正为诗人贬谪武昌后的作品。李纲一生爱国爱民，历尽坎坷却矢志不移，与病牛任劳任怨、无私奉献的精神相契合。正如钱钟书所言："看来这头'病牛'正象征他自己"（《宋诗选注》）。晚年的李纲老骥伏枥，壮心不已，然而却流落江湖，报国无门。所以他只能像病牛一样病卧残阳，忧国忧民。只不过病牛反刍的是稻草，而他"反刍"的却是世事与人生，家恨与国难，悲愤与忧思。（秦岭梅）

【曾几】（1084－1166），字吉甫，号茶山居士，宋河南（河南洛阳）人。其先居赣州（江西赣县）。入太学，后任将郎，赐上舍出身。南宋初，提刑江西、浙西。官至敷文阁待制，以通奉大夫致仕。谥文清。有《茶山集》。

苏秀道中自七月二十五日夜大雨三日秋苗以苏喜而有作

曾 几

一夕骄阳转作霖，梦回凉冷润衣襟。
不愁屋漏床床湿，且喜溪流岸岸深。
千里稻花应秀色，五更桐叶最佳音。
无田似我犹欣舞，何况田间望岁心。

  雨，是中国古代诗歌中常见的意象。有"一叶叶，一声声，空阶滴到明"的缠绵与愁苦，有"云青青兮欲雨，水澹澹兮生烟"的朦胧与优美，还有"玉容寂寞泪阑干，梨花一枝带雨浓"的哀怨与凄婉……因时因地，因情因景，因人因事，"雨"呈现出千姿百态的情貌。这首以"喜雨"为题的七律诗，表现的不是寻常的喜欢，而是欢喜至极，以至歌以咏志的那种喜悦。
  为什么一场雨会让诗人如此欢喜呢？这与中国古代是农业社会有关。农业是整个社会经济的支柱，农业收成直接又与天气相关。所以阴晴雨雪，就成为士大夫们的心中之喜乐。诗的作者是曾几，著名的爱国诗人陆游的老师，敢于公开触忤秦桧的忠臣。诗的立意很高，他是为天下苍生而忧，为国家社稷而愁。当旱情得到缓解时，他的欣喜是难以掩饰的。

这场雨，是诗人非常盼望非常重视的。何以见得？杜甫有《春夜喜雨》，苏轼有《喜雨亭记》，不过四五字的标题而已。这首诗的标题共二十四个字，几乎就是一则标题新闻。新闻要素齐备。地点是"苏秀道中"，这显然是诗人遇雨的地点：从苏州到秀州的路上。高宗绍兴年间曾几做过浙西提刑，诗人在公干途中看到旱情严重，自然是心急如焚，忧心忡忡。时间是"自七月二十五日夜大雨三日"，下雨的起止时间，雨量的大小都非常准确地记录下来。事件呢？"秋苗以苏"，干涸的庄稼得救了，旱情缓解了。这既是记事，也是诗人"喜雨"的原因。这场雨，使诗人逸情大发，用诗的形式记下这件事，抒发这段情。

全诗直接写雨的就是一二句，突出了雨来得急来得猛。本来是"一夕骄阳"，高温高热，"转作霖"，天气变化，突然就下起雨来。这个雨来得很急。气温也急剧下降，诗人从梦中惊醒，感觉很凉，发现衣服都有些湿润了。这两句叙事，交代事情的起因。

有的雨会令人惆怅，有的雨会让人喜悦，全凭诗人的起兴与心情。在本诗中，诗人并没有为突如其来的大雨打断睡梦而恼怒。相反是发自内心的高兴。以下几句都是在写诗人的喜悦。先从眼前景象说出，屋外大雨滂沱，屋内衣衫家具都已润湿。而诗人却为此而欢心。"不愁屋漏床床湿"出自杜甫《茅屋为秋风所破歌》中的"床头屋漏无干处"，而不用其愁苦之意，表达的反而是喜悦：这雨好大，把屋里的床都打湿了。接着从屋里说到屋外，大雨让溪流都涨水了。诗人化用杜甫另一首诗《春日江村》中的"春流岸岸深"句。而同样翻出新意，既描绘了溪流涨水的现实情景，又表达了诗人的欢喜之情。"不愁"、"且喜"四字，直抒胸臆，进一步突出"喜雨"的主题。将对雨的欢迎接纳喜悦之情表现得淋漓尽致。接着，诗人的想象驰骋到更广阔的天地，受旱的千万亩良田，此时都已转危为安，由黄转青，稻花飘香，稻浪阵阵了。"五更桐叶最佳音"，进一步写听雨的快乐。五更是时间词，扣着"夜雨"而写，更深夜漏，雨打桐叶，这本是写愁绪的常用意象，人们耳熟能详的"梧桐树，三更雨，不道离情正苦。一叶叶，一声声，空阶滴到明"，正是这一意象表达愁绪的典型用法。而诗人继续反弹琵琶，翻出新声，这撩人愁思的雨打梧桐之声，成了诗人耳中最优美的旋律。我们甚至可以想象出诗人听着外面的雨声，脸上露出欣慰的笑容。

最后，诗人将自己的喜悦推及到天下百姓。我这个没有田产的人看到这场雨尚且欢欣鼓舞，何况那些天天望着田间，盼望着这一年收成的黎民百姓啊！独乐乐，与众乐乐，孰乐？与众乐乐。心系天下苍生，喜怒哀乐与共，曾几是也！（梅红）

寓居吴兴

曾 几

相对真成泣楚囚,遂无末策到神州。
但知绕树如飞鹊,不解营巢似拙鸠。
江北江南犹断绝,秋风秋雨敢淹留。
低回又作荆州梦,落日孤云始欲愁。

曾几是一位爱国诗人,曾因为公开反对议和而得罪秦桧被罢官,但始终矢志不渝。就是他已经垂垂老矣,七十多岁了,都还在议论统一,收复失地。这首诗是他的爱国诗歌中的著名篇章。诗人将故国之思与个人飘零身世结合起来,情感沉郁,一吟三叹,表达了失去故国,偏居一隅,无所依傍,身世飘零的痛苦。具有很高的艺术价值。

全诗紧紧围绕一个"愁"字。第一二句写丧国之痛,无力收复故国之悲。自己万万没有想到会一朝沦为囚徒,提起故国,没有一点收复失地的办法,只有相对哭泣。这一联的情感是复杂而多味的。楚囚用的是《左传·成公九年》的典故。晋景公巡视军府时发现了郑国献来一名楚囚操南音的故事:"晋侯观于军府,见钟仪,问之曰:'南冠而絷者谁也?'有司对曰:'郑人所献楚囚也。'"在诗文,常常用南冠、楚囚来比喻囚犯。在曾几看来,失去了故土,而流落楚地,归国无路,无异于囚犯。又用了《世说新语·言语》中"新亭对泣"的典故。过江诸人每到新亭饮乐,说起故国,都相对哭泣之事。值得注意的是第一句中的"真成",这其中所含有的情绪的转折。从不信、不愿到不得不接受的情感历程。曾几是一直主张收复失地的,而南宋朝廷的一味妥协,使这位抱有雄心壮志要收复失地的志士一再失望,唯有扼腕叹惜。在"新亭对泣"的典故中,尚有王丞相豪迈地说:"应当共同合力效忠朝廷,最终光复祖国,怎么可以相对哭泣如同亡国奴一样!"面对偏安一方的南宋小朝廷,"真成"也表达了诗人的怒其不争的感情。第一句在艺术上,也很值得玩味。曾几是江西诗派的重要人物,主张"以俗为雅,以故为新"及"脱胎换骨"。非常善于化用典故,推陈出新,不著刀斧痕迹。整个诗句都是用典,而不留一点痕迹。

第三四句写个人之恨,无所依托之愁。我也知道要像飞鹊一样,要选择栖息的树枝。这是用曹操《短歌行》:"月明星稀,乌鹊南飞。绕树三匝,何枝可依"的句子。本是比喻人才要选择贤明的君主。用在这里非常巧妙地翻出新意,暗指皇帝昏庸无能,朝中大臣不思收复国土,自己无枝可依的郁闷现状。南渡之后,南宋的皇帝赵构根本不思收复失地，接回被俘虏的两位皇帝。天天沉浸在歌舞升平之中。整个杭州城都在温柔富贵乡中。真是"暖风熏得游人醉，直把杭州作汴州"。象曾几这样保持着清醒，肩负责任感的大臣实在不多。他心中的愁闷可想而知。看到南渡的大臣们忙着购田置地，经营自己的小生活。他自嘲不会经营，就像笨拙的鸠鸟一样，连个窝都没有。世风如此，心中装着复国大计的曾几怎会不生众人皆醉我独醒的无奈与悲愤。道不同不相为谋，在自嘲中透出的是对社会风气的不满。

诗人这种愤懑之情在第三联中进一步加强。反问句的使用加强了语气和语势。他忍不住直接诘问这些人：我们的北方的土地还没有收复，金人犹占据着我们的北国江山。正是国家多灾多难的时候，难道你们就是已经忘记了国耻家恨，安心长期留在南方了吗？秋风秋雨是以景语写情语。这潇潇秋雨正像我们内忧外患多灾多难的国家。在这满怀愁绪中，你们难道就打算在这里长久居住了吗？真的是乐不思蜀了吗？一个"敢"字，是诗人自己不忘国耻，不敢在江南长住的决心。也是对世人的诘问：你们就敢忘记我们还没有收复的国土啊？此时诗人虽然寓居吴中，但是心系中原没有收复的国土。

愤懑归愤懑，现实归现实。那慷慨激昂的收复故国之梦在现实中处处碰壁。诗人还是只有像那离开长安，到荆州依附刘表的王粲一样。寄人篱下，无所依傍。理想无望，前途卜测。就像那天边的落日，漂浮的云朵一样孤独无助。此情此景，怎么不让诗人的愁绪犹然而生。（梅红）

壬戌岁除作明朝六十岁矣

曾　几

禅榻萧然丈室空，薰销火冷闭门中。
光阴又似烛见跋，学问只如船逆风。
一岁临分惊老大，五更相守笑儿童。
休言四十明朝过，看取霜髯六十翁。

这首诗是曾几的名篇。很容易被误认为是曾几为六十岁生日而做的自寿诗。其实稍作分析便可知，这首诗是一首伤时诗。

要理解这首诗，首先要把诗题读懂。曾几非常擅长作长的诗题，将很多重要的信息藏在诗题中。因此，解读诗题是领悟曾几诗的钥匙。壬戌年是理解这首诗的一个要点。中国传统纪年农历的干支纪年中，以六十年为一轮，第五十九年称"壬戌年"。有宋一代的壬戌年是1022年、1082年、1142年和1202年。曾几生于1085年，卒于1161年，他所经历壬戌年只能是1142年，这一年他五十七岁，已在上饶茶山寺闲居多年。绍兴八年（1138），曾几的哥哥曾开反对秦桧和议，兄弟因此俱罢。曾几贬为广南西路转运副使，主管台州崇道观。闲居上饶七年。壬戌年时，他已经在这里住了六个年头了。秦桧仍然把持着朝政。前途渺茫，诗人心中充满了悲凉。"壬戌"年，意味着又一轮甲子将过。六十一轮甲子，江山几度风流。"壬戌"年的除夕之夜，更是引起了诗人的万千感慨。对于一个人来说，六十几乎是人生壮年的结束，事业的终点，老年的开始，生命衰老的标志。孔子说："三十而立，四十而不惑，五十而知天命，六十而耳顺……"（《论语·为政》）耳顺，就是什么事情都看得惯，什么都听得顺了。六十岁也可称"花甲"、"杖乡"（还乡之年），总之是人生的一个转折点。而对于曾几这样有着收复故国理想的志士而言，是多么无奈，会生出多少壮志未酬身先老的感慨啊！"明朝"并不是指明天，而是将来。

　　对士大夫而言，参禅是逃避现实的一种行为。寂冷的禅榻，空空的禅房，连香火也没有，连禅门也紧闭。光阴就这样一天天，一年年，如白驹过隙，稍纵即逝。就像那燃烧的蜡烛，已经燃到底部了。跋是底部的意思。"又"字增强了时间的流逝感。一年就像一根蜡烛，又烧到头了。用"又"字，是指光阴一年年的就这样像蜡烛一样一根根的燃烧完了。而自己老大无所成，就像逆风行舟，难以进展。这种鲜明的对比和强烈的落差，给人以深刻的印象。这几句写得看似平淡超脱，将无所作为的日常生活与飞速流逝的光阴对照起来。而实际上暗含着诗人心中强烈的焦灼与不安。要知道诗人已经谪居这里整整六个年头了。而整个局势却没有一点的改观。所以在辞旧迎新的守岁之际，才发现光阴已不再，不觉心惊肉跳。"惊"字所体现的是对时光匆匆的警觉，对自己的一种反省与重新认识。诗人不得不面对一种现实：我已经老了。"一岁"与"五更"相对也值得玩味。"一岁"应该理解为这一年。正是在一轮甲子即将之年，人生发生重大变化之年。在这个时间节点上，诗人又将时间定格在守岁的儿童的笑脸上。与这些无忧无虑的孩子相对照的，是诗人的忧国忧民，心愿未了的愁闷。与那些期盼新年的孩子相比，诗人更是一种无力挽回时光，无法实现理想的抑郁与无奈。

　　这首诗最耐人寻味的是末两句。陈衍评说："第七句不可解"。实际上是指这句可多解。既可理解为诗人对后辈的告诫与感慨。不要说四十岁还没到，而看看我这个马上就要六十岁的人吧，也曾经风华正茂，也曾经意气风发。而如今已经是两鬓苍苍，却一无所成。言下之意是勉力年轻人要珍惜时间，好好努力。另一种理解可以从郭祥正《将归行》："男儿四十无所成，可怜鬓发霜华生。"作为注解。曾几作诗，非常善于反弹琵琶，翻出新声。于是诗意可以理解为不要说四十岁无所成这一辈子就没有希望了，而我这个已是两鬓苍苍之人，却依然心存希望，在努力实现自己的理想。又有了"烈士暮年，壮心不已"豪迈。使本诗在暗淡与绝望之中有了一种明亮的前景。后来曾几以七十高龄再次被启用，似乎可以作为此种理解的注脚。（梅红）

发宜兴

曾　几

老境垂垂六十年，又将家上铁头船。
客留阳羡只三月，归去玉溪无一钱。
观水观山都废食，听风听雨不妨眠。
从今布袜青鞋梦，不到张公即善权。

在宋金对峙时期，金军先后四次南下。南宋王朝刚建立，宋高宗听说金军要南下就立刻南逃。宋廷的主要防线由黄河南移淮、汉、长江。建炎二年（1128）八月，金军第二次南下，高宗一路向南狂奔，金军直追到镇江口。建炎三年（1129）金军第三次南下，攻占了临安城，追得高宗欲下海逃跑。建炎四年（1130）十二月，金第四次南下，此时秦桧已回到临安，为配合他，金军攻打陕西……每一次金军的到来，都是刀兵所指，山河尽染。每一次听到金军南下，就有大批的百姓流离失所。

与频繁的战乱相对应的，是人们频繁的搬家生活。曾几和很多北方的士大夫一样，追随南宋朝廷，不断的颠沛流离。一家人经历的除了战火。最多的日常生活就是搬家了。这种搬家，就不是让人羡慕的乔迁之喜了。而是在被追赶中，在惶恐中，在妻儿老小的哀怨声中，一次次逃亡。南宋朝廷偏安一隅，在金军的铁蹄与刀剑下，这一次，诗人别有感受，第一句说自己已经是年届六十的老翁了，又要举家搬迁，登上铁头船。"老境垂垂"，垂字，无论从字形上还是字音上都会产生一种下坠感，我年老了，就像那即将落下的太阳，一年不如一年。六十一轮甲子，再一次强化突出了"老"字。人老有何求？最基本需求是居有定所。而诗人却没有家，家早已沦陷在金军的铁蹄下。"又"字所写的是这种搬迁生活频繁。从南渡开始，诗人就在绍兴等地辗转迁徙，流离失所。这么多年来，已经不知道是多少次这样的举家搬迁了。如果我们再细读一下，所乘的船是"铁头船"，就是用铁皮包裹的船。这必是相当的坚固，耐得风雨的大船了。这样的船可以行很远的路程，暗示了这次搬家的遥远，旅途的艰辛。以这样的年纪还要长途跋涉，这是一种什么样的心情？第三句是进一步写这种搬迁的频繁与诗人无处可依的无奈。"客留阳羡只三月"所传递的并不仅仅是诗人一家启程搬家的地点。还有时间词"三月"，传达出在这里只住了很短的时间。三月之间两次搬家。"只"字已经把诗人厌倦了这种一次一次的搬迁生活表达的明明白白了。第四句写出了搬家的窘迫。俗话说，破家值万贯。对诗人这样既不擅也不愿经营的人来说，家当然是越搬越穷。陆游《曾文清公墓志铭》，评价先生说："平生取与，一断以义，三仕岭外，家无南物。"应该说诗人还是会从朝廷得到一笔搬家费的。但是这么频繁的搬家，以及动荡的朝廷，这些官吏们的福利保障难以落实，何况诗人还是一位受权臣排斥打击的人物。诗人真是老境凄凉，穷困潦倒。

这首诗的第三联是名句，历来为人称道。陈衍《宋诗精华录》曰："茶山诗长处，有手挥目送之乐，如此诗第三联是也。"其实从全诗来看，这两句与其说是乐，不如说在山水中忘忧。忘记国愁家恨，忘记现实的痛苦与无奈。前面两联已经将诗人现实生活的窘境描写得入木三分了。为这一联做好了情绪上的积累与铺垫。面对如此不堪的现实，诗人的豁达与超脱从中显出了精神。江南山青水秀，一派好风景。诗人陶醉其中，甚至忘记了吃饭。当然也忘记了令人不快的现实。"观山观水"与"听风听雨"相对。"风雨"在中国诗词中往往是有象征意义的。《诗经》："风雨如晦，鸡鸣不已"，已用"风雨"比喻时局了。显然，诗人虽然在赋闲之中，也时时刻刻关注国家大事。朝廷中主和派与主战派的斗争中，名将岳飞被秦桧以"莫须有"的罪名杀害了。这对主战派是一个强烈的打击。"不妨眠"，意思是不如睡觉吧。既然我对时事无法作为，就退而独善其身吧。在这可人的江南风景中，诗人归隐的思想油然而生，不着痕迹，自然而然地进入了尾联。"从今布袜青鞋梦，不到张公即善权。"此句化用杜诗："青鞋布袜从此始。"杜甫思念着若耶溪，云门寺。曾几也难忘宜兴的张公洞、善权洞。我那布袜青鞋梦，就留在了宜兴的山山水水中。"布袜青鞋梦"，显然是指诗人归隐的想法。离别之际，曾几对宜兴的江山无限留恋。

曾几是江西诗派的关键性人物。方回在《瀛奎律髓》中说："老杜之后有黄、陈，又有简斋，又其次则吕居仁之活动，曾吉甫之清峭，凡五人焉。"他的诗既承黄庭坚、陈与义的风格，又清峻老道，极为自然。全诗浑然一体，首尾照应。寄情山水，忘忧现实，豁达超脱，独具风骨。读后回味绵长，耐人寻味。（梅红）

三衢道中

曾　几

梅子黄时日日晴，小溪泛尽却山行。
绿阴不减来时路，添得黄鹂四五声。

这是一首纪行写景绝句。三衢即衢州（属浙江），因境内有三衢山而得名。

前二句叙天气和行程。梅子黄时在江南属初夏季节，一般为阴雨天气，故赵师秀有"黄梅时节家家雨"（《约客》）之句。此言"梅子黄时日日晴"，则说明天气特殊，另一方面也表明天气晴和，为下文写旅途风光的清新张本。作者的行程是由水转陆，由乘舟转山行，"却"字有转折的意味，把行程变换引起的新鲜喜悦之感隐约传出。

后二句正写三衢道中之景。"来时路"三字省净地暗示前不久曾走过这一路，这一次是沿原路回去。由于时节由春天进入初夏，景色也有一些变化，来时所看到的绿阴更深，已经听得见黄鹂的歌唱。

山行看到漫道绿阴，听见几声黄鹂歌唱，这本是最平凡不过的事了。关键在于诗人通过回忆来路所见，与眼前景物以比，用"不减"、"添得"字面勾勒，写出了回程的新鲜感，这就使平凡的景物平添了诗趣。（周啸天）

题访戴图

曾　几

小艇相从本不期，剡中雪月并明时。
不因兴尽回船去，那得山阴一段奇。

这是一首题画诗，画的内容是《世说新语》中王徽之（字子猷）雪夜访戴乘兴而行、兴尽而返的故事，也可以看作题咏故事的诗。

前二句叙访戴事。因子猷居山阴，于雪夜心血来潮，临时决定远道往寻远在剡溪的戴逵，没有事先约定，所以是"本不期"。"剡中雪月并明时"是小舟夜行访戴的情景，有画意，有诗情。"（大雪）四望皎然"是原文，"雪月并明"是创意——盖雪夜神似月夜，故有此神来之笔。

后二句是就题抒感，说子猷因访戴而饱览了山阴一段奇景。本来王子猷访戴，就有点醉翁之意不在酒的意味，何况事"本不期"，所以"何必见戴"。但此行是否多余呢？一点也不，如果没有这一次经历，他又哪能饱览山阴雪夜奇景呢？如果没有这一次经历，后人又哪得"乘兴而来，兴尽而返"的一段佳话呢？"山阴一段奇"可以从景与事两个意义上加以解会。句中只说"兴尽"一头，乃是一种省略的说法。

访戴故事在《世说新语》中列入《任诞》门，可见原作者认为王子猷有始无终的造访是一种怪诞行为。但本诗却认为它很合理——"不因兴尽回船去，那得山阴一段奇！"所以陈衍赞赏为"晋人行径，宁矫情翻案，决不肯人云亦云。"这里一是说写晋人而具晋人风度，作者与古人为神交；二是说"不肯人云亦云"，所以有新意。（周啸天）

【刘一止】（1078—1161），字行简，号太简居士，湖州归安（今浙江湖州）人。徽宗宣和三年（1121）进士。以敷文阁直学士致仕。有《苕溪集》。

小斋即事

刘一止

怜琴为弦直，爱棋因局方。
未用较得失，那能记宫商？
我老世愈疏，一拙万事妨。
虽此二物随，不系有兴亡。

窥一斑而见全豹。从小处着眼写出大境界是不容易的。这首诗着眼点很小，"小斋"，小小书房，仿佛是在写日常小事。然而诗人却从这"小"处着眼，从小斋中的琴和棋写起。从供人娱乐的事物下笔，写出了大气象，大境界。笔者认为这首诗是以"气"胜。全诗中都充满了孟子所说的"浩然正气"。难怪吕本中、陈与义读了刘一止的诗后评论说："语不自人间来"。

中国古代诗人非常注重养气，也就是注重个人德行的修养。朱熹认为"义理附于其中，则为浩然正气"。在朱熹看来，一个人加强道德修养，就会在他身上带有这种浩然正气。诗如其人。解读这首诗要解读刘一止这个人。很多人并不熟悉他。他少有奇才，本可被举荐的。所谓举荐，就是不用考试而直接"保送"做官。可是被年轻的刘一止拒绝了。而是凭自己的才华考上了进士。他忤怒秦桧，两次被贬，依然不改初衷。其刚正不阿的品格终其一生。所以用诗人的眼睛来看琴棋，都是彰显自己品格的绝好具象。陈与义、吕本中认为他的诗风不俗，就是从俗物中也能另辟天地，另出气象。这是与诗人胸中有浩然之气分不开的。

因此诗人整个的关注点都与众不同。全诗都围绕着"直"与"方"二字展开。第一联就从诗人眼中琴与棋说起。怜是喜爱的意思。诗人喜爱的不是琴的材质是否是上好的古桐，关注的不是琴的音质的好坏。而是琴弦的笔直！诗人爱棋也不是贪恋弈棋的快乐，厮杀的酣畅，而是喜欢棋盘的方正！起笔就不凡，发声就不俗。接着，用反问句来加强语气！棋的得失输赢都不用计较，琴声是否优美动听都不在心上，也不会用心去记忆琴谱。这句紧承第一句，表明自己与众不同的情趣。自己的小斋里摆设着琴和棋都不是因为迷恋优美的旋律，喜欢棋盘上的厮杀。而是喜欢笔直的琴弦和方正的棋局。诗人已经脱离了凡世的乐趣，这琴，这棋，都是诗人品格的一种象征。诗人将之摆在家中，也是在使用它们符号上的象征意义，而琴与棋的实用功利那一块则被诗人放置到一边了。所以，无论别的琴与棋的诗写得如何精彩，由于这首诗格调不凡，早在精神上就输给此诗一截了！

　　第三句由物及人，自然而然地写到自己。诗人不与秦桧同流合污，而被贬官。直到秦桧死了才得以重新任用。他刚正不阿，不懂得中庸之道，当然也就容易受到排挤。"一拙"是诗人的自嘲之语，显然就是指自己的刚正不阿。最后诗人进一步言志，自己要继续保持琴弦的直、棋局的方这种品格，即使不断受到排挤，只能身处小斋，不再去关心家国大事也在所不惜。诗人不是不想去关心国家大事，而是无法去关心。这样深沉的感喟就显得意味深长了，含蓄婉转，让人唏嘘了。（梅红）

【王铚】　字性之，号汝阴老民，宋汝阴（今安徽阜阳）人，绍兴初为枢密院编修官。有《雪溪集》。

春　近

王　铚

山雪银屏晓，溪梅玉镜春。
东风露消息，万物有精神。
索漠贫游世，龙钟老迫身。
欲浮沧海去，风浪阔无津。

　　这首诗的艺术成就在于以乐景写哀情，产生强烈的艺术效果。以乐景写哀情，就是突出风景的美丽与心境的哀愁，强化这种冲突与不协调，以渲染烘托内心的郁闷，打破和谐，强调冲突，给人深刻的印象。王夫之《姜斋诗话》说："以乐景写哀，以哀景写乐，一倍增其哀乐。"

　　春光明媚，万物争辉，这本是一个让人欢乐、喜悦的季节。而用此乐景来衬托特定时期诗人的哀怨心境，能产生独特的艺术效果。比如中唐诗人贾至有一首《春思》，也是用乐景写哀情。婉转地表达了自己被人陷害，遭谗被贬，谪居岳州的愁怨。他在诗中写道："草色青青柳色黄，桃花历乱李花香。东风不为吹愁去，春日偏能惹恨长。"前两句极力描写大好春光，五彩缤纷，姹紫嫣红，生意盎然。而后两句将笔锋一转，抒写自己的愁怨。用夸张的修辞手法，竭力描绘自己愁的程度。这撩人的东风也吹不散我的愁怨，这越来越长的白昼反而使我的愁思更加绵长。从欢乐写到忧愁，欢乐的程度与忧愁的程度相敌，更突出了哀愁的无法排遣。其中"东风不为吹愁去,春日偏能惹恨长"的艺术成就不亚于"只恐双溪舴艋舟,载不动,许多愁",以及"问君能有几多愁,恰似一江春水向东流"。而似乎贾至诗诗味更浓。这就是用乐景写哀情所产生的艺术效果。

王铚此诗亦然。诗人将此诗命为《春近》,是有深刻的象征意义的。这个近,就是一种希望。大地虽然还是冰天雪地,可是到处都已经透露出春的消息。就是那白雪覆盖,银装素裹的山峦,已映出朝霞的光芒,像白色的屏风耸立在那里。而近处的溪流虽然还未解冻,但那溪边的梅花,已绽放出娇艳的花朵,报告春天的信息。种子已经在泥土里等待发芽,枯树已经在树梢上孕育新枝,万物都将苏醒过来。

希望就是一种力量,哪怕春天还没有到来,但是希望来了,就有盼头了。人活的也是希望。一个没有希望的人只能在黑暗中绝望。在描写了一片大好春光后,诗人不再继续写景,而是转而写人,写自己的落魄与无望。索漠,荒凉萧索的样子。龙钟,形容老人步履维艰。诗人此时的境况是贫困交加,步入暮年。用鲁迅先生写自己身世的一句话来形容王铚是不为过的:"有谁从小康堕入困顿的吗"。和许多南渡的诗人一样,他不仅经历了背井离乡的痛苦,南渡后还遭受了秦桧的打击和排斥。对于王铚这样出生于世代书香之家,享有很高的地位的人来说,这种国耻家恨,个人命运的变迁,无疑是一项沉重的打击。而自己身已老矣,朝中时局依然为秦桧把持。复兴的希望渺茫,诗人心中充满了悲凉。万物复苏,春回大地,而我的世界却依然冰冻。这种强烈的对比效果就通过乐景对哀情的衬托表现出来。

孔子说:"道不行,乘桴浮于海。"这种离开的思想是对时政不满的一种抗争。然而更绝望的是山高水长,却找不到可以停靠的渡口。既没有现在,更没有将来。这是更深一层的悲哀。(梅红)

【王庭珪】(1079—1171),字民瞻,宋庐陵(今江西吉安)人。政和八年(1118)进士。调茶陵丞,与上官不合,弃官隐居卢溪。绍兴中,坐讪谤,流夜郎。孝宗时,召对内殿,赐国子监主簿,复除直敷文阁。有《卢溪集》。

送胡邦衡之新州贬所
王庭珪

囊封初上九重关,是日清都虎豹闲。
百辟动容观奏牍,几人回首愧朝班?
名高北斗星辰上,身堕南州瘴海间。
不待他年公议出,汉廷行召贾生还。

中华民族自古以来就有一批批龙鳞逆圣听的忠臣志士。虽九死而不改其志，他们是我们民族的精神与脊梁。诗中的胡邦衡与王庭珪，就是在风雨如晦、鸡鸣不已的动荡政局中置个人安危于不顾，铮铮铁骨令敌人胆寒的志士！胡邦衡就是胡铨，南宋著名的爱国志士。他之所以青史留名，是他传诵一时的"斩桧书"。绍兴五年（1135），金军大举入侵，此时胡铨新升任枢密院编修官。1138年8月，胡铨听说秦桧派王伦担任计议使出使金国乞求和议，屈辱称臣，义愤填膺，他明知秦桧是当朝权臣，以"冒渎天威，甘俟斧"的气魄，写下震惊深远的《戊午上高宗封事》，视秦桧为国贼，声称"义不与桧等共戴天"！坚决要求高宗砍下秦桧、王伦、孙近三贼的头颅。否则，他宁愿赴东海而死，也决不在小朝廷求活。秦桧读到"斩桧书"后，恼羞成怒，诬陷胡铨"狂妄凶悖，鼓动劫持"，不到半年，将胡铨谪广州监管盐仓。绍兴十二年（1142），又将他发配新州（今广东新地）编管。直到孝宗时才重被启用，被贬长达22年。蒙此冤案，王庭珪、伍时可等人挺身而出，为之据理力争，皆受株连。这首诗就是王庭珪在胡铨被贬新州时的送别诗。

通常送别诗都会交代离别时的环境，时间，抒发离别的感触。这首诗却一改送别诗的面貌，而紧扣着时政，完全不谈个人情谊，满纸皆是家国大计。开篇就写胡铨上书之事，这也是胡铨罹祸的原因。诗人愤怒地把秦桧等人比作"虎豹"，用"九重关"和"清都"比喻皇帝的居所。皇帝圣明而奸臣当道。当然我们知道奸臣是得到了皇帝的支持的。但是在古代没有君王的不是。这是时代的局限，我们也不用为难作者了。起句就充满了剑拔弩张的紧张气氛，充满悬念。这既突出了胡铨上书的英勇无畏，也为后面胡铨被贬埋下伏笔。接着诗人写到胡铨"斩秦桧书"所引起的朝廷震荡。这句也是将百官的明哲保身与胡铨的大义凛然作比较。写百官读了胡铨的奏则后的面部表情，个个震惊，进而非常羞愧自己枉为人臣的懦弱。颔联为胡铨报冤枉。中国士大夫从来都不乏"苟利国家生死以"的精神，从来都抱有"我以我血荐轩辕"的豪迈。诗人无比深情地赞美胡铨如天上的星辰永垂青史。而用英雄在现实中饮恨被贬来进一步衬托他的高大形象。用"堕"字这个充满了下落感的词语形象在展现了胡铨的现实命运，用南方恶劣的自然条件来强化悲剧效果，更让人为胡铨扼腕叹息。进而引人对奸臣弄权的现实产生忧虑和愤恨。最后诗人相信人间正道，相信朝廷会给胡铨一个公正的评判，就像当年汉朝召回贾谊一样（贾谊是汉代名臣，因为受奸臣谗言而被贬，后被召回）。给整首诗一个明亮的结尾。

整首诗充满了浩然正气，不用特别的诗歌修辞手法，而感人至深，就是以"气"胜。值得一提的是，王庭珪作此诗后，人气大涨。瞿佑《归田诗话》卷中记载："王泸溪《送胡忠简谪岭表》二诗，有'痴儿不了公家事，男子要为天下奇'之句，秦桧见而大恶之，以谤讪流辰州，二诗人皆传诵"，又说"泸溪在辰州，人争迎以

为师。"真是人间自有公道在啊。（梅红）

【朱淑真】女，号幽栖居士，宋杭州钱塘（浙江杭州）人，一说海宁（今属浙江）人。北宋绍圣间在世，一说南宋绍定间在世。出身仕宦之家，尝随父宦游吴、越、荆、楚间。有《断肠集》《断肠词》。

清　昼
朱淑真

竹摇清影罩幽窗，两两时禽噪夕阳。
谢却海棠飞尽絮，困人天气日初长。

　　这是一首写女诗人闺阁生活的绝句，清，清冷无聊；昼，白天。读题便知女诗人的日常生活过得百无聊赖，缺乏情趣和激情，无滋无味便又捱过一天。

　　一、二句写眼前景物，乃实写——"竹摇清影罩幽窗，两两时禽噪夕阳。"明写竹，暗写风，竹子无端是摇不起来的，清风袭来，摇动竹的枝叶。这一摇，斑驳的影子也随之晃动。"罩"形容竹林之茂密，投射的竹影自然也很浓郁，密密匝匝将幽窗罩了起来。窗子显然是开在竹林深处的，因而称"幽"。其实，此刻摇动的还不只是竹与影，还有幽窗内诗人的心。唯心有所感，有所动，才能产生诗情，写出好诗来。"有趣"可以入诗，"无趣"也值得抒写。女诗人正心襟为之荡漾，突然传来一阵清脆的鸟叫声，循声望去，只见两只小鸟儿正对着夕阳在枝头欢快地啼叫。"夕阳无限好，只是近黄昏。"（李商隐《登乐游原》）表面上辉煌灿烂，但实际上与诗人内在的孤寂与落寞是一致的。何况，连鸟儿都是成双成对日夕归来，自己却形单影只，无所依傍。据说朱淑真婚姻不幸，终至抑郁而终。倘是如此，对"两两时禽"就更是羡慕了。夕阳愈美，啼声愈欢，诗人内心的苦痛更深，郁闷更难排解。这是一种巧妙的暗中对比、反衬写法。至于鸟儿是什么鸟？叫声如何？女诗人心情不爽快，也懒得仔细探究，看清了又如何？岂不更是徒惹伤心？仅以"时禽"，"噪"一语带过。反正是当时时令该有的小鸟，很是吵人。如此慵懒散漫，与后面的描写暗中形成呼应。

　　第三句写心中之景，乃虚写——"谢却海棠飞尽絮"。"两两时禽"触发了诗人的伤春情结，这才突然想起此刻已是春残时候，海棠凋谢，柳絮飞尽，春色将逝。这种伤春情绪往往还会像瘟疫一样蔓延，勾起女诗人对青春将逝，韶华不再的悲哀，不禁黯然销魂。

　　结句写诗人独特的情感体验和落寞的心境——"困人天气日初长"，写得有气无力，情绪与前二句一以贯通。春末时候，天气越来越燥热，使人浑身酥软，时时犯困，这就是人们常说的"春困"。"日初长"有两层含义,一是言春分后"昼夜平分",时令越往春末,白天时间越长。此时春分当过去不久,故曰"初"。第二层意思,便是写诗人内心最隐秘的情感,由于郁郁寡欢,日子过得了无趣味,自然便显得长,只得苦撑苦熬。

这首诗写女诗人内心复杂的情愫,手法多样,且用笔深婉曲折,意蕴深长,跌宕起伏,符合女诗人的个性特点和写作风格。修竹、清影、幽窗、时禽、夕阳,凋零的海棠,飞尽的柳絮,以及困人的天气,漫长的白天,格调类似的众多意象共同构成了女诗人枯燥乏味的生活环境和无奈惆怅的内心世界。外在世界的丰富多彩与诗人内心世界的枯萎凄凉形成了绝好的反差对比,读来容易产生共鸣。(秦岭梅)

【林升】(生卒年不详),字梦屏,温州平阳(今属浙江)人。约生活于孝宗淳熙(1174—1189)间。善诗文,与叶适有交往。今存诗一首。

题临安邸

林 升

山外青山楼外楼,西湖歌舞几时休?
暖风熏得游人醉,直把杭州作汴州。

这是一首政治讽喻诗,矛头直指南宋统治阶级,诗人用简练的语言对这帮骄奢淫逸、偏安一隅的当权者进行了辛辣的嘲讽,行文走笔处,以愤慨之情诉无穷隐忧,斥责的声音发人深省。

公元1126年,金人攻陷北宋都城汴梁(即汴州,今河南开封市),俘虏了宋徽宗、宋钦宗两个皇帝,中原国土被金人悉数侵占。赵构逃到江南,在临安(即杭州)即位,史称南宋。南宋小朝廷苟且偏安,不仅没有吸取北宋亡国的教训勤政爱民发愤图强,反而不思进取,对外屈膝投降,对内残酷迫害岳飞等驱除鞑虏、收复失地的抗金爱国志士;政治上腐败无能,达官显贵一味纵情声色、寻欢作乐,生活糜废。诗人用他的智慧和笔墨,将这样一首政治讽喻诗题写在临安城内一家客栈的墙壁上,广为流传,它倾吐了郁结在黎民百姓心头的义愤,也表达了诗人对国家民族命运的深切忧虑。

诗人站在客栈的楼上,倚着栅栏扬头远望,目光尽处,阳光之下红尘之上,重重叠叠的青山,连绵起伏各领风骚;鳞次栉比的楼台上,轻歌曼舞、软玉温香……夜夜笙歌的逍遥场地,让任何一个逗留其中的人都会丧失昂扬的斗志,任何一个流连于此的人都会销蚀心中的理想和抱负。这座钟灵毓秀堪比天堂的杭州城,原本全是质朴而自然的美,如今却惹上了这些虚假的华丽富庶和罪恶的繁荣太平。南宋统治者逃到偌大中原东部的一个小城池里，毫无进取之心，不思收复失地之大业，反而只求苟且偷生，获得一隅安宁；即便在这里，也还继续着曾经的靡乱生活，大造宫殿园林，仅花园就修了40多所，其他贵族富豪的亭台楼榭更是不计其数……国家民族的前途命运也许根本就被排挤出了他们的考虑之列；水深火热之中的黎民百姓，已经淡出了他们的视线和思维。歌舞升平的景象中，没有一点点国难当头的影子和抗金复国的自强自励精神。

诗的前两句，就这样从空间和时间的无限，写尽了杭州山水楼台之美和歌舞升平之景。诗人触景伤情，不禁长叹："西湖歌舞几时休？"西子湖畔这些消磨抗金斗志的淫靡歌舞，什么时候才能罢休？骄奢淫逸的生活何时才能停止？抗金复国的事业几时才能着手？

然而，江南暖洋洋的风把"游人"吹得好像喝醉了酒，飘飘然，陶陶然，个个醉生梦死沉迷其中，毫无忧患意识，竟然把江南的杭州当作了中原的汴州。"暖风"一语双关，既是阳光明媚日温暖的自然风，也是社会上纸醉金迷的淫靡之风。"游人"则不能理解为一般游客，它特指那些从中原土地逃到江南一隅，却又忘了国恨家仇、苟且偷安寻欢作乐的南宋统治阶级。"熏"、"醉"二字用得精妙无比，把那些达官显贵纵情声色、痴迷留恋的精神状态刻画得惟妙惟肖，跃然纸上。末句可做讽语来读：把临时苟安的杭州简直当作了故都汴州，可见这些统治者是多么的不思进取、荒淫无耻啊！亦可做警语来读：长此以往，必将重蹈覆辙，杭州终有一天也会像汴州一样，沦丧于金人的铁蹄之下。

通观全篇，这首诗在谋篇布局上看似随意，实则精妙，措辞精当，情理深致。全诗不用典故，却能以冷言冷语写热闹场面，以愤慨之情诉无穷隐忧，以平易之言表深沉之情。琅琅上口，内蕴丰富，实属讽喻诗中的杰作。（殷志佳）

【陈与义】（1090－1138），字去非，号简斋，宋洛阳（今属河南）人。与黄庭坚、陈师道并列江西诗派三宗。有《简斋集》。

谢主人

陈与义

春禽劝我归，主人留我住。
一笑谢主人，我自归无处。
拟借溪边三亩春，结茅依树不依邻。
伐薪政可烦名士，分米何须待故人。

中国古典诗歌以齐言诗为主，杂言诗一直都处于非主流的边缘位置。杂言诗，或称为"参差语"，或称为"乐府长短句"，以句式不整齐为特征。这首诗前四句是五言，后四句是七言，显然是一首杂言诗。细究陈与义为什么选择杂言体，倒是另有一番滋味值得咀嚼的。

杂言诗因为难以形成独立的诵读节奏，而在魏晋后很少被诗人尝试。即使如白乐天，也是借助乐府的节奏来写诗的。然而正是杂言诗这种不流畅的特点，却非常符合一个流落在外的有身份有地位的士大夫的心理状态。用杂言，恰好能打破律诗整齐划一的结构，去掉律诗琅琅上口，音韵感强的那种顺畅感，产生一种曲折，如同说话时欲言又止的那种阻塞感。从语义上讲，节奏的变换就是诗意的一次转换，使诗的内容更加丰富了。全诗的结构是四个五五五五，四个七七七七。字数一变，内容也变了。杂言诗散文化的特点，突破了诗歌结构对表现内容的束缚。丰富了古典诗歌表情表意的内涵。

前四句五言叙述了诗人无家可归的现实。建炎四年（公元1130年）暮春，陈与义初到邵阳，寄居在妻族周静之家。这在古代以男权为中心的社会里，是一件令男人非常尴尬痛苦的事情。时值春日，子规声声，一个劝归，一个留住。并非子规真在劝诗人，而是诗人借子规道出自己的心声。可是诗人目前的处境已清清楚楚，寄人篱下，又暂无去处。看到春耕繁忙，只能随遇而安，暂做打算。这也为后面作好了铺垫。正是在某种想法的支撑下，诗人坦然现状，谢谢主人：我已经没有什么去处了。我只能领下您的盛情。感激之中有着无可奈何和战乱的心酸。接着结构一变，改为七言，诗意一转。诗人向主人说出了自己的想法：打算借您溪边的几亩田地，我自己临水傍树，单独修几间茅草房。和归隐名士交往，自耕自薪，不用在您这里分米吃。提出了自立门户，借地耕种的请求。伐薪，《陈与义集校笺》中注释："《酉阳杂俎》前集卷二二壶史：'邢和璞偏得黄老之道，善心算。又曾居中南，好道者多卜筑依之。崔曙年少，亦随之。伐薪汲泉，皆是名士。'"借地的要求是令人羞于启齿的。而名士的生活方式却是令人向往，也是令主人理解的。是名士，自风流，连借地这样的请求也变得富有文人雅性了。分米是用杜甫《酬高使君》中的典故："故人供禄米，邻舍与园蔬。"杜甫刚到四川来时，完全靠朋友接济。诗人用杜甫来自比，是或许能给流落中的诗人一些安慰。在这里，诗意的自然转折通过诗歌结构的变化得以实现。从诗的节奏来看，杂言诗形式自由，遣字造句可以随内容的需要而任意运用。五言诗节奏急促一些，七言诗节奏要舒缓一些。讲自己的尴尬处境的时候用五言，具有一定的表情作用。向主人提出请求的时候用七言，很符合向人提要求时的委婉态度。

另外还值得一提的，这首诗遣词造句也很有意思。比如诗中的"春"字就用得非常艺术。春，可以联想的是春天，是美丽的景色，是春耕忙碌的春耕，是满田的青苗……也是这诱人的春色,让流浪漂泊的诗人得到一丝慰藉,获得一丝希望。"春禽劝我归",对于农民而言,布谷声声,催农民赶快布谷种地。诗人巧妙地将归去,言下之意是寄居的现实,与春耕的意思糅合在一起。在七言部分,第一句不说借三亩地,而是说借三亩"春"。既含蓄雅致,诗味浓厚。(梅红)

试院书怀
陈与义

细读平安字,愁边失岁华。
疏疏一帘雨,淡淡满枝花。
投老诗成癖,经春梦到家。
茫然十年事,倚杖数栖鸦。

这首诗情景交融,寓情与景。是陈与义南渡之前的作品,还不关涉国仇家恨,只是表达士大夫的归隐思想,格调清婉。

陈与义二十四岁登科,他才华横溢,受到宋徽宗的赏识。然而很快他就卷入政治漩涡中。并且在北宋纷繁的朝政中不得解脱。他亲眼目睹了他所崇敬的苏黄"元祐党人"受到迫害,又看到朝臣倾轧,徽宗荒淫无道。煌煌王朝,看似繁华,已是白蚁中空,大厦将倾。于是,在年轻的陈与义的诗中,没有建功立业的豪迈,没有治国平天下的壮志。而是多了一份归隐山林的思想。如"江南虽好不如归,老荠绕墙人得肥"(《江南春》),"晚知儒冠误,犹恋终南山"(《杂书示陈国佐胡元茂四首》其一)这种归隐思想显然与现实是矛盾的,冲突的,于是他就在写诗饮酒中寻找乐趣。"使我忘隐忧,亦自得诗力"(《书怀示友》其三)他在诗中忘记忧愁,也在诗中寻找快乐。"风流到尊酒,犹足助诗狂(《酴醿》)"

《试院书怀》也是这一时期的作品。宣和五年,陈与义为秘书著作佐郎,八月,任考试官。此年,陈与义刚刚三十四岁,出仕整整十年了。十年仕宦,并没有功成名就的喜悦与成就感,诗中更多的是寂寞与无奈和思乡之情。"细读",仔细地读,反复地读,既是平安书信,为何诗人却并不开心?这忧愁,由这平安家书勾起,年年月月,不可中断。四周的景象清幽、寂静,一帘疏雨,几枝春花。这平和安宁的景象是无法宣泄诗人心中的苦闷的。前面已经分析过,陈与义一入仕途,就发现了这个帝国的危机。归隐的想法一直在他心中盘桓。但是种种原因他还是羁留官场。因而对故园的思念之情一日胜于一日。在现实中,他就在写诗中打发日子,排遣忧愁。这个诗成癖当然是诗人现实的写照,也可看作从白居易诗中来。白居易《醉后赠晦叔诗》:"各以诗成癖。"又《峡中与元微之别诗》"别来尽是诗成癖"。白居易也是一生坎坷,借诗消愁。诗人此时正是年富力强的三十多岁,却说已经快老了。这种迟暮之感与正当壮年形成鲜明的对比。正直的士大夫的颓废之情正是帝国行将衰落的前兆。可是即使如此,仍然不能排遣他的思乡之情。在梦中不断梦到家乡。思乡之情也很浓重。不断地梦到家乡。最后一联,回想自己十年来的经历,仍然是一片茫然。倚杖望着归林的倦鸟,乡愁更浓更深。

　　历来这首诗的"疏疏一帘雨,淡淡满枝花"二句得以称赞。这两句对仗工稳,景色安谧静穆。似乎此诗的成就就在这二联。其实就全诗来看,艺术成就也是很高的。以"愁"统领全篇,浑然一体。纪陶评此诗云:"通体清老,结亦有味。"(梅红)

登岳阳楼
陈与义

洞庭之东江水西,帘旌不动夕阳迟。
登临吴蜀横分地,徙倚湖山欲暮时。
万里来游还望远,三年多难更凭危。
白头吊古风霜里,老木苍波无限悲。

　　宋代诗人尤好学杜,这与士大夫们经历靖康之难有关。靖康之难之于安史之乱,前者对于宋王朝的打击更甚于后者对唐王朝的打击。国家不幸诗家幸。本诗的作者陈与义的创作阶段,也是与杜甫一样,以变乱为前后两个阶段。前期的作品,多表现个人生活情趣。南渡以后,诗风转向沉郁悲壮,痛恨于金兵南侵,无奈于朝廷苟安,感怀家国,慨叹时势。宋钦宗靖康元年(1126)的春天,金兵攻破开封,北宋灭亡。此时,陈与义被贬在陈留(在今河南开封东南)做监酒税的小官,随着逃亡的难民队伍,南奔襄汉,颠沛于湖湘之间。家国命运极转直下,爱国情怀在诗人心中激荡,诗人与杜甫产生了心心相印之感,在学杜的诸多人中,他脱离了江西诗派只强调语言的陈窠,而在思想感情上更接近杜诗。

　　这首诗,历来被认为是对杜甫《登高》的模仿。不仅题材相同,同为登临之作,甚至在对仗、用韵上都刻意模仿《登高》。尽管此诗历来为人推举,但是其艺术成就实难与《登高》相媲美。陈诗写景太实,远不及杜诗超越眼前景物而描绘出的时间和空间感。《登高》一诗作于公元767年,唐王朝经历安史之乱,又陷入军阀混战中。杜甫已漂泊十多年了。此时,避难夔州,个人的多病,家道的艰辛,国家破碎,战火四起,再加上好友李白、高适、严武的相继辞世。诗人心中愁苦不已,他在情感已经历了无数次的生离死别,早已升华为更典型的代表性的情感。这就是起笔处,杜诗就不见所登何台,所见何山,所观何水。不,这些对于常年流亡的诗人来讲,到哪里,在哪里,所见何景,山名水名,都已不是重要的了。诗只见"风""天""猿","渚(江)""沙""鸟"。这些漂泊途中惯看的景象。读者完全可以在解读时超越诗的背景材料,将之与自己的山水经历结合起来,获得认同的感受。陈诗的起句非不好也,而不深也。在颔联中,陈诗用"万里"对"三年",与"万里"对"百年"相比,陈诗更实,但是诗味则减弱了。这是诗人第一次逃难,与之相比的,是诗人安逸生活往事的对比。这三年流落是诗人生活的转折,因此对这特定"三年"的感慨相当的多。而杜诗的"百年",与"万里"相对,对仗更加工稳。就诗意上说,用百年形容多病,衰败之气毕见。独登台,大有陈子昂《登幽州台歌》:"前不见古人,后不见来者,念天地之悠悠,独怆然而泣下"之意。三年。这毕竟只是诗人陈与义逃难生活的开始,远不及杜甫已有十数年的战乱生涯了,完全已超越了一时一地一事之悲痛了。

在气象上,陈诗也无法和杜诗媲美。《登高》颈联"无边落木萧萧下,不尽长江滚滚来。"不仅超越了一时一地,而且写出了季节之下,寰宇之内,落叶飘零的景象。其中蕴含的时间感和人对时间无可奈何的苍凉感,已上升到哲学的高度,写出的已不是一人一己之事,而是横贯寰宇的自然规律。不尽长江滚滚来,长江后浪推前浪,恰如沉舟侧畔千帆过,时间不以人为转移,不为人所停留。这种时空感是陈诗缺乏的。而陈诗仅仅追溯了岳阳楼作为古战场的历史。尽管也有时间感,但是与杜诗相比,还是不逮。最后陈诗定格为一幅图画:一位白头老翁在岳阳楼上临水吊古,抚时伤今。而杜诗的最后是借酒浇愁,更有几分块垒在胸中。在悲伤中还有几多英雄之气。

一山更比一山高。毕竟陈诗是学杜之作,是临摹之作,仍不失为佳作。与他的前期作品相比,已是更上层楼了。(梅红)

再登岳阳楼感赋

陈与义

岳阳壮观天下传,楼阴背日堤绵绵。
草木相连南服内,江湖异态阑干前。
乾坤万事集双鬓,臣子一谪今五年。
欲题文字吊古昔,风壮浪涌心茫然。

高宗建炎二年(1128)秋作于岳州。诗人自宣和六年(1124)被谪监陈留酒税,由于金兵入侵,宋朝发生了天翻地覆的变化,国家不幸,也造成个人生活的不幸——作者遂成孤臣孽子,先自陈留避乱,经邓、房、均州,至本年八月到达岳州。先已有登岳阳楼诗云:"万里来游还望远,三年多难更凭危。白头吊古风霜里,老木苍波无限悲。"此为再登之作。

岳阳楼在岳阳城西门上,楼西南为洞庭湖,北倚长江,临江有堤。"岳阳壮观天下传"总括岳阳楼以壮观名闻天下,"楼阴背日堤绵绵"写站在楼的北面背日处,可以看到江边长堤。"草木相连南服内,江湖异态阑干前",这两句写望中景色,湖南境内草木葱茏,而江水浊黄,湖水清碧,尽收凭阑望眼之中。"草木相连"一句平平,而"江湖异态"一句精警,简劲浑涵,句格老成,或"风景不殊,正自有山河之异"耶,耐人含咏。

"乾坤万事集双鬓,臣子一谪今五年",这两句抒发伤时念乱之情。建炎二年,正是徽、钦二帝被掳,北宋江山摇摇欲坠之时,诗人忧心如焚,万端愁绪,都从斑白的双鬓上反映出来。这样的内容也是一言难尽,而诗人却以"乾坤万事集双鬓"一语尽之,得杜律凝练之法。"臣子一谪今五年"表面上是说个人迁谪时间,其实句下包含"这是怎样的五年啊"那样的意思。换言之,一谪五年,并非个人应获之谴,也不是出于朝廷的意图,而是因为国难和战争影响了仕宦前途。发端于个人遭际,而归结于政局。这是很耐寻味的。两句对仗字面上意远,细味涵义仍有关联。陈衍说此联是"学杜得其骨者",就是针对其造句凝练、对仗意远的特点而言的。

作者当时肯定会想到杜甫《登岳阳楼》,或许更远地想到屈原的贾生,对他们发生深刻的共鸣。"欲题文字吊古昔,风壮浪涌心茫然"两句就写这层意思,末句以景结情,说明而不说尽,有篇终接浑茫感——这符合登高望远的实际感受。从文学继承上讲则是得力于杜诗的。此诗虽然着眼国事,但作于迁谪的特定环境,故其伤时念乱带有一种孤臣特具的情结,加之表达凝练老成,故读来尤其令人感怆。(周啸天)

次韵乐文卿故园

陈与义

故园归计堕虚空,啼鸟惊心处处同。
四壁一身长客梦,百忧双鬓更春风。
梅花不是人间白,日色争如酒面红。
且复高吟置馀事,此生能费几诗筒。

这是一首羁旅思乡的诗,写于宋宣和三年(1121)。然而句句奇绝,环环相扣。全诗围绕一个"愁"字展开,不言愁而句句写愁。

起句就不俗。江西诗派好用杜诗。当春阳当空时,漂泊在外的陈与义一定吟唱起了杜甫的"青春作伴好还乡"的诗句。起句就是一个遗憾,一种抱恨,一个疑问。扣人心弦。"啼鸟惊心处处同"显然是化用杜诗《春望》中的"恨别鸟惊心"。光阴荏苒,岁月流转无法回家的心情是一样的。颔联进一步写羁旅之困,穷愁潦倒的窘况。"四壁一身"的人生悲剧,"百忧双鬓"的龙钟老态,在明媚的春光中形成鲜明的对比。

有了前面的铺陈交代,有了前面情感上的蓄势。颈联的脱颖而出,将所有的景语、情语都凝结在这两句上。意象非常奇特。没有人能描绘出"人间白"的颜色,谁也不能形容这梅花的白色。既然不是人间,那相对应的是天上了。这就显得这句的精神了。将梅花的冰肌玉骨,将梅花的君子风骨写得入木三分了。在穷困潦倒的现实中,这梅花象征了诗人的品格和节操。而这一切用得那么的贴切不露痕迹。将日色比酒面也非常奇特。喝酒醉了的脸红与太阳的红相比。突破了"太阳"意象的传统性。打破了人们通常的审美联想。显得奇特而新颖。初看无理,细想深刻。酒在中国诗歌中常常是愁的代名词,借酒浇愁,是文人墨客常用的手法。"何以解忧,唯有杜康","举杯消愁愁更愁"。在满腹惆怅的诗人眼中,在终日以酒浇愁的诗人眼中,很自然的将酒红与脸红联系起来。诗人不言愁,不言忧,而忧愁自现。也非常含蓄地表达了诗人不愿意同流合污的决心与高洁的品质。这两句所组成的意象也非常奇特。诗人陈衍特别欣赏颈联"梅花不是人间白,日色争如酒面红",称赞它"濡染大笔,百读不厌"。诗人好酒与《饮中八仙诗》中那些痛苦的灵魂一样,都是对现实不满而又无力抗争,最后只好借酒浇愁了。

陈与义逃避痛苦另一个方式就是写诗。写诗于他不仅是一种兴趣,更成为与酒一样,消解愁怨的方式。在诗的最后,诗人将这乡思愁怨与个人命运放弃在一边,在诗中去寻找另一个彼岸。"此生能费几诗筒"写得特别含蓄。"诗筒"是出自唐代的典故。唐代诗人元稹和白居易,两人是非常要好的朋友,世称"元白之交"。他们每有诗作,写笺置封竹筒中,令驿吏互相传递,这个竹筒,就称为"诗筒"。陈与义写诗浇愁,不知道要浪费多少诗筒。也就是说不知道我要写多少诗才能排除我的忧愁啊。写的诗越多,表明诗人的忧愁越多。(梅红)

观 雨

陈与义

山客龙钟不解耕,开轩危坐看阴晴。
前江后岭通云气,万壑千林送雨声。
海压竹枝低复举,风吹山角晦还明。
不嫌屋漏无乾处,正要群龙洗甲兵。

风云雨这些意象在中国传统诗词中除了表示自然天气外，还常常用以指代政治时局。从《诗经》中的"风雨如晦，鸡鸣不已"开始，这种诗歌传统就传承下来。宋诗中出现的雨，既有作为自然风光的雨，如描写春雨的"半壕春水一城花，烟雨暗千家"。苏轼《望江南·超然台作》有描写夏天的雨的"风如拔山，雨如决河倾。"（宋陆游《大风雨中作》）有描写秋雨的"秋风有意染黄昏，雨打梨花深闭门"（宋吕渭老《一落索》）等等。在宋代，由于国家破碎，局势动荡不安，就是南宋小朝廷上，主战派与主降派争锋相对。于是诗歌中就多有感叹诗人仕宦生涯，忧虑家国大业的象征意义了。"夜阑卧听风吹雨，铁马冰河入梦来。"陆游《十一月四日风雨大作》"山河破碎风飘絮，身世浮沉雨打萍。"（文天祥《过零丁洋》），也有李清照的"梧桐更兼细雨，到黄昏，点点滴滴，这次的，怎一个愁字了得"。诗人爱雨，其简斋集中专写雨的诗就是七首。他的写雨诗，都充满了忧愁。

因此要解读这首诗，必须要阐释牵动诗人神精的大事。自从北宋灭亡后，诗人流离失所，他对朝廷忠心耿耿，听说建立了新的朝廷后，他像杜甫一样，一路打听着朝廷的去向，自陈留避难南奔，追寻皇帝而去。此时他正流居湖南。可是从建炎元年开始，金兵就大举南下，力图灭掉南宋朝廷。到建炎三年（1129）十月，金兵发动了更猛烈的进攻。在东南战线攻破临安（今杭州）、越州，继而从海上追击宋朝皇帝，高宗一路狂逃，从明州逃至温州。由于战火阻隔，时局混乱，诗人只好淹留湖南，在贞牟山上暂时居住。建炎四年春天，金兵进逼长沙，形势一度非常紧张，在长沙守帅向子諲的顽强抵抗下，长沙转危为安。从陈与义逃难开始，就写下了大量的乱世诗篇。在湖南时，他写下了《谢主人》，表达了流亡的苦恼，陈与义对时局非常忧虑，写下了《伤春》一诗。这一年五月，岳飞在牛头山大败金兵，收复建康府。抗金形势发生了转机，令所有人感到振奋。

陈与义这首观雨诗，是将自然之景与政治时局完美结合的一首诗。这首诗写于建炎四年（1130）的夏季。《观雨》与其说是观看自然之雨，不如说是观看时局的风雨变换。此时的他仅仅四十岁，却自称自己已是龙钟老态，与其说是因老而不解农耕，因为是"客"不是主人而无意长耕，不如说是因奔波，因为随时随地准备离开前往追随皇帝而无心稼穑。下雨了，诗人打开窗户，正襟危坐，这种动作描写，写出了诗人的关注之心，随时准备起身行动。这"阴晴"，就是时时牵动诗人神经的时事。而这阴晴是如何的呢？颔联描写了山雨欲来风满楼，黑云密布，大雨将至的情景。颈联则描写了风云翻涌、大雨滂沱，"海压竹枝低复举，风吹山角晦还明。"用海来形容雨势很猛，雨量很大，用竹子在风雨中起伏飘荡，潇潇之声来形容局势的沉重与反复无常。而风急雨骤，乌云低布。风卷云走，空中时明时暗，阴晴不定。这既是这场夏雨的实写，也是当时政局的写照。

陈与义是主战的，后来他看到高宗无心收复失地，也就辞职还乡，抑郁而亡。在这紧迫的时局面前，诗人的态度非常昂扬，已是磨拳擦掌，要投入到这场轰轰烈烈的抗金洪流中去了。杜甫《茅屋为秋风所破歌》中有："床头屋漏无干处"。"洗兵甲"用了杜甫《洗兵马》"洗尽甲兵长不用"。而此处表达的却不是忧愁与休战的愿望。而是如高尔基在《海燕》结尾说："让暴风雨来得更猛烈些吧。"的呐喊与呼唤。

整首诗写得气势磅礴，雄阔慷慨，诗人不是简单地学习杜诗的语言，而是学习杜诗的精神，为时事而作的现实主义精神。这是学习杜诗的标志性作品。（梅红）

伤 春
陈与义

庙堂无策可平戎，坐使甘泉照夕烽。
初怪上都闻战马，岂知穷海看飞龙！
孤臣霜发三千丈，每岁烟花一万重。
稍喜长沙向延阁，疲兵敢犯犬羊锋。

高宗建炎四年（1130）作于邵阳（湖南）。上年十一月金兵大举渡江攻破建康（南京），十二月攻入临安（杭州），高宗逃自明州（宁波）乘舟入海；本年四年金兵复攻破明州，高宗泛海逃至温州。"伤春"原与悲秋一样，在古人笔下多写因时序流逝而抒写个人伤怀。至杜甫一改旧法，用以抒发对国事的忧念。此诗亦忧念时事，抒发孤愤之作。

"庙堂无策可平戎"四句直抒国难而抨击国策。《史记·匈奴列传》述云："胡骑入代、句注边，烽火通于甘泉（汉行宫名）、长安数月"，首联即借咏时事，而重点在直斥"庙堂无策"——国难当头，只有两策，要么战，要么和。你和他不和，结果就只有逃跑。所以"无策"其实是无能，"无策"其实是失策。

"初怪上都闻战马，岂知穷海看飞龙"，这一联紧接写金兵连下宋之都城，竟逼得高宗从海上逃跑。"上都"本指京都，因南渡之初，建都未定，建康、临安均在拟议之中故云。或云此处"上都"指汴京，系追说靖康事，亦通。此联用"初怪"、"岂知"勾勒，一气贯注，写两个想不到——想不到金人能轻易攻入都城，想不到皇帝会从海上狼狈逃窜。这里虽然没有直接的议论，但字里行间充满对不抵抗主义、逃跑主义的愤慨和不满。"飞龙"一辞出自《易经》，形容逃跑皇帝，来与"战马"相对，尤具讽意。

"孤臣霜发三千丈，每岁烟花一万重"，这一联抒写对国事的忧念，乃一篇之警策。"孤臣"本指失势之臣（柳宗元"孤臣泪已尽，虚作断肠声"），此则指失君之臣，紧扣上文"穷海飞龙"而来。两句分别化用安史之乱前后李白所写的"白发三千丈，缘愁似个长"（《秋浦歌》）、杜甫所写的"关塞三千里，烟花一万重"（《伤春》）来表达一己的孤忠与忧愤，两句一情一景，情景对照。用来浑成无迹，如自己出。按杜甫《伤春》本是广德中吐蕃攻破长安，代宗逃陕州之际，诗人在阆州所作；这与陈与义身在湖南，心怀江浙的流亡皇帝的心境相似。"烟花一万重"前著"每岁"二字，即有自然界春花秋月依旧，不管人间沧桑之意。万重"烟花"与千丈"霜发"，构成强烈对比。所谓"乐景衬哀，倍增其哀"。"孤臣"与"每岁"的成对，相当精微（"孤"是一、"每"是每一）。总之，此联沉郁凝练的风格，酷肖老杜。

"稍喜长沙向延阁，疲兵敢犯犬羊锋"，最后歌颂抵抗，即是对"庙堂"实行的逃跑主义作侧面批判。向子諲于建炎中知潭州（长沙），三年（1129）金兵犯州，向率军民坚守，城围八日而陷，又督兵巷战，突围后又收拾残部继续抗金。向原任直秘阁学士，直龙图阁——宋廷藏图书典籍之处，相当于汉廷之"延阁"，故以呼之。"疲兵"云云，不讳言向部势单力薄，以弱击强，这里表彰的不是胜利，而是勇气、斗志，是一个"敢"字。在国家民族生死存亡的关头，斗则存、不斗则亡。"稍喜"的措辞有分寸，一方面是肯定其带头抗金的意义，另一方面又嫌当时敢于抗金者太少。

诗主题明确，心关天下，忧念现实，歌颂抵抗，反对逃跑。可谓大义凛然。诗以意行，而主要的意思大都包含首尾两联中。中间的两联对主题则起着烘托、渲染、深化的重要作用，特别是第三联中"每岁烟花一万重"景语的加入，生色不少，无此句则未免直质枯淡，有此句则全篇兴象、声情顿佳。诗人非常注意勾勒字的运用，"坐使"、"初怪"、"岂知"、"稍喜"等等，关联呼应，使全诗意脉一气盘旋而下。独于第三联不作勾勒，即变叙述为描绘，又加强了它的鲜明性和警策性。（周啸天）

春　寒

陈与义

二月巴陵日日风，春寒未了怯园公。
海棠不惜胭脂色，独立蒙蒙细雨中。

高宗建炎三年（1129）作于岳州，时城中刚发生过大火，火后作者借居郡守王某后园君子亭居住，自号园公。诗咏园中海棠。

岳州（巴陵）背江朝湖，是多风的地带，早春二月时春寒料峭冷风尤甚。前二句先写早春二月的气候，"怯"即怯春寒也。

后二咏海棠。海棠为落叶灌木或乔木,《瓶史·月表》列为二月花盟主第一（其余为玉兰、绯桃），花朵簇生娇美，未放时呈深红色，开放后呈粉红色或白色，品种甚多，有垂丝海棠、贴脚海棠等。本诗关键在于将海棠花置于寒风细雨中，同时予以人格化，就显得出色了。首先，海棠为花，特宜细雨、尤宜春寒（杨万里"晚寒正与花为地"），带雨的海棠，因而也特别动人。作者咏海棠诗颇多，另一首写道："欲识此花奇绝处，明朝有雨试重来。"写出了雨就写出了海棠的德性。

诗言"不惜胭脂色"，是怯寒怕雨的"园公"有所不知、亦正意反说也。一位淡施脂粉的美女站在细雨之中，全然不顾、根本不觉风雨的存在，容易给人心事重重的印象。更有人说此诗写出了一种不畏风寒的政治品格。读者固不妨意逆，却不必是诗人本意。（周啸天）

和张矩臣水墨梅

陈与义

巧画无盐丑不除，此花风韵更清姝。
从教变白能为黑，桃李依然是仆奴。

张矩臣一作张规臣，陈与义表兄弟。水墨梅，指张矩臣为水墨梅画作所写的题画诗。画作非张矩臣所作，而是释超然的作品。超然和尚，字仲仁，住持南岳衡山花光寺，世称"花光仁老"，其墨梅为当世所推重。陈与义在看过大和尚墨梅图后，感慨不已，与张矩臣诗相唱和，咏成组诗五篇，此"巧画无盐"为其一。时陈与义年二十九岁。

既是题画作，落笔便展开议论："巧画无盐丑不除"。无盐，姓钟离，名春，相传为战国时代齐国无盐邑（今山东东平）人，世称无盐女。其相貌丑陋无比，年四十而未嫁。然而，她却是一位奇女子，传说会隐身之术，且颇有政治才干。曾自诣齐宣王，指斥时弊，谴责其骄奢淫逸，宣王为之感化，乃"罢女乐，退谄谀"，卜择吉日，立无盐为后，成就一段千古奇闻。陈与义以为，无论画家如何技艺精湛，巧夺天工，终究不能将无盐画成西施，天生"丑"貌总是无法去除。"此花风韵更清姝"是评说墨梅的。我国古代水墨画没有着色，故"丹青"成为中国画的代称。水墨画的出现，使画家再不满足于形式上的"形似"，而是追求内在精神的"神似"，与西方绘画截然不同。在陈与义看来，画上梅花并没有因为笔墨、色彩的单调而失去风骨神韵，反倒更显清丽脱俗、美丽动人。梅花的"美"是自然天成，无法抹杀的。

"从教变白能为黑，桃李依然是仆奴。""从教"，即纵教。"变白能为黑"化用屈原诗句："变白而为黑兮，倒上以为下。"（《怀沙》）这是对前句诗意和主旨的升华。纵是水墨丹青将冰清玉洁的梅花画成了黑色,失了颜色与娇艳,然而,秾丽艳俗的桃李终究无法攀比,只配给梅花当奴做仆。梅花是"岁寒三友"(梅、竹、松)之一,位列"四君子"(梅、兰、竹、菊)之首,一向是中国古代知识分子高风亮节、孤高傲世品格的象征。诗人将桃李人格化,比作"奴仆",自然是诗人的个人好尚,借以鞭挞世间的低劣与庸俗,让读者于方寸之间窥见世事人生,表达了诗人苏世独立、清高孤傲的品格与情操。

曾敏行《独醒杂志》载:"花光仁老作墨花,陈与义题五绝句。徽庙(宋徽宗)见而喜之,召对擢用。"据说,从此陈与义声名鹊起,享誉天下。墨梅题诗意境清丽、格调高远、寄寓深婉,虽"以议论为诗",但却并非枯燥干瘪的说教,而是以优美的意象、轻灵的笔法,传达出一种崇高美、自然美和艺术美。(秦岭梅)

【刘子翚】(1101—1147),字彦冲,号屏山,一号病翁,宋建州崇安(今属福建)人。以荫补承务郎。曾任兴化军通判。后退居武夷山,专事讲学。有《屏山集》。

海　棠

刘子翚

幽姿淑态弄春晴,梅借风流柳借轻。
初种静宜临野水,半开长是近清明。
几经夜雨香犹在,染尽胭脂画不成。
诗老无心为题拂,至今惆怅似含情。

据《太真外传》记载:唐玄宗登沉香亭见杨贵妃。其时,贵妃宿酒未醒,玄宗命高力士及侍儿扶掖而至,醉颜残妆,钗横鬓乱,不能再拜。玄宗见贵妃醉态,笑曰:"海棠春睡未足耶?"后明代江南才子唐伯虎据此作《海棠春睡图》,赋《海棠美人诗》云:"褪尽东风满面妆,可怜蝶粉与蜂狂。自今意思和谁说,一片春心付海棠。"海棠因此而有"花贵妃"的美称,常以象征美人与春心。

"幽姿淑态弄春晴,梅借风流柳借轻。"海棠乃花中美人,像一位楚楚动人的淑女,迎着春风、沐着阳光,尽情绽放。其万般风情,只有梅花的风流和新柳的轻盈堪与之媲美。将海棠比作冰清玉洁的梅花和婀娜多姿的杨柳,让海棠一"露脸"就给人留下深刻的记忆。"晴"即是"情",谐声双关语,与刘禹锡"东边日出西边雨,道是无晴胜有晴"中的"晴"字用法相同。"弄春晴"既是写海棠神采照人、装点春色,同时也暗喻海棠如少女,面对大好春光,不禁春心摇曳,传递着爱的信息。动词"弄"和下句的"借"遥相呼应，字字传神，使海棠不知不觉中被人格化，显示出诗人不凡的语言驾驭能力。

此外，海棠又被称作"花中神仙"、"花尊贵"和"国艳"，自古便是雅俗共赏的名花，在古园林中常与玉兰、牡丹、桂花相配置，植于水滨池畔、曲径两侧、亭台左右、丛林边缘，美其名曰："玉棠富贵"。所以诗人曰："初种静宜临野水"。"半开长是近清明"是交代海棠盛开的时节当在清明前后。"清明时节雨纷纷"，海棠春带雨是极好的意境，充满诗情画意。乍看来这不经意的一笔，却让海棠显得更加活脱有生气，却又略带几分羞涩，尤显可爱迷人，且与下句："几经夜雨香犹在，染尽胭脂画不成。"相照应。经过风雨洗礼的海棠，清香犹在，品格高洁，有如"零落成泥碾作尘，只有香如故"（陆游《卜算子·咏梅》）的梅花，是无法用胭脂粉黛去装扮和点染，也是无法描摹的。

结句诗人另起一端，不写海棠，而是引用掌故，写诗老不咏海棠的旧事。诗圣杜甫，一生诗作甚丰，题材广泛，却从未为海棠题写过诗篇。个中缘由并非诗人不爱海棠，传说是因为杜甫母亲名海棠，为避母讳，杜甫一生对海棠虽一往情深却不便题咏。由此，让人联想到无数有关海棠诗的名句："又恐夜深花睡去，故烧高烛照红妆。"（苏轼）"枝间新绿一重重，小蕾深藏一点红。""猩红鹦绿极天巧，叠萼重跗眩朝日。"（陆游）"试问卷帘人，却道海棠依旧。知否？知否？应是绿肥红瘦"（李清照）。不能题咏海棠实在是杜甫之遗憾、海棠之遗憾，也是中国诗歌之遗憾。（秦岭梅）

汴京纪事（二十首录三）

刘子翚

其一

帝城王气杂妖氛，胡虏何知屡易君。
犹有太平遗老在，时时洒泪向南云。

列在原题下共有七绝二十首，为组诗。作于靖康之变（1127）以后，诗采汴京故事为题材，写尽山河变色的感慨。

这首诗原列第一。写汴京失守、二帝被掳，遗民渴望光复的殷切心情。前二写金人占领汴京，妄立伪帝等史实。古人认为"王气"是王朝运数的象征。"杂妖氛"指金人入汴，自然"王气"不王。"胡虏何知"四字当读断，"何知"什么？何知中华之礼义也。盖靖康二年（1127）徽钦二帝被掳北行，金人立张邦昌为楚帝（后金兵退，避位，贬潭州赐死）；建炎四年（1130）金人重占汴京，复立刘豫为齐帝（后配合金人攻宋不利，被废黜死）。"屡易君"指此。

由于民族文化心理结构不同，金人很难理解伪帝不被宋人接受的原因。后二句即写沦陷区中的遗民念念不忘故国故君的民族感情。句中"太平遗老"指北宋遗民；"南云"则指南宋王朝。什么是民族？"人们在历史上形成的一个有共同语言、共同地域、共同经济生活以及表现于共同文化上的共同心理素质的稳定的共同体。"（斯大林）民族是一个历史范畴，由共同文化心理结构所形成的民族感情、或民族凝聚力，是历史生活中一种最迷人、或最动人的现象（"楚虽三户，亡秦必楚"），而君主则是民族凝聚力在特定历史阶段上的一个徽号、一个标志。这里的忠君只是现象，民族感情才是事情的本质。此诗把握住这一点来写，给人留下极深的印象。（周啸天）

其二

空嗟覆鼎误前朝，骨朽人间骂未销。
夜月池台王傅宅，春风杨柳太师桥。

这首诗原列第七，是对误国奸臣王黼、蔡京等人无情鞭挞。

"空嗟覆鼎误前朝，骨朽人间骂未销"二句回顾北宋亡国的痛史。首句中的"覆鼎"，语出《周易·鼎》"鼎足折，公覆餗（sù，食物）"，喻大臣——王、蔡等人的失职。而冠以"空嗟"二字，意思是永远的伤痛、无可挽回的伤痛。次句的"骨朽"与"骂未销"形成强烈对比。"骨朽"是说人早死了，带有很强的憎恶色彩。而"骂未销"即遗臭万年，但比遗臭万年的说法更口语化，因而更有力度。

前二句的力度还在于它劈空道来，没头没脑，原因在于它省去了主语。其主语是不可省略的，不过放在后二句补充交代，就具有拗折的张力。而这个补叙，仍不是指名道姓，反而用一种富于诗意的语言，描摹两个处所，以作借代。

"夜月池台王傅宅，春风杨柳太师桥"，这里的"王傅"指徽宗朝的王黼（官居太傅楚国公），"太师"指蔡京（官居太师鲁国公）。王、蔡二人生前皆广建府第园林，穷极奢侈，荒淫误国，是所谓"六贼"的代表人物。"夜月池台王傅宅"二句，一方面显示出"梨花院落溶溶月，柳絮池塘淡淡风"的荣华富贵气派；一方面又展示的是一组空镜头，饶有风景不殊，人去楼空，河山变色之慨。这种写法，乃假吟风弄月之形，行口诛笔伐之实。和唐代刘禹锡"朱雀桥边野草花，乌衣巷口夕阳斜"手法异曲同工。刘诗是借古讽今，而此诗是直面现实政治，在憎爱之情上要强烈得多。

这首诗的前二句是露骨的骂语，后二句是委婉的诗语；前二句是着议论，后二句不着议论。这种形式上的反差，与内容上的反讽，是高度统一的，在艺术上是很成功的。（周啸天）

其三
辇毂繁华事可伤，师师垂老过湖湘。
缕衣檀板无颜色，一曲当时动君王。

这首诗原列第二十，咏李师师。李师师是中国历史上著名女性之一，她是汴京人，相传幼年为尼，故以"师"名。后为艺妓，歌舞名动京师。在中国古代，交际场所的女性角色，是由艺妓来充当的。李师师当年不仅与风流名士如周邦彦等往来，而且是宋徽宗的老相好。徽宗微服私访，在李师师处留宿不归，开皇帝嫖妓之先河。因此，李师师也是北宋末年社会历史的一面镜子，可以照出世事的沧桑。

"辇毂繁华事可伤，师师垂老过湖湘。"两句径从李师师亡国后的经历写起。首句，"辇毂"本指帝王车驾，这里指京师。"辇毂繁华"，使人想起一本书名，就是孟元老的《东京梦华录》，记了些汴京全盛时那些风花雪月的事。"事可伤"三字，则将其一扫而光。可以说，一句话交代了一段痛史，引起许多沧桑感喟。次句李师师一出场，不是当年那个"纤手破新橙"的李师师，而是一个"垂老"的李师师。"过湖湘"三字，使人想起另一个人。就是唐代天宝末年流落湘潭的名艺人李龟年，两人同姓，所操同业（当然同中有异），连遭逢都是相同的。李龟年流落湘潭，于花前月下，为人演唱，皆开元天宝旧曲，闻者无不掩泣。那么，李师师流落湖湘的情形又如何呢，张鼎祚《青泥莲花记》云："靖康之乱，师师南徙。有人遇之于湖湘间，衰老憔悴，无复向时风态。"真是彼此彼此，令人怅惋。

"缕衣檀板无颜色，一曲当时动君王。"两句就李师师的露面，发不胜今昔之慨。三句，"缕衣"是金缕衣、指华丽的女装，"檀板"是艺人所操的家伙，"无颜色"一般情况指人，当然，也可以指"缕衣檀板"，因为它们也是有颜色的。指人，就是"衰老憔悴，无复向时风态。"指物，就是敝旧与尘封。李龟年流落湘潭，还可以演唱。但他是个男的。而女乐则须色艺双全，一旦失色，李师师恐怕是没有演唱的机会了。正是这一念的作势，使末句的反跌十分有力："一曲当时动君王"！这就是回忆李师师的"向时风态"呀。"君王"是谁？宋徽宗。宋徽宗哪里去了呢？被金人掳到北方去了。李师师的"向时风态"哪里去了呢？被时间被动乱抛到爪哇国去了。所以这一句好像是陈述句，其实是感叹句。

简单说，这首诗通过北宋末年一代名伶（或名妓），用今天的话说、即演艺界的著名艺人的身世遭逢，抒写一代人的国破家亡之恨，消息很大。李师师其人及其遭遇，在那个时代是很典型的。（周啸天）

【岳飞】（1103—1142），字鹏举，宋相州汤阴（今属河南）人，出身农家。北宋末投军，任秉义郎。南宋时随宗泽抗金，历少保，河南北诸路招讨使，进枢密副使。反对与金议和，终为秦桧所害。孝宗时追谥武穆，宁宗时追封鄂王。有《岳武穆遗文》。

池州翠微亭

岳 飞

经年尘土满征衣，特特寻芳上翠微。
好山好水看不足，马蹄催趁月明归。

  岳飞是南宋初年的抗金名将。他从宋徽宗宣和四年（1122）十九岁从军，到绍兴十一年（1141）三十八岁时，被秦桧陷害身亡。生当北宋末世的岳飞，亲眼看见了祖国的山河破碎，国破家亡，少年时，岳母在他背上刺下"精忠报国"几个字，以激励他的爱国热情。他青年从军，以"还我河山"为己任。"三十功名尘与土，八千里路云和月"，冒矢石，受风霜，为的是"收拾旧山河"。在这种特定的历史情况下，岳飞对祖国山川的一草一木都怀着特殊的感情。正是在这样的情感支配下，这位连年征战的青年将军，在戎马倥偬之际，面对为之战斗的祖国山川，热爱之情，油然而生，发而为诗。只要了解了作者的身世、经历，就能较深地体味到诗中强烈的爱国感情。

  为了抵抗金兵南下，保卫南宋的半壁河山，进而收复中原，诗人长期转战在今两湖、浙、赣、皖、苏一带。绍兴四年和十一年，就曾两次在庐（治所在今安徽合肥），击败金兵，十一年还驻军舒州（治所在今安徽安庆），"尘土满征衣"，这一细节既是诗人实际生活的写照，长年驰骋沙场，风尘仆仆，可能是无暇换衣，也可能是换了衣服又扑满尘土，还可能是无衣可换。首句从一个独特的视角，勾勒出长期作战的军人生活。第二句让人生疑，这么忙的一位将军，怎么有时间寻芳踏春呢？联系时代背景可知，宋军曾取得过胜利，驻军舒州。这才使这位将军紧张的神经稍有松弛，能登上池州（今安徽贵池）东南齐山上的翠微亭，看一看美丽的春色。我觉得"特特"理解为马蹄声更好。忙中偷闲是显而易见的，没有必要专门强调。而得得马蹄声更好的表现诗人此时轻快的心理。又与后面诗人骑马离开相照应。

  翠微亭的风景美丽吗？当然，好山好水看不足嘛。怎么诗人又那么急于离去呢？走得是那么急，星夜奔驰，还不断的快马加鞭。这看似矛盾，如果结合诗人的身份，立刻明白，诗人正是面对大好河山吸引，增强了保卫她的决心。于是快加鞭到前线,把侵略者赶出去。离开是为了回来,更好的欣赏美景。这两句展示了诗人对祖国的浓厚情谊。

诗的首句叙述自己的经历,从而把登池州翠微亭放在一个特定的背景下面,使读者感受到时代和诗人的脉搏是一致的。第二句把自己的戎马生活与大好河山从感情上联系起来,同时,在结构上又起到了转折的作用,把感情抒发的重心移到对故国的爱恋上来,为最后一联直抒胸臆作了铺垫。三四两句为全诗的中心。倾泻了一个驰骋沙场,为国而战的诗人的炽热感情。

这首诗明白如话,不假雕饰,也没有用事用典,完全出之以口语、常言,却十分感人。其奥妙全在于以情取胜。这种情感是发自肺腑的,它冲口而出,是那样的自然、真挚。苏轼有一首论诗的诗"冲口出常言,法度法前轨。人言非妙处,妙处在于是。"恰好道出了岳飞《池州翠微亭》的艺术特点。(郭杨波)

【程颢】(1032—1085),字伯淳、世称明道先生,宋洛阳(今属河南)人。早年与弟程颐师事周敦颐。宋仁宗嘉祐间进士,曾任主簿、县令。宋神宗熙宁初,任太子中允、检察查御使里行。王安石变法时,出外任判官、县令等地方官。与弟颐合称为二程。有《二程集》。

春日偶成

程 颢

云淡风轻近午天,傍花随柳过前川。
时人不识余心乐,将谓偷闲学少年。

程颢是北宋洛阳人,人称明道先生。曾经中过进士,任过朝廷的监察御史里行,但和王安石政见不合,被贬为知县,不久而卒。他和他的弟弟程颐都是北宋时期的理学家,他们创立的"洛学"是理学中的重要派别,对后来理学、心学的发展都有影响。他也喜好作诗,不像他讲理学那样一本正经,风格真率自然。"偶成",就是偶然作成,即兴之作。

这首诗明白晓畅,文字也浅显易懂,是比较好理解的。诗人借春天的一次郊游,描写了春天的美好景致,抒发了自己在大好春光中的闲适自得的情怀。王相在《千家诗评注》中说:"此明道先生自咏其闲居自得之趣,言春日云烟淡荡,风日轻清,时当近午,天气融和,傍随于花柳之间,凭眺于山川之际,正喜眼前风景,会心自乐,恐时人不识,谓余偷闲学少年之游荡。"前两句是写"游",轻快的诗句写出了日丽风清、生机盎然的春日景象,诗人怡然自得的心情表现得很生动。后两句是议论,说明自己此番出游,是和普通少年人的偷闲游荡不一样的,而是面对美好春光细心观察一切,深切领略大自然的赐予,从中悟出深刻的道理,这样才别有一番闲情逸致。描写和议论相结合,虚实相生,情景交融,诗歌很富于韵致和理趣。

程颢还有一首《秋日偶成》:"万物静观皆自得,四时佳兴与人同。道通有形天地外,思入风云变态中。"可以作为我们进一步理解这首《春日偶成》诗的一把钥匙。这首诗的后两句特别强调了自己和普通少年人的不同之处,就是暗示我们要深刻理解他的用心。宋代理学家的诗歌,比较好的作品大多是表现观照自然的心得和乐趣,从而说明对于包含于自然之中的"道"的体悟,获得怡然自乐的悟道情怀。这首诗也是如此。至于他悟出的"道"具体是什么,是人生像春天一样的短暂要珍惜时光呢,还是要把自身融入到大自然中去做到物我无间呢,我们只能根据自己的体会去揣摩、领会了。正如冯舒评论的:"诗不忌道学,然诗人道学多在言外,说出便厌。诗以道性情,不知发乎情,便不知止乎礼义。"就是这个道理。(管遗瑞)

【陆游】(1125—1210),字务观,号放翁,宋越州山阴(浙江绍兴)人。绍兴中应礼部试,为秦桧所黜。孝宗即位,赐进士出其身,曾任镇江、隆兴通判。乾道六年(1170)入蜀,任夔州通判。乾道八年,入四川宣抚使王炎幕府。官至宝章阁待制。晚居山阴镜湖。有《剑南诗稿》《渭南文集》等。

示子遹

陆 游

我初学诗日,但欲工藻绘;中年始少悟,渐若窥宏大。
怪奇亦间出,如石漱湍濑。数仞李杜墙,常恨欠领会。
元白才倚门,温李真自郐。正令笔扛鼎,亦未造三昧。
诗为六艺一,岂用资狡狯?汝果欲学诗,工夫在诗外。

这首《示子遹》就的他教育儿子如何才能做个真正的诗人的论诗诗。同《九月一日夜读诗稿有感走笔作歌》一样,陆游首先从做诗的切身经验体会入手。他说:自己初学诗时,总希望把辞藻修饰的华瞻美丽,到了中年,逐渐开始领悟并窥测到诗词中蕴涵的宏大意境,如急湍撞击江石,或浪花翻腾,如飞珠溅玉;或旋涡迭起,不择地而流,形成各种离奇美妙的状态。写诗也一样,当生活与思维碰撞时便会放出绚丽的花朵,奇妙的构想与新颖的辞藻便会涌动并飞溅出来。陆游谈的是一个普遍的创作规律。在学习李白、杜甫方面,他自己认为还领悟不深,尽管"数仞其墙",但毕竟隔了一层,而与元稹、白居易、温庭筠、李商隐比,尚可倚其门墙，结为邻居。想使自己笔能扛鼎，却未尽得诗中三昧。以上这十二句都是从自己一生作诗的经历所得出的感受来谈的，并以李杜、元白、温李六人为范例，论及诗的高下优劣。至此笔锋一转，用四句诗来扣题，揭示"示子"的真正内涵。他告诫儿子："汝果欲学诗，工夫在诗外"。陆游告诫儿子：学做诗不仅仅是学其技巧，重要的是在"诗外"去寻找生活。技巧很重要，它是学会做诗的必备的基本条件，然而要成为诗人，更重要的是到"诗外"去下工夫。

什么是"诗外"？首先要让自己融入现实生活，打好扎实的生活基础，对万象纷呈生活素材要有识辨能力，这是任何一位诗人、作家所必须具备的基本条件；其二，对国家民族要有高度的责任心，没有责任心、没有满腔爱国情怀，歌颂什么，鞭笞什么，敢不敢说真话？面对真善美与假恶丑能不能态度鲜明地站在广大人民的立场做人民的代言人？这是能不能成为一个真正诗人重要标志。其三，要有慎重的创作态度。作诗也要对读者负责。陆游编《剑南诗稿》时，把他年轻时受"江西派"影响所写的诗大多付之一炬，由此可见其创作态度之审慎。做不到这几方面，永远也写不出动人心弦的文学作品，永远也成不了真正的诗人。（丁稚鸿）

蟠龙瀑布

陆 游

远望纷珠缨，近观转雷霆。人言水出奇，意使行人惊。
人惊我何得，定非水之情。水亦有何情，因物以赋形。
处高势趋下，岂乐与石争。退之亦隘人，强言不平鸣。
古来贤达士，初亦愿躬耕，意气或感激，邂逅成功名。

如果说唐诗讲究风神，长于兴味，那么宋诗则讲究理趣，重在意味。陆游这首五言古诗就是一首比较典型的以议为主，借物言事辨理的作品。虽不免带有以文为诗、重说理而稍欠形象塑造的缺点，但本诗也有自己的思致、理趣在；另外，这类作品在其诗集中所占数量很少，了解这首诗，有助于我们对陆游诗歌作品作出全面的认识和评价。

乾道八年初，受枢密使王炎的招揽，48 岁的陆游以左承议郎权四川宣抚使干办公事兼检法官的身份，前往陕西南郑前线，途中经过梁山军（今重庆市梁平县），并游览了县城东 30 里的蟠龙瀑布。当尽情地观赏了这条奇丽多姿的瀑流之后，引发他许多的思考，得到了不少的启发，他欣然命笔，写下了《蟠龙瀑布》一诗。

陆游的这首诗充分反映了他的认识和志向。他认为，"文起八代之衰"的韩愈在其《送孟东野序》中首句提出的"大凡物不得其平则鸣"的说法是不正确的，见解至少是狭隘的。他的认识是，当优秀的人才遇到适当的机缘凑泊，或意志受到激励，那他取得成功是可能的。这就是诗中说的"因物以赋形"、"处高势趋下"，这样，"物不平则鸣"的见解就是不正确的了。这首诗除首二句以远、近两种视角观察描写了蟠龙瀑水的形态外观后，其余内容通篇皆是议论。

诗人先由水的特性着手找到切入点，由远及近，由外向里，采取深入浅出，逐步迫近的议论方法，深析透辟地来完成说理和反驳别人的观点。"人言水出奇，意使行人惊"是在说人们说这瀑水很奇怪，有意使看到它的人为它的壮观而感到惊叹。这是先顺着韩愈的说法进入议论；"人惊我何得，定非水之情"是说别人有别人的看法，而我却认为瀑水现在的形态并非它的本意。这就是反驳的开始了。

"水亦有何情，因物以赋形"意为瀑水是没有什么主观意识的，它只不过是随着它遇到的不同物体而变化着不同的形态罢了。这是以说明水的特质来使议论更深一步；"处高势趋下，岂乐与石争"说水因为地势占得高必然倾泻而下，难道它乐于和岩石争个长短？这两句是接续前两句的意思，使道理更加透彻明了。

"退之亦隘人，强言不平鸣"是直接指责韩愈（退之）的见解狭隘；"古来贤达士，初亦愿躬耕。意气或感激，邂逅成功名。"这四句实际上是陆游结合自身的际遇做出的结论。此时的陆游刚刚结束使他感到厌倦的夔州通判一职，正踌躇满志，身处在赶赴抗金前线的路上，准备去实现他久蓄心中的抱负。他从自身的际遇认识到，优秀的人才若没有外界的机缘触发，就会像那平湖中的水一样，是乐于安静地流淌的。"古来贤达士"此处应指诸葛亮一类的人物，诸葛亮当年躬耕南阳，淡泊以明志，若无刘皇叔三顾茅庐的机缘触发，他又如何去"邂逅成功名"呢？因此，一旦外界因素触发了贤人达士的激情和斗志，使他们能有机会去施展才华，他们会像这飞腾的瀑水那样壮观而引人惊叹，不期而然地也就功成名就了。

陆游对如何博取功名的思想认识与宋代士大夫阶层是一体相同的，他们基本上都认同并遵循"穷则独善其身，达则兼济天下"（《孟子·尽心上》）的行为准则，讲究在不得志时修养自身以显现于世，是耻于"与石争"的，若遇有机缘触发，才会顺势而起，就好比是"水亦有何情，因物以赋形"中水的形态一般。而唐人与宋人大不相同，他们都有着十分强烈的进取心，为博取功名，甚至不以干谒钻营为耻。这一点。从盛唐李白、高适、孟浩然等许多大诗人的经历中都可以看到，甚至连诗圣杜甫都曾有过"朝扣富儿门，暮随肥马尘"（《奉赠韦左丞丈二十二韵》）的钻营生涯，他们都认为有才华、有作为的人若甘于寂寞是不可理喻的。因此，唐人韩愈说"物不得其平则鸣"的说法于他那个时代来说并不奇怪。这是两个时代的士人各自对人生态度的认识，各自代表了自己那个时代的普遍思想，它们之间产生碰撞、分歧并不奇怪,毕竟,一个时代有一个时代的价值认同和标准。

陆游很想在未来的使命中施展自己的抱负。在赴职的漫长征途中,他向往着丰富多采的军旅生活,憧憬着能实现恢复中原,振兴国家的大业,并觉得此次因王炎的招揽而成的南郑之行是一个非常可贵的机会,"意气或感激"之下,兴许会获得巨大的成功。这些愿望在其《蟠龙瀑布》中充分地反映了出来。(黄志军)

醉 歌

陆 游

我饮江楼上,阑干四面空。
手把白玉船,身游水晶宫。
方我吸酒时,江山入胸中。
肺肝生崔嵬,吐出为长虹。
欲吐辄复吞,颇为惊儿童。
乾坤大如许,无处著此翁。
何当呼青鸾,更驾万里风!

陆游的性格有狂放不羁的一面,这首诗就充分表现了他的这种性格。诗作于宋孝宗乾道九年(1173)秋天,这年作者代理嘉州(今四川乐山市)太守,饮酒的地点应该是在岷江边的酒楼上。

诗中生动地写出了他醉中飘然欲仙的感觉。在"阑干四面空"的江楼上,本来就有凌空独立的感觉,加上已经饮酒很多,他在醉眼朦胧中把手中方形的白玉酒杯幻化为了"白玉船",好像自己也已经在水晶宫里遨游一样了。这里通过意象叠加,来表现自己的错觉,非常生动地写出了他酒醉的神态。以下"方我"四句,继续写这种幻觉,表现饮酒时的吞吐江山,气贯长虹的雄豪性格。这里不说"饮酒"而说"吸酒",是从杜甫的《饮中八仙歌》中来的。杜甫说左丞相李适之,"左相日兴费万钱,饮如长鲸吸百川,衔杯乐圣称避贤"。一个"吸"字,表现出了那种狂饮的非凡气势。人们说李白的诗歌写饮酒非常豪放,我们读了陆游的这几句诗歌,不是也有同样的感觉吗?在这方面,陆游和李白真堪伯仲了!

但是,陆游毕竟是有火一般的爱国激情的诗人,无时无刻不在想望恢复中原,而朝廷却一心只想苟安,不思振作,陆游的心底也就随时充满了壮志难酬的愤懑。即或是在醉酒以后也是这样,他在《送范舍人还朝》诗中,就倾吐了这种胸中的积愫:"平生嗜酒不为味,聊欲醉中遗万事。酒醒客散独凄然,枕上屡挥忧国泪。"这里虽然是在江楼饮酒,而且已经有些醉意了,但他内心还是很清醒,不能忘怀世事的。所以他就欲吐还吞,怕惊杀了那些"儿童"(指见识平庸的人)。欲吐还吞,表面看是指饮酒,其实正是说的内心块垒。于是他想到自己真是落落寡合,天地虽大,也难有置身之地,不免有些人生不偶的悲凉情绪。于是在诗歌的末尾他发出了苍凉而悲怆的感慨:"何当呼青鸾,更驾万里风!"什么时候能够唤来神鸟,驾长风奋起高飞呢?这看来是想遁世高蹈,脱离这污浊的现实,但是这其实仍然是在呼唤伐金雪耻的机会早日到来,以便能够实现自己梦寐以求的恢复中原的急迫愿望,诗人一腔爱国之情,在深沉的内心,表现得婉转而又强烈!

这首诗是五言古诗,语言不重对偶,写起来比较自由,这正好便于抒写这种狂放的情绪和浪翻水涌的巨大激情,所以全诗一泻直下,显得波澜壮阔,气势奔腾,读了令人精神振奋。(管遗瑞)

关山月

陆 游

和戎诏下十五年,将军不战空临边。
朱门沉沉按歌舞,厩马肥死弓断弦。
戍楼刁斗催落月,三十从军今白发。
笛里谁知壮士心,沙头空照征人骨。
中原干戈古亦闻,岂有逆胡传子孙!
遗民忍死望恢复,几处今宵垂泪痕。

《乐府解题》云:"《关山月》,伤离别也。"这首借乐府古题抒发对国事的现实感愤的诗,是陆游于淳熙四年(1177)在成都时作。五年前诗人到过南郑前线,职衔是四川宣抚使司干办公事兼检法官,与主将王炎关系亲密。他们热心筹划恢复大业时,南宋政策变为对金求和,王炎被调离前线,随即罢官,从此西线无战事。在诗中,陆游更把"将军不战"的局面追溯到十五年前的隆兴和议,批判的锋芒直指朝廷:"和戎诏下十五年,将军不战空临边",这两句是全诗的纲,写出了一个大气候,以下两句再写上层腐化生活和战备不修的状况:"朱门沉沉按歌舞,厩马肥死弓断弦。"厩马肥死,与将军不战,英雄髀肉复生,同可发人一慨。战马的形象从来是"锋棱瘦骨成"(杜甫)、"向前敲瘦骨,犹自带铜声"(李贺)的,其死不是悲,可悲在于肥死——一"肥"字耐人玩味。则南宋一朝的文恬武嬉,于此可见一斑。

"戍楼刁斗催落月"四句用特写镜头加内心独白,写出等闲白头的战士月下的悲哀。诗中"三十从军今白发"的征戍者，实是一代健儿的写照。战声的低落使他感到消沉，在月夜想起无数阵亡的战友，他们洒血抛骨，作了徒然的牺牲，叫幸存的人为之难过，这种悲愤尽管宣泄于笛声，却是"我心伤悲，莫知我哀"（《采薇》）。和戎诏下有伤军心也若此！

"中原干戈古亦闻"二句是抒情性议论。古代也有边患，汉唐也发生过抵御异族的战争，甚至也有胡马窥江之事，然而，让异族几十年盘踞中原奴役汉族的事则闻所未闻。这实际上是谴责南宋最高统治者的无能与不肖。诗人想象沦陷区人民对南宋王朝寄予的厚望和失望，及其在铁蹄蹂躏下的悲痛境遇："遗民忍死望恢复，几处今宵垂泪痕。"和戎诏下大失民心也若此！

七言古体诗一般宜于铺叙刻画和酣畅地抒情，唐以来作者动辄数百言，乃至上千言，而陆游的七古没有超出三百字的。故《石遗室诗话》云："放翁古诗善于用短。"像这首《关山月》几乎概括了南宋一代社会现实，却只有十二句八十余字。诗人从长达十五年广阔的社会生活图景中挑选出三个很典型的画面：朱门、戍地、沦陷区的情景，而"朱门沉沉按歌舞"、"沙头空照征人骨"、"几处今宵垂泪痕"这些空间距离很大的画面，却由于时间的统一，即发生在同一个月夜，而紧密联系起来。（周啸天）

黄金错刀行

陆　游

黄金错刀白玉装，夜穿窗扉出光芒。
丈夫五十功未立，提刀独立顾八荒。
京华结交尽奇士，意气相期共生死。
千年史册耻无名，一片忠心报天子。
尔来从军天汉滨，南山晓雪玉嶙峋。
呜呼！楚虽三户能亡秦，岂有堂堂中国空无人！

作于乾道九年（1173）任嘉州（乐山）代理知州时。诗借刀以言志，抒发抗金复国的壮志豪情。共三段，段自为韵。

一段咏刀入题，写急于复国立功的情结。"黄金错刀"语出张衡《四愁诗》"美人赠我金错刀，何以报之英琼瑶"，指环把上黄金错络的佩刀，"白玉装"谓刀匣。谓宝刀夜出光芒，是活用龙泉宝剑气冲斗牛的典故（《晋书·张华传》），与他篇写"匣中宝剑夜有声"一样，是对刀主"逆胡未灭心未平"的暗示。"丈夫五十"（陆游时年四十八）二句，与李白《行路难》"停杯投箸不能食，拔剑四顾心茫然"，同出于鲍照《拟行路难》"对案不能食，拔剑击柱长叹息。丈夫生世会几时，安能蹀躞垂羽翼"，痛感的是"年光过尽，功名未立"（刘克庄），而"提刀独立顾八荒"更有男儿顶天立地的意思，从而对未能建功立业更为于心不甘。

二段回忆青年时期，即所谓"结交台谏，鼓唱是非，力说张浚用兵"那一时期激动人心的往事。"京华"指南宋都城临安，包括建康一线，两句谓结交奇士、风义相期，绝非泛说，而有十分丰富的具体生活内容。"千年史册耻无名"，字字磊落光明，为烈士写心。"名"乃功名非虚名。"一片丹心报天子"，此心此志，可对天日，而后来遭遇的挫折，不说也罢。读诗须联系作者生平，方能因声求气。

三段一跳说到从军南郑，抗金热情复炽。从汉水之滨，遥望终南积雪，缅怀盛唐气象，令人热血沸腾。于是情不自禁地想到历史上楚亡于秦后，楚人那充满民族义愤的誓言："楚虽三户，亡秦必楚！"这个誓言最后是实现在楚霸王身上了的。诗中"中国"指赵宋。想当年楚国是倾巢覆没，而赵宋至少还拥有江南半壁河山，岂无希望耶？前言京华奇士，此言岂曰无人，先后呼应，自信心与自豪感洋溢纸上。诗作于嘉州，豪情亦如岑嘉州。岂偶然耶？（周啸天）

长歌行

陆　游

人生不作安期生，醉入东海骑长鲸。
犹当出作李西平，手枭逆贼清旧京。
金印煌煌未入手，白发种种来无情。
成都古寺卧秋晚，落日偏傍僧窗明。
岂其马上破贼手，哦诗长作寒螀鸣？
兴来买尽市桥酒，大车磊落堆长瓶。
哀丝豪竹助剧饮，如巨野受黄河倾。
平时一滴不入口，意气顿使千人惊。
国仇未报壮士老，匣中宝剑夜有声。
何当凯旋宴将士，三更雪压飞狐城！

淳熙元年（1174）五十岁，作于离蜀州通判任，寓居成都安福院僧寮时。诗借饮酒豪兴抒写胸中积郁和难以扑灭的报国宏愿。

前四先写报国宏愿。谓人生即使不作高蹈之仙人，犹当为济代之忠臣，一反前人功成追仙的说法,用退后一步的口气,实在因为成仙不可为,而忠臣可为。"李西平"指唐德宗时平朱泚之乱、收复西京、功封西平郡王的名将李晟。"旧京"借长安以喻汴京。四句以"人生"为主语,保持着一气到底的气势,所谓大江无风,波浪自涌,神似李白。"金印煌煌"六句,一叠而到现实而今眼下,意在马上破贼之身,却处闲于古寺僧舍之下,如寒虫一般苦吟。究其原因,实在是金印不在手,东风不与便的缘故。"岂其"二句,实止一句,似平空提起,实照应"犹当出作李西平"意来,气颇不平。

"兴来买尽"六句说到借酒消愁,却并不消沉,表现出放翁诗的一个重要特点。这里强调"平时一滴不入口",可见本非酒徒;而"意气顿使千人惊",则暗寓不鸣则已、一鸣惊人之意;形容剧饮"如巨野受黄河倾",则有涤荡中原之意味。从而再度掀起感情的高潮。

结尾四句再为抑扬,"国仇未报"一抑,宝剑夜鸣一扬,末二更从饮酒生发雪夜举行凯旋庆宴一念,将诗情扬至高峰。"飞狐城"即飞狐口(在河北涞源),为北方边郡军事要道。诗用乐府古题《长歌行》,其实并不太长,也可以题为《将进酒》,诗的抒情方式和大起大落的节奏,酷肖李白。作者在诗中大发牢骚,却并不流于消沉,而是燃烧着希望之火,给读者以积极的鼓舞和教育,又颇具自己的特色。方东树《昭昧詹言》推此诗为陆游诗的压卷之作,是有相当理由的。(周啸天)

五月十一日夜且半梦从大驾亲征

陆 游

天宝胡兵陷两京,北庭安西无汉营。
五百年间置不问,圣主下诏初亲征。
熊罴百万从銮驾,故地不劳传檄下。
筑城绝塞进新图,排仗行宫宣大赦。
冈峦极目旧山川,文书初用淳熙年。
驾前六军错锦绣,秋风鼓角声满天。
苜蓿峰前尽亭障,平安火在交河上。
凉州儿女满高楼,梳头已学京都样。

淳熙七年(1180)作于江西抚州,时任"提举福建常平茶盐公事"。多年岁月蹉跎,诗人还不肯放弃他的恢复之梦。诗题序合一,长达四十八字:"五月十一日夜且半,梦从大驾亲征,尽复汉唐故地,见城邑人物繁丽,云西凉府也。喜甚,马上作长句，未终篇而觉。乃足成之"所言不止调兵遣将，而且大驾亲征、不止收复淮北，而且尽复汉唐故地；不待觉后援笔，而且早在梦中马上作诗，凡此皆可见意兴的酣畅。全诗四段，段自为韵，平仄互转。

一段写大驾亲征。四句当注意者，是诗人站在中国历史的高度，眼界超出赵宋一朝，追溯民族恨史。盖自唐天宝乱后，国势渐弱，北庭、安西两都护（后置方镇），在德宗贞元间为吐蕃攻占，同时陷落的，还有河西走廊前沿的凉州（即题中西凉府）。从那时起，近五百年间，又有后晋石敬瑭割燕云十六州献契丹，使汉民族政权退居白沟（巨马河流经河北兴定县部分）以南；赵宋仍之，尔后发生靖康之变，汉民族政权又退居淮河以南，可谓每况愈下。诗人梦收汉唐故地，是其在潜意识中抓住了宋代积弱的历史原因，实能追本溯源，眼光不可谓不远。

"熊罴百万"四句写尽复失地。虽然百万雄师，却又兵不血刃，孙子曰："凡用兵之法，全国为上，破国次之"、"百战百胜，非善之善者也；不战而屈人之兵，善之善者也"，这是一种最理想的战争结局。皇帝在行宫中排列仪仗，宣布大赦，可见不尚杀戮、不事劫掠，是王者仁义之师。字里行间充满汉民族之浩然正气。

"冈峦极目"四句写全胜的喜悦。北南政令归一，一切文书皆使用大宋年号、历法。须知文物典章制度在民族文化心理上是高于一切的，"中原文书用胡历"乃诗人平生最痛心疾首之事，方知此句所包含的大欢喜。大驾前六军军容整肃，战袍鲜明耀眼，秋风飒飒，鼓角齐鸣，声震长空，这是盛大庆典场面。写得浓墨重彩，是全诗抒情的高潮。

末四句写一统后边区的和平气象。苜蓿峰（见于岑诗，疑在今甘肃西部）与交河（在今吐鲁番西）皆边塞地名，各各俱已设防，烽火则报平安的信息。不意盛唐气象复睹于兹。最后二句以旖旎的笔墨，用凉州女儿发式的改变，见微知著地表现出统一带给边区人民的大欢喜。京都，向来领导着服装发式新潮流。"梳头京样"是唐人歌曲《内家娇》歌唱当时女性赶时髦的风习。而凉州女儿数百年来久厌胡服，不图今日重见汉官，立刻也就"梳头京样"了。这充满柔情的笔墨，为全诗的壮采平添几分风韵，最见作者才情的。

陆游平生记梦诗近百首，多是反攻复国之梦。如"梦里都忘困晚途，纵横草檄论迁都"（《记梦》）、"三更抚枕忽大叫，梦中夺得松亭关"（《楼上醉书》）、"夜阑卧听风吹雨，铁马冰河入梦来"（《十一月四日风雨大作》）、"梦里都忘闽峤远，万人鼓吹入平凉"（《建安遣兴》）等等，赵翼说："人生安得有如许梦？此必有诗无题，遂托之梦耳。"这九十余篇记梦，当然不必全是真梦，梦在这里是作者借以实现其理想的一种方式，也就是浪漫主义的创作方法。在诸多记梦诗中，本篇是写得最恣肆的，它场面宏丽、气魄雄迈、洋溢着激情、绝不提梦觉后的悲哀，具有一种奇情壮采。

题面中"喜甚"二字,在诗中并无直接抒写,但通过一系列具体场景——大驾亲征、尽复故地、筑城进图、宣赦改历、烽火平安、凉女妆梳等等,自然流露喜不自胜之情。(周啸天)

渔 翁

陆 游

江头渔家结茆庐,青山当门画不如。
江烟淡淡雨疏疏,老翁破浪行捕鱼。
恨渠生来不读书,江山如此一句无。
我亦衰迟惭笔力,共对江山三叹息。

中国古代诗人以渔翁、渔父为题材的作品,一般都是把渔翁作为逍遥世外、窥破尘世的达人隐者的象征,其中尤以柳宗元的《渔翁》《江雪》,王维的《青溪》,张志和的《渔父歌》等作品为代表。渔翁孤独逍遥,山水与共的形象早已深入人心。在此影响下,历代文人墨客大多都不同程度地拥有"渔翁情结",由此诞生的作品数不胜数,其诗意多为步武前贤,以对渔翁人生态度和生活环境的羡慕、向往和赞美,来表现作者寄情山水的思想和寓寄政治失意的孤独。

陆游这首以"渔翁"为题的七言古诗却能不落窠臼,蹊径另辟,使早已被写熟、写滥的题材出得新奇。这种艺术思路上的创新非同于语言文字上的创新,是诗歌创作中"旧瓶装新酒"的高境,因之层面更高,更为难能可贵。

此诗前面六句句句押韵,最后两句由平声韵转入仄声韵。全诗最为关键的两处转折变化皆在后四句中,也是诗人匠心所在。诗人在诗的前四句中,以清雅闲淡的笔调,描绘出渔家茅(同茆)舍、青山如画、江雨微微、江烟疏淡以及渔翁破浪行舟的场景,通过这番场景的交代,已然透露出作者心下对渔翁宁静、自在的生活的羡慕和向往这点,从他在读了张志和的《渔父歌》后,写过几首《灯下读玄真子渔歌因怀山阴故隐追拟》的诗中也可证明。是啊,面对如画美景,何人不生羡慕向往之情呢?至此,似乎作者的思路仍然限于俗套之中。如果真就如此完篇,那么这就不会是一首佳作,更不会是一首杰作了。

然而,平地之中,波澜陡起。诗人由羡慕而生向往,向往不得而渐生挑剔之心,进而,诗人开始"批评"渔翁了。五、六句"恨渠生来不读书,江山如此一句无。"渠,他,此处指渔翁。这句责备渔翁人处仙境,身在画中却因未曾读书而对大好美景无一句赞词。对无辜的渔翁,诗人在这里故意使用了无理的挑剔和过分的批评，有意打破对渔翁的传统描画，跳出前人藩篱，使诗意陡然翻起而另开途径。陆游之前的宋代诗人陈与义在《将至杉木铺望野人居》这首诗中有"春风漠漠野人居，若使能诗我不如。"的句子，陆游有可能受到了一点点启发，在此基础上催生出此处诗意的创新，当然，这只是猜测而已。我们细细体味，此处诗思的变化和手法的创新并不突兀，于情理上是十分自然妥帖的，他这种对渔翁的求全责备，难道没有隐含着对逍遥遁世，无所作为的思想的一种唾弃吗？

继而，七、八句又转开一笔，最终把自己参与进去，字面上表述自己年衰笔颓，也力所不及而一如渔翁了，于是诗人与渔翁"共对江山三叹息"，不过，诗人此处再三叹息的"江山"与渔翁面对的"江山"在含义上却是不同的。他的"我亦衰迟惭笔力"这句也隐含了更深的哀叹和无奈。暮年的他眼见山河半缺，恢复无望，自己已然老去，他所叹息的"江山"不单指渔翁面前的山水美景，隐隐还指祖国金瓯残缺的大好河山。同时，至临终诗笔犹健的放翁，并不是真的认为自己笔力已衰颓了的，这不过是为了行文而故作的一种姿态罢了。

诗人在诗中饶富机趣的刻意安排波澜，批评渔翁并强拉渔翁和自己一起叹息，都是为了使诗意能进一步的发展，借"江山"之叹，吐述自己胸中郁结的块垒，这番妙趣构思也确让人叹息。（黄志军）

游山西村

陆　游

莫笑农家腊酒浑，丰年留客足鸡豚。
山重水复疑无路，柳暗花明又一村。
箫鼓追随春社近，衣冠简朴古风存。
从今若许闲乘月，拄杖无时夜叩门。

作于孝宗乾道三年（1167），因符离之败落职居乡时，是一首纪游之作。当时陆游居住在绍兴西郊镜湖畔之三山，题中之村即在三山西面。

"莫笑农家腊酒浑，丰年留客足鸡豚"，开篇通过热情待客，写丰年农家的快乐。这不是一般意义上的好客，而是所谓"穰岁之秋，疏客必食"。在语气上，则描摹农家留客口吻，与"故人具鸡黍，邀我至田家"的纯叙述不同，上句带几分自谦、下句带几分自炫，惟妙惟肖地反映出农家衷心的喜悦。

"山重水复疑无路，柳暗花明又一村"，接下来写到村的经过。与"绿树村边合，青山郭外斜"的纯写景不同，在写景中寓有生活哲理。"山重水复"两句首先来自水程实感,所谓"舟行若穷,忽又无际"(柳宗元),而且还象征着事物在发展过程中,经常会遇到暂时的困惑或停滞的阶段,然而只要继续探索,经过一阵徘徊,总会有豁然开朗的时候。

前人写类似生活实感的人不少,如王维"遥爱云木秀,初疑路不同。安知清流转,忽与前山通"、耿沣"花落寻无径,鸡鸣觉有村"、强彦文"远山初见疑无路,曲径徐行渐有村"、王安石"青山缭绕疑无路,忽见千帆隐映来"等等,但都是着重叙述这种生活经验,没有一个写得像陆游这样富于理趣。用"山重水复"来写"疑无路",以"柳暗花明"(出武元衡诗)来写"又一村",不但对仗工稳,而且概括性强、象征性显。大有"踏破铁鞋无觅处,得来全不费功夫"的味道。流水对的形式,又赋予诗句以灵动之气。

"箫鼓追随春社近,衣冠简朴古风存",这两句写山西村人群众"社会"活动,以节日气氛,更为具体生动地写出了好年头带来好兆头,为孟浩然《过故人庄》所无。"春社"是古代农村祭祀土地神和五谷神的节日,村民吹吹打打,群众追随围观,名为娱神,实亦自娱。"衣冠"是人的精神面貌的反映,诗人抓住"简朴"的特征,就写出了淳朴节俭、不事华靡的劳动人民的本色。

"从今若许闲乘月,拄杖无时夜叩门",最后作告别语,与《过故人庄》略近。但这里表现的是对村民在感情上的认同,也就是说在感情上打成一片。作为一个士大夫,是十分难能可贵的。这也是陆游爱国主义思想的一个重要组成部分。(周啸天)

新夏感事

陆 游

百花过尽绿阴成,漠漠炉香睡晚晴。
病起兼旬疏把酒,山深四月始闻莺。
近传下诏通言路,已卜余年见太平。
圣主不忘初政美,小儒唯有涕纵横。

这首七律诗应当是陆游老年时回到山阴老家,住在绍兴附近的深山中所作。有学者曾言此诗作于兴隆元年初夏,然而据《陆放翁先生年谱》(钱大昕)所载,早在上一年(即绍兴三十二)六月孝宗即位,九月便召见了放翁,赐其进士出身,并任他为枢密院编修兼类圣政所检讨。此后到次年五月他都一直以官身处京都任上,并未回到绍兴闲住,回到绍兴已是七月以后的事情,此时早已不是什么"初夏",更不是诗中写到的"四月"。另,此说与诗中意味、前后因果关系也颇有不合。因而,笔者认为此诗应不会是兴隆元年所作，而应该是陆游晚年，至少是他五十多岁以后的作品。

这首诗表现了陆游虽已悠游于林下，身处江湖之远，但内心中士大夫阶层关心国事的本色未改，仍时时关怀民生，忧虑国事，体现了诗人的拳拳爱国之心。

诗的前四句细腻的描写了初夏的景物、人事，交代了自己的退休生活和近况。"百花过尽绿阴成"展现的是百花皆尽，浓绿成荫的初夏一派生机。老年的放翁在这样的环境中是惬意安闲的，"漠漠"的炉烟，正表现了这种安静与闲适。"睡晚晴"三字，也是他晚年喜爱午睡，注重养生的情景写照。

颔联"病起兼旬疏把酒"说的是自己大病了一场，病好后一段时间身子仍虚弱，正在调养之中，连平日里喜爱的酒也不敢多饮了，看来这场病还着实不轻。而"山深四月始闻莺"这句在写景中虽稍借了白乐天"人间四月芳菲尽，山寺桃花始盛开"的诗意却绝不雷同，且此句还含有自己久在深山，消息闭塞的意思。此联的微妙处更在于看起来上、下句之间意脉并无关联，但读来却有妙合的感觉，有点类似于杜甫的"岂有文章惊海内，漫劳车马驻江干"、"万里秋风吹锦水，谁家别泪湿罗衣"之类的对仗。这类开阔度颇大的对仗看似容易，要想把握得恰到好处却难度极大，是律联技法中最精微之所在。从这一联的精熟、圆融程度来看，已经窥得老杜律联心法，当也不是其早年作品。

颈联"近传下诏通言路"的"近传"二字照应的是上联的"始闻"。好啊！"通言路"的美妙"莺"声终于传进了深山，真是值得高兴啊，朝廷又开始振作了，这说明国家政治将有起色了。哈哈，天真的诗人马上乐观地认为天下必将大治，自己的晚年能重"见太平"了。此情此景，使大家见到了诗人的天真以及急望大治的单纯心情。作为一个诗人，这份天真是十分可爱的；但作为一个身在险恶的政治环境的官场之人来说，这份天真却是幼稚的甚至是致命的。这，也许就是他一辈子官途蹭蹬，命运多舛的原因之一吧。但对于今天的我们来说又是深为值得庆幸的，如果没有他一直到老年仍保持着的这份天真，我们又到哪里去读那么多的好诗呢？

尾联归入颂圣格局，也是此中应有之意，原因非它，时代使然耳。"圣主"即指孝宗。是啊，耽搁了多少年了啊，如今"言路"又开，那么，皇帝必定又会重新开始施行他当年秉政之初的"美政"了，当年可是百姓富裕，五谷丰登啊。深山中的"小儒"此时已然感慨无言，唯有因高兴和激动而"纵横"于满面的涕泪了。到这里，我们能不被诗人时时家国在念的拳拳之心感动么？

这首诗写法上叙事兼抒情，表现得功法老到，举重若轻，流转自如，判为他晚年诗艺更进，臻至随心所欲，着手成春境界的作品，似更为合理。（黄志军）

自咏示客

陆 游

衰发萧萧老郡丞,洪州又看上元灯。
羞将枉直分寻尺,宁走东西就斗升。
吏进饱谙筘纸尾,客来苦劝摸床棱。
归装渐理君知否?笑指庐山古涧藤。

这首七律是陆游五十余岁时,从提举福建常平茶盐公事,改任朝请郎提举江南西路常平茶盐公事,于抚州任上所作。

诗人上任之初,本着忠勤王事,恪尽本职的愿望,曾振奋精力,处理因茶盐官卖后引发的各种纠纷和诉讼,又上书朝廷,主张严惩不法官吏向茶盐户收纳高额茶盐税,趁机大量搜括民脂民膏的行为。但是,美好的愿望破灭于腐败的吏治,残酷的官场现实不仅使诗人处处被肘制,还使他逐渐明白在这个圈子里个人力量的渺小无助。于百般无奈中,他只有以诗的形式来发泄自己的满腔悲愤。

陆游已宦海沉沦二十余年,辗转万里,历尽风霜,仍无法实现自己的政治抱负,且久充下僚,满是辛酸,年过壮年,前途仍不见任何希望,使他提笔不禁悲从中来。首联即采用反接反衬手法,以洪州(当时的隆兴郡府,今天的南昌,离抚州不远)元宵灯火之辉煌,反衬出白发萧疏的憔悴老吏之颓唐潦倒,对比鲜明。次联"枉直"与"东西"、"寻尺"与"斗升"四个联合词组对仗而略无板滞。此联实际上是诗人多年来官场生活的真实写照。古制八尺为寻,"寻尺"此处指高低、长短。对于政治上受到的冤枉和打击,诗人是向来不屑于去分辩和疏解的,一个"羞"字,一个"宁"字下得很重,掷地有声,正是诗人在官场上胸襟磊落,凛然不惧,洁身自爱的处事姿态。他宁愿迁流州县,远处外郡,奔走"东西",领"升斗"微禄来养家糊口,而不愿趋炎附热以达升腾从而丧失自己为官为人的气节操守。但洁身自爱,甘居下僚是否就会使诗人挫去锋芒,解脱纷争,和光同尘了呢?

"吏进饱谙筘纸尾,客来苦劝摸床棱。"这一联深刻揭示了当时官场的腐败与黑暗。从艺术上讲,"筘纸尾"与"摸床棱"两个口语入对也颇具特色。"筘纸尾"借用韩愈《南田县丞厅壁记》故事,言说自己末官权轻,饱受排挤,连下员属吏在他面前都毫无忌惮,一点也不把他放在眼里。"筘纸尾"就是属吏抱来文书,挟卷正文,却指着纸尾,要他签署,却不让他看公文内容。陆游在寄给朋友的诗中也说

"我老一官书纸尾"(《寄答绵州杨齐伯左司》),确实,以他官职的微小,在公文上的签字往往排在最末位的。"饱谙"二字深刻的揭示出了以势取人的官场恶气和诗人的无助无奈。连过访的朋友都为他的处境深为担心,"苦劝"他在宦场以模棱两端的"摸床棱"态度来处事。诗人在这里对官场环境的险峻、朋友好意的规劝和自己勉力坚持抗争的情况做了进一步的表述,也为下一联表述心志张本。

正是在这种进退不得、无可奈何又满腔激愤的境况之下,诗人产生了"归装渐理"、"笑指庐山"的挂冠归隐念头,并向朋友倾述了自己的苦闷。诗人一生心存天下,志在恢复,难道真的被现实逼迫,不得不退居山林了么?不!以他"无劳空窃食,何以报君恩?"(《郡斋偶书》)和"蹈海志犹在,移山志不衰"(《杂感之三》)的深重责任感和坚定的意志,退隐山林的念头当然不可能是真的。"笑"字只能是激愤之下的反语,是无可奈何之下的愤世嫉俗,是诗人壮志难酬的悲凉的宣泄,也是诗人豁达自如的精神风貌的一种展示。

此诗,实际上是诗人自己用来排解苦闷,舒缓压力,并向朋友倾诉的载体。表现了真实艰辛的生存环境和诗人对理想的珍爱,对操守的坚持,也展示了陆游善于驾驭多种题材的深厚艺术功力。(黄志军)

黄　州

陆　游

局促常悲类楚囚,迁流还叹学齐优。
江声不尽英雄恨,天意无私草木秋。
万里羁愁添白发,一帆寒日过黄州。
君看赤壁终陈迹,生子何须似仲谋!

宋孝宗乾道六年(1170),已经四十六岁的陆游离开老家山阴,远赴四川任夔州通判。他乘舟入蜀,路过黄州赤壁,见江山胜迹,不禁追忆前代风流人物,又忧虑国家衰弱,时事艰难,顾自身飘零,手无长策,遂引发了心中无限的伤感,写下了这篇感情激愤、语句凄怆的七言律诗。

首句说自己中年坎坷,宦海偃蹇,尚"局促"于微官之累,好比是"楚囚"般处境窘迫、无计可施。次句的"迁流"也是进一步感叹赴微官之任形同放逐。"齐优"本是指春秋时齐国的优伶。《史记·乐书》:"自仲尼不能与齐优遂容于鲁。"司马贞《索引》:"齐人归女乐而孔子行,言不能遂容于鲁而去也"。诗人用在这里感喟自嘲,意为如今万里迁流入蜀,算是学了孔子避齐优吧。对身当壮年,心雄万夫的陆游来说，吐出这两句诗，表明他内心中苦楚、悲凉的心绪已到了何等的地步。

于是，感慨激发之下，颔联"江声不尽英雄恨，天意无私草木秋"犹如积聚已久的地火岩浆，从火山口中喷薄而出。此联不仅措意生新，对仗工稳，且流走生动，不落纤巧，体现了诗人绝高的笔力。此联上句自杜甫诗："江流石不转，遗恨失吞吴"(《八阵图》)中化出。句中的"英雄"之"恨"不单是指被滚滚长江浪花淘尽了的三国风流人物之遗恨，更是在此情此景感触激发下的夫子自道。当时的朝廷不思进取，沉酣于"隆兴和议"带来的暂时安稳局面，不惜屈辱地对北方的金国称"侄"并年年纳供。国事如此，使"亘古男儿一放翁"(梁启超《读陆放翁集》)的陆游心中痛苦万分并时时萦绕着恢复山河的誓愿，但其志难酬，不由心生无尽的憾恨。下句之"天意无私"从"天若有情天亦老"(李贺《金铜仙人辞汉歌》)中化出，表述人虽有情，天意无私，时光流逝，志向难酬，就像是草木那样，因天道循环是无私无情的，到了秋天，草木也要凋衰。此句言约蕴深，正所谓"以我观物，万物皆着我之色彩"(王国维《人间词话》)。

接下来，颈联"万里羁愁添白发，一帆寒日过黄州"两句也是笔力沉雄，感慨万端，大有杜甫夔州后诗句的神致。"万里羁愁"承接着第二句"迁流"的意思。"添白发"照应的是第四句"草木秋"的意蕴。而"一帆"呼应着第三句的"江声"。"过黄州"则点题。

"慷慨心犹壮，蹉跎鬓已秋"(陆游《闻雨》)诗至尾联，已是诗人那无可奈何的哀鸣。"仲谋"，三国时吴主孙权的字。《三国志·吴书·吴主传》裴松之注："曹公喟然叹曰：'生子当如孙仲谋'"曹操认为孙权能固守江东，并光大父兄基业，如若生子应当像他。如今陆游却说"生子何须似仲谋"，是针对当时朝廷偏安一隅，苟且贪生，不思振作的现状而发出的充满激愤的反语。其实此处的"赤壁"并非真正的三国赤壁，真正的"赤壁之战"旧址在今湖北蒲圻县东北。黄州赤壁因苏轼的《念奴娇·赤壁怀古》而名声大噪。陆游乘帆辗转万里而来，面对"陈迹"，触景生情，在诗中循着苏轼的笔墨采用似也无可厚非。

这首诗中间两联不仅笔法错落，变化多端，而且回环照应，章法井然。全诗劲气充盈，气局宏阔，又苍凉激越，慷慨悲沉，寄寓遥深，真有盛唐诗歌的风貌和神采，是陆游七律诗中非常突出的佳作之一。（黄志军）

夜泊水村

陆 游

腰间羽箭久凋零，太息燕然未勒铭。
老子犹堪绝大漠，诸君何至泣新亭。
一身报国有万死，双鬓向人无再青。
记取江湖泊船处，卧闻新雁落寒汀。

淳熙九年（1182）作于成都，时作者主管成都府玉局观，奉祠居家。此居锦江舟中述怀之诗。

"腰间羽箭久凋零，太息燕然未勒铭"，开篇写壮志未酬之意。杜甫《丹青引》形容凌烟功臣有"猛士腰间大羽箭"之句，此则云羽箭凋零，未能勒石纪功（"燕然勒铭"是后汉窦宪事），与凌烟功臣形成对照。

"老子犹堪绝大漠，诸君何至泣新亭"，这一联自抒豪情，"绝大漠"是汉武帝赞霍去病语，借以自我期许；同时设置一对立面，即当代"南渡诸人"（典出《世说新语》）。一句以"犹堪"、一句以"何至"勾勒成流水对。相形之下，硬骨头"老子"益自豪，软骨头诸公益可鄙。

"一身报国有万死，双鬓向人无再青"，这一联写以身许国，而时不我待的矛盾。"一生——有万死"、"双鬓——无再青"，反对颇具语妙。出句失律，对句拗救，以诗句浑成故无大妨。

"记取江湖泊船处，卧闻新雁落寒汀"，结尾回应首联"太息"，落到眼前，谓此夜泊船锦水，卧闻新雁，报国之情，犹耿耿于怀也——"记取"云云即有此意。此诗意境沉郁，音情顿挫，属对老成，逼近杜律。（周啸天）

书　愤

陆　游

早岁那知世事艰，中原北望气如山。
楼船夜雪瓜洲渡，铁马秋风大散关。
塞上长城空自许，镜中衰鬓已先斑。
出师一表真名世，千载谁堪伯仲间。

此诗作于宋孝宗淳熙六年（1186）春，陆游退居山阴六年后，这时以朝奉大夫权知严州军州事起用，因作此诗追怀往事并抒发报效祖国的热情，须知这年诗人已62岁，所以难免有失时之悲。

二十年前，诗人在镇江通判任上就以光复河山为己任，与驻扎在建康（南京）的爱国主战派将领张浚之子张栻及幕府中人交好，鼓吹抗战。瓜洲在长江边上与镇江斜相对峙，当时是国防前沿，故有战舰水师驻扎。又约在十余年前，诗人曾从军南郑，参与爱国将领王炎进攻中原的军事部署，曾几次亲临大散关（宝鸡西南）前线，那时又做过一次反攻复国的好梦。这两段宝贵的生活经历，就被熔铸在前四句诗中。"那知"犹言"岂料"，"世事艰"三字概括了民族所遭逢的深重灾难，是一抑。

"中原北望气如山"写志在恢复的英雄气概，是一扬。

"楼船夜雪瓜洲渡，铁马秋风大散关。"叙事中兼写景象，于四时中特别抉出隆冬和深秋的季候来写，就造成了严寒萧瑟的气氛，瓜洲渡、大散关这两个地名前置以楼船夜雪、铁马秋风的描写，便觉叙事精警，声色动人，为全诗增色不少。然而，在镇江也好，南郑也好，希望都落了空：由于符离兵败，张浚罢职，诗人也落下交结台谏、鼓唱是非、力说用兵的罪名，丢了官；另一次则因王炎调职，使北伐计划成为泡影。

从"早岁那知世事艰"到"铁马秋风大散关"，一气贯注，须一气读下，笔力之矫健仿佛李杜。史载刘宋文帝将杀大将檀道济，檀投帻怒叱曰："乃坏汝万里长城。"诗人说自己也是"塞上长城空自许，镜中衰鬓已先斑"，心情是悲愤的，但他并不泄气，最后通过标榜诸葛亮"鞠躬尽瘁，死而后已"的精神来激励自己："出师一表真名世，千载谁堪伯仲间。"杜甫称赞诸葛亮"伯仲之间见伊吕"偏重于他的谋略，而陆游这是称赞诸葛亮偏重于他的献身精神。诗中并没有直抒个人此时怀抱，但读者已经心领神会了。

这首七律句句经得起推敲，却给人以一气呵成之感；虽说是一气呵成，又饶有抑扬顿挫：说早岁不知世事之艰是一抑，紧接写北望中原气壮山河便是一扬，至楼船夜雪铁马秋风二句更是酣畅之至，以下便用"空自许"三字一收，又绾合到"世事艰"，概何胜言，末二句则推开以自励作结，诗情复得振作。全诗磊落不平，令人百读不厌。可见作诗不仅要有材料，有技巧，尤贵以感兴驱使而为之。没有较深的感兴，勉强逞才摘藻，读来那得如此上劲。（周啸天）

临安春雨初霁

陆 游

世味年来薄似纱，谁令骑马客京华？
小楼一夜听春雨，深巷明朝卖杏花。
矮纸斜行闲作草，晴窗细乳戏分茶。
素衣莫起风尘叹，犹及清明可到家。

淳熙十三年（1186）由山阴赴召知严州时，作于临安客舍。此时陆游六十二岁，已退居五六年，宦情已淡，还是怀着一线希望赴阙。严州有子陵滩、钓台，为东汉大隐士严光隐居处，故陛辞时孝宗特嘱以"山水胜处，职事之暇，可以赋咏自适"，则放翁亦可称奉旨作诗了。正是"辜负胸中百万兵，百无聊赖以诗鸣"（梁启超）。知此，便不难理会此诗何以有厌倦官场的心情。

"世味年来薄似纱,谁令骑马客京华",开篇言宦情已淡,偏又出山。用迷惘、自责的口吻,表现出此次赴召的失望心情。以"薄似纱"形容宦情("世味"),赋无形以具象,极为佳妙。"谁令"? 除了胸中那颗爱国心,还有谁呢。结果被自己的感情欺骗了。

"小楼一夜听春雨,深巷明朝卖杏花",这两句撇开话头,写临安春雨初霁之景。其所以脍炙人口(据说传入宫中,深为孝宗所赏识),首先在于它抓住了江南风物特色,其次在于通过听觉描写春光。诚然,这容易使人联想到老前辈陈与义"客子光阴诗卷里,杏花消息雨声中"的下句,而且陈诗的上句,也隐含在陆诗的后一联中。然而陆游将"杏花消息雨声中",扩为一联,增加了不少新意,大大丰富了原有的诗味,一是明确了一夜春雨与明朝杏花之间的因果关系,二是增加了"春在卖花声里"(王季夷)的意思。是卖花人将先到郊野的春光,带入了临安街头巷尾。小楼屋檐滴雨声未绝,而街头巷尾卖花声已起。诉诸听觉,但已具一幅何等别致的早春都市风情画。然而这样的都市风光,在那个特定的时代,对这个特定的人物来说,不有点过于和平了么!

"矮纸斜行闲作草,晴窗细乳戏分茶",这一联写寓所生活情事。也显得过于清闲无事,究心于书道与茶道——这两事非有闲心不办的。东汉大书家张芝写草书十分考究,平时都写楷字,人问其故,答云:"匆匆不暇作草。"陆游善书,今存手迹疏朗有致,风韵潇洒,盖亦深谙个中三昧,故云"闲作草"。"矮纸"指尺幅较短的纸。"分茶"即品茶、点茶,是宋代流行的一种茶道,后传入日本(参黄遵宪《日本国志》)。"细乳"指茶水面上浮起的白色泡沫。"戏分茶"与"闲作草"一样,皆幽人雅致,非志士所宜。无怪放翁并不满意。

"素衣莫起风尘叹,犹及清明可到家",结尾明点倦宦之意。晋人陆机诗云"京洛多风尘,素衣染为缁",是说两京车马辐辏,容易把浅色衣服领口弄脏,后世多用为倦于宦游故事。此处"素衣"前置,诗人好像是拍拍衣裳,宽慰自己道,估计清明前可以赶回家乡,祭扫先人坟茔,并与家人团聚。遥应篇首,反映了这次临安之行的失望情绪。(周啸天)

到严十五晦朔郡酿不佳求於都下既不时至欲借书读之而寓公多秘不肯出无以度日殊惘惘也

陆 游

桐君故隐两经秋,小院孤灯夜夜愁。
名酒过于求赵璧,异书浑似借荆州。
溪山胜处身难到,风月佳时事不休。
安得连车载郫酿,金鞭重作浣花游?

南宋爱国诗人陆游自三十四岁以恩荫出仕，辗转各地，不是屈就州县副贰，就是聊充郡府佐僚。1186年7月，年逾花甲的他第一次以正式的地方主官身份，到严州出任主管六县的知州。行前，孝宗皇帝特意召见了他，谕曰"严陵，山水胜处，职事之暇，可以赋咏自适。"可见，当时他的名声很大，连皇帝居然都亲自关心起来了。但是，对于朝廷此次的任命，陆游的心情是复杂的。皇帝虽然重新起用了已赋闲六年的他，于他个人来说自是幸事；但皇帝却对光复中原、收复河山的政治方略似乎并无打算。陆游自感已然年老，理想与抱负仍无法得到实现。虽然重归宦场，但愁闷的心情却一点儿也未得到疏解。就这样，在严州他时常以诗、酒自娱，意图借此来麻醉自己，以消解心中的"夜夜愁"苦。这首诗，就作于他到严州后第二年秋天的一个夜晚。

首联开头，愿不能偿的诗人就把自己到严州做官说成是一种"隐"的状况，并感叹自己到严州已然经历两秋，却"夜夜愁"绕，无以排解。"桐君"本是严州治下的桐庐县境内有黄帝时代的医师桐君采药的桐君山，诗人借此来指严州。"故隐"有本亦作"放隐"。不管是"放隐"也好"故隐"也罢，总之是表达了不得意的状况。"小院孤灯"几字更显映出了这种"殊惘惘"的伤感与失意。

"名酒过于求赵璧，异书浑似借荆州。"颔联一句奇一句巧。运用了两个熟典，把好酒之难寻比喻做和氏璧之难求，可称之为奇想。把好书难借比成荆州之难借更是巧思难得。诗人在这里故意使用了高妙而夸张的比喻手法，来表现他在严州生活中的不惬意。

颈联"溪山胜处身难到，风月佳时事不休。"意思承接上联，进一步讲在严州的不适。"溪山"有"胜"，可是衙务频繁，他那里有时间偷闲去赏？"风月"虽"佳"，他心中却时时藏着家国之忧，如何能乐？此处的"事"除了指严州公务之事外，当还包含着国家之事。南宋的外部环境十分恶劣，却政治腐朽，不思进取。而就在上一年，北方金国有"小尧舜"之称的金世宗在承平多年后却开始下诏整军经武，意有所图。陆游忧心如焚啊，这一点，从他在差不多同时所作的《频夜梦至南郑小益之间，慨然感怀》的诗题中即可看出，他时常在梦中回到当年的南郑抗金前线，他的"夜夜愁"所为何事，也就不难明了。有趣的是，诗人也许还有意用这一联的意思，来回答在临安陛辞时皇帝陛下所交代的，要他在严州山水胜处吟诗自适的谕旨。

本诗颔联、颈联就是有意使用繁笔极度渲染自己内心的不爽，也就是首联中的"夜夜愁"。诗人愁些什么呢？没有好酒，没有奇书，胜处难到，杂事繁多……诗人其实是借在严州生活中的诸多不适，来向我们表露他对目前现实状况的厌倦与不满。也正是如此，在尾联中，笔锋一宕，他回忆和向往起当年在四川时的美好时光来了。"郫酿"即味道厚重的郫筒酒，产于四川郫县。陆游十分喜爱此酒，曾有诗赞曰"郫筒味酽愁濡甲"(《城上》)。他想象载着连车的美酒,去重温"濯锦江边鹢画楼,金鞭曾护犊车游"(《冬暖颇有春意追忆成都昔游怅然有作》)的美好旧梦。

此诗节奏明快,章法绵密,表叙真切。颔联艺术特色鲜明。略感遗憾的是中间两联措意比较单一,腾挪变化似稍有不足,从诗题到前三联的铺陈渲染也有稍过之嫌。但要深刻认识此诗,必须要了解诗人"殊悃悃"和"夜夜愁"形成的真正缘由。若把诗中表现的愁绪仅仅理解成仕宦阶层因日常生活中的不如意而产生的烦恼,那就流于皮相了。(黄志军)

山 园
陆 游

山园寂寂闭春风,个里天教著放翁。
万事已抛孤枕外,一尊常醉乱花中。
闲随戏蝶忘形久,细听啼莺得意同。
月桂可怜常在眼,小丛时放一枝红。

陆游晚年安贫乐道,适性自然,作了大量闲适细腻、咀嚼日常生活滋味的诗歌。绍熙三年(1192),已年满68岁的他闲居在山阴老家。这一年,对他来说本有一喜,喜的是他被朝廷赐封为山阴县男,食邑三百户,也就是可以享受一个低档次的爵位,有点"退休工资"可拿了。可这个退休老翁像是一棵饱经风霜的枯皮老松,仍然保持着萧散淡泊的心境,娱情自适。这首韵味平和朴素,意境闲适淡雅的七律诗就作在这个时期。

诗的开头一联"山园寂寂闭春风,个里天教著放翁。"他就以俏皮的口吻自嘲,说自己是一个被天老爷"放逐"在这静谧山园中的老头儿。唉,谁教他的名号恰好就叫做放翁呢!"个里",犹这里。"闭春风"、"著放翁",风趣得紧,也巧妙得紧。显示出他见惯枯荣,又乐天风趣的个性。接下来,颔联"万事已抛孤枕外,一尊常醉乱花中",诗人以洒脱率性的姿态表明自己的生活态度,夸示自己的生活常态。是啊,既然已退休,儿女也都成行,俗话说一辈不管二辈事,确是可以诸事抛开,喝点小酒,写点小诗,闲散闲散了。可说自己睡的是"孤枕"却有点儿让人存疑。因为此时其妻王氏也还健在,6年前,也就是他老人家62岁时尚诞了一个女儿,是不是嫡出已不可考,但证明了放翁的身体可不是一般的牛啊,呵呵,这么快就"孤枕"了?这的确不是那么让人相信。从语言锤炼上看,本联也堪称典范。"万事"与"孤枕"、"一尊"与"乱花",都是句内形成句内对,已经非常工整;再者,"万事"对"一尊"、"孤枕"对"乱花"，上下句属对也甚是妥帖。

颈联"闲随戏蝶忘形久，细听啼莺得意同"才一入口，大家就知它应该本自"留连戏蝶时时舞，自在娇莺恰恰啼"（杜甫《江畔独步寻花》）无疑。杜甫的两句从风神和意味来说，都要比放翁这两句来得高明。尤其是杜甫那两句字面上并没有写人，但从"时时"、"恰恰"当中，人们自然品出杜甫是在那里呆着，而且呆了很久，他才观察到了"时时"的舞蝶和听出了莺声的"恰恰"。放翁这两句不仅拙在字和意方面借用了杜句，而且，"闲随"、"忘形"、"细听"、"得意"几字，处处刻意地露出了他老人家的形迹，风神也就远不逮了。的确，诗圣就是诗圣啊。此诗上联是虚笔，这联是实笔，虚实之间，倒也颇见章法。

尾联"月桂可怜常在眼，小丛时放一枝红"告诉大家，月桂是那么可爱着实让他喜欢，但那丛红花开得那么娇艳也使人流连啊。这里，老头儿其实是在通过诗意表述他老年后适性自然的生活观点和人生态度，这种手法就是很高明的了。陆游的思想是以儒立身的，老年后兼容道、禅，诗中不时反映出虚静超然和随缘自处的道、禅意味。同时，老年的他诗艺更走向成熟，最终形成了自己的特色。明末袁宗道曾称赞他的诗"模写事情俱透脱，品题花鸟亦清奇"（《偶得放翁集快读数日志喜因效其语》）。《红楼梦》书中林黛玉却批评放翁这类闲适诗"浅近"，意为其立意不高远，境界不幽深，此固然也。然而，正因为他的这类诗是很随性的并日常化、生活化的，所以更真实，更生动且富有风趣。或许，这也是人们喜欢他老年诗歌的原因之一吧。（黄志军）

书室明暖终日婆娑其间倦则扶杖至小园戏作长句

陆 游

美睡宜人胜按摩，江南十月气犹和。
重帘不卷留香久，古砚微凹聚墨多。
月上忽看梅影出，风高时送雁声过。
一杯太淡君休笑，牛背吾方扣角歌。

这首诗作于南宋绍熙五年（1194），表现的是诗人在山阴老家书斋生活的自由自在和闲适宁静。题目中即透露出流连书卷、赏玩人文的消息，真是岁月清闲好做诗啊。诗中韵味平和朴素，境界闲淡秀逸而不失旷达超然，使人可以在细细的品味涵泳中感受诗人的审美情趣和萧散自得的心境。

首联以轻松自然的笔调描写饱足的午睡给人带来的惬意，并交代江南十月清和的天气。陆游一生喜爱午睡，"惯眠三丈日，不识五更霜"（《书枕屏》）；也颇能享受午睡带来的乐趣，早年就写有"苦爱幽窗午梦长，此中与世暂相忘。华山处士如容见，不觅仙方觅睡方"（《午梦》）这样赞美午睡的诗歌。此联语调平和，韵味自然，使人能感觉到诗人此时从身体到精神的怡然自得。

颔联"重帘不卷留香久，古砚微凹聚墨多"两句，造语浅近新奇，意味隽永，且富含禅意与雅趣。特别是"古砚微凹聚墨多"一句，似乎散发着孩童般发现的欣喜，又有一点哲理韵味。高明的是理趣总是隐藏在具体的形象后面，句子仍然丰润圆美而绝不是枯涩无味。而且，这理趣往往也不是诗人刻意要告诉你的，而是要读者自己去咂摸方能品得的。宋诗多重理趣，可是能达到此种境界的句子却是并不多见。此联突出的表现了七十岁的诗人对常见物事细腻入微的观察力和摹状事物穷极工巧的笔力。有意思的是，《红楼梦》第四十八回中说，香菱向黛玉求教作诗，道：我只爱陆放翁诗"重帘不卷留香久，古砚微凹聚墨多"说的真切有趣！黛玉道：断不可看这样的诗！你们因不知诗，所以见了这浅近的就爱，一入了这个格局，再学不出来的云云。此联固然因为书中这段描写而被传播更广，但笔者却以为黛玉所谓"浅近"的评价是指这首诗而不应该是说这一联。"浅近"应该是说这首诗意境不深远。一首描写自家日常生活的小诗如何能写得意境深远？我看唐人也是办不下来的。

颔联写的静景，颈联写的是动景。一动一静、一收一放、一远一近、一虚一实，所谓律联排布之法，也是七律创作时的要领，大诗人陆游自是早已了然于心的。此时诗人已"扶杖至小园"中了，视角与听觉自然转移到了户外。诗人察物甚细，月出而见梅影，风吹而送雁声。句中月下之"梅"、高天之"雁"几字也隐隐透露出诗人孤高自赏、皎皎不群的品性。而在一联十四个字中，"上"、"看"、"出"、"高"、"闻"、"过"六个动词安排得十分妥帖自然，不仅不显冲突累赘，尤见得自然流动，体现了诗人高超的笔下工夫。

如果说前三联语调比较平和，节奏比较舒缓的话，诗人在尾联自是将诗意振起，发出"一杯太淡君休笑，牛背吾方扣角歌"的豪迈旷达语作结。"一杯太淡"、"君休笑"、"扣角歌"语甚豪放，意更超然，表现了诗人爽健的精神和心闲乐天的达观性情。有人或言此联末句情形不可信，认为七十岁的老翁真的爬上牛背去作歌似乎不可能。其实陆游身体甚健，活了八十五岁，今人七十尚有牛背作歌者，况古人乎？当然，为了表现性情而诗人笔下有所夸张的可能也有，但是，诗人在诗题中先就有"戏作"二字的提示，所以，读者大可不必深究此处表现的情景是否真实可信，而应该欣然的去体味老人这种自得其乐的快意悠哉。（黄志军）

六月二十四日夜分,梦范至能李知几以尤延之同集江亭,诸公请予赋诗记江湖之乐,诗成而觉忘数字而已

陆 游

露箬霜筠织短篷,飘然来往淡烟中。
偶经菱市寻溪友,却拣萍汀下钓筒。
白菡萏香初过雨,红蜻蜓弱不禁风。
吴中近事君知否?团扇家家画放翁。

据清人赵翼在《瓯北诗话》中统计,南宋大诗人陆游以梦为题或通篇记的梦诗竟达九十九首,其余篇中写梦的则更多。他的梦诗不仅有着很高的思想价值,而且还存在着鲜明的艺术特色。这首七律是在庆元二年(1196),陆游夜梦与范成大等朋友聚会于江畔,高兴之余作诗以记江湖之乐,醒来后发现只"忘数字而已"。补上了这几个字,一首清圆可诵、流畅绵密,独具特色的佳作便产生了。

开篇诗人即以渔翁的形象出现,驾的是以霜露之竹编"织"而成的小舟,出没于水雾江烟之中。"箬"、"筠"皆指竹子。竹子本来就喻意着气节的高标,经过了"露"侵"霜"打的竹子就更是根清骨硬,老而弥坚的了。"织"字明确表示了此舟非同一般,是主人公精心打造的"精神之舟"了。首联的情景,把我们见到的这个渔翁形象描绘得多么的高洁和潇洒啊。那么,这个高洁的渔翁在湖洲泽国里有些什么趣事、乐事呢?

颔联"偶经菱市寻溪友,却拣萍汀下钓筒"这两句间,"偶经菱市"、"却拣萍汀"一随意,一有意,对起来似乎漫不经意,细品之下,才发觉诗人其实是颇具匠心的。独来独往的渔翁有那么一两个"江湖"朋友也不奇怪,偶然路过,遇上了也就聊一聊,再在一起喝几口酒就更妙了,船上毕竟湿气重啊。但"下钓筒"的地方却随意不得了,必须要认真地"拣",渔翁可是这方面的专业人士,这不光关系到鱼篓里货色的多少,还有面子问题啊,毕竟此翁并非姜子牙姜大渔翁,人家玩的钓钩是直的而且还不沾水,追求大不一样啊。

既然鱼都卖光了,酒也打好了,也该来歇口气,清闲消散一下了吧?是的,渔翁此时就闻到了"雨"后清新的空气中飘来的扑鼻清香。哦,原来是前面湖面上的白荷花开了,朵朵纤尘不染,真美啊!还有那边,才爬出水来的小嫩蜻蜓,多么楚楚可怜哦,太阳还没来得及把它的红翅膀晒干,湖风一吹,该不会又掉到水里去了

吧,可要把荷叶抓紧啊!对此好景,渔翁略一沉吟,吟出了"白菡萏香初过雨,红蜻蜓弱不禁风。"这惊艳的两句,来给全诗增添点明亮秀丽的色彩。诗人在句式上打破常规,采用了新奇罕见的三一三句式,一亮相,立马就盖过了什么"管城子无食肉相,孔方兄有绝交书"(黄庭坚《戏呈孔毅父》)、"床头枕是溪中石,井底泉通竹下池。"(贾岛《宿林家亭子》)这类牛人写的句子,而且"香"、"过"、"弱"、"禁"几个字也炼得十分精彩,连带着诗也新奇多了。这,该不会是梦里边儿做诗更轻松自如的效果吧?

真是个惬意的渔翁,潇洒出尘的渔翁,天真烂漫的渔翁。可做诗时的他却是老辣得紧,这首诗做结的功夫就很是不一般。大笔陡地一转,抛开了前面那句句相连的意脉,转过来用问答的方式结尾。妙的是他居然以询问梦中发生的"吴中近事",来打趣起范成大等几个老友来了。梦中之事别人如何回答得出?他也就自己先回答了:还不是因为我遗世独立,潇洒绝俗的风采令人羡慕、向往,吴中多少人家在扇面上不单画着山水,还都画着我陆放翁啊!什么?不相信?呵呵,那我来告诉你,那陆放翁不就是前面诗里面的那个在江湖上的渔翁么!

咦,这原来还是个聪明俏皮的"渔翁"啊!(黄志军)

闲居自述

陆 游

自许山翁嬾是真,纷纷外物岂关身。
花如解笑还多事,石不能言最可人。
净扫明窗凭素几,闲穿密竹岸乌巾。
残年自有青天管,便是无锥也未贫。

爱国大诗人陆游一生作诗万余首,题材丰富多样,内容多姿多彩。除了爱国思想题材的作品外,他还写了大量的表现悠雅闲适、与山水自然为亲的诗歌。特别是他晚年的闲适诗,不仅作品数量浩大,题材广泛,而且思想蕴涵丰富,艺术特色鲜明,表现了他退休生活的悠闲意趣和清雅淡泊的人生追求。这首《闲居自述》即是庆元二年(1196),他72岁时闲居山阴老家时写的闲适诗之一。

这首诗一开头,诗人便以逍遥超脱的姿态,表明自己这个"山翁"颇适意于闲"嬾"(通懒)的状态,认为林下生活的真髓就是在于领略和消受这种闲懒。正因为"懒",那么对外界的纷纷俗事自是不会再关心了的。如此一来,"外物"们也就侵扰不了自己了。呵呵,闲事不管,外魔不侵,你看,他是多么的惬意和洒脱自信啊。那么，此"翁"心下此际又会关心些什么呢？

　　有了前面的一番铺缀，颔联"花如解笑还多事，石不能言最可人"也就自然而然的浮将出来了。诗人通过两句自言自语式的话表露，原来，诗人已把兴趣转移到了赏花品石，体味自然这类细碎闲事中去了。诗人体察深邃，于小小物事中竟然品出了妙理天趣。这种蕴涵着妙理与天趣的语言是寻常人永不能道的，只有诗人通过诗的形象语言才能道出，充分体现了他"天理直须闲处看，人谋常向巧中疏"（《题斋壁》）中所表达的认识。而"石不能言最可人"这句诗居然就被后世玩石头的人奉为要旨真言，成为玩石界圈子中人冥冥之中向往的一种玩石境界，这，可能也是放翁始料不及的。其实，纵观诗人的一生，正是因为不擅"解笑"（指拙于体察上意和迎奉上官）和十分"能言"，（指多次直言上书和倡导主战言论）在仕途上受到过许许多多的打击，使他的政治理想和胸怀抱负一直受到压抑而得不到实现。他这两句诗于闲趣妙理之外，怕是有着更深层次的感慨吧。

　　颈联笔锋一转，由虚转实，层次分明。虽表面也写的是"山翁"闲居细事，但通过上句"净扫"、"明窗"和"凭素几"这几个词的有意安排和暗示，以及下句中系着"乌巾"在"竹"林中闲步的他那高傲的身影，不正是在告诉大家，他那净洁的精神世界是不容玷污和侵犯的吗！这一联的笔调细腻冲淡，情调闲适恬和。

　　中国古代的知识分子，在其心灵深处都有一种儒道互补的心理建构。入世的激情和出世的超脱总是相伴相生着。也只有这样，他们才能维持一种最起码的心理平衡。老年的放翁，山居生活虽苦，精神上却是愉快的。他保持着甘于淡泊的心态，趋向于安贫乐道的生活，这个"道"，也就是此诗尾联"残年自有青天管"里的"青天"。纵使家徒四壁，贫无"立锥"，只要自己安然于"道"、了然于"道"，精神和行为与"道"合一，诗人就已与天地自然融合，不分彼此了。"曲肱闲卧茅檐下，买断南山不用钱"（《戏答野人》）晚年的诗人思想是如此的乐观旷达，拥有了如此丰富的精神世界，你还能说这个"山翁"仍是贫穷的吗？（黄志军）

睡起至园中

陆　游

春风忽已遍天涯，老子犹能领物华。
浅碧细倾家酿酒，小红初试手栽花。
野人易与输肝肺，俗语谁能挂齿牙？
更欲世间同省事，勾回蚁战放蜂衙。

陆游晚年长期蛰居农村，这首《睡起至园中》就是颇能反映其晚年农村生活的一首七言律诗，意境优美，语言明快，清新可喜。

"春风忽已遍天涯，老子犹能领物华。"老子，犹言老夫，是作者颇显洒脱的自称；物华，指的是自然景物。这两句紧扣"睡起"落笔，说自己一觉醒来，竟然发觉已是一派春光明媚的景象，自己虽然已经年老，可还是一样能够领略春天的美好、造物主的恩泽。其喜悦、兴奋之情跃然纸上。七律讲究重、拙、大，所以诗人们在七律里喜欢多用实字，而尽量少用虚字，甚至不用虚字。然而，一首七律里，如果虚字用得好，就能在厚重中带有自然灵动的美感；反之则板、则滞。本诗首联虚字就用得极好。"忽"，忽然，"犹"，还（能），这两个字，不仅真切地道出了诗人对春天到来的那种好奇，也鲜活地体现出诗人对生活、自然的热爱之情。

诗人睡起到了园中，做些什么呢？"浅碧细倾家酿酒，小红初试手栽花。"面对春花，小酌家酿，诗人选取了这两个典型场景来表现自己乡村生活的情趣。酒，"浅碧"而已，不是什么琼浆玉液；花，也不是什么奇花异卉。然而，由于它们是"家酿"的、"手栽"的，这里面熔铸了诗人的劳动、感情，就显得异常珍贵了。陶渊明南山种豆，"草盛豆苗稀"，返璞归真的诗人们追求的已经不是具体的物质本身，而是来自生活的那种最真切、最质朴的感受。你看这联中的"小"字，诗人的观察是多么仔细！字眼下得又是多么的可爱！试想，这是一个对生活不够热爱，对大自然缺乏敏感的人能够梦见的吗？相形之下，这一联对仗的工致巧妙，反倒可在不谈之列了。

"野人易与输肝肺，俗语谁能挂齿牙？"野人，就是山野之人，再结合诗题来看，这里指的是经常到陆游的园子中来那些"乡民"。肝肺，真心话；俗语，有关官场的那些话。作为一个大诗人、退职回乡的官员，陆游与乡民们不仅关系相当不错，甚至把他们当成可以一吐心声的知音，反倒把那些官场中的话说成是"俗话"而不屑一顾。由此看来，"放翁"这个"放"字还当真不冤。不过诗人与乡民的感情是浓厚的，也是真挚的。诗人自修医术，为百姓问疾、送药；自己虽亦寒窘，可还是经常与乡民们互赠礼品；他忧百姓之忧，喜百姓所喜……这些在诗中都有记载，也都是陆游赤子之心的见证。话已到此，自然而然就推出了尾联："更欲世间同省事，勾回蚁战放蜂衙。"蚁战蜂衙，比喻人们追逐名利，像蚂蚁群集，蜂拥而至，不知疲倦。诗人不仅自己了悟了生活的真谛，在这里更道出自己的愿望：希望世间所有人都能"省事"，一息竞争之心。

愚意以为，诗人这首诗里体现的对生活、自然的热爱，当然都是真实的，也都是发自肺腑的。不过，至死还"但悲不见九州同"，陆游更是一位有担当、有强烈责任感的爱国诗人，其人生经历又是至为坎坷，所以细细品味他的"野人易与输肝肺,俗语谁能挂齿牙"这些话,就和作者的另一首名作《临安春雨初霁》一样,多多少少都含有一些怀才不遇、怀忠不遇的牢骚别绪了。(谢良坤)

阜卿先生为两浙转运司考试官,时秦丞相孙以右文殿修撰来就试,直欲首选。阜卿得予文卷擢置第一,秦氏大怒。予明年既显黜,先生亦几蹈危机。偶秦公薨,遂已。予晚岁料理故书,得先生手帖,追感平昔,作长句以识其事。不知衰涕之集也

陆 游

冀北当年浩莫分,斯人一顾每空群。
国家科第与风汉,天下英雄惟使君。
后进何人知大老?横流无地寄斯文。
自怜衰钝辜真赏,犹窃虚名海内闻。

这是诗人晚年(作者时年七十五岁)的作品。诗人晚年检点书箧,睹陈公手迹而感慨今昔,个人际遇与家国之思两相交并,终于形诸笔墨。我必须说,这是一首极为厚重、沉痛的诗,也是一首堪称"神奇"的诗。

诗题较长,交代了作诗的缘起,可作诗前小序看,首联则用"群空冀北"的典故点题。韩愈《送温处士赴河阳军序》:"伯乐一过冀北之野,而马群遂空。"是说伯乐经过冀北的原野,一眼就能从马群中挑出良骥。作者运用此典,将陈阜卿比作伯乐,不仅高度赞美了陈阜卿别具慧眼、对自己的知遇之恩,也高度概括了自己早年的科场遭遇。

之所以说这是一首"神奇"的诗,固然在于整首诗都好,可也由于中间两联、尤其是颔联达到的思想、艺术高度是他人难以企及的。颔联出句"国家科举与风汉"是用唐代刘蕡的典故,这里作者以刘蕡自比。"风汉",就是"疯汉",言语行动颠狂的人。刘蕡正直敢言、不畏权势,权臣仇士良于是责问杨嗣复:"奈何以国家科第放此疯汉耶?"陆游为什么要在此自比刘蕡?一则二人都敢于直言,性格相似;二则刘被人诬为"疯汉",陆游被人批为"放",二人遭际相似;三则暗讽秦桧即仇士良之流。由此看来,此典用得实是甚为切当。对句则用三国时候曹操"今天下英雄,唯使君与操耳"一典,只是作者这里连"与操耳"三字也不要了,其评价较曹刘似又高出半筹。面对秦桧这样的权奸,要坚持原则,那需要何等的勇气和胆识!所以陆游拟之为"天下英雄"也绝非溢美之词。

不仅如此,本诗颔联精致之处至少还有两点。一是用《三国志》的原句对《唐书》的原句,以正史对正史,称得上"门当户对、斤两悉敌",其工整巧妙就不是一般

的工整巧妙了。其二则是此联隐隐有流水对的意味,"把国家科第放予我这样的疯汉,普天之下只有陈先生您这样的英雄才敢!"既工稳又灵动自然。只是在作者的真性情、真感慨贯注之下,我们往往是深深感动、感慨于陆游不平凡的命运遭际,而忽略了其艺术上的精巧了。

领联是追忆往昔,颈联则回到现实。出句说时移世换,今天的后生们还有谁知道陈阜卿先生的美德与风采呢?大老,语出《孟子》,是对德高望重者的尊称。对句感慨时局,奸邪当道,天下斯文扫地。横流,也是语出《孟子》。大水不循道而流,叫做"横流",这里喻指宋王朝时局险危。这一联中诗人忧国伤时之情溢于言表,感慨沉深而使事无痕,与领联相较,可以说同样精彩。

"自怜衰钝辜真赏,犹窃虚名海内闻。"这一联诗人自伤已经衰老愚钝,只是博得了个海内虚名而没有真正的建树,于国于家究竟无补,辜负了陈先生的青睐。陆游生前就诗名满天下,有"小李白"之称。可陆游平生以"塞上长城"自许,其抱负又哪里会以这"诗词小道"自限!这里名曰"自怜",其实更多是自负与不平的愤激之辞。这两句,既是诗人对陈先生饱含愧疚的倾诉,恐怕也是诗人自己内心苍凉的独白。"国家不幸诗人幸",陆游这"海内虚名",于陆公而言,幸欤?不幸欤?读者诸公可能告我?(谢良坤)

恩封渭南伯,唐诗人赵嘏为渭南尉,当时谓之赵渭南,后来将以予为陆渭南乎,戏作长句

陆 游

老向人间久倦游,君恩乞与渭川秋。
虚名定作陈惊坐,好句真惭赵倚楼。
栈豆十年沾病马,烟波万里著浮鸥。
就封他日轻装去,应过三峰处处留。

淳熙十三年(1186)春,时年已逾六十的陆游以朝请大夫的身份知严州(今浙江建德县梅城镇)。官至宝谟阁待制、晋封渭南伯,此前陆游已经赋闲在家六年之久。这首诗写的就是这件事。诗题中的"长句",指的是七言,这是一首七言律诗。首联"老向"点名自己如今已老,"倦游"二字也多少透露出此前赋闲在家时的感受。身为年过花甲之人,承蒙皇恩浩荡,得以被重新起用,并赐以"渭南伯"之爵,陆游心中的喜悦之情可想而知,形于笔下,笔调就显得甚为轻松。

接下来诗人就开始浮想联翩了。"虚名定作陈惊坐,好句真惭赵倚楼。"自己被封为"渭南伯",自然就想起与渭南有关的一位唐代名人:赵嘏。唐大中年间,赵嘏曾

担任过渭南尉,官声虽然甚佳,可究竟官卑职小,赵嘏自觉并不如意;赵嘏长于诗,佳句颇多,曾于早秋赋诗曰:"残星数点雁横塞,长笛一声人倚楼。"大诗人杜牧甚为推赏,呼为"赵倚楼"。如今陆游也爵封渭南,只是很谦虚地说赵嘏的诗写得好,自己在他面前很是惭愧,虽然自己这些年也很有些"虚名"了。"惊坐",也作"惊座",用了汉代人陈遵的典故。据《汉书·游侠传·陈遵》记载:"时列侯有与遵同姓字者,每至入门,曰陈孟公,坐中莫不震动。既至而非,因号其人曰陈惊坐云。"陆游在这里谦称自己只好比是"惊坐"的"陈孟公"而已,而绝不是真正的陈遵。结合起来看,颔联二句以汉典对唐典,佳话对佳话,不仅俏皮风趣、工稳雅致,而且当真是谦虚到了极处、得体到了极处。当然,如果没有好心情,诗人是断不会如此轻松自嘲的。

  诗人在颈联继续"戏语",继续自嘲。只不过在别人已是颐养天年的年龄出仕,这一联又多了些饱经世事沧桑感。栈豆,马房豆料。亦比喻才智短浅的人所顾惜的小利。诗人将自己出仕比作病马贪恋草料小利,说其实自己内心真正羡慕的是在万里烟波之上自由飞翔的鸥鸟。据说"玩笑之中常有真话",那么玩笑之中自然也就有真正的"戏语"了。这两句中,戏语、真话的成分究竟各有多少,笔者不敢妄断,读者诸君尽可自察。尾联则是诗人为自己许下的愿望,想象自己今后不再为官的时候一定要啸傲山水林泉。既然诗人诗题中已然道明这是一首"戏作",我们也姑且当作玩笑话来看吧。不过,数年之后,陆游就真的以"嘲咏风月"的罪名再度罢官,此后,陆游就长期蛰居农村。这是不是真的如了陆游的愿呢?除了陆游自己,恐怕只有天知道了。

  诗歌讲求格调,而自嘲是诗中的高格。陆游是公认的大诗人,也是一位颇善自嘲的诗人。其著名的七言绝句《剑门道中遇微雨》:"衣上征尘杂酒痕,远游无处不消魂。此身合是诗人未?细雨骑驴入剑门。"就堪称古今诗人自嘲的典范。这首诗中诗人以"真惭赵倚楼"自嘲,也颇耐咀嚼寻味。作者虽云"真惭",那究竟还是起了与古人一争高下之心,高明如放翁,看来还是于俗未能尽免。"赵倚楼"固然是位牛人,不过陆游后来的在文学史的成就、地位,那究竟是赵嘏难以望其项背的。不过,"千秋万岁名,寂寞身后事",那毕竟已经是陆游自己都不知道的事情了。(谢良坤)

试 茶

陆 游

苍爪初惊鹰脱鞲,得汤已见玉花浮。
睡魔何止避三舍,欢伯直知输一筹。
日铸焙香怀旧隐,谷帘试水忆西游。
银瓶铜碾俱官样,恨欠纤纤为捧瓯。

陆游一生以恢复中原为己任，诗歌中常常表现出叱咤风云、慷慨激昂的情绪。但是这首诗有些不同，他以很平和的心态，用从容细致的笔调，来赞美正在品尝的茶——陆游也是很喜欢喝茶的，而且喝得很有品位。

他正在品尝的茶是"苍爪"，亦即鹰爪茶。据宋代熊蕃《宣和北苑贡茶录》载："凡茶芽数品，最上曰小芽，如雀舌、鹰爪，以其劲直纤挺，故号芽茶。""鹰脱韝（音勾，打猎用来套在手臂上停鹰的袖套）"，比喻茶芽已经采下制成。中间用一个"惊"字来连接，可见诗人对这种茶中佳品的惊叹之情，诗歌第一句起得极为警挺动人。然后又用一个比喻和两个反衬来描写鹰爪茶的美好：一个比喻是煮出的茶汤，汤面就像洁白的花朵在浮动，用花朵来比茶沫，真是形象而又诱人；两个反衬，一个是茶叶的提神醒脑作用，睡魔哪里抵挡得住？一喝下去就退避三舍了（古代行军计程以三十里为一舍）；再一个是"欢伯"（酒的代称），它的驱除忧虑、引来欢乐的力量，和茶相比也比不上，自己知道要"输一筹"了。诗的前半部分，从茶的形态、茶汤的美好，以及茶的功效几个方面，进行了艺术的描写，给予了高度的赞扬，简直到了无以复加的程度。

诗歌的后半部分，笔调一转，从眼前的鹰爪茶，陆游不禁浮想联翩：想到了过去自己一度在家乡会稽（今浙江绍兴）隐居时候，曾经喝过的日铸茶（日铸茶产于绍兴，也是贡品）；还有到抗金前线亦即西部的陕西汉中、四川成都等地工作时喝过的好水好茶（"谷帘"即谷帘泉，在江西庐山，这里是代指西部的好泉水），自然也想起了他为实现收复失地的理想而奔走的一切，这里面也仍然隐隐蕴含着不忘恢复失地的雄心壮志，可见陆游的爱国精神是无时无刻不在，贯穿始终的。但是诗歌的最后一联，却有些出人意外了：他看见眼前的宫廷样式的"银瓶铜碾"（汲水、碾茶的工具）这些精美的茶具，心想这一切都很好，就是缺少美女来捧着茶碗，陪伴一起喝茶啊！这乍看来好像有些匪夷所思，但是仔细一想，也符合陆游这个人的性格，他既是一位性格豪爽的爱国诗人，同时也是一个风流的多情才子，感情决不迂执僵化，而是丰富多彩的，美女捧茶也正符合他的生活实际！此外，我们也可以理解到，诗歌以美女捧茶来结尾，也是对于好茶的进一步的陪衬，也许在他那个时代这正是一种高品位喝茶的表现，这就更加委婉地赞美了他正在喝着的"苍爪"茶，该是多么的美好了！

这虽然只是一首律诗，也只是在赞美一种茶，和他那些表现爱国主题的大声镗鎝的作品有所区别，但是诗歌却也写得一波三折，巧用比喻、反衬，开合收放，曲尽峰回路转之能事，可见陆游诗歌高度的艺术技巧。（管遗瑞）

幽居初夏

陆 游

湖山胜处放翁家,槐柳阴中野径斜。
水满有时观下鹭,草深无处不鸣蛙。
箨龙已过头番笋,木笔犹开第一花。
叹息老来交旧尽,睡来谁共午瓯茶?

这是陆游晚年退居家乡会稽(今浙江绍兴)的作品,他在闲极无聊的生活中,热切盼望有人来陪他一起喝茶。

诗歌的前六句都是写故乡初夏的景物,有湖山胜处、槐柳野径,有鹭鸶、鸣蛙,还有箨龙(竹笋)、木笔(辛夷花),整个组成了一个幽居的环境。"头番笋"指第一批长成的笋子,"第一花"是最早开放的一批花。按说,在这个安静而又优美的环境中安度晚年,应该感到满意了,但是我们的诗人不满意,他还不住地在叹息哩!

他叹息什么呢?——"叹息老来交旧尽,睡来谁共午瓯茶?"

这自然不是一般的叹息。联系到诗人一生的宏大抱负,联系到他的与生命共存亡的收复失地的雄心大志,我们不难领会,这是诗人在垂暮之年的孤独、悲凉心情的表现。这个时候,南宋政权更加脆弱,主和派占据上风,原来主张抗金收复失地的主战派人士有志难申,也一个个相继被排挤下野,好多人销声匿迹了。此时的诗人,感到旧交零落,感到宏大的理想不能实现,心情是格外的沉重,又是格外的感伤。他有写在这个时候的一首词《诉衷情》说道:"当年万里觅封候,匹马戍梁州。关河梦断何处?尘暗旧貂裘。胡未灭,鬓先秋,泪空流。此生谁料,心在天山,身老沧洲!"从词中我们可以看出,他是不甘心"身老沧洲"的(沧洲是水边的地方,这里是指退居之处),但是又无可奈何,诗人的叹息正是这个意思。但是他又不甘心就此放弃既定的理想,他问,有谁能来和自己一起午后喝茶呢?这里当然不是只喝茶,而是希望有人来安慰自己,有更多的志同道合的朋友在一起共商国是,甚至希望能够有朝一日南宋政权重整旗鼓,挥师北伐,收复河山!这正是陆游的远大抱负的流露,终身一以贯之,之死靡它,即使在喝茶的时候也没有忘记,我们今天读来,也仍然是很受感动的。(管遗瑞)

剑门道中遇微雨

陆 游

衣上征尘杂酒痕，远游无处不销魂。
此身合是诗人未？细雨骑驴入剑门。

作于孝宗乾道八年（1172）冬。作者本年正月应四川宣抚使王炎之聘赴南郑（陕西汉中）任干办公事兼检法官，参与军事机密。是冬调任成都府路安抚使范成大幕任参议官，诗为途经剑门山作。陆游此行是从国防前线到后方大都会，是去危就安、去劳就逸，然而并不合其心愿，故有失落情绪，俱见此诗。

前二写途中落魄况味。赴任途中，风尘仆仆，人的领口是黑的，胸口有酒渍——长途跋涉的辛苦全反映在久未换洗的外套上。"销魂"换言之即狼狈，表面上是扣题面"遇微雨"来的——即杜牧所谓"路上行人欲断魂"。说"远游无处不"云者，意谓纵使无雨也销魂——骨子反映着此次调动从内心深处给诗人造成的失望。

接下来该是发牢骚，却没有。后二自我调侃道"我今生命中注定是个诗人么？"何以言之，答案在最后一句——"细雨骑驴入剑门"。一则唐诗人郑綮答人索句，谓"诗思在灞桥风雪中驴子背上，此处哪得有诗"，盖唐代诗人（如孟浩然、李贺、贾岛等）多有山程水驿中驴背敲诗的经验，故成为名言；再则，"自古诗人多入蜀"，李白是蜀人，杜甫、高适、岑参、元白、李商隐、韦庄皆有入蜀之行，而杜甫就是从剑门山走过来的。所以从"骑驴""入蜀"两重意义上看来都合该是诗人了。

很多人梦想作诗人而作不成，而以英雄、战士自我期许的陆游，却偏偏只有作诗人的命。幸乎不幸乎？唯有天知。全诗通过自嘲的口吻，表现了一位爱国者失意的思想感情。作品意蕴是复杂的，文化内涵是丰富的。唐人绝句无此种风味。（周啸天）

十一月四日风雨大作

陆 游

僵卧孤村不自哀，尚思为国戍轮台。
夜阑卧听风吹雨，铁马冰河入梦来。

南宋孝宗淳熙十六年（1189），陆游被加上"嘲弄风月"的罪名，再度被免去官职。

此后的二十年间,诗人基本上是闲居家乡山阴农村。此诗作于南宋光宗绍熙三年(1192)十一月四日,即回乡后的第三年。当时诗人已是一位年近古稀的老人,但爱国热情丝毫未减,收复国土的强烈愿望依然时刻萦绕在心中。在一个"风雨大作"的夜里,诗人触景生情,感慨万千,在梦中追忆当年金戈铁马驰骋沙场的往事。感情,字里行间充溢着了诗人的爱国主义激情,深沉悲壮。原题有两首诗,这是其中的第二首。

作者首先用了"僵卧孤村"四个字来形容自身的状态。"僵卧",僵硬、挺直地躺着,指年老,行动已经很不灵活;同时,因无法抗敌报国只能偏居一隅,又暗含此种生活无异于行尸走肉之意。"孤村"二字道出作者居处偏僻,更重要的是罢官回乡后思想苦闷,没有知音。四字道出了作者寂寞的生活现状,笼罩着一种悲凉的气氛。但作者却无心顾及自身的处境,"不自哀"笔锋一转,豪情顿现。作者无暇自哀的原因是心中夙愿是能够为国家守卫边疆,哪怕已垂垂老矣,这种理想依然坚固存在。一个"尚"字表示作者年老而壮心不减。这两句诗也是诗人的理想和人格的最佳注脚。纵观诗人一生,不正是因为"喜论恢复"、热心抗敌才屡屡受打击,最后罢官闲居的吗?即使已经年迈多病,依然怀抱"为国戍轮台"的壮志,不由让人肃然起敬,和那些屈辱投降或尸位素餐的人相比愈发显得崇高。

如果说头两句是诗人的"思",那么后两句的重点就是在写一个"梦"字。因有所思而夜阑不能成眠,窗外又是一片风吹雨打声,也暗合国家正处于风雨之中。于是,作者的满腔忧思幻化成梦境:披着铁甲的战马驰骋在中原冰封的河流之上。一个六十八岁的老人,纵然僵卧孤村,但心驰神往的却仍是披甲杀敌的壮举,可以想见诗人的爱国热情是何等强烈。中在一个"梦"字上,写得形象感人。诗人因关心国事而形成戎马征战的梦幻,以梦的形式再现了"戍轮台"的志向,同时,"入梦来"也反射出政治现实的可悲:诗人空有心报国却遭排斥而无法杀敌,"为国戍轮台"的豪情壮志只能诉诸梦境。

南宋虽然是一个偏安的软弱的朝代,但有很多仁人志士念念不忘收复失地,其中不乏像陆游这样空怀报国之心而不能施展才华的人,比如说岳飞、辛弃疾等。正是这些悲壮而豪迈、执著而忠贞的精神构成了南宋感天动地的民族气节,构成了我们中华民族伟大不朽的民族之魂。(郭杨波)

花时遍游诸家园

陆 游

为爱名花抵死狂,只愁风日损红妆。
绿章夜奏通明殿,乞借春阴护海棠。

同题的诗一共十首，是淳熙三年（1176）诗人在成都写的。成都是一个花城，唐代的杜甫在成都就写下不少咏花诗，奇怪的是唯独没有关于海棠的吟咏。陆游这首诗咏海棠，弥补了这个遗憾。

"花时遍游诸家园"这个题目，表现出一种很高的兴会，这种兴会也反应在这首诗中，这是阅读此诗时，要加以留意的。

"为爱名花抵死狂，只愁风日损红妆"二句，写久旱天气中，因爱花而惜花。杜甫有"不是爱花即欲死，只恐花尽老相催"（《江畔独步寻花》），为此诗首句所本。兴会高处，不觉手舞足蹈，固不妨措语强烈也。次句意思是天旱（风日）不宜于养花，"损红妆"为拟人法，形容海棠娇怯的样子，为后二句张本。

"绿章夜奏通明殿，乞借春阴护海棠"二句写祈雨的心情。诗人并不直说，却借道教说事。"绿章"即青词，乃道士祈天时用青藤纸朱书的奏文，"通明殿"是玉帝所居殿名。作者以护花使者的姿态出现，说自己连夜赶晚草写绿章封事，为的是向上帝乞借春阴，只为惜花护花，这是杜撰故事，著想奇妙，同样表现出很高的兴会。所谓兴会，乃是一种浮想联翩的状态，有兴会才有语言，有兴会才有想像，有兴会才有创作欲望、不吐不快。

惜花盼雨，是一个多么常见的思绪，只因为作者有不同寻常的兴会，因此这首诗在艺术表现上能够独一无二。写诗就要追求这样的独一无二。（周啸天）

沈园二首

陆　游

其一

城上斜阳画角哀，沈园非复旧池台。
伤心桥下春波绿，曾是惊鸿照影来。

作者个人生活的最大不幸，莫过于与他早年的一桩婚姻悲剧。据诸多载籍和近人考证，作者二十岁时与唐婉结合，伉俪甚为和睦。只因唐婉不为陆母所喜，迫使二人离异。后来唐婉改嫁，陆亦另娶。三十年后的一个春天，作者偶与唐婉夫妻相遇于绍兴沈氏园林。不久，唐婉就去世了。这次见面的结果，是留下了两首感动千古的《钗头凤》。这两首诗则作于宁宗庆元五年（1199），是作者以七十五岁高龄、重游沈园之作。诗的内容，一言以蔽之曰"生死恋"。

第一首写作者在沈园，回忆当年重逢的情景，不禁黯然神伤。以写景为主，景中有情。

"城上斜阳画角哀,沈园非复旧池台。"两句写黄昏气氛,面对沈园的感觉。首句说黄昏。作者不一定是黄昏来的,却待到黄昏还不想走。"斜阳"唤起的感觉,一般情况下与没落、消沉相关。宋代的规矩,在城市里,是用角声报晓或报暮的。而清晨的角声,和傍晚的角声给人的感觉全然不同。暮角标志着一天的结束,多少有些惆怅。故下一"哀"字,为全诗定韵。次句写沈园,"非复旧池台"是说,眼中的沈园与当年重逢唐婉时的沈园,已经有较大的差别,时间在"池台"上也留下了痕迹。任何建筑,从建成那一天起,就开始折旧。然而,"池台"总比人要经老。连"池台"都让人感觉非故物,引起的感受,只能用"树犹如此,人何以堪"来表达了。李清照说:"物是人非事事休",何况连物亦不是了!古诗说:"所遇无故物,焉得不速老!"惨矣,不必再诠释下去了。

"伤心桥下春波绿,曾是惊鸿照影来。"两句写桥下湖水引起的回忆。中国园林大体格局是倚山造湖。湖上必有亭台,桥也是少不了的。三句是说在余晖中,桥下的湖水绿得要命。"春波"指湖面的縠纹。俞平伯解释"寒山一带伤心碧"(李白),说"伤心碧"就是绿得要命!当然,"伤心"是有感情色彩的词,它的另一重含意,是就人的心情而言,与前文的"哀"字是呼应的。古人说:"智者乐水。"见水不乐,必有其故。这里是先说结果,末句道出个中原因:"曾是惊鸿照影来!"这是全诗的诗眼所在,是一道绚丽的闪光。"惊鸿"是一个关键词,"翩若惊鸿"出自曹植《洛神赋》,是形容宓妃姿态柔美的。这个词用来写当年的唐婉,恰到好处,不仅是说美丽,而且遭遇到命运的打击,有如惊弓之鸟。"照影"是紧扣"春波"来的。"曾是"云云,表明是故事了。这句唤起的联想,有如电影镜头中一个幻影,在水边慢慢出现,而后清晰,而后模糊,最后消失得一干二净。

这首诗在艺术上最出彩的,就是最后一句所呈现的效果。它唤起了一个美丽的记忆,当然也是伤心的,却毕竟是美丽的。有这一点与没有这一点,是完全不一样的。(周啸天)

其二
梦断香销四十年,沈园柳老不吹绵。
此身行作稽山土,犹吊遗踪一泫然。

第二首抒写故地重游,那一段已成过去的刻骨铭心爱情,还令他没齿难忘。以抒情为主,情中有景。

"梦断香销四十年,沈园柳老不吹绵。"两句以写景起,与前诗呼应。首句,"梦断香销"是关键词——"梦断"指爱情遭遇破碎,"香销"指唐婉的去世。"四十年"是时间的跨度,当然是举其成数而言,从陆、唐的离异算起,已经过去四十五年了。在古人,这几乎就是人的一辈子了。次句是对"沈园非复旧池台"的具体描写,写柳树的变化,正是"树犹如此"的涵义。"不吹绵"即不飘柳絮,柳"不吹绵",如桃李不著花,是"老"的表现。提到沈园之柳,立刻就会想起作者《钗头凤》的"满城春色宫墙柳",四十年前沈园的柳树可不是这个样子啊,陆、唐的重逢,说不定就是在飞絮蒙蒙中进行的。正如"树犹如此"着落在"人何以堪"一样,"柳老"着落便是人老啊。

"此身行作稽山土,犹吊遗踪一泫然。"两句说当年的遗恨,至今难销。三句照应前文的"柳老",说自料来日无多。"此身"自指,"稽山"是作者家乡(会稽)的山。俗话说:"土都埋到脖子了",谓离死不远,"行作——土"也就是这个意思。然而,人生悲情不在于人老,而在于人老心不老。末句就是诗人的写心:"犹吊遗踪一泫然"!"遗踪"指唐婉的行踪,照应前文的鸿影,令人联想到苏轼"雪上空然留指爪,鸿飞那复计东西!"消失了的美好,是永远找不回来的了。留下的只是记忆,引起的只是泪水。人有泪和柳无绵也是一重对比。诚然,"哀莫大于心死"。然而,其反题"哀莫大于心不死",也是成立的呀!

四十年梦断香销,夕阳下的沈园变得有些认不出来,作者本人也从翩翩少年变为鸡皮老翁。然而,人还在,心不死。不变的是那个"直教人生死相许"的"情"字。桥下春水还在荡漾,伊人的倩影还在心头。一往情深,至死不渝。爱国如此,用情亦如此。"唯大英雄能本色,是真名士自风流",此言不虚。(周啸天)

秋夜将晓出篱门迎凉有感

陆 游

三万里河东入海,五千仞岳上摩天。
遗民泪尽胡尘里,南望王师又一年。

光宗绍熙三年(1192)作于山阴,时年六十八。这是在一个热得反常的秋晚,诗人不得安睡,忧念国事之作。原题下共二诗,此其二。

前二痛悼中原失地,是陆游名句。"三万里河"指黄河,"五千仞岳"指泰华二山(《寒夜歌》"三万里之黄河入东海,五千仞之泰华摩苍冥,坐令此地没胡虏,两京宫阙悲荆榛"可为注脚),用代中原失地。汉民族本发韧中原,黄河、泰华从来都是华夏民族的骄傲和象征,丧失中原对于华夏民族就等于丧失了根本。而南宋安于江南半壁河山既久,国人神经多已麻木;一经作者提起,顿觉疾首痛心。这两句在内容上是触目惊心的，在形式上则打破七言律句以"二二三"为节奏的常规，作"三一三"对起，音情是非常的，形式是严重的。

后二句思念中原遗民，类似结尾也见于范成大诗及作者本人的《关山月》。尽管南宋统治者已无意于收复失地，但老诗人还没死心，还要提个醒儿——除了宗庙河山，北方还有同胞骨肉啊。还能再麻木下去吗？就题材重大和感情容量深厚而言，此诗达到了七绝艺术的极诣。（周啸天）

小舟游近村舍舟步归

陆　游

斜阳古柳赵家庄，负鼓盲翁正作场。
死后是非谁管得，满村听说蔡中郎。

原题下共四诗，此其四。作于宁宗庆元元年（1195），时年逾七旬。诗记赵家庄一时见闻和感想。

前二记村民观听民间艺人说唱表演的情况。一个农闲的黄昏时分，赵家庄的村民在坝子里听一位年老的盲艺人说唱蔡伯喈与赵五娘——即后来著名南戏《琵琶记》故事。蔡邕（字伯喈）在东汉时官至左中郎将，故称蔡中郎，故事中的蔡伯喈是一个成名后背亲弃妻的负心汉。其实真实的蔡邕性至孝，并无重婚之事。

后二即事抒感，极颓唐语而别饶感慨。本来文学作品主人公与创作原型不是一回事儿，《琵琶记》故事不过民间传说，其是其非，无关紧要。然诗人却借题发挥，抒写一种人生感慨——"死后是非谁管得"。这个调子太低沉，似乎是对身后之名的否定，乍看不像是陆放翁平生思想。其实是"死去原知万事空"的另一种说法，一种很无奈的说法。真实地反映了诗人的苦闷。（周啸天）

示　儿

陆　游

死去原知万事空，但悲不见九州同。
王师北定中原日，家祭无忘告乃翁。

作于宁宗嘉定二年（1209）年底，是陆游的绝笔。这首诗几乎是率意直书、不假雕饰的。但人们一致认为此诗篇幅虽小，分量却重，完全可以作为诗人全集的压卷之作。

你能体会一个八十五岁高龄的老人临死的心情么？中年人要撒手人生，于心不甘；青年人面临绝境，简直是痛苦的。而老年却不同。古人说："七十老翁何所求"。当死亡渐渐逼近的时候，他会觉得除了赶紧休息，一切都不重要了。所以梁漱溟之将死，家人问以编集的事，他说："那都是小事。"刘海粟之将死，对身边人说："很累，要休息。"陆游之将死，虽亦觉万事皆休，却只有一件事放不下，那就是"但悲不见九州同"。在一般人看来，有什么比死更可悲的呢，陆游却觉得"不见九州同"比死更可悲，足使读者感动。

他留下什么遗嘱呢？没有别的，而是要求儿孙到时不要忘记报告王师北定中原的胜利消息。在陆游面前，连一代英雄曹操分香卖履之类的遗嘱都未免琐屑。至于为几根灯草咽不下气的严监生之类，更可以立即羞死。

盼了一辈子恢复，皇帝都换了几代了，活到八十五岁的份上，居然还没死心。还肯定会有"王师北定中原"之日。这是何等坚强的信念，难怪徐伯龄赞道："较之宗泽三呼渡河之心，何以异哉！"（周啸天）

【范成大】（1126－1193），字致能，号石湖居士，宋苏州吴县（今属江苏）人。"中兴四大诗人"之一。绍兴二十四年（1154）进士。历任处州知府，知静江府兼广南西道安抚使，四川制置使，参知政事等职。曾使金。晚居故乡石湖。有《石湖居士诗集》《石湖词》等。

后催租行
范成大

老父田荒秋雨里，旧时高岸今江水。
佣耕犹自抱长饥，的知无力输租米。
自从乡官新上来，黄纸放尽白纸催。
卖衣得钱都纳却，病骨虽寒聊免缚。
去年衣尽到家口，大女临歧两分首；
今年次女已行媒，亦复驱将换升斗。
室中更有第三女，明年不怕催租苦。

中国封建社会农民所受的盘剥是严苛的，一些关注民生疾苦的官员常常关注这一群体的生活状况。写下感人至深的不朽篇章。范成大共写了二首"催租行"，这是第二首，故名"后催租行"。这首诗无论在题材上还是艺术上都有可称道之处。

诗人描写了农民勤劳终年，依然食不果腹，忍辱负重，被官府一逼再逼，不得不卖女还债的悲惨现实。读来此诗写出了农民遭受的六重悲剧。遭受天灾，此一悲也。开头两句就是一幅图画：秋雨中，一位老农民站在田间，望着他的田地。他的田原本是高地，可是涨水已使他的田地被淹没，变为江水。而辛苦一年的秋收季节遭受此灾。这个秋天注定是颗粒无收了。我们无法从诗中看到老父的脸，但是那一定是一张布满皱纹，充满了绝望的痛苦的脸。不得饱食，更无力交租，此二悲也。劳动者历来都不得食，这位辛苦终日的老农，和终日织布的蚕妇一样，和辛苦挖炭的卖炭翁一样，最终都无米下锅，无衣可穿，无法御寒。然而遭受如此灾荒，官府却无视百姓生活，依然催缴地租，此三悲也。宋代的田地，有的是属于地主的，有的是属于官员们的职田。所以即使皇帝下诏减租免租，也往往出现地主豪绅与官府勾结，继续鱼肉百姓的现状。天灾与人祸，农民不得不变卖家产，甚至卖儿卖女，此四悲也。诗中写了这位老农四次交租的情形。第一次从时间上推算当是前年了。"卖衣得钱都纳却，病骨虽寒聊免缚。"前年是把家中的衣物变卖，卖得的所有钱都上交了，虽然饥寒交迫，病魔缠身，但令老农幸运的是免于被抓。这一句读来令人心酸。从第二联来看，这家人自己已经没有吃的了，卖尽家中衣物也仅仅是刚刚够交租而已。他一家依然是无粮可吃。再来看，他一家虽然免于被缚，而必然有其他人家无力交租而被官府抓走。"聊免缚"的"聊"字，写出了老农民那种想尽办法，竭尽全力，才勉强得以逃脱被抓走的命运。生活在恐惧与暴力之下，此五悲也。接下来几联就是为了交租而骨肉分离。"去年"，家中已是一贫如洗，再无东西可以变卖了。只得把大女嫁掉。"大女临歧两分首"，中国古代习俗，即使嫁女也不愿意远嫁。远嫁几乎意味着生离死别。无可奈何的老农一家在走投无路时，也只好接受了女儿远嫁的现实。骨肉分离，此六悲也。古时嫁女要得彩礼钱，大女出嫁的意义就全在于换钱交租了。今年又遭灾了，老农已做好了还租的打算，那就是嫁掉第二个女儿。最后一联，老农已做好了明年的准备，继续嫁掉第三个女儿。室中更有第三女，明年不怕催租苦。其实最悲的就是这一联。表面上看这个老农将全家安排得妥妥当当，甚至有一丝幸运的快乐——还有一个女儿可嫁在那里支撑他们的生活。实际上这是他们对生活已充满了危机和绝望的表现。明年尚且未来，人却对生活没有了信心。劳动不能养活家人，劳动不能交清租税，已成了老农心中定律。真是天灾吗？不，这是人祸！是苛政！读者不禁要问：如果没有女儿可嫁怎么办？这个女儿嫁了之后又如何生活？如果这不叫水深火热，还有什么叫？

　　此诗为古乐府。歌行的特点在于长于叙事，可以铺排。全诗在老农近乎平实的叙述中层层展开，将老农的绝境逐一的讲述出来。用老农之口来述说，避免了说教与煽情，真实可信。展现出中国农民那种含辛茹苦，身处弱势，挣扎在死亡线上依然温顺的品格。虽然诗人没有刻意描写，但是诗中那个在田间辛苦耕作的老农形象,那个望着涨水田淹绝望的老农形象,那个奔走于衣肆与当铺,变卖家产的老农形象,那个家中空无一物,锅里无米下炊的老农形象,那个一次次挥泪嫁女的老农形象,那个把卖衣卖女所得之钱交给官府的老农形象,一次一次在读者面前出现,让人深深的感喟:哀民生之多艰!诗本是抒情的,而面对这么重大的一个问题,诗人恰恰没有一句抒情。甚至像白居易在叙述之后最后来一个抒情也不采用。只是白描,只是叙述。非常符合"哀而不怨,怨而不伤"的诗歌审美传统。(梅红)

判命坡

范成大

钻天岭上已飞魂,判命坡前更骇闻。
侧足三分垂坏磴,举头一握到孤云。
微生敢列千金子,后福犹几万石君。
早晚北窗寻噩梦,故应含笑老榆枌。

蜀道之难难于上青天。大凡入蜀的文人们在经历这段艰苦的跋涉时都有惊心动魄的感觉,也留下了许多篇什佳作。这一首诗就是范成大在淳熙二年(1175)从桂林入蜀时路过此山而后写的。

中国传统诗歌是讲求含蓄的,讲求情感不过分张扬的。大约是诗人所受刺激太大,开篇就从自己的感受写起,直接写自己的惊恐。先写走到判命坡前看到山的感受。没有一字对判命坡的陡峭进行直接描写,而是用了对比,起笔就写自己过钻天岭时胆战心惊,魂不附体的那种恐怖。钻天岭和判命坡都是今天湖北秭归县的东部。钻天岭,又名钻天三里,此名足见其险。判命坡,此名也尽显山之陡峭。写钻天岭之险是为了突出判命坡之险。"更骇闻",看到判命坡,更是让诗人惊骇不已。还没开始登判命坡,就已经充满恐怖了。可见其山之险!范成大是今天江苏吴县人,生活在江南水乡,为官后也从未到过四川,哪里见过这种险山恶水。怎生不受惊吓?

接着写登山的感受。悬崖绝壁,只可侧着脚通过,一不小心踩着坏石头,石头立刻就滚下万丈深渊,而山势陡峭,高耸入云,一伸手就可以触到天上的云朵。举头一握到孤云,化用了《广异记》中:"兴元南山绝顶,谓之孤云两角。谚云:孤云两角,去天一握。",而浑然天成。恰当地表现了判命坡的险要。从自己登山有感受,从侧面烘托山势的险峻,蜀道的险恶。接着作者发表议论,进一步言判命坡的险恶。微生是作者的自谦之词,千金子是用《史记·袁盎传》中的:"臣闻千金之子,坐不垂堂"。什么意思呢?家有千金的人,不在屋檐下停留。为什么呢?怕出意外差错。形容有钱人家非常看重自己的身体。这是诗人自嘲命薄，不贵重，所以无法惜身，只能铤而走险，来走这艰难的蜀道。万石君是指汉代石奋的故事。故事见《史记·万石君传》石奋年十五，做了个小官，由于他为人恭敬，得到高祖欣赏，把他的姐姐召为美人。经历几代，依然富贵，到景帝时，他的四个儿子官皆至二千石。景帝称赞他："石君及四子皆二千石，人臣尊宠乃集其门。"他就被后人称为万石君。范成大以此做比，巧妙设喻。说自己如果顺利地通过了这个判命坡，就是几个万石君那样的福气了。这一番感慨也是从判命坡的险要来说的。前面从不同的侧面描写的判命坡的险峻后。再后诗人荡开一笔，写自己归隐故乡，再来谈起这一番经历，当一笑了之了吧。似松实紧，依然扣着这判命坡险要来说。

最后直接说走这个判命坡是"噩梦"。北窗出自陶渊明的《与子俨等书》："常言五六月中，北窗下卧，遇凉风暂至，自谓是羲皇上人。""北窗下卧"或者"北窗高卧"，就成为归隐的代名词了。"榆枌"，指故乡。人在困难面前往往会想到家乡，想到自己熟悉的故居。这是一种非常自然的心境。特别是诗人此番入蜀已是五十岁，又是新病后初愈。而且由湖北入蜀时，遇到江水上涨，不得不从陆路徒步攀援，种种艰难，生出归乡之心是非常真实的。看似不经意的自然表露，可是处处扣着《判命坡》的"险"字，使全篇浑然一体，层次丰富。（梅红）

州　桥

范成大

州桥南北是天街，父老年年等驾回。
忍泪失声问使者，几时真有六军来？

题下原注：南望朱雀门，北望宣德楼，皆旧御路也。
作于宋孝宗乾道六年（1170）出使金邦时。州桥指北宋汴京（开封）城内横跨汴河的天汉桥。

前二句写使至旧京州桥的怅（读成）触。题下原注："（自州桥）南望朱雀门，北望宣德楼，皆旧御路也。"次句感慨尤在"父老"二字。盖汴京沦陷已达四十四年之久，范成大本人尚且是第一次见到州桥，对昔日汴京的了解仅限于书本。而沦陷区的中年以下、尤其青少年，故国的观念自是相当淡泊。唯年纪在五六十岁以上的老者才有故国故君之思，然而盼了一年又一年，仍旧希望渺茫。作者使金所写日记《揽辔录》载："遗黎往往垂涕嗟啧，指使人曰'此中华佛国人也'。"可叹。

后二句构思了一个遗民拦道哭问南宋使者情节，问题传神在"真有"二字上。

写出父老望眼欲穿的心情,看来他们对南宋隐忍求和的国策还完全蒙在鼓里,教使者无言以对。这里同时也就暗含对南宋当局的指责。

后来陆游《夜读范至能揽辔录,言中原父老见使者多挥涕,感其事作绝句》云:"公卿有党排宗泽,帷幄无人用岳飞。遗老不应知此恨,亦逢汉节解沾衣。"对《州桥》的不尽之意,作了进一步的发挥。(周啸天)

雪中闻墙外鬻鱼菜者求售之声甚苦有感
范成大

饭箩驱出敢偷闲,雪胫冰须惯忍寒。
岂是不能扃户坐?忍寒犹可忍饥难。

范成大乃南宋诗坛巨匠,以"清新妩丽"且又"奔逸俊伟"(杨万里《范成大文集序》)的诗风名满天下。范成大是一个眼界开阔、情感丰富、观察敏锐的诗人,不仅对自然山水充满热爱,对百姓悲欢、民生疾苦也极为关注,此篇便是诗人悲天悯人的代表诗篇。当作于晚年,共为三绝,此为其二。

诗题很长,对诗歌创作的时间、场景、人物等都作了简明扼要的交代。天寒地冻、大雪纷飞的隆冬时节,卖鱼菜的小贩冒雪推着盛满鱼菜的饭箩一路叫卖。"敢偷闲"意为"岂敢偷闲"。在如此寒冷的下雪天,诗人也许正围炉闲坐,听见院墙外传来凄凉的叫卖声,怦然心动。从诗题看,诗人似乎并没有见其人,只是闻其声。当然,也有可能诗人此前曾见过叫卖者,只是当时没见到。然而,诗人与百姓的心是相通的,尽管只闻其声也能想见劳动者的艰难困苦。"雪胫冰须惯忍寒"是诗人对叫卖者形象的刻画,虽是凭空想象,却是惊人的逼真。胫,小腿;惯,习以为常。由于天气酷寒,风雪太大,叫卖者的腿脚和胡须上已经结了一层冰雪。"雪、冰"二字不仅写出了叫卖者的"形"——一个被冰雪包裹的"雪人",同时也写出了叫卖者浑身被冻僵了的感官感受。"惯"字表现出叫卖者的无奈和辛酸,忍受寒冷岂能"习以为常"?

结句运用诘问句式。诗人想像自己正在和叫卖者攀谈,为什么不躲在家里暂避风寒呢?叫卖者作答曰:"岂是不能扃户坐?忍寒犹可忍饥难。"坐在家里关起门来自是可以,但是腹中饥饿,寒冷可以暂时忍耐,而饥饿却是无法忍受的啊!扃,关门。这是叫卖者对当时世道的血泪控诉!如果不是为了生存,谁愿意下雪天四处奔波,忍饥受冻呢?一切都是为生计所逼迫,是无可奈何而为之。言语何等酸楚,何等凄惨。诗人没有站在"救世主"的角度口诛笔伐,而是借百姓之口诉说他们所承受的苦难和悲哀，更具感染力和说服力。

整首诗紧紧围绕叫卖者用笔，除了人物刻画、真实描写，还有情节、有对话，形象生动、场景真实，语言通俗简洁，想象力十分丰富，是对白居易、张籍、王建的"新乐府"现实主义传统的继承。如果没有对百姓生活的真实体验和仔细观察，没有为民请命的使命感，是写不出这样真切和深刻的现实主义诗作的。（秦岭梅）

四时田园杂兴（录六）
范成大

淳熙（1186）丙午，沉疴稍纾，复至石湖旧隐。野外即事，辄书一绝，终岁得六十篇，号四时田园杂兴。

其一
土膏欲动雨频催，万草千花一饷开。
舍后荒畦犹绿秀，邻家鞭笋过墙来。

从作者原序可知，《四时田园杂兴》是作者关于田园题材的绝句集，写作历时一年，含春夏秋冬四季。这样大型的绝句组诗，表现了田园生活的方方面面，是田园诗在宋代的一个很大的收获。

这首诗写在春天，从作者住宅周围环境说起，写初春万物复苏的生机。

"土膏欲动雨频催，万草千花一饷开。"两句是一个大的笼罩。首句写大地解冻，好雨应时，是天上地下一齐动作。"土膏"的"膏"字特别耐味。"膏"者油也，用写土地的肥沃，非常生动形象，使人感到捧一把都能攥出油来。谚云："春雨贵如油。""土膏"、"土膏欲动"与春雨的关系甚大。春雨一到，地下的种子就会推翻泥土，这就是"欲动"之所指了。次句紧接写万草千花漫山遍野席地而来，真是迅速，像电影特技的低速镜头一样精彩。"万"、"千"、"一"这几个数词，在句中有强烈对比的作用。使人感到花花草草何其多也，接连开放何其快也。

"舍后荒畦犹绿秀，邻家鞭笋过墙来。"两句镜头转到院坝和墙角。三句写院坝（舍后）里的菜圃，"荒畦"尚未种菜，"绿秀"指长满野菜，一个"犹"字表现惊喜，而且潜伏着更大的惊喜。你想，荒畦尚且繁荣如此，已经播种的畦垄呢，绿的呀、还用说吗！末句用特写以结，是呈现亮点。邻家的竹笋，居然从地下穿墙根而入，长进自家的院坝里了。可喜的侵入者呀！"鞭笋"的"鞭"字极为形象、极为民间。民间喜将一切鞭状之物，径称为鞭（如竹鞭、牛鞭）。一切以鞭为名之物，皆表现生命力的强大。"邻家鞭笋过墙来"就形象地表现了植物在萌发过程中生命力之强大，表现出春的生机之压抑不住。这又使人联想到叶绍翁"满园春色关不住，一枝红杏出墙来。"

同样是压制不住，"一枝红杏出墙来"给人的感觉是眼前一亮，更鲜妍更柔美；"邻家鞭笋过墙来"给人的感觉是不容分说，更野性更阳刚。（周啸天）

其二

蝴蝶双双入菜花，日长无客到田家。
鸡飞过篱犬吠窦，知有行商来买茶。

这首诗写在晚春，记录采茶季节的村舍光景和行商收购茶叶的活动。

"蝴蝶双双入菜花，日长无客到田家"两句写农舍晚春光景。首句写蝴蝶穿飞于菜花，是抓住了晚春风光特色的。菜花时节的"蝴蝶"都是粉蝶，分白色和黄色二种。白色粉蝶穿梭于菜花之中，可以成为生动的点缀。黄色粉蝶进入菜花，简直就是一种隐身的魔术了，杨万里之"儿童急走追黄蝶，飞入菜花无处寻"，就是这种情景的写照。次句写村落的宁静，与首句春意闹的感觉形成对比。"日长"指从冬至开始春来白昼一天比一天长。日长人静，无人串门，并非田家谢客，而是成年劳力一齐出动，忙活（含采茶）去了。一二两句一忙一闲，饶有韵味。

"鸡飞过篱犬吠窦，知有行商来买茶。"通过农家少闲月的铺垫，这两句接着写行商收购茶叶之事。三句先写鸡飞狗跳，引起悬念。鸡犬之为诗歌意象，在古诗中，是与和平生活联系在一起的。"鸡飞过篱犬吠窦"描写极为生动，这里的鸡犬不宁，并不是因为暴力的干扰，而是因为生人——"行商"即茶商的到来。极富农村生活气息。末句是摊牌，"知有"云云，表明这是田家经验范围内的事。然而，对于读者却是一个新鲜的知识。三四句以一张一弛，形成韵味。

据载，宋代官府控制茶叶买卖，行商只有在获得官方发给的许可证（长引、短引）后，才能下乡收购茶叶。而农民采下的新茶，靠他们才能进入流通领域。这些内容本无诗意。然而，诗中通过一个生活细节——农家的鸡飞狗跳，来报道行商到来的信息，就表现出浓浓的生活气氛，也就产生了诗味。（周啸天）

其三

昼出耘田夜绩麻，村庄儿女各当家。
童孙未解供耕织，也傍桑阴学种瓜。

这首诗通过农村青少年的活动反映农忙季节的农村生活习俗。

"昼出耘田夜绩麻，村庄儿女各当家"二句言农村青年不误农时，各司其职。耘田是男子干的活，绩麻是女子干的活，"昼出耘田"和"夜绩麻"是互文的手法。意思是农忙季节，男男女女都是从早到晚忙活，并不是说男子白天耕田、女子晚上绩麻。"村庄儿女"是指尚未婚配的农村青年男女，说他们于耕耘纺绩各自在行，也就是说他们已成为劳动力了。

"童孙未解供耕织，也傍桑阴学种瓜"二句抓住农家年龄层次更小的儿童活动来写，意味更长，正如"兵家儿早识刀枪"一样，农村儿童对农业劳动耳濡目染，无师自通。他们的游戏也以劳动为摹仿的对象。"也傍桑阴学种瓜"便写出了农家孩子在大人们的影响下对农业劳动萌发的兴趣和主动参与。这样的活动具有自愿性和自娱性，孩子们天真淳朴的情态如见。诗人就通过这样一种典型的生活情事，写出了劳动者对劳动的热爱。（周啸天）

其四

采菱辛苦废犁锄，血指流丹鬼质枯。
无力买田聊种水，近来湖面亦收租。

这首诗写水乡农人的遭遇，揭露封建剥削的无孔不入。

采菱是一种历史悠久的生产活动，唐诗中就经常写到采菱的场面，不过多是美丽的采菱姑娘荡舟于绿水之上，颇具诗情画意。而范成大却从严酷的现实出发，写出采菱劳动的艰苦和阶级矛盾的尖锐。

"采菱辛苦废犁锄，血指流丹鬼质枯。"采菱主要靠徒手操作，犁锄派不上用场，而菱角有尖芒，手指有时会被划破的，以"流丹"形容"血指"，给人鲜血淋漓、惊心动魄的刺激感，"鬼质枯"三字也很形象，也就是瘦得不像人。

"无力买田聊种水，近来湖面亦收租。"采菱者多是失去土地的劳动者，既无力买田，同时也不佃田——因为不堪沉重的地租剥削的缘故。原来湖面种菱是不收租的，所以尽管辛苦，犹不失为一条活路。这里"种水"是比照"种田"生造的词儿，却显得简括新颖，符合平仄要求。殊不知好景不长，苛政像瘟疫一样蔓延到湖上："近来湖面亦收租"，往后的日子怎么过呢，诗人就此打住，妙在不言。

这首诗使人想起唐人名句："渤澥声中涨小堤，官家知后海鸥知"（陆龟蒙《新沙》）、"纵使深山更深处，也应无计避徭征"（杜荀鹤《山中寡妇》）。（周啸天）

其五
静看檐蛛结网低，无端妨碍小虫飞。
蜻蜓倒挂蜂儿窘，催唤山童为解危。

　　这首诗属于夏日田园杂兴。这种以昆虫作题材的诗，古人叫"禽虫诗"。白居易多有这一类诗，与范成大同时的杨万里集中，也多有这一类诗。
　　在这首诗中，作者用一种儿童的眼光，像是讲述着一个童话故事，故事里有三个以上的角色。依次说来，一个角色是加害者——蜘蛛（檐蛛），在故事中扮演阴谋家、和平破坏者的角色。"静看檐蛛结网低"，是说蜘蛛结网，常在矮檐之下，这里包含着一种生活经验，一种自然的选择——矮檐之下，是蚊虫特多的地方，也便成为蜘蛛结网的最佳去处。
　　另一个角色是受害者、弱势群体，是作者的同情所在，这就是"小虫"，也就是下文的"蜻蜓""蜂儿"。"无端"二字，表明了作者的感情态度，对蜘蛛这是谴责，对"小虫"这是鸣冤叫屈。有趣的是，作者笔下的受害者不是苍蝇蚊子。当然，如果一定要写成苍蝇蚊子也不是不可以，像"猫捉老鼠"那样的故事中，老鼠还可以成为同情的对象呢。不过，写成"蜻蜓""蜂儿"，更加入情入理，不会产生歧义而导致质疑。
　　第三个角色是侠客，是解危者，是伸张正义者，是路见不平、拔刀相助的人，这就是"山童"。"蜻蜓""蜂儿"落入蜘蛛设下的陷阱中，有性命之忧，唯一的指望就是侠客的出现。这侠客便是"山童"，只能是山童。为什么不能是成人呢？成人有成人的世界，成人的眼光，已看不到这"小人国"里的故事——那是多么有趣的故事唷。
　　诗中还有一个隐形的角色，准确讲，是一种画外音，来自"催唤"者，说穿了，就是诗人自己。眼看"蜻蜓""蜂儿"被蛛网牢牢粘住，脱身不得，诗人不免替它们着急，忍不住代它们向"山童"发出求救的呼声。因此，诗人自己在诗中，扮演着第四个角色。
　　有人说，对生活的一切的诗意理解，是童年时代给我们的最伟大的馈赠。如果一个人在悠长而严肃的岁月中，没有失去这个馈赠，那他就是诗人。这首诗的作者，无疑就是一个这样的人。（周啸天）

其六
新筑场泥镜面平，家家打稻趁霜晴。
笑歌声里轻雷动，一夜连枷响到明。

　　此诗写打稻时节农人忙碌而快活的情景，亦属夏日田园杂兴。

"新筑场泥镜面平,家家打稻趁霜晴"二句写打稻的准备工作。首先是筑场,"镜面平"以比喻形容写出晒场平整光洁的事实,还写出劳动者对亲手创造的成果的一种审美愉悦。一个"趁"字,写出收获季节须抢农时的情况,也写出一种争先恐后的劳动热情。"霜晴"二字来自生活经验,非随意可得。

"笑歌声里轻雷动,一夜连枷响到明"二句紧接写农家是如何"趁霜晴"的,原来,他们是连夜赶晚地干。"笑歌"句表明劳动虽然累,但天公作美,农人心情是愉快的。"连枷"是古老的脱粒工具,至今未废,以"轻雷动"形容噼噼啪啪的打场声极美,犹如轻柔和谐的和声。真正的雷声,哪怕是轻雷绝没有这样悦耳的效果,因为它会引起切身利害的思虑,唯其是似雷非雷,才有如此美妙的听觉效果。农民是辛苦的,然而风调雨顺之年,由于生活会相对改善,也会给他们带来一些喜悦。

此诗通过劳动场面,写出了真正意义上的农家乐,与王禹偁写春种的"各愿种成千百索,豆萁禾穗满青山"之句,有异曲同工之妙。(周啸天)

卖痴呆词
范成大

除夕更阑人不睡,厌禳钝滞迫新岁。
小儿呼叫走长街,云有痴呆召人卖。

"卖痴呆"是宋时年节的一种民俗,对象是小儿,它和七夕节"乞巧"用意是一样的,就是希望当事人变得聪明,只不过"乞巧"的对象是青少年女性而已。

"厌禳钝滞"即救治笨拙,所针对的应该是表现愚笨的,按今人知识,即带有自闭、孤独症倾向的幼儿。古人迷信,认为这些症状,是鬼魅附身的缘故。又认为,这鬼魅只有在找到新寄主的前提下,患儿才能痊愈。"卖痴呆"的操作办法,就是在除夕守岁的当夜,带着小儿在街道上呼喊,如有人不小心答应了,这"痴呆"就卖给那人了。这有点嫁祸于人的意思,但谁教你自己答应呢,再说,你也照样可以通过"卖痴呆"的办法,把痴呆卖出去嘛。说穿了,还是"各人自扫门前雪,休管他人瓦上霜"的自私心理作怪。

"小儿呼叫"应该有词儿,可惜绝句字数太少,无法表现。作者又没有自注,乃至失传。但可从近世民间治小儿夜哭的习俗,加以想像——民国时代,街市的电线杆上往往贴有红纸,上书"小儿夜哭,请君念读。小儿不哭,谢君万福。"据说别人念了,可治自家幼儿夜哭的毛病。亦属民间"厌禳"之一法,其作法利己却不损人,虽同属迷信,论心则较为可取。孔子曰:"(诗)可以观",此即一例。(周啸天)

【尤袤】（1127—1202），字延之，号遂初居士，宋无锡（今属江苏）人，南宋绍兴十八年（1148）进士及第。初为泰兴令。孝宗朝，为大宗正丞，累迁至太常少卿，权充礼部侍郎兼修国史，又曾权中书舍人兼直学士。光宗朝为焕章阁侍制、给事中，后授礼部尚书兼侍读。中兴四大诗人之一。

送吴待制守襄阳

尤 袤

方持紫橐待西清，忽领雄藩向外行。
谁谓风流贵公子，甘为辛苦一书生。
词源笔下三千牍，武库胸中百万兵。
从此君王宽北顾，山南东道得长城。

  送别诗是古代应酬诗中的主要类型。细说送别的类型，有父老之别，有夫妻之别，有朋友之别，等等。这首诗所送别的，是身份地位都很高贵的吴皇后的侄儿吴环。此时他被派往拒金兵的重镇——襄阳。

  送别吴环的，还有别的诗人留下了诗作。如许及之《送吴待制安抚襄阳二首》，试看其二"如君自是急难材，牛斗光芒未烛台。何以家为人啒啒，维其时矣诏来来。临湖尽去封侯橘，度地先栽调鼎梅。恶语流传真引玉，满怀明月向人开"。两首诗都站在士大夫的立场，紧扣了时代脉搏，对这位皇亲国戚进行了赞扬。所谓的士大夫的立场，也就是儒家所说的修身处世三立之说，即立功、立德、立言。体现在诗歌中，就是收复失地、恢复家园、体恤民忧、针砭时弊。然而尤诗在艺术显得略高一等，为历代诗歌评论家所盛赞。究其原因，是尤袤诗具有中国传统诗教的"温柔敦厚"及中庸的特点。毕竟，送别对象的高贵出身，过度的赞美会流于拍马之嫌，而太过写实，又有违传统诗歌含蓄的要求。相比之下，尤诗在两方面的拿捏都比较得体。

  全诗紧紧围绕赞美吴环的文韬武略，称赞他为国驱驰，不愧国之栋梁。吴环先是担任文职官员。橐是皇帝身边的近臣所拿的装书的袋子，这些侍臣头上还插着笔，随时准备皇帝顾问或是记录。西清本指皇宫内西侧清净之地，后来泛指宫禁燕闲之处。这显然是一份美缺。第二联写吴待制戎装带兵，为国守边。虽然他此番守边是主动请缨，还是有人举荐不详。但是这一故事，颇类班固"弃笔投戎"。在国难当头之际，书生也不再安于书卷生活，而为国效力，这就与南宋的时局结合起来，吴待制此番的出征是放弃了令人羡慕的随侍左右的位置，放弃了自己舒适的生活条件，也不是为求取功名的个人行为，而是为国驱驰的有担待的书生形象。这两联中的还特别善于用副词"方"和"忽"。它们都表示时间副词，里面暗含着一种意思转折。由于有了第一联的叙述，第二联的议论就显得不空洞，不阿谀奉承。"风流贵公子"是一个贬义词，是指那些纵情声色犬马的纨绔子弟。这显然系是针砭时弊。诗人巧妙地用了一个反问句，将吴环与那些贵族世胄的子弟区分开来。"辛苦一书生"与"风流贵公子"相对，而吴环心甘情愿做一名书生，他积极进取、胸有大志的形象跃然纸上。在宋代，"辛苦一书生"是对一位贵族极高的评价，然而一点没有拍马之嫌。有了首联的铺垫，这一联在语气上不仅非常连贯，在诗意上也极为顺畅。陈衍《宋诗精华录》特别称道这两句："酬应之作，然三四下语有分寸"。

第三联诗意又加深一层。紧扣吴环的文才与军事才干，赞美他胸中有韬略，才华横溢，武的方面能够统率千军万马。不仅有志向，而且有才干。能够为国家分忧，君王宽心北边的局势了，山南东道的要塞之地襄阳，有了坚固的长城。襄阳，历来为兵家必争之地，襄阳的归属，是南北方军事实力的较量。对南宋而言，更是北方阻挡金兵南下的屏障。檀道济称自己是国家的"长城"。这里用长城这个典故来比喻吴环，称之为国之栋梁。

从全诗来看，诗人突出主干，不枝蔓，不旁顾，主旨明确。层层深入，环环相扣，下语妥帖，确实为一首优秀的送别诗。（梅红）

【萧德藻】字东夫，自号千岩老人，宋闽清（今属福建）人。生卒年不详。绍兴二十一年（1151）进士。初任尤川县丞，后为湖北参议，再调湖州乌程令。因爱当地山水之美，遂移家乌程，住县中屏山，其地有千岩之胜，故以自号。有《千岩择稿》。

登岳阳楼
萧德藻

不作苍茫去，真成浪荡游。
三年夜郎客，一柁洞庭秋。
得句鹭飞处，看山天尽头。
犹嫌未奇绝，更上岳阳楼。

萧德藻颇有诗才。生性孤傲，不喜为官。像他这样自恃才高之人，岂肯在诗才上输人一截。面对岳阳楼这个很多人都吟咏过的对象，早已留下了如"气蒸云梦泽，波撼岳阳城"、"吴楚东南坼，乾坤日夜浮"等的名句。如何出新？他必须在构思上胜人一筹，才能脱颖而出。

写景恰如写人，有正面描写，有侧面烘托。正如写美人，佳句无数，但都超不过宋玉《登徒子好色赋》所写的"增之一分则太长，减之一分则太短；著粉则太白，施朱则太赤"。给人的想象丰富。既然前人已为岳阳楼留下了无数的正面摄影，萧德藻只有另辟蹊径，才能出奇制胜。诗人看来是深谙此道。起句根本就不写岳阳楼，而是从自己的游历说起。"苍茫"二字值得玩味，"苍茫"是广阔无边的样子。晋潘岳《哀永逝文》："视天日兮苍茫，面邑里兮萧散。"既指诗人广阔的游历经历。只是与加上"不作"，又应该如何解读呢？杜甫《北征》诗有"杜子将北征，苍茫问家室。"这个苍茫是匆忙去的意思。南宋朝廷一直在兵荒马乱之中。如果诗承此意，则诗意层次更加丰富。在这乱世，我并不是象杜子美那样，为战火所逼，四处流浪。而是自己喜欢游历，去了很多名山大川。刘勰讲操千曲而后晓声，观千剑而后识器。山水亦然。这句看似与咏楼无关，实际上已将岳阳楼与诗人游历过的名山开始进行比较了。不写而写，这才是高明。

岳阳楼在洞庭湖上，湖与楼相映成趣，楼因湖而生姿，湖因楼而添景。诗人从自己广泛游历收缩到洞庭湖边的美景。注意，仍然不直接写岳阳楼，转而写洞庭湖。写夜郎并不是位于贵州的古夜郎国，而是在湖南新晃设置的夜郎县。诗人广泛游历洞庭周围的山山水水，三年，从时间上表明诗人停留时间长，对环境极其熟悉。也曾多次在洞庭湖上泛舟来往，看秋月春风，听桨声欸乃。湖上白鹭纷飞，青山远峙。一静一动，一白一青。已是人间美景。无限美景激起了诗人的诗情，"得句"是指无限江山激起诗人写作的欲望，创作出一篇篇佳什。

这又是诗人构思的一个精巧之处。为写岳阳楼之美，则先写洞庭湖之美。把洞庭湖写得越美，则越为写岳阳楼蓄势。这就是正衬。可是面对如此的洞庭湖美景所写下诗句，诗人仍然觉得此不够奇绝。诗人需要更好的江山之助。"更上岳阳楼"，经过前面的层层铺垫，岳阳楼此时才华丽登场。这一句非常有力！这句也颇似对岳阳楼的宣传。各位文人骚客，要想写出更好的诗句，快登上岳阳楼吧。这岳阳楼的胜景如何。全凭仁者见仁，智者见智去想象了。

《宋诗精华录》甚赞此诗，谓"作者手笔直兼长吉（李贺）、东野（孟郊）、浪仙（贾岛）而有之。"此言不差。（梅红）

次韵傅惟肖
萧德藻

竹根蟋蟀太多事，唤得秋来篱落间。
又过暑天如许久，未偿诗债若为颜。

肝肠与世苦相反，岩壑嗔人不早还。
八月放船飞样去，芦花丛外数青山。

萧德藻性情散淡，虽然才华横溢，却不愿为官。他曾经短暂地做过乌程令。诗中的傅惟肖曾任清江令。这首诗显然是同僚之间的唱酬诗。诗在古代有交际的功能，聚会是最易产生诗的地方，一人做诗，余人和诗，或是同僚朋友之间互相寄诗应和。原诗一般叫唱，和诗如果依照原唱的脚韵，叫次韵或步韵。

萧德藻颇有诗材，他的诗以构思精巧出名。在这首唱酬诗中，诗人不直陈其事，而是用了倒叙。诗的前半围绕"诗债"来写。诗人早在夏天就欠下了诗债。而夏天过了很久了，秋天已经来了，诗人还没有把"和诗"写好，因此脸上有些挂不住了，为此事而心忧起来。诗人却从"秋天"写起，从埋怨"蟋蟀"开始。怪那蟋蟀把秋天给唤来了。用拟人的手法写季节交替，增加了情趣，富有了生机和活力。把一件平直的事写得生动有趣。如果诗人直陈其事，夏天，傅惟肖做了一首诗，要我和诗，可是转眼夏天过了，秋天来了我还没有写好，真是发愁啊。如果这样写，虽然清楚，而兴味全无。

傅惟肖诗已不可见，从萧诗转而写自己归隐思想来看，傅诗估计也是写的是自己的为官感受。显然萧德藻之所以未偿诗债，是心中一直在犹豫，在不断地抉择。他在烦恼什么呢？律诗的第三联要放得开。诗人在这一联直抒胸臆。世人急功近利在诗人看来是一种"苦"，这种悲悯之心，颇有禅意。道出了自己与世俗之人勾心斗角、蜗角之争志向不同。而自己视此为苦，欲脱离这种苦难。"嗔"是责怪的意思。连家乡的岩壑都在怪我还不回去。这又是用拟人手法，一改写到归隐就是愁苦交集，就是受到排遣无奈而归的悲苦。而将归隐写得很洒脱，写得很有人情味。幽默而动人。何以辞官，为官人心中都很明白，而写得含蓄，却是诗意的生活方式。这一点颇类陶弘景，陶弘景不想做官，就说"山中何所有？岭上多白云。只可自怡悦，不堪持寄君。"这种写法，去掉了陶渊明"误落尘网中，一去三十年"的懊悔，也没有孟浩然"不才明主弃，多病故人疏"的委屈。因而显得疏朗淡定，清新宜人。

尾联写自己急切地想回去。"八月"也当是初秋时分，可见这首诗是言志诗。写诗给傅惟肖时，诗人已下定决心辞官回家了。放船"飞"样去，这显系夸张，表明了作者急于想回家的迫切心理。这种轻快，我们在陶渊明的"舟遥遥以轻飏，风飘飘而吹衣。问征夫以前路，恨晨光之熹微。"感受过，在李白的"朝辞白帝彩云间，千里江陵一日还"中读到过，在杜甫的"即从巴峡穿巫峡，便下襄阳向洛阳"中也领略过。而萧诗更甚一等的是在结尾时又将这种飞一般的速度放缓，在返乡途中去领略"芦花丛外数青山"那种恬淡与闲适。飞速要离开的是那如樊笼一样的官场，而当身处山水之间时，则尽情地流连。一急一缓，也许只有萧德藻，才能做到这样的张弛有度，收放自如。

方回评论此诗道："其诗苦硬顿挫，而极其工。"苦硬是指诗人所表达的情感是苦涩的，为官的体验是抑郁的。而工，则是指诗写的工整，诗歌的艺术表现力是非常强的。中国诗歌的境界是"温柔敦厚，哀而不怨"，将一件不开心的事写得如此幽默有趣，萧氏之诗材毕现。（梅红）

古梅二首
萧德藻

其一
湘妃危立冻蛟背，海月冷挂珊瑚枝。
丑怪惊人能妩媚，断魂只有晓寒知。

梅是中国古代四君子之一，历来为文人墨客所喜爱。这首诗以"古梅"为题，全在一个"古"字上显精神，出新意。"古"既有时间久远之意，又有品格高古之意。诗题中已显此诗立意之深。

在各种咏梅诗中，有墙角之梅，有溪边之梅，有月下之梅，有雪中之梅……此诗描写的是晨曦中寒意冷清的梅花。只是用比喻，而刻意回避出现梅或梅花二字。湘妃是舜帝之妃，日夜思念丈夫而泪洒斑竹。她们站在湘江边那翘首盼望的楚楚风姿已经成为一种定格，她们对爱情的忠贞不渝已成为一种象征。蛟龙穿云破雾，盘旋而上，"冻蛟"，是一种静止的姿态，定格的特定，恰似老梅扭曲盘桓的虬枝。用湘妃比喻梅花，用冻蛟比喻梅枝。"危立"，写的是其姿态，梅以曲为贵，以直为丑，此句写梅花的姿态美，它是旁逸斜出，妩媚动人的。这一比喻还不够，诗人继续以海月比喻梅花，以珊瑚枝比喻老梅枝。海月，是一种白色正圆的海中动物，其贝壳可嵌门楣。此句继续描写古梅的枝形万千，又突出了梅花的色彩——白色。白色高雅纯洁，与忠贞的潇湘二妃匹配。湘妃之妩媚动人，是有了水的衬托，海月、珊瑚的景色，也是由于海水增添了层次。诗人不特别写梅花所处的环境，而已将水边之梅的情态描摹至极。

这首诗出新奇处在第三句。前两句通过铺叙描摹了古梅的姿态。第三句通过议论，点出古梅的美丽在于强烈的对比：一是梅枝之古老与梅花之娇嫩；一是梅枝的色彩之暗淡与梅花花朵之鲜艳；古梅之美就在于这种强烈的视觉差异，对于那盘曲的梅枝，历来都有争议。"梅以韵胜，以格高，故以横斜疏瘦与老枝奇怪者为贵"。

（范成大《梅谱》后序，）梅韵的标准是，贵稀不贵密，贵老不贵嫩，贵瘦不贵肥，贵含不贵开，谓之"梅韵四贵"。这包含了我国古代对梅花的审美要求。在枝形上，梅贵曲不贵直，曲屈盘旋的老枝，是上品。萧德藻非不知也，而故意认为这是"丑怪"，而且认为它们丑得惊人。用梅枝的古老反衬梅花的洁白娇艳。梅枝越是丑陋，越是衬托出梅花的可爱。"断魂"显然是指梅花的精神了。只在早晨那曦微的晨光中，只在那白与黑的映衬对比中，只在那清晨的寂静与寒冷中。

整首诗就像一个摄影家，在光与影中捕捉梅花最富有神韵的一瞬间，这自然成为咏梅诗中的珍品。如果摄影爱好者也能读到此诗，想必会受到启发的。（梅红）

其二
百千年藓著枯树，一两点春供老枝。
绝壁备声那得到，直愁斜日冻蜂知。

萧德藻深得梅花之神韵在其清在其净，在寒冷中亮出其风采，在寂寞中显出其品格。上一首诗注重在某一时间里捕捉其风骨，这一首诗又注重从环境上提炼其风貌。

第一二句写花开之美。在一株古梅之上，开着几朵娇艳的花朵。一两点春就是指梅花。的确，这棵古梅上面密密地布满了苔藓。用百千年藓来形容这棵古梅的年代久远。树已经枯干，可见古梅已到了生命的尽头。可是那枝头的几朵梅花让这株老梅显出勃勃生机。一老一新，一丑一妍。对比鲜明。

第三四句是诗人惜花之落。正是这老树上开出的花不易，所以才特别的让人担心她过早凋零。这两句饶有兴味。从字面上讲是，这株老梅长在悬崖绝壁上，听不到那催她凋零的《梅花落》的曲子。诗人借这首诗题《梅花落》来代指不想花早谢落。可是却担心那蜜蜂把这些告诉了梅花。古梅长在悬崖绝壁上，没有人知道也没有人会来。从音乐的角度讲，读者在阅读中耳朵边响起《梅花落》的曲子。诗人充分调动了读者的视听感觉。在静景中加入了动景——冒寒采蜜的小蜜蜂。它们嗡嗡的喧闹声打破了周围的沉寂。这首诗也是一幅极美的图景：一株长满苔藓的老梅树上，开着几朵梅花，斜阳下，只有几只蜜蜂不畏寒冷，在花间飞舞。

清人陈衍评之为："梅花诗之工，至此可叹观止，非和靖所想得到矣。"（《宋诗精华录》卷三）林和靖对赏梅的创举在"以水衬梅"。他的三大咏梅诗："疏影横斜水清浅，暗香浮动月黄昏"，还有"池水倒窥疏影动，屋檐斜入一枝低'"，还有"雪后园林才半树，水边篱落忽横枝"，都是有了水的陪衬，方显出梅的精神。而萧德藻诗用绝壁这种很峭拔、很刚毅的物体，来衬托梅花的柔美与孤傲，相得益彰。不知这是否是陈衍之意。（梅红）

【杨万里】（1127—1206），字廷秀，号诚斋，宋吉州吉水（今属江西）人。绍兴二十四年进士。孝宗初，知奉新县，历太常博士、太子侍读等。光宗即位，官至秘书监。有《诚斋集》。

插秧歌

杨万里

田夫抛秧田妇接，小儿拔秧大儿插。
笠是兜鍪蓑是甲，雨从头上湿到胛。
唤渠朝餐歇半霎，低头折腰只不答。
秧根未牢莳未匝，照管鹅儿与雏鸭。

杨万里的诗清新活泼，诙谐风趣，人称"诚斋体"。按一般人理解，其人是不是应该也是洒脱不拘，甚至有点嬉皮笑脸？可事实上，杨万里本人却是一个非常正统的儒家，为官刚正敢言。其诗歌中有不少篇目就是反映民生疾苦、关心民族命运的佳作。本诗题为《插秧歌》，是一首七言古诗，只用短短八句，诗人就艺术地再现了农民一家冒雨赶插秧苗紧张、辛苦的场景，表达了诗人对劳动人民的赞美、理解与深切的同情。

"田夫抛秧田妇接，小儿拔秧大儿插。"农业生产讲究赶农时，插秧关系到一年的收成，不能错过时机，诗人在这里也没有半点闲笔，开篇就直奔主题。你看，一家男女老少全都上阵，拔的拔，抛的抛，插的插，好一幅生动、繁忙的雨中农事图！为了体现农事的繁忙，愚意以为这二句采用了互文的修辞格。互文，是古诗文中常采用的一种修辞方法。是由前后句文义互相交错，互相渗透，互相补充来表达一个完整意思的修辞方法。如《木兰诗》中"东市买骏马，西市买鞍鞯，南市买辔头，北市买长鞭"、白居易《琵琶行》中"主人下马客在船"等皆是。有人以为诗中的"田夫"、"田妇"、"大儿"、"小儿"有着明确而固定的分工，这种理解也未免太拘。难道田夫就只是抛秧，田妇就只是接秧？大儿只能插秧，而小儿只能拔秧？笔者生于农村，长于农村，曾经参加过多年的农村劳动，深感这种"各司其职"的说法实在于理不合、与事不符。

"笠是兜鍪蓑是甲，雨从头上湿到胛。"这是一个极为传神的特写镜头。兜鍪，打仗时候战士戴的头盔；甲，铠甲。这家人虽然已经戴了斗笠、披了蓑衣，称得上"全副武装"了，可雨水还是一直从头上流到肩胛，还不是全身湿透！戴笠披蓑更多的恐怕只是心理上的安慰吧。这一特写镜头前一句比喻真切，后一句白描传神,不仅体现了雨势之大,劳动条件之艰苦,而且暗喻了这插秧就是一场争抢农时的战斗。通过这一特写镜头,农民一家的吃苦耐劳、坚忍不拔的精神也就表露无遗了。

前四句诗人全用实笔,从正面直接刻画插秧的场面;接下来四句,诗人一笔宕开,转向农夫、农妇的对话。"唤渠朝餐歇半霎,低头折腰只不答。"渠,他。农妇叫农夫先把早饭吃了,也好暂时休息一下;可农夫只是弯腰、低头忙乎,并不回答。是他根本不搭理农妇么?不是,只是没有回应农妇叫他吃早饭的话罢了,话还是说了一句的:"秧根未牢莳未匝,照管鹅儿与雏鸭。"莳,栽种;匝,这里是完毕的意思。这两句农夫是在叮嘱妻子:别管我吃没吃饭,秧苗还没插完,你管好家里的小鸭、小鹅就好(别让它们到田里来糟蹋庄稼)。你看,忙得连早饭也没顾上,农夫一心惦记的只是庄稼!通过这一对话的细节描写,诗人含蓄地告诉我们:这庄稼里倾注的不仅仅是辛劳,还有农夫一家人全部的感情与心血。

关于杨万里,钱钟书先生说过:"诚斋可以说他努力要跟事物——主要是自然界——重新建立嫡亲母子的骨肉关系,要恢复耳目观感的天真状态"(《宋诗选注》)。象《插秧歌》这种近似口语白话的诗,通俗易懂,要在细品之后方能品出其俗中之雅,使读者如身临其境,感受到浓郁的生活情趣和扑面而来的清新气息。可是在某些人看来这似乎还是粗俗了些,还不够"雅",非得要深文僻典,或者干脆不食人间烟火,那才叫做"雅"。其实,那即使不是艺术的"盲目症",起码也是艺术的"偏食症",原是不足为训的。(谢良坤)

檄风伯

杨万里

峭壁呀呀虎擘口,恶滩汹汹雷出吼。
泝流更著打头风,如撑铁船上牛斗。
风伯劝尔一杯酒,何须恶剧惊诗叟。
端能为我霁威否?岸柳掉头荻摇手。

中国诗歌史上好诗自然多的是。不过,其中有幽默诙谐趣味的诗歌却是寥若晨星,少之又少;其诗以诙谐幽默为特色的诗人则又更少。南宋四大家之一的杨万里几乎是其中唯一的异数,他的诗,人称"诚斋体",特点就是富于幽默诙谐的风趣,不避俚语,可以称为"新感觉派"。笔者认为,他的这首七言古诗《檄风伯》就颇能代表"诚斋体"的风貌特色。

从内容上看，这是诗人行船的时候遭遇大风写下的一首诗。诗题中的"檄"，是檄文的意思，这里用作动词；风伯，就是风神。诗题合起来看，就是向风伯发通牒。通牒风伯，当真是好大的口气！

诗的头两句主要从听觉的角度渲染了风之狂暴、酷烈。古人早就有"云从龙、风从虎"的说法，这风从陡峭的山崖吹来，呀呀作响，让人觉得好似猛虎张开血盆大口发出震动山谷的巨响；狂风吹动江面，浪高流急，险恶的滩头发出雷鸣般吼声。猛烈的风声、轰隆的滩声交织在一起，实在是令人不寒而栗。精妙的比喻，极度的夸张，将原本无形无质的风刻画得生动形象，给人以身临其境的感受。

三、四句主要从行船人的主观感受间接刻画风。泝，同"溯"。诗人本来就是逆流而上行船，如今偏偏遇上打头风，前行自然是难之又难。究竟有多难？诗人说，难得好比撑着铁船要上牛斗（星座名）一样。逆行本来就难，撑铁船而行就难上加难，撑铁船而要上牛斗，那该多难！这可真是个奇妙的想象和比喻！直追唐人李太白"蜀道之难，难于上青天"的浩叹。诗的前四句先从正面、然后从侧面极度渲染了风的猛烈、险恶，这就为下文诗人"通牒"风伯蓄了势、张了本。

"风伯劝尔一杯酒，何须恶剧惊诗叟。"这两句字面浅近，不难理解，"风伯啊，请你来喝一杯酒吧，何必这么凶巴巴的吓唬我这个老人家呢"。风实在是太大了，诗人干脆直接与风神对话，而且是劝风神来喝酒。意思是"如果风神你都喝了我的酒了，那就不会再这么折腾了吧？"以己度人，以为一杯酒就能摆平风神，实在是诗人异想天开的奇想；而且其态度、语气极为诚恳，称风神为"尔"，完全一副平起平坐、好说好商量的架势，哪里还是什么"通牒"！细细想来，就颇觉诗人有色厉内荏之嫌，真是让人不觉莞尔。

既然诗人对风伯已经发出如此"通牒"了，那究竟有什么效果呢？这既是诗人关心的，恐怕也是读者非常关心的，到这里尾联自然而然就推出了。"端能为我霁威否？岸柳掉头荻摇手。"霁威，收敛起威风，这里指风停或者风变小。风停了吗？诗人放眼望去，只看见岸柳在摇头，芦荻在摇手。诗人没有直接回答风伯"霁威"与否，而是使用了拟人的手法，含蓄而形象的表示虽然对风神发出了通牒，可风神并没买账，依旧气势汹汹。全诗到此就戛然而止，可诗人的失望之情已然溢于言表，自嘲手段失效的同时也表现出些许幽默意味。

自古以来，檄文的名篇不是没有，唐诗人骆宾王著名的"讨武曌檄"就是；蹊径独辟，将寻常物事人格化的也有，韩愈的《祭鳄文》就是；可是将"檄文"写的这么温情、这么幽默、这么有风度，杨万里大概是独一份了。艺术最忌千人一面，万篇一律，杨万里及其"诚斋体"的价值，首先就在于这种"与众不同"。

（谢良坤）

五月初二日苦热

杨万里

人言长江无六月,我言六月无长江。
只今五月已如许,六月更来何可当!
船仓周围各五尺,且道此中底宽窄!
上下东西与南北,一面是水五面日。
日光煮水复成汤,此外何处能清凉?
掀篷更无风半点,挥扇只有汗如浆。
吾曹避暑自无处,飞蝇投吾求避暑;
吾不解飞且此住,飞蝇解飞不飞去。

  据说"牢骚太盛防肠断",看来牢骚不是个好东西。不过,牢骚如果发得高雅、发得别致,一样可以成诗,甚至是好诗。谓不信予,且看杨万里的这首《五月初二日苦热》。这是一首七言古诗,也是一首别具一格的牢骚诗,全诗十六句,每四句一转韵,从内容上看,也正好分为四个层次。

  诗人的牢骚是因为天气太热。前四句劈头盖脸就是牢骚,目标对准的是古人。古人不是说长江无六月吗,可为什么才五月天气就这么热?既然天气这么热,那么话就得倒过来说,应该是"六月没长江"才对!也真亏诗人想得出!六月连长江都要烤得干涸了,这天气热辣的程度可想而知,由此看来,诗人的火气不小还真是有来由的,唉,都是天热惹的祸!

  前四句采用的是全景式的描绘,刻画了整个大环境的酷热,语言夸张而线条比较粗放。接下来四句就集中在一个点上进行具体的刻画了。这个点就是作者乘坐的船。仓,同"舱";"且道"是口语,试想或试问的意思。天气炎热,诗人乘坐的又是一只小船,船舱周围只有五尺来宽,逼仄狭促的环境,更使人感觉压抑,更增内心的烦乱。"上下东西与南北"诗人不厌其烦,六个方位一一点到,一一看过去,可是"一面是水五面日",这毒毒的阳光全方位地、毫无遮拦地照过来,想找个躲阴凉的地方也没有!这天不但热得让你受不了,而且你连躲也躲不起,你说惨不惨?火辣辣的太阳,逼仄侠促的环境,烦躁焦灼的内心,诗人当真是内外交困了。

  "日光煮水复成汤,此外何处能清凉?"诗人继续在埋怨。太热了,太热了,阳光之下,江水已经变成热水,再也找不到一个稍微清凉一点的地方!"煮"字用得甚是夸张，也甚为神奇，既将江水久煮欲沸的感觉形象地刻画出来，也足见诗人内心的深深怨毒。"此外何处能清凉？"采用反诘句，问而不答，也不需要回答，答案都明摆着呢！既然躲无可躲，避无可避，那老天爷就来点风吧？可此时偏偏一点风也没有，不，诗人说的是"半点风"也没有。没有风，那就只有自己想办法：扇扇子。可是此时连空气都是烫人的，不扇扇子热，一扇扇子更热，甚至"汗出如浆"！诗人只有徒唤奈何了！

已经够郁闷、够恼火了吧？不忙，更可恼的还在后头呢。"吾曹避暑自无处，飞蝇投吾求避暑；吾不解飞且此住，飞蝇解飞不飞去。"这次诗人牢骚的对象是苍蝇。炎炎酷暑，诗人自己躲无可躲，避无可避，原属无可奈何之事，倒也还罢了；可苍蝇偏偏还叮在人身上藉人身的阴影纳凉，这苍蝇还真是会找地方！岂不是更增恶心、让人更觉添堵么？也难怪诗人真是恨不得胁下陡生双翼飞往清凉无汗的世界了。可是想飞走的诗人"不解飞"，"解飞"的苍蝇偏偏"不飞去"，让人哭笑不得，十分无语。

人无贤愚，盛夏苦热，古今一体，几无能外。能将苦热之情发而为诗，已是甚为不易。而像杨万里这样汪洋恣肆地大笔摹写盛夏苦热之景、之情的诗作，更属凤毛麟角。就笔者极为有限的阅读范围来看，写夏天"苦热"的诗词名篇实在不多。与杨万里同时代的另一位诗人范成大有名句曰："但得暑光如寇退，不辞老境似潮来。"与此诗比较，两者的苦热之情、艺术造诣差相仿佛；若论其摹写的细腻、形象、曲折、宏大，杨诗自又胜过。虽然因为体裁的不同，二者相比并不完全公平。

杨万里生性怕热，因此对酷热的感受较之他人就更为敏感，发而为诗，也就显得更为真切。除此篇外，他还写过好些"苦热"的诗。有人以为杨万里的这首诗里包含了对民生疾苦的同情，就未免求之过深而有些牵强附会了吧。（谢良坤）

重九后二日同徐克章登万花川谷月下传觞

杨万里

老夫渴急月更急：酒落杯中月先入。
领取青天并入来，和月和天都蘸湿。
天既爱酒自古传，月不解饮真浪言；
举杯将月一口吞，举头见月犹在天。
老夫大笑问客道：月是一团还两团？
酒入诗肠风火发，月入诗肠冰雪泼。
一杯未尽诗已成，诵诗向天天亦惊！
焉知万古一骸骨，酌酒更吞一团月！

这首诗是杨万里在宋光宗绍熙五年（1194）退休家居时作的，他的老家是江西吉水。徐克章是他的朋友，万花川谷是他家的花圃，因为花种很多而得名。他写诗歌有自家的风格，也就是所谓"诚斋体"。"诚斋体"的主要特色，按照前人的说法，是"死蛇弄活"、"生擒活捉"，就是要追求一种"活法"，在流转圆美如弹丸中显出新奇活泼、风趣幽默和曲折变化的艺术效果。这一首诗，就体现了他的这种独有风格。

全诗文字通俗，简直就是当时的白话诗了，读来意思晓畅明白。但是，诗歌大胆地发挥想象，采用了浪漫主义的写作手法，源于李白而又都出于己意，却是很见妙趣了。我们先看看李白的诗歌《月下独酌》："花间一壶酒，独酌无相亲。举杯邀明月，对影成三人。月既不解饮，影徒随我身。暂伴月将影，行乐须及春。我歌月徘徊，我舞影零乱。醒时同交欢，醉后各分散。永结无情游，相期邈云汉。"杨万里这首诗歌的前半部分，就主要化用了李白的这首诗意，写作者自己和朋友对月饮酒那种兴高采烈而又天真烂漫的情态。但是他是反用李白的意思的，如果说李白表现的是一种孤独、怅惘和愁苦的感情的话，那么杨万里这里表现的却是从骨子里生发出来的一种欢欣、快乐、甚至是与月亮嬉戏的情景了，所以读来给人一种欢快的愉悦感。您看他酒渴时急于饮酒，却看见月亮早就落在酒杯中，把天也带进来一齐打湿了，真是非常惊喜的心情，接着就是一句"月不解饮真浪言"，直接反驳了李白的意思，带着几分的顽皮的心情。再往后，一口吞下一杯酒，以为也吞下了月亮，但是"举头见月犹在天"；又大笑问客（徐克章），"月是一团还两团"；又向天朗诵自己的诗歌，天也不胜惊讶；最后还说到老夫今夜陪客痛饮，频频举杯，"酌酒更吞一团月"。这些地方，反反复复把月亮和酒和自己和客人紧紧地联系在一起，从各个不同的角度来描写，来调侃，这就造成了极富喜剧性的气氛，显得特别有幽默感，也更加活泼，千载之下读来，也自有一种感人的生气，这就是"诚斋体"的独特的艺术效果。

杨万里对自己的风格，特别是对这首诗，是很觉满意的。据罗大经在《鹤林玉露》一书中记载："杨诚斋月下传杯诗云（按即本诗，略），余年十几岁时，侍家君竹谷老人谒诚斋，亲闻诚斋诵此诗，且曰：'老夫此作，自谓仿佛李太白。'"罗大经是杨万里的同乡晚辈，又是杨万里的大儿子杨长孺的熟人，所记应该是可信的。于此，也可见当时人们就对"诚斋体"有了认识和了解了。（管遗瑞）

池口移舟入江，再泊十里头潘家湾，阻风不至

杨万里

北风五日吹江练，江底吹翻作江面。
大波一跳入天半，粉碎银山成雪片。

> 五日五夜无停时，长江倒流都上西。
> 计程一日二千里，今蹴滟滪到峨眉。
> 更吹两日江必竭，却将海水来相接。
> 老夫蚤知当陆行，错料一帆超十程。
> 如今判却十程住，何策更与阳侯争。
> 水到峨眉无去处，下梢不到忘归路。
> 我到金陵水自东，只恐从此无南风。

这是一首七言古诗。诗人在取道长江回建康的途中，遭遇狂风大浪，于是写下此诗。此诗成功地刻画了诗人面对狂风大浪时的心理活动，展现了诗人惊人的想象力和非凡的艺术创造力。

起笔四句诗人从正面实写长江的狂风大浪。"五日"交代大风持续时间之长，紧扣诗题"阻风"二字，也为后文"蚤知"、"错料"二句伏笔。第二句极言风力之猛，诗人驰骋奇幻的想象，极尽夸张之能事，描写狂风大力地、持续地吹动江水，以至将江底都翻卷成了江面。古典诗词中写大风的名句不少，但像杨万里这样的奇想和夸张，笔者此前不但没有见过，连听也没听过，确实是自开手眼。"大波一跳入天半"，此句诗人由低处往高处写，写出了巨浪之高，"跳"字非常传神，不仅表现了巨浪滔天的高度，而且写出了狂风大浪的气势与速度。"粉碎银山成雪片"，此句诗人从高空往低处写，以银山粉碎比喻巨浪跌落，那景色又该是何等的惊心动魄！当真让人舌桥不下。此二句一上一下，构图相映成趣，语言生新鲜活，写景入神，正好体现了杨万里在艺术表现上善于"生擒活捉"的特点。

接下来六句两次转韵，摹写的角度也从正面实写转向侧面虚写。由此开始联想狂风翻卷巨浪之下出现的情景，诗人的想象越发神奇。紧承第一句的"五日"，狂风"五日五夜无停时"，江水被卷到了天上，因此长江之水开始倒流。不仅如此，诗人连江水倒流的速度都给"计算"出来了，就算他个每天两千里吧，照此速度，如今也该流过滟滪堆而到达峨眉山了。够夸张、够奇特了吧？且慢，这还没完呢，接下来诗人的想象一发不可收拾的：这风如果再吹上两天的话，江水就"必将"枯竭了，到那时海水倒灌入江这一不可思议的现象就会出现了。我们知道，从来就只有"百川东到海"的，怎么会有海水倒灌入江的道理呢？看来，在文学艺术中，尤其在杨万里这里，"没有办不到的，只有想不到的"这句话确实是真理。

"老夫蚤知当陆行，错料一帆超十程。如今判却十程住，何策更与阳侯争。"这四句诗人无边无际的浪漫想象暂时告一段落，回笔照应诗题"阻风不至"四字。蚤，同"早"；阳侯，水神。诗人原以为走一天水路，要超过走十天陆路，可如今遇上这连续多日不止的大风，耽搁下的已经不止十天的陆路行程，诗人开始为自己的"错判"后悔了。这里的"后悔"，本是行旅途中遭遇大风浪的自然结果，诗人微微宕开一笔，也避免了行文的板滞，使得全诗具有曲折流动之美。清代诗人陈衍评价杨万里的时候说："他人诗，只一折，不过一曲折而已；诚斋则至少两曲折。他人一折向左，再折又向左；诚斋则一折向左，再折向左，三折总而向右矣。生看诚斋集，当于此等处求之。"本诗转折回旋之处尚多，这四句不过其中之一例罢了。即使单就杨万里为诗结构之曲折论，这一首也算得上是典范之作。

"水到峨眉无去处，下梢不到忘归路。"四句之后，诗人想象的翅膀再度张开，而且这一次的想象更为彻底、更为惊人。下梢，下端，这里指后续的江水。前面不是说倒流的江水一直流到了峨眉山吗？如今麻烦事来了："水到峨眉"遇阻，前头再无去处；江水已竭，后续的江水接不上来，前面倒流的江水也就流不回去了，忘了归路了。这就真是到了去无可去，退无可退的境地，你说该咋办？忘归路就忘归路吧，诗人再次宕开一笔，以"我到金陵水自东，只恐从此无南风"二句作结收束全篇。这二句仍然是联想：只怕一经这"五日五夜"北风的肆虐，从此大概就再也没有南风了吧。南风，照应前文的"北风"，如此行文，不仅前后勾连，使得整首诗结构完整谨严，而且突出了"北风"的威力在诗人内心造成的巨大"阴影"。

在宋代诗人里面，杨万里应该最是"语不惊人死不休"的一位。吹翻江底、长江倒流、海水反接、再无南风，杨万里的一首诗里就接连"违反"了物理学、地理学、气候学等多门学科的常识、常理。以今天的科学知识，我们当然知道这样的现象不是真的，也绝不可能出现；其实就是以古人的常识，又何尝不知道这些都不是真的？可杨万里偏要这么写，大家除了觉得瑰丽奇美，并不觉得逆情悖理，为什么？那是因为诗歌说到底是个抒情的文学体裁，所谓的"真"，指的是诗人感情、感受的真切，而不必胶柱鼓瑟于简单的"事实"，诗歌也没有科普的任务，更没有必要在事理上锱铢必较，只要就杨万里的心理感受而言，它是真实的、也是符合心理逻辑的，这就够了。否则，我们面对李白的"燕山雪花大如席"、"白发三千丈"之类的名句，又该情何以堪？（谢良坤）

和李天麟

杨万里

学诗须透脱，信手自孤高。
衣钵无千古，丘山只一毛。
句中池有草，字外目俱蒿。
可口端何似，霜螯略带糟。

杨万里《诚斋荆溪集序》中说自己学诗最初是学江西派诗人，后来学后山（陈师道）五字律，再学半山老人（王安石）七字绝，再后来学晚唐诗人的绝句。学得越是努力，写得越是艰难，后来忽有所悟，告别晚唐诗人、王安石、陈师道以及江西诗派诸君子而不敢再刻意学他们时，反倒能欣然命笔，独创了一种被时人称之为"诚斋体"的平易自然、清新活泼的诗体。与李天麟论诗诗，原本两首，兹录其一。

这首诗开篇便说"学诗须透脱，信手自孤高"，《古尊宿语录·题〈南泉和尚语要〉》云："王老师真体道者也，所言皆透脱，无毫髮知见解路"，这里的"透脱"既有详尽而能释疑的意思，又有灵活而不呆板、不拘泥的含义，"孤高"则是孤特高洁之意。颔联所谓"衣钵无千古，丘山只一毛"则是说的要超越前人而富有创新的精神，这里以佛门中的衣钵授受打比喻，衣钵决不可能是千古以来永远传承下去的，真悟入者不必死守成法，大可超越乃师径自作祖，过去视师父为"丘山"，一旦超越师父则可视之为"一毛"。

颈、尾二联是说学诗"透脱"而"信手"后在超越前人的基础上所应该达到的艺术境界。"句中池有草"以谢灵运《登池上楼》诗中"池塘生春草，园柳变鸣禽"的名句为喻，旨在说明诗歌造语须天真自然。据《南史·谢惠连传》载："（灵运）尝于永嘉西堂，思诗竟日不就，忽梦见惠连，即得'池塘生春草'，大以为工。尝云：'此语有神助，非吾语也。'"这正是有了"透脱"功夫之后"信手"拈来的佳句。"字外目俱蒿"句，"蒿目"出自《庄子·骈拇》"今世之仁人，蒿目而忧世之患"，后世以"蒿目"比喻关心现实、忧虑时政，作者这里却是说"蒿目"之情须见之于字外，也就是说诗歌造语宜含蓄，要有言外之意和味外之旨。品味这样的诗作，就像天高气爽的秋天饮酒吃蟹一般，其味耐品而妙不可言。（易可情）

池 亭

杨万里

小沼才阶下，孤亭恰小边。
揩磨一玉镜，上下两青天。
可惜无多水，难堪著钓船。
今年非不暑，每到每醒然。

池亭是中国园林艺术必不可少的建筑设计符号。它随物造形，或大或小，不拘一格。作为主人居住休闲之所，池亭使苑囿的层次感增加了，景致更深了，也增加了主人生活的情趣。池亭因此也常常出现在古代诗歌中。

杨万里写过好几首关于池亭的诗。如他的《静坐池亭二首》中："胡床倦坐起凭栏，人正忙时我正闲。却是闲中有忙处，看书才了又看山。"将文人读书生活的宁静与闲适生动形象地描绘出来。水，晶莹剔透、洁净清晰、既柔媚又坚韧，以其特有的形态以及所蕴涵的传统哲理，成为我国园林艺术中不可缺少的、富有魅力设计符号。水的流动淌落以及悦耳的声响为园林空间增添了活力与快乐的情趣，水中的游鱼和水草则丰富了景观的层次和运动。另外，水边的树荫、亭榭或是水中的小岛又形成了供人休憩、思考的静谧的角落。杨万里这首诗写的是夏天到池亭避暑的生活情景。虽然诗题为池亭，有水有人，而主要写的是水趣，抓住了水的特点，表现了文化人独特的审美情趣。

首先交代了小池的位置。小池与亭子紧紧相临。亭子的台阶都延伸到小池中了。而这座亭子，就在岸边。这种布局是很紧凑的。第二联写小池的洁净。"玉镜"二字，写出了小池的形状如玉磨的镜子一般。镜子是圆形的，可见这个小池的形状是圆圆的。在整个园林中，这个小池就像磨出的一面镜子一样。不仅点亮了整个园林的色彩，富予园林以灵性和活力。它像镜子一样映照出天空。这既是实写，也是纳宇宙万物于胸怀之中的大境界了。虽然写的是小沼，然而气魄却不小。

第三联继续写水趣。这一联很值得玩味，字面上是一层意思：因为是小池，所以继续写其小，既然小，就没有很多水。所以连钓鱼船都载不动。而更丰富的意思是，池中游鱼戏水，惹得诗人钓鱼的心思大发。水中之鱼是水趣的重要内容。陆游的《池亭夏昼》中写道："群鱼聚散忽无迹"于石的《秉国池亭》"恋钓游鱼弄翠萍。"宋赵善涟《池亭夜游》"波静觉鱼沉"，都是直接写观鱼之趣，钓鱼之乐。而杨万里此诗却避免出现鱼字，而是写诗人玩性大发，想要坐船去钓鱼。仿佛是诗人叹息连连，遗憾不已。实则写足了这小池中无限的鱼趣。其中的诗情诗味，更甚至前面这些诗作。

最后诗人点明季节正是暑天。而有了一泓小池，就有了一个天然的温度调节器。在这个炎热的夏天，每一次来到这里就会感到神清气爽。杨万里还有一首《独坐池亭》，大约也是这个小池吧。他写到"荷边弄水一身香，竹里招风满扇凉。"在所选的这首诗里，诗人没有写"荷花"，也没有出现"竹"。仅用"醒然"二字写自己来到池亭的感受。而稍有中国园林常识的人都会知道，即使是小池，也会栽种一些植物的。

这首诗的好处在于只抓住了家庭园林的核心水的要素，从自己的感受写起。充满文人雅趣，给人不尽想象。（梅红）

题湘中馆

杨万里

江欲浮秋去，山能渡水来。
娵隅蛮语杂，欸乃楚声哀。
寒早当缘闰，诗成未费才。
愁边正无奈，欢伯一相开。

怀才不遇是中国古代诗歌一个永恒的主题。前有左思的《行路难》、李白的《将进酒》，一泻千里固然豪迈，而这似乎不符中国诗歌传统。用律诗如何去抒发这种情感，可真是诗人的艺术修养的体现。这首诗写于绍兴三十二年（1162）秋，这年夏天诗人赴长沙担任湖南漕运司主试。九月份又回零陵，继续担任零陵丞。在归途中曾住宿湘中馆，诗人写了两首诗，这是其中的第二首。零陵丞这一职务对于杨万里来讲，显然是不符合他心中的自我认同的。这无边愁绪在归途中，在越走越偏僻的行程中，就再也不能遏制。

寓情于景，借景抒情。第一联历来为人称道。袁枚力顶此句，称其"则又瞠乎后矣！""瞠"就是指让人读得瞠目结舌。这两句的好处，历来认为是写活了景物，富于景色以动感。而笔者认为，这两句正好写出了秋季涨水，也就是秋汛的情景。杨万里回去时，正是九月秋汛时节。"浮"字和"渡"字，特别地写出了秋江水势凶猛的情景。此情此景，绝非让人闲庭信步的、怡然自乐的愉悦，而是路途艰难，另一番惊心动魄。有奇景才有奇情啊，古代少数民族聚居之地，一般都是山险水恶，风光自然也是别样不同。

身体的劳顿带来的是心里的痛苦。更何况秋意袭来，更增添了几分悲凉。他的牢骚也随之而来。不过他发得很巧妙。用了《世说新语·排调》中郝隆的故事。郝隆担任了桓公南蛮参军，三月三日这天，桓公与群臣聚会，以作诗为乐。如果写的不好，就要罚酒三升。郝隆刚开始以不能写诗而受罚了。喝了酒后，诗兴大发，拿起笔就写了一句："娵隅跃清池。"桓公问他："娵隅是什么"他回答说："这是蛮语的鱼的意思。"桓公说："作诗怎么用蛮语？"郝隆："我千里迢迢投奔您，才得到蛮府参军的职务。那里能不用蛮语？"也许是仗着酒劲，郝隆将其不满直接说了出来。欸乃是摇橹的声音。唐元结《欸乃曲》其序曰："大历丁未中，漫叟结为道州刺史，以军事诣都使。还州，逢春水，舟行不进，"谁能听欸乃，欸乃感人情。"，可见，诗人此次归途是很不顺利的。加之心情郁闷，就更加沉重了。便觉得秋天也来得格外的早。这秋，是诗人心里面的秋，而不是秋天所带来的。李商隐曾有诗"满宫学士皆颜色，江令当年只费才"，杨万里反用其意，言自己不仅有诗才，暗含还有政治抱负不及施展。最后又回到了中国传统诗人的宿命，那就是借酒浇愁。欢伯是中国古代的名酒，有："酒为欢伯，除忧来乐"之说。

整首诗的构思精巧，浑然天成。历来人们只重视第一联名句，而忽视了整首诗的艺术性，这是一个遗憾。（梅红）

和仲良春晚即事

杨万里

> 欲与东风说，休吹随絮飞。
> 吾行正无定，魂梦岂忘归。
> 花暖能醺眼，山浓欲染衣。
> 只嫌春已老，此景也应稀。

隆兴元年（1163），杨万里任零陵丞，仲良即张仲良张材，任零陵司法参军。这也许是同僚们游春时的唱酬诗。原有五首，这是第三首。表现的是诗人的惜春之情。

一般认为，春天在古代诗歌中是一个欣欣向荣的季节，其实不然。因时令不同，文人们的感受也完全不一样。初春，往往给人以朝气，给人以希望，如"东风好作阳和使，逢草逢花报发生"，"寒随一夜去，春还五更来"。而晚春或者暮春，则往往令人动美人迟暮的感喟。"林花谢了春红，太匆匆，无奈朝来寒雨晚来风。"或是"一片飞花减却春，风飘万点正愁人。"还有如"已是人间寂寞花，解怜寂寞傍贫家。老来不得登高看，更甚残春惜岁华"。晚春给人的是流年易逝，韶华不再的痛心感。杨万里此诗也是以"惜春"为主旨，在技法上随意运用，写活了景物，虽为惜春，却多了几分层次，几分诗韵。

漫天的飞絮是晚春的标志性景物，这飘飞的柳絮惹得诗人愁肠百结。他忍不住充当护花使者，要向东风求情了：求你不要再把柳絮吹落了。这一番情趣，是杨万里所特有的，他一向性情本真，充满情趣。他曾对瘦蝉发问：瘦蝉有得许多气，吟落斜阳未肯休。他曾"有酒唤山饮"，这样看来，他开篇求东风别再吹落柳絮也是性情中事了。第二联又放开去，紧呈柳絮这一意象展开。"柳絮"的飘飞与人生的漂泊之间容易产生联系。明于谦《杨花曲》咏柳絮诗中将此关系揭示得最深刻的："垂杨飞白花，飘飘万里去。多情蜂蝶乱追随，不问依栖向何处。人生漂泊无定踪，一似杨花趁暖风。今朝马足西边去，明日车轮又向东。可怜不识归来路，一去江山千万重。杨花本是无情物，懊恼人生在客中。"从柳絮的漂泊身世联想到自己的羁旅仕宦，思乡之愁顿生。第二联看似与第一联无关，实际上又有着密切的联系。诗人之所以要求东风不要再吹柳絮的原因也在这一联得到了阐释。

第三联又回到眼前的景物来。这种转折很显杨氏功力。从柳絮写到自己的人身际遇，又从人身际遇写到晚春景物。随意流转，不觉生硬，脱透自然。从凋零的景象又写到繁花锦簇的景象。此时山色正深，山花烂漫，一个"暖"字，一个"染"字，充满动态感，富有色彩感。将春深似海的景象栩栩如生地描绘出来。值得注意的是这一联的热闹与第一联的飘零之景形成鲜明的对比。一冷一暖，一凄凉一热闹。这种起伏正为最后一联埋下伏笔。尾联再来一次转折"只嫌春已老，此景也应稀。""嫌"字从那大好春色中看到了败落，从那花红柳绿中看到了晚景。又是一次情绪上从高到低的转折。这美好的景色也即将凋零不再了。又回归到惜春上来。

这首诗的格调保持了杨万里一贯的清新明快，即使是伤春惜春也不会太过悲凉。（梅红）

春晴怀故园海棠

杨万里

故园今日海棠开，梦入江西锦绣堆。
万物皆春人独老，一年过社燕方回。
似青似白天浓淡，欲坠还飞絮往来。
无那风光餐不得，遣诗招入翠琼杯。

作者用这个题目写了两首诗，这里选的是第一首。诗的后面，作者自己加了一条注："予去年正月离家之官，盖两年不见海棠矣！"就是说，他在去年正月离开家乡到外地做官，已经两年没见到家乡的海棠了。离家才一年出头，为什么说两年没见花了呢？海棠花，是一种淡红色的花儿，很好看，一般都在春季开花。正月他离家时花可能还没开，去年的花他没见着，今年在外地，又没见着，所以说两年没见花，实际上只是两次花没见着。他是多么想见到家乡的海棠啊！

诗一开头就点了题，写春晴怀念故园的海棠。意思说，今天天气晴朗，春风和暖，正是家乡海棠开花的时候；我在梦中回到江西吉州吉水老家，看到了海棠一朵一朵都开了，这繁花就像美丽的锦绣堆起来似的。俗话说，"日有所思，夜有所梦"。想海棠，真的梦见家乡繁花似锦的海棠。当然，也不一定真的做了这种好梦，诗人有时喜欢假托梦境来表现极端想念。也就是借"有所梦",来表现"有所思"。如果以为诗中写梦,都是真的做梦,那就被诗人瞒过了。写梦只是一种手段,目的在于表达思念之情。

第三句说,大地回春,万物欣欣向荣,而人却老了。春天,古时叫"青春",后来,人在青年时期也叫"青春"。春天的景色和青春的少年,是很和谐的,都富有生气。可是这里却把春景和老人摆在一起,这不仅不协调,而且形成一种对比,是生气勃勃和衰飒老气的对比。作者从春日海棠开花,想到万物回春,又联想到自己将要老了。这里有意拿春景来反衬自己虚度年华,寄托了无限感慨,也激起了对春天的热爱。

古人一年要祭两次社神,春祭叫"春社",秋祭叫"秋社",都是为了向社神求得平安和丰收。第四句说,每年过了社日,燕子才飞回来。这里说的是春社。燕子是候鸟,过了春社日(春分前后),才从南方海岛上飞回。这一句和上句相呼应,以燕子飞回,补充说明"万物皆春",使人感到花也春,鸟也春。

第三联说,春天像青又像白、不浓又不淡的天色,美极了;就在这春空里,正飘着柳絮。这柳絮像是要掉下来,却又飞上去,上上下下,来来往往,飘个不停。这一联也是形容"万物皆春",使人感到天空也是春,柳絮也是春。

最后一联说,无奈这美好的春日风光吃不得,那么就让诗歌(遣诗)把它招引到翡翠琼瑶做的酒杯中来吧。晋朝陆机《日出东南隅行》说"秀色若可餐",作者在这里一反其意,说春光"餐不得";然而却又天真地设想:吟诗,让诗把它引到酒杯里,就可以连同酒一起喝下去了。正是用这种浪漫天真的构思,表现了作者热爱故园春光的真挚感情。(梅红)

贺澹庵先生胡侍郎新居落成

杨万里

清庙攲斜一笑扶,归来四壁亦元无。
可怜拙计输余子,住破僧房始结庐。
三迳非遥人自远,万间不恶我何须。
冥搜善颂终难好,贺厦真成燕不如。

这是一首朝贺新居的诗,而这首诗不好写。因为新居的主人,是大名鼎鼎的忠臣胡铨。弄得不好,会影响主人的清名。

新居就是新房子,这当然是主人财富的象征。古代早有石崇家的厕所比普通大臣的卧室还豪华的故事。而中国传统士大夫精神中，是鄙视财富的。两袖清风是忠臣的风范。本诗中澹庵先生胡侍郎就是胡铨。胡铨为官后力主抗金复仇，反对投降，上疏《戊午上高宗封事》，乞斩奸相秦桧，大长国人志气，吓坏了金国君臣。胡铨被贬遭流放22年，而终不改其志，被称为庐陵"五忠一节"之一。胡铨治家极严，自己也极其自律，也没有家产。所以要写这样一位忠臣的新居，当然要以其清名为重。

  杨万里这首诗无疑是成功的。虽为贺新居落成，但是处处扣着的是主人的气节。诗的前两句侧重写旧居之陋和主人之乐。清庙是严肃清静的房子，欹斜是已经倾侧歪斜了。此时胡铨已被孝宗启用，他回来后的房子仍然是家徒四壁，空空如也。胡氏旧居的破漏之相已经毕现。而这恰恰如《左传》桓公二年，"是以清庙茅屋，……昭其俭也。"突出的是主人的节俭。《宋诗精华》注释认为一笑扶的扶，是依扶的意思。而笔者认为理解为修缮、加固倾斜的房屋更好。意味房子已经千疮百孔，摇摇欲坠，而主人总是安之如饴，这"笑"当中，颇有颜回的品格。孔子曾经盛赞他的弟子"颜回居陋室，一箪食，一瓢饮，人不堪其忧，回也不改其乐"。孔子这个学生住简陋的房子，吃简单的饭，用瓢喝水，却并不烦恼，每天乐呵呵的生活。这无疑是对胡铨极好的赞美。读者会有这一疑问了。那他为什么要修新房子呢？如果这个问题回答不了，那么也不能全胡公的美名。于是诗人继续写道，胡家的孩子太多了，又都渐渐长大了，房子已经不够住了。这个原因既是实写，也是最有说服力的。余子，是指众子。胡铨的子女众多，有五个儿子。又破又小的旧居已经不够住了。第四句中的"破"字值得体味。一层意思是那个老房子已经住得破旧了，二层意思是他家在破房子里住了很多年了。僧房并不是指僧人的房子，是指胡氏的房子简陋的如僧房一样。这个简陋的房子已经不能满足居家的需要了。于是不得不想办法修建新的房子了。

  后四句诗人转而写情了。杨、胡二人的交情很深。杨万里非常敬佩胡铨，深受他的影响。曾请胡铨为此写了《诚斋记》，以表明自己"正心诚意"之意。这首诗写于乾道二年丙戌（1166），这一年杨万里在江西吉水服父丧，与胡氏家族的人多有往来。胡铨旧居在值夏。这一年三月，杨万里到值夏去祝贺。西汉末年，刺史蒋诩告病辞官，隐居乡里，在院子中开辟了三条小路。只和求仲、羊仲来往，以求全身远祸。这里借用这个典故写两位朋友隔得远了，不能常相往来。杨万里率真的性格再次展露。你的房子再多我又哪里需要呢？表明了自己心向往之的意愿。最后"贺厦真成燕不如"，写自己搜肠刮肚，写下此诗，但是没有好的诗句，还不如飞来栖梁的燕子，能时时和主人在一起。表明了作者见贤思齐，再次表达希望和胡铨在一起的愿望。（梅红）

送周仲觉访来又别

杨万里

酒边诗里久尘埃,见子令人病眼开。
无夕不谈谈不睡,看薪成火火成灾。
小留差胜匆匆别,欲去何如莫莫来?
渠故功名我岩壑,老身谁子共归哉?

好友来了又走,多么惆怅而无奈?这便是此篇的情感基调。诗作的写作年代应在杨万里回老家江西省吉水丁忧期间,这一次丁忧,杨万里不仅失去了父亲,同时也耽误了前程,让他不得不暂时收拾起自己的满怀雄心与壮志。

绍兴三十二年(1162年)六月,高宗赵构逊位,孝宗即位,南宋政局发生了重大变化。孝宗锐意恢复,起用张浚为相。次年秋,张浚立即起调时任永州零陵县丞的杨万里赴任临安府教授。然而,正当杨万里踌躇满志的时候,还没有来得及赴任就得到父亲病重的消息,杨万里立即由零陵出发,于1164年的正月西归故乡吉水,侍奉父亲于病榻前。当年八月,父亲病故,杨万里居家守服,"三年,户不闭而无客气"(《送王才臣赴秋试序》)。丁忧期间,杨万里生了一场病,病得似乎并不轻,时间也不短,唯一经常去探望和陪伴他的就是挚友周仲觉。周仲觉的生平不详,应该是杨万里的一位发小,能诗,两人感情很深。除了此篇,还有《和周仲觉三首》等,足见彼此往来甚密。

诗酒寂寞的原因是什么呢?病是最直接的因素,还有就是综上所提到的那些个难言的隐衷,总之,原因太多。"诗"里有尘埃,是指精神的寂寥;"酒"边亦蒙尘,是言物质生活单调。借杨万里自己的话说:"户不闭而无客气",门前冷落。杨万里当然没有把周仲觉列入客人的行列,因为他们亲如手足,感情很不一般。在失去亲人的余哀中,在壮志难酬的无奈中,在身体欠安的焦躁中,周仲觉来了!于是,诗人高兴地睁开已经懒得一睁的病眼,端详自己的好朋友。

老友相见能做些什么呢?最好的就是精神抚慰,于是倾心交谈。没有一天晚上两个人不谈到很晚,而且了无睡意,谈兴就像火焰一样旺盛,两人眼看着取暖的柴禾燃起熊熊火焰,最后又都变成了灰烬。薪火,成为好友之间情意与谈兴的一种象征意象,最终依旧得归于寂灭。

言谈中诗人与老友说了什么呢?无夕不谈,话自然很多,从孩提时代唠起,什么陈芝麻烂谷子的事儿都翻出来说了一遍。然而,杨万里却只记录了自己说的一句略带"孩子气"的气话:"小留差胜匆匆别,欲去何如莫莫来?"这应该是两个朋友聊到快要分别时候说到的话题。你在我这儿呆这么几天,自然是比一来就匆匆告别要好一些,可是,你还是惦记着离开,还得走,那还不如当初干脆就别来哩,省得我心里难过!笔触非常的细腻、真实,语言也极尽朴素与直白,就像拉家常一样。寥寥数语,读来令人心酸,却是情真意切!

来访的结局会是怎样的呢?自然是分别。分别时诗人最想说的是什么呢?谁人与归?"渠"是南方方言,代词"他",这个"他"一定是指周仲觉吗?倒不一定。诗人是在写一种社会现象,世人都在为功名而忙碌,然而我却心存丘壑溪谷。岩壑本意指山林溪谷,后借指归隐者或隐居的住所。唐代诗人岑参有诗:"岩壑归去来,公卿是何物?"(《下外江舟中怀终南旧居》)这里,诗人以自己打算寄身"岩壑",表明志向高洁,不愿为博取功名利禄而与世沉浮。然而,有谁愿与我一起回归山林呢?

苏轼《江城子·密州出猎》称:"老夫聊发少年狂。左牵黄,右擎苍。"时苏轼年仅三十八岁。苏轼的本意也多半不是指"人真老",而是"心太老"。算一算杨万里创作这首诗的时间,也绝不超过四十岁。自称"老身"用意与前辈苏轼相似,是心已经苍老了。杨万里一直对国家前途心怀忧虑,却是报国无门,加之丁忧在家,又在病中,情绪自然好不起来,于是愈加生出迟暮的悲凉。这样的心境,朋友的友谊就更为重要了,成为心灵的一计良药。故而诗人以疑问句作结:"老身谁子共归哉?"明里是问谁与我同归?内心则企盼好友周仲觉能够携手同行,也许这才是作者作成此篇的最深层的意义。(秦岭梅)

寒食雨作

杨万里

双燕冲帘报禁烟,唤惊昼梦耸诗肩。
晚寒正与花为地,晓雨能令水作天。
桃李海棠聊病眼,清明寒食又来年。
老来不办雕新句,报答风光且一篇。

杨万里晚年归隐之后,病卧中专为寒食、清明而作。

第一、二句皆有所本。"双燕冲帘报禁烟",学韦庄《三用韵》:"萤影冲帘落,虫声拥砌吟。"将春燕人格化,比拟成报信使者。禁烟,即禁火,点明是寒食节。"唤惊昼梦耸诗肩"化用苏轼《是日宿水陆寺寄北山清顺僧》:"遥想后生穷贾岛,夜寒应耸作诗肩。"本意是指天气寒冷，冻得双肩高耸，还在刻苦咏诗。杨万里借以指苦吟。诗人在梦中还在作诗，却被报信的两只春燕给叫醒了。大白天做诗梦，足见诗人的日子过得闲适而清苦，也写出了诗人对诗歌创作的痴迷。

"晚寒正与花为地，晓雨能令水作天。"此联用新颖的笔法描写雨中寒食节的景象，近代学者陈衍称赞此联，对仗"工而自然"。盖天暖气温，春花早开而早谢，而春寒料峭，春花开放的时间就延长，"与花为地"乃口头语，意思是为春花留地步、作打算，同时，"花为地"又与下句的"水作天"对仗工整、巧妙；春雨非常丰沛，到处积水成潭，倒映着天空，故曰："水作天"。

"桃李海棠聊病眼，清明寒食又来年。"诗人走下病榻，走出房门，看到的是满园的桃花、李花和海棠花。尽管病中两眼昏花，也无力细细观赏，但诗人仍被浓浓的春意感染了，精神振作起来。不过，快乐的日子总是过得太快，要想再过寒食和清明节，又要等到来年了，那又该是明年的事情。而明年将会怎样？自己又该身在何处呢？一切都令人遐想。今人只过清明节，对寒食节已经淡忘，甚至不太了解了，然古人过寒食节是和清明一起过的，寒食就在清明节的前一两天。

寒食节最早为"禁火节"，源起于上古先民对于火的崇拜。后禁火节又转化为寒食节，用以纪念春秋时期晋国的名臣介子推。史书记载说，晋公子重耳在流亡期间，饥饿难当，一度晕厥。介子推为了让重耳活命，暗中割下大腿上的肉为他充饥，重耳事后得知大为感动，立下诺言要予以厚报。后重耳归国做了晋国国君，是为"春秋五霸"之一的晋文公，然而在封赏功臣时竟忘记了归隐的介子推，时介子推已安然携老母隐居于绵山。晋文公很负疚，亲自到绵山请介子推出山，可是介子推不食君禄，带着老母亲藏于今山西省的绵山。晋文公令手下放火焚山，本是想逼介子推出山，结果介子推和母亲一起抱着一棵大树，被活活烧死。为此，晋文公十分懊悔和自责，为纪念介子推，晋文公下令在介子推死难之日不得生火做饭，要吃冷食，是为寒食节。对于古人而言，寒食节是很重要的一个节日，而且是一个"诗"的节日，历代诗人对寒食节都多有吟咏。显然，这个节日与当时杨万里的心境是非常契合的，丁忧期间，即便是不想清闲也是不可能的，不如处之泰然。

"老来不办雕新句，报答风光且一篇。"人老了，已经不擅长于雕章琢句，写不出什么新颖的好词句来，姑且吟成一篇，以此报答眼前的大好春光和无限春色。结句显平常，交代了作诗的主旨，至于"老来不办雕新句"显然是谦词了。此篇紧扣诗题，且结合诗人的真实生活选取描写对象，形象鲜活，口语尤为鲜活。（秦岭梅）

南溪早春

杨万里

还家五度见春容，长被春容恼病翁。
高柳下来垂处绿，小桃上去末梢红。
卷帘亭馆酣酣日，放杖溪山款款风。
更入新年足新雨，去年未当好时丰。

杨万里乃江西吉水南溪人，此篇写的是诗人故乡的春天，而且是早春。

起句点题，交代创作时间。"还家五度见春容"回乡后，我已是第五次见到春天的容颜，说明此篇创作于诗人归乡后的第五个春天，即宋宁宗庆元五年（1199），诗人时年72岁高龄，已逾古稀，垂垂老矣。"长被春容恼病翁"，笔触瞬间深入到诗人的内心世界。一个"长"字说明年年春来，岁岁被恼！春天到了，本该是令人欣喜和欢愉的事情，然而诗人却"恼"春，偏不高兴，不开心，于是顿生跌宕。恼春的原因是因为"病"么？诗人没有直说。显然，杨万里的衰容与春色是不堪比看的，而这并不是"恼"的根本原因所在，其中另有隐情。

宋光宗绍熙五年（1194），杨万里"乞祠"，退休回乡，"自是不复出矣"。他的退休是自愿的，也是无奈的，因为国事不可为。于是，心欲静而不得静，诗人"病"了，这一病，就"恼"起春来。恼春的人不一定爱春，爱春的人却是常常会恼春的，曹雪芹诗句："怪侬底事倍伤神，半为怜春半恼春。"（《红楼梦·葬花吟》）可权且借来作答。杨万里的"恼"必定因爱而起，这在颔联"高柳下来垂处绿，小桃上去末梢红"中立即得到了印证。不过，七十诗翁的伤春与二八少女"红销香断有谁怜"式的怨春，是断然不能相提并论的，其中蕴藏着几多沧桑、沉浮，是非、成败，怅惘、无奈，非少男少女所能解读和体味。

如果"衰草枯杨"是深秋的代表，那么"桃红柳绿"则是早春的标志。诗人用两个放大了的"特写"镜头——垂柳及新桃梢头的绿苞和红蕾，把春的消息带给了读者，观察细致、笔法轻灵。"垂处绿"、"末梢红"，春柳含苞、小桃初绽，一绿一红，一上一下，这是多么鲜亮、可爱而又令人惊喜的意象，却被诗人给抓住了，令人惊喜，让人眼前一亮。

如此大好春光，诗人自然在病榻上待不住了，他得走出去！看看垂柳新绿，赏赏小桃初放。颈联，诗人将自己——病翁，融入到美丽的自然和生机勃勃的早春当中。珠帘儿被高高地卷起了，耀眼的阳光洒入静谧的亭馆中，投下长长的光影，令人陶醉的春色也随之渗透进来，寂寞亭馆不再阴晦和凄冷。王安石《题西太一宫壁》曰："荷花落日红酣"，用"酣"形容太阳，当本于此。诗人沐浴着和煦的阳光，迎接着轻柔的春风，在青山绿水间徜徉，一个拄着拐杖、衰老多病的诗人形象被清晰地凸现出来了。此刻，诗人沉浸在自然美景中，心境是宁静的、畅快的。于是，阳光也变得温软了，风儿也变得轻柔了，早春本就如此地令人沉醉！

　　民谚说："瑞雪兆丰年"，春雨同样如此，民谚有"春雨贵如油"的说法。结句笔锋陡转，诗人由丰沛的春雨联想到这一年的作物丰收，推测今年定是个丰收好年景，而且相比之下，比喜获丰收的去年或许年景还要更好，这是普通农家最盼望的事情，也是诗人所关注的。与前面的早春描写对照，如此作结稍显突兀，却表现出诗作的新意和思想深度。"病翁"所在乎的并不只是自我心境，也不只沉醉于大好春色，他更关切的是百姓、民生。于诗行中自然流露出来的、按捺不住的悲悯之心，令人感动。

　　本诗收于《退休集》中，是杨万里晚年的作品。一位迟暮老人写早春，难免流于颓丧和消沉，然而这首《南溪早春》却没有，其原因就在于：诗人虽然是病翁加衰翁，但他热爱春天，而且把对春天的热爱推及到对山水故园的沉迷，对家乡父老的关切。据说，如今这首诗已经被刻在杨万里家乡的一座廊桥的墙壁上，以此怀念大诗人，同时教育南溪的子孙们热爱家乡。（秦岭梅）

五更过无锡县寄怀范参政尤侍郎

杨万里

苏州欲见石湖老，到得苏州发更了。
锡山欲见尤梁溪，过却锡山元不知。
起来灵岩在何许？回首惠山亦无处？
又生万事不可期，怏然却向常州去。

　　此篇为题赠范成大、尤袤的七言古诗。范成大曾任参知政事，尤袤曾任礼部侍郎，三人皆当时诗坛巨擘，与陆游并称南宋"中兴四大诗人"。杨万里与尤袤同岁，范成大比杨万里仅长一岁，三人为同龄人，且志同道合，擅长诗歌，彼此情意相投可想而知。当时，范成大已退居家乡吴郡石湖（今苏州吴县），尤袤闲居无锡梁溪。杨万里从都城临安（今杭州）出发，乘舟从水路经苏州、无锡，住常州，然后北上，打算顺道拜访两位好友。

　　开篇四句用语平直，只一般简单叙事。说自己路经苏州的时候，想见见范成大，到了才发现出发的时间太早，心想事不成；及至无锡，又想见见尤袤，不想正值五更天，或因企盼太久以至于困倦入睡，船过无锡时竟浑然不知。诗人这样说，是不是当时的实情？是不是合乎情理？其实并不重要，重要的是诗人想与老友相见却未果。一句话：身不由己，欲见不能！

"起来灵岩在何许？回首惠山亦何处？"灵岩，指苏州城西南的灵岩山。惠山，位于无锡城西，为江南名山，梁溪的发源地。等到醒来，起身一看才发现灵岩山已经杳然不知何处，回首惠山也早已抛诸身后，渐行渐远了。这是对前四句的呼应和承接，错过拜访朋友的同时，也一并错过了两地的名山胜水。连续两个诘问句，言两度欲见，两番失望，更兼风物不再，情感层层递进。此刻诗人的心情难以诉说，失落？惆怅？遗憾？负疚？也许兼而有之。人事两茫茫，内心的复杂情愫被渲染到了极致！

结句乃点睛之笔，读到此处读者方才明白，原来前面的"发更了"、"元不知"、"在何许"、"亦无处"，种种的情绪和抒写都是为结尾作铺垫的。诗人最想驻足停留的是苏州和无锡，然而，管你是快然还是怏然，也不管你是情愿还是不情愿，船儿都一往无前地驶向常州去了。也许有人会问：仅仅从欲见好友而未果就得出了"又生万事不可期"的慨叹，杨万里是不是小题大作了？当然不是，诗人是在借题发挥！

光宗绍熙元年（1190）初，杨万里借焕章阁学士充接伴金国贺正旦使兼实录院检讨官。作为接伴使，奉命横渡江、淮去北方迎接金使，这对于力主抗金的杨万里来说实在是一桩尴尬而别扭的差事，心中定然不爽，勉强为之本就是身不由己，也算是"不可期"之一。然而，此行让他有机会亲眼目睹宋朝的大好河山沦于金人之手，淮河竟成宋、金界河，两岸骨肉分离，幽愤难平。于是便有了《初入淮河》《过扬子江》等荡气回肠的爱国诗篇，对杨万里的一生，乃至艺术创作影响深远。当杨万里途经苏州、无锡时，自然想停舟靠岸与好友一晤，但使命在身无法自主，加上对国家民族前途的担忧，更觉世事难料，所以才用了"万事"不可期这样极端而绝对的语句。"不可期"的岂止是旅途行程的无法掌控？更重要的是个人和国家、民族命运前途的"不可期"！

人生慨叹无时不有，也无人不有！如果我们把这首诗看得简单些，当成一般的人生际遇和感喟来解读也无不可。记得一位著名的当代作家，在提到他与黄河的机缘时，讲述了一段有趣的经历。上世纪八十年代，作家乘火车西行，渴望能一睹母亲河风采，于是盼着、等着、熬着。可是，苦等却不至，终于憋不住了，要上厕所。忍无可忍之间，他朝卫生间奔去……。然而等他再度心急火燎地飞跑到车窗前的时候，被同行者告知：黄河刚刚过去！人生的等待是如此的漫长，然后错过仅在刹那之间！为此他怅惘、遗憾终生，直至在海外去世。杨万里"过无锡"的喟叹，与这位英年早逝的作家非常相似。"又生万事不可期"——世事难料，人生无常；你越是盼望着，就越是失望而不可得。也许，这就是人生！（秦岭梅）

进退格寄张功父姜尧章

杨万里

> 尤萧范陆四诗翁，此后谁当第一功？
> 新拜南湖为上将，更牵白石作先锋。
> 可怜公等俱痴绝，不见词人到老穷。
> 谢遣管城侬已晓，酒泉端欲乞移封。

这首诗是寄给两位朋友——张镃和姜夔的，可以称作诗体"书信"，然而细细一读，也是一篇诗论，即用诗歌写成的文艺评论。所谓"进退格"，乃诗韵术语，是一种邻韵通押的特殊格式。宋代严羽的《沧浪诗话·诗体》曰："有辘轳韵者，双出双入。有进退韵者，一进一退。"诗人用"进退韵"经营篇章，足见功力。

开篇四句，诗人一口气将南宋诗坛的诸位大家——罗列出来，除去自己，一个不落。当时的"中兴四大诗人"即"尤杨范陆"，诗人让萧德藻取而代之，意在自谦。萧德藻，字东夫，自号千岩老人。据说曾向曾几学诗，可惜诗多亡佚。方回在《瀛奎律髓》中评价说："如果萧不早死，即杨万里犹出其下。"可见，杨万里将萧德藻与陆游、范成大、尤袤并列在一起，并非没有道理。借用诗人自己的话说，"尤萧范陆"都是"余所畏"（《千岩择稿·序》）的人物。是什么让杨万里感到可怕呢？当然是四大诗人的艺术才华！这四大家，或清新，或平淡，或敷腴，或工致，各有千秋，不相上下，难分轩轾，诗人也不知道今后当谁执牛耳，所以用了一个诘问句："此后谁当第一功？"而更可喜的是，长江后浪推前浪，后生亦很可畏！风华正茂的南湖和白石是诗坛新出现的两位干将。张镃，字功父，卜居南湖，故号南湖，为贵公子，循王张俊的曾孙。张功父在宋元时期颇有诗名，元代诗论家方回称赞他："豪才类放翁"。姜夔字尧章，号白石，极擅作词，诗作也不缺少佳篇。据说，萧德藻读过姜夔的诗词后大加赞赏，曰："学诗数十年，始得一友。"于是一高兴就把兄女嫁给了才子姜夔，同时还四处引荐他，介绍他去见杨万里。所谓拜上将、作先锋显然是幽默、诙谐的说法，欣喜之情、赞美之意尽显笔端。

"可怜公等俱痴绝，不见词人到老穷。"诗人称当时的几位诗坛"大腕"是绝顶的诗"痴"！明知道干这一行的到老都穷愁潦倒，却还乐此不疲，不是傻子是什么？明里是哂笑，暗里却是揄扬。"穷"，除了指经济上的穷困，也指境遇的困顿。无论是杨万里自己，还是陆游、范成大、萧德藻，哪个不是几起几落、人生多艰？

哪个老了能安享富贵荣华？就说杨万里晚年，因得罪当权者而归隐故土，一封驿报就要了他的命。陆游的"家祭无忘告乃翁"千古传诵，落下个死不瞑目。萧德藻一生耽于作诗，苦吟不辍，然而却命运多舛，丧妻失子，既贫且病，早早的就去世了。创作此篇的时候，杨万里并不知道各位诗人的人生结局，但却一语成谶，终成现实，读来可叹！这其实是中国古代大多数知识分子的共同命运，是不言而喻的结局，杨万里并非能预测未来的预言家。

诗歌的结尾是应酬语：感谢你们来信，你们的意思我都明白了，心意也领了，我现在最大的愿望就是移封到酒泉，以诗酒为伴，寄情山水，归隐田园。"管城"指毛笔，此代指书信和诗文。韩愈《毛颖传》称毛笔为"毛颖"，又说："秦皇帝……而封诸管城，号曰管城子"。后世文人因此而戏称毛笔为"管城子"，与称金钱为"孔方兄"同理。移封酒泉典故出自杜甫《饮中八仙歌·其一》："汝阳（指汝阳王李琎）三斗始朝天，道逢麴车口流涎，恨不移封向酒泉。"移封：改换封地。诗人用"酒泉端欲乞移封"表明自己已无心功名，志在归隐，希望与同道诗友们痛痛快快地唱和往来。

这首诗对于南宋诗人的评论是基本中肯的，具有较高的文论价值，后世在论及这些诗人的时候，也多有引用。正是在"尤萧范陆"四诗翁的基础上，后人才以杨替萧，提出了"中兴四大诗人"的说法。（秦岭梅）

宿池州齐山寺即杜牧之九日登高处

杨万里

我来秋浦正逢秋，梦里曾来似旧游。
风月不供诗酒债，江山长管古今愁。
谪仙狂饮颠吟寺，小杜倡情冶思楼。
问著州民浑不识，齐山依旧俯寒流。

诗题点明了诗作的时间、地点，是一首登高抒怀之作。九日，指农历九月初九，为重阳节。曹丕云："九为阳数，而日月并应，俗嘉其名，以为宜于长久，故以享宴高会。"（《九日与钟繇书》）可见，古代重阳节有登高的风俗，所以重阳节又称"登高节"，还有重九节，及茱萸、菊花节等说法。池州，指今安徽池州市，别称"秋浦"。池州城南有齐山，杜牧约四十岁时曾任池州刺史，于重阳节游齐山、登翠微亭，作诗《九日齐山登高》，后人于杜牧登高处建齐山寺。三百多年后，杨万里在建康任转运副使期间也曾于重阳节游历齐山，由景生情，遂成此篇。

一说到池州，知道的人也许并不多，但一说到秋浦，知道的就不少了，且由此联想到大诗人李白等。也许是秋浦名盛的缘故，作者起句不言池州却说秋浦。秋浦本是河流名称，碧水清流，风光旖旎，宛若潇湘洞庭，又因其水色澄澈如秋而得名。唐天宝八载至上元二年（749-761），李白五游秋浦，留下了包括《秋浦歌十七首》在内的四十五首瑰丽诗篇。由此，后世文人纷纷到秋浦寻踪，使秋浦成为一条流淌着诗歌的河流，久而成为池州的别称。其中，对池州功劳最大的首推李白。试问，有哪一位诗人会在同一个地方写下这样多的好诗呢？更何况是"绣口一吐，就半个盛唐"（余光中《寻李白》）的"诗仙"李白！

了解了池州的历史文化，就能理解诗人杨万里对池州的向往和喜爱了。池州是让诗人魂牵梦绕的地方，不知在梦中神游过多少回，这次又是在秋浦最黄金的季节到来，以至于梦境与现实浑然莫辨，所以"梦里曾来似旧游"。眼前山水与梦中胜境一样令人陶醉，新游变成了旧游。只此淡淡一笔，欣喜、轻松的心情跃然纸上。诗人似乎在朝着池州的山水，朝着秋浦，朝着齐山一路呼号：我来了！

重阳节当天，杨万里如愿以偿来到杜牧登高处齐山寺。登高是免不了怀古的，而怀古则须抒怀。"风月不供诗酒债，江山长管古今愁。"自然风月、天下美景总是被文人们书不尽，歌不完，好比风月欠下了偿不清的债务一样。千里江山、人间胜境又总是牵扯着无数的国愁家恨、离情别怨，从古到今，绵绵不绝！这里，杨万里用"古今愁"暗中引出诗人李白。当年，李白沿秋浦游玩、垂钓，写下了著名的组诗《秋浦歌》，其中流传最广的就是第十五首："白发三千丈，缘愁似个长。不知明镜里，何处得秋霜？"李白的愁与杨万里的愁有什么不同吗？不都同样寄托于秋浦、齐山之上，由江山掌管着吗？诗人从秋浦的山水美景中读出的是世事的沧桑，是物是人非的无常和千古不变的文人愁怀！

至此，诗人不可避免地要提到与秋浦有关的两位重量级人物了——"谪仙"李白、"小杜"杜牧，同时也是对前文的印证和关照。据学者考证，池州从未有过关于颠吟寺和冶思楼的记载，所谓寺和楼，是杨万里诙谐、风趣的一种表达方式，与"诚斋体"幽默机敏，于俚俗处见理趣的风格相符。有如："梅兄冲雪来相见，雪片满须仍满面。"（《烛下和雪折梅》）呼梅花为兄长，比花蕊作胡须，十分风趣而奇特。此处，诗人把李白狂饮颠吟的地方和杜牧倡情冶游的处所戏称作"寺"和"楼"，有意调侃、戏谑，当是同一章法。同时，杨万里写李白、杜牧是牢牢抓住了二人的秉性特征的。李白斗酒诗百篇，还闹出了力士脱靴、贵妃捧砚那样的戏剧性传闻，所以说他"狂饮颠吟"。而杜牧有过之而无不及，风流疏野、放浪形骸。据说他常常到青楼享乐，身后还总有二三十名便衣兵士暗中"护驾"，甚至"菊花须插满头归。"（《九日齐山登高》）要把头上插满菊花才肯回家，这就是四十岁时的池州"杜刺史"，故称"倡情冶思"。此联对仗工稳，刻画奇巧，轻松诙谐，读来饶有兴味。

前面已经提到,秋浦既因沾李白等大诗人的光而名扬天下,那么池州理当对他们感念有加,尤当以李白、杜牧等人为自豪。然而,当诗人向普通百姓问及李白和杜牧当年的文采风流时,却无人知晓,令作者无言以对,心生无限惆怅。"问著州尼浑不识,齐山依旧俯寒流。"怅惘中诗人翘首回望,只有齐山依旧俯瞰着已透出寒意的秋浦河。还好,尽管池州人不重视历史文化,山水却见证了一切!诗人以怀古之意、伤今之情戛然收束全篇,笔法干净利落却又余味无穷。(秦岭梅)

暮泊鼠山闻明朝有石塘之险

杨万里

下水船逢上水船,夕阳仍更涩沙滩。
雁来野鸭却惊起,我与舟人俱仰看。
回望雪边山已远,如何篷底暮犹寒?
今宵莫说明朝路,万石堆心一急湍。

杨万里八岁丧母,父亲杨芾后再娶。孝宗淳熙八年(1181年),杨万里任广东提点刑狱,继母去世,照例丁忧三年。淳熙十一年冬,杨万里丁忧服满,奉诏由家乡江西吉水返回临安,经浙江衢州,乘舟由衢江、兰溪、富春江顺流而下,途中作此诗。鼠山为地名,石塘乃险滩名,当在富春江上。

诗题曰:"闻明朝有石塘之险"。显然,诗人知有石塘之险是道听途说来的。那么,是听谁说的呢?开篇便作答:"下水船逢上水船",语言口语化,质朴无华。杨万里乘坐的是下水船,半路相逢、同宿鼠山的是上水船。逆水行舟风险自然大些,遇难而平安,自然是吉兆,故而"上水船"逢人便说路途艰难,水急滩险,一是庆幸、夸耀,同时也算是对有缘相逢的"下水船"奉上善意的"友情提示"。第二句,诗人以极富诗意的笔触交代了"上水船"与"下水船"相逢的时间和情形——日暮时分,夕阳正好。"涩"本意为干涩,不滑溜、不润畅。此处却用作动词,刻画落山时候的太阳,缓缓移动,渐渐西去,余晖滞留沙滩,光影斑驳,辉煌灿烂,用字熨帖且富有新意。

"雁来野鸭却惊起,我与舟人俱仰看。"大雁飞来,落于沙滩,不速之客惊起了栖息于水中的野鸭,羽翅纷乱,四处翻飞。雁来鸭飞顿时引起我与舟人不约而同仰面观看,静止的画面顿时动起来了,多么美妙的一幅鼠山日暮图!近代诗人陈衍评曰:"三、四似不对,而实无字不对。流水句似此,方非趁笔。"一般的对仗,上联和下联是平行的,且各自意思完整。但此联上下两句一气呵成,是典型的流水对。显然,艺术与技巧俱佳,杨万里能得此句是花了一番工夫的。

循着诗人的视线，读者看到了一幅更加美丽的图画。除了夕阳、沙滩、雁、鸭、舟、船家及诗人自己，远处是隐约可见的连绵雪山。作者已不再是一个旁观者，而是融入画面成为其中的一部分。在暮宿鼠山之前，诗人船经兰溪，见两岸峰峦叠嶂，山顶是亘古不化的雪山，曾以诗记之："两岸千千万万峰，看来冷白复寒红。"（《兰溪解舟》其一）此刻，诗人已至富春江，兰溪雪山早已远去，故曰："回望雪边山已远"。诗人乘舟渐行渐远，时值寒冬，雪山虽远但天气犹寒，倘是日暮时分，寒意更甚，即便是支起船篷也不能抵御，此乃时令使然。然而诗人有意设问："如何篷底暮犹寒？"这样写，手法更显轻灵，亦愈见工巧。

"下水船"的行程很清楚，暮宿鼠山，第二天一早引舟北进，一路必经石塘险滩。然而，石塘究竟有多险？"上水船"没讲清楚，诗人只是听说，更是不甚了了，这就故意留下空间，任凭读者想像，让人悬心、焦虑。然而，"闻明朝有石塘之险"后，诗人的态度却是异常坦然和淡定："今宵莫说明朝路，万石堆心一急湍。"不就是由耸立在江心的万千礁石激起的湍急水流嘛？何况这还是明天早上的事情，今宵夕阳正红，风景正好，去担心明天的事情做啥呢？水流再急，江滩再险，还得由此通过，说来说去有什么用？还不如想都不要想，提也不去提。杨万里就是杨万里，的确是心地宽，想得开。然而，这种"想得开"是别有原因的。

本诗是一首七律，收于《朝天集》，看似纪实写景的闲适之作，其实意味甚深。杨万里一生力主抗金，反对投降。他性格耿介，多次上书指斥时政、直言抗上、不计得失，因此仕途坎坷，始终不得大用。诗人也许在有意无意间以诗言志，即使明知前路多险阻，也要迎头而上，无端担忧和恐惧是没有意义的。故而，此当为明心见志的作品。笔法婉转，句工而意深，寓人生哲理于寻常生活中，给人启迪，且富有诗情画意，值得细细品读。（秦岭梅）

过扬子江（录一）
杨万里

只有清霜冻太空，更无半点荻花风。
天开云雾东南碧，日射波涛上下红。
千载英雄鸿去外，六朝形胜雪晴中。
携瓶自汲江心水，要试煎茶第一功！

喝茶，在南宋的外交上，也起着特殊的作用。杨万里这首诗，就是说这件事情的。宋孝宗赵昚淳熙十六年（1189）秋，六十二岁的杨万里本来在朝廷任秘书监，这时他又被任命为"借焕章阁学士"，作为金国贺正旦使的接伴使，负责接待、陪伴金国派来祝贺南宋绍熙元年（1190）元旦的使者。因为，宋孝宗赵昚就在这年下台，新的皇帝赵惇登基，把年号改为绍熙，元旦时要举国上下热烈庆祝；当时在北方的金国虽然是敌国，但是出于外交上的考虑也要派人来祝贺。按照当时礼节，这种友善使者双方都要派人出境很远接送，照顾得很周到，杨万里此时就是因为这个原因被派到金国去的，接待对方的使者来祝贺新皇帝的改换年号的第一个元旦。他衔命出使以后就从杭州一路北进，在镇江渡长江再往北迎接。长江在扬州和镇江之间的这一段，因为有扬子津、扬子县，所以古代就叫作扬子江，其实就是今天的长江。杨万里在镇江过扬子江的时候，感触很深，一下子写了两首七言律诗，诗的气象宏阔，境界远大，用意深曲，唱叹沉郁，是他诗歌中的力能扛鼎之作，非常有名。这里选的是第一首。

诗歌的前四句是写见到镇江边扬子江的雄丽秋景：霜天晴朗，风平浪静，东南一望漫江碧透，日照波涛一片通红——偏安一隅的南宋的残山剩水，还是这般美好。五六句是借今吊古，追忆了南宋渡江以来的抗金名将岳飞、韩琦、张浚等人，但是这些英雄人物就像飞鸿一样离我们远去了；同时又想到这里是"六朝"（从三国东吴到南朝的陈宋，六个朝代，都以镇江上游的南京为首都，历史上称为"六朝"）的形胜之地，如今在雪晴之后，它作为南宋的江山显得似乎更加美丽。这两句联系起来看，言外之意是：抗金将领有的被迫害而死，有的被排挤，江山虽然形胜依然，又有谁来保卫呢？回环往复，感慨深沉。

就在上面六句的有力的描写中，逼出了最后两句："携瓶自汲江心水，要试煎茶第一功！"但是，这两句怎样来理解呢？就光说喝茶吗？

清代诗评家纪昀说："结乃谓人代不留，江山空在，悟纷纷扰扰之无益，且汲水煎茶，领略现在耳！"（见《瀛奎律髓刊误》卷一"登览类"页十五纪评）意思是，我把这些事情都看透了，朝廷就是这个样子难以寄望，我不如自己汲来江心之水，煎茶品茗，落得清静吧！但是，当代学者周汝昌先生提出了针锋相对的意见，他说："（如此解释）这简直糟透了！纪昀这个人有时很有些眼力识解，有时却荒谬绝伦，至令人不能置信。"他认为，"诚斋原句，以表面壮阔超旷之笔而暗寓其忧国虑敌之凤怀，婉而多讽，微而愈显，感慨实深。"（见《杨万里选集》前言第四节）后来，霍松林先生进一步指出："（纪昀）把这首诗的意境理解得如此衰飒、消沉，可以说完全弄错了。据陆游《入蜀记》记载，（镇江的）金山绝顶建有'吞海亭'，乃登览胜境。然而到了南宋，这座亭子却蒙受耻辱。每当金国的使者到南宋来，一渡江，便照例要请上吞海亭，'烹茶'款待。诗人作为'接伴使'，这种差使是无法避免的。因而在全诗末尾写了这么两句（略），用现代汉语翻译，那就是：亲自取水煎茶侍奉金国的使臣，这就是我这个接伴使为朝廷建立的第一功啊！"（见《历代好诗铨评》）原来，杨万里在结尾两句中说到的喝茶，不是自己清静品茗，而是出于不得已的对敌国使者烹茶接待的感慨，这里面包含着他的深沉的恢复之志和拳拳的爱国之心，以及对于不思振作的南宋偏安政权的隐微的讽刺。（管遗瑞）

月季花

杨万里

只道花无十日红，此花无日不春风。
一尖已剥胭脂笔，四破犹包翡翠茸。
别有香超桃李外，更同梅斗雪霜中。
折来喜作新年看，忘却今晨是季冬。

写月季花，诗人以议论开头，犹如异峰突起且又别开生面。"只道花无十日红，此花无日不春风。"人们常常感叹，花容易衰，只有月季花常开不谢，好似每天都沐浴在春风里，青春常在，永不凋谢。开宗明义，诗人一语道破了独爱月季的理由。

月季花四季常开，月月吐芳，所以称"月季"。尽管她没有梅花的冷艳，荷花的高洁，也没有牡丹的华美，海棠的妩媚，然而她属于自然的每一个时令，不挑剔，不做作，不摆弄，不艳俗。因为花开常在，因为生命旺盛，因而她与人亲近，以自己独特的魅力与群芳争艳，为自然增辉。接下来诗人以工笔手法，浓墨重彩对月季花的外形、色彩、姿态进行了细腻刻画。"笔"写月季花蕾的形，"胭脂"绘色，"一尖已剥"形容花蕾初绽时像裹卷齐整的笔毫，被倏然撑开。"四破"描写月季渐渐开放，花瓣四面舒展。红花总需绿叶配，"翡翠茸"比喻月季花叶鲜美，如碧绿的翡翠上生出一层细细的茸毛。大凡鲜嫩的新叶上都会蒙上一层若隐若现的白色细末，像是新茸，足见诗人观察自然之细致入微。此句描写月季由含苞欲放到尽情怒放时的情态，比喻逼真，丝丝入扣。

因为月季不论秋冬，花香四溢，所以诗人认为她"别有香超桃李外"。桃李徒有其色而少芬芳，花开花落只在朝夕之间，转瞬即逝，月季却能时时散发出醉人的馨香，自然为桃李所不及。而最值得赞叹的是："更同梅斗雪霜中"。梅花是花中君子，以傲霜斗雪、冰清玉洁而深得世人称道，可是，月季也同样毫不逊色。当漫天霜雪、万物凋零的时候，月季与梅花一样顽强，一样可爱，她们斗雪迎风而开，为寂寥的大地妆点出"春色"，为清凉的世界带来惊喜。一个冬日的清晨，诗人独步花间，面对繁花似锦的月季，心生怜爱，情不自禁采折了几束置于身边，仔细赏玩，俯仰间竟为新年也平添了几分吉祥和喜气。这让诗人顿然忘却此刻正是寒冷的冬季，误以为是百花盛开的春天。这一切多么让人振奋，令人欢欣！

杨万里主张："传派传宗我替羞，作家各自一风流。黄（庭坚）陈（师道）篱下休安脚，陶（潜）谢（灵运）行前更出头。"（《跋徐恭仲省干近诗》其三）正因为他不傍人篱下，不影从世风，敢于另辟蹊径，推陈出新，终能独树一帜，自成风流。因其诗风清丽隽永、活泼风趣，无斧凿痕迹，具有很强的艺术感染力，故被严羽称为"诚斋体"。可见，杨万里的诗歌与同时代诗人相较，自成一家。尤其是像《月季花》这样描写自然风物的作品，无论体物、议论、抒情皆自然浑成，信手拈来，清新可爱。（秦岭梅）

晓出净慈寺送林子方

杨万里

毕竟西湖六月中，风光不与四时同。
接天莲叶无穷碧，映日荷花别样红。

西湖夏日作。净慈寺在西湖西南。一个夏天早上，杨万里宿寺起来，送别官居直阁秘书的朋友林子方。盛夏六月虽然暑热，清晨却是较凉爽的。旭日东升，照临湖上，荷叶长得十分茂密，几乎布满了湖面，而朵朵荷花盛开，鲜艳地点缀在绿底上，形成有气派的怡红快绿场面，与一般荷塘景色大为不同，便成为西湖四季景色中最为迷人的一段。

"毕竟西湖六月中，风光不与四时同"是脱口而出的即兴的两句，其语序都是诗化的。按习惯的语法，应该说："西湖六月中风光毕竟与四时不同。""毕竟"二字提前，是诗词创作中常见的腾挪以协于诗律的手法："毕竟不同"四字虽然拆散，但两句依然保持着口语中一气贯注的语气；而又使"毕竟"这个副词得到强调，使诗句具有欣赏夸耀的意味。夏天本是四时之一，说"风光不与四时同"，意谓在四时中风光尤具特色。

如果诗的前两句只是说一说，后两句则是画一画："接天莲叶无穷碧，映日荷花别样红。"有人说这两句是互文，其实是分写莲叶与荷花，在措辞上是极有针对的。湖面如画，莲叶便是绿色的底，荷花则是点缀在底上的图。因为莲叶密布湖面，方可用"接天"形容，而荷花特别鲜妍，方才用"映日"描画。二句之妙并不在具体入微地描绘形象，而在于写景的概括和抽象，"无穷"是空间上的夸张，"别样"是程度上的形容，都具有模糊性，然而它们却能启发读者的想象力。"别样"乃口语，犹言特别，或异常。李后主有"别是一般滋味在心头"的名句，妙在说明而不说尽。此诗中的"别样红"虽属写景而非抒情，依稀亦有同妙。（周啸天）

小 池

杨万里

泉眼无声惜细流，树阴照水爱晴柔。
小荷才露尖尖角，早有蜻蜓立上头。

这首诗写小池之小景，好像是一幅小品风景画或风景摄影，虽小却好。

"泉眼无声惜细流，树阴照水爱晴柔"二句写池水，池水的来源是泉水。泉水是从泉眼中汨汨流出的，虽然动静不大，但出水流量却很充沛，水质很好，所以池水清澈，水面倒映着岸上的树影，风光特美。"惜"、"爱"二字，写出观景者的愉悦心情，同时又移情于物，好像是说"泉眼"特别珍惜自己的水流，而"树阴"特别偏爱晴和的天气，这就不但表现了人与自然物的和谐关系，也巧妙地表现出自然物之间的亲和关系。

"小荷才露尖尖角，早有蜻蜓立上头"二句写池中的荷花，及招来的蜻蜓，好像一个特写镜头。荷花含苞待放，蜻蜓飞来立在上头，这是小池中常常可以见到的天然好景，一经高手抢拍成功，就会成为可爱的图片。除了画意之美外，作者的语言运用也很微妙。如称花蕾为"小荷"，又形容以"尖尖角"，不但语意亲切，而且形态逼真。进而是"才露"和"早有"的勾勒，诗人似乎揣摸到蜻蜓率先探得小荷之乐，体物入微，与苏诗"春江水暖鸭先知"同妙。

可以说这首诗写的，是一种发现的喜悦：蜻蜓发现了小荷，不亦乐乎！诗人发现了蜻蜓之发现小荷，尤其不亦乐乎！（周啸天）

宿新市徐公店

杨万里

篱落疏疏一径深，树头新绿未成阴。
儿童急走追黄蝶，飞入菜花无处寻。

此诗写的是作者在新市（在今湖南攸县北）一家姓徐的客店住宿时，所看到一幅村野情景。

前二句展示了一幅富于特征性的农舍景象，沿路的田地有疏疏的篱笆；树头的花已谢了，但树叶还不很茂盛，这是寒食前后的景象。也是日暖昼长蝴蝶飞的时节，后二即写在小路上看到农村儿童捉蝴蝶的情景。诗味全出在"黄蝶"遇难,"菜花"相救的情节上。黄蝶飞入黄花丛中,造成视觉的紊乱,令飞跑的儿童迷失了追捕方向。

诗人敏捷地捕捉住大自然赋予昆虫以保护色这一奇妙现象,设计了一个富于童趣的情节,读来兴味盎然。诗中黄蝶入花,儿童傻眼的情态如见;而诗中大人对小孩"幸灾乐祸"的神情也跃然纸上,令人忍俊不禁。妙在童趣。(周啸天)

闲居初夏午睡起

杨万里

梅子留酸软齿牙,芭蕉分绿与窗纱。
日长睡起无情思,闲看儿童捉柳花。

夏日午觉醒后,不免仍存睡意,没有心思干事,而诗人当时丁忧家居,处于闲适的生活中,"日长睡起无情思"便是实感。然而此诗的好处却在从无情思中翻出许多情思,而又不动声色。善于捕捉琐细的题材和描写细腻的生活感受,原是杨万里的特长啊。

诗人在午睡前可能饮过酒,并食梅解酲,故一觉醒后,齿间尚有余酸。这种感觉本难名状,大致上下牙接触有不适感,不能咀嚼硬物,俗语谓之"倒牙",而一个"软"字,恰好写出了这种感觉。这是醒后的第一感觉——味的感觉。古人窗纱多用绿色,日子久后便会褪色,而盛夏芭蕉浓绿充盈,掩映窗外,就使得窗纱变深,似乎是芭蕉分给它一些绿色。这是醒后另一感觉——属于视觉。两句中"留""分"二字,赋客观以主动,很有情趣。以下就垫了"日长睡起无情思"一句,绝句做法以第三句为转关,第四句则是结穴所在——"闲看儿童捉柳花"。户外儿戏当然是诚斋看到的眼前事,而在造语上,则本白居易"谁能更逐儿童戏,闲看儿童捉柳花"。但白诗表达的是一种清醒的遗憾,此诗易"谁能"为"闲看",在无法参与之外,别有歆羡之意在,诗人至少在感情上参与儿戏,并得到重返天真的乐趣。

人生旅途中,成人者的最大遗憾,莫过于丧失了早年的那份童心、童真与童趣。不少诗人画家,只能通过笔来追摩重温那已逝的清景,近人如知堂《儿童杂事诗》、子恺漫画,皆有妙谛。中国古代诗人兴趣在此的并不多,著名的如左思《娇女诗》、杜甫《北征》片断、李商隐《骄儿诗》等,代不数人,人不数作。而诚斋绝句中却有不少儿童题材的传神之作,如此诗,究其创作动机或并不起于午睡后的烦闷,而起于后来见到儿戏时瞬间的精神交通,儿童的天真无闷与成人生活中的虚假无聊,适成鲜明对照,诗人由此得到一种感召和精神上的复归。据说张浚读此诗,赞道:"廷秀胸襟透脱矣!"当是就这种自我超越而言的。(周啸天)

夏夜追凉

杨万里

夜热依然午热同，开门小立月明中。
竹深树密虫鸣处，时有微凉不是风。

人类在发明电以前，没有电扇、空调等降温设备，面对酷暑，人们只好利用清幽的自然环境，到林间、池畔纳凉消暑，因而中国古代便有了许多妙趣横生的咏夏追凉的诗作。如："携杖来追柳外凉，画桥南畔倚胡床。"（秦观《纳凉》）"忆昔好追凉，故绕池边树。"（杜甫《羌村三首》其二）追凉，指寻觅阴凉处躲避暑热。"追"字形象地描摹出对"凉"之渴求。

公元 1169 年，年逾不惑的杨万里回乡闲居，夜晚喜欢在故乡的一座廊桥上纳凉赋诗，此篇大约作于此时。"夜热依然午热同"，起句极平实，交代追凉的原因和迫切心情。北方的夏天，白天虽烈日当空，酷暑难当，但太阳一落山，入夜便可退暑。可南方的气候特征却非如此，虽是夜晚，其炎热依旧，故曰夜热与午热相同。如此恶劣的气候，诗人难以成眠，在居室之内是待不住的，因而才有下面的举动："开门小立月明中"，只能出门纳凉。然而，何为"小立"？站在庭院之中欣赏月色，这一"立"岂有"大、小"之分？其实，"小立"犹言稍立，即通常说的"小站一会儿"，顺便看看月亮，赏赏月华。显然，赏月并非走出家门的主要目的，不过，月光似水，冷月如霜，是可以给人精神上的"清凉"的。一股莫明的"清凉"已经油然而生，同时引出下句，暗成过渡。

"竹深树密虫鸣处"，接连出现三个意象——竹、树、虫，且分别加有三个修饰形容词：深、密、鸣，都与幽静、清凉有关。幽深的林槃，茂密的树林，自是清幽，夜晚就更是如此。而虫鸣则是写静谧，前人有"蝉噪林逾静，鸟鸣山更幽"（南朝·梁王籍《入若耶溪》）的诗句，此用意相同。至此，诗人勾勒出一幅"夏夜追凉图"，画中有皎洁的月光，月光下诗人孑然伫立、前行的身影，还有浓密的树阴，婆娑的竹林，悦耳的虫吟……诗人是否追到"凉"显然已经不重要了，重要的是诗人在"追"当中享受到了乐趣，领略、体味过程往往比结果更重要。因而，若有所悟的诗人最后才有惊人的结尾："时有微凉不是风"。"时有"二字，的确容易让人误以为是凉风习习所带来的微凉。对此，陈衍评曰："若将末三字掩了，必猜是说什么风矣，岂知其不是哉！"（《石遗室诗话》）这正是此篇受人推崇的地方，于收束处翻出新意，出人意料，使人耳目一新，足显诚斋才华与匠心。其实，树还是那棵树，虫还是那只虫，月亮还是那轮月亮，气温依旧居高不下，天气还是燠热难当，然而，在大自然宁静、清幽的环境氛围中，诗人的心境和感受已经发生了不知不觉的改变。因而，诗人"追"到的不是清凉的天气，而是清凉的心境；或者说：并非诗人追到了微凉，而是诗人忘却了暑热。尤其是"不是风"三个字，点明凉从心生，也就是我们常说的心静自然凉，由此便引出"境由心造"的一丝禅意来，饶有生活情趣和人生感悟。本来，杨万里的诗之所以能够自成一体（"诚斋体"），妙就妙在一个"趣"字，一个"新"字，一个"活"字。（秦岭梅）

桑茶坑道中
杨万里

晴明风日雨干时，草满花堤水满溪。
童子柳阴眠正着，一牛吃过柳阴西。

杨万里诗多即兴偶成于道途闻见中，所谓"万象毕来，献余诗材"。此题下共得诗八首，此其七。写桑茶坑（地名，顾名思义，谷多桑茶也）道中所见小放牛的情景。

前二写天气和风光。春雨初晴，堤上草茂，溪中水满，是放牛的好去处。后二写牛儿草地上啃草，牧童在柳树下睡大觉，这是春暖郊野常见情景。诗人通过写一个"柳阴眠正着"，一个"吃过柳阴西"相对照，以"柳阴"为定点，写出了时间推移的过程，为画图难足。同时还表现了牧童既无人管，也不管牛；人也自在，牛也自在；睡的放心，吃的听话；睡的睡得香，吃的吃得香等等生活情趣，表现得十分够味。

"活法"云者，首先是富于生活气息，其次是活泼泼的语言和表达方式。（周啸天）

过松源晨炊漆公店
杨万里

莫言下岭便无难，赚得行人错喜欢。
正入万山圈子里，一山放出一山拦。

这首诗作于绍熙三年（1192）作者任江东转运副使外出时。题中的"松源"是山区地名，"漆公店"是前一夜投宿的客栈，"晨炊"犹言早餐。题目告诉读者这样一些信息：作者山行至少走过一天山路了，又要开始第二天的行程。从头一天的行程，他取得了一个经验，也便是这首诗的缘起。

"莫言下岭便无难，赚得行人错喜欢。"两句写走山路容易产生的一种误区。首句以"莫言"打头，是个祈使句，是过来人教训"行人"的口气。"下岭"是个关键词，犹言下坡。山行的特点是道路崎岖不平，除了上坡就是下坡，谚云："上坡脚杆软，下坡脚杆闪"，都不好走，唯有下坡后的一段平路走起来比较轻松。然而，这段平路一般是不长的，接下来就会再上坡、再下坡。所以，作者告诫道："莫言下岭便无难"。次句便是说那个误区，什么误区呢？就是"错喜欢"，就是高兴得太早，以为走上平路，以后就不再上坡下坡了。而这个误区是有以导之的，这个意思通过"赚得"表达出来，什么是赚得呢？说严重点就是诱骗。谁诱骗呢？这就是个悬念，且待下文分解了。

"正入万山圈子里，一山放出一山拦。"两句讲山行的崎岖，是"行人"必须面对的现实。以"正"字领起，是汉语中的正在进行时，表明某一状态的正在持续。"万山"犹群山，便是诱骗者了。当然这是拟人的手法，"圈子"犹言圈套。这里包含一个暗喻，说山行好比进入了"万山"这个家伙的圈套。什么圈套呢？这又是一个悬念。末句揭秘，令人恍然大悟："一山放出一山拦"。"放出——拦"这样的说法，继续拟人——前面一山放你一马，让人"错喜欢"一下，后面一山又拦住去路，让人愁一下。简直是一场恶作剧。"一山放出"和"一山拦"，形成句中排，出以唱叹，增加了诗的风趣。

风趣是杨万里诗（诚斋体）的生命，使诗特别活泼。在这首诗中，悬念的设置，拟人法的运用，语言的民间，比喻的妙用，都增加了诗的风趣。这些都很有代表性。谁都不喜欢别人板着脸说话，何况是诗呢。这是诚斋体所以为人喜爱的一个原因。

这首诗还不仅仅止于风趣，还有一个隐喻的层面、义理的层面，给读者以启迪。世界是充满矛盾的，科学上没有平坦的道路可走，人生道路不会一味平坦，人类的事业更不是一帆风顺。必须面对一个一个的问题，必须克服一个一个的困难。而且不能指望克服了一个困难就万事大吉，解决了一个问题就一劳永逸。在现代社会，问题不是越解决越少，但是还得要解决。旧的问题解决了，新的问题还会出现，还得要面对。而人类的事业，正是在这样的过程中前进的。人们的危机处理意识，社会的应急机制也就是这样建立起来的。当然，杨万里想不到这些。然而，文学的成功之作，都是形象大于思想的，都有重新解读的可能性。这首诗只是一例。（周啸天）

初入淮河

杨万里

船离洪泽岸头沙，人到淮河意不佳。
何必桑干方是远，中流以北即天涯。

南宋在符离之败后，与金国签定了比绍兴和议更为屈辱的隆兴和议，划定东起淮河西至大散关一线为国界。淳熙十六年（1189）冬，杨万里奉命去迎接金廷派来的贺正使，此诗系四绝句之一，写初入淮河屈辱抑郁的心情。

洪泽湖在江苏西部，自北宋开水道以达于淮河，遂为漕运要道。"船离洪泽岸头沙，人到淮河意不佳"二句言才离洪泽，便入淮河，这是"缩地法"式的夸张，给人以一种空间上的窘迫压抑之感。作为臣伏于金的南宋王朝的使者，不免有见人矮三分的屈辱感。诗中把这种潜意识中深沉的感觉用"意不佳"三字轻轻表过，使人读后觉得措语虽轻，分量却重。这里"人到淮河"的人，似乎不仅仅特指作者个人，还有泛指国人的意味。

"意不佳"，是因为金瓯残破而收拾无望，陆游《醉歌》说得很直截："穷边指淮淝，异域视京洛"，杨万里此诗则换了曲折委婉的说法："何必桑干方是远，中流以北即天涯。"桑干即永定河上游，在今山西北部，河北的西北部，在唐代是与北方少数民族交接处，唐人每视同边塞（雍陶《渡桑干水》"南客岂曾谙塞北"）。而在南宋，边境线已南移何啻千里，淮河中流以北，便属异域，别说桑干河了。诗句本刘禹锡《和令狐相公别牡丹》："莫道两京非远别，春明门外即天涯"，写出心理上的咫尺天涯之感，但只是伤离别，杨万里则从淮河想到桑干，大有国事不堪回首的感慨。

此诗用意十分，下语三分，举重若轻，措辞委婉，耐人寻味。（周啸天）

【朱熹】（1130—1200），字元晦，号晦庵，晚号晦翁，宋徽州婺源（今属江西）人，生于南剑州尤溪（今属福建）后徙居建阳考亭。绍兴十八年（1148）进士。任泉州同安县主簿。淳熙时，知南康军，改提举浙东茶盐公事。光宗时，历知漳州、秘阁修撰。宁宗初为焕章阁待制，辛谥文。有《朱文公文集》。

鹅湖寺和陆子寿

朱　熹

德义风流夙所钦，别离三载更关心。
偶扶藜杖出寒谷，又枉篮舆度远岑。
旧学商量加邃密，新知培养转深沉。
却愁说到无言处，不信人间有古今。

这首诗与中国哲学史上一次著名的大辩论有关。所以，要读懂这首诗，首先得弄清楚陆子寿原诗的内容，以及著名的"鹅湖之会"。

江西省上饶铅山县有一座并不惹眼的寺庙叫鹅湖寺，面积不大，殿宇也不甚恢弘，但却是远近闻名的千年古寺。南宋著名理学家朱熹曾寓居于此，同时也是著名的"鹅湖之会"的故址。宋淳熙二年（1175），南宋著名学者和思想家吕祖谦为了调和朱熹"理学"与陆氏"心学"之间的理论分歧，使两派"会归于一"，特邀请儒学大师朱熹与陆九龄（字子寿）、陆九渊（字子静）到鹅湖寺进行学术研讨，这就是著名的"鹅湖之会"。会上，陆氏两兄弟都各题写了一首阐明自己哲学观点的诗歌，其中陆子寿的是一首七律："孩提知爱长知钦，古圣相传只此心。大抵有基方筑室，未闻无址忽成岑。留情传注翻榛塞，着意精微转陆沉。珍重友朋相切琢，须知至乐在于今。"不想，陆子寿才读了四句，朱熹就对吕祖谦说："子寿早已上了子静的船了。"意思是说，陆子寿的观点受弟弟子静的影响，搭的是"心学"这同一条船。陆九龄与陆九渊为兄弟，也互为师友，世称"二陆"。

"鹅湖之会"辩论的中心议题是"教人之法"。对此，陆九渊门人朱亨道有一段较为详细的记载："……论及教人，元晦之意，欲令人泛观博览而后归之约，二陆之意欲先发明人之本心，而后使之博览。"（《陆九渊集·年谱》）所谓"教人之法"，可以理解为认识论。朱熹强调"格物致知"，主张多读书，多观察事物，根据知识、经验进行分析、归纳，然后再得出结论。陆氏兄弟则从"心即理"出发，认为"格物"应是体认本心，主张"发明本心"，心明则万事万物的道理自然通透，所以，尊德性、养心神是最重要的，认为读书不是成为至贤的必由之路。总之，双方各执己见，互不相让，足足争议了三天，陆氏兄弟略占上风，然最终不欢而散。三年后，即淳熙五年（1178年）秋，朝廷命朱熹出任南康（今江西星子县）知军，朱熹辞免，朝廷不允。次年（1179）正月，朱熹一边请求辞免，一边出发到江西铅山候命。二月，陆子寿二访朱熹于铅山鹅湖寺，二人就"圣人教人"、"存心养性"等问题再度进行讨论。

此时的朱熹，回想起三年前的那次"鹅湖之会"，以及当年陆子寿写下的那首阐明"心学"的哲理诗，欣然命笔，步子寿旧韵，题写了这首"迟来"的和诗。

"德义风流夙所钦，别离三载更关心。"首先表达对子寿"德义风流"的钦慕，以及离别三年后的关切之情。一个"夙"字立即将彼此间的一切分歧和争议都一举消释掉了。言外之意就是，学术观点虽有异议，但道德风流是认同的，而且是一向很认同。"鹅湖之会"中有一个小插曲：由于争论十分激烈，双方剑拔弩张，相互讥讽，朱熹斥陆学"太简"，而陆氏则说朱学"支离"。年轻气盛的陆九渊责问朱熹：尧舜之前有何书可读？那么，没有读书的尧舜何以能成圣人呢？这个问题的确令朱熹及门人非常尴尬，一时无以为答。陆九龄悄悄扯了一下弟弟衣角，示意他适可而止。显然，子寿的为人一向宽厚大度，与人为善，不像陆九渊锋芒毕露，咄咄逼人。此番相聚，朱熹难免会回想起当年旧事，心存感念及敬意，也是应当的。

1175年，陆氏兄弟率学生、友朋自家乡金溪（今江西省金溪县）启程，6月至鹅湖寺。朱熹与吕祖谦等一行，则从福建武夷山寒泉精舍出发，一路游览抵达鹅湖寺。所以，朱熹说自己是拄着藜杖，子寿是乘坐篮舆（相当于今天的滑竿），跋山涉水同赴哲学盛会。"偶扶藜杖出寒谷，又枉篮舆度远岑。"是怀旧，由当年赴会的艰辛，再度勾摄出对鹅湖旧事的回忆。

"旧学商量加邃密，新知培养转深沉。"由怀旧转向对现实的描写。两个人再度展开学术讨论时，彼此的思想都更成熟、深邃，思维也更缜密、完善，对新生事物和新知识的认知也更透彻、公允。

朱陆二人的第二次鹅湖之会，"语三日，然皆未能无疑"。这次切磋，依然没有结果，但已不再是意气之争，也少了"鹅湖之会"的"火药味儿"，彼此更加宽容、理解，甚至是相互欣赏和钦慕。这一年，朱熹49岁，陆子寿47岁，都已是年近半百之人。而且，就在这次会晤之后的次年，即1180年，陆子寿就溘然长逝了。不过，有了这首诗，无论对朱熹还是子寿，都是一种莫大的安慰吧！世间事，何必一定要争论得那么清楚明了呢？何必就非得比出个对错高下呢？"却愁说到无言处，不信人间有古今。"说到"无言处"，点到为止、心领神会，不是最好不过吗？

"文人相轻，自古而然。"（曹丕《典论·论文》）然而，从这首七律中，我们读到的却是深深的友情和德义情操。诗歌语言虽平白浅显，感情却不流于直露，或记事、写人，或忆旧、议论，跌宕有致，布局缜密。（秦岭梅）

观书有感二首

朱　熹

其一

半亩方塘一鉴开，天光云影共徘徊。
问渠哪得清如许？唯有源头活水来。

对理学家的诗，后世总体评价不高。钱钟书称之为"讲义语录"，"故不足为法"（《谈艺录》），因而《宋诗选注》中一概不选，包括朱熹的诗。然而，钱先生对这首《观书有感》却有极公允的评价，称之不属于"'讲义语录'诗，乃'感事触物'之'适怀'诗，还是写了真感情、真景物的"。朱熹也因此获得了"道学家中的大诗人"这样的评价。不过，此类诗作的确有它难懂的一面，记得小时候读这首诗的时候，一直是将之作为景物诗来读的，以为是写"方塘"的，横竖不明白和读书有什么关系。

题为"观书有感"，也就是今天所说的读书心得，其中就得要讲道理、发议论，有分析、有观点，用散文来写自是容易，要用诗语来表达，实在是让人为难。然而朱熹却做成了好诗。

首句"半亩方塘一鉴开，天光云影共徘徊。"为读者展现的是一片开阔、明净、绚丽的景象。像镜子一样澄静、明亮的水面，倒映着明亮的天空和美丽的白云，令人心旷神怡、精神振奋。半亩：言池塘不大。方塘：方形水塘。一鉴开：像一面镜子被打开。鉴，镜子。古时为铜镜，为保持光洁常用镜袱盖上，用时才打开。这里用镜子形容方塘之水极其清澈，平静，可以照见世间万物。徘徊，形容天光和云影倒映在水中不停地闪耀、晃动，好像是在来回走动一样。描写生动、情态逼真。

关于这首诗的创作地点，也就是"方塘"的位置，一直众说纷纭，有人说在福建尤溪县城南的南溪书院内，此为朱熹幼年读书处；又有人以为在今福建武夷山市五夫镇府前村的朱熹旧居紫阳楼；还有说在江西南城县上唐镇"源头村"，村里至今保存有宋代的"活水亭桥"，朱熹常在吴氏藏书楼翻阅古籍，此处也有半亩方塘。其实，方塘准确在哪个地方并不重要，重要的是诗人为什么写读后感却选取写"方塘"？这里的"方塘"应有所指，当是暗喻也只尺幅大小的书本。书本虽是不大，但却装着做人的道理、世间万物和各种知识，如方塘能包容天光云影。

诗人紧紧抓住池塘清亮如镜的特点来着笔，于是便产生了疑问："问渠哪得清如许？唯有源头活水来。"这是全诗讲"理"的地方。渠，为第三人称代词"它"，指方塘。试问方塘何以如此清澈，只因为有源头活水长流不息。方塘并非一泓死水，而是有活水时时注入，永不枯竭、永不腐臭、永不污染，因而才能清亮如明镜。故后世常用"源头活水"比喻事物发展的源泉和动力。方塘如此，读书也是如此，一个人要想获得丰富的知识、聪明的智慧，博古通今，洞察世事，只有不断学习、提高，补充新知识、了解新事物、包容新思想，才能提高境界、开阔胸襟，所以也有人以为方塘是心灵的象征。

此篇已经成为朱熹诗作的代表，尤其是末句，堪称理学诗歌或哲理诗的典范。这种理趣得之于诗人读书后瞬间的茅塞顿开、怦然心动，有灵气、有感悟，形象地表达了微妙难言，甚至是可意会而难以言传的读书感悟。（秦岭梅）

其二
昨夜江边春水生，艨艟巨舰一毛轻。
向来枉费推移力，此日中流自在行。

这第二首诗中，作者仍然借"水的流动"来譬喻知识的积累。水涨船高，知识积累的愈多、愈厚，其载重量也就愈大。朱熹是我国南宋时期的著名理学家，他主张"理气说"，其哲学思想基本上是唯心的。朱熹作为理学家，他不仅能文，亦善诗。这首诗中即体现了他的哲理思想。但是他不是以文为诗，更不是以说教为诗，而是以比兴为诗，将深刻的哲学思想用诗的语言，通过形象描写表现出来。前一首及该诗皆如此。这首诗写江边一夜春水陡涨，往日极费推移之力的"艨艟巨舰"，今天也像一匹羽毛那样在江上轻轻飘荡，自由自在地穿行。一个人的知识积累多了，底子厚实了，无论你作诗还是为文，都能像深水中行舟，会水涨船高，驾轻就熟。

做学问和行舟一样，做学问需要丰富的知识作基础，行船则需要深邃的水作基础。比如学作传统诗词，第一步就是要熟练掌握诗词的基本知识，如平仄、律对、协韵以及各种修辞手法，这样，你才能进入创作；第二步则必须熟悉历史、熟悉文学史、熟读数千年来的文学经典作品，积累丰富的古今文化知识；第三步是反复揣摩和分析这些经典名篇的精要之所在，懂得别人是怎样构思、立意、炼词炼句的，这叫借他人之神钥，启自己之心扉，所谓"熟读唐诗三百首，不会咏诗也会咏"便是这个道理；第四步是确定创作题材，选好进入角度，尤其要借助形象的描写来表现主题。朱熹这两首《读书有感》，不用议论，不用说理，而是以生动的比兴和鲜明的形象来托物传情，使人有味之无穷之奥妙。如"春水生"，不用"洪水生"，不用"巨浪生"，而用"春水"，桃花春水，轻灵优美，显然与"洪水""巨浪"有一种截然不同的美感。"读书"并无景物可资描绘，往往容易说理。朱熹不去正面着笔，而是从侧面借助景和物的形象描写来传达感情，这善假于物、借他山之石而攻玉的方法，颇值得我们认真学习和借鉴。司空图《二十四品》，完全是采用的这种表现手法（丁稚鸿）

春　日

朱　熹

胜日寻芳泗水滨，无边光景一时新。
等闲识得东风面，万紫千红总是春。

明末清初时王相所选注的《千家诗》以为《春日》是游春踏青之作，乍一读来，的确如此。首句点明春日出游的时令——胜日，地点——泗水，目的——寻芳。胜日，好日子，本指节日或亲朋聚会的日子，此指天气晴朗的好日子。寻芳，指踏青赏花。初春时节，春花还开得稀少，故须"寻"，写得极生动而准确。符合时令，也很有表现力。泗水，河流名称，在今山东省境内。于此人们产生了疑问，朱熹出生时北宋已亡，泗水已在金人的统治之下，诗人生长于南方，如何能够到泗水之滨"寻芳"呢？显而易见，这首绝句当为虚构想像之作，意味深长。

接下来，诗人放开笔墨写"寻芳"之所见所闻和内心感受。先写大景、全景——"无边光景一时新"。春回大地，万物复苏，极目远眺，无边风景已焕然一新，一扫冬日衰朽枯槁之气。"一时"，说明春悄然而至，来得快，也来得轻悄，不知不觉一切都变了模样，怎不让人欣喜？"新"成为寻芳最主要的收获和最真切的体验——时令是"新"的，景色是"新"，人的心情也是"新"的。正是这新鲜而喜悦的感受和体验，让诗人认识了东风，了解了东风，于是诗人感叹说："等闲识得东风面，万紫千红总是春。"等闲，意为轻易。诗人由"寻"而"识"，终于能真切感到春风的和煦和浩荡。一阵东风吹过，吹开了万紫千红的春花，装点出百花争艳的春色。诗人用简洁明了、通俗易懂的笔触，为读者展示了一个令人振奋、令人欢欣、令人陶醉的初春胜景。读到此，不禁让人产生一种想法，似乎不再愿意再去探究其中暗藏的理趣和哲学意味了，宁愿把它当成一首寻常的咏春诗作来读，唯在身心愉悦。

然而，朱熹作诗的初衷却是在说理，通常以为这是一首借泗水寻芳宣扬圣人之道的"理趣诗"。孔子曾在洙、泗之间弦歌教学，所以诗中提及的泗水暗指孔门。诗作的表面意思，是借寻芳讴歌初春大自然蓬勃的生机，满目万紫千红，触处皆是春。而实际上，本意却是用"万紫千红"比喻孔子儒学的丰富多彩和博大精深，又用催发生机、点染万物的东风比喻儒家思想所具有的教化、感染作用，而诗人苦苦追寻的所谓无边光景，便是圣人之道。由于诗人将复杂的哲理巧妙地融于生动的艺术形象中，说理不露痕迹，因而得到了人们的喜爱和推崇，这正是朱熹的高明之处。当然，仁者见人，智者见智，读书自可为我所用，倘若像王相那样全然不理会诗人暗藏的所谓哲理，只把它当作一首脍炙人口的游春诗作来欣赏，也并无大错。（秦岭梅）

【雷震】宋人，生平不详。

村　晚
雷　震

草满池塘水满陂，山衔落日浸寒漪。
牧童归去横牛背，短笛无腔信口吹。

一首古诗就是一幅画。这是一首描绘农村晚景的诗，虽寥寥数语，却极富生活情趣，在乡间景物的衬托下，一幅乡村傍晚牧童归家的水墨画便悄然脱胎。全诗读来疏淡自然、清新宁静，好似源头活水，可以为现代快节奏生活中焦躁的心灵注入一股清泉、打开一扇天窗，将乡间泥土芬芳和笛声悠扬浸透身心，触摸到田园生活的怡然自乐。

这幅水墨画，只集中笔墨展示了几种乡间特有意象。前两句着意于静景："草满池塘水满陂"（塘，池边的堤岸；陂，池塘），让我们仿佛看到这个雨后傍晚的乡村，这时，池塘里的水满了，堤岸边的小草经过雨露的滋润更加青翠欲滴了。两个"满"字使我们仿佛看到了小草生机勃勃和池水满塘的美景。本来就山清水秀的乡村，经过雨水的洗礼，山更青水更秀了。这是一幅多么清新，多么明丽的图画啊！乡间随处可见的静谧的"池塘"，在这首诗中变得诗意起来，它成为意象被文人们反复拾起，装饰着宋人的诗篇，生动着宋代的词章。"黄梅时节家家雨，青草池塘处处蛙"，池塘在诗词中无不与青草、青蛙为伍，诗意尽情挥霍，使吟诵者满齿噙香。

　　抬眼望去，远山如黛。澄澈的天空中映上漫天五彩的晚霞，绚红的夕阳正缓缓落到山口，这一瞬时的剪影，仿佛是夕阳被山口轻轻含住，可爱得不忍吞下，要倚在嘴角爱怜一番。清凉的水面上漾起微微鳞波，倒映着山衔落日的美景。

　　这幅乡村晚景画面动静结合，单就这一句诗就已经做出榜样——"山衔落日"，一个"衔"字，再现了夕阳落山一刹那的动态情状，原本静谧的景象立即生动活跃起来！而落日"浸"在微波荡漾略带凉意的池水中，则又使动态美中多了一份安然淡定的宁静。

　　这样的图画已经美得令人陶醉了，然而下文牧童的加入，更为这幅画增添了许多生趣。你看，落日余晖下，归家的牧童"横坐牛背"，手执短笛"信口"而吹，多么潇洒、多么自在！天真顽皮的孩童才不理会曲子的那么多规矩，只要自己高兴，即使无腔无调，也乐在其中。牧童的天真烂漫、悠然自乐的情态活现于读者眼前，"横"在牛背"信口吹"的傲态，又透露出小孩子可爱的智心，淳朴无邪，饶有诗情画意，更颇见童趣。

　　这是一幅动静相间、有声有色的山村晚景图，落日余晖，草长水满，短笛萦萦，充满了生命意识。在优美宁静的画面里，清新的泥土味透出强烈的生活感，深深融在整个诗作的血肉之中，不乏恬淡的艺术美，更不乏淳朴的生活美。本诗的最后两句"牧童归去横牛背，短笛无腔信口吹"，最常被引用来歌咏乡野黄昏晚景的可爱，朴素平淡的语言如随口而出，不见修饰。这平淡自然的诗句融入全诗醇美的意境之中，使口语上升为诗句，形成平淡醇美的艺术特色。尽管如此，诗人愉悦的心情贯穿始终，难掩他对乡村田园悠然自得的生活的一片深情与向往。（殷志佳）

【志南】　宋代诗僧，志南是他的法号，生平不详。

绝　句

志　南

古木阴中系短篷，杖藜扶我过桥东。
沾衣欲湿杏花雨，吹面不寒杨柳风。

在《宋诗纪事》中，志南仅存这一首绝句，且无题目。然而仅此一篇，却为志南留下了千古诗名。志南，南宋诗僧，志南是法号，生平不详。

"古木阴中系短篷，杖藜扶我过桥东。"诗句一开始给读者展现的是古木林阴，一片森然阴暗的景象。一位僧人将自己出行乘坐的"短篷"系在了古树上，然后走上堤岸，踏着浓浓的绿荫向我们走来。篷，本指船帆，此指船。短篷，即小船。也许是林荫小径太过阴湿长满了青苔，路面很滑，志南撑起了一根藜杖。藜，一年生草本植物，茎直且坚硬，做成拐杖，称藜杖。诗人常引藜杖入诗，如："年过半百不称意，明日看云还杖藜。"（杜甫《暮归》）"村舍外，古城旁。杖藜徐步转斜阳。"（苏轼《鹧鸪天》）"身与杖藜为二，对月和影成三"（秦观《宁浦书事》其五）。这里志南在将藜杖诗化的同时又加以人格化。一个"扶"字，让人与物相依托，而人与自然的亲近便从一根普通的藜杖开始体味到了。藜杖本是没有生命，没有情感的，也不可能搀扶人走路，然而诗人却偏说"藜杖扶我"，藜杖转眼成为一位可以依傍的游伴，默默无言地扶人前行，让人顿感亲切、安全，而且一直"扶我过桥东"。

"桥"的出现，不仅让诗歌所描写的景象、意境出现前后分界，"桥"也成为诗人表达情感和心境的分水岭。桥西是古木短篷，桥东却是春意盎然。其实，同是江南春色，桥东和桥西，风景未必有太大差别，然而，对诗人来说，此刻与彼时、桥东和桥西，瞬息之间，环境、心境和情趣也许便有天壤之别。"东"在古代诗语中常与"春"相关联，如春神称"东君"，"东风"专指春风。诗人东行过桥，告别古木短篷迎着春天而行，东风扑面而来，天地开阔，心境骤然大变。倘若是过桥西或桥南，都断然没有这样的诗情和意境。尤其是诗人对桥东春色的描写，更是令人陶醉。"沾衣欲湿杏花雨，吹面不寒杨柳风。"诗人选取两个极美好的意象描写江南春色，一是"杏花雨"，二是"杨柳风"。显然，在诗人的笔下，一切都充满了诗情画意——早春的雨是杏花雨，早春的风叫杨柳风。最早将杏花、春雨联在一起的是陆游："小楼一夜听春雨，深巷明朝卖杏花。"（《临安春雨初霁》）一夜的雨，杏花却依然开得艳丽，并不曾被风雨摧残，可以想见江南春雨何等细柔、滋润！这就是杏花雨，诗人说它"沾衣欲湿"。"欲"字形象地刻画出了江南春雨的典型特点，温润而沾湿，飘飘渺渺，若有若无，似乎能打湿衣衫却又终究不能够。志南的"杨柳风"与元朝诗人虞集的"杏花春雨"都是江南早春的象征。《风入松》："为报先生归也，杏花春雨江南"）和煦温暖的春风从杨柳的枝条间掠过，柳枝随风飘荡，婀娜多姿，再吹到人的脸上，只感到和风扑面，了无寒意。灼灼春杏，依依杨柳，再加上和风细雨，这就是三月的江南！读者似乎能见到杏花花瓣上晶莹的水珠，能闻到携着杏花香味轻轻飘过的若有若无的细雨的芬芳，能感受到春风拂过肌肤时的温软与畅快。

也许只有诗僧才能写出这样空灵、清新、雅致的诗作来，因为他们是从青灯古寺、古木林阴中走出来的，他们在与杖藜东行之前已经做好了充分的心理准备，告别清冷与孤独，迎接喧嚣与纷繁，因而他们对这个世界有着与我们截然不同的观察视角和心灵感受。据宋人赵与虤《娱书堂诗话》（卷上）载："僧志南能诗，朱文公尝跋其卷云：南诗清丽有余，格力闲暇，无蔬笋气。如云：'沾衣欲湿杏花雨，吹面不寒杨柳风。'予深爱之。"志南的这首绝句能得到理学家朱熹的喜爱，实属不易，由此也可以看出志南诗在当时的地位和影响。（秦岭梅）

【姜夔】（1155—1221?），字尧章，号白石道人，宋饶州鄱阳（江西波阳）人。少随父宦游汉阳。父死，流寓湘鄂间，诗人萧德藻以兄女妻之，移居湖州，往来于赣、皖、苏、浙间。终生不第，卒于杭。有《白石道人诗集》《白石诗说》等。

送《朝天续集》归诚斋时在金陵

姜　夔

翰墨场中老斫轮，真能一笔扫千军。
年年花月无闲日，处处山川怕见君。
箭在的中非尔力，风行水上自成文。
先生只可三千首，回施江东日暮云。

绍熙二年（1191），杨万里在金陵（今南京市）任江东转运副使。大诗人收录在京做官时所写的诗作，出了第八部诗集《朝天续集》，送给好友姜夔。姜夔细细品读后，将诗集归还给主人，顺带奉上这首诗，时间是这一年的初夏。所以，此篇是关于诚斋的一篇诗歌评论，也可当作"读后感"来读。

"翰墨场中老斫轮，真能一笔扫千军。"起句处处用典，统领全篇，极写杨万里在南宋诗坛的地位和成就。翰墨场即指诗坛，黄庭坚《病起荆江即事·其一》曰："翰墨场中老伏波，菩提坊里病维摩。"另《庄子·天道》："轮扁曰：'臣也，以臣之事观之。斫轮，徐则甘而不固；疾则苦而不入；不徐不疾，得之于手而应于心，口不能言，有数存焉其间。臣不能以喻臣之子，臣之子亦不能受之臣，是以行年七十而老斫轮。'"后世因以称精于其艺、经验丰富的高手为"老斫轮"。此借以称赞杨万里是一位才艺超群的诗坛老将。接下来，化用杜甫诗句："词源倒流三峡水，笔阵独扫千人军。"（《醉歌行》）喻诚斋的才华与气魄，纵横诗坛，一扫千军。

"年年花月无闲日，处处山川怕见君。"这是这首诗最脍炙人口的佳句。唐代韩愈有《赠贾岛》诗曰："孟郊死葬北邙山，从此风云得暂闲。天恐文章浑断绝，更生贾岛着人间。"姜夔反用其意，以赞诚斋写景描物艺术手法的高超及功力的超凡。孟郊一死，风云得闲；

诚斋犹在，故花月无闲。"处处山川怕见君"，反过来就是说杨万里能要山川之命，何以言之，能摄其魂魄也。盖杨万里初学江西诗派，后自焚其少作诗篇千余首，改学陈师道、王安石及唐人绝句，"……自此每过午，吏散庭空，即携一便面，步后园，登古城，采撷杞菊，攀翻花竹，万象毕来，献予诗材……，涣然未觉作诗之难也。"（《荆溪集·序》）

颔联"箭在的中非尔力，风行水上自成文。"典出自《孟子·万章下》："智，譬则巧也；圣，譬力也。由射于百步之外也，其至，尔力也；其中，非尔力也。"又《周易·涣》："象曰：风行水上，涣。"后苏洵文《仲兄字文甫说》有所谓："'风行水上，涣'，此天下之至文也。"此喻诚斋诗如箭之中的，非人力所致；又恰似风行水上，自然天成。这是称赞"诚斋体"通透活泼、浅近自然的风格。

结句"先生只可三千首，回施江东日暮云。"引欧阳修《赠王介甫》诗意："翰林风月三千首，吏部文章二百年。"且化用杜甫《春日怀李白》诗句："渭北春天树，江东日暮云。"显然，作者是以李白的天资和功力与杨万里作比。刘克庄《后山诗话》也有类似说法："诚斋天分也，似李白。"客观说，李白的诗歌成就远非杨万里所能企及，但称其意趣、风范与李白有几分相似倒也是实情。不过，姜夔以为杨万里只需作诗三千首便可与李白相媲美，显然是溢美之词。

"诚斋体"讲究所谓的"活法"，不拘一格，语言浅近晓畅，饶有谐趣。尤其是一些抒情写景小诗，观察细致，极善捕捉稍纵即逝的瞬间情趣。钱钟书先生评曰："放翁善写景，而诚斋善写生。放翁如图画之工笔；诚斋则如摄影之快镜，兔起鹘落，鸢飞鱼跃，稍纵即逝而及其未逝，转瞬即改而当其未改，眼明手捷，踪矢蹑风，此诚斋之所独也。"（《谈艺录》）如果我们读过他的"接天莲叶无穷碧，映日荷花别样红。"（《晓出净慈寺送林子方》）"小荷才露尖尖角，早有蜻蜓立上头。"（《小池》）就知道在杨万里的笔下为什么"花月无闲"，也清楚"山川怕见"的原因了。作为一篇诗评，姜夔对杨万里的评价虽有言过其实的地方，但总体是恰当的。此外，诗中虽多处用典，却能免于晦涩，笔力遒劲、行文酣畅，足见其功力。（秦岭梅）

过垂虹

姜　夔

自作新词韵最娇，小红低唱我吹箫。
曲终过尽松陵路，回首烟波十四桥。

此篇与《除夜自石湖归苕溪》同作于姜夔自石湖至苕溪的归途中。垂虹桥位于今苏州吴江市松陵镇东门外，古时素以"江南第一长桥"名闻遐迩。据史料记载，该桥始建于北宋庆历八年(1048),前临太湖,横截松陵,环如半月,长若垂虹,故而得名。

关于这首诗的创作经过,元代陆友《砚北杂志》有较详尽的记载:"小红,顺阳公(范成大)青衣也,有色艺。顺阳公之请老,姜尧章(姜夔)诣之。一日,授简徵新声,尧章制《暗香》《疏影》两曲。公使二妓肄习之,音节清婉。姜尧章归吴兴,公寻以小红赠之。其夕大雪,过垂虹赋诗曰:'自琢新词韵最娇,……'"诗中的小红便是范成大馈赠给姜夔的那位家妓,足见范成大对姜夔所给予的礼遇非同寻常。

诗人以自诩开篇,所谓"新词"便是上面提到的《暗香》《疏影》两首咏梅自度曲。姜夔精通音律,不仅是才华横溢的诗人,也是一位造诣非凡的音乐家和演奏家。在石湖别墅完成的这两首名作,天机云锦,遗貌取神,清空骚雅,获得了"前无古人,后无来者,自立新意,真为绝唱。"(张炎《词源》)的盛誉。诗人对自己的新作也极为满意,因而自称"韵最娇"。既然才子有佳篇,加之姜夔本人擅长弹琴吹箫,须得佳人来伴唱,于是才子佳人便于舟中乘兴而起,找起乐来。小红轻展歌喉,婉转低唱,诗人曼倚洞箫,此情此景,何等逍遥畅快。

等到曲终兴尽,轻舟已过松陵(今苏州吴江)。回首远望,烟波茫茫,垂虹桥已只是依稀可见。清顾祖禹《读史方舆纪要》(卷二十四)载:垂虹桥"以木为之,长百三十丈,窦六十有四,中为垂虹亭……"末句所写的"十四桥",从前后诗句内容来判断,当指垂虹桥,如何以"十四桥"称之?素有争议。或以为,江南水乡,处处皆是桥,所以诗人回首,见到无数画桥若隐若现,笼罩在烟波浩渺之中。十四桥是对江南众多桥梁的代称,垂虹桥当包括在这其中。此亦备一说。

诗人携佳人还乡,一路弦歌,心境放松、其乐融融,因而笔法轻盈、洒脱,词气隽雅、平易。虽是寒冬雨雪天气,却了无肃杀悲凉之气,读来妙趣横生,情味跌宕。(秦岭梅)

除夜自石湖归苕溪

姜　夔

细草穿沙雪半销,吴宫烟冷水迢迢。
梅花竹里无人见,一夜吹香过石桥。

诗题概述绝句创作的时间、地点。除夜,即除夕之夜。石湖,苏州与吴江之间的一处风景区,时范成大居石湖别墅。苕溪,在浙江吴兴县境内,宋时湖州治所在吴兴,姜夔因娶诗人萧德藻侄女而寓居于此。绍熙二年(1191)冬春节前夕,姜夔到石湖访范成大,此行,姜夔甚得礼遇,且应约完成《暗香》《疏影》两首传世名作,声名大振。然而,艺术上的成功却难掩身世落拓和怀才不遇的孤寂与凄怆。除夕之夜,姜夔告别石湖别墅,乘舟归苕溪。暂时的热闹沉寂之后,内心愈感落寞与怅惘。归途中,大雪初霁,寒风凛冽,环顾四野,天地苍茫,夜色无边,诗人不禁感慨万端,心绪如潮,作绝句十首,此为其一。

前两句写景,乃实写:"细草穿沙雪半销,吴宫烟冷水迢迢。""镜头"由"细草"拉开。刚下过一场大雪,积雪已经逐渐销融,细嫩的小草像穿了一件沙衣,从雪中冒了出来。"穿"非常形象地描绘出白雪覆盖细草的情形,说明春天已经不远,这正应证了除夕这一时令,同时也与后面梅花的出现暗中照应。苏州乃春秋时代吴国的都城,因而有吴宫的宫殿遗址,诗人以"吴宫"代称苏州。抬头远眺,烟笼寒波,吴宫尚隐约可见,然桨声阵阵,诗人已踏上迢迢归程,正渐行渐远。身世飘零之感,萧索冷寂之情油然而生。

后两句写梅,乃虚写:"梅花竹里无人见,一夜吹香过石桥。"既曰"无人见",显然,诗人不惜耗费一半笔墨来描写的梅花,其实并没有见到,原因是梅花被竹子给遮住了。诗人又是如何知道竹里有梅的呢?因为梅花的芬芳。诗人是偶然乘舟经过石桥闻到了梅香,他不可能在石桥下呆上一夜,如何知道梅花会一夜吹香呢?自然是推想,然而这种推想绝对是真实、可信的。因而,是以一瞬之所感,写一夜之馨香;以虚笔写实物,不见梅花喜人,但有暗香浮动。梅花冰肌玉骨、风姿冷艳,却不为世人所赏识,立即引起了姜夔的共鸣,让诗人联想到自己,这与以"驿外断桥边,寂寞开无主"(《卜算子·咏梅》)里的梅花自比的陆放翁是相同的。寒梅被竹所掩藏,无人得见其风骨神韵,然而她依旧暗送幽香,傲然绽放。这是令诗人仰慕和赞赏的高贵品质,也是诗人自身人格的象征。

此篇妙在意境幽深、冷峻、淡远、清丽。细草、白雪、吴宫、烟霭、寒波、梅花、竹丛、石桥,众多"冷"色调的意象共同构建出一个清冷、隽美的世界,营造出凄清、寂寥的氛围,最后随一叶扁舟,伴着悠悠水流、缕缕梅香,与诗人翩然而去。清·刘熙载《艺概》云:"姜白石词幽韵冷香,令人挹之无尽,拟诸形容,在乐则琴,在花则梅也。"此评述恰适用于此篇。(秦岭梅)

【杜耒】(?—1225),字子野,号小山,宋旴江(今江西抚州)人。与赵师秀善。

寒 夜

杜 耒

寒夜客来茶当酒,竹炉汤沸火初红。
寻常一样窗前月,才有梅花便不同。

"有朋自远方来,不亦乐乎?"(《论语》)更何况是寒冷的夜晚,是出人意料的突然造访。每个人也许都有过这样的情感体验,杜耒选取这样的场景和心情作诗，写得别有情致，道出了寻常中的感动与雅趣。

"寒夜客来"，先是感到惊愕、突兀，既而是欣喜、感动。抒写当时感受，诗人只用了"茶当酒"三个字，用笔极是高妙、深婉、老道。"茶当酒"是诗人款待客人的一个小举动，也是唯一的方式，却具有多层内涵：一是说明，来者是"不速之客"，诗人没有任何精神和物质上的准备迎接客人；二是来者是"贵客"，或曰"至交"，无论如何诗人都要好好款待一番，哪怕是以茶代酒，而最重要的是借此促膝而谈，说说知心话，这叫"人对了，喝水也甜"；三是说明诗人居处极其偏僻冷清，没有办法弄得好酒待客，实在无奈之至。紧接着"竹炉"出现，对此再次加以印证。所谓"竹炉"，指用篾条编织成的火炉，也可以同时理解为以竹为薪。显然在诗人居所的周围，生长着茂密的竹林。"宁可食无肉，不可居无竹。"（苏轼《于潜僧绿筠轩》）此笔，既刻画出诗人内心世界的孤傲与清高，也从侧面反映诗人归隐生活的清苦与简单。至此，用笔陡转，写"汤沸火初红"。诗人架起竹薪，将炉火烧到最旺，转眼茶水就沸腾起来，可见心情之迫切，激动不已。寥寥数语，恰才清冷、沉寂的氛围突然被打破了，变得暖意融融、红红火火，这正是诗人此时心境的写照。生活中的一切皆因客人的突然到来而改变了，寒夜中原有的落寞与凄清转眼间荡然无存！

三、四句，表面是写眼前景，选取了"月"与"梅"。没有客人的时候，也许诗人便以窗前赏月来打发寒夜，而今晚的月亮仍然依窗悬挂，与昨夜没有什么不同，然而，一阵幽香袭来，这才发现窗外的梅花已经盛开，疏影横斜，暗香浮动。有了梅花，寻常的月光似乎也变得更加明亮而皎洁。其实，如此解读，只是读懂了诗句字面上的意思，此笔另有深意。诗人是于暗中以梅花比来客，友人的到来，好比梅花绽放一样，让诗人的生活和心境发生了可喜的变化。只说"便不同"，不说哪一点不同，耐人回味。对友人的赞美之情、感念之心跃然笔端。

就这样，诗人与挚友度过了一个难忘的寒夜。他们趁着月光，品着香茗，赏着寒梅，细述着离愁别绪、世事沧桑，品味着重逢的喜悦和相知的慰藉，别是一番滋味与情趣。相同的地方，类似的景色，不同的心境，诗人便有了不同的心灵体验，何等奇妙！（秦岭梅）

【戴复古】（1167－1247？），字式之，号石屏，宋台州黄岩（今属浙江）人。一生不仕。长期浪游江湖，卒年约八十余。曾师从陆游。有《石屏诗集》《石屏词》。

梦中亦役役
戴复古

半夜群动息，五更百梦残。
天鸡啼一声，万枕不遑安。

一日一百刻，能得几刻闲？
　　当其闲睡时，作梦更多端。
　　穷者梦富贵，达者梦神仙。
　　梦中亦役役，人生良鲜欢。

　　说梦，是文学艺术创作中的一个较为独特的题材。这首诗借写梦境，抒发了诗人对人生百态的看法，颇具理趣，是"江湖派"诗歌中的佳作。役役，形容劳作忙碌不息，见于庄子《齐物论》："终身役役，而不见其成功。"

　　陶潜《饮酒·其七》："日入群动息，归鸟趋林鸣。"王维《春夜竹亭赠钱少府归蓝田》："夜静群动息。时闻隔林犬。"前代诗家写"群动息"，亦即万物生灵停止活动，万籁俱寂的时候，关注得更多的是自然，然而，戴复古将目光指向的却是人的精神世界，甚至是"潜意识"。夜深人静，万物沉寂，然而人类却丝毫不得闲，因为他们正在做梦，一直要做到五更，也就是天将破晓的时候才开始收敛。百梦，言做梦的人之多；五更，言做梦时间之长；残，点破梦再好也终有尽时，做也是白做。

　　五至八句，写人醒着的时候整天忙碌，"役役"不安。李白《梦游天姥吟留别》诗曰："半壁见海日，空中闻天鸡。"天鸡，传说中的神鸡。据南朝梁任昉的《述异记》卷下载："东南有桃都山，上有大树……（树）上有天鸡。日初出，照此木，天鸡则鸣，天下鸡皆随之鸣。"天鸡是天下雄鸡的"老大"，它一叫，雄鸡皆啼，其职责就是率天下雄鸡报晓。天鸡一声啼叫，躺在千万个枕上的人都再不得安生，忙碌的一天又开始了！一天二十四小时，一小时为四刻，一昼夜共九十六刻，所以说"一日一百刻"。在这忙碌的一天中，能有几刻是闲着的呢？

　　前面写白天不得闲，接着写梦里更不得闲。一个"更"字强调梦中"役役"甚于平常。为什么？因为人在梦中可以为所欲为，现实中无法实现的事情在梦中都可以了愿。困顿的人可以幻想富贵荣华，而地位显达的人又可以梦想自己成仙得道，长生不老。唐李公佐有传奇小说《南柯太守传》，写淳于梦醉后梦入大槐安国，官任南柯太守，二十年间尽享荣华富贵，结果一觉醒来，发现原是一梦，终归虚幻，一切都不曾改变。又，唐人沈既济《枕中记》载：有一穷秀才卢生于邯郸某客店遇一道士吕翁，诉说自己穷愁潦倒，吕翁便送给卢生一个枕头，卢生枕之便入梦，梦里中进士，做宰相，娶美妻，儿孙满堂，日子过得富贵逍遥。然卢生一梦醒来，却见睡前店主新煮的黄粱饭竟还没有煮熟。以上南柯一梦和黄粱美梦乃为"穷者梦富贵"的精典故事。然而，"人之所欲无穷"（苏轼《超然台记》），不得意的渴望富贵，富贵的又梦想成仙。皇帝贵为天子，富有天下，然而他们知足了吗？当然没有！不可一世的秦皇汉武，就曾做过神仙梦。据《史记·秦始皇本纪》载，齐人徐福曾上书"言海中有三神山,名曰蓬莱、方丈、瀛洲,仙人居之。请得斋戒,与童男女求之。于是遣徐福发童男女数千人,入海求仙人。"公元前219年,徐福率数千童男童女出发了,其队伍之庞大令人瞠目结舌。据说,此行耗资巨大,备足了够用三年的粮食、衣履、药品和耕具,只可惜徐福出海数年,并未找到什么神山,更没求到什么灵药,秦始皇也只活了四十九岁便死于沙丘。

人生一世就是如此!平日不得闲,梦里更忙乱。正如苏轼词所云:"世路无穷,劳生有限,似此区区长鲜欢。"(《沁园春》)结句点题,同时化用苏轼词意指出:由于"梦中亦役役"直接导致了大多数人所共有的一个可悲结局——"人生良鲜欢"。梦境虽虚幻,却是现实心境的折射,由此诗人正告世人:醒时役役,梦亦役役,纷纷扰扰、忙忙碌碌,这样的人生没有快乐可言,这样活着也绝无意义!这便是诗歌的主旨。

做梦本是人类的生理和心理现象,所有的人都会做梦,然而诗人却将之上升到哲学的高度,以悲悯之心俯瞰众生,对世人"平日不得闲,梦中亦役役"发出深深的慨叹。全诗的表现手法为夹叙夹议,虽议论偏多,但语言平白晓畅、通俗朴素,因而读来反觉真切有趣,发人深省。(秦岭梅)

大 热

戴复古

天嗔吾面白,晒作铁色深。
天能黑我面,岂能黑我心?
我心有冰雪,不受暑气侵。
推去北窗枕,思鼓南风琴。
千古叫虞舜,遗我以好音。

原本组诗五首,此其第五首。有人称此篇为咏夏诗中的佳品,但须知并非闲适之作,为诗的主旨非在咏夏而在于抒怀。这是一首借写酷暑大热而抒写内心情怀与心志的咏怀古诗。

落笔处便见诗人个性,读来耳目一新:"天嗔吾面白,晒作铁色深。"诗人以拟人化手法,凸现大热天气,骄阳似火、灼人肌肤的特点。老天爷对我白皙的面孔实在是看不惯,于是将我晒得像铁色一样深,红里面透着黑。在诗人的笔下,火热的天气被人格化,专事搞"恶作剧",非要把一个白面书生改造成铁面男儿。"嗔",嗔怪,不满。只一字便将老天爷人格化了,用字十分诙谐而熨帖。

"天能黑我面,岂能黑我心。"这是诗人的道德宣言。大热酷暑,强烈的紫外线能够让我们的面色变黑，但是岂能让我的心地也变黑呢？"黑我面"的黑与"黑我心"的黑，虽同为"黑"字，然而意义迥异，此黑非彼黑矣。黑我面，指皮肤变黑，此为物理变化，只黑在脸面上；黑我心，则指道德沦丧、良知泯灭，也就是常言所说的"黑了心肠"，这是人格的堕落。黑我面，是一眼就能看得出来的，按照一般的审美，只是略为难看些而已。而黑我心的"黑"则是用肉眼看不到的，却为人所不齿，为诗人所唾弃！

那么，如此恶劣的气候为什么不能"黑我心"呢？诗人自信地回答说："我心有冰雪，不受暑气侵。"《黄帝内经》云："（酷暑）更宜调息净心，常如冰雪在心，炎热亦于吾心少减。不可以热为热，更生热矣"。本是讲养生之道，诗人则引以为修身之至理名言，用心甚巧。心中自有冰雪，无论什么样的大热，何种样的暑气咱都能够抵御。这和"千磨万击还坚劲，任尔东西南北风。"（郑燮《竹石》）的竹石具有相同的品格。无论气候、环境多么恶劣，都只能改我面色而已，根本无法改我心志，抑我志向，摧毁我的意志，我的内心依然像冰雪一样圣洁而清凉。诗人豪气冲天，铮铮话语掷地有声。

"推去北窗枕，思鼓南风琴。"这便是诗人的志向，也是诗人的人生理想和道德追求。"北窗枕"典出自陶渊明《与子俨等疏》："……常言：五六月中，北窗下卧，遇凉风暂至，自谓是羲皇上人。"原意是渲染幽居生活的闲适与畅快，诗人于此反用其意，"推去"二字，表面意思是写诗人推却北窗下纳凉的凉枕，潜台词却是要摒弃当时被许多文人士大夫所津津乐道的所谓寄情山水、栖身世外的隐逸生活。诗人还为自己树立了一个效仿和学习的榜样，那就是上古时代的圣君虞舜。据《史记·乐书》载："舜弹五弦之琴，歌《南风》之诗而天下治……"史籍所载的《南风歌》为："南风之熏兮，可以解吾民之愠兮；南风之时兮，可以阜吾民之财兮。"舜弹此曲的目的是为天下臣民祈祷上苍，希望上天泽被众生，使风调雨顺，消除愁怨，五谷丰登，富裕幸福。虞舜生活在四千多年前的氏族社会晚期，为"五帝"之一。司马迁在《史记·五帝本纪》称赞曰："天下明德皆自虞舜始"，并对舜进行了详尽的记载和评述。舜幼年不幸，父亲、继母及弟弟都多次欲加害于他，但舜都予以包容，故而年二十岁便以"孝"而闻名天下。年三十时，舜因其德行高尚、才智过人而被尧选拔为继承人，后尧禅位于舜，时舜已六十一岁。从此，舜帝为民操劳奔波，鞠躬尽瘁，最后死于苍梧之野，葬于九嶷山。诗人所向往和崇尚的就是虞舜那样的道德、人格与志向，他并不满足于北窗卧枕，独善其身，而是希望像虞舜那样弹着《南风歌》而为民奔忙，造福天下、拯救苍生，成就一番济世的伟业。所以，诗人在诗歌的结尾再度表明心迹，抒发了对虞舜的崇敬和赞美。

"千古叫虞舜，遗我以好音。"——我欢呼千古圣君舜帝，谢谢您赐给我美妙动听的《南风歌》。其实,细细品味,于暗中诗人还别藏深意,表明了他对清明政治和太平盛事的向往。戴复古的确生不逢时,他生活的时代是南宋王朝偏安一隅,苟安求存的时代。面对山河破碎、民生凋敝的可悲现实,像戴复古这样"负奇尚气,慷慨不羁"(元·贡师泰《石屏集·序》)的热血男儿是找不到建功立业的出路的,所以一腔报国之心和满怀豪情壮志只能诉诸笔端,向往盛世明君,以此聊以自慰而已。

戴复古笔力劲健,语言平直,抒怀一气贯通,酣畅淋漓。以大热明心志,写法及遴题都颇为出新,以小见大,意味深远。特别是诗人于字里行间所流露出来的兼济天下的豪迈精神,以及强烈的社会责任感与正直情怀,令人振奋。与江湖派诗人所普遍张扬的消极避世、崇尚隐逸的思想相较,更称得上是时代的强音了。(秦岭梅)

频酌淮河水
戴复古

有客游濠梁,频酌淮河水。
东南水多咸,不如此水美。
春风吹绿波,郁郁中原气。
莫向北岸汲,中有英雄泪。

戴复古是南宋时期一位颇具个性的诗人。他终身布衣,却关心国家时事,常常以诗词抒写忧国伤时的情怀。其生性正直耿介,不逢迎权贵,大胆指陈时弊,不少诗歌表达了对祖国统一的渴望和对朝廷苟安的斥责,本诗即是其中著名的一首。

戴复古生活的主要时期是南宋后期。公元1206年,南宋朝廷再一次以耻辱换取了苟安。整个朝廷不但不敢再提恢复中原的口号,文人士大夫们报国雪耻的壮志也逐渐消退为悲哀与无奈。本诗要表达的就是对淮北失地的热情眷恋与对苟安现状的悲愤沉痛。而与其他一些直接表达爱国之情的诗歌不同,本诗把全部情感都寄寓在了淮河水中,以此作为情感的载体,别具一番韵味。

首句写作者游至濠水桥,情不自禁一次又一次地舀起河水,细细品尝,发出了由衷的赞美:这水如此甘美,比偏安东南方的南宋都城——临安的水好喝多了。作者为什么会如此钟情于此水呢?原来濠水乃淮河的一条支流,而当时的淮河正是宋、金之间的分界河。淮河的北岸就是被金人统治的原大宋之地。因此,在诗人眼里,这条河水既是一道深深的象征国土两分的烙印,也是维系淮北失地与南宋的一座桥梁。作者在这里表达的对淮河水的赞美与热爱,实际上就是对北方失地,对沦陷的中原大地的爱恋与想念。

作者站在濠水桥上，河水在静静流淌，温暖的春风吹过水面，绿波荡漾。这来自淮河的特有的风，不仅吹动了生命的萌发，也带来了中原大地生机蓬勃的气息，这气息如此浓郁、如此令人振奋。这究竟是怎样一种气息呢？其实作者要赞美的是中原人民在异族统治下，不甘被奴役，勇于抵抗、顽强抗争的民族气节与战斗精神。

诗的结尾则把全诗的情感推向高潮。诗人郑重地告诫自己，不要喝淮河北岸的水，因为其中正流淌着中原人民的英雄泪。他们身处沦陷区，生活在侵略者的铁蹄之下，眼看着大好河山落入贼手，但"直把杭州作汴州"的南宋朝廷却孱弱怯懦，苟安一隅，不图恢复。中原地区的人民空有洗雪耻辱、报国杀敌的激情与理想，却看不到恢复中原的希望，悲愤不已，慨然泪下。在此，诗人对于北岸人民的敬爱与对南宋朝廷的斥责表露无遗。（郭杨波）

次韵谢敬之题南康县刘清老园

戴复古

刘子隐居地，真如李愿盘。
万松春不老，多竹夏生寒。
卜筑世情远，登临客虑宽。
题诗疥君壁，聊以记游观。

这是一首和诗，所和作者叫谢敬之，此人当为戴复古的朋友，生平事迹不详，原诗内容也亡佚不知。另从"次韵"可知，诗人是依次用原诗中的韵或字来进行创作的，有一定难度。所谓次韵，也称步韵，相传为白居易、元稹首创，称"元和体"。其实，次韵的出现应该更早，至少是在南北朝时期。诗歌创作的地点是在南康县，位于今江西省南部。南康因"地接岭南，人安物阜"而得名，今为南康市。刘清老园当在南康，今已不存。园主名为刘清老，或为刘清，"老"有可能是对主人的尊称。"老，考也。七十曰老。"（《说文》）

开篇即对刘先生的隐居地大加称赞，将之比作唐代李愿隐居的盘谷，事见韩愈文《送李愿归盘谷序》。"刘子，对园主的尊称。古代称老师或有道德、学问的人为"子"，如老子、孔子。"真"字强调名副其实，言刘先生隐居的地方的确是好，好到可与盘谷相媲美。如此，了解盘谷便可了解刘清老园。那么，韩愈笔下的盘谷是怎样的呢？韩愈曰："盘谷之间，泉甘而土肥，草木丛茂，居民鲜少。或曰：'谓其环两山之间，故曰盘。'或曰：'是谷也，宅幽而势阻，隐者之所盘旋。'友人李愿居之。"既然刘园之美不让盘谷，诗人便以万松、多竹比"草木丛茂"；以"春不老"、"夏生寒"

写"宅幽而势阻"。由此,刘清老园其"泉甘而土肥"也可想而知了。这样看来,刘园似乎的确不比盘谷差。"万松春不老,多竹夏生寒。"诗人选取冬春不枯的松树,夏日生寒的翠竹进行细腻描画,以此极写刘清老园环境的幽邃、清凉。

"卜筑世情远,登临客虑宽。"在远离尘世的地方卜居筑屋,交代刘清老园的地理位置,说明环境清幽的原因,与前句照应。继而再写到刘子隐居地登临、游览的客人的感受。如此美妙的环境,自然让客人感到神清气爽,愁闷顿消,心胸也为之开阔。"登临"二字表明,刘先生的园子地势很高,当筑于山中。在韩愈的《送李愿归盘谷序》中,记录了隐士李愿的一段话:"……吾非恶此而逃之,是有命焉,不可幸而致也。穷居而野处,升高而望远,坐茂树以终日,濯清泉以自洁。采于山,美可茹;钓于水,鲜可食。起居无时,惟适之安。……"戴复古正是借唐人旧事,暗示刘先生正是因不得志而归隐,同时也表达了自己对超然世外、寄情山林的幽居生活的向往。反映了"穷则独善其身,达则兼济天下"的儒家思想。

"题诗疥君壁,聊以记游观。"结局委婉说明了自己创作此篇的原因,是为了记录登临刘子隐居地之后的感慨,也就是一首记游诗。诗作完成之后,按照古代文人的雅好,诗人将之题写在刘清老园的墙壁上。此处,诗人又以"题诗疥君壁"以自谦,言自己的诗作和书法皆粗劣,像疥癞一样弄污了主人的墙壁。典故出自唐人段成式的《酉阳杂记·语资》:"大历末,禅师玄览住荆州陟屺寺,道高有风韵,人不可得而亲。张璪尝画古松于斋壁,符载赞之,卫象诗之,亦一时三绝。览悉加垩焉。人问其故,曰:'无事疥吾壁也。'"后世文人便常以玄览旧事以自谦,言书画等拙劣。如:宋人陈造《次韵苏监仓》:"逢人争食有处有,疥壁留诗无处无。"清代赵翼《西湖寓楼即事》:"衰年敢作重来想,临去多留疥壁诗。"戴自古亦同此意。

质实古朴、平直流畅是江湖派诗人的总体风格,这首诗虽读来清新淳厚,但远非戴复古诗歌的上品。不过,诗中流露出的不满朝政,不愿与世沉浮、同流合污的风骨气节,倒也可圈可点。(秦岭梅)

庚子荐饥(三首)

戴复古

其一

饿走抛家舍,纵横死路岐。
有天不雨粟,无地可埋尸。
劫数惨如此,吾曹忍见之?
官司行赈恤,不过是文移!

其二
去岁未为歉，今年始是凶。
谷高三倍价，人到十分穷。
险浙矛头米，愁闻饭后钟。
新来慰心处，陇麦早芃芃。

其三
杵臼成虚设，蛛丝网釜鬵。
啼饥食草木，啸聚斫山林。
人语无生意，鸟啼空好音。
休言谷价贵，菜亦贵如金！

宋理宗嘉熙四年（1240），南宋连续发生饥荒。江浙福建一带出现大旱，是岁为庚子年。诗人耳闻目睹了"天灾"给百姓带来的巨大灾难与苦痛，同时对南宋王朝腐朽无能、统治者冷漠腐败所导致的"人祸"也深感忧戚愤懑，共写下五律《庚子荐饥》六首，此为其中三首。荐，意为屡。

诗人从饥年惨状落笔，"饿走抛家舍，纵横死路岐。"寥寥数笔，描画出一幅饿殍遍地、怵目惊心的饥民图。饥饿的人们为了活命只好抛家别舍，拖家带口外出逃荒。然而，逃出去也同样找不到生路，不过是饿死路旁，尸横满野，景象惨不忍睹！

"有天不雨粟，无地可埋尸。"饥民们呼天抢地，将心中哀怨直指上天，归于大地！《淮南子·本经训》："昔者苍颉作书，而天雨粟、鬼夜哭。"汉代王充《论衡·感虚》："燕太子丹朝於秦，不得去，从秦王求归。秦王执留之，与之誓曰：'使日再中，天雨粟，令乌白头，马生角，厨门木象生肉足，乃得归。'"这里化用典故，表达饥民内心的绝望和愤怒。上天是不可能雨粟的，看似无理的谴责，实际别有深意。《说文》曰："天，至高无上。"古人以天为万物之主宰，天亦指天帝。"有天不雨粟"，潜台词就是指责上天不顾百姓死活。不降甘霖，不雨粟米，也就是不恤民众，恩不荫天下。接着又谴责说，大地如此广袤，却没有埋葬死尸的地方。那些良田沃土到哪儿去了？自然都被豪强权贵霸占了。封建时代敢于指天骂地是需要相当勇气的，虽然与后世关汉卿的"地也！你不分好歹何为地？天也！你不勘贤愚枉做天！"（《窦娥冤》）相较仍缺乏力度，显得羞羞答答、遮遮掩掩，但已属难能可贵。

写到此，诗人已经怒不可遏了，开始直抒胸臆："劫数惨如此，吾曹忍见之？"劫难如此惨烈，实在是惨绝人寰！然而更让人感到愤怒的还在后面："官司行赈恤,不过是文移!"面对如此沉重的灾难,目睹如此惨烈的场景,凡有良知者都出手相援。然而,意想不到的是,赈灾文书下发到各级官府,竟然不过就是一张废纸而已!朝廷无情,官府不义,百姓哪儿还有出路呢?他们还能依靠谁呢?无边的绝望,让诗人心中升起无比的愤怒。

第一首是"全景式"展现庚子饥年的惨状,抨击统治阶级的冷漠与无能。第二首则是凸现灾难深重的百姓所承受的巨大痛苦与内心的挣扎。

前四句用平白的语言直叙灾难所带来的困苦生活。与去年的庄稼歉收相较,今年更为变本加厉。此也为诗题"荐饥"作注。这样的持续饥荒,谷子的价格已飞涨三倍,百姓贫困到了极致,可见灾荒之"凶"。

"险淅矛头米,愁闻饭后钟。"用细节刻画饥民困顿无奈的生活状况。《世说新语》云,桓玄与殷仲堪闲聊,作危语。桓玄曰:"矛头淅米剑头炊"。意思是说在矛头上淘米,剑尖上做饭,自然是险之极。此借以喻饥民无米,少得可怜。"饭后钟"的掌故见于五代王定保《唐摭言》卷下。相传唐人王播"少孤贫,客居扬州惠明寺木兰院,随僧斋食。诸僧厌怠,播至,已饭矣。"和尚故意斋后敲钟,王播闻声就食,于是扑空。此指由于连年饥荒,寺院已经无力布施,饥民只能愁听饭后钟,连唯一的生路也断了。

结尾处笔锋陡转,给予一点亮色:"新来慰心处,陇麦早芃芃。"这是绝望中的希望,尽管芃芃陇麦要长成粮食当是来年的事情,然后毕竟看到了生命的绿色,也就有了盼头。在生死线上挣扎的饥民们还在辛勤劳作,读之令人悯然,让人心酸。

第三首展示饥荒所带来的严重社会问题。先仍从饥年的凄凉景象着笔:"杵臼成虚设,蛛丝网釜鬵。"鬵,即甑。农家舂米的石臼形同虚设,做饭用的釜和甑也结上了蜘蛛网,说明百姓已经断炊很久,炊具都没了用场,一片死寂。如此荒凉,差不多到了"万户萧疏鬼唱歌"(毛泽东《送瘟神》)的地步了。

"啼饥食草木,啸聚斫山林。"死寂之后竟是一片喧嚣。饥民都到哪儿去了?为了求生,只能前呼后拥,啸聚山林,砍伐树木,以树叶、草根、果实充饥。"啼",言饥民一边啼哭一边以草木为食。痛哭的原因,也许是饥饿,内心绝望而痛苦;也许是因为无奈,草木难以下咽,场景催人泪下。"人语无生意,鸟啼空好音。"继续写饥民的惨状。尽管没有人再去欣赏,鸟儿尚能叫出动听的歌声,然而人连说话的力气也没有了,此言人不如物,比林中的鸟儿都不如。面对如此严重的社会问题,诗人无法再深入写下去了,于是顾左右而言他:"休言谷价贵,菜亦贵如金!"谷米价贵倒也罢了,连蔬菜的价格也如金子一样昂贵!这样的日子怎么过呢?显然,诗人对百姓的苦难、国家的命运充满了深深的忧虑!如果百姓已到了无法生存的地步,那么统治者的末日也就不远了。眼下饥民啸聚山林的目的,尚为了斫木以为食，然而如果饥荒持续下去，接下来出现的局面恐怕就会是揭竿而起了。

《庚子荐饥》以朴素浅近的语言，深刻展示了南宋末年的社会现实，表现出难得的悲悯之心和批判现实的勇气。词气峭拔，意蕴沉雄，是江湖诗篇中少有的现实主义佳作。（秦岭梅）

湖南见真师
戴复古

致身虽自文章选，经世尤高政事科。
以若所为皆伊吕，使其不遇亦丘轲。
长沙地窄儒衣阔，明月池干春水多。
天以一贤私一路，其如四海九州何？

南宋末，士风发生了一些微妙的变化，江湖派诗人有干谒权贵，呈诗以求显达的风气。这首《湖南见真师》，便是干谒一类作品中较为值得一读的诗篇。

嘉定十五年（1222），真德秀以宝漠阁待制出任湖南安抚使知潭州。潭州即今之湖南长沙，戴复古就在此时拜见了这位落魄政治家，奉为"真师"，并作诗呈献。诗之开头四句，先竭力称颂一番。真德秀字景元，福建浦城人，本姓慎，因避孝宗赵昚（慎）讳，改姓真。年十八中举，十九岁（1199）与魏了翁同榜中进士，再试，登博学宏词科，故曰步入仕途靠的是写得一手好文章。当然，这并不是真德秀最值得称道的地方，他真正的才华还在于他的经世之才。《论语·先进》："子曰：'从我于陈蔡者，皆不及门也。德行：颜渊、闵子骞……，政事：冉有、季路……'"政事科是儒家弟子主修的四门功课之一，此言真德秀满腹经纶，具有杰出的政治才干。真德秀一生沉浮，终官至户部尚书、参知政事，爱国勤政、励精图治，为官清廉正直，深得百姓称颂，是南宋著名的政治家和理学家。据《宋史·真德秀传》记载："德秀长身广额，容貌如玉，望之者无不以公辅期之。立朝不满十年，奏疏无虑数十万言，皆切当世要务，直声震朝廷。四方人士诵其文，想见其风采。……都城人时惊传倾洞，奔拥出关曰：'真直院至矣！'"由此可见真德秀在当时所得到的爱戴和敬仰。

伊尹是商初大臣，传说他为了见到商汤，做了有莘氏女的陪嫁奴隶，后为成汤重用，任为阿衡，助汤灭夏桀。吕尚，字子牙，世称姜子牙、姜太公，杰出的政治家、军事家和谋略家。姜太公在渭水边直钩垂钓，"钓"得了周文王，后帮助武王伐纣，是周朝的开国元勋，齐文化的缔造者。戴复古选取这些开国功臣与真德秀作比，显然是希望真德秀能担当起开天辟地的重任，收复失地，改变南宋王朝屈膝称臣的耻辱地位。丘轲即孔丘和孟轲，孔孟之道在当时并没有受到统治者的青睐，未能大行其道。真德秀与孔孟命运相似，虽心存忧患，屡屡进言，主张吸取韩侂胄贸然北伐的惨痛教训，严肃政纪，清除腐败，收拢民心，一度也受到宁宗的器重，但最终遭致权相史弥远的嫉恨，只得主动请求外放到地方任职，这才到了潭州。在任期间，真德秀广施德政，废除榷酤制度，免征苛税，减轻农民负担。又专设慈幼仓，用以赈济无依无靠的老人和儿童。所以说是：所为皆伊吕、不遇亦丘轲。

"长沙地窄儒衣阔，明月池干春水多。"颈联对真德秀的德政给予高度评价，并由衷进行赞美，写得情真意切，意象生动。长沙虽然土地不够广大，但真师的恩泽就像儒士宽大的衣袖一样能够荫蔽百姓；明月池水虽然干涸了，可您的美德就像春水一样丰润。明月池在湖南省桃源县西南，《水经注》载："沅水历临沅县西为明月池、白壁湾，湾状半月，清潭镜澈。"明月池并没有干涸，诗人如此戏说，是想竭力赞美真德秀的惠政，尤今人言："恩比大海深"。

戴复古对朝廷不能重用真德秀，充分发挥其政治才华而深感叹惋和忧虑。真德秀任潭州地方官，这自然是潭州人的福气，所以说是"天以一贤私一路"。然而，老天爷这样偏心眼，潭州的百姓倒是幸运了，天下的百姓又该怎么办呢？四海和九州皆非实指，指天下、各地。

历史上素有"北宋缺将，南宋缺相"的说法。南宋时期，真德秀的确称得上是难得的济世之才，戴复古如此追捧于他，也在情理之中，代表了当时的朝议和民意。整首诗竭尽赞美之辞，好在能适可而止。"长沙地窄儒衣阔，明月池干春水多。"一句意象独特而生动，可堪一读。（秦岭梅）

袁州化成岩李卫公谪居之地

戴复古

一岩端坐挹千峰，三两亭台胜概中。
江水骤生连夜雨，松声吹下半天风。
因思世故吾头白，独步林皋夕照红。
欲吐草茅忧国志，谁能唤起赞皇公。

这是一首咏史抒怀之作。袁州，即今之江西宜春市。李卫公指李德裕，字文饶，唐朝中期著名政治家、诗人。李德裕与其父李吉甫皆为晚唐名相，与牛僧儒、李宗闵为首的朋党展开了长达四十年的斗争，史称"牛李党争"。太和七年（833），李德裕入相，后遭奸臣排斥，左迁。唐武宗即位后，李德裕深得器重，再度为相。执政期间外平回鹘、内定强藩，整肃吏治，巩固边防，加强中央集权，使晚唐内忧外患的局面得到暂时缓解，功绩显赫。后唐宣宗即位，因嫉李德裕位高权重，于835年4月贬袁州长史，在袁州期间，李德裕曾寓居宜春化成岩。

开篇交代李德裕谪居地的大环境，由远及近，由化成岩大全景逐渐推向三两亭台，有如电影里的推拉镜头。化成岩位于宜春市西北、秀江北岸，于河岸处拔地而起，山势峭拔，高耸入云，为群山之主，故称"一岩端坐挹千峰"。挹：同"抑"，掌控、抑制。唐初，山腰处建有化成寺，此乃李德裕的居处。后宋绍光十九年（1149），州判汪应辰为李德裕立祠供奉，以志纪念，故而有三两亭台。胜概：即美景或美好境界。化成岩洞幽石怪，草木丰茂，素以"清奥"见称，被誉为"江南一胜"及"天然图画"。首句突出写化成岩的山势秀拔及文化渊源，抓住了这一风景名胜的主要特点。

"江水骤生连夜雨，松声吹下半天风。"这是戴复古备受称道的佳句，笔触深及诗人内心世界。一夜暴雨，江水骤生，惊涛拍岸；半天急风，激起飒飒松声，回响天地。本是天风吹动松树发出声响，诗人却说是松声吹下了半天风。反写其事，读来耳目一新，饶有兴味。且对仗工稳，语工而意远，又于暗中写诗人内心波澜骤起。表面写自然，其实是写内心，用意深邃。短短两句，却包罗了江水、夜雨、松声、天风等诸多意象，笔触刚健、大气磅礴，诚为江湖诗篇中不可多得的佳构。

"因思世故吾头白，独步林皋夕照红。"于壮美的自然中，清晰浮现出一位白发飘飘的忧国忧民的诗人形象。世故，指世间的一切变故、变乱。诗人身逢乱世，金人气焰嚣张，有一定见识的士大夫常常会有朝不保夕的末世之感，这大概就是戴复古所称说的"世故"，这也是让诗人一琢磨就会急白了头的烦心事。世事堪忧，诗人只能独步林皋，望着满天夕阳，悚然心惕，黯然神伤！"夕阳无限好，已是近黄昏。"诗人写夕照，本就暗藏悲戚的意味，令人伤怀。林皋即山林、皋壤，皋，泽边高地。常借指隐居。《庄子·知北游》云："山林与？皋壤与？使我欣欣然而乐与！"可见，诗人看不到出路。对现实已心存失望。

"欲吐草茅忧国志，谁能唤起赞皇公。"草茅，本义为杂草，引申指在野未出仕的人，亦即平民。赞皇公指李德裕。李乃赵郡赞皇（今河北省赞皇县）人，因功劳卓著，于唐文宗太和七年（833）"进封赞皇伯，食邑七百户"（《旧唐书》）。虽明知国事不可为，但一介匹夫的忧国之心却按捺不住，不吐不快！谁能唤起像李德裕这样的先贤来拯救岌岌可危的南宋王朝呢？此句表达了诗人思慕贤才以重新收拾山河的迫切心愿，以及深深的忧国忧民之心。

这首七律视野开阔，境界阔大，意象生动，情感含蓄，于跌宕中渗透出沉郁峭拔之气。特别是洋溢于其中的爱国情怀，关注现实的忠直之心，心系国家危亡的忧

患意识,更是令人感动。这也许便是陈衍认为戴复古若陈亮、刘过之流,"异于文学众言"的原因吧。(秦岭梅)

饮 中
戴复古

布衣不换锦宫袍,刺骨清寒气自豪。
腹有别肠能贮酒,天生左手惯持螯。
蝇随骥尾宜千里,鹤在鸡群亦九皋。
贤似屈平因独醒,不禁憔悴赋离骚。

古语云:"天下熙熙,皆为利来;天下攘攘,皆为利往。"所以凡是有利益的地方,特别是古代官本位社会,官场那种权力利益集中的地方,就有不少人在那里投机钻营、阿谀拍马,甚至巧取豪夺、倾轧陷害,为了求得一官半职而各种手段无所不用其极。一旦得逞,就贪得无厌,大肆搜刮侵吞,自己花天酒地,醉生梦死,所以搅得那时的官场一片污浊。这是社会现象的一个方面。另一个方面,也有比较清醒之士,他们看到这些觉得太过肮脏,也就不愿进入黑暗的官场,以一颗平常心选择了优游林下、独善其身的道路,在平凡的生活中自得其乐,来保持自己独立的人格和高洁的操守。这首《饮中》诗歌的作者戴复古,就是这样一种人。

这首诗的最大特点,就是用了好多典故,只有了解了用典,才能明白诗中的意思。第三句是用《资治通鉴》典故:后晋高祖天福七年:"曦曰:'维岳身甚小,何饮酒之多?'左右或曰:'酒有别肠,不必长大'。"是说酒量过人。第四句是用《世说新语》典故:晋代毕卓嗜酒如命,曾说:"一手持蟹螯,一手持酒杯,拍浮酒池中,便足了一生。"第五句是用《后汉书·隗嚣传》典故,刘秀曾对隗嚣说:"苍蝇之飞不过数步,即托骥尾得以超群。"是说苍蝇歇在良马的尾巴上,就可以跑得很快很远。这是说攀附权贵,以求升迁。第六句是用《诗经·小雅·鹤鸣》的典故:"鹤鸣于九皋,声闻于野。"九皋,是指深远的水泽淤地,这里用来代指隐居的山野之地。最后两句是用了《史记·屈原列传》中屈原的典故:屈原被楚王放逐于江滨,遇见渔父,见屈原"颜色憔悴,形容枯槁",便问他何以到这个地步,屈原说:"举世混浊而我独清,众人皆醉而我独醒,是以见放。"《离骚》,是屈原的抒情长诗,抒写自己被放逐以后的愁苦、愤懑的牢骚。

这首诗虽然用典很多,但是读来还比较流畅自然,没有那种佶屈聱牙的感觉,这是因为诗人尽量用了比较浅显的字词来表达典故的基本意思,语言比较通俗化。也写得比较生动，比如用"布衣"和"锦宫袍"来分别比喻隐居和做官，就很形象；用"刺骨清寒"来比喻自己的清贫、清高，就把抽象的意思表达得具体可感了；还有"蝇"和"鹤"的对比，鄙夷和赞扬的意思也很鲜明。这些地方，都是他的成功之处。但是用典太多，终是一病，所以胡适在新文学革命时提出作诗不用典，也自有其道理。

当然，作者在现实生活中，虽然优游林下了，也并非就是天生的乐神，内心也有着不平的、复杂的情绪。所以最后两句也以屈原自比，一方面表现了对现实的不满，另一方面也表明自己心灵深处的痛苦，所以他要"不禁憔悴赋《离骚》"了。至于"憔悴"，诗人的处境也就可想而知了。可见，任何人要完全超越自己所处的时代，像庄子所追求的那种绝对"逍遥"，也是办不到的。能够像戴复古这样洁身自好，不去黑暗的官场同流合污，在那时也就要算不错的了。（管遗瑞）

淮村兵后

戴复古

> 小桃无主自开花，烟草茫茫带晓鸦。
> 几处败垣围故井，向来一一是人家。

南宋时，淮河地区一再遭受金兵侵占，生产生活被严重破坏。春天本是生机盎然的时节，料峭春风中的暖阳格外惹人怜爱，簇簇桃花枝头争相绽放。这本是一幅神清气爽怡人自怡的田园风光画。谁知在一场战争刚刚过去的这个春天，作者眼前的这个小村庄里却是荒凉破败之景，肃杀气氛恣意蔓延；敌人铁蹄的肆虐，摧毁了这个小村的安宁祥和。

"小桃无主自开花"。桃花不识人间苦，年年春来，花开依旧。艳丽的春色倍增兵后的凄凉。无主，是因为没有育花养花人，亦再无惜花赏花人。桃树是果树，并非野生野长的树木，应该是有主的，眼前的"小桃无主"，是因为主人逃难或遭遇不测的缘故。战争的洗劫，让这里的人或死去，或逃亡，即便留下来的，也没有赏花的心情了。桃花的情怀惆怅而寂寞——树尤如此，人何以堪！

兵后的乡村，了无生趣，满眼凄凉。"烟草茫茫"已使人感到凄凉，何况还"带晓鸦"——乌鸦在古典诗词中，常常是和黄昏连在一起的，作者别出心裁让它出现在早晨，使得这个早晨失去了朝气，感觉荒凉。此二句含不尽之意于言外，在今昔之慨中暗寓家国兴衰之思，语极沉痛，格调低抑。所铺陈的衰败景色为后文点题蓄足了势。

"几处败垣围故井，向来一一是人家"——这是全诗主旨所在。断壁残垣、故井废池，犹厌言兵；想起这里曾经物阜人丰，想起这里曾有过的宁静闲适、热闹欢腾,如今荡然无存,只留下些许的物件在想象的碎片里,用来凭吊,用来感伤。诗句中的井,乃是生机的象征,乡村里有井处,方有人家。井作为人们日常生活的象征物,最能触发怀旧心理。井旁人家,饮用洗涤,须臾不能离开;井旁人家,悲欢离合,多少人间真情。战乱中,国破家亡、世事维艰,人们可以迁徙避难,唯有井,不可迁。典型的环境,典型的细节,诗人在这个微冷的春日早晨找到了兵后荒村最真实的遗迹,找到了追怀往昔最有力的载体。

战乱之后,十室九空,作者眼前的荒村,就看不到一处人家。但他偏不正面说出这个意思,却反过来说——"向来一一是人家",即过去到处都有人家,这是绝句婉曲表达的一种手法,叫侧面微挑,或不犯本位。正因为如此,就特别耐人寻味。试把这一句改成正面的表达,这首诗的诗味就会大减。可以说,这一句是成就了这首诗的关键之句,不失为宋诗之名句。(殷志佳、周啸天)

【赵师秀】(1170—1219),字紫芝,宋温州永嘉(今浙江温州)人。"永嘉四灵"之一。有《清苑斋集》。

雁荡宝冠寺
赵师秀

行向石栏立,清寒不可云。
流来桥下水,半是洞中云。
欲住逢年尽,因吟过夜分。
荡阴当绝顶,一雁未曾闻。

这是一首写景诗。作者当在夏季游览北雁荡山,并在古刹宝冠寺留下此篇诗作。

雁荡山位于今浙江省乐清市境内,部分位于永嘉县及温岭市,风景秀丽,以奇峰怪石、古洞石室、飞瀑流泉著称。因山顶有湖,北雁南归多宿于此,且湖中芦草丰茂,结苇为荡,故名"雁荡"。雁荡山绵延数百公里,按地理位置分为北、南、西等雁荡山,通常所说的雁荡山指乐清市境内的北雁荡山,素有"寰中绝胜"、"海上名山"之誉,史称"东南第一山"。历代文人士大夫都衷情于雁荡秀色,明代旅行家、散文家徐霞客就写下了著名的《游雁宕山记》,曰:"望雁山诸峰,芙蓉插天,片片扑人眉宇。"

据史料记载,宋时雁荡山曾有十八古刹,十六亭,十院之盛。宝冠寺位于北雁荡山顶,四周群峰雄峙,古木参天、怪石嶙峋、洞壁幽深,是探幽览胜的绝佳去处。赵师秀从细处落笔,先写宝冠寺周围的景色见闻,以及游历赏玩时的感受:"行向石栏立,清寒不可云。"诗人缓步走向水边,凭栏而立,顿感寒气逼人,清凉难言。细节处写"石栏"而非木栏,暗中突出了雁荡山怪石林立的特点。

"流来桥下水,半是洞中云。"从结构上说,直承首句,说明为什么"清寒不可云";就艺术而言,字工而语深,笔法圆转流畅。陈衍称其"在四灵中最为掉臂游行之句"(《宋诗精华录》),亦即最优秀的诗句。唐代诗人于武陵有《赠王隐者山居》,曰:"飞来南浦水,半是华山云。"赵师秀显然是受此句的启迪,但武陵诗流于直白,而赵师秀则多了几分含蓄与韵致,读来流转空灵,饶有兴味。从桥下淙淙流过的涧水,有一半是由高山幽洞中的云雾凝结幻化而成。这虽是主观臆断,但细想又觉言之有理。因水而思源,让人由清澈的溪涧联想到那些隐藏于千山万壑中的云遮雾绕的洞窟,如置身期间,似登仙界。云生于洞中,也给人以幽冥奇奥之感,同时也点化出雁荡山洞壁深邃,奇妙无穷的特色,令人神往,惹人遐思。

美丽的雁荡山让诗人观山水而心醉神迷,于是不忍离去,内心骤生波澜,不禁长叹一声:"欲住逢年尽,因吟过夜分。"我本想在这里长住,无奈年世已高,岁月将尽了。我也想再为眼前的大好自然歌唱吟咏,然而不知不觉竟已是夜半时分,时不我与。雁荡秀色,勾摄起诗人对时空的忧虑,以及对宇宙人生的思考:为什么时间会过得如此之快?为什么生命会如此短暂?连让自己栖身于雁荡山林,徜徉流连、吟诗作赋的机会都舍不得给!此笔将诗人的内在情感描摹得细腻而含蓄,且暗藏哲理。

"荡阴当绝顶,一雁未曾闻。"结句境界豁然开阔,笔触由石栏小桥、流水幽洞倏然转向广袤的天空和浩渺的湖泊,读来心旷神怡。"荡阴",指雁荡湖。"当绝顶",言雁荡湖所在的位置。"雁荡者,栖雁之山顶湖也。以雁荡铭山,雁荡山得名矣。"(《雁荡诗词集·序二》)可见,雁荡山是因湖与雁而得名的,没有湖就没有"雁荡山",没有雁也没有"雁荡山"。然而,诗人侧耳倾听,枯等良久,天空中连大雁的踪影都看不到,自然也就听不到大雁的鸣叫声。大雁的生活习性是秋天南飞过冬,春天北上避暑,而诗人游雁荡山时当为夏季,本不该是看到大雁的时候,明知如此却偏要这般写法,并非想说明雁荡山名不副实,而是以此渲染内心的失落与颓丧,紧扣前句。欲吟而夜半,想住而年尽,思雁而无踪,如此种种,作者的心境何等黯然而无趣,凄惶而怅惘,已是不言而喻。同时,由此也足以看出诗人对自然山水的依恋,以及对雁荡美景的钟爱。

这首五律诗题曰宝冠寺,却无一字及寺,又无一语不与寺相关。诗人通过对古寺四周特有的幽寂环境进行大肆渲染和着力描写,以及对诗人内心感受的深入刻画,让我们看到了一处隐藏于千岩万壑、飞湍流泉、白云幽湖之间的古刹禅院。整首诗语言工丽,境界凄清,意蕴丰富而幽邃,是"永嘉四灵"描摹纵情山水、寄情泉石一类闲适生活的优秀作品。(秦岭梅)

薛氏瓜庐

赵师秀

不作封侯念，悠然远世纷。
惟应种瓜事，犹被读书分。
野水多于地，春山半是云。
吾生嫌已老，学圃未如君。

题目是写薛氏瓜庐，其实与"庐"并无多大关系，却与人有关，内容是写庐的主人及闲适生活。薛氏，即薛师石（1178－1228），字景石，号瓜庐，永嘉（今浙江温州）人。薛师石卜居温州会昌湖，名曰瓜庐，并以自号，工诗善书，有《瓜庐集》。常与"永嘉四灵"之赵师秀、徐玑等往来唱和，为当时名士。

瓜庐先生出身望族，乃状元木待问的女婿，但却无意仕途，以布衣终，所以称他"不作封侯念"，典出自东汉班超。班超字仲升，素有大志，因其兄班固被召诣校书郎，班超与母亲随至洛阳。家贫，班超常常为官府抄书以养家糊口。一天，班超突然投笔长叹曰："大丈夫无它志略，犹当效傅介子、张骞立功异域，以取封侯，安能久事笔砚间乎？"左右皆笑之。超曰："小子安知壮士志哉！"事见《后汉书·班超列传》。此为反用其典，以示瓜庐先生的志向并非如班超立功异域以取封侯，而是身在江湖、志在山林。由此引出下句"悠然远世纷"，过渡十分自然。旨在强调"远世纷"的原因并不在于瓜庐所建的地理位置偏远，而是因为瓜庐主人"心远"。

"惟应种瓜事，犹被读书分。"居处既名瓜庐，主人也因以为号，种瓜自然便成为日常生活的第一要务，然而却要被读书分一些时间出去。"惟应……犹被……"这一句式说明，瓜庐先生是忙上加忙，然而也是乐上加乐。"种瓜"典出《史记·萧相国世家》："召平者，故秦东陵侯。秦破，为布衣，贫，种瓜于长安城东，瓜美，故世俗谓之'东陵瓜'，从召平以为名也。"后种瓜遂成为归隐生活的代称，大凡隐者都以种瓜而津津乐道。颔联主要描写瓜庐先生的隐逸生活，一是种瓜，二是读书，表面上很忙，骨子里却很闲，日子过得清静逍遥，自由自在。

"野水多于地，春山半是云。"颈联借古人诗意，以阔大的气象描写了瓜庐四周的秀美山水。野水，当指会昌湖。由于水面宽广，烟波浩渺，因而只见水而不见地，故云。此句借用白居易《早秋晚望兼呈韦侍御》诗里的："人烟半在船，野水多于地。"虽是原句照搬，倒也贴切。春山，指环抱瓜庐的群山。在会昌湖四周有景山、松台山、巽山等，以景山最为高大，云雾缭绕，故称"半是云"。此句亦点化姚合《送宋慎言》诗句："驿路多连水，州城半在云。"而成。"四灵"崇尚姚合、贾岛，喜欢锤炼字句，此句倒算是学得比较到位，形象更美，意味更悠远，境界也更阔大。秀美的大自然，不仅是隐者立身安命的地方，也是其安置灵魂、寄托情怀的心灵彼岸。

尾联将笔触转向自身，"吾生嫌已老，学圃未如君。"将自己与瓜庐先生作比。我本想也像瓜庐先生一样归依山林，寄情山水，可惜年事已高，归不归隐都没啥意义了。要说种植瓜果蔬菜，实在是比不上瓜庐先生您了。圃，指种植蔬菜、瓜果。其中同样暗藏典故，"学圃"出自《论语·子路》："樊迟请学稼，子曰：'吾不如老农。'请学为圃，曰：'吾不如老圃。'"表达了作者对向往归隐却不能的慨叹，其中有自谦的意思，言自己老了，无论志向、意趣和心境都不敢和瓜庐先生相比。

整首诗几乎处处用典，却并未给人"掉书袋"的感觉。借用、点化前人诗句也能做到不留痕迹，无斧凿痕迹，手法圆熟。（秦岭梅）

送翁卷入山

赵师秀

已送山民归旧庐，子今复去我何如。
渐成老大难为别，早占清闲未是疏。
小雨半畦春种药，寒灯一盏夜修书。
有人来问陶贞白，说与华阳何处居。

南宋后期诗人赵师秀、徐照、翁卷、徐玑，合称"永嘉四灵"。他们同出叶适之门，既是好友，又诗崇晚唐贾岛、姚合，题材上山水隐逸之作较多。该诗是赵师秀送翁卷入山隐居之作。

首句中的"山民"，有人以为称翁卷，误。应指徐照。照号山民，布衣终身。"四灵"中徐照最贫困，诗风寒苦，后来也去世最早，赵师秀有《哀山民》、翁卷有《哭徐山民》等诗。其集《芳兰轩集》亦曰《山民集》。首联言，我已经送过徐照归他的旧庐隐居，今又送你入山，朋友相继而去，我当何如呢？"我何如"，极含蓄，有友情难舍之意，有羡慕友人隐逸之意，还有自己去留两难之意。颔联云，伴随年龄的老大，老朋友离别最难为怀；不过，朋友早一点去占据"清闲"，我们总不算疏远。后句宕开，富于情致，从另一个层面——即向往隐逸，对朋友的选择作鼓励，并自我安慰，表明自己将来的去路，与之志同道合，仍是亲密无间的朋友。山林友人，以趣味相投、天机清妙相交，此之谓也。颈联设想朋友隐居之后，白天劳动,种药养生,春雨为之浇灌药畦;夜晚里,寒灯一盏相伴,"修书"不辍呢。全诗之中,此联独以描绘和叙述相结合的笔法出之。上句写景叙事,隐逸之趣被凸现;下句之"修书",指写信,但有二意,一为本是叮嘱朋友别忘了给自己写信,改为进行时的景事写来,友情被凸现;二为与下文将朋友比作被人们称赞"山中宰相"陶弘景相呼应,陶富于学识才华,却不肯入朝廷,梁武帝常以政事相咨询,"月中常有数信"往来。该联情景俱胜,画意盎然,诗味浓郁。尾联承接"修书"说来,谓因为你给我有书信往来,所以当有人因你的学识才华而打听你在山中哪里,我能告之你的居处。陶贞白即陶弘景,他隐居勾容茅山,又遍历名山,寻访仙药。号华阳隐居,谥贞白先生。其一生好读书著述,通晓经史文学、山川地理、阴阳五行、历数星算、医药知识等。把翁卷比作陶弘景,实际上是对翁卷才情的赞美。

送人隐居之作,往往与其他离别之作多写悲伤哀怨不同,其中所涉景事,多有情趣,耐人寻味。(李亮伟)

约 客
赵师秀

黄梅时节家家雨,青草池塘处处蛙。
有约不来过夜半,闲敲棋子落灯花。

题为《约客》实写约客不至。客人爽约,久候不见踪影,不免内心焦躁,这是寻常人都曾有过的情感体验,以此来写诗为文,颇费思量。诗人驾轻就熟,先将约客事搁置一边,却从眼前景色落笔。"黄梅时节家家雨,青草池塘处处蛙。"江南初夏,正是梅子成熟的时节,却久雨不晴,故称"黄梅雨",与早春雨称"杏花雨"是一个道理。"家家雨"言雨水太多。雨天持续太长,天气湿热郁闷,长满青草的池塘里蛙声阵阵,处处可闻。诗人选取雨声和蛙声来加以描写当是刻意为之,并非随意所为,信手拈来。既然有客人相约,主人自会静心等候,所以对声音特别敏感,总想听到有人敲门。然而,诗人听到的只有淅淅沥沥的雨声和聒噪喧闹的蛙声,加之天气恶劣,人的心情更是烦闷异常!到了夜深人静时候,这种烦乱的声音便愈加清楚和响亮,心情可想而知。

前面写景是铺垫,"有约不来过夜半"才点题。至于,客人是谁?何以爽约?诗歌并未作明白交代,同时也似乎没有交代的必要。诗人夜深不寐,依然痴痴恭候,已足见来客与诗人交往甚笃,而且客人平常当为守约君子,否则,诗人不会如此苦苦相候。

结局刻画诗人候客不至,心情烦乱的一个小动作——"闲敲棋子落灯花"。此乃生花妙笔，让诗意陡然崛起，骤然生色。原来，诗人候客候得痴心的又一个原因是因为想过棋瘾，然而这盘棋显然是下不成了，所以"闲敲棋子"，这是莫名其妙的一个"小动作"。从心理学的角度分析，一个人焦虑无聊的时候，往往会以某种下意识的简单、机械的动作来地加以排遣，以此平衡心态、淡化忧虑、减轻心理压力。诗人敲打棋子的动作便属此类，如果没有真实的内心体验和细腻的观察，是不可能捕捉到如此真实生动的细节的。而"落灯花"是敲棋子的结果，同时再次暗示候客时间很长，以至于灯芯久燃结成了灯花。这样写法，含蓄委婉，余味深长，很有诗味，也很有生活气息，而且用笔极深，已触及到人的内心世界深处。

在中国古诗词中，像这样精细入微的心理刻画是不多见的。须知，越是为我们所熟悉和了解的人和事越难描摹，因为我们已经习以为常，变得麻木和漠然，所以，最容易被我们所忽略的就是发生在我们身边的点滴生活和瞬息情感。然而，赵师秀却抓住了，且写得意蕴悠长、情味盎然。（秦岭梅）

【徐照】字道晖，一字灵晖，自号山民。永嘉（今浙江温州）人，终生不仕，永嘉四灵之一。有《芳兰轩集》。

题翁卷山居

徐 照

其一

十年前有约，今却在城居。
羡尔能携子，深山自结庐。
引泉移岸石，栽药就园蔬。
见说高林外，樵人听诵书。

其二

空山无一人，君此寄闲身。
水上花来远，风中树动频。
虫行黏壁字，茶煮落巢薪。
若有高人至，何妨不裹巾。

谢灵运有《山居赋·序》云："古巢居穴处曰岩栖，栋宇居山曰山居，在林野曰丘园，在郊郭曰城旁。"一说到山居，自然而然便透出些许隐逸气。

诗歌从十年前说起，灵晖与灵舒相约，以后有条件就在山里选一风水宝地建一处山居。转眼十年过去了，灵晖依旧没有"条件"，还住在城里，过熙熙攘攘的喧闹生活。由此，自然过渡到下句："羡尔能携子，深山自结庐。"一个"羡"字写出了别人有自己却没有的落寞。"庐"的本义是田中看守庄稼的小屋，后指简陋的居室，有如茅草房之类。再后来，为了标榜清雅，即便是豪宅，甚至行宫也称"庐"，如蒋介石的官邸、"第一夫人"宋美龄的夏宫——"美庐"。这样的"庐"显然和山居草屋毫不沾边。不过，灵舒的山居应该还是原汁原味的，因为是"深山"，又是携子"自结"，想必多半是以树木和茅草作为建筑材料，结庐的主力是儿子和诗人自己，当然也不敢说没有请工匠，但至少闲时也会搭把手，省些工费开销。不管怎么说，灵舒的山居总算是建成了，怎不让人羡慕呢？

"引泉移岸石，栽药就园蔬。"颔联一笔点出翁卷山居的主要特色：就地取材，因势而造。山居中的流水是引山泉而来，庭园里的怪石是从山泉之畔随手搬来的。山居小园中栽种的也不是奇花异草，而是可供餐饭的蔬菜。更有意思的是，在蔬菜两边竟然还种有中草药，如有小恙，便可治病。山居之所有，已基本上可以自给自足了，这是居家过日子的山居，不是附庸风雅的山居。这样的山居真好，无比温馨而亲切。

"见说高林外，樵人听诵书。"结尾处突然于山居高耸的树林外，出现了一个樵夫的形象。他并不只是被新建的山居所吸引，而是对寂静的山林中突然响起的琅琅的读书声感到奇怪和新鲜，于是忍不住停下脚步，细细聆听。这里，诗人以"樵人听诵书"暗写山居主人的"闲"与山居的"静"，读书声在空寂的山林久久盘旋、回响，余音袅袅，读来意趣悠远，回味无穷。

"其一"重点写山居，交代山居的建造过程和特点；"其二"则重在写山居的主人，表现山居闲淡的书斋生活。首句化用王维《鹿柴》："空山不见人，但闻人语响。"诗意，写山林之清寂，翁卷之闲适。"空山无一人，君此寄闲身。"本来山中无人，自从翁卷寄身此地之后，这才有了人气，这也是对山居大环境的一种交代——乃建于空山。

"水上花来远，风中树动频。"流水淙淙，远远地，把不知来自哪里的花香带来了；清风徐徐，树木开始不停地摇晃，沙沙作响。"远"字写出山林的深邃，透出一丝神秘。幽幽的花香来自哪里呢？是什么花的馨香竟传得这么远呢？"频"刻画出树枝摇曳、树叶振颤时的动态，同时也写山风不止。徐照诗宗姚合、贾岛，讲究锤炼字句，自称"吟有好怀忘瘦苦"（《山中寄翁卷》），可见也是个"苦吟"诗人。此句与颈联"虫行黏壁字，茶煮落巢薪。"都是徐照刻意"炼"成的，显示出一定的艺术功力。翁卷的山居生活是恬淡却又充满趣味的，而这种趣味一是来自于自然之美，二是来自于内心的宁静，作者选取两个场景来加以展现。第一个场景——题写于壁上的诗句，以及黏在字上的爬虫。虫子的出现，更显出山居环境的幽静与空旷，与前面的"空山"相照应。人迹罕至，树木葱茏，因而是动物的家园，以至于山居里爬虫横行，污了诗人的题壁诗。第二个场景——煮茶时水沸茶溢，茶叶潽落到柴禾堆里。唐宋时期茶艺风靡鼎盛，古人的饮茶方式不似今人的"即沦即茗"，而是要细细烹煮、煎吃。你看，茶沸四溢诗人都没注意到，做事漫不经心，足见山居生活之闲淡与安逸。品茶、吟诗，这就是翁卷山居的日常生活，对于封建时代的文人而言，还有比这更自在、惬意的日子吗？怎不让徐照羡慕、向往呢？

"若有高人至，何妨不裹巾。"有朋自远方来，不亦乐乎？何况这个造访者还是位世外高人。结句徐照对翁卷的山居生活进行了一种畅想式的描绘。有了山居，便须有人同乐，于是设想山居引来了山中高人。那么，主人翁卷的反应是什么呢？本当整束衣冠以迎贵客，然而徐照却要翁卷不要拘泥于常礼，散发相见也无不可。裹巾是宋代中原男子头上的一种装束，不同阶层的人裹巾的式样各异。李白有诗："人生在世不称意，明朝散发弄扁舟"（《宣州谢朓楼饯别校书叔云》）。此处徐照以"不裹巾"，表明对精神自由的向往，对山居闲适生活的崇尚。

除了这两首《题翁卷山居》，徐照还有《重题翁卷山居》等。看来，作者是山居的常客，对翁卷居住的这个好地方颇为流连。据说徐照一生有三种爱好：嗜苦茗、游山水、喜吟咏，山居一应俱全。然而，徐照却贫病潦倒，经营一生也没有能力建造一座这样的山居，甚至在去世后家人连丧葬费都拿不出来，还是好友们出资将他安葬了。联想徐照的身世，再来读这首诗，更能理解诗人对山居生活的渴求。这就难怪诗人会苦吟苦炼，尽心竭志为翁卷山居成就几多佳句了。今细细品读，思之顿觉酸楚，因而总能从清词丽句中读出一丝滞重与落寞。（秦岭梅）

【徐玑】（1162-1214），字致中，又字文渊，号灵渊，浙江温州永嘉人。历任建安主簿、龙溪县丞。永嘉四灵之一。有《泉山集》，已佚。

泊舟呈灵晖

徐　玑

泊舟风又起，系缆野桐林。
月在楚天碧，春来湘水深。
官贫思近阙，地远动愁心。
所喜同舟者，清羸亦好吟。

"永嘉四灵"中的灵渊徐玑与灵晖徐照，既同乡，又同姓，彼此交游很深，常以诗唱和。这是徐玑于旅途中偶有所感而写成的一首五律,以呈徐照。

"泊舟风又起,系缆野桐林。"起句点题,船刚停泊好,风又来了,于是舟人将缆绳牢牢系在了野桐林里的桐树上。"又"说明泊舟前已刮过风,一路行舟,一路风起,刚一靠岸,风又来了,这恐怕也是泊船的原因之一。舟人系缆野桐林的场景描写,颇有诗趣,与王维诗句:"相逢意气为君饮,系马高楼垂柳边"(《少年行》)笔法颇为相似,非常自然而巧妙地营造出氛围,羁旅之思油然而生。

"月在楚天碧,春来湘水深。"颔联是景物描写。楚天:指长江中下游地区的天空,也泛指南方天空。由于春秋战国时期长江中下游一带属楚地,故称。湘水,即湘江水,为长江主要支流之一,湖南最大河流。诗人在写景的同时,顺带巧妙地交代了写作的地点和时间。月亮升起来了,碧空万里,清晖无限。微风吹过,波光粼粼,境界、氛围颇似"春江花月夜",心襟为之摇曳,浑然忘我。"湘水深"使人联想到李白的"桃花潭水深千尺",暗示彼此情深谊重。然而,美丽的夜色并没有给旅途中的诗人带来喜悦,相反,触景而生情。明月是最牵动情怀的东西,诗人顿时心潮难平。

于是,夜色之美引出了心中之愁。其中有对好友的思念,也有对身世命运的诸多怀想和慨叹。徐玑出身官宦之家,为唐代状元徐晦后裔,因恩荫得职,历任建安主簿、永州司理、龙游县丞等官职,因而常常辗转异地、疲于奔命,就为了做一些位卑职低的芝麻小官。直到生命的最后,徐玑仍在奔忙。1214年,朝廷任命徐玑为长泰令,还没来得及到任所就去世了。此篇正是诗人于任职途中的触景生情之作。显然,对自己的政治处境徐玑是很不满意的,总想得到朝廷重用,到中央政府去工作,故而向好友袒露心迹:"官贫思近阙"。阙,本是皇宫宫门前两侧的瞭望楼,指皇帝居处,此借指朝廷。徐玑是个坦诚的人,并没有像一般封建文人那样标榜清高,而是直言自己不甘于沉沦下僚,想离皇帝、朝廷近一些,在政治上有所作为。然而,自己却远在偏僻之地,一切只是异想天开。诗人一直漂泊于异乡,既远离京城,也远离故土,好比旅途中前不挨村,后不着店,处境孤寂。于是仰望明月,放眼湘水,上下一片迷茫,看不到出路,找不到依托,不由得愁肠百摺,思绪万千。

心情如此不爽快,该用什么来排解旅途愁闷呢?正在百无聊赖间,突然注意到一位乘舟者,这位萍水相逢的乘客让徐玑转忧为喜。"亦"字非常关键,表明诗人所描写的同舟者与徐照非常相似。一是模样像徐照,长得清癯瘦弱;不仅如此,还喜欢吟诗,竟然意趣相投。或许,正是这位清癯好吟的同舟者让徐玑想到了好友徐照,从而激发了诗人的创作热情,遂成此篇。

徐玑向以五律见称,以清苦为工,这首《泊舟呈灵晖》恰好体现了这一风格。诗歌意境优美、清丽工巧。情感充沛,由美景引出愁闷,既而又转忧为喜,读来起伏跌宕,诗味盎然,值得赏玩。(秦岭梅)

赠徐照

徐　玑

近参圆觉境如何？月冷高空影在波。
身健却缘餐饭少，诗清都为饮茶多。
尘居亦似山中静，夜梦俱无世虑魔。
昨日曾知到门外，因随鹤步踏青莎。

徐玑和徐照同姓，同为永嘉（今浙江温州）人，且皆位列"四灵"。徐玑字灵渊，徐照字灵晖。清人纪昀评曰："（徐玑）诗与徐照如出一手，盖四灵同一机轴，而二人才分尤相近。"（《四库全书总目提要》）由此可知，两人颇为相得，交往甚密，诗风也极为相似。此篇是徐玑写给徐照的一首应酬诗作。

开篇先问候近况，"近参圆觉境如何？"类似日常书信的章法，然非寒暄之辞，既不问身体如何？也不说一切是否安好？而是直问修佛达到了何等境界？圆觉又称"无上觉"，具足厚德曰"圆"；照破无明叫"觉"。是佛教中"觉"的三种境界之一，言自觉、觉他的智慧和修为都已达到了最高、最圆满的境界。又说圆觉指《圆觉经》，即《大方广圆觉修多罗了义经》，为佛教大乘经典，一卷，唐罽宾沙门佛陀多罗译。要达到"圆觉"境界显然是不太容易的，然而一向清贫的徐照却在苦修苦炼，因而让徐玑既牵挂又赞赏。第二句"月冷高空影在波"，表面上是描写景物，实际上是对徐照参禅所达到的境界进行形象的描画。首句设问，次句作答。如水的月光与倒映着明月的澄静的水波相交映，光彩炫然、氛围清冷、景象空灵。"影在波"不仅写出了水面寂然无波，静得像一面镜子，也暗写诗人内心的透彻与淡定，犹言徐照参悟的境界通透圆融、纤尘不染。

除了参悟圆觉境界，徐照还做些什么呢？"身健却缘餐饭少，诗清都为饮茶多。"笔触由参禅到徐照的日常起居。身体健康是因为餐饭粗疏、量少，诗风清丽，则是由于饮茶甚多。一句话，诗人的日常起居就是粗茶淡饭，所做的事情不外乎吟诗参禅而已。身健、诗清，餐饭少、饮茶多，这些都是诗人的真实生活写照，可是彼此是不是有必然的因果关系呢？那可就不一定了！然而作者却偏要这样说。如此笔法，旨在将徐照的日常生活具象化，放大细节，渲染情趣，至于彼此因果是否成立，大不必深究。

徐照在《题翁卷山居·其一》中自云："十年前有约，今却在尘居。"可知，因为困顿少钱，徐照虽然一直想卜居山林却未能如愿，依旧住在喧嚣的城里。也许是为了安慰好友,徐玑认为"尘居亦似山中静",徐照有如此平和的心境,即便是住在城里也和退居深山一样,这就叫做"心远地自僻"。"夜梦俱无世虑魇",不仅如此,由于徐照的心灵极度平静,因而连做梦也和和乐乐,从不会被世俗的梦魇所惊扰。总之,生活极度安逸而宁静,没有一丝忧虑和不安,这正是徐玑所称羡的。

"昨日曾知到门外,因随鹤步踏青莎。"结句尤见情味。我知道你徐照昨天曾悄然到过我家门外,因而我才踩着你像仙鹤一样轻盈的脚步,踏着青莎寻踪而来。《晋书·王徽之传》:"……(徽之)忽忆戴逵。逵时在剡,便夜乘小船诣之,经宿方至,造门,不前而返。人问其故,徽之曰:'本乘兴而行,兴尽而返,何必见安道耶?'"这里写徐照"昨日"至门外而不入,来而不访,暗中与王徽之作比,标榜徐照的通脱旷达,任性放诞,自非尘世凡庸之人。青莎,即莎草,多年生草本植物。作者愿蹑其鹤步,踏青莎而相追随,表达了对徐照超逸之志的景仰之情。

关于徐照的生平,可查的文献记载并不多,只知他家境清寒,贫病潦倒,以一介布衣终其一身,从未做官也未曾显达,甚至穷到去世后连入殓下葬的钱都没有,是一个身世凄凉的悲剧式的落拓文人。然而,在徐玑的笔下,徐照却被描写成一个绝少烟尘之气,处世淡定、远离烦扰,超然物外、洗削凡庸的高士与诗人,这让我们看到了另一个别样的徐照。这首《赠徐照》,格调清丽,境界幽邃,笔法流转,品之意味悠远、超忽而有禅味。(秦岭梅)

【翁卷】 字续古,一字灵舒,宋温州乐清(今浙江温州)人。"永嘉四灵"之一。有《苇碧轩诗集》

乡村四月

翁 卷

绿遍山原白满川,子规声里雨如烟。
乡村四月闲人少,才了蚕桑又插田。

这是一幅颇具诗情画意的"江南乡村四月图"。

先是全景式描绘,"绿遍山原白满川,子规声里雨如烟。"绿,写树木,苍翠葱郁;白,写水面,银光闪烁。注重色彩的渲染,令人耳目一新。川,山间平地。"遍"和"满",极言树木和水田无处不有。整个世界似乎都是由绿和白两种色彩构成的,这是极协调却又对比度极大的两种色彩,使画面显得明快而亮丽。旧历四月当为初夏时节,雨水充沛,万物生长。这时江南的树木已经长得非常茂盛,河满池溢,不再是一两点嫩绿朦胧，三两方水田映空，江南水乡景色宜人，秀色可餐，正是最迷人的时候。

接下来是"特写"，着意刻画子规、春雨，让画卷变得更加丰富、生动、绚丽。初夏是子规鸟活动最频繁的时候，啼声婉转。关于子规，民间传说甚多，文学作品中也时常出现。按照作者心境之不同，子规常被赋予不同的象征意义和内涵。李膺《蜀志》云："（望帝）禅位于鳖灵，号曰开明氏。望帝修道，化为杜鹃鸟，或云化为杜宇鸟，亦曰子规鸟，至春则啼，闻者凄恻。"子规作为望帝的化身，常被当成"离愁别绪"的代称，或用以渲染悲戚的氛围。如：文天祥《金陵驿》"从今别却江南路，化作啼鹃带血归。"李白《蜀道难》"又闻子规啼夜月，愁空山。"但是，在劳动者的眼里却非如此，子规每岁春分先鸣，至夏尤甚，在农夫眼里就是催促劳作的可爱的小精灵。《本草·杜鹃》曰："田家候之，以兴农事"，子规一叫，说明冬天已过，该下地干活了，成为田家的好伙伴。这里，诗人运用了精巧的比喻，以烟比雨，惟妙惟肖地描绘出初夏细雨的形象特征，似有似无，如雾如烟。一个"里"字，将声音——子规啼叫声，与画面——细雨如烟，这两种本是互不相关的感官体验巧妙地融合在一起，产生极美妙的诗歌意境和艺术体验。

三、四句是农忙图，笔墨极简洁、明了："乡村四月闲人少，才了蚕桑又插田。"初夏农忙时节，田家几乎没有闲人，都在忙各自的农活。才刚忙完蚕桑，候蚕宝宝结茧，立即又该下田插秧。蚕桑与首句"绿满山原照应"，插田与"白满川"照应。"才……又……"句式的运用，足显田家之忙碌，却不着一字。

四句诗共同构成了一幅完美的江南乡村画卷，形象生动，色彩明快，令人赏心悦目。充分表现了诗人对田家劳动生活的赞美和热爱。（秦岭梅）

【叶绍翁】字嗣宗，号靖逸。宋处州龙泉（今属浙江）祖籍建安浦城（今属福建）人。有《靖逸小集》。

登谢屐亭赠谢行之

叶绍翁

君家灵运有山癖，平生费却几两屐？
从人唤渠作山贼，内史风流定谁识！
西窗小憩足力疲，梦赋池塘春草诗。
只今屐朽诗不朽，五字句法谁人追？
天台览遍兴未已，天竺山前听流水。
秦人称帝鲁连耻，宁向苍苔留屐齿。

乙庵是渠几代孙，登山认得屐齿痕。
摩挲苔石坐良久，便欲老此岩之根。
吾侬劝渠且归去，请君更学遥遥祖。
遥遥之祖定阿谁，曾出东山作霖雨。
乙庵未省却问侬，莫是当年折屐翁？

这是一首长达二十二句的七言古诗，在"江湖派"诗作中并不多见。从诗题看，是一首馈赠诗，属应酬之作。赠送的对象是谢行之，字乙庵，生平不详。据诗人称，谢行之与东晋才子谢灵运同宗；作诗的缘由是因为登临、游览谢屐亭，因而借古咏怀。谢屐亭当是后人为纪念谢灵运而建，"亭在天竺"（《清逸小集》题注），即今杭州灵隐山南的天竺山。谢灵运为陈郡谢氏士族，乃东晋名将谢玄之孙，恃才傲物，嗜游成癖，"登蹑常著木屐，上山则去前齿，下山去其后齿。"（《宋书·谢灵运传》）上下山都极省力且稳当，有防滑作用，后世称"谢公屐"，是中国最早的"登山鞋"或曰"运动鞋"。

诗歌开头紧扣题目，直接从谢灵运写起。君家，即"你家"，一语道破谢行之与谢灵运及谢屐亭的关系。谢灵运酷爱登山，尤喜攀登幽僻险峻的山峰，据说高达数十丈的峭壁他也敢上，故而当代登山"发烧友"称之为"中国攀岩运动的先行者"。据沈约《宋书·谢灵运传》载："灵运因父祖之资，生业甚厚。奴僮既众，义故门生数百，凿山浚湖，功役无已。寻山陟岭，必造幽峻，岩嶂千重，莫不备尽。"故此，作者以"山癖"一言以蔽之。谢灵运如此酷爱游玩山水、登山探险，一生该穿坏多少双谢公屐呢？这显然是无法回答，也没有必要回答的问题，旨在抒写作者心中的慨叹。李白《梦游天姥吟留别》曰："脚著谢公屐，身登青云梯。"可见，谢公屐因其方便适用而流传后世，足以构成中国旅游文化的一部分。值得注意的是："屐"在此篇正文中共出现五次，此为第一次。

三、四句皆用典。"山贼"事见《宋书·谢灵运传》：谢灵运为了方便自己游山玩水，曾"伐木开径，直至临海，从者数百人。"动静闹得太大，以至于太守王琇大惊失色，误以为山贼。此笔写谢灵运醉心于山水，性情狂放不羁。不仅于此，谢灵运不懂权谋、韬晦，老得罪人，树敌不少。会稽太守孟顗虔心事佛，却被谢灵运所轻，"尝谓顗曰：'得道应须慧业文人，生天当在灵运前，成佛必在灵运后。'顗深恨此言。"于是孟太守为泄私恨，将谢灵运一举告到朝廷，说他有"异志"。好在朝廷"不罪"，派他做临川内史。由此作者又感叹说："谢内史的风流放达有几个人能够理解和赏识呢？"暗中为谢灵运鸣不平。

五至八，四句连写作者对谢灵运诗歌成就的赞赏和钦慕。"池塘生春草，园柳变鸣禽"(《登池上楼》)是谢灵运最著名的诗句之一，元好问《诗论三十首》称赞曰："池塘春草谢家春，万古千秋五字新。"由此也演绎出带有神异色彩的传说。钟嵘《诗品》引《谢氏家录》载：谢灵运只要一见到其堂弟谢惠连辄得佳语。有一次"在永嘉西堂，思诗竟日不就，寤寐间忽见惠连，即成'池塘生春草'。故尝云：'此语有神助，非我语也'。"这个被传得神乎其神的故事，便是著名的"梦中赋诗"的掌故，足见谢灵运才情之超凡，如有神助。谢灵运曾自诩说："天下才共一石，曹子建独得八斗，我得一斗，自古及今共用一斗。"足见其狂傲自矜。如今，岁月流逝，物事人非，谢公屐早已衰朽，然而谢公的五言诗句却流芳千古。的确，在唐宋之前的诗坛，谢灵运是占据相当地位的，他在扭转玄言诗风，开创和确立中国山水诗派方面成就卓著。鲍照赞曰："谢五言如初发芙蓉，自然可爱。"(《南史·颜延之传》)对此，叶绍翁也大加揄扬："五字句法谁人追？"言其首创之功，后人莫逮。

"天台览遍兴未已，天竺山前听流水。"《宋书·谢灵运传》载：谢灵运因得罪权贵被排挤到永嘉任太守。"郡有名山水，灵运素所爱好，出守既不得志，遂肆意游遨，遍历诸县，动逾旬朔，民间听讼，不复关怀。"后又任临川内史，"在郡遊放，不异永嘉"。天台山在永嘉，天竺山属会稽，两郡的山水都被谢灵运游了个遍，然而并没有让他尽兴，更没能让谢灵运的内心真正平静下来，继而引出下句："秦人称帝鲁连耻，宁向苍苔留屐齿。"由于谢灵运沉迷山水，不思政事，受到了当政者的指斥，以至于被有司派人捉拿。谢灵运心中的叛逆精神终于被激发出来了，于是兴兵抵抗，轰轰烈烈大闹一场。然而最终将谢灵运送上断头台的正是让他名垂千秋的五言诗："韩亡子房奋，秦帝鲁连耻。本自江海人，忠义感君子。"(《临川被收》)

刘裕为巩固政权，对世家大族采取笼络政策，碍于谢灵运的才气名望，一度予以任用。然"唯以文义见接"，谢灵运只是当了个文学侍从，心中不满。起初，谢灵运对刘宋王朝是充满幻想的，甚至与庐陵王刘义真过往甚密，想以此挤入权力中心。后少帝刘义隆继位，对谢氏家族心怀疑忌，将谢灵运彻底排挤出京城。由于处境日艰，谢灵运只好纵情山水，但终究还是"不得好死"(鲁迅先生语)。元嘉十年(433)宋文帝以"叛逆"罪处死谢灵运，时年四十九岁。叶绍翁有意回避史事，将谢灵运塑造成一个像鲁仲连那样的"忠义"之士，赋予他忠于晋室、不事权贵、蔑视功名的品格，寄托了自己的理想和追求。

以上为全诗的第一部分，以"谢公屐"为主线，写谢灵运的身世和成就。接下来，先写对自然的向往，山林的留恋。时隔八百年，谢公的屐齿痕早已荡然无存，诗人曰"认得"，是言谢行之沿着谢公当年的足迹而前行，字句出新。面对先人曾经为之沉醉的山水，谢行之摩挲着长满青苔的山石，忱今惜夕，终老山林的归隐之心便油然而生了。

诗歌以诗人与谢行之的一番对话作结，言辞间又引出谢家另一位"大腕"级人物，欲以谢家先贤劝勉谢行之，让他学学"遥遥祖"，暂且归去。两人的对话，一问一答，写得颇为生动、真切，具有很浓的生活气息，就像今天的"情景再现"。"遥遥祖"是谁呢？就是谢灵运的曾祖谢安。谢安曾隐居东山，征西大将军桓温多次请他出山都被拒绝了。中丞高崧劝说谢安："安石不肯出，将如苍生何？苍生今亦将如卿何？"终于说服谢安。《尚书·说命上》："若岁大旱，用汝作霖雨。"唐李白有诗："傅说降霖雨，公输造云梯。"（《赠从弟冽》）"作霖雨"比喻济世泽民。收束处，以谢行之的问话再度将话题转向"屐"，紧扣诗题。"折屐"乃谢安指挥淝水大战时的著名掌故，事见《晋书·谢安传》。谢玄等击破苻坚，捷报送到时谢安正在下棋，"看书既竟，便摄放床上，了无喜色，棋如故。客问之，徐答云：'小儿辈遂已破贼。'"等谢安回内室时，却因"心喜甚，不觉屐齿之折"，故称"折屐翁"。

对于大多数封建文人而言，如果说"隐"是不得已而为之，那么"仕"就是明知其不可为而为之，是为了功名、担当，为了名垂青史、大济苍生，甚至是光宗耀祖。作者明白，在那样的时代，要想彻底摆脱尘世的纷扰并不是容易的事情，谢灵运便是前车之鉴！这种矛盾而复杂的心态，让作者最终选择激励谢行之暂时放弃归隐之志，等建功立业之后再回归山林。再说，如果用谢灵运与谢安相较，前者于广州弃市，后者死后追封太傅兼庐陵郡公，谢安与朝廷的合作态度，使他的人生结局自然比谢灵运要好上许多，叶绍翁在劝人的同时也是劝己。

这首七古以"屐"为主线，首尾呼应，将若干历史掌故串联在一起，由古及今，用事虽繁却并无堆砌、矫饰、卖弄之感。结构浑成，转折跌宕，语言平白，读来畅快爽利，乃南宋七古诗之佳篇。陈衍称赞说："晚宋诗人，工古体不多，此篇其最清脆者。"（秦岭梅）

游园不值

叶绍翁

应怜屐齿印苍苔，小扣柴扉久不开。
春色满园关不住，一枝红杏出墙来。

"游园不值"，意思是访故人园宅，不料对方不在家，这是一个生活事件。这种事，在人际信息沟通不那么方便的古代，是很多人都曾有过的经验。

"应怜屐齿印苍苔，小扣柴扉久不开"，前二句写来到故人门首敲门的情形。在这之前，作者应该走了不少路，希望到达后能好好歇口气。"应怜"二字，包含着一种预期，即主人立即开门接待。但预期不等于现实，结果出人意外，没有人来应门，作者在门外站了半天，门前覆盖着青苔的地面上，留下了许多的脚印。"小扣柴扉"的"小"，和"久不开"的"久"，在次句中形成一个有意味的呼应。"小扣"就是轻轻地很有礼貌地敲门，虽则轻轻，却又是很有耐心的，这从"久不开"三字可以体会出来。这两句在整首诗中，只是一个铺垫，但写得非常有意思，写出了"游园不值"的失望心情。

"春色满园关不住"，第三句在绝句很重要，通常要转折，从门外"苍苔"到"春色满园"，从"久不开"到"关不住"，这就是一大转折。同时也丢下了一个悬念，人家春色满园，自己被关在门外，又何从知晓呢，须知这是一个有垣墙的园子啊。这个悬念有居高临下之势，于是末句势如破竹："一枝红杏出墙来"。关不住的是满园春色，出墙来的却是一枝红杏，这很有意味。王安石句云："浓绿万枝红一点，动人春色不须多"，这里万紫千红露一点，同样是"动人春色不须多"。同时，这出墙来的一枝红杏，与久不开的柴扉，也形成一种对照，有情和无情、热情和冷寂的对照。主人不在家，客人遭到冷落，本来是一种遗憾。然而红杏的致意，却弥补了这个遗憾，从冷寂中写出繁华，这就使人感到一种意外的喜悦。

钱钟书评这首诗说，"这是古今传诵的诗，其实脱胎于陆游'平桥小陌雨初收，淡日穿云翠霭浮。杨柳不遮春色断，一枝红杏出墙头。'不过第三句写得比陆游新警。这种景色唐人也曾描写，例如温庭筠《杏花》'杳杳艳歌春日午，出墙何处隔朱门'等等，都不及宋人写得这样醒豁。"（《宋诗选注》）温庭筠的诗句写杏花出墙，给人印象不深。陆游诗的末句，与叶绍翁这首诗几乎是一样的，然而陆的第三句相形见绌，明明有墙遮挡春色了，还弄个"杨柳"来做什么，分散了注意力，远不及叶诗的"春色满园关不住"，"满园"和"一枝"的呼应，确实醒豁。由此可见，绝句的末句出彩不出彩，与第三句的造势，是大有关系的。还有，"一枝红杏出墙来"的"来"字，也使这句较"一枝红杏出墙头"句更有张力。后人因此造出一个"红杏出墙"的成语，那是诗人始料未及的，但也说明这两句诗的形象，真是大于它的思想的。

杏花是粉红色的、浪漫的，开时灿若云霞，与桃李并称"春风一家"，宋人咏春特别喜欢写杏花，如"客子光阴诗卷里，杏花消息雨声中"（陈与义）、"小楼一夜听春雨，深巷明朝卖杏花"（陆游）、"一冬天气如春暖，昨日街头卖杏花"（戴复古），以及此诗后二句，就是脍炙人口的佳句。杏花时节多雨，雨过天晴，杏花会开放得特别美丽，"游园不值"那天应该是这样的天气，所以墙头红杏很鲜艳，而门外的苍苔上，却留下了来访者几个湿湿的脚印。（周啸天）

【葛天民】宋人,生平不详。

迎 燕

葛天民

咫尺春三月,寻常百姓家。
为迎新燕入,不下旧帘遮。
翅湿沾微雨,泥香带落花。
巢成雏长大,相伴过年华。

这是一篇以动物为题材的五言律诗,写的是春燕与诗人之间一种令人感动的亲近、和谐的关系与情趣。

燕子秋去春来,筑巢于檐下,生儿育女。首联写燕子的这种习性:"咫尺春三月,寻常百姓家。"八寸为咫,言距离很近。阳春三月已近,可爱的燕子总是在这个时候飞进千万个寻常百姓的家中。诗句借鉴刘禹锡的《乌衣巷》:"旧时王谢堂前燕,飞入寻常百姓家。"点化非常自然。燕子从不嫌贫爱富、趋炎附势,越是老屋旧檐越是栖息的好地方。无论飞到哪里过冬,每年春天燕子都能再飞回来,而且能找到自己的家。等到秋天小燕子长大了,全家又会飞走。人们从来不知道燕子从哪里来,也不知道到哪里去,然而却是老百姓的好伙伴。善良人家总是能善待燕子,民间也视其为吉祥物。

"为迎新燕入,不下旧帘遮。"眼见阳春三月到了,燕子也该来了,诗人为了迎接燕子,挂在门上的旧帘子不再放下,好让燕子飞进家门。燕子筑巢的地方一般是在屋外的房檐下,这样可以自由出去。然而,诗人家的燕子却是将泥巢筑于室内的,表明了主人对燕子的"溺爱"。记得儿时,我家堂屋内就有燕子筑窝,每天早上,外婆起床开门放燕子外出觅食,时进时出,晚上主人睡觉燕子也按时息憩。有时候出远门,燕子就进不了家门了,于是外婆就在房门的上方凿一个小洞,以此方便燕子进出。朝飞暮宿、秋去春回,岁岁如此,天天依旧。诗人特别选取等候燕子春天归来时的情形来加以描写,燕子的"新"和门帘的"旧",互为反衬,让带着新春气息的燕子与诗人一成不变、清贫孤寂的生活形成对照,值得玩味。一个"迎"字,刻画出诗人内心的企盼,以及对燕子的思念、喜爱。燕子未至,情却先到了,读来饶有情味。

"翅湿沾微雨,泥香带落花。"新燕终于来了!天上下着细细的春雨,燕子的小翅膀湿漉漉的,嘴上衔的筑巢用的泥土也带着落花的芬芳。如果说写微雨沾湿燕子的翅膀,是诗人经过对燕子的细致观察得来的,那么泥土带着落花香,则是诗人因欣喜和爱怜产生的神奇的想像,然而却又想像得非常的妥帖而巧妙。这样写,既刻画出燕子的可爱,也表达了诗人对燕子的怜惜、爱护、爱赏,感情丰富而浓厚,具有感染力。

"巢成雏长大,相伴过年华"可爱的燕子已经成为诗人生活的一部分。每天,诗人都会留心观察燕子,看着燕子将去年的旧巢修葺好,然后生下小燕子,把乳燕抚养大。我们似乎也听到了燕子啾啾的鸣叫声,看到小巢内伸着小脑袋等候着妈妈归来的候食的雏燕。总之,燕子给诗人的生活带来了无尽的乐趣,让他不再孤寂,让他时时有希望有企盼,充充实实,快快活活。因而,燕子的来去自如、自由自在,正是诗人隐居生活的反映。当然,守着燕子打发余生,也反映了隐居生活清寂的一面,难怪有人会从中读出岁月流逝,年华苦度的酸楚,甚至是凄凉。然而,我读出的却是慈悲、悲悯、恬澹、惬意、满足,对自然的爱、对生灵的爱、对人世的爱,读出的是一种生活趣味和人生态度。试想,要是有一年燕子不来了,对于隐居的诗人而言,没有燕子的生活又该是怎样的一种况味呢?

葛天民,曾为僧,法名义铦,后还俗,居杭州西湖,与姜夔、赵师秀等多有唱和。读了这首《迎燕》总让我联想到丰子恺先生创作的一部奇书《护生画集》,脑海里总是呈现一幅生动而感人的图画:一位须发飘飘的老人欣喜地卷起打着补丁的门帘,一群燕子口衔春泥,从细雨中翩然而至。《迎燕》是对爱护生灵的呼唤,是保留了几分天真与善良的充满爱心的诗作,它描画出了生命的原色。笔触细腻,语言简洁,画面生动,情感真挚,读来兴味盎然。(秦岭梅)

【刘过】(1154—1206),字改之,号龙洲道人。吉州太和(今江西泰和)人。少怀忠节,多次上书朝廷,为韩侂胄客。屡试不第,漫游江、浙等地,与陆游、陈亮、辛弃疾等游,以布衣终身,去世于昆山。有《龙洲集》。

喜雨呈吴按察(其二)

刘 过

黄鹤山前雨乍过,城南草市乐如何?
千金估客倡楼醉,一笛牧童牛背歌。
江夏水生归未得,武昌鱼美价无多。
掉船亦欲徜佯去,古井而今淡不波。

刘过是南宋较有成就的一位诗人,尤长于词,光宗时曾伏阙上书,力陈恢复方略,终不为用,因屡试不第而流落江湖。同题诗共二首,此选其二。其一有诗句:"使君人物旧乌台，天听虽高力挽回。湖水欲平江为退，秋田未旱雨先来。"可供参照。此篇作于湖北武昌，当亦为秋天。新下了一场雨，刘过赶紧给吴察按呈送新诗，暗藏如逢甘霖，即希望对方施恩，以及提携、关照的意思。吴察按又作吴按察，名号生平不详。按察乃为官职名，负责赴各地巡察，考核吏治。这是一首用意含蓄、委婉的拜谒诗，为南宋诗歌中常见的题材。题曰"喜雨"，非雨喜，乃是人喜，但诗人也不是真喜，意在言外，含蓄深婉。

黄鹤山，一作黄鹄山，此依《龙洲集》为黄鹤山，即今之武汉蛇山，位于长江南岸，著名的黄鹤楼便建于此，为武昌形胜。"黄鹤山前雨乍过，城南草市乐如何？"落笔紧扣诗题，写天雨、人喜。秋雨乍停，武昌城外的草市人头攒动、熙熙攘攘，往来客商说说笑笑，情形可喜。疑问句的使用，让语句跌宕成趣。草市：古代的城外集市。原为乡村定期集市，南北各地称谓不同，俗称"墟"、"场"、"集"、"圩"等。

"千金估客倡楼醉，一笛牧童牛背歌。"笔触进一步深入，写喜雨之后人之乐。先写估客世俗之乐，一掷千金，倡楼买醉。估客，浪迹四方的行商。倡楼，倡女居处、妓院。既而写牧童之乐，笛歌婉转，这是高雅的艺术享受。牛背牧笛既突出了"草市"的特点，只有乡间才会有放牛娃。但更深层的，是抒写知识分子的精神追求。牧童、笛歌是田园牧歌式生活的典型图景，是美好生活的象征。不过，此处诗人并非只为写乐而乐，暗地里是称颂吴大人政绩卓著。由于吴大人治理有方，才有了经济繁荣、政通人和，百姓安居乐业、商贾财源茂盛的太平景象。这种不着痕迹的颂扬，不仅吴大人受用，所有的人都会喜欢听。

"江夏水生归未得，武昌鱼美价无多。"江夏，初为郡名，汉高祖六年（前201）设，即今之武昌。好雨乍过，江水暴涨，诗人欲乘舟东归，却已不能。世人皆乐，唯诗人黯然神伤，去意徬徨。好在武昌鱼味美价廉，生计还不成问题。"价无多"事涉物价，再度颂扬吴察按的惠政，物阜民丰，而潜台词却是在暗示自己的"待遇"问题。武昌鱼虽是不贵，但总要买得起才行啊，用今人的话说，就是事业留人、情感留人，待遇也要留得住人才是。心中难言的不如意自然而然宣泄出来，由"人之乐"渐至"吾之愁"却不着痕迹，用意十分高妙。

"客食诸侯间"（《桯史》）是封建时代落魄知识分子普遍的生活状态，唐代的李白、杜甫，宋代的柳永及江湖诗人皆不例外。流落民间的文人墨客辗转于各州郡，四处向地方官伸手求援，人格和尊严常常受到挑战，境遇尴尬而凄凉。刘过虽称得上卓荦有大志，但一生不得意，处境最好的时候就是在辛弃疾幕府中做座上宾的短暂时期，那时刘过已年近五十。在他浪迹江湖的漫长岁月中，究竟遭遇了多少白眼，受到了几多冷落？只有刘过自知。在吴察按麾下，刘过显然没有得到足够的礼遇，日子并不好过，所以暗生去意，但自己又不知去向哪里，所以结句曰："掉船亦欲徜徉去，古井而今淡不波。""徜徉"，写自己内心矛盾、犹豫，即便想离去也是不得已而为之。

古井：几近干涸的老井。后比喻人心寂然不为外物所动。如白居易诗句："无波古井水，有节秋竹竿。"（《赠元稹》）古井淡不波，指诗人已看破世情，心如古井，意气消沉。然而，本意还是希望得到吴察按的青睐和善待，其实不想走，其实是想留。

向地方官员讨生活、拉赞助，是古代知识分子最普遍也是最尴尬无奈的事情。写这样的作品，讲究的是不卑不亢，含蓄委婉却又意思明了。既不能卑躬屈膝，又不能明火执仗，分寸很难把握。刘过的这首七律，既颂扬了吴察按的功德，又表达了内心的苦处和怨尤，措词得当，手法高妙。特别是描写江夏喜雨、草市之乐，囊括了武昌的自然、风物、人情、市井，除了黄鹤秋雨、城南草市、千金估客、江夏水生、武昌鱼美，还有倡楼、牧笛、棹船等，为我们展示了一幅鲜活、真实的武昌"雨后市井图"，具有很高的文学、史料价值。当然，其中对千金估客倡楼买醉津津乐道，体现了封建文人的道德、价值观，当予以扬弃。（秦岭梅）

【刘克庄】（1187－1269），初名灼，字潜夫，号后村居士。宋莆田（今属福建）人。以荫入仕。淳祐六年（1246）赐进士出身。官至工部尚书兼侍读，以龙图阁学士致仕。卒谥文定。有《后村先生大全集》。

军中乐

刘克庄

行营面面设刁斗，帐门深深万人守。
将军贵重不据鞍，夜夜发兵防隘口。
自言虏畏不敢犯，射麋捕鹿来行酒。
更阑酒醒山月落，彩缣百段支女乐。
谁知营中血战人，无钱得合金疮药。

题为《军中乐》显见是写军旅生活的，而且重在写军中乐事。虽然"古来征战几人回？"但也有"葡萄美酒夜光杯"，有"醉卧沙场"（唐·王翰《凉州词》）的豪迈与骄傲，军中之乐自然非寻常之乐。特别是战斗闲暇时的快乐，是将士们用热血与生命换来的，也许是短暂的，却又是一种难以企及的别样的快乐。然而，读过刘克庄的这首《军中乐》方知，此篇所描绘的南宋时期的军中之乐，并不属于一般的将士，而只属于将军！与其说是"军中乐"，不如说是"将军乐"，这就让这首七言古诗渗透出别样的意味来。

行营，本指统帅出征时临时设置的办公营帐，也就是作战指挥中心。这是军事要地，的确要严加看守。起句"行营面面设刁斗，帐门深深万人守。"一开始就营造出一种戒备森严、严阵以待的紧张气氛。刁斗是古代的一种军用品，又名"金桥",铜质,似盆状,有柄,白天可供一人烧饭,夜间敲击以巡更。行营的四面八方都有手执刁斗的卫兵,足见警卫级别之高,称得上"一级保卫"。不仅如此,行营还有上万重兵把守。读到此处,不禁感觉一丝不对头。试问。作战的兵士有多少?竟然要派出万人去守卫将军的营帐?一位身先士卒的将军会是如此作派吗?这是怎样的一位将军呢?数词"万"太让人心生疑窦,而"深深"二字却又透出一丝神秘。将军究竟在营帐中干什么呢?难道是一位运筹帷幄,决胜千里的儒将?

"将军贵重不据鞍,夜夜发军防隘口。"这就是答案!面面设刁斗、万人守行营,是因为将军身份高贵,性命值钱。潜台词无异于说:"将军怕死!""夜夜发军"说明无一日无敌情,战事频仍,但也同时表明,将军从来都贪生怕死,从不上马迎战,只是派军队把守关隘,无异于让士兵们替他去做"炮灰"。东汉伏波将军马援年六十二岁,请求带兵出征,光武帝刘秀以其老,未许。于是马援自请曰:"臣尚能被甲上马!"于是马援"据鞍顾眄,以示可用。帝笑曰:'矍铄哉是翁也!'"事见《后汉书·马援传》,这就是关于"据鞍"的典故。将伏波将军与这位不据鞍的将军暗中作比,一切便不言而喻了。

前四句写将军不作为,后四句就该写将军乐了。"不据鞍"的将军整天躲在万人守卫的深深营帐中,总不能像老鼠一样活着,还得要折腾些事情出来解解闷。于是,将军前呼后拥出门了,他出行的目的不是作战,而是狩猎,射杀捕获麋鹿来作下酒菜。当然,站在将士们面前的将军还是威风凛凛、气宇轩昂的,他告诉自己的战士们:"敌人害怕咱们,不敢轻易来犯!"言辞如此豪迈,其实是自欺欺人!"自言",一语戳穿了将军色厉内荏、大言不惭的虚伪嘴脸。究竟是敌人害怕将军?还是将军害怕敌人?否则,为什么要让上万的兵士做您的"保镖"呢?这,也是对首句非常巧妙的照应。其实,不容乐观的军事形势让将军从来不敢高枕而卧,射麋捕鹿、行酒作乐,都不过是一时苟欢而已,他的心里其实一直都在发抖!诗人以"不据鞍"状其行,以"自言虏畏"写其言,寥寥数语勾画出一个贪生怕死的不作为将军形象。

盛世与繁华是滋生享乐主义的温软土壤,末世与颓废同样是培育享乐主义的畸形温床。只不过,盛世给世人的是一种貌似"靠得住"的享乐,比如中国的盛唐,欧洲的古罗马;而末世给人的享乐却是不牢靠的,于是愈加地变本加厉,穷奢极欲,有如南唐及南宋。将军的心态也许便是如此!"由来征战地,不见有人还。"(李白《关山月》)今日脑袋还在脖子上,明天怎样谁又知道呢?于是,"更阑酒醒山月落,彩缣百段支女乐。"得快乐时且快乐!狩猎佐酒也就罢了,主宰着战争胜败的大将军竟然将歌伎也召进军中来。"妇人在军中,兵气恐不扬。"(杜甫《新婚别》)女人出现在军营,这在古人看来是会消磨斗志、影响士气的。诗人没有直接写将军歌舞享乐的过程和场面,而是写享乐之后的异常举动。更阑月落,将军酒醒,他想到的不是自己的贪欢会不会带来军事上的危机,而首先想到的却是歌女们还没有得到应有的赏赐。"更阑月落"言将军宴乐无度,"彩缣百段"写将军挥金如土。只这一笔,将军的心态与形象便凸现出来了。至于宴乐歌舞、酒色杂陈的不堪场面,就留给读者自己去想像了。显见,通宵达旦地饮酒麻醉,一掷千金地挥霍发泄,这就是所谓的"军中乐"!读到这一句,不禁让我们联想到高适的《燕歌行》:"战士军前半死生,美人帐下犹歌舞。"以及陆游的《关山月》:"和戎诏下十五年,将军不战空临边。朱门沉沉按歌舞,厩马肥死弓断弦。"

末句"谁知营中血战人,无钱得合金疮药。"笔锋陡转,将描写的对象对准了将军营帐外无人过问的伤兵——那些浴血沙场、九死一生的"血战人"。这是由"彩缣百段"伸发而来的,将军对女人们出手如此大方,对士兵却是如此的吝啬。将军的冷漠可想而知!将军的腐败可想而知!将军与士兵的对立也可想而知!你看:将军狩猎狎妓,醉生梦死;战士浴血沙场,血流成河;将军荒淫享乐,挥霍无度;战士伤痕累累,苦不堪言。对照何等鲜明!诗人刘克庄巧妙地截取一个历史"断面",给我们清晰地展示了南宋王朝的一段军营生活和将士心态,同时,这个小小的"断面"也浓缩了当时南宋王朝的社会、军事与政治生活,是南宋社会现实的写照。

1127年南宋迁都江左,统治者为图苟安,一味言和,于是上下一体,醉生梦死,苦的却是普通士兵和百姓。"营幕之间,饱暖有不充,而主将歌舞无休时;锋镝之下,肝脑不敢保,而主将雍容于帐中……"(辛弃疾《美芹十论》)。将军玩忽职守,荒淫享乐,不恤士卒,不修边事,国家已到了危急的边缘。然而,这一切的根源是什么?如果将一切罪责皆归之于"将军",显然有失公允。遗憾的是《军中乐》没有告诉我们。好在,陆游在《关山月》一开始就给了答案:"和戎诏下十五年"。摊上一个屈膝投降,惧言收复,缺乏血性的苟安王朝,纵是李纲、岳飞又能如何呢?然而,刘克庄却没有那样的胆识和勇气将矛头直指朝廷。故而,不妨把《军中乐》与《关山月》对照来读,或许更有收获。(秦岭梅)

夜过瑞香庵作

刘克庄

夜深扣绝顶,童子旋开扉。问客来何暮,云僧去未归。
山空闻瀑泻,林黑见萤飞。此境惟予爱,他人到想稀。

钱钟书先生在《宋诗选注》里说:"有唐诗作榜样是宋人的大幸,也是宋人的大不幸。看了这个好榜样,宋代诗人就学了乖,会在技巧和语言方面精益求精;同时,有了这个好榜样,他们也偷起懒来,放纵了摹仿和依赖的惰性。"笔者认为,刘克庄的这首《夜过瑞香庵作》正好作这一论断的注脚。

刘克庄字潜夫，号后村，莆阳人，今存诗四千余首，他不仅是"江湖派"的首领，也是当时最负盛名的诗人。《夜过瑞香庵作》这首诗从内容上讲，无非山林村野之趣，并无太多过人之处，其佳处主要体现在中二联高超的技巧之上。

颔联紧承首联之童子"开扉"，继而问客为什么这么晚才来，并说到寺僧出门还没回来云云，这些皆为题中应有之义；要在其节奏不疾不徐，深谙五律要旨。律诗中间二联要求要对仗，好的对仗，不惟其工，更在其巧。但知工稳，尚属描红；如果能做到既工且巧，方可当得一个"妙"字。本联用语如行云流水，粗略一看似未属意对仗者，细细咂摸、品味才发觉其属对之工致、灵动。这个大概就是所谓的诗歌之"藻趣"吧？实处落笔、虚处传神是本联的另一大亮点。出句童子问客"来何暮"，客究竟答了些什么，诗人并不老实作答，而是由读者去想象，去补充；对句童子说"僧去未归"，也应该是应客之问方才作答的，那么客人问了些什么，诗里也并不交代，读者也尽可自行补足。就其效果来看，客人究竟答了些什么、怎么问童子的倒显得并不重要了，正如维纳斯的那条断臂，各人尽可驰骋想象，其无穷魅力大约也正在此。如此看来，东方也好，西方也好，诗歌也好，美术也罢，艺术原来是有相通之处的。

颈联出句写瀑布之声，以听觉出之；对句写萤火之光，以视觉出之。写瀑布之声，其意不在其动，恰恰相反，使人倍觉空山之寂静；写萤火之光，使人不觉其明，而是让人倍感夤夜之暗。这一联听觉、视觉结合，动静结合，以动写静，传神地写出了深山古寺夜晚的空旷、寂静。其手段直不让古人之"蝉噪林逾静，鸟鸣山更幽"专美于前。

刘克庄学习过"四灵"，效法过姚合、贾岛，也受过晚唐许浑等人的影响。他的这首诗，如果仅仅从属对、炼字的角度讲，差堪继武前贤，甚或有一二过之处。可是，诗歌说到底不仅仅是个技术活，更是个艺术活。在炼字、句法之外，它还讲求意境、格调、性情、个性等等。稍为遗憾的是，刘克庄这首诗的意境，多多少少还是落入了前人窠臼。比如颔联，就隐约有着贾岛《寻隐者不遇》的影子；尾联也使人想到陶渊明经典的感慨。当然，这些都是以最高标准来要求而得出的看法。平心而论，刘克庄在诗歌的疆土上作出过自己的努力，也取得了相当不俗的成就，而这首《夜过瑞香庵作》，即使算不得"杰作"，"佳作"二字，还是当得的，我以为。（谢良坤）

哭薛子舒二首

刘克庄

其一

医自金坛至，犹言疾可为。
濒危人未信，闻死世皆疑。

友共收残稿，妻能读殓仪。

借来书册子，掩泪付孤儿。

"诗从肺腑出，出则感肺腑"，品读刘克庄的《哭薛子舒》二首，忽然想起苏轼评价孟郊诗的这两句话来，感觉如果移之以评价刘克庄的这两首诗，最是恰当不过。这里选的是第一首。

首联乃是回忆薛子舒生前，薛子舒这病，来自金坛的医生才说过还能医治，原似不足为忧的。"犹"字下得极为沉痛，不是说还能医治么？为什么又……寥寥数字，就将作者对眼前之事不愿相信，不忍相信，却又不得不相信的心境逼真地表现了出来。不仅如此，"犹"字同时也为下文张本，颔联的内容也就有了"根"。颔联紧承第二句，当薛濒危的消息传来，大家都不相信那是真的，听到薛的死讯，所有的人都在怀疑。为什么怀疑？一方面是这消息来得太突然，众人没有心理准备，更重要的则是由于薛子舒在众人心目的位置让大家不愿相信这是真的，读者也大可从中反推薛子舒平素为人。可是造化最喜弄人，好人偏偏命短，诗人凭穴临棺，能不悲痛欲绝吗？

"友共收残稿，妻能读殓仪"，不管情不情愿，薛子舒的去世毕竟是真的了。这一联顺势而下，写薛的家人、朋友料理薛的后事。从前一句，我们知道薛颇能诗文，后一句说薛妻懂易箦之理——妻已贤惠如此，本人如何也就自可想见。这一联语虽平常，却让人在字面的平静中深切感受到那来自内心的悲伤的力量。尾联作者表示要代薛教育好薛的遗孤。作为薛子舒生前的挚友，诗人此时及此后能够为朋友做的事情不多了，而薛尚幼的孩子，恐怕是薛最放心不下的事情了。作者在这里要薛放心走好，表示教育孩子的事情自己一定会倾尽全力。我们知道，这既是诗人对朋友死别的絮语，更是对朋友许下的铿锵诺言。"掩泪"这是个不容忽视的细节描写，为了不增加薛家人的悲戚，诗人尽量克制以不表现出自己的悲痛，可越是如此，我们是不是就越是感到那哽咽无声的至恸？

不假修饰，情真意切是这首诗最大的特点。全诗以时间为经，以自己对薛子舒的哭悼为纬，以简总繁，如话家常，如泣如诉。绝不刻意经营而结构谨严，绝无夸饰而更为催人泪下，直教人不忍卒读。真情贯注之下，一切的技巧都显得无足轻重，甚至让人觉得那将是一种罪过。作者不留意与技巧，不等于这首诗里没有技巧，更不意味作者不懂技巧，"大巧若拙"说的大概就是这种境界吧？

南宋学者赵与时在《宾退录》中写道："读诸葛孔明《出师表》而不堕泪者，其人必不忠；读李令伯《陈情表》而不堕泪者，其人必不孝；读韩退之《祭十二郎文》而不堕泪者，其人必不友。"赵与时这段话固然精当，只可惜他这几句论文不论诗，而且他的年龄稍长于刘克庄，去世那年刘克庄只有四十来岁，这两首诗赵与时大概没能读到，否则，刘的《哭薛子舒》也大可写入这段话，从而得与韩愈的《祭

十二郎文》等名篇并列了。（谢良坤）

其二

忍死教磨墨，留书诀父兄。
读来堪下泪，寄去怕伤情。
墓要师为志，诗于世有名。
夜阑秋枕上，犹梦共山行。

　　如果说《哭薛子舒（其一）》是从哭者（诗人自己）的角度来写的，那么这第二首则主要是从哭的对象——薛子舒的角度经营的，两首诗正好互为补足，互为印证。而不假修饰，情真意切则是这两首诗共同的特点。

　　首联写薛子舒临终留书与家人。"忍死"二字，用字极为简约，摹写极为传神，将薛子舒临终前挣扎着给家人留书嘱托的情景完全呈现在读者面前。"诀"，就是永别的意思，薛子舒自己已经知道不久于人世，心中的悲苦、不舍自然可以想见。颔联是说这临终的家信写得极为恳切感人，读来当真催人泪下，可薛子舒却怕父兄读了太过伤心，身体将会承受不了。薛子舒自己都快死了，却还在担心家人读了家信可能受不了，可见其心地之善良，其于孝悌之义，完全是发自内心的。这一联不惟表达出的感情可歌可泣，其艺术价值同样也是可圈可点的。写情真切到极处，用语自然到极处，看似全不费力却又字字精工，对仗工稳巧妙却又全然不露痕迹。就是在以善于属对而著称的刘克庄那里，这样的佳对也是不可多得的。

　　"墓要师为志"，薛子舒在临终留书里希望老师能为他修墓志铭，从中见得出他对师道的尊重。至于这位老师是谁，似已不可确考。或以为"师"就是刘克庄自己，依笔者看来这种可能性不大。一则薛师董，字子舒，刘克庄如果是薛的老师，刘称薛以字而不以名，颇悖常理；二则以笔者有限的阅读范围来看，不见有刘克庄为薛子舒修的墓志（以二人感情之深挚，以及刘克庄的文名、地位来看，墓志铭嘱而不修、修而不传的可能性显然都不大）。当然这对我们理解、欣赏这首诗影响并不大。颈联对句则称赞薛诗文好，当世有名。笔者认为这也绝不是什么客气、或谀墓之类的话。据现有文献来看，薛子舒与当时许多的著名诗人、学者都有交游、唱和，侪朋如此，自己就算差也应该差不到哪里去。何况诗人翁卷称他"君到云间日，应分二陆名"，名分二陆（陆机、陆云），这可不是一般人当得起的夸奖；戴栩也说他"梦灵虚吐凤"、"酹散窗生雾，吟寒斗挂枓"；著名哲学家、诗人叶适更是赞美他"空多贾谊学"，在《祭薛子舒文》里也以贾谊目之……总之，薛子舒应该是一个贾谊似的才子、诗人，只是遗憾他偏偏也贾谊般天不假年，从这句来看，作者也是为薛子舒的才华未能尽情施展而痛心、遗憾。当然对今人而言，尤为遗憾的是薛的诗集如今亦散佚了。

诗人最后写自己在梦里还梦见与薛子舒的交游，饮酒、赋诗、论道……故人入梦，所有的悲欢都定格在永远回不去的昨日。然而我们也知道，诗人梦里往昔的景象越是真切、温馨，醒来之后就越是悲凉、凄楚、孤独。在刘克庄的诗歌里，薛子舒是刘的挚友、益友；而我认为，刘应该就是薛的知音，薛子舒泉下有知，其许之乎？（谢良坤）

北来人（录一）

刘克庄

试说东都事，添人白发多。
寝园残石马，废殿泣铜驼。
胡运占难久，边情听易讹。
凄凉旧京女，妆髻尚宣和。

自靖康以来，国家长期处于战乱之中，付出最大代价的只有处于社会中下层的老百姓了，他们不光要让自己的子弟入军为伍、上阵杀敌，还要与家人在战火纷飞之中辗转流徙，承受家庭破碎、妻离子散、背井离乡的痛苦。诗人虽主张与敌抗争，希望国家能收复失土，驱逐鞑虏，但目睹了这样的惨状，他和当时很多爱国诗人一样，内心也是充满了矛盾。所以他的诗歌有很多关心政治、针砭时弊的作品，亦有不少诗歌是描写战争所带来的灾难，叙述民生疾苦的。两首《北来人》就是后者的代表作品，本诗是其中一首。

所谓"北来人"，是指从北方金人统治地区逃难到南宋的难民，本诗的特点正在于其叙述角度是借一位难民之口，来诉说故都的冷落萧条之景和普通百姓对故国的热爱。

看到北来人，南方人很想从其口中听到一些有关故都的事，于是，北来人开始讲述"东都事"，东都即是指北宋都城汴京。但是，不听尚可猜测和想象，或者干脆停留在过去美好的回忆之中，而一旦真真切切亲耳听到这一切，顿时哀愁陡生，华发渐多，正如李白诗所言："白发三千丈，缘愁似个长。"那么南宋百姓日思夜想的东都是什么样呢？是否还是往日那个热闹繁华的大都会呢？是否还有当年的风采呢？现实是无比残酷的，经历了战火和异族统治，早已面目全非了。诗人选取了最能代表国家的帝王陵园与宫殿的变化来说明这一切：北宋帝后的陵园残败破损，唯余石马；昔日金碧辉煌的宫殿荒芜凄凉，铜驼在荆棘之中哭泣。据《晋书·索靖传》记载，索靖有先识远量，预知天下将乱，指着洛阳宫殿门口的铜驼感叹道："以后你将处在荆棘当中。"

东都已然如此，那么身处沦陷区的人民又怎样呢？他们时刻关注着南宋与金国的战事，但很多从边境传回来的消息多讹传，并不可靠。哪怕南宋军队少有取胜，他们依然坚信金人的国运断不会长久，坚信南方的军队一定会收复失地，恢复山河。在敌人铁蹄统治下的人民是否甘愿臣服，是否已淡忘了故国呢？当然不会，这点仅从旧都妇女的装扮上就可见一斑——她们的装扮和发髻仍然保留着宋徽宗宣和年间的式样。意为虽然国土已经沦陷多年，人民依然保存着从前北宋的风俗习惯，这份对故国的情怀着实令人感佩。（郭杨波）

冶　城

刘克庄

断镞遗枪不可求，西风古意满原头。
孙刘数子如春梦，王谢千年有旧游。
高塔不知何代作，暮笳似说昔人愁。
神州只在阑干北，度度来时怕上楼。

这是一首典型的怀古诗。方若虚说得好："怀古者，见古迹，思古人。其事无他，兴亡贤愚而已。"这类诗，诗人通常借登临古迹、咏叹史实来自浇块垒、自抒怀抱，或者以古鉴今、总结历史兴亡的经验教训等等。

冶城在今江苏省南京市。历史上南京最早的名称就是"冶城"，传因吴王夫差在今天南京朝天宫所在的冶山地区设冶炼作坊铸造兵器，其山被称为"冶山"而得名。冶城是曾经的兵器制造中心，也是历来兵家的必争之地，南宋末年，北方沦陷，冶城更处于与异族抗争的最前沿。刘克庄登临冶城之际，面对北方河山无力恢复的形势，不由得思接千载而愁肠百转，心有郁积不得抒发，从而写下了这一吊古伤今的名篇。

首联紧扣"冶城"。诗人略去具象，纯从大处落笔，以大写意的笔法描写了眼中无比萧瑟、苍凉的今日冶城。千年时间的流逝，使得今日之冶城，欲求一"断镞遗枪"而不可得，无边的旷野，只剩下猎猎西风、茫茫古意。面对此情此景，诗人又怎能没有沉重孤绝的历史感？正如一位新诗人所说："难为情的，是患了历史感的个人。三十六岁，常怀千岁的忧愁。"

颔联诗人则思接千载，追怀与冶城相关的古人往事。出句化用辛弃疾名句"天下英雄谁敌手，曹刘"，孙权、刘备，他们不都是一时无两的英雄豪杰吗？最终还不是归为一场春梦！对句化用刘禹锡"旧时王谢堂前燕，飞入寻常百姓家"，王谢风流，盛极一时，如今诗人登临举目，物是人非，也只剩下昔人"旧游"之地罢了。用典、化用前人名句原是诗家惯技，用得好，那叫点铁成金；用得不好，那就叫点金成铁，甚至落得个生吞活剥的骂名。刘克庄这里显然是用得好的。为什么好？一是恰切，孙刘、王谢都是与冶城直接相关的典型历史人物；二是推陈而能出新，刘克庄在前人成句的基础上又能翻出一层新意；三是化用无痕，即使不知道辛弃疾、刘禹锡的名句，也不影响我们对这一联的理解，当然如果知道有前人成句，可以有更多更深的理解，那就是格外的收获了。颈联写得有声有色，尤其是"暮笳似说"，发愁的又哪里是昔人、暮笳？刘克庄在这里"以我观物，万物皆着我之色彩"，化景物为情思，不绝余的值得再三玩味。

前三联固然称善，但这首诗最为人称道的却是尾联。诗人之所以"怕上层楼"，并不是个人原因，而是"神州只在阑干北"。北方沦陷已久，诗人担心登临远望，徒增山河破碎的伤感罢了。诗人到冶城来，原本就是要北望河山的；可到了，却言"怕"；"怕上楼"而终于上楼，诗人的内心，是何等的矛盾、曲折、深婉！原来，刘克庄也和同时的戴复古一样，"最苦无山遮望眼，淮南极目尽神州"，都是为金瓯破碎，恢复无望而痛苦不已，都曲折巧妙地抒发了深挚而强烈的爱国之情。有了尾联，诗人就将对南宋王朝的命运的忧虑融入个人登临的意绪，丰富了诗歌的意境，提升了诗歌的格调，植入了诗人自己的基因，从而得以区别于一般的泛泛怀古之作。

如果非要在这首诗里吹毛求疵的话，笔者以为此诗五个韵脚全用阳平，使得全诗音韵少了点参差变化，似未尽完美。当然，作者或是不以辞害意而了不为意吧，如是，则请读者诸君恕笔者斗胆，付之一笑可也。（谢良坤）

西　山

刘克庄

绝顶遥知有隐君，餐芝种术麈为群。
多应午灶茶烟起，山下看来是白云。

这首诗是写道士喝茶的。刘克庄在南宋官至工部尚书兼侍读，以龙图阁学士致仕。他这首诗是在他清闲的时候，看见他居处附近的西山顶上，中午时候升起了袅袅茶烟，在山下看来像是白云缭绕，景色是很美好的。于是他想到，这山上一定有隐居的道士，他们采摘灵芝，还种植白术之类的药草，用来炼制他们的仙药，以求长生不老。还养殖了不少的"麈"（音主，兽名，似鹿而小），成群结队的，非常可爱。他们就在这样清静的深山里，过着与自然融为一体的生活，受着自然的呵护和滋养。据说麈的尾巴可以避尘，魏晋人清谈时就手执一柄麈尾做的拂子，如《世说新语·容止》就说："王夷甫容貌整丽，妙于谈玄。恒执白玉柄麈尾，与手都无分别。"想来这西山的道士也手执麈尾，一边喝茶，一边谈玄的吧！从中流露出诗人对他们的向往。

这是诗人的想象，但是诗歌却是倒着写过来的，先写想象中的山上的情况，然

后再说从山下看见山上的茶烟,一步步地引人入胜,白云青山,突出喝茶,在结构上也具有自己的特色。(管遗瑞)

莺　梭

刘克庄

掷柳迁乔太有情,交交时作弄机声。
洛阳三月花如锦,多少工夫织得成。

这是一首描写春景歌咏黄莺的诗作。全诗上下不着"春"字,而洛阳城的锦绣春色却跃然纸上,熠熠生辉。

春秋多佳日。洛阳三月天气新,春风拂面,繁花似锦,一派盎然生机。诗题"莺梭",意即莺飞往来如同穿梭。宋代储泳《齐天乐》词就有"柳线经烟,莺梭织雾,一片旧愁新怨。"的句子。"掷柳迁乔"四字,洗练地描摹出了黄莺像飞梭一般在柳树和乔木林间来往飞鸣的状态,刚抛开脚下的柳树,又急急飞往旁边的乔木林中,时而穿梭于柳枝中,时而停歇在乔木上,似乎对林间的一切都有着深厚的情感;仿佛要把自己满心的欢喜都倾吐出来,用自己最欢快的脚步,表达着在春天里绽放的激情。

黄莺"交交",嘈杂的鸟鸣声,就像是踏动织布机时发出的嗡鸣,而鸟儿来往穿勤,像极了辛勤的织工正在织机上专注地忙碌。三月的洛阳多美呀,一片烟花繁盛,柳新叶茂,百花竞妍媸。这幅美丽的春光画卷,寒冬尽后大放异彩,犹如锦绣般绚丽夺目;那多情的黄莺儿正忙碌于园林之中,正是这些灵巧又勤劳的精灵们,费了多大的工夫,才织成如此壮丽迷人的烟花胜景!

这样的联想是美丽而大胆的,构思精巧新奇,独出机杼。把春天黄莺在树林间穿梭般的飞鸣和五彩斑斓的似锦繁花联系在一起,绣成一幅色彩明快的春莺织锦图。作者毫不吝啬地给予黄莺极高的赞美,洛阳那么大,它们竟然用自己的辛勤劳动将它装点得光彩熠熠,那得飞多久、花多少心血呀?仿佛正是它们的勤劳才换来了洛阳春日的美丽。诗句想像奇特,心思别致,在赞美莺鸟的同时,更是饱含深情地赞美着洛阳的春天,如果没有春天蓬勃的力量,鸟儿固然不会飞来飞去欢欣跳跃,柳树的枝条也不会有欲滴的翠绿,街市上更不会车水马龙欢声笑语,枝头也必定不会看到鲜妍朵朵。诗人心中对春天的热爱与崇敬,通过一句"多少工夫织得成"表达出来,似反问似感叹的语气将心中的情绪宣泄出来,让人在体会到黄莺辛勤劳作的同时,深深感受到春天美景的力量!

在一些赏析中,有人将这首诗翻出了另一层意思,以黄莺暗指劳动人民,正是劳动人民的辛勤劳作才有了洛阳春日的繁华盛景。当然,作者作此诗时是否确有此意,

不得而知。但正所谓一千个人就有一千个哈姆莱特，见仁见智，于学有益。（殷志佳）

【陈鉴之】宋人，生平不详。

京口江阁和友人韵
陈鉴之

良辰仍我辈，斗酒大江边。
小阁纳万里，一帆来九天。
世尘黄鹄外，诗兴白鸥前。
地胜吾衰矣，长怀李谪仙。

  陈鉴之，字刚父，南宋末期江湖派诗人。较之其他江湖派诗人，陈用语稍典重，可见江西诗法的影子。他的这首《京口江阁和友人韵》正好体现了这一特点。
  旧时的文人雅士，多有相约寻幽探胜、饮酒赋诗、议论学问之举，如晋代著名的兰亭雅集、金谷雅集就是历史上最有代表性的聚会，并成为流传千古的佳话。从诗题来看，这首诗当是诗人三五知己间某次雅集之后的和韵之作。
  首联仅用十个字就清楚地交代了时间、地点、人物、事件，笔墨甚是经济而颇具诗意。"仍"字很是耐人寻味。时逢良辰，朋辈依旧，对江阁美景，论天下文章，真可谓"四美具，二难并"了，难怪三五子要逸兴遄发，"斗酒"尽兴。饮酒不叫饮酒，而称"斗"酒，足见文人雅士们兴致之高。颔联写登临江阁所见美景，景象极为阔大，气势极为恢弘，这大概也是雅集诸公频频呼杯的原因之一？前句是从视野的广度写，"小阁"而能纳"万里"，不惟见得诗人之广阔胸襟与非凡气度，其字面奇趣也大可玩味；对句乃是从所见的高度写，"一帆来九天"，帆下九天，极言所见之高远，与太白"黄河之水天上来"相较，怕也是不遑多让。又，从属对的技巧看，"小阁"对"万里"，"一帆"对"九天"，两句都是先以小和大形成句内对，然后再是上下联相对，所以尤显工整巧妙。后人有评价陈鉴之者，以为其"笔力苦孱"，笔者认为，这一评价至少是不适用于此二句的。
  尾联第七句，也是本诗可圈可点之处。中间两联一联摹壮美之景，一联抒旷放之情，作为一般登临即兴之作，已经见得诗人的匠心经营。即使尾联平稳作结，也是合情合理的常见做法。可"文似看山不喜平"，诗人在这里偏要不合常理，偏要在方寸之间，笔锋一转，陡生波澜。你看颈联"世尘黄鹄外，诗兴白鸥前"，原是何其高旷！而七句"地胜吾衰矣"之慨，急转直下，又是何其颓放！算来平生数度来此，光阴催逼之下，人渐老去，那究竟丝毫也不是假的！王勃在《滕王阁序》中写到："天高地迥，觉宇宙之无穷；兴尽悲来，识盈虚之有数。"那是亘古无法释怀的悲凉，晏殊的《浣溪沙》有此，苏轼的《赤壁赋》有此，此诗之中，亦有此。然此句却又隐隐照应首句的"仍"字，前后勾连，心思章法缜密如此。

然而这究竟还只是一首未尽完美的诗。此诗颈联虽然切题，写的也是江阁实景，对子也算工稳，可也许是和韵之作的缘故吧，此联终究还是空泛了些，多少给人以套语之感。笔者以为，这一联诗人从大处着眼，可如果能从小处落笔，将其旷放之情以细节描写出之，那就更好了。当然，瑕不掩瑜，全诗紧扣江阁即景抒情，极尽辗转腾挪之能事，写景传神，语言精美，毕竟是一首颇有特点的佳作。（谢良坤）

【吴惟信】　字仲孚，宋湖州（今浙江吴兴）人，寓居嘉定（今属上海）白鹤村。

苏堤清明即事
吴惟信

梨花风起正清明，游子寻春半出城。
日暮笙歌收拾去，万株杨柳属流莺。

　　诗题"苏堤清明即事"即点明所叙事实之地点——苏堤，时间——清明，题材——随笔。苏堤是苏东坡任杭州知州时，疏浚西湖，利用挖出的葑泥构筑而成的。

　　江南胜景，历来受到无数文人骚客的追捧，江南究竟有多好？有个故事可以说明：南北朝时，陈伯之叛梁北逃，他的好友丘迟竟以书信相劝，信中有句"暮春三月，江南草长，杂树生花，群莺乱飞。"一句话就引发了陈伯之的思乡之情，后者终于回梁。

　　"梨花风起正清明"，首句言明时节，韩愈《梨花》有句："洛阳城外清明节，百花寥落梨花发。"清明是农历三月间，正是阳春布和、万物竞荣的时节，但百花之中，梨花独艳，所以梨花迎风开就成了清明节的时令特征。"风起"二字引人遐想，如见清风拂来，湖面波光微澜，梨花因风起舞。西湖春景，于此可睹一二。

　　"游子寻春半出城"，清明扫墓，正值春光明媚，草木返青，田野一片灿烂芬芳。扫墓者往往"哭罢，不归也，趋芳树，择圃，列坐尽醉"，由单纯的祭祀活动演化而为同时游春访胜的踏青，并进行各种游戏以及蹴鞠、荡秋千、放风筝等活动。"出城寻春"即是生动具体地描绘了半数杭州人在清明时出城春游，去欣赏天堂般的西湖，半城人争相而出，是何等热闹。

"日暮笙歌收拾去",笙歌即奏乐和歌唱。天色渐晚,游人渐渐散去,喧嚣也渐渐归于沉寂。此时日沉西山,柳丝舒卷飘忽,更有湖波如镜,映照倩影,蕴有无限柔情。

"万株杨柳属流莺"。日暮人散以后,景色更加幽美,爱赶热闹的游人却不知道欣赏,这份难得的恬静清幽只好让给飞回来的黄莺享受。作者的意思是,在游人散去的时候,杂乱的人事和噪音少了,湖山才渐渐露可爱的面目,可惜游人只知道凑热闹,不懂得领略这份清静,结果反而被穿梭的黄莺独占,何可慨耶。此诗最耐人寻味的,就是这最后的一句。(罗玲)

【龚开】(1222—1307?),字圣予,一作圣与,号翠岩,又号龟城叟,宋山阳(今江苏淮安)人。

黑马图
龚 开

八尺龙媒出墨池,昆仑月窟等闲驰。
幽州侠客夜骑去,行过阴山鬼不知。

这首诗是作者为自己创作的《黑马图》而作的题画诗,末二句极有奇趣。假如画院出一个考试题目,让画"幽州侠客夜骑去,行过阴山鬼不知",最有创意的画法是怎样的呢?那就是,什么也别画,把纸全部涂黑,然后交卷。估计可以得到最佳创意奖。

真是太有意思了,一匹黑马,黑到什么程度呢,就好像在墨池里打滚后跃出来的。估计画家作画的时候,用的也是泼墨写意的方法,想起来都令人神往。这是一高头大马——"八尺"是说它的高,"龙媒"乃骏马名,古代名马多来自西域——"昆仑"山在今西藏、新疆之间,即是西域;"月窟"是传说中月落之地,方位为西极,这个传说地名的运用,为黑马增添了神话色彩,古人赞名马为神骏,这匹黑马就是神骏。

三四两句是匪夷所思的,作者觉得,这样一匹不同寻常之马,应该由谁来骑呢?他不费吹灰之力就想到了"幽州侠客",为什么有这样的联想呢。因为幽州不但是产马之地,而且是产生马客之地,北朝乐府有《幽州马客吟歌辞》,《折杨柳歌辞》则有"健儿须快马,快马须健儿"之句,还有什么比幽州健儿、健儿中的健儿——侠客,更合适的人选呢?没有了。接下来的想象更奇了,"夜骑去",一匹黑马在黑夜中奔驰,就像使了隐身法一样,那真是神不知鬼不觉,连影儿都看不到的。不说人不知,说"鬼不知",更增加了奇句的魅力。还有,"幽州"、"阴山"这些名词的选择,与"夜"与"黑马"在感觉上是属于同一类的——黑到一块去了。

如果用一句话来点评这首诗,只有三个字:太酷了。在唐代似乎没有这样的诗。有人点评这首诗说："点出侠客、阴山，似有恢复故国之意在，因为阴山一带是元朝统治者的后方基地。"(《宋诗绝句精华》) 解说者的用心是很好的，但是，这首诗的奇趣是在政治寄托（假如有的话）以外的。这首诗本身就是唐宋绝句中的一匹"黑马"。(周啸天)

【谢枋得】（1226－1289），字君直，号叠山，宋信州弋阳(今属江西)人。宝祐四年(1256)进士。德祐初以江东提刑知信州，元兵东下，信州不守，变姓名入建宁唐石山。后卖卜于市。宋亡居闽，被胁至大都，不食而死。有《叠山集》。

庆全庵桃花
谢枋得

寻得桃源好避秦，桃红又是一年春。
花飞莫遣随流水，怕有渔郎来问津。

南宋灭亡后，谢枋得这位宋朝爱国良臣依然坚持率军抗击元兵。兵败后，因不肯为元谋事而隐于山野，耕读林泉。谁知意欲避世而终不得，《宋史》本传载：元世祖至元二十三年，程文海荐宋臣二十二人，以谢枋得为首，辞不起。二十四年，世祖忽必烈降旨相召，又不赴；二十五年，降元的留梦炎以枋得之师的身份复出荐举，枋得遗《却聘书》辞绝。二十六年，福建行省参政邀功强送枋得往大都，终绝食而死。正是在这些反反复复的"召"与"辞"之间，谢世以明志的《庆全庵桃花》诗问世。

正所谓"知人论世"，有谢枋得的身世经历做背景，便不难理解这首诗了。彼时春光旖旎，生机盎然，一派欣欣向荣的和暖颜色。"庆全庵"乃一寺庙名，诗人见到庵中艳红的桃花开满枝桠，含笑迎春风，又是一年的春天了！细细观想全庵，忽然发觉这个幽静的小庙隐于山中，与世无争，虽不及"屋舍俨然，鸡犬之声相闻"，但也像极了静默祥和的世外桃源，若在此处隐居避难，从此不与世人交通往来，怡然自乐，真是个可以躲避秦王朝般暴政的好地方啊！诗人身处乱世，眼见山河破碎、国土沦丧，又遭逢侵略者多次的招降之诏，笔下字字忧心如焚，诗中所言的"避秦"实际上应是"避元"，"寻得桃源好避秦"实际上应是寻得一处幽静偏僻的隐居地，甘老林泉之下，以避免元朝统治者的骚扰与迫害，也达成自己谢世之志。

庆全庵中灼灼灿烂的桃花，春风吹来落英缤纷。文似看山不喜平，诗人在三四句上笔锋一转，翻出另一翻新意：依循第二句的"桃花"，继续化典入诗，完整地借用了东晋陶渊明《桃花源记》的故事：传说晋中武陵渔人王道真，沿溪捕鱼，见溪上有桃花逐水而来，因逆流而上，寻至洞口入，见桑麻鸡犬，桃花相映，平生未历,不知何境。问其土人,方知先世避秦之乱来此居住,不知岁月几何。男耕女织,怡然自乐,不与人世相通。道真辞归,临行前桃源中人请求他"不足为外人道",但渔人无信,归途处处标记,再引太守来寻此地。"花飞莫遣随流水,怕有渔郎来问津",诗人担心的正是此事——落下的片片花瓣若是随着流水往外飘去,恐怕会有像武陵渔夫那样的人看到了,也来这里问路,就会泄漏这个世外桃源的秘密,生活为外人凡世所扰。"莫"字和"怕"字,曲折委婉地表达了作者决意绝世之志。

全诗以《桃花源记》引出,全篇借用其原意,又在原意中翻出新意。诗人在现实的波澜之中忧愤愁苦,激世愤懑,但始终心怀祖国(宋朝),决不背叛祖国为元朝谋策,积极的避世实际上也是消极的辞仕,短短的四句诗中融入了丰富的内涵。全诗读来含蓄蕴藉,耐人寻味,一个绝不与元朝统治者合作的隐士形象跃然纸上。(殷志佳)

武夷山中

谢枋得

十年无梦得还家,独立青峰野水涯。
天地寂寥山雨歇,几生修得到梅花。

武夷山,是为福建境内的名山,自古以来便是风景秀美的天下胜地,加之宋朝理学集大成者朱熹讲学于此,南宋的国都亦相距不远,这样一来,在宋代,武夷山的人文风貌达到了历史上前所未有的繁盛程度。这首诗作于元世祖至元二十一年(1284),此时,信州失守,蒙古的铁蹄从北向南践踏而来,"高原水出山河改,战地风来草木腥"。抗元失败后他已在武夷山中艰难隐居十年,文天祥也已就义两年。在一个迟来的春天里,已是满头白发的谢枋得孤零零信步走上一座青峰之巅,国破家亡的哀痛始终不能忘叹,而转徙山间的十年岁月,痛隐难当。

首句"十年无梦得还家",是说抗元失败后的十年从未回过家。诗人一开篇便将时间向前推进了十年,引导读者回溯到十年前:元军犯境,国亡无日,诗人就义无反顾地担当起挽救家国的重任(德祐元年,以江东提刑、江西诏谕使知信州)。宋亡后,谢枋得仍顽强抵抗,后信州失守,隐遁于武夷诸山。面对好友、恩师均已做了贰臣,诗人坚持身穿素服以志国耻之哀,转徙山间已十年。此刻,抗元的烽火日渐熄灭,当年的义军已是万马齐喑。元朝统治者开始访求收买南宋遗臣。国家已亡,剩下的只是沾满鲜血的元朝统治者及其走狗的土地,因此,不是能不能还家的问题,而是实在无家可还了:一方面,十年沧桑国破家亡,妻儿被虏,流离失所早已无家;另一方面,作为一个气节孤高的前朝遗民,以隐居抗节表达自己决不为新朝谋事的决绝之志,故而"无梦得还家"。十年没有梦,正是因为梦也不知何去何从啊!

第二句回到了眼前,也回到了自身。"独立"二字,让读者仿佛看到一个高大孤独的身影,孑然一身,在青峰峭壁之前,山林寂寂,野水生烟,天地间的一切仿佛都归于此刻的清寂。这样伟岸的"独立",是诗人直冲云霄的气节,是不可一世的风骨。"青峰野水涯"是实写也是虚写,它是眼前山峰,亦是当年大宋的河山,空寂无着;没有人烟,不见渔舟,冷寂的野水"不知几千古"。山野之中遗世而独立的诗人形象在这一刻被历史定格。

天地之间的巨大寂寥,倍增诗人心中的凄清寂寞、孤苦无依。从各地武装力量积极抗元的鼎盛时期到如今被镇压得万马齐喑的没落之境,山雨已停歇的眼前景和抗元烽火被扑灭的心情杂糅在一起,惹起诗人感慨万千。这"天地寂寥",分明是在武夷山汇集的理学家们寂寥了;这"山雨歇",分明是抗元的风雨歇停了,是南宋这样一个朝代过去了……诗中蕴藏着的低沉压抑的气氛让人喘不过气来,心中愈发沉痛。

然而末句笔锋一转,"几生修得到梅花"!格调高昂,语出亮丽。峭壁危岩刚毅秀拔、家国身世、几十年的风风雨雨都再度扑向了诗人的胸怀,然而诗人并不直接言明自己在这政治转变中的打算,而是宕开一笔,满怀莫大的仰慕之情将"梅花"意象抛出,以"梅格"自期:诗人欲做那高洁无畏、独立不随的梅花,一片丹心铮铮傲骨,绝壑独一枝!

宋人爱写梅。清高不从众、守志不附流的梅品,让谢枋得用了"几生"这个词,表明人花很长的时间去"修炼",还未必达到"梅花"的境界呢!分明是对人生的深刻的思考,分明是一句至高无上的赞叹!

这是一首即景抒怀、托物言志诗,清旷之中带几分苍凉沉郁,这也是宋诗在南宋末年的特征。而后来屡荐屡辞、终绝食而死的谢枋得,终于以自己骨如梅花的气节芬芳了中国历史。(殷志佳)

花 影

谢枋得

重重叠叠上瑶台,几度呼童扫不开。
刚被太阳收拾去,却教明月送将来。

这首诗的作者究竟是谁,学界一直争议不断,有人认为它出自东坡笔下,先生曾三落三起,这首诗的隐喻恰好迎合了这段遭遇。另据考证,这首诗实为南宋末年著名爱国诗人谢枋得所作。宋末元初,朝政靡废,战乱纷飞,谢枋得逢此乱世,在颠沛流离的生活中,既痛恨朝廷中奸佞当道,又苦于报国无门;嫉恶如仇的态度与无可奈何的情绪在诗人心中交织辗转,终于促成这类激世愤俗的诗词文章。

此诗构思奇特,取径深曲,历代为人称颂。主要原因有二:其一,此为谜语诗法的典范之作。从诗歌本身来看,"瑶台",高贵华丽的白玉阶,乃是天庭神界之物,却被某种东西"重重叠叠"地铺满,遮盖了神圣高贵的玉台,这是多么煞风景的事!于是,主人多次叫仆童把那讨厌的东西扫走,仆童扫了很多遍,从日高起扫到日西斜,却始终扫不开。正在感情低落时,发现太阳在落山的时候把那东西一并收拾干净了!这是多么令人振奋的事!可是还没来得及欢喜,多事的月亮出来了,又把那东西送回到玉阶上来了。这东西究竟是什么呢?待仔细琢磨后,恍然大悟,原来是花影!"花影"是主角,可是诗人并不直接托出,只推出"瑶台"作衬,纯熟地运用了旁敲侧击法,虚拟了一段在瑶台上"扫花影"、"收拾花影"又"送来花影"的情节,婉转跌宕,起伏多姿,一派繁忙情景历历如画;而故事的主角——"花影",却一直游离于诗境之外,竟未出场。这首典型的状物诗,全诗四句,句句着意于花影,却终篇未见"花影"二字,只在诗题和盘托出,如此一来,诗成了谜面,诗题做了谜底,取径深曲,想出天外,真有睹影知竿之妙!

其二,此为咏物寄怀的典范之作。初读此诗,甚觉诗人心思可爱,将浅显通俗的自然现象巧化入诗,以讽喻之笔再现当朝之事。花影在日光的照耀下本来很美很生动,但是诗人为什么这样厌恶它呢?因为诗人用"重重叠叠"的"花影"影射朝廷中盘踞高位、专权弄事的奸相佞臣,正直忠良的贤臣无论怎样努力,都不能把他们清除;刚才还在庆幸终于有个机会将这些恶势力全部清扫干净了,以为天下从此太平,以为可以挽狂澜于既倒,却不料这些奸佞专权的恶势力又在朝中重新出现了。末句的感情是无奈的、伤感的,多次辗转努力都不能"除小人、清君侧",好不容易遇到机会把权臣一网打尽,以为多年的压抑终得释放,家国的命运终能逆转,岂料,未能斩草除根的恶势力又死灰复燃卷土重来……至此,诗人失落的心理与无可奈何的伤感靡不毕现,字里行间,感受到诗人不能释怀的嫉恶怒火。

通俗的语言、浅近的意象,辅之以奇巧的构思、含蓄的讽喻,让这首诗无法不成为典范。(殷志佳)

【郑思肖】(1241—1318),宋连江(今属福建)人。曾以太学上舍生应博学鸿词试。元军南侵时,曾向朝廷献抵御之策,未被采纳。以后客居吴下,寄食报国寺。原名不详,宋亡后改名思肖,字忆翁,表示不忘故国。擅长作墨兰,不画根土,寓国土沦丧之意。

德祐二年岁旦(录一)

郑思肖

有怀长不释,一语一酸辛。此地暂胡马,终生只宋民。
读书成底事,报国是何人?耻见干戈里,荒城梅又春。

南宋灭亡以后，有许多南宋遗民无法忘怀故国，怀着对入侵者的无比憎恨之情，用自己的各种方式表达对故国的怀念与忠贞，并用诗歌来抒写这个时代的伤痛。郑思肖就是其中一位代表。他原为太学生，元军南侵，曾向朝廷献计抗敌，没有被采纳。南宋灭亡后，他住在苏州（现在属江苏省）一个和尚庙里，终身不出来做官，而且坐卧必向南，因自号所南；专工画兰，且画兰不画土、根，以寓宋已沦亡之意。他一生写下了很多爱国感情浓厚的诗。

宋恭宗德祐元年（1275）十二月，元兵南下攻陷了平江府（今苏州市）。作者当时正住在苏州城内，目睹了平江府的沦陷，预感到国家将面临巨大灾难，同时又渴望国家能够尽快振奋起来，收复失地。第二年正月初一，作者感念时事，写了两首诗，这便是其中的后一首。

诗的开头便将悲痛的情绪倾泻而下。写作此诗时，诗人已经目睹了风雨飘摇之中的南宋逐渐走向覆亡的过程。对于生活在宋元之交的爱国文人而言，这是一段极为惨痛的经历。因此，萦绕在心头的这桩恨事已不是三两天的事，而是长久以来的心结，每每提及它，总是让人伤心落泪，备感心酸。

此诗最感人之处在于其哀痛之中，更有坚贞不屈的意志支撑着伟大的民族精神。尽管平江府被元军侵占，但这只是暂时的，而无论身处何种境地，终其一生都只是大宋的子民。在平淡朴素的语言里，我们读到的是力量万钧的民族气节。据史书记载，郑思肖于宋亡之后，誓不与北人结交，闻北语则掩耳快走；坐卧从不向北；其居室的额匾上题着"本穴世界"四字，暗藏"大宋"二字；诗人精于画墨兰，却从不画土根，人问其故，则回答说："地被他人夺去，你难道还不知道吗？"他所著的书里面有《大无工十空经》一卷，"空"字去"工"加"十"则为"宋"；其改名"思肖"，即寓意"思赵"……诗人就是以这样的方式执著地思念着故国。

古代文人的报国理想大致可分为两种情形：在和平年代是如杜甫所言，希望能"致君尧舜上，再使风俗淳"（《奉赠韦左丞丈二十二韵》），在国家有战事之忧时，则是"愿将腰下剑，直为斩楼兰"（李白《塞下曲》）。面对国家劫难，诗人发出了这样的诘问："读了那么多年的书，空有满腹诗文，可究竟成就了什么事业？国难当头，是谁在捍卫家国？"诗人在这里是惭愧自己没有力量尽到报国的责任。实际上，身为一介书生的他豪迈而有隽才，曾上书朝廷，为国献策，力主抗敌，但未被采纳。而且一生忠心爱国，诗人虽不能上马杀敌，却有坚强不屈的铮铮傲骨，对当时人感召甚大。

最后一句写战火四起，城池已经沦陷，可是城中的梅花却不知亡城之恨，犹自灿烂开放。这是借无理之语表达无法排遣之愁。全诗以自然朴素的语言抒写了悲愤之情与坚贞的民族意志，风格沉郁苍凉，这也是宋末诗的一大特点。（郭杨波）

送友人归

郑思肖

年高雪满簪,唤渡浙江浔。花落一杯酒,月明千里心。
凤凰身宇宙,麋鹿性山林。别后空回首,冥冥烟树深。

自古以来,送别诗多,佳作也多。要想在名篇云集的送别诗里占有一席之地,那就一定得自开手眼,呈现出自家面目。郑思肖的这首《送友人归》显然是做到了。

诗首联点题,紧扣"友人",并点明送别的地点:浙江水边。浔,水滨的意思。友人年事已高,已是满头白发。江边孤舟、风中白发,诗人简笔勾画出一幅苍凉无比的水滨送行图。友人要去哪里?句子里并没有明说,也许是不必明说吧,联系全诗,尤其是颈联来看,应该是归隐山林。

颔联暗扣一个"送"字。花落,首先是交代送行的季节。落花满地,故人远行,水滨握别,怎能不黯然神伤?不仅如此,花落二字也使人想起杜甫的名句"正是江南好风景,落花时节又逢君"。花落,既是自然界的花落花飞,也暗喻了友人(也包括作者自己)人已老大,寄寓了青春不再的无限感喟,暮年别友,今生是否还有重逢的机会?友人此去,如同花落,薄酒一杯,权作送行。"月明千里心"一句,不仅包含"但愿人长久,千里共婵娟"之意,用以互勉互慰,同时也是以皎洁的月光来喻指友人和自己友谊与品格的纯洁、高尚。此联字面语言平凡到极处、自然到极处,却又感慨深沉、包孕殊深,实非斫轮老手莫办。

颈联扣住一个"归"字。这一联赞美友人:你有凤凰一般的高远的志向,同时你也有着麋鹿一样热爱自由的山林之性。我们都知道,凤凰原本是可以搏击长风、翱翔宇宙的,但也别忘了,凤凰可也是"非梧桐不止,非练实不食,非醴泉不饮"的,现在的友人要像麋鹿热爱山林一样归去了。说到这里,有必要说说郑思肖其人。南宋王朝灭亡那年他才三十五岁,可他坚决地做了宋的遗民。宋亡后,他改名"思肖"(他的原名反倒不存了),表示不忘赵宋,盖繁体"赵"字从"走"从"肖"也;字"忆翁",别号"所南",这些都是表示思念故国、故土……终其一生,他都不曾与元统治者合作,充分体现了其民族气节。所以这一联,它还不仅仅只是对友人的赞美,也是宋亡之后作者自己心志的表白。明白了这一层,友人是什么样的人,友人何以要归,要归向哪里,也就不言自明了。最后一联以写景来收束全诗。友人已去,自己还频频回首,直到什么都看不见了,只有茫茫烟波、冥冥烟树,其不舍之情,已是历历可判。此联融情于景,感人至深,余韵不尽。

郑肖思的这首《送友人归》不载于《所南集》,而首见于他的奇书《心史》。《心史》中的所有文字都饱含血泪,郑思肖讴歌了南宋的爱国志士,痛斥奸佞之辈,充分表述了自己的爱国与忠诚。与其他的许多作品一样,这也是一首文质兼美的杰作。宋亡之后,郑思肖曾自言:"终不求人自赏音,只当仰面看山林",前贤论诗,有"诗品出于人品"的说法,观郑思肖诸作,这话是大致不差的。(谢良坤)

画 兰
郑思肖

纯是君子,绝非小人。
深山之中,以天为春。

郑思肖是宋末的诗人、画家,也是一个相当独特的人。南宋王朝覆亡那年郑思肖才三十五岁,之后他又活了四十三年,他活在元朝的时间比活在宋朝的时间更长;思肖,是他在宋亡之后改的名字,表示不忘赵宋王朝;好友赵孟頫降元并任官后,郑立即与之绝交;他画兰花却从不画土,人问,则说土地都被番人夺去了……

了解了郑思肖其人,他的这首《画兰》也就不难理解了。原来此诗是以兰自喻:我的心完全是君子,与世俗小人绝不一样。"纯是"、"绝非"用语的口气极为决绝,没有任何妥协、苟且的余地。"君子"、"小人"对举,更是体现了两种价值观、两种精神品格的尖锐对立。兰处深山,正如君子处人之不知;天,君也,国也,君子之心永念君国,正如兰以春为上天之恩泽——难怪郑思肖有资格放言:"此世但除君父外,不曾别受一人恩。"此诗寥寥十六字,就勾画了空谷幽兰的离尘绝俗的形象,也写出了作者的高尚节操、傲岸精神,用语不可谓不精炼,刻画不可谓不传神。元代画家倪瓒云林就将屈原的《离骚》与郑思肖的兰花相提并论,以为都寄托着深沉的乡邦之痛。

郑思肖一生咏物诗不少,佳作也多。他的名作《画菊》:"花开不并百花丛,独立疏篱趣无穷。宁可枝头抱香死,何曾吹落北风中。"所咏对象与本诗虽异,然其口气之决绝,志节之孤高,与北方异族不合作态度之坚决,则是毫无二致,正好与本诗互为参看,相互发现。

总之,这是一首很典型的咏物诗,也是一首很特别的咏物诗。我一直认为,要了解一位诗人的性情、志趣、胸怀或者抱负,你得先读读这位诗人的咏物诗,反之亦然——如果他有咏物诗的话。(谢良坤)

【华岳】 字子西,别号翠微,宋贵池(今属安徽)人。有《翠微南征录》

田 家

华 岳

鸡唱三声天欲明,安排饭碗与茶瓶。
良人犹恐催耕早,自扯蓬窗看晓星。

这首诗,是华岳《田家》组诗中的第四首。他的每一首田家诗,都选取了特定的场景,抓住农村生活的几个焦点,从不同侧面再现了农家之事、农家之情,让读者对中国古代农家生活有一个全方位的直观了解。

在古代中国,经济生产方式以农业为主。土地作为重要的生产资料,与农民有着极其密切的人身依附关系,以农村生活为题材的诗歌,自然成为古代诗歌长卷中不可或缺的重要部分,对农民命运的关注自然而然上升成一个主题。诗人们用凝练传神的笔法,将农家生活高度浓缩于某一场景中,摹田园风光、诉农民疾苦。

这首田家诗,镜头集中,要素清晰:时间——天欲明(出工前),地点——农夫家中,事件——起床准备出工。作者选取的场景非常有新意,构思也独特,他没有大肆描绘劳作场面的恢弘,亦不叙农家夫妇的贫贱,更不讲腰酸背疼的辛酸,而是采写了黎明时分准备起床出工这样一个特殊的事件:"鸡唱三声",妻子未明即起开始"一天的劳作",生火、烧水、做饭……要把一整天的茶饭安顿妥当。而丈夫呢,睡眼惺忪地撩开茅草编织的窗帘,看看天色如何("看晓星"),却是四野阒静满天星光,默算一下时辰,是不是起来得太早了点儿,是不是还可以再多睡一小会儿。对丈夫的心理描写为这首诗点明了主旨:从"催耕"二字来看,这应该是个雇农家庭,每日起早贪黑做活,自己的生活却仍旧一贫如洗,连窗户帘都还是茅草编织成的;甚至连夜里睡觉都不能安心。将这些点滴细节串起来,可见封建地主剥削带来的强大生活压力让雇农时刻惴惴不安。

细读华岳的《田家》诗,应该细细体味作者独特的构思和细腻传神的笔法。短短四句,语言直白、平淡,完全口语化,并无任何雕饰之感,读来却并无任何不适之感,想必是因为如此贴近生活的诗句恰好唤起了读者心中"家"的意象。妻子的辛苦与能干,在家庭琐碎小事中一一显露,这源于对丈夫打从心底的疼爱和照顾,想让丈夫能多睡一会儿,天还没亮自己就悄然起身拾掇家务。而丈夫的困乏与疲惫以慵懒的动作表达出来，活灵活现，让人忍不住去猜想这番疲惫的背后当有着多么艰辛的田间劳作啊！这首诗看似简单直白，却写活了一个家庭——通过两位主人公的动作和心理描写，让人看到农村妇女的勤与柔，农村男子的苦与乏，以及妻对夫的深情关爱；更写活了一种生活——透过妻子与丈夫的默契，折射出雇农们虽艰辛却和睦的生活。

此外，这首诗还有一个妙处——作者创造了一个意外之象：诗人虽然只展现了"出工前"的一个画面，但笔墨未尽，读者完全能够依凭这剪影去想象劳动时的紧张、繁忙，平日里家庭生活的劳碌，进而也可以大胆联想当时农民生活的情形，和当时的社会状况，引发对农民命运的深入关照……中国古代的"三农问题"便可以由此生发。（殷志佳）

【文天祥】（1236—1283），字履善，一字宋瑞，号文山，宋吉州庐陵（江西吉安）人。宝祐四年（1256）进士。度宗朝，累迁直学士院，知赣州。德祐初，官至右丞相，以都督出江西，兵败被执，囚于燕京四年，不屈而死。有《文山集》《文山乐府》。

正气歌

文天祥

余囚北庭，坐一土室。室广八尺，深可四寻。单扉低小，白间短窄，污下而幽暗。当此夏日，诸气萃然：雨潦四集，浮动床几，时则为水气；涂泥半朝，蒸沤历澜，时则为土气；乍晴暴热，风道四塞，时则为日气；檐阴薪爨，助长炎虐，时则为火气；仓腐寄顿，陈陈逼人，时则为米气；骈肩杂遝，腥臊汗垢，时则为人气；或圊溷，或毁尸，或腐鼠，恶气杂出，时则为秽气。叠是数气，当之者鲜不为厉。而予以孱弱，俯仰其间，于兹二年矣，幸而无恙，是殆有养致然。然亦安知所养何哉？孟子曰："吾善养吾浩然之气。"彼气有七，吾气有一，以一敌七，吾何患焉！况浩然者，乃天地之正气也。作《正气歌》一首。

天地有正气，杂然赋流形。下则为河岳，上则为日星。于人曰浩然，沛乎塞苍冥。皇路当清夷，含和吐明庭；时穷节乃见，一一垂丹青：在齐太史简，在晋董狐笔，在秦张良椎，在汉苏武节；为严将军头，为嵇侍中血，为张睢阳齿，为颜常山舌；或为辽东帽，清操厉冰雪；或为《出师表》，鬼神泣壮烈；或为渡江楫，慷慨吞胡羯；或为击贼笏，逆竖头破裂。是气所磅礴，凛烈万古存。当其贯日月，生死安足论？地维赖以立，天柱赖以尊。三纲实系命，道义为之根。嗟予遘阳九，隶也实不力。楚囚缨其冠，传车送穷北。鼎镬甘如饴，求之不可得。阴房阗鬼火，春院闭天黑。牛骥同一皁，鸡栖凤凰食。一朝蒙雾露，分作沟中瘠。如此再寒暑，百疠自辟易。嗟哉沮洳场，为我安乐国。岂有他谬巧，阴阳不能贼！顾此耿耿在，仰视浮云白。悠悠我心悲，苍天曷有极！哲人日已远，典型在夙昔。风檐展书读，古道照颜色。

这首诗文天祥作于元世祖至元十八年（1281）五月，在大都土室中被囚之时，第二年十二月即被杀害，以身殉国。爱国主义思想是文天祥后期诗歌的一条主线，而这首《正气歌》，集中深刻全面地表现了他的忠义情怀和英雄气概，是他爱国主义诗篇的代表作。他殉国以后，人们在他的衣带里发现了他事先写好的《自赞》："孔曰成仁，孟曰取义。惟其义尽，所以仁至。读圣贤书，所学何事？而今而后，庶几无愧！"这首诗就是对他为了挽救祖国危难，决心"杀身成仁，舍生取义"的坚强决心的生动形象的诠释，充满了感动人心的思想和艺术的力量。

我们读这首诗，首先要弄明白前面的小序，因为它是交代写这首诗的缘由，是诗歌不可分割的一个有机组成部分。作者首先说明了自己被囚的地点是在狭窄幽暗的"土室"中，环境极其恶劣，具体说来就是有"水气"、"土气"、"日气"、"火气"、"米气"、"人气"、"秽气"等"七气"，这七种气集中在一起，形成侵害人身的灾疫，很少不生病的。但是，自己以虚弱的身体，被囚在土室中已经两年了，却没有生病。这是什么原因呢？在他看来，是因为自己有孟子所说的"浩然之气"。"彼气有七，吾气有一，以一敌七，吾何患焉！况浩然者，乃天地之正气也。"他把浩然之气看作是天地的"正气"，有了这种"正气"，就能凛凛然立于天地之间，坚不可摧，岿然不动。所以他要写作这首诗，对"正气"作深深的礼赞，以表达自己誓死忠于祖国的誓言和心声。

诗歌的正文由两个部分组成。

第一部分，从开头"天地有正气"到"道义为之根"。作者认为，有一种"正气"充塞于天地之间的诸多事物，比如地上的江河高山，天上的太阳星星，等等。而这种"正气"体现在人的身上，就是"浩然之气"。一个人只要具备了这种浩然之气，就能在危难的时候无所畏惧，把生死置之度外，显现高尚的志节，彪炳于史册。接着他列举了历史上十二个具有"正气"的志士仁人：春秋时齐国秉笔直书、不怕杀头的太史，晋国坚持记载"弑君"的太史董狐，为韩国报仇、在博浪沙椎击秦始皇的张良，出使匈奴被拘十九年、终于归汉的苏武；三国时宁做"断头将军"、表示决不投降的严颜，西晋时以死保卫惠帝、血溅衣裳的嵇绍，唐朝在睢阳抗击安禄山叛军、每战必大呼而"齿牙皆碎"的张巡，唐朝被安禄山俘获、骂贼不绝而被断舌而死的常山太守颜杲卿；汉末因天下大乱而"常著皂帽"避乱辽东、拒不做官的管宁，忠心辅佐刘禅、在《出师表》中表示要"鞠躬尽瘁，死而后已"的诸葛亮，晋朝渡江击楫、立誓要收复北方失地的祖逖，唐朝为了反对朱泚叛乱、以笏击泚头而被杀的段秀实。从这些具体的人物和事例出发，作者接着作了发挥：这种磅礴、凛烈的"正气"，一旦具备于身，就会在生死面前无所顾惜，这正是支撑天地的巨大力量，也是伦理、道义的命脉和根子。这一段，无论是举例还是说理，作者都侃侃而谈，说得斩钉截铁，义正词严，这些诗句真有掷地作金石之声。在举例的十六句诗中，作者一变前面的平声韵，改用入声韵，入声韵短促低沉而有力，恰到好处地表现了激愤的心情，可谓声情并茂。在句式上，采用了排比的方法，如江河奔泻，不可阻遏，造成了浩大的气势。而排比中也有变化，先是以"在"字起头，然后改为"为"字起头，又改为"或为"二字起头，绝不雷同。在节奏上，开始四句和后面的八句是二二一式，而插在中间的四句却是一三一式，富于变化。这样，就赋予了诗歌以丰富的艺术美，很好地表现了内在思想情感的变化发展。

第二部分，从"嗟予遘阳九"到末尾。这一部分是感叹自己的遭遇，说自己遭逢国家破亡的灾难，而又无力回天，还被捉起来拘押到荒远的北方大都，自己是只求一死，然而却是求死不得。从这里，我们一方面可以看出作者以死报国的坚强决心，同时也表露出他内心的深深的悲愤和痛苦，读起来真是字字是血。接着他叙说了自己居住的"土室"的恶劣环境，原来以为总有一天会受到疾病的侵袭而死去，骨填沟壑。但是两个寒暑过去了，自己却居然没有得病，这样恶劣的环境竟然成了自己的"安乐国"。他想这是什么原因呢？原来"顾此耿耿在，仰视浮云白。"这里的"耿耿"，是指自己对祖国的忠心，也就是充满于胸中的浩乎其沛然的一股"正气"。然而他毕竟是在被拘囚之中，不能没有悲愤和忧愁，不过，他一想起前面列举的那些古代的"典型"人物，就不禁振奋起来，在风檐下展开书来读，那些传统的美德鼓舞着他，他决心向这些典型人物学习，并且身体力行，矢志不移，让胸中充满着凛然正气，把爱国精神贯彻到底。这一部分，是在第一部分基础之上的引申和深化，落脚到自身，围绕着"正气"，写得言辞恳切，情意深挚，思想感情起伏跌宕，爱国之心不可动摇。两部分结合起来看，刚毅正大的浩然"正气"正是作者"富贵不能淫，贫贱不能移，威武不能屈"的精神支柱，表现了炽烈的爱国主义精神和坚贞的民族气节，体现了仁人志士的高风亮节和无私无畏的道德力量，这首诗歌也成了我国历代人民传诵最广泛的诗篇之一。作者用热血写就的这一气壮山河的诗篇，将继续激励着中华民族的儿女秉持气节，自尊自强，奋勇向前！（管遗瑞）

金陵驿

文天祥

草合离宫转夕晖，孤云飘泊复何依。
山河风景原无异，城郭人民半已非！
满地芦花和我老，旧家燕子傍谁飞。
从今别却江南路，化作啼鹃带血归。

祥兴二年（1279），抗元兵败被俘的文天祥被押解北上燕京，途经金陵（近江苏南京）时，诗人触景伤情，写下了两首七律，题目就叫做《金陵驿》，这是第一首。此时离南宋主体政权灭亡已经四年，离陆秀夫背着八岁的小皇帝跳海也已经半年有余了。

诗的首联摹写作者途径金陵时看到的景色。夕阳之下，丛生的野草已经遮掩了离宫，天边的孤云，飘来飘去，不知要飘到哪里。寥寥数笔，为我们描绘了一幅满目疮痍、凄楚迷离的夕照离宫图。离宫，就是行宫，宋代的时候金陵是陪都，所以建有行宫。只是面对昔日的富丽堂皇的行宫，如今只见荒烟蔓草、颓云残阳，教人怎能不产生今昔之感慨？怎能不让人想起诗经中那首著名的《黍离》？次句诗人更是融情入景，将自己孤苦无依的荒凉心境融入天边孤云的形象之中，云的形象也就成为诗人的形象了。"转"字极见锤炼之功，勾画出诗人久久伫立、痴痴凝望的形象，苍凉无比，为下一联的抒情蓄势、张本。

颔联以今昔作比，描写了山河沦丧给广大人民带来的巨大灾难。诗人举目四望，山川河流依旧，而昔日街市繁华、人烟阜盛的金陵，百姓死的死，逃的逃，如今早已是"半已非"了。这里诗人用山川与人事作比，对比鲜明之极，表现出诗人无比沉痛的爱国爱民的情怀。需要特别指出的是，此联出句用了《世说新语》"新亭对泣"的典故："风景不殊，正自有山河之异"；对句则用了《搜神后记》丁令威化鹤的典故："去家千岁今始归，城郭如故人民非"。此二句用典，以简驭繁，用语凝练而感慨极深。

"满地芦花"是眼中之景，"和我老"则是诗人心中之痛。诗人满怀愁苦，所以看什么都是愁苦的，首联次句的"云"，在他看来是孤苦无依的，这里看到芦花、燕子，也无不带上了诗人主观的情感。唐代诗人刘禹锡《乌衣巷》中有"旧时王谢堂前燕，飞人寻常百姓家"的句子，诗人这里巧妙翻出新意：这些昔日的"堂前燕"

如今究竟要往哪里飞呢？宋王朝灭亡了，它昔日的臣子，有的牺牲了，有的做贰臣了，有的归隐山林了……作者呢？要往哪里去？写到这里，作者推出自己的答案也就是水到渠成的事情了。

"从今却别江南路，化作啼鹃带血归。"诗人自知此去绝难幸免，离别故土，不但已经抱着必死的决心，而且誓言，即使死了化作杜鹃鸟也要南归。据《华阳国志·蜀志》载，古蜀国望帝杜宇死后，化为子规，子规就是杜鹃。杜鹃啼声凄厉，能动旅人归思。诗人用此典故表现了他对故国无比眷恋、无比思念的深情，体现了他高尚的民族气节和忠贞不二的爱国精神。诗人是这么说的，也是这么做的。此后的四年里，文天祥遇到了数不完的苦难，面对了他人难以拒绝的诱惑，受到过无数次的威胁，但他始终没有低下自己高贵的头颅，真正做到了"富贵不能淫，贫贱不能移，威武不能屈"，用生命和鲜血践行了自己的誓言，堪称是中华民族历史上真正的男子汉、大丈夫。

笔者以为，多用典故、善用典故是本诗的一大特色。以诗人的特殊身份，在路过金陵这一特定的时间、地点、背景下，妙用这些典故，最是贴切不过，其包孕的情感甚至远远超过原典本身。其颔联，出句用《世说新语》典，对句用《搜神后记》典，也堪称斤两悉敌、佳偶天成。笔者所说的这些用典技巧之类，虽说是小道末技，然为诗者不可不知也。（谢良坤）

过零丁洋

文天祥

辛苦遭逢起一经，干戈寥落四周星。
山河破碎风飘絮，身世浮沉雨打萍。
惶恐滩头说惶恐，零丁洋里叹零丁。
人生自古谁无死，留取丹心照汗青。

"人生自古谁无死，留取丹心照汗青"，这大概是我国爱国主义诗歌里流传最广、影响最大的两句了；以状元身份而成为烈士，文天祥也用自己的生命和爱书写了我国历史上一个不朽的传奇。1278 年年底，文天祥兵败被俘，自杀未果。次年正月，文天祥被押解北上，船过零丁洋（今广东中山南珠江口附近），元军首领逼迫文天祥招降尚在厓山率军坚持抵抗的宋军元帅张世杰，文天祥写下此诗答之，以明志节。

"辛苦遭逢起一经，干戈寥落四周星。"首联从回顾自己的一生开始落笔。宋理宗宝祐四年（1256）文天祥以进士第一名（就是状元）及第，后被起用，开始了救亡图存的艰辛历程，"辛苦"二字，表明了读书、为官生涯中的种种的曲折、坎坷；接下来对句则写自己面临的残酷现实：虽经全力勤王，可如今抗元的力量还是越来越弱，已是"干戈寥落"。文天祥为报朝廷知遇之恩，毁家纾难，辛苦辗转，浴血奋战，可最终还是无力回天。回想至此，诗人不由得感慨万端，下笔自然也就沉痛无比。

颔联还是分两个方面来写。出句写大宋已是"山河破碎"，正如风中飘散的柳絮，恢复河山的希望已经越来越渺茫；对句则感慨自己的身世，恰如水上的浮萍，是浮是沉，全凭风雨作主。个人家国系于一身，诗人以暗喻的手法，生动再现了自己个人命运与家国命运的紧密关系，运笔形象传神，感情浓烈深沉。此诗完成后大约二十天，陆秀夫就背着小皇帝跳海殉国；文天祥被俘四年，一直坚拒投降，最终也英勇就义，为国家兴亡就是个人身世浮沉这一命题作了一个生动而悲壮的注脚。

颈联运用了诗歌不多见的名词自然成对的形式，象文天祥用得这么自然、贴切、隽永的更是少之又少。据考证，惶恐滩，原名黄公滩，因水急滩险，也被人们讹传为"惶恐滩"。诗人曾在这里转战、撤退的经历，在这里曾经为国家命运"惶恐"过；如今诗人被俘路过零丁洋，大宋的命运较之以前更是不堪，"零丁"既是个人处境的真实感受，更是诗人为致力于恢复河山同志日渐减少而无力回天的浩叹。"惶恐滩"、"零丁洋"两个感情色彩如此浓烈的词语在诗人这里用得真是毫不费力，浑然天成，谓之"妙手偶得"也毫不为过。

前三联诗人追思往昔，感慨今日，既抒个人身世之悲，更发家国沦丧之痛。感激、艰辛、遗憾、痛心、伤感、愤怒……种种感情交织在一起。也就在这将个人与家国的悲情渲染到极致的时候，诗人突然笔锋一转，由低回转向激越，由悲凉转向慷慨，喊出了大义凛然的堂堂正声：人生自古谁无死，留取丹心照汗青！

诗贵婉曲。一般情况下，诗人们总是想方设法要把自己的思想感情藏得深一些、再深一些。可为什么文天祥在这里直抒胸臆仍然感人至深，甚至是"惊天地、泣鬼神"的呢？这固然是由于前三联铺垫得好，到此已是水到渠成、不得不发；笔者以为，更重要的原因还在于文天祥自己的"浩然之气"，也就是文天祥自己所说的"正气"使然。"时穷节乃见，一一垂丹青"，当正气至大至刚之时，还何须什么"婉曲"之类！"在齐太史简，在晋董狐笔"，在文天祥，这《过零丁洋》就是一曲大声镗鞳的正气之歌！原来，艺术的规律总是辩证的，教条主义在艺术的领域里没有市场。（谢良坤）

扬子江

文天祥

几日随风北海游，回从扬子大江头。
臣心一片磁针石，不指南方不肯休。

南宋德佑元年（1275），元兵大举南下进犯，文天祥在赣州知州任上，应勤王诏，捐家产充军资，入卫临安。次年元军兵迫临安，朝廷官员纷纷出逃。文天祥临危受命，拜右丞相兼枢密使，赴元营议和。他不辱国体，慷慨陈词，触怒元丞相伯颜，被扣；伯颜见文天祥宁死不屈，诱降无果，遂将其拘押北方。行至镇江，文天祥冒死出逃，变更姓名、草行露宿，"避渚洲，出北海，然后渡扬子江，入苏州洋"，历尽艰险，方得南归。此述志诗便作于渡扬子江、从南通往福州拥立端宗以图救宋的途中。

扬子江，指长江流经扬州、镇江的一段，因扬子津、扬子县而得名。当时长江口崇明岛南边的江中小岛已被元军占领，诗人要通过长江口入海，必须绕道崇明岛北面的水路，也就是在这个时候，顾望茫茫扬子江的文天祥，临风长吟了这首千古名诗。

作者这一番经历，可以说是虎口脱险，九死一生，在诗中却轻描淡写为"几日随风北海游，回从扬子大江头"，似乎只是一次寻常的北行，轻松的往还。实际上，这句话的背后却蕴含着辛苦遭逢、艰难经历——它是指作者赴元和谈无果被拘押北上、再乘机逃脱这一大段周折。当时，宋朝半壁江山已被元军占领，只剩下两淮、江南、闽广等地还未被元军完全控制，宋王朝逃至福州避祸；因此，相对于地处南方的福州，元营自然是北方。作者说得这样轻松，表现出他确实是一个惯经大风大浪，处变不惊的大丈夫，在他的面前，就没有什么值得惊惶失措的事体。

诗人历尽艰辛成功脱险，至此可以一路畅通直奔福州，回到毕生热爱的祖国。伫立扬子江头，顾望茫茫江海，他向往朝廷，可以说是归心似箭。

后两句为千古名句，亦是全诗点睛之笔："臣心一片磁针石，不指南方不肯休"。以身许国的决心和奔走报国的意志跃然纸上。"南方"，是南宋王朝的所在地。指南针是中华民族四大发明之一，有了这东西，在大海中行船就不会迷航。诗人以指南针喻自己的忠忱之心，通俗而恰切，即杜甫所谓"葵藿倾太阳，物性固莫夺"，同时富于民族感情。这个小小的意象，表达了作者冒死奔向南宋决不向来自北方的元军屈服的强烈感情，承载着这位爱国志士鞠躬尽瘁、死而后已的全部忠贞，更寄托着自己在九死一生的情形下依然不改不灭的爱国情怀。

这首诗之所以流传千古，光照天地，主要原因不在于艺术技巧，而在于诗中所充盈的血性精神。这既是诗人人格魅力的体现，也集中表达了中华民族独特的精神美，其感人之处远远超出了语言文字的范围。不过就诗论诗，这首诗也很不错——指南针这个比喻，给诗人的情感找到了一个最适合的载体，同时也成就了这首诗歌的形象美。它很有独创性，文天祥曾将文集命名《指南录》，可见他对这个比喻的满意。一个比喻是可以照亮一首诗的。（殷志佳）

【汪元量】（1241—1317？），字大有，号水云（一作水云子）宋临安钱塘（今浙江杭州）人。以善琴事谢后、王昭仪。宋亡随三宫留燕，后南归为道士。有《水云集》《湖山类稿》。

醉歌十首（其五）

汪元量

乱点连声杀六更，荧荧庭燎待天明。
侍臣已写归降表，臣妾签名谢道清。

《醉歌》共十首，用七绝连章的形式，每一首写一事，组合成相互衔接的流动画面，记述了南宋皇室投降的情形，被称为"宋亡之诗史"。这里选取的是第五首，记录谢太后屈辱地签署投降书一事。

宋德祐二年（1276）正月十八，元军兵迫临安，宋主派使臣奉传国玉玺及降表请降。元丞相伯颜要宋宰臣面议降事，太皇太后谢道清拜文天祥为相，于二十二日领一干人等赴元营议和。不料伯颜扣留文天祥，派人复往改易新降表，并勒索谢后、幼帝招降未附州郡的手诏。这首诗就写于此际，直书太后早朝签名投降的景况，字字椎心泣血。

这首叙事诗，叙事要素齐全。首句"杀六更"即说明事件发生在刚打完六更时。宋宫有忌讳五更的习惯，因此，"宫内于四更末，即转六更，……终宋之世无五更。"（《新义录》）"杀"，即"收煞"。鼓点已报六更过尽，该是百官入朝共商国是的时候了，而这一天的早朝气氛显得格外凄惨冷寂。更鼓声本是节奏强健韵律安稳的鼓点，平日里听得再熟悉不过了，但今晨的六更鼓声却搅得人心绪波澜，惊惶不安，宫中的谢太后听了更是心烦意乱，仿佛这更鼓声是"乱点连声"样的，急促而惊恐，声声敲在心坎上。

第二句写了地点和环境："庭燎"是指火炬，大殿之上早已燃亮的火炬发出荧荧火光，照得殿堂通明，静静等候着新的一天的到来。火炬是没有情感的物件，夜夜燃烧，不知兴亡。它怎么会知道这新的一天会发生些什么不同寻常的事呢。然而，作者的高明之处就在于此，他没有直接描绘朝臣们在朝堂上等待早朝的情状，那些惴惴不安、坐以待旦的惶恐心态任由读者想像于言外，从而让读者自己领会到"待天明"的，岂止是那不知人间哀苦的"荧荧庭燎"？

环境和气氛渲染之后，接下来该是人物登场了，所叙事件也呼之欲出。侍臣已将元军勒索的新降表拟好呈上龙案，这天早朝，该是执政者签字投降的时候了。六岁的小皇帝尚未亲政，国事由太皇太后谢道清执掌，因此，降表上需要有她的签字画押。堂堂大宋皇室至尊至贵，帝后的名讳天下尊而避之，此刻却不得不亲笔签上"谢道清"投降，还要卑躬屈膝地自称"臣妾"，皇家颜面扫尽，尊严丧尽。笔落处，"祖宗三百年宗社遽至殒绝"，从此"目前东南半壁，怅长淮已非吾土"，祖宗的社稷断送在自己手中，椎心泣血，无颜见先人。作者没有多余笔墨，而是纯用朴素的白描叙事，不用典，不议论，微而显，隐而彰，却让人感受到强烈的悲恸与哀伤。表面上着力不多，实际凝聚了作者内心深处的血泪。

汪元量不是士大夫，其节操感和民族感却比好多士大夫还要强，诗句平易，琅琅上口，融入了时代的内容，是那个亡国亡天下时代的"纪实文学"。以他为代表的宋元遗民诗，为宋代文学写下了悲切而又高亢的最后一个音符。（殷志佳）

湖州歌（选二）

汪元量

其一

一掬吴山在眼中，楼台累累间青红。
锦帆后夜烟江上，手抱琵琶忆故宫。

《湖州歌》组诗是汪元量的代表作，共九十八首，这是第五首。

1276年元军攻占南宋都城临安（今杭州），南宋皇帝恭宗被俘，南宋主体政权宣告灭亡。作为南宋内廷琴师，时年三十五岁的汪元量也在被俘之列。亲眼目睹、亲身经历了南宋亡国、六宫北迁的惨剧，诗人用九十八首七言绝句真实而深切地抒写了自己的亡国之痛，并命之曰：《湖州歌》。

一、二句写诗人白天登船北上、初离临安时所见的景象。"掬"字下得奇、下得妙。掬，捧也，"一掬吴山"，极言眼中吴山之玲珑小巧，似乎可以捧之入手，含之入口，仅仅一个字就形象地写出了吴山的可爱，也表现了作者对吴山的无比怜惜之意。"楼台累累间青红"，诗人乘船远去，只见名山楼台掩映，青红相间，风光旖旎。若只是单看此二句，不了解诗人此时的处境、心境，读者也许认为这只是一般的模山范水的写景佳句吧？可一旦设身处地的想想，此时的作者家国已亡、身为囚俘，眼中的吴山也好，楼台也罢，也都已经沦入异族之手，那么就会恍然大悟，原来诗人眼中之景越是美好，就越是增加诗人内心的痛苦。正所谓"以乐景写哀，倍增其哀"，细细品之，真不由得不为之心酸泪下。

三、四句写晚上作者所思所感。"锦帆"，指南宋宫室人员被俘北上时乘坐的船，除幼主恭宗外，这里面还包括恭宗母后、宫女、内侍等一干人。三句中"烟江"的"烟"字极富表现力：后半之夜，面对茫茫无际的大江，诗人手抚琵琶，回首往事，虑及前程，于是凄迷的夜景、惨淡的心境、低落的情绪、幻灭的人生，就全都包孕在这"烟"字之中了。"后夜"，点出时间之推移，说明诗人彻夜不眠，可见其内心郁积之深。三四句明显承杜甫《倦夜》"万事干戈里，空悲清夜徂"之余绪。然较之杜诗，这二句融情入景，不动声色，似又显得更为含蓄蕴藉。诗人"手抱琵琶忆故宫"，忆了些什么？诗人的情绪如何？这里刚刚提到就戛然而止，留给读者以丰富的想象空间，与中唐诗人元稹《行宫》之"白头宫女在，闲坐说玄宗"有异曲同工之妙。

法国作家缪塞说："最美丽的诗歌是最绝望的诗歌，有些不朽的篇章是纯粹的眼泪。"在这寒冷的冬夜，笔者在书灯之下细细品读这首七言绝句，仿佛听到从历史的深处传来一声回音不尽的叹息。（谢良坤）

其二

北望燕云不尽头，大江东去水悠悠。
夕阳一片寒鸦外，目断东南四百州。

作为元军的俘虏，汪元量和其他被俘人员一道坐船被押解到北方。全诗以"望"字领起，"北"字点明望的方向，"燕云（十六州）"是望的对象，"不尽头"则是北望时的感受；全诗最后再以"目断"二字收束，不过诗人最后回望的却已不是北方的燕、云，而是故国东南的四百州了。

诗的起句从空间角度着眼，"不尽头"，极言北地天空之高远辽阔，诗人怎么望也望不到尽头，又岂能不顿生去路茫茫、人生如梦的感慨？次句字面虽为大江东去之实景，然"子在川上曰，逝者如斯夫！"，时间的流逝不正如流水之去吗？在这里诗人实际上就是采用了隐喻之法，从时间着眼，感慨往事已矣，不可挽回，大宋的国运只怕也如这东去之水，再无回头之日了。一二句合起来，更是体现了无比巨大的时空感，空间越是巨大，时间越是永恒久远，与个体生命的渺小、短暂与无助形成的反差越是明显，产生的艺术效果就越是强烈。起、承二句同时也为后二句的抒情蓄势、张本。这种手法，原为老杜常用，如《登高》中的"无边落木萧萧下，不尽长江滚滚来"、《旅夜抒怀》中"星垂平野阔，月涌大江流"等等皆是。汪元量在这里以眼前之景，抒当下之情，丝毫不输于前人。

第三句化用了北宋词人秦观的名句："斜阳外，寒鸦万点，流水绕孤村"，这也是作者望中之景。不过高明的诗人总是能让"一切景语皆情语"（王国维语），这一句融情入景，借景抒情，读来只觉其景凄凉，其情苦楚，既显个人身世之悲，更见国家兴亡之痛。最后诗人以回望东南四百州的大好河山作结:船在不停地驶向北方,离燕云越近,离南宋曾经统治的"四百州"也就越来越远了。这一别,别的是我的家,我的国;这一别,真不知还有没有再回来的时候!难怪诗人一路北行,一路徐徐回望,以至目为之"断"。"黯然销魂者,为别而已矣!",信夫!全诗四句,以望领起,也以望收束,前后照应而浑然无迹,包孕殊深而清畅显豁,其手眼情致,实不减唐人高处。

与前朝那个苦命的君王李煜一样,汪元量也是身历亡国被俘的大悲大辱,虽然尊卑有别,但那亡国之痛,去国之戚却是一般无二。绝境之中,他们留给我们的这些诗句,字字都是蘸着血和泪写来,从这个角度讲,我们可以说,他们留下的,都是"诗史",他们也都是在用伤口在唱歌的诗人。(谢良坤)

送琴师毛敏仲北行

汪元量

西塞山前日落处,北关门外雨来天。
南人堕泪北人笑,臣甫低头拜杜鹃。

从题目来看,这是一首送别诗,然而这首送别诗不抒离恨、不慰别情,而是借为友人送行诉亡国之悲。偌大的题材,在短短四句中却表现得意境宽广、韵调辛酸,透出了诗人深沉的故国之思。

友人毛敏仲,史籍对他的生平记载语焉不详,只录少时投杨缵门下研习琴理,技精艺高,与作者同为南宋宫廷琴师,据传著名古琴曲《平沙落雁》即出自毛敏仲手中。

德祐之难后,亡国之君宋恭帝偕三宫被元世祖忽必烈召往大都,毛敏仲在随行之列,临行前,毛敏仲"腰宝剑,背瑶琴",泪别汪元量。汪即赋诗《宋琴师毛敏仲北行》三首以慰友人。此处所选为第一首。

第一、二句虚写,以残阳落日和风雨如晦来渲染南宋王朝衰颓灭亡之际的凄惨景象。"西塞山",在今浙江湖州境内,这里用西塞山代指湖州,实则指南宋亡国之际兵临城下胁迫降国的湖州驻军。"北门关",指临安城北门,当初元军自皋亭山进驻城北十五里所造成的威逼之势正在"北门关外"。因此,这两句实际上是写元军重兵压境迫主降国的局势;加之"落日"、"风雨"这类惨淡的意象添缀于重兵威逼处,烘托了宋室倾颓之时风雨飘摇、大厦将倾之状,为下文抒发亡国之悲做足了气氛上渲染和情感上的铺垫。

第三、四句直抒胸臆,作者内心苦苦压抑而不得释的悲痛倾泻而出,将羞愤交加的情绪灌注在后两句中,身世家国之恨让人不忍卒读。"南人堕泪北人笑",毫不隐讳的文字把悲愤推至顶峰。南方的宋王朝被北方的蒙古军队打败,所谓胜者为王败者为寇,亡国臣民被胜利者奴役驱赶、烧杀抢掠那是再正常不过的事,大势已去,"君臣难再得,天地不重来"。在胜利者放肆狂浪的狞笑声中,作者心中郁结的亡国之痛再也无法自然地派遣,因此,这里的"南人堕泪"不是自然的下泪,实则是亡国臣民内心压抑、情感郁结的"吞声"之哭,那隐忍之声是其他人无法体验的哀痛。"北人笑"亦不是平常的欢笑,而是无限得意于将南宋朝廷玩弄于股掌之间,兵临城下,不发一矢,便使宋室将江山拱手相让,如此滑天下之大稽的笑话,岂不足以让胜利的蒙古军队放肆狂笑!南人的悲戚与北人的嚣张形成强烈对比,羞愤交加。

结句用典以表心志。南宋拱手亡国的耻辱在汪元量心里留下了时时作痛的伤疤,在此借用杜甫《杜鹃》诗意与友人共勉。蜀中传说,古帝杜宇归隐亡去,其魂化为杜鹃,蜀人因闻鹃啼而怀念杜宇。安史之乱中,两京陷落,乾元二年(759)杜甫避难入蜀,曾闻鹃下拜,借蜀俗寄故国之思:"我见常再拜,重是古帝魂","身病不能拜,泪下如迸泉"。"臣甫低头拜杜鹃"正用此意,表明自己无论处于何种境况,哪怕"魂销骨折,九死而不一生",也会对旧国故都"不忘寤寐"。

汪元量的这首诗,不事雕琢,直抒观感言简意真,继承了杜甫的沉郁,而又有他自己那个时代所赋予的苍凉和悲愤。诗题为送别,却始终不言别情,不赋离思,而是将故国之思融进这番离愁,用典表心志,与友人共勉之。(殷志佳)

【林景熙】(1242-1310),字德旸,号霁山,温州平阳(今属浙江)人。咸淳七年(1271)由太学上舍入仕,为泉州教授,历任礼部架阁,转从政郎。宋亡不仕,隐居乡里,教授生徒,从事著述,名重一时。诗多寄托故国情思,幽怨悲凉。有《林霁山集》。

山窗新糊有故朝封事稿阅之有感

林景熙

偶伴孤云宿岭东,四山欲雪地炉红。
何人一纸防秋疏,却与山窗障北风。

南宋灭亡不久,在一个寒冷"欲雪"的大风天里,一位落拓文人寄宿在岭东一户村野人家。偶然发现糊窗户的纸竟然是一封南宋(诗题中"故朝")重要的军事防御建议书("防秋疏"),阅读之余感慨万千,遂提笔,将"山河破碎,谁之咎欤?"的浓浓悲哀与愤懑倾注笔端,即事抒情,高深的暗示手法让全诗上下悱恻而悲壮。

作者一开始即表明居住此地的缘由和居住环境:"偶伴孤云宿岭东"。单从一个"偶"字就可看出这里显然不是作者的家,而可能是漂泊生活中的一个客家。宋亡之后,许多前朝遗老遗少眼见匡复宋室无望,便隐迹遁行远离尘世,或四海为家,或躬耕山野。林景熙便是其中一人,备尝亡国之痛后,遁迹世外,终身不入元仕。"孤云"作伴,茕茕孑立,形影相吊。孤身一人的清冷,在这个寒风凛冽的冬日里倍增寂寞之感。作者眼见这天色似乎很快就要下雪,屋外的群山即将银装素裹,回见小屋内的炉火却烧得正旺。这红红火火的炉火,带来满屋的温暖,本该让漂泊的人恬然安享,体味到家的温馨;却没想到抬眼瞥见的窗户纸让自己一时难禁心头愤懑与怅恨。

作者转眼之间看见了什么?是新糊上的窗户纸。本来这山野小屋用来抵御北风的窗户纸没有什么值得奇怪的,但偏偏怪就怪在这窗户纸是一封前朝(南宋)的《防秋疏》!作者在第三句中用一个设问引出所咏之事,看似不经心的自问,实则是诘问前朝权臣。"防秋疏",是古代大臣写给皇帝的关于"防秋"的奏章。古时每逢秋高马肥的时候,北方游牧民族就会乘机南侵,因此,每年秋天朝廷都必须加强边防,是为"防秋"。此处特指关于抵御元军入侵的军事防御奏章。而这样一封奏章,由于事涉国家军事机密,为防泄漏,都用囊装后再密封,故称"封事",也称"囊封"。

何等重要的一封军事防御建议书,不见被朝廷采用,反倒落到如今糊窗户的地步,让人不得不猜想它在从南宋旧宫里清理出来之前的命运,是不是从未到过龙案?是不是早已当作废纸扔在皇宫墙角?又或者这份抄誊得工工整整的秘奏第一次真正派上用场,就是被农户捡来糊在窗间抵御寒风……作者目睹前朝旧物,不免触发亡国之痛,而如此奏疏竟未为故朝重视,如今深山见之,不更令人叹恨怅惘乎?

"却与山窗障北风",作者看似不动声色地直承上句作答,其间实则多少国恨家愁不能抒怀!"北风"暗喻来自北方的蒙古侵略者,正是他们灭宋建元,改换了天地。而眼前这封用来糊窗户的《防秋疏》,恰是为抵御蒙古族侵略的军事秘奏!多么讽刺的事啊!南宋这个无时不处于血腥战争威胁下的国家,国防事务从未得到应有重视,执政者整日不是高谈阔论就是寻花问柳,谁都瞧不起搜集情报、研究国防的工作。宋室短命确实咎由自取。

"此诗工在'防秋疏'、'障北风'六字间,非情思精巧道不到也。然感慨之意,又见于言外。"(章祖望《白石樵唱注》);陈衍《宋诗精华录》中也讲了一个类似的故事:"前清潘伯寅尚书,见卖饼家以宋版书残叶包饼,为之流涕,遇此不更当痛乎。"情绪悲凉,意深而笔婉,代表了宋末诗歌的另一种风范。(殷志佳)

【戴表元】（1244—1310），字帅初，一字曾伯。宋庆元奉化（今浙江奉化）人。宋度宗咸淳进士，官临安教授。元成宗大德八年（1304）起用为信州教授。以疾辞归，卒于家。有《剡源集》。

感旧歌者

戴表元

牡丹红豆艳春天，檀板朱丝锦色笺。
头白江南一尊酒，无人知是李龟年。

此诗是作者由宋入元后所作。《西湖志余》谓："戴帅初（作者的字）湖上赠歌者一绝，有故国之思焉。"

"牡丹红豆艳春天"点时兼写情。"牡丹"、"红豆"皆阳春季节的景物，而"红豆"又是有名的引人相思之物，它产于南国，晶莹鲜艳，据说古代一女子因丈夫死于边地，遂于树下痛哭殒命，化为红豆，故此物又有"相思子"之谓。然而，作者这里使用"红豆"，并非表达一般的相思之情，而是寓有更深含义的。唐人王维《江上赠李龟年》（一名《相思》）云："红豆生南国，春来发几枝？愿君多采撷，此物最相思。"李龟年是唐开元年间的著名歌唱家，安史之乱后流落江南，据说常为人演唱王维此诗，以寄托对故人乃至故都的思念之情，使得听者为之动容。由此看来，戴诗于此着一"红豆"，无疑与宋的败亡和现实遭遇紧相关联，也就是说，它既寓有深沉的故国之思，又暗合"感旧歌者"的题面，为末句之"无人知是李龟年"先作张本。同时，还以红豆产地遥启第三句之"江南"，从而生出言近旨远，语少情长的艺术效果。

"檀板朱丝锦色笺"一笔双写，既有歌者，又有自己。"檀板"，檀木制成的绰板，亦称拍板，演奏音乐时打拍子用。"朱丝"，指红色的琴弦。二物表明对方的歌者身份。"锦色笺"，即锦（有彩色花纹的丝织品）一般的精美纸张。从前后诗意看，这"锦色笺"可能是由歌者递于作者以求题词的，也可能是作者与故人江南重逢，把酒话旧之际，抽笺命笔而题诗相赠的。但不管是哪种情形，在这样的时候（国破家亡而春色依然），这样的地点（姑定其为江南的一家小酒店），这样的气氛（故旧重逢而悲喜交集）中，题诗相赠都会使人思绪翻卷，难以释怀，何况此时双方皆已经"头白"！旧时相识，头白重逢，而世间的一切都已面目全非，这怎能不使诗人为之感慨，为之悲叹呢？杜甫《江南逢李龟年》云："岐王宅里寻常见，崔九堂前几度闻。正是江南好风景，落花时节又逢君。"短短四句诗，在今昔对比中，将安史之乱前后的时代沧桑，人生巨变和身世浮沉囊括净尽。如果说，杜甫此诗虽极悲凉，但还不至于绝望的话，那么，作者这首《感旧歌者》便不仅再现了杜诗的悲凉，而且还充溢着一种更为深刻的、无法排解的黍离之痛。

不过，这沉重无比的黍离之痛，作者并未明确道出，而是寓情于事，借"头白江南一尊酒，无人知是李龟年"轻笔一点，自然含蓄地流露出来的。"无人知"，表明因世事的巨大变迁和人物容颜、身世的巨大变化，当初这位李龟年式的有名歌手，现在已经无人知晓了；既已无人知晓，则歌者境遇之孤独、之凄凉可想而知；既然这位歌者的境遇已极孤独凄凉，那么作者对他的无限同情和怜悯，不也就在不言之中了吗？同时，"李龟年"三字不仅暗示了这位歌者昔日的声望，而且更于历史相似性的关联中，大大拓展了诗的内涵，从而使人通过对杜甫与李龟年、作者与"旧歌者"之关系的再度观照，生发出心灵的深深颤栗，并由此深一层地去体味诗中那隐而未发的内在意蕴。（殷志佳）

【真山民】本名桂芳，宋末进士，括苍(今浙江丽水)人。有《山民集》。

山亭避暑

真山民

怕碍清风入，丁宁莫下帘。地皆宜避暑，人自要趋炎。
竹色水千顷，松声风四檐。此中有幽致，多取未伤廉。

山民，就是山野之民。山野、山林，自古以来就与朝堂、魏阙相对。本诗作者自称山民，就是表示自己决意不仕；再，诗人乃是由宋入元，甘心做宋的遗民而坚决不出仕，则又与一般的淡泊于名利者不同，还隐隐包含了民族气节的意思。不仅如此，"山民"还冠一"真"字，尤见得其意志之果决坚定。至于"真山民"究竟是不是姓真，已经难以确考，不过那只是无足轻重的事了。

这首诗起笔就极为别致可爱：由于害怕会挡住山间的朗朗清风吹进来，所以叮咛千万不要放下帘子。这是一个非常细腻传神的细节，首先是扣题，作者避暑于山亭，当然喜欢山风吹拂，挂起帘子那自然之事。不过作者的用意还远不止此。

"地皆宜避暑，人自要趋炎。"这一联出句说山亭这里随处都可以避暑，对句说人们偏偏要趋炎，喜欢往热的地方挤。上下句形成鲜明的对比，指出世人们大多不明白山亭的妙处，到这里来避暑的人极少，也清楚地显示出自己与他人的不同之处。"人自要趋炎"一句语义双关，作者没有说出来而读者却能心领神会的两个字就是"附势"了,作者在不露声色中将本诗命意缓缓托出。

颈联描写山亭优美的景致,体现山亭的凉爽,进一步补足题目中"避暑"二字应有之意。水色千顷,松风四檐,竹松掩映,从视觉、听觉、感觉多角度体现山亭感受到的凉爽。人在山亭,可写的物事甚多,可作者为什么单单就选中了竹、松呢?其实这也是大有深意的。松、竹、梅,素为文人雅士喜爱,有"岁寒三友"之称。在作者这里,挺拔有节的翠竹,坚毅不屈的青松,不仅象征着自己对理想品格和高尚精神的追求,也体现了诗人作为一个大宋遗民永不屈服的骨气与精神。

尾联字面新颖俏皮,可皮里阳秋,暗藏机锋,真可谓神来之笔。临财无苟取,谓之廉,可山林野景、风云雪月,本非财物,更非私人所有,正如苏轼所说的"惟江上之清风,与山间之明月,耳得之而为声,目遇之而成色;取之无禁,用之不竭"。既然如此,取之原无所谓廉与不廉,自然也就于廉无伤。不过联系全诗,以及诗人遁迹山林、高隐不仕的生平事迹细细一咂摸,其意就远不止表现作者远绝流俗的情趣了。原来,这一联明里说多取此中幽致,于廉无伤,其潜台词却是:如果取的不是这些"江上之清风、与山间之明月"呢?那岂不是……诗人在这里一方面表现了自己特立独行、洁身自好的品格,一方面还讽刺了那些鲜廉寡耻而出仕新朝的"趋炎"之徒,语虽委婉,却是极为辛辣、尖锐,足让那些贪图富贵而忘本者汗发沾背。

明白了诗人的命意,再回过来看首联,原来首联提到的"清风",作者要说的,其实根本就不在"风",关键只在一个"清"字!而全诗的用意说到底也就不过"清"、"廉"二字!志洁行廉,原本就是"山民"最为珍爱的品格。再进一步,我们也就明白了本诗的题目"山亭避暑"的意思,诗人要避的"暑",原来不仅仅是酷热的天气,更是指元朝入主中原后的残酷统治,这里的山亭,也就是真山民的"桃花源"。(谢良坤)

【卢梅坡】 宋理宗时人,生平不详。

雪梅二首

卢梅坡

其一

梅雪争春未肯降,骚人搁笔费评章。
梅须逊雪三分白,雪却输梅一段香。

其二

有梅无雪不精神，有雪无诗俗了人。
日暮诗成天又雪，与梅并作十分春。

《红楼梦》第三十七回有首黛玉的海棠花诗，第二联为"偷来梨蕊三分白，借得梅花一缕魂"，这一句乃是化典而成，这个典，便是南宋诗人卢梅坡《雪梅二首》之一的"梅须逊雪三分白，雪须输梅一段香。"可见，卢梅坡的《雪梅》在古代就已传为名诗了。

自然季节同时，人格隐喻相类，"梅""雪"并举是古诗中的一个传统。而这两首雪梅争春诗，独辟蹊径，既有情趣，又兼理趣，在宋诗中别具一格。

第一首诗开门见山，紧扣题目描绘了梅雪争春一比高下的情景。雪因梅灵，梅因雪俏，梅花冬末春初开放，香远益清，被看作报春的使者；"飞雪迎春"，白雪几经降落也预示着冬去春将至。这原本亲和一体的梅与雪，此刻却发生"摩擦"，"未肯降"，是都不愿意向对方投降认输的意思，都认为各自才是春的使者，彼此互不相让、决意一争高下。这样的写法实在是新颖别致，出人意料。"骚人"即诗人，是说连喜爱舞文弄墨的诗人们想要评判它们二者的高下，也真是作了难了，即使放下笔来煞费心思好好权衡，仍是犹豫不决，难下评断。一个"费"字，写活了诗人们竞相加入到这场"争春"辩驳的行列中来，唇枪舌剑，可谓大费苦心。

第三四句，作者用工整的对偶句法，以风雅的辞藻给了它们合理的评语："梅须逊雪三分白，雪却输梅一段香。"这句话，真是恰如其分。"三分"是虚写，是"少许"的意思。前一句从颜色角度来写，梅的白色远不及雪的纯净，颜色上的比较梅输雪胜。后一句从气味角度来写，雪的气味当然不比梅的芳香，嗅觉上的比较雪输梅胜。一"色"一"香"，一"长"一"短"，堪称神思巧运："骚人搁笔费评章"的难题，作者轻巧一笔即盖棺定论——各有所长、各有所短，"梅"与"雪"可谓有得有失了。这首诗能写他人之所写，亦能写他人之未写，立意新奇，情理兼得，故而能成诗中佳作。

第一首诗中，诗人还只是客观地评论梅与雪孰优孰劣，而在第二首诗中，诗人自己也加入了梅雪的行列。"有梅无雪不精神"一句既承上文，又告诉人们只有梅花独放而无飞雪相衬，会失掉梅香雪白的丰韵神采。"有雪无诗俗了人"则再入一层，从"物"说到"人"，有梅，有雪，若是缺了诗，也会使人感到没有风雅。这两句的议论，为下文再辟新径做了必要的过渡。"日暮"时分，这首诗终于酝酿而成，诗人正饱蘸浓墨抒发胸臆的时候，天空中又飘飘洒洒地扬起雪花，忽然大悟：纯白清洁的雪，俏丽香远的梅，还要加上风雅的诗，才构成了人间有色、有味、有情的十分春色！至此，这首诗的独到意境全然展开在人们面前，令人拊掌叫绝。

不着艳装不露俏，不媚风情不含笑。秋月春花都消尽，唯君凌寒枝头傲。千百年诗文传世,梅的"精神"约定俗成,而这种梅的"精神"又必须有冰天雪地来映衬,有诗词歌赋来装点,梅、雪、诗,三者紧密相连,不可或缺。这样的梅,这样的雪,在国人心中早已成了一种精神、一种品德、一种情操的象征了。(殷志佳)

【谢翱】(1249—1295),字皋羽,一字皋父,号宋累,又号晞发子,原籍长溪(今福建霞浦)人,徙建宁浦城(今属福建)。度宗咸淳间应进士举,不第。恭宗德祐二年文天祥开府延平,率乡兵数百人投之,任谘议参军。文天祥兵败,脱身避地浙东。有《晞发集》《西台恸哭记》。

西台哭所思

谢 翱

残年哭知己,白日下荒台。泪落吴江水,随潮到海回。
故衣犹染碧,后土不怜才。未老山中客,唯应赋八哀。

在我国的漫长的文学史上,爱国主义诗人代不乏人。在宋末元初,谢翱(1249—1295)是宋末遗民诗人中成就非常突出的一位。这首五律《西台哭所思》是他在哭祭文天祥之后写下的,也是他的代表作之一。

与大多数诗歌缓缓入题、层层推进不同,本诗起笔即直奔主题"哭知己"。大概是作者情感之积,已是浪翻潮涌,不可不发,使人仿佛看到诗人一到文天祥的灵前就放声痛哭,不再强行压制自己的情感。直到第二句,这才语势稍缓,一笔宕开,描写哭祭场所的景色:岁末之时(残年,文天祥就义于十二月初九,每年逢此日,谢翱都要找个秘密的地方哭祭),惨淡的夕阳从荒僻的高台上缓缓落下。苍凉凄清之景,不仅烘托了诗人悲凉的心境,也为全诗定下了的哀婉恸绝感情基调。作者称文天祥为"知己",乃是因为诗人年轻时就变卖家产、募集乡勇,追随文天祥参加抗击元军的斗争,与文天祥志同道合并得到赏识,这也就赋予"知己"二字以崭新的内容。

颔联的"吴江"指富春江,诗人祭文天祥就在富春江的"西台"。这一联写自己在文天祥灵前痛哭流涕的情形:眼泪落到富春江里,然后东流入海,再随潮水倒流回来……诗人虽极尽夸张之能事而读者倍觉其真,为什么?诗人追随文天祥多年,如今冒着生命危险来此偷偷哭祭,不仅仅是因为文天祥对他个人的赏识,更重要的是他们志同道合,都以抗击元军、恢复河山为己任。也正因为如此,诗人在此哭祭的,既是自己的知己、兄长,更是自己的偶像、战友、精神导师……另外,当时入元已久,这知遇之恩、朋友之谊、家国之痛,平时还不能动辄抒发,只有到了这富春江边荒僻的西台,诗人才能尽情的一吐心声,以致感情不能自已。这个例子也充分说明,诗歌的创作和对诗歌的理解,不能完全照搬生活逻辑或者数理逻辑,它还得遵从一个逻辑:情感的逻辑。

诗人颈联出句化用"苌弘化碧"的典故,说文天祥当年浴血奋战的战衣,至今犹碧。这个典故,出自《庄子》,后世多用"碧血"来赞美那些为国死难的人。以多年与文天祥并肩投身抗击元军斗争的经历,由诗人自己来高度肯定、赞美文天祥以身许国的精神,就显得尤为真实、恳切。对句则是埋怨天地神灵,为什么不怜惜保护这样的忠贞正义之士?"后土",就是"皇天后土"的简称。这一赞一惜,将诗人崇敬、惋惜、悲愤、痛苦的复杂心境表现无遗。

最后一联的"山中客"指的是诗人自己,诗人以隐居的方式来表示自己与元统治者的不合作,这也体现了诗人不屈的民族气节。这一联诗人说自己有生之年唯一能做的就是像杜甫赋《八哀》诗那样,赋诗来纪念文天祥了(杜甫曾经写《八哀》诗,哀悼王思礼、李光弼、严武、汝阳王琎、李邕、苏源明、郑虔、张九龄等八位唐朝有名的文臣武将)。本诗前三联语势凌厉、寄意沉痛,到最后一联如此稳稳收住全诗,有放有收,正合诗法。

有人质疑本诗颔联为什么不对仗,其实本诗采用了首联对仗而颔联不对仗的形式,这种形式,五律中尤其宋以前的五律中经常出现,人称"蜂腰格",也叫"偷春体"。(谢良坤)